AF543304

# बलवंत सिंह

बलवंत सिंह का जन्म सन् 1925 में गुजराँवाला, पश्चिमी पंजाब (अब पाकिस्तान) में हुआ।

उन्होंने इलाहाबाद विश्वविद्यालय से स्नातक किया।

वे हिन्दी कथा-साहित्य में अकेले ऐसे कृतिकार रहे हैं जिन्होंने पंजाब के ऐतिहासिक काल से लेकर आधुनिक मनोभूमि के विराट चित्र अपनी कृतियों में प्रस्तुत किए हैं। इनकी कितनी ही औपन्यासिक कृतियों को महाकाव्य कहा जा सकता है। जनजीवन के सामाजिक यथार्थ की ऐसी विश्वसनीयता हिन्दी साहित्य में प्राय: विरल है। परिवेश ऐतिहासिक हो या समसामियक—उनकी रचनाओं में संवदेना का तरल प्रवाह विद्यमान है।

उनकी प्रमुख प्रकाशित पुस्तकें हैं—'रात चोर और चाँद', 'काले कोस', 'रवि पार', 'विजयनगर की राज नर्तकी', 'साहिबे-आलम', 'राका की मंज़िल', 'चकीपीराँ का जस्सा', 'दो अकालगढ़', 'एक मामूली लड़की', 'औरत और आबशार', 'आग की कलियाँ', 'बासी फूल' *(उपन्यास)*; 'पहला पत्थर', 'चिलमन', 'मैं जरूर रोऊँगी', 'पंजाब की कहानियाँ', 'बनवास', 'देवता का जन्म', 'ऐली-ऐली', 'आनन्दकारज' *(उपन्यास)*; 'अमृता प्रीतम', *(आलोचना)*।

**निधन** : 27 मई, 1986

# काले कोस

बलवन्त सिंह

लोकभारती पेपरबैक्स

पहला संस्करण राजकमल प्रकाशन प्रा.लि. नई दिल्ली से 1982 से प्रकाशित।

लोकभारती पेपरबैक में
**पहला संस्करण :** 2016
**दूसरा संस्करण :** 2026

© संदीप सिंह

**लोकभारती पेपरबैक्स :** उत्कृष्ट साहित्य के लोकप्रिय संस्करण

**लोकभारती प्रकाशन**
पहली मंजिल, दरबारी बिल्डिंग, महात्मा गांधी मार्ग
प्रयागराज-211 001
द्वारा प्रकाशित

**शाखाएँ :** 1-बी, नेताजी सुभाष मार्ग, दरियागंज, नई दिल्ली-110 002
अशोक राजपथ, साइंस कॉलेज के सामने, पटना-800 006
1, अनमोल सोराबजी सन्तुक लेन, धोबी तलाव, मरीन लाइंस, मुम्बई-400 002

वेबसाइट : www.lokbhartiprakashan.com
ई-मेल : info@lokbhartiprakashan.com

बी.के. ऑफसेट
नवीन शाहदरा, दिल्ली-110 032
द्वारा मुद्रित

**मूल्य :** ₹499

KAALE KOSE
*by* Balwant Singh

ISBN : 978-93-5221-153-1

## क्रम

# मेला

"चल चलिये चिड़क दी मेले
नी मुण्डा तेरा मैं चक लोऊँ"

# 1

**नारंगी रंग का** ख़ालसाई झण्डा गुरुद्वारे की छत पर खड़ी बल्ली से लहरा रहा था।

गुलाबी जाड़ा पड़ने लगा था। दोपहर की तपन दूर नहीं हुई थी, किन्तु कड़ी गर्मियों की सुबह की घुटन भी बाक़ी नहीं रही थी, उसका स्थान ठण्डी हवा ने ले लिया था। सूर्य के रुपहले प्रकाश में गुरुद्वारे का सेहन जगमगा उठा था। चारों गाँव के सिक्ख संक्रान्ति मनाने के लिए सबेरे से ही गुरुद्वारे में जमा होने लगे थे। शब्द और कीर्त्तन का प्रोग्राम ख़तम हो चुका था। अब गुरबानी के पाठ के अन्तिम श्लोक ग्रन्थी जी बड़े मधुर स्वर में लय के साथ पढ़कर संगतों को निहाल कर रहे थे।

इस अवसर पर बच्चों का मन ऊब गया था; हाँ, बड़े-बूढ़े दम साधे बैठे थे। महिला-विभाग की ओर से बातें करने की दबी-दबी भनभनाहट सुनायी दे रही थी। ग्रन्थी जी अपनी भारी भौंहों को मटका, एक निगाह देवियों की ओर डालकर असन्तोष प्रकट करते और बानी पढ़ने में लीन हो जाते।

उस समय उपस्थित जनों पर विचित्र प्रकार की नीरस-सी उकताहट छायी थी। सहसा ग्रन्थी जी गले में उजला अँगोछा डालकर उठे, पैंतरा बदला और गुरुग्रन्थ साहब के सामने हाथ बाँधकर खड़े हो गये।

संगत भी उठ खड़ी हुई। वे जानते थे कि अब ग्रन्थी जी अरदास (प्रार्थना) करेंगे। जमुहाई लेने के लिए खुलते-खुलते कई मुँह बन्द हो गये। अब सारी कार्यवाही समाप्ति तक आ पहुँची थी। इधर पुरुषों की रंग-बिरंगी पगड़ियाँ गुब्बारों के समान हवा में लहरायीं, उधर स्त्रियों के भड़कीले वस्त्र सरसराये।

अब, जबकि उपस्थित जन गुरुग्रन्थ साहब के सामने आँखें मूँद और हाथ जोड़कर मौन खड़े थे, ग्रन्थी जी की धार्मिक विनम्रता में डूबी हुई भारी आवाज़ गूँजी—

''इक ओंकार। श्री वाह गुरु जी की फ़तह

''श्री भगवती जी सहाय

''वार श्री भगवती जी की बादशाही दस

''प्रथम भगवती सुमिर के गुरु नानक लई ध्याय

''फिर अंगद गुरु ते अमरदास

''रामदासे होइ सहाय

''अर्जुन हरगोबिन्द नूँ

''सुमिरो श्री हरि राय

''श्री हरिकृष्ण देहाइये

''जिस डिट्ठे सब दुख जाय

''गुरु तेग बहादुर सुमिरिये

''घर नौनिध आवे धाय

''सब थाईं होय सहाय

''दसवें पातशाह

''श्री गुरु गोबिन्दसिंह जी

''पन्थ दे वाली

''सब थाँ होय-सहाय

''सतसिरी अकाल पुरुख जी का ख़ालसा साहब जी बोलो जी

''वाह गुरु! वाह गुरु!! वाह गुरु!!!''

सैकड़ों कण्ठों से निकला—

''वाह गुरु! वाह गुरु!! वाह गुरु!!!''

नियमानुसार 'वाह गुरु, वाह गुरु' शब्दों की धुन पर एक बहुत बड़े तबल (नगाड़े) पर चोट पड़ती रही। उपस्थित जनों और तबल की आवाज़ों की घुली-मिली गूँज शान्त वायुमण्डल में कुछ देर काँपकर डूब गयी।

ग्रन्थी जी ने अरदास जारी रखी—

''श्री गुरुग्रन्थ साहब जी के पाठ

''दीदार का ध्यान धरके

''ख़ालसा जी साहब बोलो जी

''वाह गुरु! वाह गुरु!! वाह गुरु!!!''

''वाह गुरु! वाह गुरु!! वाह गुरु!!!''

एक बार फिर उपस्थित जनों और तबल की आवाज़ गूँजी।

अरदास जारी रही—

''पंज प्यारे चार साहबजादे

''साहब अजीतसिंह जी, साहब जोझारसिंह जी, साहब जोरावरसिंह जी, साहब फतहसिंह जी

''चाली मुक्ते

''शहीदाँ, मुरीदाँ, हट्टियाँ, तप्पियाँ

''जिन्हाँने

"नाम जप्या, वण्ड छक्या, देग चलाई, तेग वाही
"वेख के अन डिट्ठा कीता
"तिन्हाँ दी कमाई दा ध्यान धरके
"ख़ालसा साहब बोलो जी
"वाह गुरु!"
"वाह गुरु!"

"जिन्हाँने आरयाँ नाल सीस चिराये
"रम्बियाँ नाल खोपरियाँ लोहाइयाँ
"चरखड़ियाँ ते चढ़े
"बन्द-बन्द कटवाये
"पुठियाँ खलना लोहाइयाँ
"ज्यों दे अगविच साड़े गये
"कीमा-कीमा कीते गये
"श्री ननकाने साहब
"श्री तरनतारन साहब
"गुरु के बाग़
"ते गुरुद्वारा गंगसार
"जेतो जीदे शहीदाँ सिंह-सिंहनियाँ
"दी कमाई दा ध्यान धरके
"ख़ालसा जी साहब बोलो जी
"वाह गुरु! वाह गुरु!! वाह गुरु!!!"
"वाह गुरु! वाह गुरु!! वाह गुरु!!!"

"जहाँ-जहाँ ख़ालसा जी साहब
"तहाँ-तहाँ रक्ष्याँ रिआयत
"पन्थ की जीत
"श्री साहब जी सहाय
"देग तेग फ़तह
"ख़ालसा जी दे बोल-बाले
"ख़ालसा साहब बोलो जी

"वाह गुरु! वाह गुरु!! वाह गुरु!!!"
"वाह गुरु! वाह गुरु!! वाह गुरु!!!"

"दानाँ सिरदान
"महादान
"श्री अमृतसर जी दे दर्शन स्नान
"चौकियाँ, झण्डे, जुगोजुग अटल
"धरम दा जयकार
"ख़ालसा साहब बोलो जी
"वाह गुरु! वाह गुरु!! वाह गुरु!!!"
"वाह गुरु! वाह गुरु!! वाह गुरु!!!"

"सभु खालसे जी को
"वाह गुरु! वाह गुरु! चित्त आवे
"चित्त आवन दा सदका सर्व सुख होवे
"ख़ालसा जी साहब बोलो जी
"वाह गुरु! वाह गुरु!! वाह गुरु!!!"
"वाह गुरु! वाह गुरु!! वाह गुरु!!!"

"ख़ालसा जी दा मन नीवाँ
"मत उच्ची
"मत का राखा अकाल पुरुख वाह गुरु
"ख़ालसा साहब बोलो जी
"वाह गुरु! वाह गुरु!! वाह गुरु!!!"
"वाह गुरु! वाह गुरु!! वाह गुरु!!!"

"हे अकाल पुरुख, दीनदयाल, करनकारन
"पतितपावन, कृपानिधान
"आप दे हजूर
"नित नेम जी दी अरदास
"भुल्ल-चुक माफ़

"सिक्ख पढ़ दे, सुन दे, सर्बत लायेवन्त
"सुख होवे, नाम चित्त आवे
"गुरु नानक, गुरु गोबिन्दसिंह नाम
"चड़ दी कला
"तेरे भाने सर्बत का भला"

यह कहते-कहते ग्रन्थी जी ने घुटने टेक दिये और सारी संगत ने उनका अनुकरण करते हुए घुटने टेक दिये और माथे धरती से लगा दिये। इसके बाद "वाह गुरु जी का ख़ालसा, वाह गुरु जी की फ़तह" के अनेक स्वर सुनायी दिये और फिर एक मोटी गर्दनवाले दण्डपेल सरदार ने, जो अपनी कोस-भर पहुँचनेवाली ऊँची और पाटदार आवाज़ के लिए प्रसिद्ध था, पहाड़ी बकरे की भाँति मुँह खोला और अपने चौड़े-चकले सीने की गहराइयों में से खींचकर अपनी मर्दानी आवाज़ लगायी—

"जो बोले-ए-ए-ए-ए-ए-सो निहाल!"

जवाब में सिंह और सिंहनियों के भारी और रुपहले स्वर घुल-मिलकर गूँजे—

"सतसिरी अकाल!"

यह नारा तीन बार दोहराया गया और फिर सब लोग बैठकर कड़ाह प्रसाद के 'गफ्फ़ों' का इन्तज़ार करने लगे।

## (2)

**पुराने गुरुद्वारे** की रंगीन धार्मिक चित्रों से सुसज्जित दीवारों के साये-तले कुछ मैले-कुचैले फ़क़ीर और चमारों के कुछ बच्चे इस फ़िक्र में बैठे भनभनाती मक्खियों को मार रहे थे कि संगत बाहर निकलें तो वे भी घी में तर कड़ाह प्रसाद का मज़ा चखें।

दीवारों पर बने हुए अधिकांश चित्रों के रंग उड़ गये थे। लेकिन जहाँ कहीं रंग बाक़ी थे वहाँ सदियों पहले की बनी हुई सूरतें दमक रही थीं। जगह-जगह गिरती हुई बिजली की भाँति दरारें शाखा-दर-शाखा दीवारों पर दूर-दूर तक निकल गयी थीं और उन दरारों में से कई जगह से काई फूट आयी थी।

एकाएक छोटे बच्चे और बच्चियाँ शोर मचाते, पहाड़ी नदी के झाग उड़ाते पानी के रेले के समान गुरुद्वारे के बड़े दरवाज़े में से उछल-उछलकर निकले और फिर तालाब के किनारों और रूखी-सूखीं क्यारियों की टूटी-फूटी रविशों पर आगे-पीछे धमाधम दौड़ने लगे। बरगद के बूढ़े पेड़ के चौड़े-चौड़े पत्ते तालाब के हरियाली लिये हुए रंग के पानी पर तैर-तैरकर कोनों में जमा हो गये। उन पत्तों के नीचे से मोटे-मोटे मेंढक अपनी बाहर को उभरी-उभरी आँखों से उन नटखट बालकों को ताक रहे थे। जब बच्चों ने उन्हें देख पाया तो मिट्टी के ढेलों और ईंटों के टुकड़ों से मेंढकों की ख़ातिर शुरू कर दी और ढेलों और मेंढकों की गड़ाप-शड़ाप की आवाज़ों से आनन्दित हो तालियाँ पीटने लगे।

सरदार पेशौरासिंह अपने भारी कन्धों को हरकत देते हुए हाली-मवालियों के साथ बड़े दरवाज़े से बाहर आये। आज उन्होंने कलफ़-लगी उजली पगड़ी सिर पर लपेट रखी थी, जिसका एक शमला उनकी झरने के समान सफ़ेद दाढ़ी को छूता छाती के बायीं ओर लहरा रहा था और दूसरा शमला नृत्य करते हुए मोर के फैले और हवा में उठे हुए परों की भाँति फड़फड़ा रहा था। काफ़ी आयु होने पर भी उनका रंग लाल और क़द सीधा था। अपने समय में दूर-दूर तक उनकी ताक़त की धाक बैठी हुई थी। अब भी चेहरे से दबदबा टपकता था। गुरु-घर के प्रेमी, दया-धर्म के रसिया और आसपास के गाँवों में अपनी योग्यता और अफ़सरों तक पहुँच, हँसमुख तथा दृढ़ स्वभाव के लिए वे प्रसिद्ध थे।

हँस-हँसकर बातें करते-करते सहसा वे ठिठककर खड़े हो गये।

उनके साथियों की आँखों ने उनकी निगाहों का पीछा किया और उन सबकी निगाहें विरसासिंह तक पहुँचकर रुक गयीं।

विरसासिंह के हवा में लहराते हुए ऊँचे शरीर की वही अवस्था थी जैसी आकाश की छाती चीरनेवाली चिनगारियों की ज़ुल्फ़ें उड़ाती हुई हवाई।

विरसासिंह का अपने बदमाश साथियोंसहित घूमना मानो क़त्ल, ख़ून और डकैती का सूचक होता था।

अपने कुल की परम्परा तथा सूरत-शक्ल से वह जरायमपेशा आदमी न दिखायी पड़ता था, पर वास्तव में दंगा, फ़साद और डकैती उसके सबसे प्यारे व्यसन थे। बाप कई मुरब्बों का मालिक था। उसके दो बड़े भाई बलवान् तथा रोबदार आदमी होते हुए भी अपनी ज़मीन की देख-भाल पर सन्तुष्ट थे। किन्तु विरसासिंह उस समाज में भी गिरा हुआ था, जहाँ एकाध क़त्ल और दो-चार डकैतियाँ किसी जाट नौज़वान के लिए लज्जा की बात नहीं समझी जातीं।

नख-शिख तीखे और आकर्षक। नाक आवश्यकता से अधिक लम्बी ज़रूर थी, किन्तु उसके चेहरे पर बहुत सुन्दर दिखायी पड़ती थी। नथुने भावुक, होंठ और मुँह ऐसा कि स्त्रियाँ देखकर भड़क जायें। आँखों से नवजात शिशु का-सा भोलापन टपकता था। रंग उसका ख़ासा खुला हुआ था, यद्यपि खुली हवा तथा तेज़ धूप में अधिक समय बिताने के कारण उस पर गेहुँएँ रंग की छाया पड़ती दीखती थी।

उस समय उसने खुलते हुए तूतिया रंग का तहमद और सिल्क का कुरता पहन रखा था और पाँव में लाल रंग के चमड़े के देशी जूते। जूतों की नोकों पर उठी हुई चमड़े की लम्बी मूँछें पहले ऊपर को उठकर पीछे को घूम गयी थीं। जूतों पर लगे हुए सरसों के तेल की छाप उसके मैले पाँव के गिर्द साफ़ दिखायी पड़ रही थी। सिर पर काले बालों के भारी जूड़े पर बँधी हुई रंगीन जाली के नीले-पीले फुँदने अजब बहार दिखा रहे थे।

उसके होंठों पर सदा की तरह खिले हुए गुलाब की ताज़गी और मुस्कराहट खेल रही थी। सचमुच वह अपने विशेष मर्दाने रूप के कारण एक आवारा शाहज़ादा दिखायी पड़ता था। उसकी सुन्दरता हमेशा धोखा देती थी। उसके बुरे कारनामों के बावजूद उसकी मुस्कराहट को सदैव विजय प्राप्त होती थी। इर्द-गिर्द दूर तक शायद ही कोई दिलफेंक लड़की ऐसी हो जिसे उससे प्रेम न हो। स्त्री के पीछे भागना उसने सीखा ही न था। यह केवल उसके व्यक्तित्व का जादू था कि रसिक स्वभाव की युवतियाँ उसके वश में आ जाती थीं। उन्हीं में से एक पेशौरासिंह की बेटी गोबिन्दी थी।

जब पेशौरासिंह को इस बात की उड़ती-उड़ती ख़बर मिली तो पहले तो उसने बुरा नहीं माना। उसे विरसासिंह हर दृष्टि से पसन्द था, क्या ख़ानदान और क्या सूरत-शक्ल सभी दृष्टियों से। अतएव उसने एक दिन मौक़ा पाकर अकेले में इस बात की ओर अस्पष्ट-सा संकेत करते हुए कहना शुरू किया—विरसे बेटा! तुम अभी बच्चे हो, इन बातों को समझ नहीं पाओगे। हमने दुनिया देखी है। तुम जब आप बूढ़े हो जाओगे और ये सब ज़िम्मेदारियाँ उठाओगे तब तुम्हें हमारी कठिनाई का अनुभव होगा। दरअसल लड़कीवालों की इज़्ज़त बहुत नाज़ुक चीज़ होती है। तुम नातजरुबेकार सही, लेकिन भले घराने के लड़के हो और समझदार हो। मेरी कठिनाई का भलीभाँति अनुमान कर सकते हो। और फिर मैं तुमको अपना बेटा ही तो समझता हूँ, इसलिए क्यों न अपने धर्म का पालन करते हुए मैं तुम्हें बिलकुल ही अपना लूँ...

विरसासिंह उस समय एक कुबड़े फुलाह के पेड़ से टेक लगाये खड़ा हुआ था। ये बातें सुनकर उसके होंठों पर मुस्कराहट नाचने लगी।

पेशौरासिंह ने उसकी मस्त आँखों की ओर देखा जिनमें प्रसन्नता नाच रही थी। क्यों न हो, आख़िर उसकी बेटी भी तो रूप और जवानी में अद्वितीय थी। ऐसे जोड़े रोज़-रोज़ तो नहीं मिलते।

विरसासिंह एक धचके के साथ उछलकर पलक झपकाते में बाज़ की भाँति छाती फुलाये पेशौरासिंह के सामने खड़ा हो गया। पेशौरासिंह लम्बा आदमी था, किन्तु विरसासिंह की आँखों में झाँकने के लिए उसे भी सिर ऊपर उठाना पड़ा।

कुछ क्षण मौन के बाद विरसासिंह के सुर्ख़, तर, रस-भरे और मनोहर होंठों में से भारी और दृढ़ स्वर निकला—सरदार जी! मैं इज़ारबन्द का ज़रा कमज़ोर हूँ। और यों अपनी राह-चलती लड़कियों से मुझे कोई दिलचस्पी नहीं है। दुनिया इस यथार्थता को भली-भाँति जानती है।

ऐसे सुन्दर होंठों में से निकले हुए शब्द ऐसे ज़हर में बुझे हुए होंगे, इस बात का पेशौरासिंह को स्वप्न में भी ख़याल न था। यदि कोई और समय होता तो वह इस हरामी पर पिल पड़ता। किन्तु अब वह दुनिया का नरम-गरम देख चुका था, इसलिए उसका चेहरा अकस्मात् तमतमाकर फिर उतर गया।

इस बीच विरसासिंह बेपरवाही से खड़ा रहा। शायद उसे इस बात की आशा थी कि पेशौरासिंह उस पर हमला करेगा, लेकिन दोनों को इस वास्तविकता का भी ज्ञान था कि विरसासिंह की उँगलियों की पकड़ जम्बूर से भी सख़्त है।

उस दिन से पेशौरासिंह के मन में गाँठ पड़ गयी, किन्तु उसने अपने मन की बात को किसी पर प्रकट नहीं होने दिया। उसने बेटी की देख-भाल सजगता से करनी शुरू कर दी। वह जानता था कि स्वयं विरसासिंह ने उसकी लड़की को किसी प्रकार बहकाने का प्रयत्न नहीं किया था। यह सब-कुछ लड़की की नादानी, नातजरुबेकारी और भोलेपन के कारण हुआ था।

दो-तीन महीने से विरसासिंह पटियाले के इलाक़े में अपने मुसलमान दोस्त सिराज के यहाँ गया हुआ था। उसकी अनुपस्थिति में ज़िला शेखूपुरा अमन और शान्ति का जीवन बिता रहा था। पहले कभी वह सप्ताह-दो सप्ताह से अधिक अपने इलाक़े से बाहर नहीं रहता था। इस बार जो ढाई महीने बिना किसी समाचार के बीत गये, तो पेशौरासिंह के मन की गहराइयों में से आशा की धुँधली किरण चमकी—कि शायद वह किसी लड़ाई में मारा ही गया हो। लेकिन पापी की रस्सी को भगवान् भी ढील देते हैं। अतएव वही स्वस्थ, बलशाली और मज़बूत नौज़वान, जिसकी सुन्दर मुस्कान में बीसियों कुटिलताएँ छिपी हुई थीं, उनके सामने मौज़ूद था। किसी भी व्यक्ति को, किसी भी अवसर पर उससे ख़तरा हो सकता था। उसका अस्तित्व इलाक़े-भर के लिए ख़तरनाक था। अधिकांश लोगों की संख्या ऐसी थी जिनका उसने कुछ नहीं बिगाड़ा था, लेकिन उसका आतंक ही इतना व्यापक था कि उसकी उपस्थिति में कोई भी व्यक्ति अपने-आपको सुरक्षित नहीं समझ सकता था।

"ये चण्डाल-चौकड़ी किस ग़रज़ से इकट्ठा हो रही है...?"

पेशौरासिंह ने धीरे से एक ऐसा सवाल उठाया था जो सभी के मन में उत्पन्न हो चुका था। लेकिन इसका जवाब किसी को मालूम न था।

विरसासिंह ज़मीन पर गिरे हुए छकड़े के एक पहिये पर पाँव रखे खड़ा था। उसकी लुंगी के पल्लू और पगड़ी के शमले हवा में लहरा-लहराकर वायुमण्डल में जीवन की लहर दौड़ा रहे थे।

उसके साथियों में से एक तो सिराज पटियालेवाला था। सिराज अपेक्षाकृत भला आदमी था। उसकी आयु तीस-बत्तीस वर्ष के लगभग थी। वह क़द्दावर था, मज़बूत था, शक्तिशाली था, कुश्ती और कसरत का शौकीन था। उसने अपने खेतों के सिलसिले में या मेलों-ठेलों में कई बार लड़ाइयों में भी भाग लिया। विरसासिंह के साथ दो-चार डकैतियों में भी शामिल हुआ। लेकिन इसके बावजूद उसके दिल में इन चीज़ों की इच्छा नहीं थी। विरसे के साथ उसका बड़ा याराना था। दोनों एक-दूसरे के क़दरदान थे। विरसासिंह ने बहुत कम लोगों को इस शान और धीरज के साथ लड़ते देखा था। ख़तरनाक-से-ख़तरनाक अवसरों पर भी उसके चेहरे पर घबराहट के चिह्न नहीं उत्पन्न होते थे। वह एक ऐसा व्यक्ति था जिस पर बुरे-भले मौक़े पर पूरा विश्वास किया जा सकता था।

दूसरा व्यक्ति उन्नीस-बीस वर्ष का छोकरा था। उसका नाम सुच्चासिंह गीटा था। गीटा, अर्थात् नन्हें पत्थर की भाँति छोटा और कठोर। उसका क़द नाटा, गर्दन मोटी, गुद्दी पर मांस की मोटी तह और उस पर लहराते हुए बाल जैसे घोड़े की अयाल। उसके दाँत मैले मसूढ़ों में मज़बूती के साथ जुड़े हुए थे। माथा तंग, आँखें छोटी, पैनी और जिज्ञासा-भरी। ऐसा लगता था मानो सुर्मई रंग की गीली मिट्‌टी के बड़े से लोंदे को बनानेवाले ने अपने हाथ में लेकर खींच-खाँचकर मुँह पर एक मरोड़ देकर छोड़ दिया हो। भय किस चिड़िया का नाम है, उसे इस बात का ज्ञान नहीं था। मार खाने और उसे सहन करने में उसे कमाल हासिल था। कई बार दुश्मनों ने उसे लाठियों से मार-पीटकर और अपनी समझ में उसकी हड्डियाँ तोड़ और खोपड़ी कुचल, मुर्दा समझकर छोड़ दिया। लेकिन दो ही तीन दिन बाद वह बदन झाड़कर उठ खड़ा होता और दुश्मनों के सामने पहुँचकर तहमद परे उतार फेंकता और मुट्‌ठी अपने मुँह में डालकर बकरा बुलाता यानी मुँह से 'बक-बक' की आवाज़ निकालता। एक आटे की चक्की और चोरियों पर उसकी गुज़र होती थी। चक्की उसने अपने बहनोई को दे डाली थी। उससे ख़ासी आमदनी हो जाती थी। बहनोई बेचारा दुनियादार भला आदमी था। शायद वह इस आमदनी में से ख़र्च निकालकर अच्छी-ख़ासी रक़म एकत्र कर लेता लेकिन चार दिन न बीतने पाते थे कि गीटा चक्कीवाले मकान के दरवाज़े पर जाकर ललकारता—ओय मेरी भेण दा यारा! (ओ मेरी बहन के यार!)

उसका बहनोई कहीं चक्की के पास बैठा होता। उसकी दाढ़ी और भवों के बाल आटे और बेसन से सने होते थे। गीटा पास पहुँचकर कहता—अबे, अपनी सब बहनों को ग़ैरों से ब्याहकर मेरी बहन की जोरू बनाये बैठा है। याद रख, आज मैं तेरा साला हूँ, लेकिन जिस दिन तेरी बहन को बसते घर में से उड़ा लाऊँगा उस दिन तेरा सिपहसालार बन जाऊँगा।

यह सुनकर सब लोग हँसने लगते। जब तक वह उससे चार-पाँच रुपये झाड़ न लेता, वहाँ से टलने का नाम न लेता।

यह सच्ची बात है कि लड़ाई-दंगे के अवसर पर सबसे पहले उसकी लाठी सनसनाती थी।

तीसरे साथी का नाम भंससिंह राजहंस था। राजहंस की पदवी दोस्तों की ओर से प्रदान की गयी थी। वह इसलिए कि वह राजहंस का बिलकुल उलटा था।

सारस के समान लम्बी गर्दन, टेंटुआ आगे को बढ़ा हुआ। बातें करता तो टेंटुआ मेंढक की भाँति गर्दन में फुदकता था। बाज़ू लम्बे और ढीले-ढाले। आँखों में कीचड़, दाँत लम्बे और पीलाहट लिये हुए। लड़ने-भिड़ने के योग्य नहीं था। हाँ, वफ़ादार ऐसा कि यदि कोई उसकी खाल भी उधेड़ दे तो अपने गिरोह का भेद प्रकट न होने दे। उसके समय का अधिकांश साथियों की गन्दी-गन्दी गालियाँ सुनने और अपनी नाक के नथुनों में से चूहे निकालने में बीतता था। किन्तु था वह बड़े काम का आदमी।

चौथा बग्गू साँहसी था। साँहसी वे लोग होते हैं जो कुत्तों की सहायता से जंगली बिल्ले पकड़ते हैं और कुछ लोग कहते हैं कि उन्हें मारकर वे खा जाते हैं। बग्गू की हड्डी चौड़ी और भारी थी। शरीर पर मांस वाजिबी था। उसके सिर पर बालों के लम्बे-लम्बे पट्टे थे जो उसकी गुद्दी तक गिरे हुए थे। गुद्दी और गर्दन पर जहाँ पट्टे ख़त्म होते थे, उस्तरे की ताज़ी कार्यवाही साफ़ दीख पड़ रही थी। उसकी आँखों के चारों ओर नन्हीं-नन्हीं गहरी रेखाओं का जाल-सा बुना हुआ था। आँखों में लाल डोरे थे। मुँह खुला रहता, जैसे ऊँट की तरह लटकते हुए होंठों की नसों की शक्ति नष्ट हो गयी हो। वह बात भी ढीले मुँह से करता था। केवल वे ही लोग उसकी बातों को आसानी के साथ समझ सकते थे जिनका दिन-रात का साथ था। वह बड़ा कमीना, दुष्ट और बदमाश आदमी था। क्रोधी इतना कि आवेश में उसकी टाँगें काँपने लगती थीं।

विरसासिंह से पहले-पहल उसकी लड़ाई हुई थी। लड़ाई के बाद दोस्ताना क़ायम हुआ था। यह उस समय की बात है जबकि विरसासिंह की मसें अभी भींग ही रही थीं। गाँव की एक भूसेवाली कोठरी में भूरे रंग का एक जंगली बिल्ला छिपा बैठा था। बग्गू उसे निकालने के सैकड़ों यत्न कर चुका था किन्तु सब बेकार। यहाँ तक कि लोग-बाग हँसने लगे। ऐसे मौक़े पर विरसे ने न जाने क्या कह दिया कि बग्गू ने खीझकर विरसे को यों दबोचा जैसे बाज़ कबूतर को दबोच लेता है। उसने समझा था कि विरसा अभी कल का कोमल और नर्म छोकरा है, बच के जायेगा कहाँ। लेकिन विरसा ग़ज़ब का फुर्तीला और साहसी निकला। उसकी पकड़ में से साँप की तरह फिसलकर अलग हो गया। फिर पलटकर इस ज़ोर से हमला किया कि अधेड़ अवस्थावाले साँहसी के पाँव डगमगा गये। और फिर विरसे के भारी-भरकम हाथ के एक ही घूँसे से साँहसी गन्दी गली की धूल में अट गया। विरसे के भारी-भरकम जूतों की दो निर्दयी ठोकरों ने उसे पूरे दो घण्टे के लिए बेहोश कर दिया। तेज़ धूप की गर्मी में साँहसी के जलते हुए चेहरे को कुत्ते सूँघ-सूँघकर और चाट-चाटकर रोते रहे।

आख़िर जब साँहसी के होश ठिकाने आये तो क्रोध की जगह विरसासिंह के प्रति प्रशंसाभाव ने ले ली थी। और वह हँसकर पूछने लगा—ओय! ओ अनदाढ़िया मुण्डा कित्थे गया ए? (अरे वह बिना दाढ़ी का लौंडा कहाँ गया है?)

यों तो विरसासिंह इस घटना से पहले भी मशहूर हो चला था, किन्तु इस घटना ने तो जैसे उसकी प्रसिद्धि में चार चाँद लगा दिये और उसी दिन से बग्गू साँहसी और विरसे का याराना स्थापित हो गया।

साँहसी पेशेवर चोर था। उसने विरसे को बहुत-से हथकण्डे और गुर सिखाये। डकैती के अवसर पर बग्गू एक बड़े लम्बे बाँस की मदद से उचककर मकान की छत पर पहुँच जाता था। यद्यपि उसका बोझ बहुत काफ़ी था, किन्तु उस समय वह चिड़िया की भाँति हलका-फुलका हो जाता था। इस प्रकार बिना सेंध लगाये वह चुपके से सीढ़ियाँ उतरकर दरवाज़ा अन्दर से खोल देता था।

विरसे के साथ एक और नौज़वान खड़ा था। उसका नाम शिंगारासिंह शुर्ली था। आतिशबाज़ी से दिलचस्पी रखनेवाले जानते हैं कि शुर्ली या छछूँदर विशेष प्रकार के बारूद से भरी हुई काग़ज़ की लम्बूतरी-सी चीज़ होती है। उसे जब आग लगायी जाती है तो शुर्र-शूँ की आवाज़ हवा में गूँजती है और शुर्ली बड़ी तेज़ी के साथ इधर-से-उधर और उधर-से-इधर निकल जाती है। वही हाल शिंगारासिंह शुर्ली का था। लोग उसका असली नाम तो भूल ही गये थे। सब उसे शुर्ली कहा करते थे। छोटी कबड्डी खेलने में दूर-दूर तक उसकी धाक बैठी हुई थी। बदन में गिलहरी की-सी फुर्ती और हाथ में बन्दर की-सी सफ़ाई थी। आँखें हरदम नाचती रहती थीं। स्वयं गाना नहीं जानता था, लेकिन अलग़ोजे बजाने में वह बड़ा माहिर था। बोलियाँ और जुगनी गानेवाले कई लोग उसके अलग़ोजों की संगत के इच्छुक रहते थे। जब वह हिल-हिलकर अलग़ोजे बजाता तो उसके शरीर की बोटी-बोटी थिरकती थी। कूल्हे बड़ी नज़ाकत से नाग के फन के समान इधर-उधर मटकते। इसके साथ ही स्वभाव में अस्थिरता कूट-कूटकर भरी हुई थी। घड़ी में माशा घड़ी में तोला। लड़ाई छेड़ने और पहल करने में बला का दिलेर और फ़ुर्तीला।

उन्हीं में उनके गाँव का आदमी अल्लादित्ता अराईं भी शामिल था। सब्ज़ियाँ उगाने और बेचनेवालों को अराईं कहते हैं। ख़ास उनके गाँव में विरसे के बाद उसी का नम्बर था।

उसकी आयु पैंतीस वर्ष के लगभग होगी। उसने छोटी-छोटी दाढ़ी बढ़ा रखी थी। वह अपनी जिज्ञासु आँखों से जब सिर उठाकर देख रहा हो तो ऐसा प्रतीत होता था मानो बहुत दूर तक निगाह दौड़ा रहा है। यों असलियत भी यही थी, यानी उसको बहुत दूर की सूझा करती थी। ताक़तवर, दिलेर और लड़ाका होने के अतिरिक्त वह कचहरियों का कीड़ा था। अपने काम के क़ानून और धाराएँ पूरे विवरण के साथ उसे कण्ठस्थ थीं, इसलिए हर नाज़ुक मौक़े पर उसकी सूझ-बूझ और क़ानूनदानी की ज़रूरत रहती थी। इसके अतिरिक्त वह बहुत सच्चा आदमी था। अपने साथियों की सफलता के लिए अल्लाह की दरगाह से यों दुआएँ माँगा करता जैसे वह डकैती के लिए नहीं हज करने जा रहे हों। धार्मिक कट्टरता या पक्षपात तो उसे छू भी नहीं गया था। छोटे-बड़े का भेद उसके निकट बेमानी चीज़ थी।

अल्लादित्ता अराईं को कुछ सुविधाएँ भी प्राप्त थीं। लड़ाई-भिड़ाई के अवसर पर उसके भाई उसके काम आते थे। एक उससे बड़ा था और एक छोटा। उसकी पत्नी का रंग गोरा था। वह उसे बेहद चाहती थी। हर समय हँसती रहती और आये दिन उसकी आँखें ख़राब हो जाया करती थीं। चूँकि उसकी पत्नी उसको किसी काम से रोकती नहीं थी, इसलिए कहना चाहिए कि अप्रत्यक्ष रूप से उसे पत्नी का सहयोग प्राप्त था।

## (3)

स्त्रियों के झुण्ड पुरुषों के पीछे-पीछे गुरुद्वारे से बाहर आये। उनमें एक झुण्ड में गोबिन्दी भी शामिल थी।

वह आसमान की नीलाहटों में उड़नेवाली कूँज के समान सुन्दर, कोमल और तरहदार थी। जब उसकी काली पुतलियाँ घने बादलों की-सी पलकों के साये-तले इधर-उधर नाचतीं तो उसकी आँखों के कोने तेज़ धारवाली नोकदार कटारों के समान चमकते थे। उसके भावुक फड़कते हुए होंठ हरदम कोई भेदपूर्ण मन्त्र फूँकने पर उद्यत रहते थे। चिकने और नर्म गालों के मनोहर उभारों पर मचलती हुई प्राकृतिक लाली पलकों की सुर्मई छाया-तले अजब छटा दिखाती थी। कुम्हार के औंधे पड़े हुए कच्चे प्यालों के समान सुन्दर उसकी छातियाँ अँगिया के सहारे से आज़ाद, पाँव की धमक से अनजाने ढंग से कम्पित रहती थीं। बारीक़ कपड़े के कुरते-तले उनकी उद्दण्डता को दबाने और छिपाने के लिए उसने जामुनी रंग की ओढ़नी की दो-तीन तहें उनके ऊपर बिछा दी थीं। जामुनी रंग साधारण देहाती रंग है और आकर्षक रंगों में उसकी गिनती नहीं होती। लेकिन छोटे-से घूँघट-तले गोबिन्दी के गोरे मुखड़े पर मानो देवताओं की छाया पड़ रही थी।

एक हाथ में कड़ाह प्रसाद लिये और दूसरे हाथ से शलवार के बल दुरुस्त करती हुई वह अपने विचारों में मग्न चली जा रही थी कि सहसा उनका गिरोह रुक गया। उसने सिर उठाया तो देखा कि उसके पिता जी और उनके साथी रुक गये हैं। और उनसे भी आगे विरसासिंह को खड़ा देखकर तो उसका कलेजा धक्क से होकर रह गया।

उसके ताज़े रसीले होंठों पर तीव्रता से एक के बाद एक रंग आने और जाने लगा। सामने वह ज़ालिम, निर्दयी चित्त-चोर खड़ा था, जिसने तीन महीने से सूरत दिखाने तक के लिए तड़पा-तड़पाकर मानो प्राण ले लेने का निश्चय कर लिया था। कड़ी गर्मियों के बाद गुलाबी जाड़े आ गये थे। गुरुद्वारे के बाग़ में गेंदे के पीले-पीले फूल अपने जोबन पर थे। तृप्त हृदयों में ग्रीष्मकाल की तपन की जगह गुलाबी जाड़ों की ठण्डक ने ले ली थी, किन्तु गोबिन्दी का हृदय मानो उबलते हुए पानी के देगचे में खौल रहा था। काश! वह उस बेवफ़ा से पूछ सकती कि क्या सूरत दिखा देने से भी मनुष्य में कोई कमी पैदा हो जाती है, या उसकी गाँठ ढीली हो जाती है?

उस समय उसे वह दृश्य याद आ गया जब वह प्रेमी के वियोग में दुखी चाँदनी रात में अपने मकान की छत पर सखियों के झुरमुट में अपनी भावनाओं का अलग संसार बसाये बैठी थी, और चुलबुली बेगमाँ ने मधुर स्वरों में दर्दभरी लय में गाना शुरू कर दिया था—

*फुल्ल खिड़े हो टीनाँ दे*
*लै खड़सानों हेठ जमीनाँ दे*

(भागने का मार्ग न पाकर प्रेमिका पुकार करती है कि टीनों के फूल खिल गये हैं। हे प्रियतम, यदि और कोई रास्ता नहीं मिलता तो हमें धरती के नीचे-ही-नीचे से कहीं को ले चल!)

गोबिन्दी अपने बाप और उसके साथियों को चुपचाप पाकर समझी, शायद उन्हें विरसासिंह से कोई शिकायत है। फिर उसे ध्यान आया, हो सकता है उन्हें उसके सन्दिग्ध चाल-चलनवाले साथियों की वहाँ पर उपस्थिति पर आपत्ति हो। इतने में विरसासिंह अपने सिक्ख साथियों-सहित आगे बढ़ा और उच्च स्वर में बोला, "वाह गुरु जी का ख़ालसा, श्री वाह गुरु जी की फ़तह!"

उसके उल्लासपूर्ण नारे का जवाब कुछ रूखेपन से दिया गया। विरसासिंह प्रसाद लेने के लिए आया था। उसका सदैव से यही चलन रहा था कि जब कड़ाह प्रसाद बँटने का अवसर आता तो वह भी कहीं-न-कहीं से आ टपकता।

विरसासिंह ने प्रतिष्ठित सिक्खों के गिरोह के रूखेपन को कण-मात्र महसूस नहीं किया। वह आगे बढ़ता जा रहा था। गोबिन्दी का हृदय धड़क रहा था। सम्भव है आँखें चार हो जायें। उसे इस बात का ज्ञान नहीं था कि उसकी भावनाओं का आदर करते हुए उसका पिता उसके प्रीतम से विवाह के विषय पर बात कर चुका है और मुँह की खा चुका है। पिता ने पुत्री को उसका जवाब बताना उचित नहीं समझा। बेटी इसी विचार में मग्न जीवन बिता रही थी कि उसका लाड़ करनेवाला बाप उन दोनों के विवाह पर कोई आपत्ति नहीं करेगा।

विरसासिंह ज्यों-ज्यों उनके निकट पहुँच रहा था त्यों-त्यों गोबिन्दी के हृदय की धड़कन बढ़ती जा रही थी। यहाँ तक कि उसकी धमक से उसका दिमाग़ गूँज उठा। लेकिन विरसासिंह जान-बूझकर या बे जाने-बूझे अपने साथियों से बातें करता हुआ उसकी ओर ध्यान दिये बिना आगे बढ़ गया। इन क्षणों में गोबिन्दी के सीने का उतार-चढ़ाव स्पष्ट रूप से दिखायी पड़ने लगा। और फिर उसकी छिपी-छिपी निगाहों से प्रेमी ने झूठ-मूठ निगाहें मिलाने का भी यत्न नहीं किया, तो उसकी टाँगों में से मानो सारी शक्ति खिंचकर हवा में मिल गयी। उसे ऐसा अनुभव होने लगा, जैसे वह निढाल होकर गिर पड़ेगी।

उसके ऊपरवाले होंठ की सुर्खी से भी ऊपर पसीने की नन्हीं-नन्हीं बूँदें फूट आयीं, मानो किसी ने उसके लाल होंठों पर मोतियों का ताज रख दिया हो।

## (4)

**अब पेशौरासिंह और** उसके साथी चुपचाप आगे बढ़ने लगे। गुरुद्वारे के बाग़ की पुरानी चारदीवारी से बाहर पहुँचकर वे लोग स्त्रियों के आगे बढ़ने की प्रतीक्षा करने लगे।

स्त्रियाँ चली गयीं तो पेशौरासिंह कहने लगा, "कैसा बाँका जवान है। लेकिन अफ़सोस, अपने हाथों अपने पाँव पर कुल्हाड़ी मार रहा है।"

"हाँ जी, बाप कितना भला और बेटा, उफ, वाह गुरु, वाह गुरु...घोर कलजुग आ गया है।"

किसी ने कहा, "बाप भी बेचारा कोई दम का मेहमान है...छह महीने से खाट से लगा पड़ा है। बड़े दोनों बेटे दूसरे कामों के साथ बाप की सेवा करते हैं, लेकिन विरसू को जानो कोई फ़िकर ही नहीं है।"

"हाँ-हाँ, बाप तो बड़ा गुरुमुख है।" पेशौरासिंह ने हामी भरी, "वह तो इस छोकरे से बड़ी-बड़ी आशाएँ रखता था, लेकिन इस बेवकूफ़ ने उसकी छोटी-से-छोटी इच्छा को भी पाँव-तले रौंद डाला। ऐसी सन्तान का क्या फ़ायदा? वाह गुरु सन्तान दे तो नेक नहीं तो बुरी सन्तान तो उलटा दुःख ही देती है।"

पेशौरासिंह को विरसे से जो शिकायत थी उस बात का पता किसी भी व्यक्ति को नहीं था। उसने बड़ी चतुरता से अपने मनोभावों को छिपाते हुए कहा, "बाप इसके सारे खर्चे सहने को तैयार था। थोड़ा पढ़-लिख फ़ौज में भरती हो जाता तो अच्छी पदवी तक पहुँच जाता। अपना घर बसाता, फूलता-फलता।"

"हाँ जी!" पेशौरासिंह के साथियों में से किसी ने कहा, "यह सब कर्मों का फल है। जो बात भाग्य में नहीं लिखी वह भला कैसे हो सकती है!"

सामने पंजाब के ग्रामों का बड़ा सुन्दर दृश्य दिखायी पड़ रहा था। चार गाँव (माँगट, रत्तह, माघचक और फुल्लाँ) एक-दूसरे के बहुत निकट स्थित थे। आबादी सब जातियों की मिली-जुली थी।

गुरुद्वारा ऊँचे टीले पर स्थित था। यहाँ से चारों गाँव, उनके आसपास मीलों तक फैले हुए हरे-भरे खेत, उनमें जगह-जगह रूँ-रूँ करते हुए रहट, सुबह के चमकीले प्रकाश में दमकते हुए पानी के जौहड़, शीशम, फुलाह और बबूल के पेड़ों के सिलसिले अजब बहार दिखाते थे। बातें करते हुए वे लोग आगे बढ़ रहे थे कि इतने में डाक का बाबू उन्हें सामने से हाँफता हुआ आ मिला।

"पेशौरासिंह जी, आपका तार आया है।"

गाँव में तार का नाम सुनकर लोगों के छक्के छूट जाते हैं। पेशौरासिंह ने तार लेकर कहा, "बाबू जी, पढ़कर भी सुना दीजिये तार।"

सब लोग एकदम चुप हो गये और बाबू जी ने काँपते हाथों से तार खोला।

पेशौरासिंह ने घबराहट दबाने के लिए दाढ़ी को हाथ में भींच लिया।

मालूम हुआ पेशौरासिंह का लड़का, जो लाहौर में पढ़ रहा था, छुट्टियों में घर आ रहा था।

●

# 2

पंजाब के गाँव की रहट ख़ासी मनोहर और मनोरंजक जगह होती है। फुल्लाँ का रहट शिरींह के घने पेड़ों के नीचे बना हुआ था। यह एक पुराना कुआँ था। यहाँ का पानी बहुत ठण्डा और मीठा था। सारा गाँव जहाँ तक सम्भव होता, पीने के लिए यहीं का पानी इस्तेमाल करता, हाँ नहाने-धोने के लिए अन्य रहटों के पानी का उपयोग कर लिया जाता था।

रहट पुराने ढंग का बना हुआ था, अर्थात् लोहे के चरखड़े और लोहे की माहिल और उनमें जड़े हुए लोहे के मगों की जगह लकड़ी के चरखड़े, बाध की माहिल और उनमें मिट्टी की टिण्डें बँधी थीं। अनेक बार लोहे का सामान लगाने की योजना बनी, किन्तु हर बार कोई-न-कोई रुकावट पैदा हो जाती थी।

हाँ, कुछ ही दिन पहले रहट से मिली हुई स्त्रियों के नहाने और कपड़े धोने की चारदीवारी बनायी गयी। पहले की पुरानी चारदीवारी गिराकर नयी चारदीवारी ख़ासी फैला दी गयी थी। अन्दर नहाने के लिए टोंटियाँ, कपड़े धोने के लिए सीमेण्ट के लम्बे-लम्बे चबूतरे बना दिये गये। इसके अतिरिक्त बारह फुट लम्बी और तीन फुट चौड़ी हौज़ी भी बना दी गयी थी। उसमें पानी भरा जा सकता था। स्त्रियों ने नहाने के लिए उसे बहुत पसन्द किया।

तीन गाँव की स्त्रियाँ अधिकतर यहीं पर आती थीं। हाँ, माँगट ज़रा दूर पड़ता था। इन स्त्रियों के कारण रहट पर अच्छी चहल-पहल रहती थी। प्रेमियों को यदि रहट पर नहीं तो रास्ते में दिल उड़ा लेनेवालियों से आँखें चार करने का मौक़ा मिल जाता था।

सुबह से ही रहट पर ख़ूब रौनक़ हो गयी थी। आज फुल्लाँ-दा-मेला शुरू होनेवाला था। पुरुष सुबह से ही कपड़े पहनकर अपने-अपने काम में लग गये थे। ज़रा धूप चढ़े उधर से संग निकलनेवाला था। वहाँ केवल पुरुषों का जाना ही उचित था, लेकिन स्त्रियाँ तैयार होकर ख़ास मेले के मौक़े पर ख़ुशी से जा सकती थीं।

गोबिन्दी भी कुछ कपड़े बग़ल में दबाये वहाँ आ पहुँची। उसकी नौजवान सखियों ने उसे देखकर प्रसन्नता प्रकट की। एक चिल्लाकर बोली, "अरी गोबिन्दी, तूने भाई के आने की ख़ुशी में हमारा मुँह मीठा तक नहीं कराया?"

गोबिन्दी इस अचानक सवाल का जल्दी में जवाब न दे पायी, अतः चंचल बेगमाँ ने मोटे खेस (एक मोटी सूती चादर) को डण्डे से कूटते हुए कहा, "अरी, यह मिठाई तो बस ख़ास...मीठे मौक़े पर खिलायेगी।"

उस समय गोबिन्दी कमीज़ उतार रही थी। सहेलियों के ठहाके उड़ते सुनकर और बेगमाँ को अपने नग्न जोबन की ओर चंचल दृष्टि से देखते हुए पाकर बहुत झेंपी।

बेगमाँ ने इतने पर ही बस नहीं किया, बल्कि वह अपना काम छोड़-छाड़कर झपटी और गोबिन्दी की बग़लों में गुदगुदाने लगी। गोबिन्दी को गुदगुदाने से बड़ी हँसी छूटती थी अतएव बेगमाँ से बचने के लिए हँसती और हलकी-हलकी चीख़ें मारती हुई वह चारदीवारी के अन्दर बगटुट भाग निकली। वह तड़प-तड़प और सौ-सौ बल खाकर बेगमाँ की पकड़ से निकल जाती थी। इस झपटा-झपटी में कमीज़ किसी कोने में जा गिरी, इज़ारबन्द के फुँदने ढीले होकर इधर-उधर सिर पटकने लगे, घने बालों का जूड़ा खुल गया, ज़ुल्फ़ें बिखर-बिखर गयीं। उसके सुडौल और सुन्दर शरीर का यह दृश्य देखते ही बन पड़ता था।

आख़िर कुछ और सखियाँ गोबिन्दी की मदद को आयीं तो बेगमाँ अपने तहमद की गाँठ को पेट और रानों के बीच दबाकर बैठ गयी और फिर डण्डे से कपड़े कूटने लगी।

गोबिन्दी के आगमन और चंचल कुमारियों की पकड़-धकड़ से चारदीवारी में ख़ासी रौनक़ पैदा हो गयी।

बेगमाँ की माँ पहले तो सारी स्त्रियों के साथ मिल-जुलकर हँसती रही, लेकिन जब हँसी कम हुई तब उसने अपनी छोकरी को डाँटा, "अरी शर्म करो न! देखो तो खजूर इत्ती बड़ी लड़कियाँ होने को आयीं फिर भी एक-दूसरे के पीछे नंग-धड़ंग भागते हुए इन्हें लाज भी नहीं आती।"

कुछ गोरी-गोरी लड़कियाँ पानी की हौज़ी में बड़े सुबुक अन्दाज़ से गर्दन तक डूबी हुई पानी की ठण्डक का आनन्द ले रही थीं। उनके सुडौल शरीर पानी के नीचे जलते हुए कँवलों की भाँति अजब बहार दिखा रहे थे। उनके नाज़ और नख़रों का कोई ठिकाना ही न था।

प्रेमो बोली, "क्यों री, सुना है अबकी मेला पहले की निस्बत कहीं अधिक शान से मनाया जायेगा।"

"क्यों? तुमसे किसने कहा?"

"किसी ने कहा...काले चोर ने कहा...तुमसे मतलब?"

दूसरी ने उसकी ठोड़ी थामकर कहा, "अरी, अभी कमसिन हो, नातजरुबेकार हो, नाज़ुकबदन हो, समझ की कच्ची हो, इन काले चोरों से बच के रहना। वह बहुत सताते और रुलाते हैं...न हमारी बिल्लो...काले चोर से बचकर रहना...।"

"हटो जी, हमें ऐसा मज़ाक अच्छा नहीं लगता।" लाल होंठ गुस्से में और लाल हो गये, "हम क्या जानें काला चोर क्या होता है!"

बंसो ने गोबिन्दी के कान में आन फूँका, "हमारी गोबिन्दी का चोर तो काला नहीं न? हाँ, ज़रा लम्बा ज़रूर है।"

"हट।" गोबिन्दी आँखें दिखाते हुए फुंकारी।

बंसो हिरणी की भाँति उछलकर पीछे हटी और मनाने के ढंग से आगे बढ़ी और कान में चुपके से बोली, "भई, हम माफ़ी चाहते हैं...लेकिन धीरे से बता दो कि उससे मुलाक़ात हुई भी या नहीं?"

गोबिन्दी ने घबराकर इधर-उधर देखा कि कहीं किसी और ने सुन तो नहीं ली उसकी बात। फिर उसकी भवें सिकुड़ गयीं। नागिन की तरह धीमे स्वर में फुंकारकर बोली, "देख बंसो! तू नहीं मानेगी तो वह बेरी-तलेवाली बात बता दूँगी।"

"बेरी-तलेवाली...क्या बात?"

"वही...चुन्नीलाल के पास खड़ी थी जब तू।"

"धुत, वह बेचारा बूढ़ा!"

इतने में दूर से कुछ शोर उठा।

प्रेमो ने धड़कती छाती पर हाथ रखकर कहा, "यह क्या?"

बेगमाँ पास आकर उसके कान में ज़ोर से चिल्लायी, "काला चोर!"

"हटो जी! तुमसे कोई बोलता भी है।"

कई लड़कियों के कान शोर की ओर लगे हुए थे।

एकदम वे 'संग, संग' चिल्लाती हुई और अपने शरीरों को ढाँपने की असफल चेष्टा करती हुई कपड़े धोने के चबूतरों पर चढ़ गयीं और एड़ियाँ उठाकर दीवार के ऊपर दूर फ़ासले पर वायुमण्डल में क्षण-प्रतिक्षण फैलते हुए धूल के बादलों की ओर देखने लगीं।

उनके जलपरियों के-से शरीर मोम की बनी हुई पुतलियों के समान दिखायी पड़ते थे जो चमकती हुई हलकी गर्म धूप में दमक रही हों।

## (2)

**फुल्लाँवाले पीर की** दरगाह पर हर साल एक शानदार मेला लगता था। आम तौर पर फुल्लाँवाले पीर की दरगाह के बाहर मुजाविर बैठा हुक्का पिया करता था। सुर्मई रंग के देसी कबूतर दरगाह (समाधि) के अन्दर और बाहर 'गुटुर्गूं-गुटुर्गूं' किया करते थे। दरगाह की लम्बोतरी छत उनकी बीटों से अटकर सफ़ेद हो गयी थी और वह फ्यूजियामा की हिमाच्छादित चोटी के समान दिखायी पड़ने लगी थी। संगमरमर की जाली के पास दरगाह के भीतर झूलते हुए पिंजड़े में बन्द एक चकोर 'सुबहान तेरी क़ुदरत! सुबहान तेरी क़ुदरत!' की रट लगाया करता। कभी दूसरे-तीसरे दो-चार भूली-भटकी औरतें औलाद, दौलत, इज़्ज़त की खोज में उधर आ निकलतीं और मुजाविर की मुट्ठी गर्म हो जाती। लेकिन साल-भर बाद जब मेला लगता तो दरगाह के अन्दर चाँदी बरसने लगती।

फुल्लाँवाला मेला आठ दिन लगता था। एक तरफ़ दरगाह पर बड़े-बड़े पहुँचे हुए बुज़ुर्ग जमा होते, मशहूर तवायफ़ों का नाच होता, मारफ़त (ज्ञान) से भरी ग़ज़लें और नातें (पैगम्बर साहब की तारीफ़ में लिखी ग़ज़लें) गायी जातीं, दूसरी ओर मेले की रौनक़ बढ़ाने के लिए खेल-तमाशे आपसे-आप हो जाते। वारिसअली शाह की हीर गानेवाले, नाचने-थिरकनेवाली नटनियाँ, नंगी बोलियाँ लहक-लहककर पढ़नेवालों की टोलियाँ, ऊँटनियों का ताज़ा दूध बेचनेवालों, जौहड़ों और गन्दे तालाबों से पकड़ी हुई मछलियों को तलनेवालों के अतिरिक्त बीसियों प्रकार के खेल-तमाशे दिखानेवाले, झूला चलानेवाले, अलगोजे बजा-बजाकर गीत सुनानेवाले, नट और बाज़ीगर, ठग, चोर, डाकू, गिरहकट, साधू, नटखट गुलेलियाँ सारांश यह कि दूर-दूर से हर प्रकार के लोग इकट्ठा होते थे।

फुल्लाँ गाँव से मेला तो क़रीब पौन मील पर लगता था, लेकिन संग गाँव से ढाई-तीन फ़र्लांग की दूरी पर बहनेवाले सुए (तंग नहर) की पटरी पर से होकर गुज़रता था।

यों तो मेला लगने के कई दिन पहले से ही मेले की तैयारी और चहल-पहल शुरू हो जाती, लेकिन असली मेला तभी लगता जब संग दूर-दूर के गाँव से लोगों को इकट्ठा करता हुआ दरगाह तक पहुँचता था।

संग के पहुँचने से पहले तो यों ही अस्पष्ट-सा शोर और आकाश की ओर धूल उड़ने लगती, फिर बाजों, भोंपुओं और ढोलों का शोर क्षण-प्रतिक्षण बढ़ने लगता।

अतएव मोमी पुतलियों के समान कोमलांगी तरुणियों ने धूल के मटियाले बादलों को फाड़कर संग को आगे बढ़ते देखा तो उनके कोमल सीनों में नन्हें-नन्हें दिल ज़ोर-ज़ोर से धड़कने लगे।

धनुष के समान टेढ़ा होता हुआ सुआ चारों गाँवों को अपनी लपेट में लेता हुआ क्षितिज में विलीन हो रहा था और उसकी पटरी पर वायु में उड़ते हुए धूल के बादलों के रंग-बिरंगे कण धूप में चमक-चमककर विचित्र छटा दिखा रहे थे। क्षण-प्रतिक्षण करवट लेते, तड़पते और बल खाते धूल के खम्भों में से संग राजा की सेना की भाँति बढ़ता आ रहा था।

भोंपुओं और ढोलों की धमाधम की आवाज़ों के अतिरिक्त मुँहज़ोर घोड़ों की हिनहिनाहट, अड़ियल साँड़नियों की बलबलाहट, जवानों के मुँह से बकरों की-सी आवाज़ें, असीम प्रसन्नता और जीवन से भरपूर ललकारें भी सुनायी देने लगीं।

जब संग कुछ और निकट पहुँचा, तो बड़े-बड़े ढोलों पर सिर पटकते हुए तबलचियों के सामने ज़ुल्फ़ें बिखराये सुन्दर और जवान वेश्याएँ मनोहर नाज़अन्दाज़ दिखा-दिखाकर पतली गोरी कमरों के नीचे बेचैन कूल्हों को मटका-मटकाकर नाच रही थीं। पेचताब खाकर ऊपर को उठी हुई नन्हीं-नन्हीं पहाड़ियों की भाँति उनकी मांस से भरपूर गोल और नोकीली छातियों पर रंगीन दुपट्टे क्षण-भर को भी न ठहरते थे। भगवान् की इस अनोखी देन को छिपी-छिपी गर्वीली निगाहों से देखते हुए अपनी सुन्दर-सुबुक नाक चढ़ा-चढ़ाकर नख़रे से उन्हें ढाँप-ढाँप लेतीं।

ठेलों के इर्द-गिर्द पसीने में नहाये हुए तुर्रेबाज़ मर्द गर्दन हिलाती, बलबलाती अड़ियल साँड़नियों और लचक-लचक, अटक-अटककर हवा से बातें करनेवाले घोड़ों पर कभी तेज़ी के साथ ठेलों से आगे बढ़ जाते और कभी घूमकर फिर पीछे आ जाते। ठेलों को अधिक देर तक अपनी दृष्टि से ओझल नहीं रहने देते थे।

सींग हिलाते हुए मज़बूत बैल भी छकड़ों पर लदी हुई अपनी ज़नानी सवारियों को उड़ाये लिये जा रहे थे। उनके साथ-साथ रेढ़ियाँ (घोड़ा-गाड़ियाँ) ऊबड़-खाबड़ धरती पर उछलती, डगमगाती बढ़ी चली जा रही थीं। धूल में अटी हुई गुड़ की जलेबियों के थाल सिरों पर रख, खाँड़ के बने हुए लम्बे-लम्बे गट्टोंवाले, भुने चने, भुनी मक्की और चावल के मरुण्डे बेचनेवाले सौदा बहँगियों में लटकाये लपककर बढ़े जा रहे थे। इसके अतिरिक्त हवा में तेज़ी से घूमनेवाली भँभीरियों, टर्र-टर्र बोलनेवाले और फ़ाख़्ताओं की-सी आवाज़ निकालनेवाले खिलौने, किसानों की लाठियों के सिरों पर बँधी हुई कट-कट करनेवाली लकड़ी की गालड़ों (गिलहरियों), मधुर अलगोजों और रसीली बाँसुरियों की अलग बहार थी।

जिस गाँव के पास से होकर संग गुज़रता, मनचले शामिल होते जाते, यहाँ तक कि मेले तक पहुँचते-पहुँचते यह क़ाफ़िला लश्कर का रूप धारण कर लेता।

इधर संग चार गाँव (जिन्हें लोग अलग-अलग नामों से पुकारने की जगह चार गाँव कह दिया करते थे मानो वे एक ही गाँव हों) के पास से होकर निकला तो वहाँ के मनचले जवान तूफ़ानी समुद्र की लहर के समान आगे बढ़े। उनमें विरसासिंह की पार्टी की अलग शान थी। उनके मर्दाने तेवर, लम्बे-तगड़े शरीर, ऊँचे-ऊँचे तुर्रे, बेबाक अन्दाज़ मन पर अजब प्रकार का असर डालते थे। जब वे लोग क़ब्रिस्तान के पास से होकर गुज़रे जहाँ मल्हों (काँटेदार झड़बेरियों) में उलझी हुई क़ब्रें यों दिखायी पड़ती थीं जैसे कीचड़ में फँसे हुए मेंढक, तो संग की ओर से भी ऊँचे-ऊँचे नारों के साथ उनका स्वागत किया गया।

वे सूर्य की चुँधिया देनेवाली किरणों से चमकती हुई छवियों से आँखें लड़ाते, गले में बँधे गुलाबी और लाल रूमाल उड़ाते, घोड़ों की नंगी पीठों पर बैठे उन्हें सरपट दौड़ाते आकाश की ऊँचाइयों में उड़ते हुए बाज़ों की-सी तीव्रगति के साथ संग में जा मिले।

'बल्ले-बल्ले' 'धुर्र र-र-र्र, धुर्र-र-र-र्र' और दूसरी अनगिनत अर्थहीन तथा अर्थपूर्ण आवाज़ों और नारों के साथ संग ने मेले की सीमा में प्रवेश किया।

(३)

**चाँद की मलगजी रोशनी में** सोयी हुई-सी धरती सरकती हुई सितारों के देश से गले मिल रही थी।

यदि माँगट गाँव से निगाह दौड़ायें तो उस समय फुलाह और शीशम के पेड़ों के नीचे गैसों की रोशनी से आलोकित मेला ऐसा दीख पड़ता था मानो प्रकाश के गोल को छिपाने के लिए उस पर फटी-पुरानी रज़ाई फेंक दी गयी हो।

फुल्लाँ की ऊँचाइयों से इस बात का ज़रा भी अनुमान नहीं होता था कि प्रकाश के इस शान्त फैलाव में तड़पती और ललकारती हुई ज़िन्दगी के भाँति-भाँति के दृश्य छिपे हैं।

कच्ची और सुनसान रेतीली सड़क पर फुलाह की छाया-तले कुछ दूर तक मेले की ओर बढ़ने पर धीरे-धीरे देखने में केवल जगमग-जगमग करते हुए भू-खण्ड से खनकते हुए ठहाकों के शब्द सुनायी पड़ने लगते। जैसे-जैसे आगे बढ़िये, आनन्दपूर्ण ठहाकों के साथ और कई प्रकार की आवाज़ों का शोर भी मिलता जाता था।

ऊँचे-ऊँचे पेड़ों की घनी छाया-तले लटके हुए गैसों के प्रकाश में भड़कीले रंगीन कपड़ों की फड़फड़ाहट, मटमैले शामियानों तथा तम्बुओं की लहलहाहट विचित्र दृश्य प्रस्तुत करती थी।

सबसे पहले गँदले तालाबों से पकड़ी हुई मछलियों के सरसों के तेल में तले जाने की तीव्र गन्ध आदमी के दिमाग़ तक पहुँचती थी और फिर उनके साथ झेवरों की खाने-पीने की दूकानों से पिघली हुई चर्बी में सेंके हुए बर्रे के टुकड़ों, लोहे की लम्बी सलाखों पर तन्दूर की गर्मी से भुनी हुई भुरभुरी कलेजी, और प्याज़ और हरे धनिये में तले हुए बकरे के भेजे की मिली-जुली गन्ध वायुमण्डल में चक्कर लगा रही थी।

उस स्वप्निल वीराने में ज़िन्दगी की यह चहल-पहल अनोखी चीज़ थी।

खाने-पीने की दूकानों के बाद मनुष्य के शरीर पर फूल-पत्तियाँ और नाम गोदनेवालों की दूकानें सजी थीं। गैस के तीव्र प्रकाश में कुछ शौक़ीन जवान तहमद उठाकर अपनी रानों पर नंगी परियों की तस्वीरें गुदवा रहे थे और कुछ पास खड़े झुक-झुककर तमाशे की तरह उन्हें देख रहे थे।

सबसे अधिक रौनक़ झूलों पर थी। उनमें से कुछ गोल दायरे में चलते थे और कुछ नीचे से ऊपर और ऊपर से नीचे जाने-आनेवाले थे। अक्खड़ देहाती जवान अपनी नयी-नवेली पत्नियों को झूलों की सैर अवश्य करवाते और उन भोली-भाली स्त्रियों के लिए निस्सन्देह इससे बढ़कर आनन्ददायक और कोई तमाशा नहीं था।

फुल्लाँवाले पीर के मज़ार पर जो रौनक़ थी उसका तो कहना ही क्या। लम्बे-लम्बे चोगे पहने, दाढ़ियाँ बढ़ाये पीर और उनके शिष्य बैठे बातचीत कर रहे थे। पीर बड़े-बड़े रंगीन पायोंवाले पलँगों पर, जिन पर उजले खेस बिछे थे, बड़ी शान से विराजमान थे और चेले-चाँटे मोंढ़ों पर बैठे पीरों के हुक्के की नाल घुमाने का फ़र्ज़ अन्जाम दे रहे थे।

उनके बायीं ओर अपने ढंग का अकेला रहट चल रहा था। यह रहट ज़मीन की सतह से दस फ़ुट ऊँचा बना हुआ था। उसकी टिण्डोंवाली माहिल किसी बहुत बड़े दानव-जैसे

पीर की माला के समान दीख पड़ रही थी। जब टिण्डें चलतीं तो ऐसा लगता मानो कोई अदृश्य हाथ उस भारी-भरकम माला के मनकों को ऊपर-तले फेंक रहा हो।

एक बड़े हलक़े में बैठे हुए पीरों के अतिरिक्त मारफ़त (ज्ञान) की शमा के परवानों की भी कमी नहीं थी। भक्तों के झुण्ड-के-झुण्ड जमा हो रहे थे। हलक़े के बीच में ज़मीन को साफ़ और बराबर करके उस पर बड़ी-सी दरी बिछा दी गयी थी। पास ही एक छोटे-से तम्बू से छम-छम और झें-झें की आवाज़ें आ रही थीं। लगता था कि रण्डियाँ और सारंगिये नाच की तैयारियाँ कर रहे थे।

न जाने कुम्हारों को मज़ार से क्या लगाव था। मज़ार से आगे सारी दूकानें कुम्हारों की थीं। भिन्न-भिन्न प्रकार के छोटे-बड़े मिट्टी के बरतनों के दूर-दूर तक फैले हुए ढेरों में बिल्लियाँ और उनके बच्चे इधर-उधर भागते फिरते। खूँटों से बँधे हुए गधों को उन्हें देख-देखकर बड़ी कोफ़्त-सी हो रही थी।

मेले के पिछवाड़े खुले खेतों में ऊँटनियों का ताज़ा-ताज़ा दूध बिकता था। जो कोई उधर जाता तो ऊँटनियाँ ख़ास ढंग से होंठ लटका-लटकाकर उसकी ओर देखतीं मानो कह रही हों—अच्छा बेटा, दूध पीने आये हो? यह मुँह और मसूर की दाल!

## (4)

मिट्ठूराम हलवाई की दूक़ान मेले-भर में अव्वल नम्बर पर थी। एक छोड़ चार गैस के हण्डे उस दूकान की शान को बढ़ा रहे थे और उन सबकी शान विरसासिंह और उसकी चण्डाल चौकड़ी के कारण बढ़ रही थी।

शामियाने के अन्दर बिछी हुई मेज़ों और बेंचों पर ख़ूब फैल-फैलकर बैठे हुए यार लोगों के लगातार ठहाकों के शोर में दूकान के अन्दर-बाहर की हर आवाज़ दबकर रह गयी थी। सब हँस रहे थे, सिवाय राजहंस के। यों तो राजहंस भी हँसोड़ स्वभाव का आदमी था, किन्तु जब उसके साथियों की गालियाँ और ठठोल हद से बढ़ जाते तो वह मुँह लटका लेता। लेकिन उसकी लटकी हुई थूथनी देखकर यारों को और अधिक हँसी छूटती।

बग्गू साँहसी ने मज़ाक में उसकी पीठ पर ज़ोर की धप्प दी तो बेचारे की पगड़ी उछलकर परे जा गिरी। बग्गू ने कहा—अरे यार वंजली नहीं तो कोई और सही।

सब लोग उसकी परे गिरी हुई पगड़ी, रोनी सूरत और बाछों में फँसे हुए इमरती के टुकड़ों को देख-देखकर लोटन कबूतर हुए जा रहे थे।

वंजलीवाली बात सुनकर तो भंससिंह राजहंस की मानो नानी मर गयी। वंजली गाँव के हिजड़े का नाम था। हिजड़ा भी इतना कुरूप कि देख के जी मतलाये। लेकिन बेबाकी, नाज़-नख़रों और नंगे मज़ाक करने में उसकी बराबरी का किसी और को दावा

नहीं हो सकता था। एक दिन गाँव के नम्बरदार के लड़के के जन्म-दिन पर वंजली और उसके साथियों का नाच हो रहा था उनकी ड्योढ़ी में। शामत के मारे राजहंस उधर से होकर गुज़रे तो घिर गये हिजड़ों में। और हिजड़ों को तो बस कोई मौक़ा मिलना चाहिए। ऐसा उल्लू फन्दे में फँसा तो वंजली ने पहलू से दिल के निकल जाने का भाव बताते हुए 'हाय रे, मर गयी' का नारा लगाया और उसे बग़ल में दबोचकर नाचना शुरू कर दिया। और वह एक मज़ाकिया गीत गाने लगा।

गीटे ने वही गीत दोहराया और उसकी यह बात सुनकर यारों और ग़ैरों ने गगनभेदी ठहाके लगाये। राजहंस ने खिसियाकर गीटे को गाली दी और उसका पीछा करना शुरू कर दिया। गीटा बड़ी फुर्ती से गोते दे-देकर उसके वार बचाने लगा। कुछ देर तक यही तमाशा होता रहा और अन्त में उनकी सुलह करा दी गयी।

इतने में शुर्ली ने देखा, ग्रन्थी जी दूकान पर मिठाई लेने के लिए आये हैं। अतएव उसने खाना-पीना छोड़ दिया और 'शुर्र-र-र-र' की लम्बी-सी आवाज़ निकालता छोटे-छोटे क़दमों पर तेज़ी से फिसलता हुआ ग्रन्थी जी के पीछे जा पहुँचा, फिर गले में पगड़ी का शमला घुमा-फिराकर दोनों हाथ जोड़ खट-से उनके बराबर जा खड़ा हुआ और अरदास करने की मुद्रा में आँखें मूँद लीं। किन्तु होंठों पर शरारत खेल रही थी। उसने बड़े गम्भीर स्वर में कहना आरम्भ किया--

"आज्ञा भई अकाल की तभे चलायो पन्थ।

(ईश्वर की आज्ञा हुई तभी सिक्ख धर्म चलाया गया।)

"सब सिंघन को हुक्म है गुरु मानियो ग्रन्थ।

(सब सिक्खों को हुक्म दिया जाता है कि ग्रन्थ साहब को ही गुरु मानें।)

"हे ख़ालसा साहब जियो, बोलो जी वाह गुरु!"

"वाह गुरु!" सारी चण्डाल चौकड़ी ने दूर ही से नारा लगाया।

शुर्ली ने बिना हँसे अरदास जारी रखी--

"ए पन्थ के वाली<br>
धन्य ओह सिक्ख है जो घर से नहीं आता हाथ खाली,<br>
मेले में ख़रीदे मिठाई की थाली।

उस प्रेमी सिक्ख का ध्यान धरके ख़ालसा साहब बोलो जी वाह गुरु! वाह गुरु!! वाह गुरु!!!"

सब--वाह गुरु! वाह गुरु!! वाह गुरु!!!

"गुरु सिक्ख की सूरत भोली-भाली<br>
हाथ में मिठाई की थाली<br>
जिस पर नज़र यारों ने जमा ली

उन सब सिंहों की नीयतों का ध्यान धरके ख़ालसा साहब बोलो जी वाह गुरु! वाह गुरु!! वाह गुरु!!!"

वाह गुरु! वाह गुरु!! वाह गुरु!!!"

शुर्ली ने अरदास और ऊँचे स्वर में शुरू कर दी—

"गुरु सिंहों का मन काहे ललचाय,
पर जो गुरु जी हुए सहाय,
फिर ग्रन्थी जी बच के कहाँ जाय,
ख़ालसा साहब ज़रा गरज के बोलो जी वाह गुरु! वाह गुरु!! वाह गुरु!!!

गरज की वहाँ क्या कमी थी अतएव यार लोग और निकट आकर गरजे—वाह गुरु! वाह गुरु!! वाह गुरु!!!

"पर जो गुरु सिक्ख मिठाई आप ही दे खिला
उस पर कोई काहे बोले हल्ला,
भूल-चूक दिल से दे भुला,
अरे गुरुमुख थाल मिठाई का इधर ला,
चढ़ दी कला
तेरे भाने सरबत (सब) का भला
ख़ालसा साहब बोलो जी वाह गुरु! वाह गुरु!!"

अब सबने पास जमा होकर ग्रन्थी जी के कान में आकर कहा—वाह गुरु! वाह गुरु!!

इस अरदास के पाठ का परिणाम यह निकला कि ग्रन्थी जी को मिठाई बाँटनी पड़ी।

यह एक दोस्ताना छेड़छाड़ थी अतएव जब ग्रन्थी जी लौटने लगे तब उन्हें दुगनी मिठाई से लाद दिया गया।

ग्रन्थी जी अति प्रसन्न हो बोले, "कल बाबा निधानसिंह जी ढाडी आ रहे हैं। आप लोग ज़रूर पधारिये। और फिर मशहूर सन्त अभीखसिंह कीर्त्तन भी करेंगे।"

सुच्चासिंह गीटा कहने लगा, "जी ज़रूर आयेंगे। मैं ख़ुद एक सन्त जी के टोले में रहा हूँ। हाय, वे दिन किधर लद गये!"

ग्रन्थी जी ने उसकी बातों को सत्य समझकर प्रसन्नतापूर्ण आश्चर्य प्रकट किया, "हच्छा जी! फेर तो आप धन्न हो महाराज। भला ओह सन्त कौन-से थे?"

गीटे ने नथुने फुलाकर जवाब दिया, "अजी वही अपने सन्त क्रेपसिंह जी।"

ग्रन्थी जी ने दिमाग़ पर ज़ोर डाला, पर इस नाम का कोई सन्त न याद आया। सोचा, सम्भव है कोई ऐसे सन्त हों जिनका नाम उसने न सुना हो। मुँह फैलाकर बोले, "हच्छा जी! आप कितने साल उनके साथ रहे?"

"हो जी, जब तक सन्त विरसासिंह जी से मुलाक़ात नहीं हुई, हम उन्हीं की टाँगों से लिपटे रहे। पर एक दिन जी बुरे फँसे।"

सन्त विरसासिंहवाले मज़ाक पर ग्रन्थी जी ने अधिक ध्यान की आवश्यकता नहीं समझी, बल्कि उनकी दिलचस्पी और गहरी हो गयी।

"हच्छा महाराज! इह साखी तो ज़रूर सुनाइये।"

"बात यह थी जी कि", सुच्चासिंह ने खाँसकर गला साफ़ करते हुए कहा, "सन्त क्रेपसिंह जी जहाँ जाते चेले-चाटों सहित जाते...ग़रीबों पर बोझ नहीं डालते थे।"

"धन्न सिक्खी है जी।" ग्रन्थी जी बोले।

"हाँ महाराज, केवल बड़े-बड़े साहूकारों के घर पधारते, पहले खाते-पीते, फिर शबद-कीर्त्तन करते। एक बार मशहूर सेठ...मल जी के घर गये। प्रोग्रेम के अनुसार पहले भोजन-पानी किया गया, फिर कीर्त्तन शुरू कर दिया गया। जब शबद-कीर्त्तन ज़ोरों पर था तब दो चेले खिसककर सेठ जी के मकान की तलाशी लेने लगे। घर के लोग तो सन्त जी के पास बैठे जीवन सुफल कर रहे थे और वे चेले उनकी लोहे की पेटी को तोड़ने का जतन करने लगे। लेकिन जब पेटी नहीं टूटी तो दोनों चेले निष्फल और निराश वापस आये और कूदकर बाक़ी मस्ती में नाचते हुए चेलों में शामिल हो गये और उच्च स्वर में गाने लगे—

*ओय पेट्टी नहियों टुटदी*
*ते जान नहियों छुटदी*
*पेटी नहियों...*

(अर्थात् शरीर की लोहे की पेटी न टूटती है और न मनुष्य की मुक्ति होती है। किन्तु उनके कहने का असल मतलब यह था कि हम उस लोहे की पेटी को तोड़ने का लाख यत्न करते हैं, किन्तु वह नहीं टूटती है और न सोना, रुपया हमारे हाथ लगता है।)

"इस पर गुरु जी ने चौंककर आँखें खोलीं और आशीर्वाद देने के ढंग से हाथ उठाकर पुकार उठे—ओय दे नाम दे दुलारे ले जाओ रेड़-रेड़ के जी।

(अर्थात् तन की पेटी केवल परमात्मा का नाम जपने से ही निर्वाण प्राप्त कर सकती है। दूसरे अर्थों में लोहे की पेटी को धक्के दे-देकर और उसको लुढ़का-लुढ़काकर यहाँ से बाहर ले जाओ।)"

ग्रन्थी जी ने ढोल का पोल खुलते देखा तो हँसते हुए बोले, "क्यों जी, हमसे मजाखाँ (मज़ाक) करते हो।"

"ना जी।" गीटे ने ग़ज़ब की गम्भीर मुद्रा बनाकर कहा, "हम झूठ नहीं बोलते।"

"और सुनो जी! सन्त क्रेपसिंह जी!...वाह सरदार जी वा...पढ़नियाँ पोथियाँ ते कम करने अह। (अर्थात् पोथियाँ तो पढ़ते हो अच्छी-अच्छी और काम यह करते हो!)"

यह कहकर हँसते हुए ग्रन्थी जी विदा हो गये।

मेले में लोग चींटियों की भाँति घूम-फिर रहे थे। स्त्रियों-पुरुषों की घनी भीड़ में से पेशावरी ढंग का जहाज़नुमा टाँगा फुल्लाँवाले पीर की दरगाह की ओर बढ़ रहा था। उस पर पाँच बड़े, मोटे-तगड़े जवान फँसे-फँसाये लदे हुए थे।

उन्होंने सिरों पर कलफ़-लगे बहुत बड़े-बड़े पग्गड़ बाँध रखे थे। जालीदार बनियानों के ऊपर शबनमी कुरते और उजले तहमद पहने हुए थे। बैल के सींगों के समान बड़ी-बड़ी मूँछें, तनी हुई गर्दनें और निकले हुए सीने, ऐंठे हुए पुट्ठे।

विरसासिंह को उन्हें देख आश्चर्य हुआ। उसने पूछा, ''ये कौन लोग हैं?''

'अरे तुम नहीं जानते?''

''पहले कभी दिखायी तो नहीं पड़े।''

''अगली सीट पर बैठा नामी पहलवान भोलू है और बाक़ी उसके साथी हैं।''

''अच्छा, यह भोलू है?''

''हाँ भाई!''

''बड़ा नाम है भई इसका...चलो आज देख भी लिया।''

''हैरानी की बात है।''

''भई, हमारी लाइन के आदमी नहीं हैं न।''

''हाँ, यह तो है...हम ठहरे ऐबी...लेकिन यदि यह लोग ऐबों में पड़ जायें तो कुश्ती कहाँ से लड़ें?''

''ठीक है भाई!...लेकिन यहाँ तो मेला देखने को आये होंगे।''

''अरे, वह तो ख़ैर हुई, लेकिन कल कुश्ती भी तो होगी इसकी।''

''अबे हट! कुश्ती होगी!''

''वाह बे, मानते ही नहीं।''

''यहाँ इसकी जोड़ का कोई है भी?''

''सरदार बहादुर! गुजराँवाले से रहीम पहलवान और उसके पट्ठे भी तो आ रहे हैं।''

''सच?''

''हाँ भई।''

''फिर तो बड़ा मज़ा आयेगा।''

''अबके मेले की रौनक़ भी कुछ ज़्यादा है।''

''भोलू के साथ करीमू का भी अच्छा जोड़ हो सकता था...।''

''अरे बेचारा करीमू।''

''बेचारा?'' विरसे ने आँखें निकालकर कहा।

बग्गू बोला, ''करीमू की उठान तो ख़ूब थी। लेकिन ससुरे ने ख़राब कर लिया अपने आपको।''

शुर्ली बोला, ''अरे, यह तो तपस्या है तपस्या, हर आदमी के बस का रोग नहीं है।''

''ठीक है।'' बग्गू ने जवाब दिया, ''पर इसमें शक नहीं कि अगर करीमू शराब और रण्डीबाज़ी में अपनी तन्दुरुस्ती ख़राब न करता तो आज भोलू की जोड़ का पहलवान होता।''

''पर भई करीमू आजकल है कहाँ?''

''वह हिन्दुस्तान चला गया है।''

''हिन्दुस्तान?''

"हाँ।"

"वहाँ क्या करता है वह?"

"करना क्या है, वही औरतों का कारबार है।"

"यार, काम यह भी अच्छा है।" विरसा बोला।

"अच्छा क्या है, दिन-रात खटका लगा रहता है।"

"जब ओखली में सिर दिया तब फिर धमाकों का क्या डर?"

"भई, झंझट और बखेड़े का काम है।"

"मज़ा रहता होगा।"

"क्या मतलब?"

"यही, आम-के-आम, गुठलियों के दाम।"

"छोड़ो यार, कभी-कभी तुम भी मज़े में आ जाते हो ज़रा।"

शुर्ली ने विरसे से कहा, "यार, तुम पहलवानी शुरू क्यों नहीं कर देते?"

"अबे हट!"

"हट क्या?"

"यह भी कोई मर्दों का काम है।"

"नहीं तो क्या औरतों का काम है?"

"औरतों का ही समझो।"

"भई, बहुत अच्छे हो तुम!"

"देखो दोस्त, हम हाथापाई के क़ायल नहीं हैं।"

"तब फिर क़ायल किस बात के हो?"

"हम सनसनाती हुई लाठियों और चमकती हुई तेज़ छवियों के क़ायल हैं।"

"वह अलग बात है।"

"जो कुछ भी हो। मज़ा तो तभी है कि सिर-धड़ की बाज़ी लगी हो।"

"जो भी हो, औरत से मर्द को बचकर रहना चाहिए।"

"औरत?" बग्गू ने समर्थन किया, "औरत के तो नज़दीक न फटकना चाहिए।"

"औरत बड़ी ख़तरनाक होती है।"

"अरे नहीं।" विरसा बोला।

"हाँ भई, तुम कहाँ मानोगे।"

"तुम ठहरे दिल-फेंक।" शुर्ली ने बग्गू की हाँ-में-हाँ मिलायी।

"भई, यह तो मानता हूँ कि इज़ारबन्द का ज़रा कच्चा हूँ मैं...लेकिन भई, अगर मर्द चाहे तो औरत के फन्दे में न फँसे, बल्कि उसे अपने क़ाबू में रखे।"

"इतनी शक्ति हर आदमी में नहीं हो सकती।"

"नहीं, कुछ ऐसी शक्ति की बात भी नहीं है। बस ज़रा आदत डालने की बात है।"

"तुम्हें आसान मालूम होता है यह काम?"

"हाँ...मेरा तो यही ख़याल है।"

"सुना है अब औरतें भी पहलवानी करने लगी हैं।" शुर्ली बोला।

"होगा।" विरसे ने कहा।

"होगा क्या, हमने अपनी आँखों से देखा है।" बग्गू ने धौंस जमायी।

"अरे नहीं।" विरसे ने अचरज प्रकट किया।

"अरे हाँ।"

"भई, वाह! औरतें पहलवान कैसे बनती हैं?"

"पूरी तरह लँगोट कसती हैं भई!"

"अच्छा!"

"हाँ जी!"

"यार, उनसे कुश्ती कौन लड़ता होगा?"

"कई मनचले लड़ जाते हैं।"

"लेकिन फ़ायदा क्या?"

"अगर मार खा जायें तो मुश्किल और मार न खायें तो इसमें ख़ूबी की बात ही क्या हुई?"

"अरे, उस वक़्त ये बातें नहीं सोची जातीं!"

"तब फिर कुश्ती कैसे होती होगी?"

"यार लोग तफ़री के लिए लड़ जाते हैं।"

"हाँ, यह बात तो ठीक है।"

"छोड़ो भई, ऐसे मज़े पर धिक्कार है।"

"हाँ, तुम तो धिक्कारोगे ही।"

"क्यों?" विरसे की बाछें चिर गयीं।

"तुम तो गोपियों के कन्हैया हो।"

इस पर विरसा मुस्कराया। थोड़ा रुककर बग्गू ने कहा, "उस्ताद, अब तुम हमसे भेद छिपाने लगे। पहले तो कोई-न-कोई लच्छेदार बात सुनने में आ जाती थी, लेकिन न जाने अब तुम्हें क्या हो गया है!"

शुर्ली बोला, "इसे हुआ कुछ नहीं। बस ज़रा ज़्यादा मगन रहने लगा है।"

"अरे नहीं, ऐसी कोई बात नहीं है।" विरसे ने बड़ी विनम्रता से कहा।

"वह पारो, प्रेमो, लच्छी...और शायद गोबिन्दी, और न जाने कौन-कौन...कहाँ गयीं सब?"

"जाती कहाँ, यहीं तो हैं अपने-अपने घर में।"

शुर्ली ने बग्गू को कोहनी का टहोका देते हुए कहा, "देखा, अब साला पुट्ठे पर हाथ भी नहीं रखने देता।"

बग्गू साँहसी ने साधू-महात्मा की-सी मुद्रा बनाकर कहा, "बेटा, हमसे कुछ छिपाना बेकार है। बड़े-बूढ़ों से कुछ मत छिपा। तेरा कल्याण होगा।"

"बग्गू बापू!" शुर्ली ने शरारत की, "तुम भी एक ही घाघ हो। ऐसे भेद तुम्हारी निगाह से दूर ही रहें तो अच्छा है, नहीं तो..."

"नहीं तो क्या?"

"नहीं तो यही कि देखते-देखते ऐसा हाथ साफ़ करो कि दूसरा मुँह ही ताकता रह जाय।"

"ऐसा मत बोलो, ऐसा मत बोलो बच्चा, भगवान् का नाम लो।"

विरसे ने कहा, "छोड़ो यार इस बकवास को...अब यह बताओ कि करना क्या है?"

"आज का प्रोगरेम तो दो दिन बाद होगा।" शुर्ली ने उत्तर दिया।

विरसासिंह ने आँख मारकर पूछा, "कल क्या बात है भई!"

"नहीं, लौंडियोंवाली बात नहीं है।"

"फिर भी क्या होगा। हम भी तो जानें।"

"होगा यही कि अच्छे-अच्छे जवान देखने में आयेंगे।"

"क्या हम अच्छे जवान नहीं हैं बे?"

'अबे, तुम हज़ारों में एक हो, तुम्हारे क्या कहने!"

"तो फिर?"

"वे लोग करतब दिखायेंगे। दौड़ें होंगी, कबड्डी और सौंची के खेल होंगे और मुगदर हिलाये जायेंगे। कुश्तियाँ लड़ी जायेंगी...।"

विरसासिंह ने अपना भारी-भरकम हाथ शुर्ली के कन्धे पर रखा और गहरी भेद-भरी आवाज़ में कहने लगा, "शुर्ली! बच्चू!! एक खेल हम भी दिखानेवाले हैं। वह खेल किसी और खेल से किसी भी लिहाज़ से कम नहीं होगा। ये कुश्तियाँ, कबड्डियाँ सब उसके सामने हेच हैं।"

"इसका मतलब?"

"मतलब तुम जानते ही हो। हमारे जो खेल हुआ करते हैं उन्हें तो तुम समझते ही हो।"

शुर्ली ने बग्गू की ओर भेद-भरी दृष्टि से देखा—"भई, मैं कुछ नहीं समझा।"

विरसासिंह ने गहरी साँस खींची, थोड़ी देर तक चुप रहा। उसकी ऊँची नाक के नथुने फड़क उठे, फिर वह बोला, "तैयार रहो। बस मुझे कुछ और नहीं कहना है।"

बग्गू ने भेदपूर्ण स्वर में पूछा, "अब की है कौन?"

"यह सब-कुछ मौक़े पर ज़ाहिर होगा।"

बग्गू और शुर्ली तो अपने-अपने विचारों में खो गये। वे चिन्तित नहीं थे, किन्तु इस बात के इच्छुक अवश्य थे कि उन्हें भावी संघर्ष के विवरण का अभी से पता लग जाय।

सहसा विरसासिंह ने इधर-उधर देखा और बोल उठा, "यार, हमारे साथी किधर गये? हम बातें करते-करते दूकान से दूर चले आये हैं।"

"दूर कहाँ चले आये हैं, वह रही सामने मिट्ठूलाल की दूकान।"

वे लोग दूकान की ओर चल खड़े हुए। रास्ते में विरसे ने कहा, "शुर्ली बेटा! आज तुम अलग़ोजे बजाना और मेलू क़िस्सा सोहिनी-महीवाल सुनायेगा। दिल तरस गया है।"

"अरे वाह, मुफ़्त में ही दिल तरसाते रहे। जब हम हैं तो क्या ग़म है।"

"हाथ लाना इसी बात पर।"

"लो, यह रहा हाथ।"

"अच्छा फिर मेलू को खोज लो।"

"मेलू को मेरी जेब में समझो।"

"वह कैसे?"

"वह हिन्दुस्तानी नटनियों का नाच देख रहा होगा पट्ठा।"

"लेकिन इससे पहले एक काम और भी करना है।"

"वह क्या?"

"आज ऊँटनियों का दूध पिया जायगा।"

"वाह वा, यह तो मेरे मन की बात कही तूने।"

"चलो, फिर साथियों को भी ले लें अपने साथ।"

"चलो।"

सामने से मिट्ठूलाल हलवाई हाँफता-काँपता चला आ रहा था। विरसासिंह को देखते ही चिल्लाया, "अरे विरसासिंह, दुहाई है!"

विरसासिंह अकारण ही मुस्कराया करता था। मिट्ठूलाल की उपहासजनक हालत देखकर उसे बड़े ज़ोर की हँसी छूटी।

विरसासिंह के इस व्यवहार से मिट्ठूलाल को बड़ी निराशा हुई। गुस्से और निराशा से खीझकर बोला, "बेटा! तुम्हारे होते हुए भी हमारी दुकानदारी ख़राब हो। बड़े दुःख की बात है।"

सच्ची बात यह थी कि विरसासिंह मिट्ठूलाल को चाचा कहा करता था। मिट्ठूलाल उसे बेटा कहता। दोनों का आपस में बड़ा प्यार था। बचपन ही से जब विरसासिंह

उसकी दूकान पर आता तो वह उसको बहुत प्यार करता और मिठाई खिलाता। यहाँ तक कि बड़ा होने पर विरसे की आदतें भी बिगड़ गयीं। वह उसकी दूकान पर अपनी चण्डाल चौकड़ी सहित जा बैठता। जो मन में आता खाता, लेकिन मिट्ठूलाल ने कभी भी न उससे दाम माँगे न कभी इसकी शिकायत की। ऐसा किसी डर के कारण नहीं होता था, बल्कि आपस का लगाव था।

विरसासिंह ने कुछ गम्भीर बनकर पूछा, "चाचा, आख़िर बात क्या है?"

मिट्ठू का दम फूला हुआ था, "अरे भई, वही तुम्हारा गीटा उधम मचाये है। दूकान पर औरतें आती हैं, उन्हें छेड़ता है। हमारी दुकानदारी ख़राब कर रहा है, अगर मना करो तो आँखें दिखाता है।"

विरसासिंह मुँह से कुछ नहीं बोला। वह लम्बे-लम्बे डग भरता हुआ मिट्ठूलाल की दूकान की ओर बढ़ा।

सामने बेंच पर गीटा बैठा ऐंठ-ऐंठकर एक आदमी से बहस कर रहा था। मालूम होता था कि गीटा शराब का एक अद्धा चढ़ा चुका था। दूसरा आदमी उससे कह रहा था, "आप हमारी स्त्री के साथ लगकर क्यों बैठे...आपको शर्म नहीं आती?"

"अरे शर्म की क्या बात है भाई। तुम्हारी माँ हमारी माँ, तुम्हारी बहन हमारी बहन, तुम्हारी औरत हमारी औरत..."

इसी बीच विरसा उसके पास पहुँच चुका था। बिना कुछ कहे-सुने उसने गीटे के मुँह पर पूरी ताक़त से जो थप्पड़ दिया तो वह इस अचानक धक्के में बेंच से उड़कर जूठे बरतनों में जा गिरा।

उस समय क्रोध और नशे में चूर गीटे की हैसियत विरसे के सामने एक छिपकली से अधिक नहीं दिखायी देती थी। गीटे को एक तो शराब का नशा चढ़ा हुआ था, दूसरे अपमान बहुत सख़्त हुआ था। उसने आव देखा न ताव, लड़खड़ाकर उठा, सँभला और फिर सूअर की तरह सिर झुकाकर दौड़ा और फिर उछलकर चाहा कि सिर विरसे के पेट में अड़ाकर उसे गिरा दे, लेकिन विरसा फुर्ती से एक तरफ़ हट गया और उसने ज़ोर में उछले हुए गीटे के कूल्हों पर ज़ोर की ठोकर जो दी तो वह सिर के बल गुलाबजामुन के कढ़ाव में जा गिरा। शीरे में उसकी दाढ़ी तर हो गयी। आँख, नाक और कान में भी शीरा चला गया। गीटे ने आगे से मुक़ाबला करके विरसासिंह को सचमुच ताव दिला दिया था। गीटा सँभलने भी न पाया था कि विरसे ने जूड़े से पकड़कर परे उछाल दिया और फिर पूरी ताक़त से उसकी नाक पर दो-तीन घूँसे जो दिये तो वह बेहोश होकर गिर पड़ा।

इतने में एक कान्स्टेबिल आ निकला। बोला, "क्या है, क्या है?"

विरसे ने उसकी ओर ध्यान नहीं दिया। मिट्ठूलाल से बोला, "इसके मुँह पर पानी डालो। होश में आये तो कहना डाचियों का दूध पीने गये हैं। वहीं चला आये।"

वहाँ सैकड़ों आदमियों का मजमा लग गया था।

विरसासिंह और उसके साथी वहाँ से रवाना हुए तो मजमा काई की तरह फट गया।

## (5)

**डाची (ऊँट) वालों ने** एक बड़े खेत में पाँच-सात चारपाइयाँ डाल रखी थीं। बबूल के पेड़ों के नीचे साँड़नियाँ बँधी थीं।

विरसासिंह और उसके साथी एक खाट पर बैठ गये। दूध दुहा जाने लगा। बड़ी-बड़ी मिट्टी की टिण्डों में झागदार उजला दूध भरकर उनकी सेवा में भेंट किया गया।

वे लोग दूध पी ही रहे थे कि सरदार सुच्चासिंह गीटा पगड़ी सँवारते हुए आ पहुँचे। विरसे से निगाहें मिलीं तो मुस्करा दिया मानो बहुत बड़ा काम सर करके आ रहा हो। पास पहुँचते ही 'भूतनी का' कहकर गीटा विरसे के कन्धे पर सवार हो गया।

विरसासिंह जानता था कि अब उसके साथ लाड़ किया जायेगा। हँसकर मूँछें पोंछते हुए बोला, "क्यों बे हरामी के पिल्ले! तेरा नशा उतरा कि नहीं अभी...लाना भई सरदार सुच्चासिंह के लिए एक टिण्ड दूध की।"

दूध पीने के बाद शुर्ली के अलग़ोजे और सोहिनी-महीवाल का क़िस्सा सुनने का प्रोग्राम तय हुआ। अब वे मेलू की खोज में निकल खड़े हुए।

सबसे पहले वे नटनियों के मजमे में पहुँचे, जहाँ दो सारंगिये खड़े झें-झें सारंगियाँ बजा रहे थे और एक आदमी धपा-धप ढोल पीट रहा था। इकहरे बदन की लचकीली, फुर्तीली और नुकीली तीन नटनियाँ एक मजमे में नाच-नाचकर चक्कर लगा रही थीं। उनमें दो तो पन्द्रह और सत्तरह वर्ष की लड़कियाँ लग रही थीं और तीसरी औरत मालूम पड़ती थी। ग़ज़ब की चंचल छोकरियाँ थीं। दम-भर को पाँव ज़मीन पर नहीं टिकते थे। नज़ाकत और नख़रे का यह हाल मानो काँटों पर चल रही हैं। कूल्हे इधर हिलते हैं तो पाँव उधर थिरकते हैं, नख़रे से नाक इधर चढ़ती है, क़ाफ़िर जवानी की प्रतिनिधि गोल-गोल छातियाँ उधर काँपती हैं। इस तरह घूम-फिरकर वे तीनों नाचती चकोरियों की भाँति क़दम-से-क़दम मिलाकर ज़ुल्फ़ें पीछे फेंककर, छमा-छम आगे को बढ़ने लगतीं।

उनका यार वहाँ भी नहीं था। वहाँ से हटकर थोड़ी दूर ही गये होंगे कि एक ओर से हीर गाने की सुरीली आवाज़ उनके कानों में अमृत घोलने लगी। अनायास वे उधर को खिंच गये।

देखा तो पीलू के एक बहुत बड़े छायादार पेड़ के नीचे एक तख़्त पर अधेड़ आयु के अलमस्त बुज़ुर्ग बैठे हैं। उन पर अजीब मस्ती छायी हुई है। वारिस शाह की हीर गा रहे हैं और लोग निस्तब्ध खड़े हैं। आवाज़ में ग़ज़ब का दर्द था। आवाज़ छाती की गहराइयों से निकलकर एक बड़ी पाटदार नदी के समान उमड़-उमड़कर वायुमण्डल में

फैलती जाती थी। रसीले गले की दर्दभरी आवाज़ में घुले-मिले शब्द कभी तो मन्दगति से उड़नेवाले सुन्दर पक्षियों के समान धरती से कुछ ऊपर उड़ते जान पड़ते और कभी गर्वीले बाज़ के समान बड़ी शान के साथ आकाश की ओर उड़कर सितारों के मुखड़े चूम-चूम आते थे।

कड़वे तेल के दीये की लौ स्थिर थी, मानो वह आग का गोला नहीं पीले-लाल बर्फ़ की फाँक हो।

सूफ़ी विचार के लोग वारिस शाह की हीर को केवल एक प्रेम-कहानी नहीं समझते बल्कि उनका विचार है कि वारिसअली शाह एक पहुँचे हुए बुज़ुर्ग थे और उनकी इस रचना में अध्यात्म का सागर बन्द है। इस क़िस्से के कुछ अपेक्षाकृत अश्लील अंशों की भी वे आध्यात्मिक व्याख्या किया करते थे।

उस समय क़िस्से का ज़रा शोख़ हिस्सा उन बुज़ुर्ग की ज़बान से अदा हो रहा था। यह वह स्थल था जबकि अपनी ससुराल के बाग़ से हीर संन्यासी वेश में आये हुए अपने प्रेमी राँझे से भेंट करके लौटती है तो सखियों की भेद-भरी छेड़छाड़ के उत्तर में वह कहती है—

*हीर आखदी रायबाँ सीरफाँ नूँ, अड़ियो वैर पैय्यो किस वास्ते नी।*
*छेड़ो न गोली खसम पिट्टड़ी नूँ, मेथे मिलना रब दे वास्ते नी।।*

[हीर अपनी सन्देह करने और ताड़ रखनेवाली सखियों से कहती है, "सखियो, तुम मेरे पीछे काहे को पड़ी हो? मुझ बेचारी राँड़ को मत छेड़ो। वह (राँझा) मुझे केवल एक साधू के रूप में मिलने आया है।]

*प्रेंह दा मेनूँ असर होया, रंग ज़र्द होया इस वास्ते नी।*
*छापाँ ख़ुब गइयाँ गल्हाँ मेरियाँ ते, दाग़ पै गया चप रास्ते नी।।*

(मुझे कँवल रोग है इस कारण मेरा रंग पीला पड़ गया है। मेरे गालों पर अँगूठियाँ चुभ गयी हैं इस कारण दायें और बायें गाल पर दाग़ पड़ गये हैं।)

*कट्टे जाँदे नूँ भजके मिली साँ मैं, तनियाँ टिलियाँ चोली दियाँ पास तेनी।*
*रुनी अथरूँ डुल्हियाँ मुखड़े ते, खुल गये तोलड़े पास्ते नी।।*

[मैंने दौड़कर भैंसे के पड़वे को पीछे से पकड़ा था, इस कारण चोली की डोरी ढीली पड़ गयी है। मैं रोयी इस कारण आँसू बहने से मेरे ततोलड़े (गाल पर काजल के लगाये दाग़) धुल गये।]

*मूहदी पई बनेरे ते वेखदी साँ, पेड़ू लाल होया इस वास्ते नी।*
*सुर्खी होंठाँ दी आप में चूप लई रंग उड़ गया इस वास्ते नी।।*

(मैं मुँडेर पर पेट के बल लेटी देख रही थी इसी कारण मेरा पेट लाल हो गया। होंठों की सुर्खी मैंने आप ही चूस ली इसी कारण उनका रंग उड़ गया।)

*राह पेंक्याँ दे वल्लों वेखदी साँ, कोई नज़र न आया रास्ते नी।*
*कट्टा छुट्या विच गलवकड़ी दे ढाकाँ लाल होइयाँ आसपास तेनी।*

(मायके की राह देख रही थी, पर कोई दिखायी न पड़ा। मैंने पड़वे को बाँहों में भींचा इस कारण छाती के आसपास लाली आ गयी।)

*मेरे पेडू नूँ कट्टटे ने ठुड्ड मारी, लासाँ पै गइयाँ मेरे मास तेनी।*
*मेरा छड्डो ख़याल सहेलियो नी, हीर आखदी रबदे वास्ते नी।।*

(मेरे पेड़ू में पड़वे ने टक्कर मारी इस कारण मेरे मांस में लकीरें पड़ गयी हैं। हे सखियो! भगवान् के लिए मेरा ख़याल छोड़ दो।)

इस पर सखियों से कहा—

*भाबी अखियाँ दी रंगत रत्त भिन्नी तेनूँ हुस्न चढ़याँ अन्याँव दा नी।*
*तेरा हुस्न गुलज़ार बहार बनिया, अज्ज हारसिंधार सब भाँव दा नी।।*

(हे भाभी, तेरी आँखों का रंग रक्त के समान है और तेरा रूप ग़ज़ब का है। तेरा सौन्दर्य वसन्त में खिले हुए बाग़ के समान है और तेरा बनाव-सिंगार आज बड़ा खिल रहा है।)

*अज ध्यान तेरा आसमान उते, तेनूँ आदमी नज़र न आँवदा नी।*
*तेरे सुर्मे दियाँ धारियाँ धूड़ पैयाँ जिवें काँ कोई माल ते आँवदा नी।।*

(आज तेरा ध्यान आसमान पर है, तुझे कोई आदमी नज़र नहीं आता। तेरे सुर्मे की धारियाँ धूल-मिश्रित हैं जैसे कोई कौवा किसी माल पर झपटता है और उसकी काली चोंच में धूल लग जाती है।)

*राजपूत मैदान विच लड़न तेगाँ, अग्गे ढाडियाँ दा पुत गावँदाँ नी।*
*रुख़ होर दा होर है अज्ज तेरा, चाला तवाँ कोई नज़र आँवदाँ नी।।*

[आज रूप और प्रेम का ऐसा संग्राम छिड़ा है मानो राजपूत बीच मैदान में तेगें (तलवारें) चला रहे हों और आगे-आगे ढाडियों (युद्धगान गाकर योद्धाओं का जोश बढ़ानेवाले) के पुत्र गा रहे हों। आज तो तेरे तेवर कुछ और ही दीख रहे हैं और आज तो तेरी चाल भी कुछ और दीख रही है।]

*तेरा इश्क़ मैदान हुन आ लत्था या नज़र तेनूँ हुन आँवदा नी।*
*अज्ज आखदे नी 'वारिस शाह' होरीं खेड़ा कौन उल्लू किस था वँदा नी।।*

[आज तेरा प्रेम मैदान में उतर आया है क्योंकि तेरा प्रेमी तुझे सामने दीख रहा है। आज वारिस शाह कहते हैं कि खेड़ा (हीर का पति) कौन? वह तो उल्लू है कहीं का।]

सहेलियों की ये बातें सुन हीर का मन अपने वश में नहीं रहता। भावनाएँ बुद्धि पर हावी हो जाती हैं। ऐसा प्रतीत होता है मानो वह स्वप्न में अपने-आपसे कह रही हो—

*मुट्ठी मुट्ठी मेनूँ कोई असर होया, अज्ज कम ते जीव न लगदा ए।*
*भुली विसरी बूटी ओलंघ आई इके होया भुलावड़ा ठगदा ए।।*

(मेरे अंग-अंग पर कुछ ऐसा प्रभाव हुआ है कि आज काम में मन नहीं लगता। जैसे आज मैं उस बूटी को लाँघ गयी हूँ जिसके प्रभाव ने सब-कुछ भुला दिया है।)

*त्योर लाल मेनूँ अज खेड़ियाँ दा, जिवें लग्गे अलंबड़ा अग्गदा ए।*
*अज्ज याद आये मेनूँ सोई सजन, जेंदा मगर उलामड़ा जग्गदा ए।।*

(आज ससुरालवालों का दिया हुआ कपड़ों का लाल जोड़ा ऐसा दिखता है जैसे धधकती आग की लपटें हों। आज मुझे वही साजन याद आ रहा है जिसके लिए मैं दुनिया-भर के ताने सुन रही हूँ।)

*खुल-खुल जाँदे बन्द चोलड़ी दे, अज्ज गल मेरे कोई लग्गदा ए।*
*घर-बार विच्चों डरन आवन्दा ए, जोबन किसे निसार विच वग्गदा ए।।*

(आज मेरी चोली के बन्धन खुल-खुल जाते हैं और आज कोई गले से मिलता हुआ-सा लगता है। घर-बार से मुझे डर लगता है, और मेरे जोबन का झरना कहीं और गिर रहा है।)

*एके जोबने ने अज्ज ठाठ दित्ती, बूँबा आँवदा पानी ते झग्गदा ए।*
*'वारिस शाह' बुला न मूल सानूँ, मेनूँ भला नहीं कुज्झ लगदा ए।।*

(आज मेरे जोबन में वैसी ही ठेस लगी है जैसे पानी कहीं टक्कर खाकर झाग उत्पन्न करता है। वारिस शाह, हमें कोई न बुलाये, क्योंकि आज हमें कोई चीज़ भली नहीं लगती।)

अन्त में यह संगीत ख़त्म हो गया और सुननेवालों को ऐसा अनुभव होने लगा मानो रंग और सुगन्धि का कोई समूह आकाश-गंगा से क्षण-भर को उतरा और फिर सितारों के देश को प्रस्थान कर गया और एक बहुत प्रिय, मधुर किन्तु प्राणघातक पीड़ा उनके हृदयों में निशानी के रूप में छोड़ गया है।

## (6)

**देर तक विरसासिंह** और उसके साथी मेलू को खोजते रहे पर उसे न मिलना था न मिला।

हरनामे से पता चला कि वह किसी काम से गाँव लौट गया है। उधर से निराश होकर उन्हें मज़ार पर होनेवाले मुजरे का ध्यान आया, अतएव यही निश्चय हुआ कि अब ज़रा मुजरे की रौनक़ देखी जाय।

इस विचार से उन्होंने मज़ार का रुख़ किया। रात में मंगोड़ों के पास से निकलते समय विरसासिंह की गोबिन्दी से आँखें चार हो गयीं।

उस समय वह अपने घरवालों के साथ काठ की पुतलियों का तमाशा देख रही थी। नज़रें मिलते ही गोबिन्दी के मन की दशा कुछ इस प्रकार की हो गयी कि विरसा का

हृदय पसीज गया। और फिर अभी-अभी वह हीर सुनकर आ रहा था। शायद उसी का प्रभाव हो।

उसने यारों से कहा—भई, तुम चलो, मैं अभी आता हूँ। उसे साथियों से अलग होते देख गोबिन्दी ने भी इस अवसर से लाभ उठाने की सोची। इधर-उधर देख उसने मौक़ा पाया और खिसककर विरसासिंह के पीछे हो ली।

भीड़ से एक ओर हटकर वे शिरींह के ऊँचे वृक्ष के नीचे जा खड़े हुए।

गोबिन्दी अपनी सीधी-सादी वेश-भूषा में ग़ज़ब की सुन्दर दीख पड़ रही थी। वह उससे चार क़दम के अन्तर पर चुपचाप खड़ी हो गयी। शायद वह इस इन्तज़ार में थी कि विरसासिंह कुछ कहे। किन्तु वह उखड़ा-उखड़ा-सा खड़ा था मानो अभी भाग निकलेगा।

गोबिन्दी के लिए यही क्या कम था कि वह इतनी निर्लज्जता के साथ उसके पीछे चली आयी थी। किन्तु उसे यह आशंका भी तो थी कि कहीं विरसासिंह बिना बात किये ही न खिसक जाये। यह तो बुरी बात होगी। बहुत दिनों के बाद तो कहीं आमने-सामने खड़े होने का मौक़ा मिला था। यदि इस समय चूक गयी तो न जाने फिर कभी...

बेचारी ने अनेक बार प्रयत्न किया कि मुँह से कुछ कहे, किन्तु हर बार मन मसोसकर रह जाती। मन में भावनाओं की उथल-पुथल मची हुई थी, किन्तु शब्दों द्वारा वह अपनी भावनाओं को व्यक्त करने में असमर्थ थी। उसका चेहरा लाल हुआ जा रहा था।

विरसासिंह ने जवाब सोच रखा था। वह चाहे कुछ भी कहे, उसका उत्तर यही होगा—गोबिन्दी! तुम मेरा ख़याल छोड़ दो।

इस पर वह उसके और निकट आकर विनयपूर्ण स्वर में पूछेगी—क्यों?

वह विवाद का अन्त करने के लिए कह देगा--इसलिए कि मैं तुम्हारे योग्य नहीं हूँ।

उसने कनखियों से गोबिन्दी की ओर देखा। वह क्षण-भर को नज़र चुराकर उसकी ओर देख लेती थी और फिर अपनी ओढ़नी के कोनों को मरोड़ने लगती। उसकी छाती के उतार-चढ़ाव से प्रकट होता था कि वह कुछ कहना चाहती है किन्तु कह नहीं पाती।

कुछ देर तक यही हास्यजनक स्थिति रही। फिर गोबिन्दी ने जो सिर उठाया तो सहसा उसके हाथ छाती पर पहुँच गये। उसकी आँखें फैल गयीं और मुँह से एक आह के साथ निकला—वीर जी (भैया)!

उसका जवान और सुन्दर भाई सूरतसिंह इस ढंग से खड़ा था मानो वह कुछ देर से उन्हें इस हालत में देखता रहा हो। किंचित् विलम्ब के पश्चात् उसके भाई ने पूछा, "यह कौन है?"

विरसा ने हाथ मारकर घास के एक तिनके को तोड़कर मुँह में रख लिया। गोबिन्दी तो क्या कहती, उसने भारी स्वर में कहा, "मुझे विरसासिंह कहते हैं।"

●

# 3

**बेली जुलाहा** कहने को तो जुलाहा था, लेकिन जिस अन्दाज़ से वह आध्यात्मिकता और ज्ञान की बातें करता था उससे कबीर की याद ताज़ी हो जाती थी। उसकी आयु पैंतालीस वर्ष से ऊपर हो चुकी थी। सिर के पट्टे उसकी कमज़ोर झुकी हुई गर्दन के आधे हिस्से को ढाँपे रहते थे। मूँछों के बाल दोनों सिरों पर लम्बे, लेकिन छिदरे थे। दाढ़ी बकरे के समान केवल ठोड़ी पर उगी थी। यों देखने में उसकी सूरत बड़ी हास्यास्पद थी। उसके चेहरे पर केवल उसकी आँखें ही ऐसी थीं जिन्हें देखकर हँसी नहीं आती थी। उनमें ज्ञान से भरपूर उदासी झलकती थी। उसको हर मज़हब और हर धर्म से दिलचस्पी थी। माँगट ऐसे छोटे-से गाँव में रहकर भी उसके हृदय और मस्तिष्क ज्ञान के प्रकाश से आलोकित हो गये थे।

उसकी एक लड़की थी। कौलाँ उसका नाम था। उसकी आयु उस समय बारह वर्ष के लगभग थी। अजब भोली-भाली लड़की थी। रंग साँवला, अण्डाकार, दुबला-पतला शरीर; आँखों से ग़ज़ब की प्रतिभा टपकती थी। उसके बाल बहुत लम्बे नहीं थे, किन्तु अत्यधिक घने थे। बाप ने उसे कुछ नातें (पैग़म्बर के स्तुति गीत) और दार्शनिक तथा सूफ़ियाने शेर कण्ठस्थ करा दिये थे। बाप का इशारा पाती तो वह बड़ी लय के साथ शेर सुनाने लगती। आवाज़ सुरीली थी। जो लोग शेर का अर्थ समझ नहीं सकते थे वे भी उसकी आवाज़ की मिठास और लय से आनन्दित हुए बिना न रहते। लड़की की माँ बचपन ही में मर गयी थी, लेकिन बेली ने दूसरा विवाह नहीं किया। कौलाँ की दादी जीवित थी अतः वह माँ के प्यार से बिलकुल वंचित नहीं रही थी।

ऐसे शान्त वातावरण में बेली बड़ा सन्तोषपूर्ण जीवन बिता रहा था। सारे दिन कपड़े बुनता। अवकाश के समय ऐनक लगाकर उर्दू की पुरानी-पुरानी किताबें पढ़ा करता।

एक दिन, जब कि वह अपने घर के आगे खपरैल के नीचे बैठा कपड़ा बुन रहा था, बेअन्तसिंह गधा हाँकता हुआ उधर से गुज़रा। बेली ने उसे देखकर कहा, "साहब सलामत जी!"

"साहब सलामत जी!"

"अजी यह गधा कहाँ से ख़रीद लाये?"

बेअन्तसिंह गधेवाली बात सुनकर झेंपा, "यह गधा तो लहने कुम्हार का है। माँगकर लाया हूँ।"

"फिर भी मालूम तो हो कि गधों से इतना प्रेम क्यों बढ़ाया जा रहा है?"

बेअन्तसिंह हँस पड़ा, बोला, "फुल्लाँ से मशीन चलने की आवाज़ आ रही है। सोचा गेहूँ ही पिसवा लायें। बोरी भारी है इसलिए गधे पर लादकर ले जाऊँगा।"

"अच्छा, तो यह बात है। भई, हम तो इस फ़िक्र में पड़ गये थे कि हम तो गधे से भी गये-बीते हैं।"

"क्यों, क्यों, आज यह कैसी उखड़ी-उखड़ी बातें कर रहे हो?"

"और क्या कहें, जब तुमने ही हमें भुला दिया। कभी हमारे घर का रुख़ न किया, कभी सूरत न दिखायी। दिखायी भी तो गधे के साथ। इसलिए हमारा परेशान होना कुछ बेजा तो नहीं था न?"

दोनों का आपस में याराना था। ऐसी छेड़छाड़ चलती ही रहती थी।

"भई, क्या कहूँ, पिछले दो दिन कुछ ऐसे चक्कर में रहे कि बस तुम तक पहुँच ही न सके।"

बेअन्तसिंह दो घड़ी को रुक गया था। बेली ने पूछा, "कब तक लौटोगे फुल्लाँ से?"

"सूरज डूबे से पहले बारी कहाँ आयेगी। हफ़्ते-भर से मशीन बिगड़ी हुई थी। आज ही तो चालू हुई है।"

"भई, यह तो बुरी बात है। इसका मतलब तो यह हुआ कि आज फिर मुलाक़ात नहीं होगी।"

"अरे तो आओ न, मेरे साथ चलो। रास्ते में बातें भी होंगी और फिर तुम घूम भी आओगे।"

बेली ने सोचा, राय तो कुछ बुरी नहीं है। यों भी उसका जी काम से ऊब गया था। और उस पर कोई विशेष ज़िम्मेदारी भी तो नहीं थी। ख़ुद नदी-किनारे खड़ा पेड़ था। रही लड़की, तो उसकी शादी के लिए उसने सामान इकट्ठा कर ही लिया था। अब तो उसके सयानी होने की देर थी। वह इस भार से भी जल्दी-से-जल्दी मुक्त हो जाना चाहता था। लड़की तो पराया धन होती है। अपने घर पहुँच जाय तो माँ-बाप की चिन्ता दूर हो जाती है। कुछ ठहरकर बोला, "अच्छा भई, आज तुम्हारा ही कहना सही। काम का क्या है। जब तक इन बूढ़ी हड्डियों में कुछ भी दम है, काम तो करना ही होगा।"

बेअन्तसिंह प्रसन्न होकर बोला, "तो लो, तुम तैयार हो जाओ, मैं बोरी लादकर लाता हूँ अभी।"

"अच्छी बात है। लेकिन भई, एक शर्त है मेरी। सरदार पेशौरासिंह की बैठक तक ज़रूर चलेंगे।"

"अरे जो कहो, मंजूर है भई।"

बेअन्तसिंह गेहूँ का बोरा लेने चला गया और बेली घर में घुसा।

"ओ बेटी कौलाँ! कौलाँ बेटा!! मेरे जूते में तेल लगाया था तूने?"

कौलाँ अन्दरवाले कमरे में न जाने क्या कर रही थी। वहीं से चिल्लाकर बोली, "हाँ चाचा, सेहन में रखे हैं तुम्हारे जूते..."

"बेटी, अन्दर पड़ी-पड़ी क्या कर रही हो। बाहर खुली हवा में बैठो न।"

जब वह सेहन से जूता लेकर लौटा तो कौलाँ भी बाहर निकल आयी। उस समय उसके काले और घने बाल बिखरे हुए थे, आँखें नींद की माती थीं। बेली उसे देखकर हँसा और उसके घने बालों में उँगलियाँ डालकर उसके सिर को हिलाता हुआ बोला, "कहो बिटिया के लिए क्या लायें। हम फुल्लाँ तक जा रहे हैं।"

कौलाँ ने नन्हें बच्चे की-सी सादगी से कहा, "मैं तो जलेब (जलेबियाँ) खाऊँगी।"

"अच्छा-अच्छा, अरे वाह बड़ी शौकीन है हमारी बिटिया, एकदम जलेब ही खायेगी। अच्छा तो देखूँगा। अगर आज वहाँ किसी ने जलेब निकाले होंगे तो अपनी बिटिया के लिए ढेर-से जलेब लाऊँगा आज।"

कौलाँ चुपचाप हँस दी। वह बहुत कम बोलनेवाली लड़की थी, लेकिन हँसने में कंजूसी से काम नहीं लेती थी। बाप का हाथ हट जाने पर कौलाँ ने सिर को झटका दिया तो बाल वर्षा की बौछार की भाँति पीछे को जा गिरे।

बेली ने जूती पहनकर कन्धे पर अँगोछा रखा ही था कि बाहर से बेअन्तसिंह की आवाज़ सुनायी पड़ी।

## (2)

**चारगाँव में दो** विशेष बैठने की अच्छी जगहें थीं। उनमें से एक तो नम्बरदार मियाँ दिल मोहम्मद का दारा और दूसरी पेशौरासिंह की बैठक।

मुसलमान आने-जानेवाले मुसाफ़िरों और दूसरे सार्वजनिक कामकाज के लिए दारे बनवाते थे और हिन्दू सिक्ख धर्मशालाएँ या गुरुद्वारों का निर्माण कराते थे लेकिन बैठक का रिवाज हिन्दू और सिक्खों में बिलकुल नया था।

फुल्लाँ में पेशौरासिंह की बैठक मशहूर थी और माघचक में मियाँ दिल मोहम्मद का दारा। पेशौरासिंह बड़े रुतबे का आदमी था। वह इर्द-गिर्द के पचास गाँव का जैलदार था और मियाँ दिल मोहम्मद माघचक का नम्बरदार।

उन दोनों की आपस में गाढ़ी छनती थी। मियाँ साहब दुनिया का हर रंग देख चुके थे। लेकिन अब लड़के जवान हो गये थे और कुछ उम्र का भी ख़याल था इसलिए धार्मिकता की ओर अधिक झुकाव हो गया था।

यद्यपि मियाँ जी की अवस्था अड़तालीस वर्ष की थी, लेकिन चेहरे पर ऐसी रौनक़ थी कि गालों से ख़ून टपकता था। बहुत मोटे हो गये थे इसलिए चलने-फिरने में बड़ी

तक़लीफ़ होती थी। अफ़ीम की भी लत पड़ गयी थी। सुबह चार सेर ख़ालिस दूध बड़ी देग में डालकर आग पर रख दिया जाता। दोपहर तक उसमें से आधा सूखकर दो सेर बाक़ी रह जाता तब अफीम की गोली मुँह में रखकर ऊपर से वह दूध पी जाते। यही प्रोग्राम रात को दोहराया जाता। इसके अतिरिक्त चूज़े, अण्डे और फुलके उनकी साधारण ख़ुराक थे।

दोपहर को चुनिया बेगम से लुत्फ़ लेते हुए आँखें लाल करके दारे में जा बैठते। इधर-उधर से 'ख़ुशामदी चमचे' जमा हो जाते और फिर गयी-रात तक बेपर की उड़ा करती।

ज़मीन के एक टुकड़े में दो-चार मुट्ठी गेहूँ बोआ देते। पटवारी से कहकर उसका लगान आदि भी गोल कर जाते और उस अनाज से आये-गये मुसाफ़िर की रोटी चलती और यश अलग कमाते।

दारे की सूरत यह थी कि कुछ बबूल कटवाकर उन्हें अपने मकान के सामने खुले मैदान में गड़वा दिया गया और ऊपर खप्चियाँ बाँधकर उन्हें कपास की सूखी छड़ियों से ढक दिया गया था। एक कोने में उपले ढेर के रूप में सुलगते रहते। पास ही हुक्का धरा होता था। नौकर तम्बाकू लीद और गोबर सहित कूट-काटकर तैयार रखते थे। मियाँ जी ख़ास मेहमानों के लिए घर से तम्बाकू मँगवाते, लेकिन राह-चलतों के लिए वही दारेवाली तम्बाकू काम में लायी जाती।

फिर भी चौथे-पाँचवें मियाँ जी अपने भारी-भरकम शरीर को उठाकर किसी-न-किसी तरह पेशौरासिंह की बैठक तक पहुँचा देते और वहाँ चार गाँव के प्रमुख व्यक्तियों और अन्य साधारण लोगों की महफ़िल जमती और फिर दुनिया-भर के गम्भीर तथा अगम्भीर प्रश्नों पर वाद-विवाद छिड़ता था।

पेशौरासिंह भी अपने रुतबे के ख़याल को ताक पर रखकर प्रतिदिन एकाध घण्टे के लिए मियाँ जी के दारे में अवश्य जाते थे। यदि किसी दिन न जाते तो उन्हें ऐसा लगता मानो कुछ खो गया हो। मियाँ जी के भी सन्देशों का ताँता बँध जाता था।

बैठक भी बड़े अच्छे मौक़े पर बनवायी गयी थी। एक तो बाक़ी घरों से अलग थी, जिसका फल यह था कि बकवास करने की पूरी आज़ादी थी। दूसरे पास ही रहट चलता था जिसको अन्दरवाला रहट कहते थे। गर्मियों में इधर दोपहर ढली उधर आठ-दस सेर दूध वहाँ आ पहुँचा। उसमें खाँड़ और कुएँ का ताज़ा ठण्डा पानी मिलाकर कच्ची लस्सी तैयार की जाती और उपस्थित जनों में से प्रत्येक को पेट-भर पिलायी जाती।

बेली मियाँ और बेअन्तसिंह गधे को हाँकते हुए अपने गाँव से चले तो रास्ते में बेली ने खेतों में से ताज़े शलजम उखाड़-उखाड़कर खाने शुरू किये। वह कच्चे शलजमों का बड़ा शौकीन था।

शलजम खाते-खाते वह इधर-उधर नज़र दौड़ाता, दूर तक फैले हुए कपास के खेतों को देखकर कहता, "सरदार! अबके रूई की फसिल बहुत अच्छी होगी।"

बेअन्तसिंह की नाक सदा बन्द रहती थी। मुँह फैलाकर बोला, ''हाँ जी!''

गँदले जौहड़ और घूरों के पास होकर जब वे पेशौरासिंह की बैठक के पास से निकले तो देखा कि मियाँ दिल मोहम्मद भी आज वहीं विराजे हुए हैं और उन दोनों दोस्तों के अतिरिक्त और कई प्रमुख व्यक्तियों का समूह एकत्र हो रहा है।

बेली मियाँ यह दृश्य देखकर मचल गये। कहने लगे, ''भई, अब मशीन तक हमें न ले जाओ। अब तो यहीं पर डेरा जमाने की ठानी है। लौटो तो आवाज़ दे देना। साथ-साथ लौट चलेंगे।''

बेअन्तसिंह को कुछ निराशा तो हुई, किन्तु बेली भी बस वहाँ जाने पर तुल गया था।

पेशौरासिंह की बैठक में कुछ बहुत पुराने तर्ज़ की तस्वीरें लगी थीं। उनमें से एक गुरु गोविन्दसिंह जी की तस्वीर थी, जिसमें आप सिंहासन पर बैठे थे। पगड़ी पर क़लगी लहरा रही थी और हाथ की एक उँगली पर बाज़ बैठा था। इसी प्रकार एक चित्र में दसों गुरु साहबान दिखाये गये थे किन्तु उनकी आकृतियों में कोई स्पष्ट अन्तर नहीं था। गुरु नानकदेव जी की तस्वीर थी और उनके दायें-बायें भाई मर्दाना और भाई बाला बैठे थे। भाई मर्दाना रबाब सँभाले थे और भाई बाला मोर्छल हिलाते थे। जिस पेड़ के नीचे बैठे थे उसकी टहनी से एक पिंजड़ा लटका हुआ था, जिसमें तोता बन्द था। उनके अतिरिक्त कुछ देवियों की तस्वीरें भी थीं। उन पर मक्खियों ने बैठ-बैठकर अपनी गन्दगी से दाग़दार कर दिया था।

उस समय रंगीन पायोंवाले एक पलँग पर, जिस पर चारखानेदार खेस और सफ़ेद चादर बिछी थी, मियाँ दिल मोहम्मद लेटे थे और इसी तरह के दूसरे पलँग पर पेशौरासिंह और उनका बेटा सूरतसिंह बैठे थे।

मुसलमानों का गिरोह अलग अपने हलक़े में हुक्का लिये बातचीत में हिस्सा ले रहा था और हिन्दुओं का हुक्का अलग था। सिक्ख तम्बाकू से दूर बैठे थे। उनके सम्मान में शेष लोग हुक्का दरवाज़े से बाहर ले जाकर पीते थे, सिवाय मियाँ दिल मोहम्मद के। मियाँ साहब कहने लगे, ''भई, मैं ठहरा मोटा आदमी...।''

इस पर पेशौरासिंह ने फब्ती कसी, ''मियाँ तुम्हारे मोटे होने पर हमें कोई शक नहीं है। लेकिन तुम जो अपने-आपको 'आदमी' समझते हो, सो इस पर हमें शक है।''

यह सुनकर सब लोगों ने मुँह फाड़कर गगनभेदी ठहाका लगाया। मियाँ जी बड़े हँसोड़ स्वभाव के आदमी थे। निस्संकोच भाव से पाँव दाबते हुए फुत्तू मीरासी की ओर इशारा करते हुए बोले, ''ओय पेशौरिया, हमको तो फुत्तू मीरासी नहीं छोड़ता, एक रात मैं दारे में लेटा इस्से पाँव दबवा रहा था। पास ही मेरा बहनोई हुक्का पी रहा था। मैंने फुत्तू से कहा, ''ओय फुत्तू, बतला तो हम खाते-पीते भले या भूखे-नंगे?'' इस पर यह सोच में पड़ गया। मैंने कहा, 'सोचता क्या है? अगर हमें खाने को न मिले तो तुम इतनी ऐश कहाँ से करो?' कहने लगा, 'ठीक कहते हो जजमान!' मैंने कहा, 'ससुरे,

इस क़दर चबा-चबाकर बात क्यों करता है, मुँह पर कह दे न जो बात तेरे दिल में है।' इस पर यह भूतनी का कहने लगा, 'आप! न हमारे लिये खाते-पीते भले न भूखे-नंगे।' मैंने गर्म होकर पूछा, 'अबे वह क्यों?' कहने लगा, 'अगर आप खाते-पीते हो तो हमारी गर्दन पर सवार हो जाते हो। ग़रीब से बेग़ार लेते हो,...उनकी बहू-बेटियों को तंग करते हो।' मैंने पूछा, 'अच्छा तो हम भूखे-नंगे भी तुम्हें पसन्द नहीं, वह क्यों?' बोला, 'भूखे-नंगे होगे तो डाके डालोगे, राह चलते परदेसियों को क़तल करोगे, नाजायज़ शराब बनाओगे।' तंग आकर मैंने कहा, 'अच्छा फुत्तू, हम न भूखे भले, न खाते-पीते अच्छे, तो फिर भले कैसे?' पाजी दाढ़ी पर हाथ फेरकर कहने लगा, 'जजमान तुसी ताँ मोए ई हच्छे (तुम मरे हुए ही भले लगते हो।)'' यह बात सुनके हम मारे हँसी के लोटन कबूतर बन गये, यहाँ तक कि पेट में दर्द होने लगा।

मीरासी के चुटकुले पर लोग ख़ूब हँसे। पेशौरासिंह का लड़का तो बहुत ही आनन्दित हुआ।

इसी बीच मियाँ बेली दरवाज़े में दिखायी पड़ा। उसे देखते ही पेशौरासिंह और दिल मोहम्मद उच्च स्वर में बोले, ''आओ भई बेली शाह!''

पेशौरासिंह ने पीछे हटते हुए अपने पलँग पर उसके बैठने के लिए जगह छोड़ दी।

''कहो भई बेली शाह! बड़ी मुद्दत के बाद सूरत दिखायी है आज। आख़िर यह क़िस्सा क्या है?''

''अरे बादशाहो, क़िस्सा क्या होता!''

बेली मियाँ को बड़े आदर-सम्मान की दृष्टि से देखा जाता था। इसीलिए उसे पलँग पर जगह मिली थी। नहीं तो पेशे के लिहाज़ से कुम्हार, जुलाहे, नाई, मोची इत्यादि नीचे दरी पर ही बैठते थे। बेली मियाँ ने पलँग पर बैठते हुए कहा, ''क़िस्सा-विस्सा क्या होना है ग़रीबों का। हम फ़क़ीरों का क्या है! जहाँ बैठ गये सो बैठ गये, और जहाँ चल दिये सो चल दिये।''

''ख़ैर, ठीक है। लेकिन बेली शाह, हमें तो तुम्हारी फ़िक्र लगी रहती है न। जानते हो, तुम अनमोल रतन हो अनमोल रतन।'' दिल मोहम्मद ने कहा।

''मियाँ जी, फ़क़ीरों को कौन काँ (कौवे) उठाये लिये जा रहे हैं?''

मियाँ दिल मोहम्मद को मूँछ में कुछ फँसा दिखायी पड़ा। निचला होंठ बढ़ाकर उसने मूँछ को ध्यान से देखा और फिर हाथ से उसे झाड़ता हुआ कहने लगा, ''भई, हम विरसासिंह और उसकी चण्डाल चौकड़ी से डरते हैं। सुना है आजकल उसके चमचे दुअन्नी-चवन्नी के लिए आदमी की जान लेने से नहीं चूकते।''

''मियाँ हमारे पल्ले तो दुअन्नी-चवन्नी भी नहीं है। और फिर अगर हमारी जान कोई ले भी ले तो क्या है। किसी शायर का भला-सा शेर है—

*क़िया अच्छा जिन्होंने दार पर मंसूर को खींचा।*
*कि ख़ुद मंसूर को मुश्किल था जीना राज़दाँ होकर।।''*

''वहुवा! वहुवा!!'' मियाँ ने बड़े तपाक से हाथ फेंककर दाद दी।

मियाँ जी को तो ख़ैर थोड़ी-बहुत उर्दू आती थी, लेकिन पेशौरासिंह जी सिवाय हीर वारिस शाह के कुछ नहीं समझते थे। ऐसे अवसरों पर वे बड़े संकोच में पड़ जाते थे, अतएव दाढ़ी फटकारकर बोले, ''बेली शाह, ज़रा समझा के...भई, तुम जानते ही हो यहाँ...हा-हा-हा।''

अब बेली शाह ने अपना सूखा हाथ उठाया और उँगली आगे बढ़ाकर मतलब समझाने लगा। और जब बेली ने समझाया कि मंसूर ने भक्ति में डूबकर और भगवान् में लीन होकर ''अनलहक, अनलहक'' (मैं ख़ुदा हूँ, मैं ख़ुदा हूँ) का नारा लगाया और क्योंकि मनुष्य का अपने को ख़ुदा कहना धर्म के विरुद्ध था इसलिए उसे फाँसी पर लटका दिया गया, तो पेशौरासिंह मंसूर के 'दार' पर लटकाये जाने का अर्थ समझकर मियाँ दिल मोहम्मद से भी ज़ोर से प्रशंसा करने लगे और बोले, ''वारिस शाह ने भी हीर में हीर के मुँह से कहलाया है ना कि 'लै वे राँझ्या रब नूँ सौंप्यो तूँ (ले राँझा, हमने तुझे भगवान् को सौंप दिया है)।' इसी तरह तुमने भी अपने को अल्ला को सौंप दिया है।''

बेली अपने शेर की इस व्याख्या पर कुछ प्रसन्न नहीं हुआ फिर भी वह चुप ही रहा।

पेशौरासिंह के बेटे सूरतसिंह ने पूछा, ''यह विरसासिंह कौन है?''

''वाह बेटा, तुम विरसासिंह को नहीं जानते? उसका नाम तो ख़ाहमख़ाह इलाक़े-भर के लोगों के कानों में पड़ जाता है।''

पेशौरासिंह ने कहा, ''मियाँ जी, तुम जानते ही हो, सूरत पहले तो बम्बई में पढ़ता रहा। वहाँ से बहुत कम आना होता था। अब लाहौर आ गया है। लेकिन बेचारे को गाँव के बारे में अधिक जानकारी नहीं।'' और फिर पेशौरासिंह ने अपने बेटे को सम्बोधित कर कहा, ''बेटा, जब तुम छोटे थे तो उसके साथ इधर-उधर घूमा करते थे। अब वह भी बड़ा हो गया है और तुम भी।''

''चाचा जी, वह विरसू तो मुझे याद है। पन्द्रह बरस की उमर तक मैंने उसे देखा है। लेकिन अबके तो मैंने बार-बार उसका नाम सुना है। हैरान हूँ कि आख़िर ऐसी क्या बात है उसमें।''

दिल मोहम्मद ने कहा, ''बेटा! कहते हैं न कि बदनाम अगर होंगे तो क्या नाम नहीं होगा। वही हाल उस छोकरे का है। अच्छा-ख़ासा हसीन नौज़वान था। जिस तरह तुम्हारे बाप ने तुम्हें पढ़ने के लिए भेज दिया था उसी तरह उसके बाप ने भी चाहा कि वह पढ़-लिखकर किसी अच्छे ओहदे पर लगे, लेकिन विरसू विरसू ही रहा।''

बेली ने कहा, ''बाप तो बड़ा भला आदमी है। न जाने ऐसे इन्सानों की औलाद इतनी बद क्यों हो जाती है... ख़ुदा की क़ुदरत है, बाप पड़ा मर रहा है और बेटे साहब अपनी बदकारियों में मस्त हैं...अफ़सोस!''

"वह काम क्या करता है?" सूरतसिंह की दिलचस्पी बढ़ती जा रही थी।

पेशौरासिंह अब तक जान-बूझकर चुप था, लेकिन अब वह बोलने पर विवश हो गया, "बेटा, दरअसल बात यह है कि आदमी पर संगत का बड़ा ज़बरदस्त असर होता है। अगर उसे शुरू जवानी में ही अच्छे लोगों की संगत मिल जाती तो वह एक बहुत अच्छा आदमी बन जाता। नोक-पलक से बिलकुल ठीक है। अब तक किसी कामकाज में लग गया होता। अच्छी-से-अच्छी लड़की से विवाह हो जाता। अब तक एक बच्चे का बाप भी बन गया होता।"

सूरतसिंह ने बाप को टोका नहीं लेकिन उसके दिल पर इन घिसे-पिटे शब्दों का कोई दूसरा प्रभाव नहीं पड़ा।

बेली ने कहा, "बेटा, गाँव की ज़िन्दगी शहर की ज़िन्दगी से ज़रा अलग होती है। शहर में हर आदमी को अपने काम-से-काम होता है, कोई आदमी दूसरे के काम में दख़ल नहीं देता, दूसरे के बारे में सोचने तक की उसे फ़ुरसत नहीं होती है। लेकिन गाँव की बात यह है कि यहाँ हर आदमी को दूसरे की ज़िन्दगी में ख़ाहमख़ाह दख़ल देना पड़ता है, क्योंकि गाँव के लोग एक बड़े कुटुम्ब के रूप में रहते हैं। यहाँ कोई आदमी बिलकुल अलग-अलग दुनिया बसाकर ज़िन्दगी नहीं बिता सकता। इसलिए हर आदमी, हर नौज़वान, हर लड़की और हर औरत को अपनी ज़िम्मेदारी महसूस करनी पड़ती है। यों तो गाँव में भी बुरे-भले सभी तरह के लोग होते हैं। हमारे गाँव किसी समय अपनी बदकारियों और डाकुओं के लिए मशहूर थे, लेकिन धीरे-धीरे काफ़ी सुधार हो गया है। हर समझदार आदमी की यही कोशिश होती है कि एक अच्छा समाज बनाने में मदद दे। और फिर जब कभी यह महसूस हो कि एक ऐसा आदमी, जो समाज का बहुत अच्छा व्यक्ति हो सकता था, बुराई के रास्ते पर जा रहा है तो दिल को बड़ा दुःख होता है। इसीलिए हर महफ़िल में विरसासिंह का ज़िक्र ज़रा अफ़सोस के साथ किया जाता है।"

बैठे हुए लोगों में से एक बोला, "यह तो मानना ही पड़ेगा कि विरसासिंह में गुण भी हैं।"

सूरतसिंह ने उसका समर्थन करते हुए कहा, "वास्तव में न कोई पूर्ण रूप से बुरा आदमी है और न कोई पूर्ण देवता है। बुरे-से-बुरे आदमी में कोई-न-कोई गुण होता है। यह एक अलग बात है कि उसके गुणों को किसी ने उभारने की चेष्टा ही न की हो।"

उपस्थित जनों में से अधिकांश ने अनुभव किया कि सूरतसिंह ने कोई अच्छी बात कही है।

मूलसिंह ने कहा, "जब चोर गुरुद्वारे पर चढ़ दौड़े थे तो उसी आदमी का दम था कि अकेला उनका मुक़ाबला करने को तैयार हो गया था।"

सूरतसिंह ने बच्चों की भाँति दिलचस्पी लेते हुए पूछा, "अच्छा? असल घटना क्या है, ज़रा विस्तार से बताओ।"

मियाँ दिल मोहम्मद बीच ही में बोल उठे, ''कमबख़्त है बला का दिलेर। यह पिछले साल की बात है। तुम जानते ही हो कि गुरुपर्व के मौक़े पर काफ़ी चढ़ावा चढ़ता है। इस इलाक़े में ऐसे बदमाश लोग भी हैं जो ख़ुदा के घर में भी चोरी करने से बाज़ नहीं आते। चुनाँचे पिछले गुरु नानकदेव के गुरुपर्व के एक दिन बाद रात के वक़्त चन्द चोरों ने गुरुद्वारे पर हाथ साफ़ करने की ठानी भी। यह इत्तफ़ाक़ की बात है कि हमारे गाँव के ग्रन्थी ने उन्हें गुरुद्वारे से परे झाड़ियों में यह मशविरा करते सुन लिया, तो वह बेचारा बहुत घबराया और चारगाँव की तरफ़ भागा। थोड़ी ही दूर गया होगा कि विरसासिंह से मुठभेड़ हो गयी। विरसे ने पूछा, 'ग्रन्थी जी, यह किधर को भागे जा रहे हैं?' उसे देखकर ग्रन्थी की जान-में-जान आयी। उसने हाँफते-काँपते सारा क़िस्सा सुनाया। उसने ग्रन्थी का हाथ पकड़ा और कहा, 'ग्रन्थी जी, आओ मेरे साथ। देखूँ तो कौन माई का लाल आया है।' ग्रन्थी जी ने बहुतेरा चाहा कि गाँव से और आदमियों को बुला लिया जाय, लेकिन विरसा कहाँ माननेवाला था।

''वापस लौटे तो विरसू ने गुरुद्वारे के आँगन में बिस्तर बिछाया और लम्बी तानकर सो गया। ग्रन्थी से कह दिया था कि अगर कोई अजनबी आता दिखायी पड़े तो वह उसे जगा दे।

''ग्रन्थी यह कथा बड़े मज़े में सुनाता है। दो घड़ी बाद विरसासिंह के खर्राटों की आवाज़ आने लगी। लेकिन बेचारे ग्रन्थी की आँखों में नींद कहाँ। चाँदनी रात थी, लेकिन आसमान पर हलके-हलके बादलों के कारण रोशनी तेज़ और साफ़ नहीं थी। गुरुद्वारे के चारों तरफ़ खुले खेत हैं इसलिए जो कोई भी उधर का रुख़ करता वह किसी तरह आँखों से छिपा नहीं रह सकता था। ग्रन्थी का जी चाहता था कि काश! चारगाँव से कुछ और आदमी आ जाते तो सन्तोष हो जाता। क्योंकि एक तो विरसू अकेला था, दूसरे वह भरोसे के क़ाबिल भी तो नहीं था। वह तो दोधारी तलवार की तरह था। दोनों तरफ़ वार कर सकता था।

''बेचारे ग्रन्थी का दम सूख रहा था। विरसा खर्राटे ले रहा था और वह बेचारा गुरुद्वारे के चारों तरफ़ चक्कर लगा रहा था। जब रात ज़रा भीग गयी तो उसे दूर से कुछ साये डोलते दिखायी पड़े। वह एकदम भागा और विरसे को जगा दिया।

''विरसा उठा और लाठी लेकर गुरुद्वारे की चारदीवारी के दरवाज़े पर आकर खड़ा हो गया।

''अभी उसकी नींद पूरी तरह से नहीं खुली थी। दीवार के साथ खड़े-खड़े उसने उन सायों की तरफ़ देखा। आधे दरजन के क़रीब आदमी होंगे। उनके हाथों में छव्वियाँ थीं। ग्रन्थी ने अपना काँपता हुआ हाथ कृपाण की मुट्ठी पर रख लिया।

''चोर दबे-पाँव आगे बढ़ रहे थे। जब वे एक खेत परे रह गये तो विरसासिंह ने ऊँची आवाज़ में पूछा, ''कौन है भई?''

''जवाब में एक चोर ने कड़े स्वर में पूछा, ''उधर कौन है?''

" 'इधर सवा लाख ख़ालसा जी का लश्कर डेरे डाले है।'

" 'यह बात कौन कह रहा है?'

" 'मैं!'

" 'तुम्हारे साथ और कौन है?'

" 'मैं!'

" 'और कौन है?'

" 'और भी मैं ही हूँ।'

" 'मैं कौन?'

" 'विरसासिंह!'

"चोरों के बढ़ते हुए क़दम रुक गये।

"विरसासिंह ने फिर ललकारकर कहा, 'अगर तुमने सचमुच माँ का दूध पिया है तो फिर खाली हाथ लौटकर मत जाना। इतना विश्वास तुम्हें मैं दिला देता हूँ कि इधर से सिर्फ़ एक आदमी तुमसे लड़ेगा। बोलो मंजूर?'

"थोड़ा रुककर उधर से आवाज़ आयी—'नामंजूर।' "

इस पर सब लोगों ने गगनभेदी ठहाका लगाया। सूरतसिंह आनन्दित हुए बिना नहीं रह सका। जब वह हँसता तो उसकी बाछों के उधर गालों का मांस उभर आता था।

बेली शाह ने कहा, "बस बुराई तो यही है कि हमारे यहाँ जो लड़का अच्छा जवान निकलता है वह मार-धाड़ और डकैतियों में हिस्सा लेने लगता है।"

बेली शाह का अनेक लोगों ने समर्थन किया। मियाँ दिल मोहम्मद कहने लगे, "बेली शाह! ख़ुदा बुरी नज़र से बचाये। अपने सूरतसिंह को ही देखो। शक्ल-सूरत और डील-डौल में किस लिहाज़ से वह विरसे से कम है, लेकिन अल्लाह का कितना फ़ज़ल है इस पर। कोई ऐब नहीं, कोई बुराई नहीं।"

कई आदमियों ने मियाँ दिल मोहम्मद की हाँ-में-हाँ मिलायी।

"मियाँ ठीक कहते हो तुम।"

"सोलह आने सच्ची बात कही है मियाँ ने।"

रामू अराई उस मौक़े पर कोई ज़बरदस्त बात कहना चाहता था, अतएव उसने मियाँ की तरफ़ हाथ फेंककर तारीफ़ की, "मियाँ, तुमने बीस रुपये की बात कही है। वाह जी वाह!"

फुत्तू मीरासी ने भी मौक़ा हाथ से न जाने दिया। दुआ के अन्दाज़ में दोनों हाथ उठाकर उसने आसमान की तरफ़ मुँह किया और कहा, "ख़ुदा करे, बेटे की दाढ़ी बाप से भी लम्बी हो और सफ़ेद भी।"

पेशौरासिंह बेटे की तारीफ़ें सुन-सुनकर निहाल हुआ जा रहा था।

मियाँ दिल मोहम्मद ने फिर कहा, "अल्लाह बेटा दे तो सूरत ऐसा। उधर हमारे बेटे यों तो अल्लाह के फ़ज़ल से डकैतियों और बेकार लड़ाइयों से दूर-ही-दूर रहते हैं, लेकिन हैं कामचोर। सारे दिन खेल-तमाशे में ही बिताते हैं। चौबारे में बैठकर आवाज़ देता हूँ तो सुनी-अनसुनी कर देते हैं। जानते हैं कि बाप बहुत भारी-भरकम है इसलिए उठकर कान से पकड़ तो सकता नहीं। पुकारते-पुकारते इधर-उधर सटक जाते हैं।"

पेशौरासिंह ने कहा, "मियाँ, तुमने सब-कुछ होते-सोते लड़कों को पढ़ाया तक नहीं। कम-से-कम यह नेक काम तो कर लिया होता।"

"पेशौरे, तुम तो हमारे लँगोटिये यार हो। सच्ची बात तो यह है कि पहले हमें किसी बात का होश नहीं था। भई, मैंने कौन-सी कम बुराइयाँ की हैं। अब तो ख़ैर से, उमर के साथ थोड़ी अक़्ल भी आ गयी है, लेकिन जब इन बातों को हम ख़ुद समझने के क़ाबिल हुए तो उस वक़्त तक लड़के जवान हो चुके थे, उनकी आदतें पक्की हो चुकी थीं और अब कोशिश करना बेकार था।"

बेली शाह ने कहा, "बेटा सूरतसिंह! अब तक तुम शहर में ज़्यादा रहे हो। अब तो शहर की चहल-पहल से दूर शायद तुम्हारा जी भी न लगे।"

"नहीं बेली चाचा, यह बात नहीं है।"

"वाह बे लौंडे, हमें बनाता है।"

"नहीं सच।"

"तो फिर शहर को क्यों भागता है?"

"अब नहीं भागूँगा।"

"सच?"

"सच!"

"हाँ, बेटा! अब तुम्हें अपने बाप का हाथ बँटाना चाहिए।"

पेशौरासिंह बोले, "अरे बेली शाह! हमने ख़ुद ही ढील दे रखी है। अरे, यह भी क्या याद करेंगे। भला जब तक मेरे हाथ-पाँव चलते हैं, मैं इसे काहे को परेशान करूँ। यों तो हमारा चल-चलाव है। फिर तो भगवान् सलामत रखे, सारा बोझ इन्हीं के सिर होगा न!"

"ठीक है पेशौरे भाई।" बेली ने पगड़ी सँभालते हुए कहा, "लेकिन भई, यह कहे बिना नहीं रहा जाता कि तुम्हें औलाद रखने का ढंग भी ख़ूब आता है। लोग बुरी औलाद को धिक्कारते हैं लेकिन उनमें बहुतों की गिनती ऐसी है कि उन्हें अपने-आपको धिक्कारना चाहिए।"

इस पर मियाँ दिल मोहम्मद ने ज़रा बेचैनी से पहलू बदला।

"चाचा बेली।" सूरतसिंह ने कहना शुरू किया, "यों तो जब पिता जी का हुकुम होगा, मैं इनका हाथ बँटाने लगूँगा। लेकिन मैं सोचता हूँ कि जब तक इनकी छाया मेरे सिर पर है, कुछ और काम ही कर लूँ।"

"हाँ बेटा, तुम्हारे इरादे तो नेक हैं, लेकिन तुम्हारा प्रौग्रैम क्या है?"

इस पर सूरतसिंह थोड़ा रुका। कुछ सोचकर बोला, "चाचा! अभी-अभी तुमने कहा था कि गाँव एक बड़े कुटुम्ब की तरह है।"

"हाँ-हाँ।"

"तो बस कुछ ऐसी ही योजना मेरी दिमाग़ में है।"

"ज़रा खोलकर कहो तो समझ में आये हमारे।"

"चाचा, मान लो कि हमारे चारों गाँववाले छोटे-बड़े मिलकर बैठें और यह तय कर लें कि चारों गाँव के साथ लगी हुई सारी ज़मीन सबकी मिली-जुली है। यानी कोई ज़मीन का मालिक न हो, कोई छोटा न हो और न कोई बड़ा हो, न कोई नीच हो न अछूत। सबको लगभग बराबर का हिस्सा मिले। जो आदमी जिस काम में माहिर हो वह उसी काम को करे। बच्चों और बूढ़ों को कोई काम न करना पड़े। मिली-जुली आमदनी में से सबकी ज़रूरतें पूरी की जायँ, विशेषकर उन लोगों की जो बूढ़े-अपंग, अन्धे हैं या किसी और कारण से काम करने के अयोग्य हैं।"

बेली शाह ने थोड़ी देर तक चुप रहकर उसकी बातों पर ग़ौर किया फिर बोला, "बेटा, तुम बड़े समझदार आदमी हो, पर तुम्हारी यह बातें हमारी समझ में नहीं आयीं।"

मियाँ दिल मोहम्मद और पेशौरासिंह को सहयोगी खेतीवाली बात बिलकुल पसन्द नहीं आयी। उन्होंने कभी ऐसी बात देखी न सुनी।

सूरतसिंह मन-ही-मन सोचने लगा कि इन्हें अपना अभिप्राय कैसे समझाये। आख़िर उसने कहना शुरू किया, "चाचा, तुम इतना तो मानोगे कि दुनिया में किसान, मज़दूर और दूसरे कारीगर बहुत काफ़ी काम करते हैं। सुबह से शाम तक चोटी का पसीना एड़ी तक बहाते हैं।"

"मानता हूँ।"

"यह भी मानोगे कि सबसे अधिक मेहनत करने के बाद भी अगर इनकी ज़रूरतें पूरी हो जाया करतीं तो भी ठीक था, लेकिन अफ़सोस। उनको दो वक़्त पेट-भर खाने को भी नहीं मिलता।"

बेली ने सिर हिलाकर 'हाँ' कहा।

"आख़िर ऐसा क्यों होता है कि जो व्यक्ति अपना ख़ून-पसीना एक कर दे उसे रोटी का टुकड़ा तक न मिले और जो व्यक्ति सुबह से शाम तक टाँग-पर-टाँग रखे बैठा रहता है उसे इतना अधिक खाने को मिलता है कि उसकी ज़रूरतों से कई गुना अधिक उसके पास बचा रहता है, जिसे वह ग़रीबों और ज़रूरतवालों में बाँटने की जगह नष्ट कर देना अच्छा समझता है। इसका क्या कारण है। क्या यह अन्याय नहीं है, सरासर ज़्यादती नहीं है?"

अब दिल मोहम्मद ने अपने होंठों पर बड़ी उदार मुस्कराहट उत्पन्न करके कहना शुरू किया, "बेटा! तुममें बचपन ज़्यादा और दुनियादारी की समझ और तजरबा बहुत

कम है। बेटा, धन-दौलत की कमी और बेशी तो अल्लाह के हाथ में है। जिसको देता है सो पाता है। ये चीज़ें तुम्हारे-मेरे बस की नहीं हैं। इसलिए इन पर ग़ौर करना ही फ़ज़ूल है।"

"नहीं चाचा, यह ख़याल ग़लत है। यह सारी बात समझाने के लिए बड़ी लम्बी-चौड़ी बातचीत करनी पड़ेगी। लेकिन इस विषय पर हमारी बातचीत आगे भी होती रहेगी। यह अलग बात है कि आपने इन सवालों पर ग़ौर करने की कभी ज़रूरत महसूस नहीं की होगी, क्योंकि आपके पास ऐश-आराम के सारे सामान मौजूद हैं। लेकिन अगर आप इन्साफ़ की नज़र से देखें तो आपको मानना पड़ेगा कि आपकी सारी ज़रूरतें बल्कि ऐश-आराम के सामान आपको बैठे-बिठाये मिल जाते हैं। ज़रा अन्दाज़ा लगाइये कि आपके चारों ओर बीसियों लोग ऐसे हैं जिनको आराम तो कोई भी प्राप्त नहीं, उनको केवल रोटी के टुकड़े के लिए, अपने बाल-बच्चों के पेट पालने के लिए कितनी मेहनत करनी पड़ती है।"

मियाँ दिल मोहम्मद अपने मन में बड़े सिटपिटाये, लेकिन ज़ाहिर में बड़े शान्त स्वर में बोले, "लेकिन अगर मैं बैठा खाता हूँ और किसी आदमी को मेहनत करनी पड़ती है तो इसमें किसी का क़ुसूर नहीं है। क्योंकि यह बरकतें तो एक ऐसी बरतर हस्ती के हाथ में हैं जिसकी मर्ज़ी में हमारा कोई दख़ल नहीं। और फिर दुनिया की हर चीज़ आनी-जानी है। यहाँ की अमीरी या ग़रीबी से क्या फ़रक़ पड़ता है। इसका फ़ैसला तो क़यामत के दिन होगा। अपने कर्मों के मुताबिक़ जन्नत या दोज़ख (स्वर्ग या नरक) में हर इन्सान को जाना पड़ेगा। फ़र्ज़ कर लो कि एक ऐसे अमीर आदमी से, जो यहाँ चार दिन की चाँदनी का मज़ा ले लेता है, लेकिन फिर हमेशा के लिए जिसको दोज़ख में जलना पड़ेगा, एक ग़रीब आदमी अच्छा है या नहीं जो यहाँ तक़लीफ़ उठाकर भी नेक काम करता है और मरने के बाद हमेशा-हमेशा के लिए जन्नत में भेज दिया जायेगा।"

सूरतसिंह उस भोले-भाले ज़मींदार की धार्मिक भावनाओं को ठेस नहीं लगाना चाहता था, फिर भी वह यह कहे बिना न रह सका, "अब ज़माना बहुत आगे बढ़ चुका है। चाचा, अब तो इस बात की ज़रूरत है कि हर ग़रीब आदमी की ज़रूरतों को स्वीकार किया जाय। पूँजीवाद और जागीरदारी का ख़ातमा कर दिया जाय। नयी दुनिया में ऐसे लोगों को रहने का हक़ ही नहीं होना चाहिए। रहा जन्नत और दोज़ख या स्वर्ग और नरक का मामला, भला बताइये तो, अगली दुनिया किसने देखी है? क्या वहाँ से आज तक कोई आदमी भी लौटकर आया है। मैं समझता हूँ, यह सब कहने की बातें हैं जो ग़रीब और कुचले हुए इन्सानों को धोखा देने के लिए गढ़ी गयी हैं।"

इस पर मियाँ ने ज़ोरदार ठहाका लगाया, "बेटा, यह तुम्हारी-मेरी गढ़ी बातें तो नहीं हैं। यह तो बड़े-बड़े पैग़म्बरों और अवतारों की बातें हैं जिन पर ख़ास ख़ुदा की तरफ़ से इलहाम (देव वाणी) उतरा करता था। ख़ुद गुरु नानकदेव जी इन बातों पर विश्वास रखते थे।"

बेली शाह ने कहा, "आजकल कुछ हवा ही ऐसी चली है कि पढ़े-लिखे लोग रूहानियत (आध्यात्मिकता) के क़ायल नहीं रहे। न ख़ुदा को मानते हैं और न अवतारों को।"

सूरतसिंह ने हँस-हँसकर उन लोगों को अपनी बातें समझाने की कोशिश की, "देखिये, हम पैग़म्बरों और अवतारों का आदर ज़रूर करते हैं। लेकिन यह ज़रूरी नहीं कि उन्होंने सदियों पहले, जबकि आदमी का ज्ञान बहुत सीमित था, जो बातें कही हैं, वह आज भी बिलकुल सही सिद्ध हों। आजकल आदमी के ज्ञान और तजरबे में ऐसी चीज़ें आ गयी हैं जो हमारे पुरखों के स्वप्न में भी नहीं आ सकती थीं। और फिर एक ख़ास बात यह भी है कि अब हालात बदल गये हैं, अब आदमी की समस्याएँ बदल गयी हैं।"

मियाँ दिल मोहम्मद ने हँसकर टालते हुए कहा, "तुम समझते हो कि पैग़म्बरों और अवतारों की निगाहों से कई बातें छिपी हुई हैं। मैं समझता हूँ कि कुछ नहीं बदला। बस हमारा बेटा गाँव से जाकर बदल गया है।"

यह कहकर मियाँ ने बड़े ज़ोर से ठहाका लगाया और दूसरे लोगों ने भी उनका साथ दिया। इस मौक़े पर बेली शाह बोल उठा, "बेटा, ये गहरी बातें हैं। रूहानी मसलों को समझना आसान काम नहीं है। संसारी ज़रूरतों को ज़्यादा अहमियत नहीं दी जा सकती। रोटी-कपड़े की इन्सान को बेशक ज़रूरत महसूस होती है। इसके लिए आदमी को मेहनत भी करनी चाहिए। लेकिन इन सब चीज़ों से घबराकर आदमी को रूहानियत से मुँह नहीं मोड़ना चाहिए। असल चीज़ आत्मा है। आत्मा अमर है, बाक़ी चीज़ें ख़त्म हो जानेवाली हैं। उनकी तरफ़ ज़रूरत से ज़्यादा ध्यान देने से आदमी के कई तरह की मुश्किलों में फँस जाने का ख़तरा है।"

सूरतसिंह ने इस प्रश्न पर बिना किसी कटुता के काफ़ी बहस की, लेकिन अन्त में बेली शाह ने नतीजा यह निकाला, "बेटा, अभी तुम सचमुच बच्चे हो। ये मसले तुम्हारी अक़्ल और तज़रबे से बाहर की चीज़ें हैं। और यह कहकर उसने सूफ़ी सरमद का एक फ़ारसी शेर सुनाया जिसका अर्थ यह था कि प्रेम की पीड़ा अर्थात् सच्चे प्रेम की पीड़ा प्रत्येक वासना-प्रेमी को नहीं मिल जाती जैसे कि परवाने के दिल का दर्द मक्खी को नहीं मिला करता।"

'वहुवा! वहुवा!!" मियाँ दिल मोहम्मद ने झूमकर दाद दी, "हाय-हाय, क्या बात कही है ज़ालिम ने!"

दूसरे लोगों ने भी जी खोलकर प्रशंसा की। सूरतसिंह ने बहस को और बढ़ाना चाहा, लेकिन पेशौरासिंह ने उसे रोक दिया। वह जानता था कि अगर उसके बेटे ने नास्तिक विचारों का और प्रचार किया तो वे लोग उसके ख़िलाफ़ हो जायेंगे।

इस वाद-विवाद ने काफ़ी समय ले लिया था। इतने में बाहर से बेअन्तसिंह ने बेली को आवाज़ दी, जो गेहूँ पिसवाकर लौट आया था।

बेली शाह के उठने के बाद सारी महफ़िल ही बरखास्त हो गयी।

(३)

**सूरतसिंह ने देखा** कि उसका बाप मुँह-हाथ धो रहा है तो उसने भी घर जाने की ठानी। ठीक उस समय जबकि सूरतसिंह दरवाज़े के पास पहुँचा, उसे पिता की आवाज़ सुनायी पड़ी, "देखो बेटा! बड़ों का अदब-आदर किया करते हैं। तुम तो पढ़े-लिखे आदमी हो। इसके बारे में शायद मुझे कहने की ज़रूरत भी न महसूस होती। लेकिन तुमने आज मियाँ और शाह से बातचीत करने में होशियारी से काम नहीं लिया।"

"पर मैंने कोई बेअदबी तो नहीं की।"

"बड़ों के सामने बहस करना तो मुनासिब नहीं है न।"

"यह एक अलग चीज़ है।"

"अलग कैसे?"

"अगर किसी चीज़ के बारे में कोई ख़ास राय हो तो उसे प्रकट करने में बेअदबी कैसी?"

"लेकिन तुम्हें दूसरों की राय का भी तो ध्यान रखना चाहिए। आख़िर उन लोगों ने धूप में तो बाल सफ़ेद नहीं किये हैं।"

"अपनी-अपनी राय बनाये रखने का हर किसी को अधिकार है। अगर मैं...।"

"यह ठीक है, लेकिन क्या तुम अपनी राय अपने तक ही सीमित नहीं रख सकते थे?"

"लेकिन मैं अगर दूसरों पर भी उसे प्रकट कर दूँ तो इसमें क्या बुराई है?"

"आख़िर किसने तुमसे कहा था कि तुम अपनी राय ज़ाहिर करो। यहाँ सब लोग तुमको पढ़ा-लिखा और योग्य समझकर तुम्हारी इज़्ज़त करते हैं।"

"ठीक है...फिर?"

"फिर यही कि तुम्हें उनकी नज़र में अपने-आपको गिराने की कोशिश नहीं करनी चाहिए।"

"मैंने अपने-आपको गिरानेवाली कोई बात नहीं कही।"

"तुमने उनको झुठलाने की कोशिश की, जिसका नतीजा यही तो होगा कि तुम उनकी नज़र में गिर जाओगे।"

"अजीब बात है, सीधी-सादी बात का यह नतीजा तो नहीं निकलना चाहिए।"

"लेकिन यह सीधी-सादी बातचीत तो नहीं थी। धर्म और ईश्वर पर हमला करना कोई अच्छी बात नहीं है। वे लोग सीधे-सादे, वाह गुरु अकाल पुरुख से डरनेवाले लोग हैं। उनके दिल को दुखाना अच्छी बात नहीं है।"

"धर्म और ईश्वर आदि बहुत पुराने विचार हैं। अब हमें इन्हें छोड़ना होगा।"

"क्या यह धरती, यह आकाश, ये चाँद-तारे पुरानी चीज़ें नहीं हैं? क्या हम इन्हें छोड़कर कहीं जा सकते हैं?"

"लेकिन जो बात मैं कह रहा था वह बिलकुल अलग चीज़ है।"

"मैं भी तो सुनूँ।"

"आप नहीं समझेंगे।"

"अच्छा जी, बाप भी इतना नालायक़ हो गया है कि कल के छोकरे की बात नहीं समझ सकता।"

"असल बहस तो यह थी कि मैं कहता था, आज की दुनिया में कोई पूँजीपति नहीं होना चाहिए। क्योंकि वास्तव में जो कुछ यह पूँजीपति घर बैठे खाते हैं और जिस धन के ये मालिक बने बैठे हैं यह दरअसल इनका नहीं है, इस पर सब किसानों और मज़दूरों का अधिकार है।"

पेशौरासिंह का मुँह खुला-का-खुला रह गया। वह अपने लड़के की तरफ़ यों देखने लगा जैसे वह कोई पागल हो। उस समय उसकी भौंहों और मूँछों से पानी की बूँदें टपाटप गिर रही थीं। वह आश्चर्य से बोला, "तो तुम्हारे कहने का मतलब यह है कि हमारे बाप-दादा ने और मैंने जो रुपया, जो ज़मीन वर्षों के परिश्रम से पैदा की है उस पर मेरा कोई हक़ नहीं है?"

"जी हाँ, मेरा मतलब कुछ इसी क़िस्म का है।"

इस पर बैठक में सन्नाटा छा गया। पेशौरासिंह ने दबे हुए गुस्से से कहा, "भला मनाओ कि मैं तुम्हारा बाप हूँ। कोई और बाप होता तो मार-मारकर तुम्हारी ख़ाल उधेड़ देता।"

"मैं यह मानता हूँ...लेकिन बात यह है कि अगर आप मेरी ख़ाल न भी उधेड़ेंगे तो दुनिया उधेड़ेगी। जो आदमी अच्छे काम का बीड़ा उठाता है उसे कष्टों का सामना करना ही पड़ता है।"

पेशौरासिंह ने माथे पर बल डालकर कहा, "आख़िर तुम कौन धरम कारज करने चले हो, ज़रा मुझे भी तो मालूम हो।"

"पिता जी, मैं तजरबे के लिए चाहता हूँ कि चारगाँव के बड़े-बड़े ज़मींदार अपनी सम्पत्ति त्याग दें और...।"

"और दुनिया त्यागकर संन्यास ले लें और गली-गली डण्डे बजाते फिरें।" बाप ने बेटे का वाक्य पूरा किया।

"नहीं, संन्यास लेना तो बड़ी कायरता की बात होगी। मैं चाहता हूँ कि वे ख़ुद भी मेहनत करें। ज़मीन की पैदावार में सबका साझा हो, किसी एक आदमी की मिल्कियत न हो। यहाँ के हर आदमी को पेट भरकर खाना मिले, कपड़ा मिले। यहाँ अस्पताल

बनाया जाय, शिक्षा के लिए एक स्कूल हो, डाकखाना हो। अपनी बिजली तैयार की जाय, ट्रैक्टर से खेती हो।''

पेशौरासिंह को न अपने कानों पर विश्वास हो रहा था न आँखों पर। खीझकर बोला, ''यह अबकी तुम्हें क्या हो गया है?''

''पिता जी, अब तो मैं इसी सिद्धान्त की ख़ातिर जीयूँगा और इसी की ख़ातिर मरूँगा।''

''अच्छा बेटा, यह बात है तो फ़िकर काहे की। सारे ज़मींदार तुम्हारा ही इन्तज़ार कर रहे हैं। अब तो कल ही से काम शुरू हो जाना चाहिए। भले काम में देर नहीं करनी चाहिए।''

''लेकिन पिता जी, भला काम तो अपने घर से ही शुरू होता है।''

''हाँ-हाँ बेटा! जब तुम सबकी ज़मीनों पर क़ब्ज़ा कर लोगे तो मैं अपने ख़र्च से एक गुरुद्वारा बनवा दूँगा।''

''लेकिन हम कोई गुरुद्वारा, कोई मसजिद, कोई मन्दिर नहीं बनायेंगे। उनकी जगह लाइब्रेरी, सिनेमा और अजायबघर बनाये जायेंगे।''

''बेटा, तुम तो अपने लिये चिड़ियाघर बनवाना।''

यह कहकर पेशौरासिंह खिन्न हो, बाहर निकल गया।

# 4

**मियाँ दिल मोहम्मद** को अपने दारे पर गर्व था। शायद यह गर्व अनुचित भी नहीं था। आये-गये परदेसियों को यहाँ काफ़ी आराम मिलता था। उनके खाने-पीने, सोने और हुक्के का अच्छा प्रबन्ध किया जाता था। यही कारण था कि दूर-दूर तक मियाँ के दारे की धूम थी।

दारा कोई धनी-मानी ही बनवाता था और उसके निर्माण का उद्‌देश्य मुसाफ़िरों को आराम पहुँचाने की अपेक्षा अपनी कीर्त्ति फैलाना होता था। मियाँ दिल मोहम्मद के दारे की सबसे बड़ी विशेषता यही थी कि वह मियाँ दिल मोहम्मद का दारा था। मियाँ के दिलचस्प व्यक्तित्व और हँसोड़े स्वभाव से परदेसियों का मन और अधिक बहलता था और वे मियाँ जी के गुण-गान में कृपणता से काम नहीं लेते थे।

दोपहर तक मियाँ दारे में आ बैठते। उस समय उनका ख़ास नौकर बुन्दू हुक्का ताज़ा करके सामने रख देता। इस बीच में मियाँ किसी से बात न करते। जवानी में मियाँ बहुत चतुर और दस नम्बरी थे। लेकिन शादी होते ही प्रकृति ने कुछ ऐसा पलटा खाया कि हर प्रकार की रँगरेलियाँ छोड़कर पक्के गृहस्थ बन बैठे। बेकार और बेफ़िक्र ज़िन्दगी का यह फल निकला कि शरीर पर चर्बी चढ़ने लगी। अब यह हालत हो गयी कि दो आदमियों के सहारे से चलकर दारे तक पहुँचते और वहाँ धड़ाम-से पलँग पर गिर पड़ते। दस-पन्द्रह मिनट तक बैठे हाँफा करते। कुछ देर आराम करने और हुक्के के कश लेने के बाद जब ज़रा हवास ठिकाने होते तो प्रतीक्षा में बैठे हुए लोगों से बातचीत का सिलसिला शुरू हो जाता।

स्वभाव बड़ा हास्यप्रिय पाया था। मोटापे के कारण वैसे तो कालीन के शेर बनकर रह गये थे, किन्तु चेहरे से तेज़ टपकता था और आवाज़ बड़ी गरजदार थी। जवानी की काली करतूतें याद आतीं तो कानों को हाथ लगाकर तोबा-तोबा करते और अब उन्हें अपने नौज़वान लड़कों की स्वच्छन्दता चिन्तित रखती थी। ज़रा से सन्दिग्ध व्यवहार पर या कहीं मामूली शिकायत सुनने पर उन्हें डाँट पड़ जाती थी। उनके लड़के बाप के सामने आने से कतराते। आँखें चार न हों तो केवल आवाज़ सुनकर वे पास आने की जगह बाप से और परे खिसक जाते।

शरीर ख़ूब सुर्ख़ था, लेकिन मियाँ के बाल पक गये थे अतएव सिर और दाढ़ी के बाल मेंहदी से लाल रहते और रोशनी में ख़ूब चमकते थे। दाढ़ी बहुत छोटी रखते, मूँछें

लम्बी और रोबदार। सिर के बाल मशीन से कटे हुए। यों तो तबीयत में बड़ी रँगीनी थी, लेकिन रंग उस समय जमता जब वे चुनिया बेगम से भेंट कर लेते।

एक दिन भोजन करके मियाँ दारे में आये तो देखा कि नित्य की तरह कुछ लोग उनकी चारपाई से दूर बिछी हुई खाटों पर बैठे हैं। लेकिन उनकी ओर से सलाम-दुआ के सिवा और कोई बात नहीं हुई। मियाँ ने हुक्के की नाल दाँतों में दबाकर भारी पपोटों के तले पुतलियों को घुमाते हुए एक-एक करके दारे में बैठे सब लोगों का निरीक्षण किया। ताज़ा हुक्के के तरावट पहुँचानेवाले धुएँ से दिमाग़ को तरी पहुँची तो भारी किन्तु धीमे स्वर में नौकर को बुलाया, "ओय बुन्दू!"

"हाँ, मियाँ जी!"

"ओय भूतनी के, हाँ जी कहाकर।" मियाँ की भवें तन गयीं।

"हच्छा जी...मियाँ जी।"

इस पर मियाँ के होंठों पर मुस्कान उत्पन्न हुई। भवों का इशारा करते हुए बोले, "यह भूरू क्यों आया है आज?" यद्यपि मियाँ को उसके आने का कारण भली-भाँति ज्ञात था।

"कुछ पता नहीं जी।"

"पता नहीं?"

"हाँ जी, मुझे तो कुछ पता नहीं।"

"ओय खोते द्या पुत्रा (गधे के बच्चे)। हमें बेवकूफ़ बनाता है।"

"ना मियाँ जी, मुझे कुछ पता नहीं। यों ही ज़रा वह...कहता था...।"

"ज़रा...वह क्या?"

"रसालू की भैंस खो गयी है न।"

"अच्छा?" मियाँ ने जान-बूझकर अनजान बनकर पूछा।

"हाँ जी।" बुन्दू मालिक के मन की नटखटता ख़ूब समझता था, "बस जी, वह भैंस के बारे में कुछ कहने आया है।"

"क्या कहता है?"

"आप ही से कहेगा।"

"तू हमसे छिपाता क्या है?"

"ओ जी...।"

"बोल-बोल।"

"वह कहता था कि मैंने भैंस नहीं चुरायी।"

इस पर मियाँ चुपचाप हुक्के के कश लेने लगे। नौकर ने मौक़ा ताड़कर बहुत मिमियाकर कहा, "बेचारा है शरीफ़।"

"तुम दोनों ही शरीफ़ हो।"

"नहीं जी, मैं...मेरा मतलब है, उसकी कोई ऐसी-वैसी बात सुनने में नहीं आयी।"

"नहीं-नहीं,...बिलकुल नहीं।" मियाँ ने व्यंग्य में वह बड़ा लाल बालों से ढँका सिर हिलाया, फिर थोड़ा ठहरकर कहने लगे, "बच्चू, मालूम होता है तेरी मुट्ठी गरम की है उसने।"

"नहीं जी, बिलकुल नहीं।"

"फिर तू सिफ़ारिश क्यों कर रहा उसकी?"

"नहीं जी, सपारिस तो नहीं कर रहा हूँ मैं।"

"धुत, अच्छा ज़रा बुला तो। कहना अकेले में बात करनी है।"

भूरू चौड़ी हड्डी और अच्छे डील-डौलवाला आदमी था। उमर अट्ठाईस वर्ष के लगभग थी। आँखें भूरी, बाल गहरे भूरे। उस समय वह चारखाने का खेस (भारी सूती चादर) कन्धों पर डाले था।

बुन्दू के बुलाने पर भूरू पहलवानों के-से अन्दाज़ से झूमता-झूमता मियाँ के निकट आकर ज़मीन पर पाँव के बल उकड़ूँ बैठ गया।

मियाँ ने दोनों भवों को तानकर पूछा, "क्यों उस्ताद?"

"हाँ, मियाँ जी!"

"यह भैंसवाला क्या मामला है?"

"अजी हमें तो कुछ भी मालूम नहीं है।"

"लोग कहते हैं, तूने हाथ साफ़ किया है।"

भूरू का उत्तर तो मानो तैयार ही था। ज़ोर से सिर हिलाकर बोला, "न मियाँ जी, हमने तो भैंस देखी तक नहीं। चुराने की बात तो रही दूर।"

मियाँ ने निगाह तो भूरू के चेहरे पर जमाये रखी, पर मुँह से कुछ नहीं बोले। थोड़ा ठहरकर मियाँ आगे को झुके और दृढ़ स्वर में बोले, "देखो भूरू! दाई से पेट छिपाने से फ़ायदा? भई, तुम तो हो अपने आदमी। न हमारा भेद तुमसे छिपा है और न तुम्हारा भेद हमसे छिपा है, समझे?"

यह कहते-कहते मियाँ ने हुक्के की नाल भूरू की ओर घुमा दी। भूरू के होंठों पर भेद-भरी मुस्कान उत्पन्न हुई और फिर उसकी आँखों के कोनों तक फैल गयी। उसने अनेक बार धुआँ नाक के रास्ते से छोड़ा, फिर कहने लगा, "मियाँ जी, सच्ची बात यह है कि भैंस मैंने चुरायी है...और उसे वापस भी न करूँगा।"

"चुरायी तो ख़ैर, ठीक किया, लेकिन भई वापस क्यों न करोगे?"

"बस, मन की मौज।"

"ओय मन की मौज दे बच्चे...सीधी तरह बात कर।"

यह कहते-कहते मियाँ ने हुक्के की नाल अपनी ओर कर ली। इस पर भूरू चूतड़ ज़मीन पर टेक, फैलकर बैठ गया। जूते पाँव से झटककर परे फेंक दिये और मियाँ जी की घुड़की से प्रभावित हुए बिना बोला, "मियाँ जी! रसालू के बाप ने मेरे बाप की घोड़ी चुरा ली थी। अब मैंने उसकी भैंस चुरा ली है। बस क़िस्सा ख़तम। अब तो टुण्डा लाट भी आ जाय तो भैंस नहीं लौटाऊँगा।"

मियाँ ने आदेश और विनय के मिश्रित भाव से कहा, "ओय भूरे, हठ न कर, भैंस वापस कर दे।"

भूरू ने निर्णयात्मक स्वर में उत्तर दिया, "मियाँ जी, यह तो नहीं होगा। मेरे पास इतनी भैंसें हैं इनमें से जौन-सी जी चाहे भैंस ले लीजिये, पर रसालूवाली भैंस मैं नहीं लौटाऊँगा।"

मियाँ के लिए अभी तक कोई बात आशा के विपरीत नहीं हुई थी। पुराने घाघ थे, ऐसे कई टण्टे निपटा चुके थे। अब मियाँ ने दूसरा पाँसा फेंका। बोले, "भूरू! मामला थाने तक जायेगा।"

"जाने दो।"

"टण्टा ही तो है न?"

"टण्टा कैसा, अरे आप जो हैं।"

मियाँ मुस्कराये, "क्यों बे, अब मियाँ जी पर भी सूखा ही हाथ साफ़ करने का इरादा है?"

भूरू ने हुक्के की नाल अपनी ओर खींची और दबी हँसी हँसकर बोला, "सूखा क्यों जी, गीला हाथ फेरेंगे।"

"खोलकर बात कर।"

"मियाँ जी, जो आप कहिये।"

"नहीं बरखुरदार, तुम हमारे बेटे बराबर हो, जो तुम कहो मंजूर।" भूरू ने मियाँ जी की आँखों में आँखें डालकर पूछा, "एक हरा पापा..." (एक हरे रंग का पत्ता, अर्थात् सौ रुपये का नोट)।

"मंजूर...है तो कम लेकिन मंजूर।"

अब मियाँ ने मन-ही-मन हिसाब लगाया कि सारा मामला बराबर करने के लिए थाने में दो सौ रुपया पूजना पड़ेगा। लेकिन अभी तो वे अपना उल्लू सीधा करना चाहते थे। दारे का यह भी एक लाभ था। अब मियाँ ने बात का रुख़ बदला।

"भूरू, आज मेले का आख़िरी दिन है। कुश्ती और खेल होंगे। तुम्हारी जोड़ी किसी के साथ होगी न?"

"हाँ मियाँ जी...जीवन के साथ जोड़ रहेगी मेरी।"

"जीवन भी अच्छा जवान है। लेकिन तू उस पर शर्तिया भारी पड़ेगा।"

इस पर भूरू नहाते हुए कौवे की भाँति फूलकर कुप्पा हो गया।

## (2)

गोबिन्दी घर के कमरों और आँगन में भूसे-मिले गोबर की लिपाई करने के बाद हाथ-मुँह धोकर मैली चुनरिया से चेहरा पोंछती हुई अन्दरवाले कमरे में चली गयी। उस समय उसका भाई सूरतसिंह पसार (भीतरी बरामदे के समान लम्बा कमरा) में बैठा था।

सूरतसिंह इकहरे बदन का बड़ा सुन्दर सुरुचिपूर्ण व्यक्ति था। शिक्षित और गम्भीर होते हुए भी उसके रक्त में नौज़वानोंवाली गर्मी और तेज़ी मौज़ूद थी। विद्यार्थी जीवन में वह गाँव से बाहर भागता रहा। बम्बई में पढ़ता रहा तो साल-भर में एकाध बार गाँव का चक्कर लगाता और वह भी अपनी माँ के बार-बार आग्रह करने पर। नहीं तो गाँव और उसके वातावरण से वह केवल दो-तीन दिन आनन्द ले सकता था। लेकिन उसकी गहरी दिलचस्पियाँ बम्बई ऐसे शहर से सम्बन्धित थीं। वह प्रतिभाशाली अवश्य था, किन्तु विद्यार्थी की हैसियत से उसकी गणना बहुत अच्छे विद्यार्थियों में नहीं होती थी। उसका अध्ययन बहुत विस्तृत था अतएव कोर्स की पुस्तकों पर अधिक ध्यान देने का मौक़ा ही न मिलता था।

धीरे-धीरे उसके विचार बदलने लगे। किन्तु उसमें पूरी क्रान्ति लाहौर में 'मेडिकल कॉलेज' की एक छात्रा कुमारी महेन्द्र कौर के कारण हुई।

कुमारी महेन्द्र कौर गेहुँएँ रंग की एक सुन्दर लड़की थी। खादी की प्रेमी, हर प्रकार के बनाव-सिंगार से दूर। उसके गोल चेहरे के नक़्श नन्हें-नन्हें-से थे। मुँह का छोटा-सा दहाना, सुन्दर गढ़त की नन्हीं-मुन्नी नाक और तंग नथुने। चुहिया की भाँति छोटे-छोटे सफ़ेद दाँत, जैसे मोतियों की लड़ी। उसके चाकलेट रंग के लम्बे बाल, सिर के बीच एक माँग से दो भागों में बँटे हुए थे और दोनों कानों के आगे से बालों की पट्टियाँ सिर के ऊपर-नीचे बालों के ढेर में खो जाती थीं और फिर सारे बाल सुन्दर ढीले-ढाले जूड़े में सिमट जाते थे।

उसके रूप का आकर्षण जान लेनेवाला तो नहीं था, किन्तु वह निस्सन्देह प्यारी लड़की थी यानी वह उन सुन्दरियों में से नहीं थी जिन्हें देखकर पुरुष की छाती में आग लग जाती है और वह उस आग में भस्म हो जाना चाहता है, बल्कि उसका सौन्दर्य ऐसा था जो पुरुष को लोरी देता है, वह उसके चेहरे के एक-एक भाग को चूमता है और फिर उसके गुप्त ख़ज़ानों तक इस तरह पहुँचता है मानो कोई व्यक्ति किसी पवित्र और महान् देवी के मन्दिर में प्रवेश करता है।

उनका प्रेम पहली नज़र का प्रेम था।

पहली कुछ मुलाक़ातों के बाद सूरतसिंह को पता लगा कि देखने में गम्भीर और मौन महेन्द्र कौर के हृदय में जीती-जागती और तड़पती हुई ज़िन्दगी के लिए कितना प्यार है, और वह किस प्रकार एक बहुत बड़ी भावी क्रान्ति को बच्चों की-सी उत्कण्ठा

से सुर्मई क्षितिज की धुँधली रेखा की ओर देखा करती है। सूरतसिंह ने कई क्रान्तिकारी हवाई क़िले बनाये थे और शायद उसका जीवन यह हवाई क़िले बनाने में ही बीत जाता, किन्तु उस सुन्दर मूर्ति ने दम फूँककर उन हवाई क़िलों को आकाश से धरती पर उतार लिया था।

यह उसी देवी की ही देन थी कि उसे अपने देश के भूले-बिसरे गाँव याद आ गये थे। उसे अकस्मात् उन मनुष्यों के अस्तित्व का अनुभव हुआ जो उन लाखों गाँवों में अपने जीवन के दिन काट रहे थे।

अब, जब वह अपने देहाती मकान को देखता, जिसके फ़र्श और दीवारों पर गोबर की लिपाई होती थी, दीवारों पर बड़े घटिया श्रेणी के चित्रकारों द्वारा बनाये हुए धार्मिक चित्र, ऊपर-तले रखे हुए सरकण्डों के मोंढे, रंग-बिरंगी टोकरियाँ, अन्न से भरे हुए मिट्टी के बने छत तक पहुँचनेवाले बरतन, जिन्हें 'भड़ोला' कहा जाता, बड़े-बड़े रंगीन पायोंवाले सुतली के बुने पलँग, रंगीन झालरोंवाले पंखे और पंखियाँ, लस्सी पीने के लिए काँसी के बड़े-बड़े छन्ने (कटोरे) और उनमें घूमती-फिरती उसकी प्यारी बहन गोबिन्दी जो उसे इतना अधिक चाहती थी। उसे इस बात का पहले कभी अनुभव तक न हुआ था कि देहाती लड़कियाँ अपने भाइयों की मंगल-कामना के बड़े प्यारे गीत गाया करती हैं और उनके हृदयों में भाइयों के प्रति अगाध प्रेम, आदर और गर्व की भावना होती है। जब उसे इस बात का अनुभव हुआ तो उसे बड़ा क्षोभ-सा हुआ। कोई बहन इतनी पवित्र भावनाओं के साथ भाई को प्यार करे, उसके व्यक्तित्व पर गर्व करे, उसकी मंगल-कामना के गीत गाये और उधर भाई इन समस्त भावनाओं से रहित पत्थर की भाँति निर्जीव और जड़ बैठा रहे।

अतएव जब गोबिन्दी मुँह पोंछती हुई भीतरवाले कमरे में घुसी तो सूरतसिंह भी उसके पीछे हो लिया और धीरे से बोला, "गोबिन्दी!"

गोबिन्दी के हाथ रुक गये। उसने जल्दी में एक अँगोछा सिर पर डाल लिया। उसके हाथों में वही मैली चूनर थी, जिससे अभी वह मुँह पोंछ रही थी। बहुत धीमे रुपहले स्वर में बोली, "जी!"

"गोबिन्दी रानी, तुम अपना मुखड़ा ऐसे मैले कपड़े से क्यों साफ़ करती हो?"

गोबिन्दी को अपने भाई के बोलने का ढंग बड़ा प्यारा लगता था। वह और लड़कियों के भाइयों की तरह तुनक़मिज़ाज और बात-बात पर गाली नहीं देता था। उसके होंठों में से उसके नाम के साथ कोई प्यार-भरा शब्द अवश्य निकलता था। वह उसे केवल गोबिन्दी कहकर बहुत कम सम्बोधित करता था।

भाई की इस बात पर गोबिन्दी ने मैली चुनरी को छिपाने की असफल चेष्टा की और फिर शरमाकर पलँग की पट्टी से लग गयी। उसकी नज़रें ज़मीन में गड़ गयीं।

"गोबिन्दी! क्या तुम्हें पता नहीं...तुम हमारे घर का नन्हा-सा चाँद हो...तो फिर चाँद को मैले कपड़ों से तो नहीं पोंछा करते न।"

वह भाई के मुँह से प्यार और सहानुभूति के शब्द सुनकर फूली न समाती थी। और उसके रोम-रोम से भाई के मंगल और मान-वृद्धि के लिए शुभकामनाएँ निकलने लगतीं। उस बेचारी को कुछ सूझ नहीं रहा था कि क्या उत्तर दे।

सूरतसिंह ने फिर कहा, "और फिर याद भी है, अब महेन्द्र कौर भी जल्दी ही आनेवाली है, और यदि उसने हमारी गोबिन्दी रानी को मैले कपड़े से मुँह पोंछते देख लिया तो क्या कहेगी। यों वह चाहे कैसी भी बन-ठनकर रहे, लेकिन जब वह हमारी नन्हीं को देखेगी तो उसकी आँखें चुँधियाकर रह जायेंगी। फिर भी सभी बातें अच्छी होनी चाहिए न!...ठीक?"

गोबिन्दी बहुत लज्जित हो रही थी। भाई ने उसे बड़े-बड़े चार तौलिये लाकर दिये थे, किन्तु वह उनका इस्तेमाल करना ही भूल जाती थी। मद्धिम स्वर में बोली, "जी, ग़लती हो गयी।"

उसकी घबराहट का अनुभव करते हुए भाई ने बातचीत का रुख़ बदल दिया, "आज यह मुँह-हाथ धोकर क्या मेले जाने की तैयारी है?"

"जी नहीं, आज के दिन स्त्रियाँ मेले नहीं जातीं।"

"क्यों?"

"आज सिर्फ़ मर्दों का मेला होगा।"

"सिर्फ़ मर्दों से क्या मतलब?"

"जाके देख लीजिये न, मैं तो कभी गयी नहीं।"

"अच्छा भई, ज़रूर देखेंगे।"

"कल केवल स्त्रियों का मेला होगा।"

"अच्छा?"

"कल आख़िरी दिन है न। कल के दिन ही स्त्रियाँ सब चीज़ें ख़रीदा करती हैं।"

"इसका कारण?"

"मेले का आख़िरी दिन होगा। दूकानदार सौदा सस्ता देते हैं।"

"हाँ ठीक है। सिर्फ़ स्त्रियों के मेले का कारण तो समझ में आ गया। लेकिन केवल मर्दों के मेले का कारण स्वयं वहाँ जाकर मालूम करना होगा।"

सूरतसिंह सोचने लगा कि उसकी बहन कितनी भोली है और इसकी बातें कितनी बेलाग और सच्चाई में डूबी हैं। न जाने महेन्द्र इसे पसन्द करे या न करे। वह सोचेगी, कैसी अनपढ़ है बहन उसकी। बातचीत की निगाह से देखें तो गोबिन्दी अल्हड़ छोकरी ही तो थी। यह शायद ग्रामीण जीवन का प्रभाव था कि वह इतनी जवान और भरपूर दीख पड़ती थी। आयु भी सोलह-सत्तरह वर्ष से अधिक न थी उसकी।

मेले की बात चली तो गोबिन्दी ने एक मोर्चा लगे फ्रेम के शीशे में अपनी सूरत देखते हुए कहा, "आपने उन्हें पहले क्यों न बुला लिया? (मतलब महेन्द्र कौर से था) पहले आती तो मेला देखती।"

इस पर वह हँसा, "गोबिन्दी रानी! बड़े शहरों में हर रोज़ मेले से बढ़कर रौनक़ होती है। भला उसे इस मेले के देखने में क्या आनन्द आता?"

गोबिन्दी चुपचाप दीवार की ओर देखने लगी। उसके मन में भाई के साथ-साथ महेन्द्र कौर के प्रति भी बड़ी श्रद्धा थी। उस शिक्षित युवती की उसके मन में बड़ी अस्पष्ट कल्पना थी। शायद वह उसकी सूरत-शकल की कल्पना कर सकती थी, लेकिन वह न जाने कितनी योग्य, चतुर और समझदार होगी!, यह और इसी प्रकार के विचार महेन्द्र कौर की कल्पना को धुँधला देते और केवल मन में आदर और लगाव की भावना बाक़ी रह जाती। वह सोचने लगी, "महेन्द्र के लिए उनके मेले कोई महत्त्व नहीं रखते। आख़िर कौन-सी ऐसी चीज़ है उनके पास जिसे भेंट कर वे उसे प्रसन्न और आनन्दित कर सकेंगे।"

उस समय भाई और बहन की विचारधारा बिलकुल विपरीत दिशाओं में प्रवाहित थी। सूरतसिंह अपनी अल्हड़ और भोली बहन तथा विरसासिंह के सम्बन्ध में सोचने लगा था। बड़ा नाज़ुक मौक़ा था। यह उसकी नन्हीं बहन, जिसकी भावनाओं का आदर करना और जिसे जीवन की हर आँच से बचाना वह अपना कर्त्तव्य समझता, के सम्पूर्ण जीवन के सुख और दुःख का प्रश्न था। उसे एक ऐसे नवयुवक से प्रेम था जो रूप और यौवन का शिकारी था, जिसके निकट स्त्री की पवित्रता तथा प्रेम कोई वस्तु नहीं थी। किन्तु प्रेम को उपदेश नहीं भाते। आख़िर इस संकट का हल क्या हो सकता था।

सहसा उसने गोबिन्दी के ज़रा निकट जाकर भारी किन्तु गम्भीर स्वर में कहा, "कल जब बैठक में कई लोग बैठे गप उड़ा रहे थे तब विरसासिंह की बातें भी चल निकली थीं।"

गोबिन्दी का कलेजा धक-से होके रह गया था। जिस दिन से भाई ने उसे विरसासिंह के साथ देखा था उसी दिन से वह बहुत डरी हुई थी। किन्तु भाई ने इस घटना के बारे में कभी एक शब्द तक नहीं कहा था। बहन इतनी लज्जित थी कि वह उसके सामने जाने से भी कतराती थी। सोचती थी, न जाने भाई साहब क्या कहें...अब जो भाई ने विरसे की बात छेड़ी तो वह सकुचाकर उत्सुकता से उसकी अगली बात की प्रतीक्षा करने लगी।

भाई उसकी मनोदशा भाँप गया। उसने कहा, "विरसासिंह सुन्दर बहुत है।"

गोबिन्दी के सरल हृदय में आशा की किरण चमकी।

सूरतसिंह ने खाँसकर गला साफ़ करते हुए कहा, "शादी एक-दो दिन का मसला नहीं है। यह सारी ज़िन्दगी का मामला है। इसलिए इस मामले में बहुत फूँक-फूँककर क़दम रखने की ज़रूरत है। यदि आदमी इस मौक़े पर चूक जाय तो आगे इसके परिणाम बहुत कष्टप्रद होते हैं।"

सूरतसिंह ने अनुभव किया कि इस प्रकार की बातें व्यर्थ हैं। उसकी समझ में यह बात नहीं आ रही थी कि वह अपना अभिप्राय कैसे प्रकट करे और बहन को मामले

की गम्भीरता का कैसे अनुभव कराये। उसने फिर कहना आरम्भ किया, "मैं विरसासिंह को पसन्द करता हूँ। ख़ानदान अच्छा है, वह स्वयं सुन्दर है, स्वस्थ है, किन्तु वहाँ जितने लोग बैठे थे उन्होंने उसके चाल-चलन के बारे में बहुत बुरी-बुरी बातें कीं। स्वयं पिता जी बड़े निराश दीख रहे थे...।"

गोबिन्दी ने छोटा-सा घूँघट निकाल लिया था। वह मुँह फेरे चुपचाप खड़ी रही।

सूरतसिंह को मालूम था कि ये सब दोष होते हुए भी उनके पिता ने इस बारे में एक बार कोशिश की थी, जो असफल रही थी। उसने यह बात बहन पर प्रकट करनी उचित नहीं समझी। केवल कुछ संकेत करते हुए बोला, "लेकिन क्या तुम्हें विश्वास है कि वह भी तुमसे विवाह करने को तैयार है?"

गोबिन्दी को इस बात पर पूर्ण विश्वास नहीं था।

सूरतसिंह उसकी प्रतीक्षा किये बिना बोला, "मेरा अपना विचार यह है..." यह कहते-कहते उसने बहन के मुख के भाव देखने चाहे,"...कि उसे घर बसाने से कोई दिलचस्पी नहीं है।"

बहन को गम्भीर मुद्रा में कुछ सोचते देख सूरतसिंह ने कहा, "क्या यह नहीं हो सकता कि हम कोई और लड़का तलाश कर लें।...मेरा मतलब यह है कि अगर तुम्हें मंजूर हो तो...नहीं तो यों मैं तुम्हारी भावनाओं को ठेस नहीं पहुँचाना चाहता...अगर तुम हामी भरो तो मैं इस सिलसिले में और दो-चार जगह कोशिश करके देख लूँ।"

गोबिन्दी के चेहरे पर उदासियों-भरे रंगों की छाया घुलने-मिलने लगी। फिर उसने ज़ोर से मुँह भींच लिया और आँखों के आँसू पीने की असफल चेष्टा करने लगी।

सूरतसिंह जानता था कि वह कितनी भावुक लड़की है। और फिर जवानी के प्रेम में तो आदमी का सँभलना और भी कठिन हो जाता है। वह सहानुभूतिपूर्ण ढंग से बहन के और निकट चला गया।

सहसा गोबिन्दी जड़ से उखड़कर गिरते हुए पेड़ की भाँति उसकी ओर झुकी और फिर उसकी छाती पर सिर रख फूट-फूटकर रोने लगी।

## (३)

**मेले का अन्तिम दिन** पुरुष बड़े ज़ोर-शोर से मनाते थे। उस दिन स्त्रियों को मेले में आने की बिलकुल मनाही होती थी इसलिए पुरुष और खुल खेलते थे। शराब धड़ल्ले से पी जाती थी। इसके अतिरिक्त गाने-बजाने की महफ़िलें जमतीं, कुश्तियाँ लड़ी जातीं, ताक़त आज़माने के अनेक खेल खेले जाते और जी खोलकर रँगरेलियाँ मनायी जातीं।

विरसू, बग्गू, गीटा, राजहंस, शुर्ली आदि आज बहुत प्रसन्न थे। उनके दल में विरसू सौंची का बहुत अच्छा खिलाड़ी समझा जाता था। आज सौंची की बड़ी ज़ोरदार प्रतियोगिता होनेवाली थी। अभी सूर्यास्त की प्रतीक्षा की जा रही थी।

विरसा सदैव की भाँति बहुत प्रसन्न था। वह यारों के हाथ-में-हाथ दिये मेले में घूम रहा था।

"अबके मेला बड़े ज़ोर का रहा। वाहवा।" विरसा बोला।

"उस्ताद अब की सौंची खेलनेवाले भी बड़े ज़ोर के जमा हुए हैं।"

"कैसे?"

"दूर-दूर से खिलाड़ी आये हैं। उन्हें मैं नहीं पहचानता। लेकिन सुनने में आया है कि बड़े सख़्त दाने हैं।"

"क्यों बेटा, हमसे भी ज़्यादा सख़्त कोई दाना पैदा हुआ होगा? क्यों बे भूतनी के,...पता है, हम लोहे के दाने हैं। और बेटा, जिस दिन सौंची में हमारी बराबरी का दाना दिखायी पड़ा उस दिन तेरी टाँग-तले से निकल जाऊँगा।"

सहसा राजहंस अड़ियल टट्टू की भाँति ज़मीन पर पाँव जमाकर खड़ा हो गया और उसने आगे बढ़ने से इनकार कर दिया।

शुर्ली ने पूछा, "अबे बत्तक के जने, बात क्या है?"

गीटे ने पूछा, "अबे शराब का पौवा चाहिए तुझे?"

राजहंस ने इनकार में सिर हिला दिया।

"तो फिर क्या अपनी भैंण देगा मुझे?" गीटे ने कहा।

राजहंस ने इनकार कर दिया।

बग्गू को शरारत सूझी। कहने लगा, "अबे क्या वंजली के साथ सोयेगा?"

इस पर राजहंस को ताव आ गया। अब शायद वह और बग्गू आगे-पीछे दौड़ पड़ते। लेकिन विरसा ने बीच-बचाव करते हुए कहा, "अबे हरामज़ादो! इसका जी छप्पड़ (जौहड़) की तली हुई मछलियाँ खाने को चाह रहा होगा।"

विरसे का अनुमान ठीक निकला, अतएव जिधर से गन्ध आ रही थी, वे लोग उसी ओर चल दिये।

मछलियाँ खिलाने के बाद विरसा ने राजहंस से पूछा, "देख बे, अगर रान पर नंगी परी बनवानी हो तो अभी बता दे। यह न हो कि बाद में हुल्लड़ मचाने लगे।"

"नहीं।"

"सोच ले। जो जी में आये सो कर ले। बाद में मुकरने नहीं दूँगा।"

"मैं नहीं मुकरूँगा।"

इस पर विरसे ने उसकी गर्दन पर एक धौल जमाकर कहा, "अबे साले बागड़!...किस ठाठ से कहता है कि नहीं मुकरूँगा। सुअर, तुझे मुकरने भी दूँगा मैं। क्यों बे सबक़ भूल तो नहीं गया।"

"नहीं।"

"शाबाश! बेटा, तुझे मैं ऐं वे (यों ही) पास करा दूँगा अगर इसी तरह से सबक़ याद करता रहेगा तो।"

इसी बीच वे एक मण्डली के पास पहुँचे। मण्डली में से किसी ने ज़ोर की ललकार के साथ गाया—

*रन्न नहा के छप्पड़ विच्चों निकला*
*सुलफ़े दी लाट वरगी...*

(एक स्त्री जौहड़ में नहाकर बाहर निकली।

उसका बदन ऐसा था जैसे सुलफ़े की चिलम में लपककर उठनेवाला शोला।)

उन्होंने पास से घेरे में खड़े हुए आदमियों के ऊपर से झाँककर देखा तो एक सफ़ेद दाढ़ीवाले बुज़ुर्ग को दोनों हाथों में लट्ठ घुमा-घुमाकर और धरती पर पाँव पटक-पटककर नाचते पाया।

दो-चार आदमियों ने बूढ़े को कन्धों से पकड़कर ज़बरदस्ती नीचे बैठाया और एक मधुर स्वरवाले नवयुवक को मैदान में ले आये। जिस प्रकार उससे गाने के लिए अनुरोध किया जा रहा था उससे प्रकट होता था कि वह अच्छा गानेवाला था। उसने गवैयों के-से नाज़-नख़रे दिखाने के बाद खाँसकर गला साफ़ किया और बोलियाँ सुनानी शुरू कीं—

*ताराँ टेलीफ़ून दियाँ*
*ख़ुश रहो माहिया वे*
*सानों आँखियाँ रबाइयाँ नी ख़ून दिया*

(तारें टेलीफ़ोन की।
साजन तुम ख़ुश रहो।
हमें तुमने मजबूर किया है बहाने के लिए आँसू ख़ून के।)

*सावी हो या खेड़ी*
*ख़ुश रहो माहिया वे*
*असाँ दुखियाँ दी जा केड़ी*

(हरे रंग की पहनी खेड़ी चपली अर्थात् चप्पल
साजन तुम ख़ुश रहो!
हम दुखियों के लिए आराम की जगह केहड़ी कौन-सी?)

*किते पानिये दी बूँद होवाँ*
*एहो चित करदा वे*
*तेरे देस उत्ते कूँज होवाँ*

(कहीं पानी की बूँद होती
यही दिल चाहता है कि
काश, मैं तेरे देश के आकाश पर कूँज—एक सुन्दर पक्षी होती।)

*पत्तर पिपलाँ दे सावे, हो!*
*जुग जुग जियू माहिया*
*साड़ी कटींदी ए भर-भर हावे, हो!*

[पीपल के पत्ते हरे रंग के हैं, हो
मेरे साजन! जन्म-जन्म जियो
हमारी (ज़िन्दगी) बीतती है भर-भर के आहें हो।]

*कुण्डे लग्गे होय जरीबाँ नूँ*
*नाले तेनूँ याद कराँ*
*नाले रोवाँ मैं नसीबाँ नूँ*

(छल्ले लगे हुए फ़ीतों को।
मैं तुझे याद भी करती हूँ।
और रोती हूँ अपने नसीबों को।)

*किते पानिये ने राह कीता*
*ख़ुश रहो, माहिया वे*
*सानूँ मार हो फ़ना कीता।*

(कहीं पर पानी ने रास्ता बना लिया।
ख़ुश रहो मेरे साजन!
हमें तो तूने मारकर मिटा दिया।)

वह युवक जब गाता था तो कानों पर हाथ रख लेता। सिर को हलके-हलके झटके दिये जाता, आँखें मूँद लेता। उसके लम्बे-लम्बे घने बाल बिखरकर उसकी आँखों को चूमने लगते।

उसकी आवाज़ में ग़ज़ब का लोच, कसक और एक दर्द-भरी पुकार थी। बोल उसके सीने से निकलकर सुननेवालों के सीनों को चीरते हुए निकल जाते थे और आवाज़ अपना सारा दर्द गुलाल के समान वायुमण्डल में बिखेरती, एक मनोहर होली का खेल खेलती पृथ्वी के विस्तार और आकाश के फैलावों में फैलती जाती थी।

जब तक वह गाता रहा, सुननेवाले स्तब्ध खड़े रहे।

"वाह जी वाह!" चारों ओर से उसकी प्रशंसा में नारे लगे।

वहाँ से बढ़े तो गीटे ने कहा, "भई सचमुच ग़ज़ब का रंग बाँध दिया था साले ने।"

"यदि शुर्ली के अलग़ोजों की संगत होती तो क्या बात थी।"

"अबे अलग़ोजों की संगत तो जुगनी के साथ मज़ा देती है।"

राजहंस ने कहा, "यार, हमें तो अबकी शुर्ली ने कुछ भी न सुनाया।"

"महफ़िल तो जमी थी, लेकिन सरदार साहब का कुछ पता ही नहीं चला...बहुत तलाश किया आपको यारों ने, लेकिन न जाने हमारे सरदार राजहंस कहाँ सोये पड़े थे?"

"अरे तुम्हें यह भी पता नहीं कहाँ सोये थे राजहंस जी।"

"न भई, हमें तो कुछ भी मालूम नहीं।"

"हत् तेरी की...वंजली के साथ ही तो सोये थे न उस रात।"

"अबे क्या बकता है। वंजली कौन?"

"अरे वही, इनकी और सिर्फ़ इन्हीं की वंजली।"

"धत् तेरे की...वह तो हिन्दुस्तान गयी कभी की।"

"गयी?" गीटे ने जान-बूझकर अनजान बनकर पूछा।

"हाँ-हाँ।"

"तो फिर यह अपनी माँ के..."

अब राजहंस को क्रोध आ गया। वह गीटे के पीछे दौड़ा। दौड़-धूप व्यर्थ थी। कहाँ चुस्त और फुर्तीला गीटा, कहाँ टखने टकरा-टकराकर चलनेवाला राजहंस। लेकिन देखनेवाले उनकी पकड़-धकड़ देखकर हँसते-हँसते दोहरे हो-हो गये।

इस प्रकार मटरगश्ती करने में उन्होंने कुछ समय बिताया। फिर लालसिंह के ढाबे पर जाकर सारी पार्टी रुक गयी। विरसासिंह ने चारपाई पर लेटे लालू (लालसिंह) की ओर देखा और फिर झुककर वे उसके छोटे-से पुराने मैले तम्बू के अन्दर घुस गये।

लालू उन्हें आते देख उठ बैठा।

"आओ भाई विरसू!"

विरसे ने उसकी चारपाई पर बैठते हुए उसकी पीठ पर अपने बड़े हाथ से धमोका दिया, "सुना बेटा, लालू!"

"क्यों बे, बेटा कैसा?"

"लोग कहते हैं कि तू मेरा बेटा है।"

"ओय सूअर! मैं तेरा बेटा कैसे हो सकता हूँ?"

"लोग कहते हैं तेरी सूरत मुझसे मिलती है। इसीलिए तू..."

"ओय भूतनी पलस्तर! मैं तुझसे कम-से-कम सोलह वर्ष बड़ा हूँ। तेरा बाप तो हो सकता हूँ, बेटा नहीं हो सकता।"

"ओय, यह तो अपनी माँ से पूछ। तेरे बाप को तो तेरी माँ ही पहचान सकती है। तेरा क्या है, जिसे तेरी माँ ने कह दिया उसे तूने बाप समझ लिया। आख़िर बता, तेरे पास बाप का कोई सबूत भी है?"

"सबूत-सबूत?"

लालू कोई मसालेदार और भड़कदार बात कहना चाहता था। लेकिन उसे कुछ सूझ नहीं रहा था। उसकी मानसिक उलझन को भाँपकर सब हँसने लगे।

"यार, यहाँ तो दम घुट रहा है।"

"तो चलो बाहर चलें।"

विरसा बोला, "देखो लालू! हम अखाड़े तक जा रहे हैं। आज सौंची भी होनेवाली है। यदि कोई मुझे बुलाने आये तो उसे अखाड़े की तरफ़ भेज देना। वहीं पर मिलूँगा।"

लालू उछलकर बोला, "भई, अखाड़ा देखने तो मैं भी जाऊँगा। हाय, क्या बात याद दिलायी है उस्ताद! मैं तो पड़ा-पड़ा ऊँघ रहा था। यदि कहीं नींद आ जाती तो अखाड़ा देखने से ही रह जाता।"

लालसिंह किसी समय कुश्तियों और ताक़त-आज़माई के दूसरे खेलों में बड़े ज़ोर-शोर से भाग लिया करता था। लेकिन बाद को रण्डीबाज़ी ने उसे भी ठण्डा कर दिया। एक बार जो उसे गर्मी हो गयी तो बड़ी मुश्किल से जान बची उसकी। रस्सी जल गयी, बल न गया। स्वयं कुछ करने के योग्य नहीं रह गया था, किन्तु अखाड़ा देखने का बड़ा शौकीन था वह।

"अगर तुम भी अखाड़ा देखने चले गये तो मेरा क्या बनेगा। जो कोई मुझे बुलाने के लिए आ गया तो...?" विरसे ने भवें तानकर पूछा।

"अबे लौंडे को कहे जाते हैं।"

"लौंडे का क्या भरोसा। न जाने कब किसी लौंडिया के पीछे चल दे।"

"अबे छोड़...तुझे मेले में तलाश करना क्या मुश्किल है। तुझ ऐसे हरामज़ादे रोज़ थोड़े ही पैदा होते हैं।"

यह कहकर वे सब-के-सब तम्बू से बाहर निकल आये। लालू ने लौंडे को पुकारकर कहा, "ओय मुण्डया! अगर कोई आदमी विरसे को बुलाने आये तो उसे अखाड़े को भेज देना...अबे समझा?"

"समझा।" लौंडे ने बेरुख़ी से उत्तर दिया।

## (4)

**पंजाब के ग्रामीण हीर के बाद अखाड़ों के मतवाले हैं।**

एक बहुत बड़े खेत को खोद-खादकर उसका अखाड़ा बना लिया गया था। ताज़ा खुदी हुई गीली धरती की सुगन्ध चारों ओर फैली हुई थी और खेत को असंख्य आदमियों ने घेर रखा था। अभी धूप ज़रा तेज़ थी इसलिए प्रोग्राम यह था कि ताक़त-आज़मायी के कुछ करतब जैसे मुगदर हिलाना, मुगली घुमाना, सोहागा उठाना पहले हो जायें तब फिर कुश्तियाँ शुरू हों।

एक ओर शहर के कुछ अफ़सर अपने इस्त्री किये हुए उजले कपड़े पहने बड़ी शान से या तो कुर्सियों पर बैठे थे या बड़े अफसराना ढंग से गर्दन अकड़ाये इधर-उधर घूम रहे थे। पेशौरासिंह भी उज्ज्वल पगगड़ सिर पर लपेटे, उसका तुर्रा हवा में उड़ाते शर्बत-

लस्सी का प्रबन्ध करते फिर रहे थे। अफ़सरों की सेवा करने का यह मौक़ा तो साल-भर बाद कहीं आता था। ऐसे अवसरों पर ही आदमी बड़े अफ़सरों की निगाहों में समा सकता था।

शोरगुल इतना था कि भाँति-भाँति की आवाज़ों से वायुमण्डल गूँज रहा था। कुछ लोग यों ही भड़कीले वस्त्र धारण किये, तुर्रे फड़फड़ाते, घोड़ों को एड़ लगाते अखाड़े के बाहर चारों ओर चक्कर लगा रहे थे। बेकार ही एक-दूसरे को आवाज़ें दे रहे थे, फब्तियाँ कस रहे थे।

"ओय मोलू! ओय शिरिया!"

लगता था मानो उन्हें अपनी स्वस्थ, ऊँची और भरपूर आवाज़ों से प्यार था। बिना किसी बात के भी अपनी और दूसरों की आवाज़ें सुनने में आनन्द का अनुभव करते थे।

विरसासिंह और उसके साथी ज़रा देर से पहुँचे थे। अखाड़े के चारों ओर दर्शकों की एक दीवार-सी खड़ी थी।

इधर-उधर घूम-फिरकर जब कोई उचित जगह न मिली तब विरसा शुर्ली को आँख का इशारा करके स्वयं अपने साथियोंसहित अलग जा खड़ा हुआ।

शुर्ली ने बेधड़क लाठी को सिर से ऊँचा करके हलका-सा चक्कर दिया और पास खड़े हुए एक अक्खड़ सरदार की पगड़ी उछलकर परे जा गिरी और उसके बालों का बड़ा-सा जूड़ा नंगा हो गया।

उसने भैंसे की तरह बड़ी कठिनाई से गर्दन घुमाकर पीछे की ओर देखा और अपने हाथ का पंजा शुर्ली की ओर बढ़ाकर बोला, "शर्म नहीं आती। बाप की पगड़ी उछालकर परे फेंक दी।"

शुर्ली ने आँखें लाल करके जवाब दिया, "ओय माँ पलस्तर! मुँह सँभालके बात कर।...तेरी पगड़ी मैंने नहीं उछाली।"

इस पर सरदार को बड़ा ताव आया। उसने चेहरे को भयानक बनाकर उसका टेंटुआ दबोच लिया, "ओय तेरी माँ की...भूतनी पतंग! एक तो पगड़ी उछाली दूसरे धौंस जमाता है।"

शुर्ली ने हाथ मारकर टेंटुआ छुड़ा लिया और गुर्राया, "झैनपोद!! परे हटकर बात कर।" यह कहते-कहते वह उछलकर पीछे हटा और एक लाठी उसके हाथ पर दी।

इसी बीच उस सरदार के कुछ साथी भी उधर आकृष्ट हो गये और बहुत-से लोग आकर जमा हो गये। दर्शकों की दीवार टूट गयी।

शुर्ली गाली-पर-गाली दिये जा रहा था। इस पर सरदार जी और उनके साथियों की घनी भवों पर गहरे बल पड़ गये। उन्होंने लाठियाँ सँभाल लीं। शुर्ली भी फिरकी की भाँति मैदान में घूम गया।

अब विरसासिंह के साथियों ने दर्शकों की टूटी हुई दीवार में घुसकर अपने लिये सबसे आगे जगह बना ली और विरसा शुर्ली की सहायता को पहुँच गया। उसे देखकर सरदार के साथियों में से दो की उठी हुई लाठियाँ झुक गयीं और उन्होंने दूसरे साथियों को भी बता दिया कि यह बड़ी अड़ियल हस्ती है।

विरसासिंह केवल सुलह करवानेवाले की हैसियत से वहाँ गया था।

"क्या बात है जी, क्या बात है? क्यों मुण्डे (लड़के) पर हाथ उठाते हो?"

जिसकी पगड़ी उतरी थी वह बिगड़कर बोला, "वाह सरदार जी, उलटा चोर कोतवाल को डाँटे। इस हरामी ने मेरी पगड़ी उछाल दी।"

शुर्ली फिर बिफरकर सामने आया, "ओय, आदमी की तरह बात कर। अभी मूँछें उखाड़कर पीछे दुम-सी चिपका दूँगा।"

सरदार जी के साथियों ने विरसासिंह के बारे में बतलाया तो उन्होंने चुपचाप पगड़ी बाँध ली और दोनों में सन्धि करा दी गयी।

विरसा ने चेतावनी के रूप में शुर्ली की पीठ पर एक घूँसा लगाया—हलका-सा—और फिर उसे पकड़कर यारों के पास ले गया।

उधर दूर-दूर से आये हुए जवान भी एकत्र हो गये थे। कुश्तियाँ और करतब शुरू होने से पहले सब जवान नंगे बदन अखाड़े के भीतर चक्कर लगाते थे। एक चक्कर लगाने के बाद जब वे फिर अपनी जगह पर वापस पहुँचते तो अपने शरीर को मैली-मैली नीली या लाल चादर से लपेटकर धरती पर बैठ जाते। फिर बारी-बारी से उठते और अपने-अपने करतब दिखाते।

अभी क्योंकि प्रोग्राम शुरू नहीं हुआ था इसलिए कुछ चुस्त और चालाक छोकरे उलटी-सीधी कलाबाज़ियाँ लगा रहे थे।

आख़िर थोड़ी देर के बाद जवानों का गिरोह अपनी जगह से उठा। सूर्य के पीले प्रकाश में उनके दमकते हुए सुडौल और स्वस्थ एवं शक्ति से भरपूर शरीर अजब बहार दिखाते थे। जब वे चले तो ऐसा लगा मानो संगमरमर की मूर्तियों में जान पड़ गयी हो। वे लोग बहुत मन्दगति से ऐंड़-ऐंड़कर टहलते हुए चल रहे थे और लोग-बाग आपस में उनके शरीर तथा शक्ति के बारे में बहस कर रहे थे।

लालू तो मारे जोश के जामे से बाहर हुआ जा रहा था। वास्तव में इन करतबबाज़ों और पहलवानों के बारे में उसका ज्ञान भी अन्य साथियों की अपेक्षा बहुत अधिक था।

"हो...वह देखो, धम्मनसिंह जा रहा है। भई मुगदर उठाने में तो सचमुच इसका कोई जवाब नहीं है।"

सबकी निगाहें उस ओर उठ गयीं। धम्मनसिंह का क़द लम्बा और हड्डियाँ बहुत चौड़ी थीं। उसके शरीर की रंगत में एक ताज़गी थी और त्वचा में नर्मी। उसके पुट्ठे देखने में कसे हुए नहीं थे। वह उसी प्रकार के पुट्ठे थे जो ढीलेपन की अवस्था में देखने और छूने में अत्यन्त नर्म और सख़्ती की हालत में बिलकुल पत्थर होते थे।

उनमें मजीदा मुगदर हिलाने में अद्वितीय था। उसकी गर्दन लम्बी, चेहरा ख़ूबसूरत और बाल भूरे थे। बदन दण्ड-बैठक से कमाया हुआ नहीं था। वह एक सीधा-सादा मेहनती किसान था। केवल मुगदर हिलाने में उसके बाज़ुओं की काफ़ी कसरत हो जाती थी अतएव उसके शरीर के पुट्ठे असाधारण रूप से स्पष्ट नहीं थे। हाँ, उसके बाज़ुओं की बनावट में मज़बूत और तनिक उभरे हुए पुट्ठों का विशेष भाग था। दण्ड से अगले और पिछले दोनों भागों की मछलियाँ उभरी हुई और सुडौल थीं। उसके शरीर का रंग ऐसा था मानो उसकी नसों में रक्त तथा अंगूरों का रस संचारित हो।

बेलासिंह भी देखने योग्य जवान था। वह कलाई पकड़ने और मुगली घुमाने में अपना सानी नहीं रखता था। रंग काला था। बदन कमाया हुआ था। पहले वह भी कुश्ती लड़ता रहा था। फिर दाढ़ी और बालों के कारण उसने कुश्ती छोड़ दी, क्योंकि अन्य पहलवानों की भाँति उसने बाल मुँड़वाने से परहेज़ किया। यों देखने में उसके चेहरे से किसी संन्यासी की-सी गम्भीरता और उपेक्षा का भाव स्पष्ट झलकता था।

मथुरा कुण्डीवाला बोझ उठाने की प्रतियोगिताओं में भाग लेता था। वह शहर में रहता था। उसके पास कई ठेले थे। वह ठेलों पर अनाज और सीमेण्ट के बोरे स्वयं ही लादा करता था। वह बोरे, जिन्हें दूसरे जवान ज़मीन से ज़रा-सा उठाकर और हिलाकर छोड़ देते थे, वह एक सपाटे के साथ घुमाकर पीठ पर लाद लेता था। उसकी पीठ बड़ी चौड़ी थी।

छोटे-मोटे, ऐंड़े-मैंड़े जवानों के अतिरिक्त भोलू और रहीम दोनों उस्ताद भी हाथियों की तरह झूमते-झामते, अपने चेलों-चाँटों से गप लड़ाते बढ़ रहे थे। उनके शरीर भारी-भरकम और पुट्ठे असाधारण ढंग से फूले हुए थे। जाँघें बड़े-बड़े स्तम्भों के समान दीख पड़ रही थीं और धरती उनके बोझ के नीचे काँपती मालूम होती थी। दोनों उस्ताद पहाड़ों की भाँति मज़बूत दिखायी पड़ते थे।

चक्कर पूरा हो चुका तो ताक़त के करतब शुरू हुए। भाँति-भाँति के सुन्दर, सुडौल, गँठे हुए मर्दाना शरीर देख दर्शकों का मन प्रसन्न हो जाता था। हर करतब के उस्ताद की ख़ूब-ख़ूब प्रशंसा होती थी। करतबों के बाद कुश्तियाँ आरम्भ हुईं। पहले तो हलकी-हलकी जोड़ें एक साथ छोड़ दी गयीं। फिर कुछ ऐसी जोड़ें भी सामने आयीं जो अपेक्षाकृत कुछ मशहूर थीं।

सबसे आख़िर में उस्तादों की कुश्ती का ऐलान किया गया था।

एक कोने से उस्ताद भोलू अपने चेलों के गरोह में से उठकर खड़ा हो गया। उसने अपने कन्धों पर लाल चादर डालकर शरीर छिपा रखा था। कुछ देर तक वह चादरसहित उट्ठक-बैठक के सपाटे लगाता रहा। यही कार्यवाही उस्ताद रहीम के कोने की तरफ़ से की गयी।

अन्त में दोनों उस्ताद चादरें परे फेंककर उछलते-कूदते और 'या अली' 'या अली' का नारा लगाते एक-दूसरे के सामने आ खड़े हुए।

हमेशा की तरह उस्तादों की कुश्ती बिना किसी निर्णय के चेलों और उनके प्रशंसकों की आपस में लट्ठबाज़ी और गाली-गलौज पर ख़तम हुई।

इतने में लालू का लौंडा विरसासिंह को खोजता-खोजता उधर आ पहुँचा।

## (5)

**सन्ध्या के सूर्य की** सुनहरी धूप में सौंची के खिलाड़ियों ने जब कपड़े उतारे तो उनके ऊँचे, चौड़े सुन्दर शरीर को देखकर दर्शकों के हृदय गरमा गये।

सौंची के खेल में दो पार्टियाँ होती हैं। एक पार्टी का जवान दूसरी पार्टी की सीमा में चला जाता है। उसके मुक़ाबले पर दूसरी पार्टी का एक जवान खड़ा होता है। पहले का काम वापस पहुँचना होता है और दूसरे का उसे रोकना। पहला थप्पड़ मार-मारकर दूसरे को रास्ते से हटाकर भाग जाना चाहता है। लेकिन दूसरा पकड़-धकड़ और लिपटकर उसे रोकना चाहता है। यह बड़ा सख़्त क़िस्म का मर्दाना खेल है।

इस खेल के खिलाड़ियों के शरीर कुश्ती लड़नेवाले पहलवानों से भिन्न होते हैं। ये लोग क़द के लम्बे, हड्डी के चौड़े और बदन के इकहरे होते हैं। शरीर मज़बूत और लचकदार, पसलियाँ उभरी हुईं, पेट-पीठ से चिपके हुए। कलाई फ़ौलादी और हाथ चौड़े-चकले और मुँहतोड़। उनके विशेष तेवर होते हैं। सौंची में प्रतिद्वन्द्वी जवान के हाथों मार खाना और उसे सहन करना कोई आसान काम नहीं। ज़रा कमज़ोर आदमी पहले ही थप्पड़ में हड्डियाँ तुड़वा बैठता है।

सौंची खेलनेवालों में स्वभावतः लड़ाका और हथछुट जवानों की संख्या अधिक थी। उनके हाथ इस निर्दयता से उठते थे जैसे दूसरे को जान से ही मार डालेंगे।

पहली जोड़ के बाद ही जब विरसासिंह विरोधी दल की सीमा की ओर बढ़ा तो दर्शकों में हलचल-सी उत्पन्न हो गयी। लोग आपस में वाद-विवाद करने लगे। विरसा सौंची का अद्वितीय खिलाड़ी समझा जाता था। वह यों अपनी मार के कारण भी बदनाम था। उसकी मार की ताब लानेवाला विरला ही दिखायी पड़ता था। अतएव जब वह उठता तो विरोधी दल के सामने हमेशा यही कठिन समस्या उपस्थित होती थी कि उसके मुक़ाबले पर किसे खड़ा करें।

यद्यपि अपने कथनानुसार विरसा इज़ारबन्द का कच्चा था, लेकिन उसका नग्न शरीर एक ऐसा सुन्दर समाँ उपस्थित करता था कि बड़े-बड़े गर्वीले जवान भी वाह-वाह कर उठते थे। उसने कुछ जवानों की हँसलियाँ एक ही थप्पड़ में तोड़ डाली थीं अतएव उसके मुक़ाबले पर किसी भी जवान को ख़ूब सोच-विचार के बाद भेजा जाता था।

विरसासिंह के चलने के अन्दाज़ में पहलवानोंवाली शेख़ी का नाम-निशान तक न मिलता था। वह बिलकुल सहज-सहज चलता हुआ अपनी जगह पर खड़ा हो गया। हाँ, ऐसे मौक़ों पर वह मुस्कराना बन्द कर देता था।

उसे खड़े-खड़े दो मिनट बीत चुके थे। दूर-दूर तक बैठे हुए लोग सोच रहे थे कि न जाने क्या होनेवाला है। कोई उठेगा भी या नहीं!

इतने में कैंची से कतरी हुई दाढ़ी और सिर पर छोटे-से जूड़ेवाला एक क़द्दावर सिक्ख उठा। हर तरफ़ एक ही आवाज़ गूँज गयी—कपूरा ठट्टेवाला!

कपूरा और विरसे के परस्पर दोस्ताना सम्बन्ध थे। लेकिन विरसे का मुक़ाबला उसके सिवा दूसरा नहीं कर सकता था, इसलिए विवश हो उसे उठना पड़ा और उसके साथ ही जोश में आकर कई और आदमी उठ खड़े हुए।

शुर्ली को पता था कि अबकी डाके में कपूरा विशेष भाग ले रहा था, किन्तु उसने उसे कभी देखा नहीं था, क्योंकि वह दूसरे गाँव ठट्टे का रहनेवाला था अतएव गीटे की अँगुली के संकेत पर उसने देखा—कपूरे का चेहरा भयानक, उसकी दाढ़ी के बाल लोहे के तारों के समान कड़े और उसके बायें गाल की हड्डी के ऊपर एक काला-सा उभरा हुआ तिल दिखायी पड़ रहा था।

●

# 5

एक उजले मोती की भाँति सुबह का सितारा वायुमण्डल में लटक रहा था और प्रकाश की धूल पूर्व की ओर से उठकर चारगाँव की प्रत्येक वस्तु, वृक्षों, पगडण्डियों, खेतों की हल चली हुई धरती की रेखाओं को क्षण-प्रतिक्षण स्पष्ट कर रही थी।

सूरतसिंह अभी बिस्तर पर लेटा हुआ था। उसके सिर की ओर खिड़की में से ताज़ा और ठण्डी हवा के झोंके भीतर आ रहे थे। उसके पायँती की ओर एक लम्बा और चौड़ा दरवाज़ा था। उसने अधखुले नेत्रों से द्वार की ओर देखा। दरवाज़े के ठीक बीच में एक लम्बे क़द और सुडौल शरीरवाली लड़की का बदन फूलों की कोमल डाली के समान बल खा रहा था और उसके सुबुक रंग के कपड़े हवा के झोंकों में लहरा रहे थे।

लड़की को देखकर उसने लेटे-लेटे बाज़ू हवा में फैला दिये। वह सुन्दर मूर्ति मानो हवा में तैरती हुई उसके निकट आयी। धुँधले प्रकाश में उसके सुन्दर मुखड़े की रेखाएँ अस्पष्ट-सी दीख रही थीं मानो चित्रकार ने चित्र बनाते-बनाते उसे अधूरा ही छोड़ दिया हो।

वह आकर उसके पास बैठ गयी। युवक ने खिलौने के मतवाले अधीर बालक के समान हाथ बढ़ाये और उसके सुगन्धित शरीर को सरलता से बाज़ुओं की लपेट में ले लिया...शायद वह डरता था कि यह सुन्दर मूर्ति, जो इस समय इतनी अलौकिक दीख रही थी, कहीं हवा में न घुल-मिल जाय।

मर्दानी बाँहों के घेरे में दबकर युवती के कोमल अधखुले होंठों में से आनन्द तथा घुटन से महकी हुई एक 'आह' घरघराकर निकली जिसे सुन मर्दाना स्वर धीरे-से गूँजा, "क्यों?"

"कुछ नहीं।"

"बताओ न।"

"कुछ भी तो नहीं।" युवती का रुपहला स्वर खनखनाया और फिर उसकी अपने 'माही' की आँखों-से-आँखें मिलीं तो उसने शरमाकर पलकें झुका लीं और सटककर छाती-से-छाती मिला दी।

"कब जागीं?"

"थोड़ी देर हुई।"

दोनों के स्वर निद्रा में डूबे हुए थे। युवती के स्वर से पता चलता था कि इस समय वह अधिक बातें करना नहीं चाहती थी।

थोड़ी देर मौन रहा। फिर युवती ने आँखें उठायीं तो उसके बोझिल बाल 'झम्म'-से उसके गालों पर ढुलक गये। युवक के होंठ सुन्दर पक्षी के समान युवती के चेहरे से फूटती हुई धुँधली किरणों को चूम रहे थे। कितने लोभी थे वे होंठ। वे प्रेयसी के मुखड़े के प्रत्येक भाग और प्रत्येक अंग को एक ही समय में चूम लेना चाहते थे। क्योंकि प्रत्येक अंग उनके निकट इतना प्रिय था कि एक की दूसरे से तुलना करना असम्भव था।

खिड़की में से आनेवाला प्रकाश न जाने कितने देशों और आकाशों की रंगीनी अपने साथ लाया था कि उसके समक्ष बैठी उस युवती के सुन्दर मुखड़े पर विभिन्न मनोभावों की नयी-नयी लहरें उमड़-उमड़कर विलीन हो जाती थीं और विलीन हो-होकर उमड़-उमड़ आती थीं। उस चेहरे के प्रत्येक अंग को ख़ूब जी भरकर चूमा गया, यहाँ तक कि उसके युवा सीने में ज्वार-भाटे का-सा भाव उत्पन्न हो गया था और वह उस मंज़िल पर पहुँच चुकी थी जहाँ पर नारी का कोमल हृदय किसी अज्ञात भय से सहमकर फिर प्रियतम की गोद में ही शरण लेता है और जिस पर पहुँचकर वह एक बार अवश्य 'अब बस' कहती है। ये शब्द वास्तव में अपने प्रेमी से नहीं कहे जाते, बल्कि यह केवल अपने नारीत्व को सम्बोधित कर कहे जाते हैं, यह सलाह जो वह अपने नारीत्व को बहुत धीमे स्वर में देना चाहती है, भावावेश में उसके मुख से बहुत स्पष्ट शब्दों में निकल पड़ती है।

"महेन्द्र! कहो तुम मुझे प्यार करती हो?"

युवती ने मनोहर ढंग से क्षण-भर प्रेमी की ओर ऐसी दृष्टि से देखा मानो कह रही हो—क्या इस बारे में अभी कुछ कहने की ज़रूरत है? फिर उसने स्वीकृति में सिर हिला दिया।

"नहीं रानी, मुँह से कहो। मुझे इस भावुकतापूर्ण मूर्खता का बहुत बड़ा सहारा है।"

युवती उसके कान के पास मुँह ले गयी। अब उसने चुपके से कुछ कहा जिसे सुन सूरतसिंह बड़ा प्रसन्न हुआ और बोला, "अच्छा, अब तुम्हारे ये होंठ थक गये होंगे। इन्होंने एक बहुत बड़ी प्रतिज्ञा की है। लाओ, इन्हें मेरे होंठों के पास ले आओ जिसमें कि मैं इनकी थकावट चूम लूँ।"

## (2)

**चारगाँव में सूरतसिंह** बड़ी-बड़ी आशाएँ लेकर आया था। उसने विभिन्न विषयों का गहरा और विस्तृत अध्ययन किया था। उसने ग्रामीणों की समस्याओं पर अपने पढ़े-लिखे मित्रों के साथ विचार-विनिमय किया था और महीनों उनकी समस्याओं के प्रत्येक पहलू पर ग़ौर करने के लिए सिर धुनता रहा था। और, फिर वह बड़ी हिम्मत

और विनम्रता के साथ अपने पैतृक गाँव में आया था। उसने शहर का अव्यावहारिक जीवन बिलकुल त्याग दिया था।

परन्तु जब वह चारगाँव पहुँचा तो उसे बड़ी निराशा का सामना करना पड़ा। उसके कई विचार बिलकुल ग़लत सिद्ध हुए। उसने समझा था कि क्योंकि साधारण किसान पिछड़े हुए होते हैं, आर्थिक संकटों में घिरे हुए होते हैं इसलिए आवश्यकता केवल इस बात की है कि शिक्षित तथा कर्मठ युवक उनके बीच जाकर रहें, उनको उनकी कठिनाइयों के हल बतायें, बस क्रान्ति आ जायेगी।

किन्तु उसे यह अनुभव करके अत्यधिक निराशा हुई कि ग्रामीणों को अपने कष्टों का कोई कटु अनुभव नहीं था। उनकी निरक्षरता, दरिद्रता और उनके प्रति किये जा रहे अन्याय सूर्य के प्रकाश के समान प्रत्यक्ष थे, किन्तु उन्हें शायद तीव्र कष्ट का अनुभव नहीं होता था। न जानें क्यों वे अपनी हीन दशा में मस्त थे। उसे कभी-कभी उन पर क्रोध आ जाता था। वे यह तो स्वीकार करते थे कि तक़लीफ़ें हैं, किन्तु इसके मूल कारण जो वह बताता था, मुक्ति का जो मार्ग वह उन्हें दिखाता था, बस वही उनकी समझ में नहीं आता था।

अतएव उसे शीघ्र ही अनुभव होने लगा कि प्रश्न केवल यही नहीं है कि उनके कष्ट उनके मुँह से सुनकर उनका हल बतलाया जाये, बल्कि शायद सबसे बड़ी समस्या यह थी कि उन्हें उनके कष्टों का अनुभव कराया जाये और यह बताया जाये कि उनके मूल कारण क्या हैं।

उसे दूसरा भ्रम यह था कि ग्रामवासी सादगी और सरलता की मूर्ति होते हैं। उनसे जो कह दीजिये उसे वे बिना किसी आपत्ति के मान लेंगे। किन्तु इसके विपरीत वे लोग भी अन्य मनुष्यों-जैसे निकले! उनमें बुरे भी थे और अच्छे भी थे। उदार भी थे और कृपण भी थे। ईमानदार भी थे और बेईमान भी थे। सदाचारी भी थे और दुराचारी भी थे। सारांश यह कि उनमें सद्गुण और दुर्गुण बिलकुल दूसरे मनुष्यों के समान थे, ऊपर से वे स्वभाव के शक्की थे। सूरतसिंह के सहकारी आन्दोलन पर तर्कपूर्ण विचार और व्यावहारिक योजना उनकी समझ से बाहर की चीज़ थी। उसने पहले तो चाहा कि वह चारगाँव में एक ऐसा ज़ोरदार आन्दोलन चला दे जिसकी सफलता में संसार की कोई शक्ति बाधक न हो सके। किन्तु उसके आन्दोलन से गाँव में ऊपर से नीचे तक किसी को कोई दिलचस्पी न होती थी। उसकी तर्क-प्रणाली ही उनकी समझ में न आती थी। बाप से उसके बड़े लम्बे और ज़ोरदार वाद-विवाद चलते रहे, किन्तु पुराने विचारों का बाप भला इन बातों को क्या समझता!

पहले-पहल पेशौरासिंह ने उसकी बातों की काफ़ी उपेक्षा करने की चेष्टा की किन्तु वह जब बाज़ ही न आया तो तंग आकर वह भी चुप होकर रह गया।

आरामतलब और सूफ़ी विचारों में डूबे बड़ी-बड़ी ज़मीनों के मालिक चैन की बंसी बजाते थे। उन्हें इस झंझट में पड़ने की ज़रूरत ही क्या थी। वे समझते थे कि लड़के का अधिक पढ़ाई के कारण दिमाग़ ख़राब हो गया है।

हाँ, बेली शाह कभी-कभी बड़े-बूढ़ों की महफ़िल में सूफ़ी मत की बातें करते। संसार की निस्सारता और मृत्यु के सस्तेपन पर लम्बे विवाद करते और फिर अपने विचारों के समर्थन में फ़ारसी कवियों के शेर पढ़ते और सब लोग सिर धुनते।

शायद वह स्वयं अधिकांश नवयुवकों की तरह 'कॉफी-हाउस' में बैठकर आराम से कुचले और पिसे हुए मज़दूरों तथा किसानों की समस्याओं पर मित्रों से वाद-विवाद करने में जीवन बिता देता, किन्तु उसके जीवन पर कुमारी महेन्द्र कौर का बड़ा गहरा प्रभाव पड़ा था। वह इतनी ठहरी और सुलझी हुई प्रकृति की लड़की थी कि सूरतसिंह उससे प्रभावित हुए बिना न रह सका। और जब दोनों प्रेम के नाते में बँध गये तब फिर एक-दूसरे के विचारों तथा विश्वासों से उन्हें और गहरी दिलचस्पी पैदा हो गयी। महेन्द्र कौर एक व्यावहारिक लड़की थी इसलिए यह बिलकुल असम्भव था कि उसके साथ केवल ज़बानी बातें बनाकर दिन बिता दिये जायें। व्यावहारिक रूप से कुछ करके दिखाने का उसके निकट बड़ा महत्त्व था। महेन्द्र के साथ-साथ एक बहुत महत्त्वपूर्ण आन्दोलन को सफल बनाने में भाग लेना बहुत आनन्दपूर्ण कार्य था। उसने महेन्द्र को विश्वास भी दिला दिया था कि वे छोटे पैमाने पर अपने विचारों को कार्यान्वित कर सकेंगे। अतएव इसी विचार से उसने गाँव में स्थायी रूप से रहने का इरादा कर लिया।

गाँव पहुँचकर उसे जिन कठिनाइयों का सामना करना पड़ा उससे उसका दिल टूट गया। उसने बहुत दुःखी होकर सारा हाल महेन्द्र कौर को लिख भेजा। लेकिन महेन्द्र इतनी जल्दी हार माननेवाली लड़की नहीं थी। कुछ समय तक पत्र-व्यवहार करने के बाद उन्होंने निश्चय किया कि अभी वे अपना कार्य और भी छोटे पैमाने पर शुरू कर दें। धीरे-धीरे वे लोगों को अपनी बातें समझाने में सफल हो जायेंगे।

महेन्द्र कौर अपने प्रेमी की दृष्टि में एक बहुत ही आदरणीय लड़की की हैसियत रखती थी। यद्यपि वे कभी-कभी एक-दूसरे से लिपट जाते और चुम्बन-आलिंगन तक चले जाते थे, किन्तु आपस में शारीरिक सम्बन्ध स्थापित करने से उन्होंने जान-बूझकर अपने को रोका था। अभी वे उत्साही कार्यकर्त्ताओं के रूप में कुछ ठोस कार्य करना चाहते थे; इसी कारण विवाह का प्रोग्राम भी दो-तीन वर्ष तक के लिए स्थगित कर दिया गया था।

नया प्रोग्राम यह था कि सूरतसिंह बाप से ज़मीन का एक टुकड़ा अलग करवा ले। उस पर कुछ झोंपड़े बनाये जायें जिनमें वे दोनों और अन्य कार्यकर्त्ता रहेंगे। फ़िलहाल एक छोटी-सी डिस्पेन्सरी और प्रौढ़ों के लिए पाठशाला चालू की जाये और घरेलू काम जैसे खाना बनाना, सीना-पिरोना और बच्चों की देख-भाल की शिक्षा के लिए चारगाँव की लड़कियों तथा स्त्रियों के लिए अलग प्रबन्ध किया जाये।

वह डर रहा था कि कहीं उसकी आशाओं के साथ उसकी प्रेमिका की आशाओं पर पानी न पड़ जाये। लेकिन महेन्द्र कौर, उसकी आशाओं से बढ़कर व्यावहारिक तथा सयानी सिद्ध हुई। उसका यह प्रस्ताव उसे बहुत पसन्द आया। किन्तु अब प्रश्न बाप

को राज़ी करने का था। इस प्रकार की बातें अपने बेटे के मुँह से सुनकर पेशौरासिंह को और भी झुँझलाहट और कोफ़्त होती। वह बड़ा हठी था। उसने इतनी-सी बात मानने से भी इनकार कर दिया।

यदि सूरत की माँ पति को घण्टों बैठकर न समझाती तो शायद यह बेल भी मूढ़े न चढ़ती। उसने पेशौरासिंह को समझाया कि इकलौता लड़का है। अभी उमर ही क्या है। जीवन का अनुभव तो धीरे-धीरे करके होगा। जो धुन उसके सिर पर अब सवार है यह कोई सारी उमर तो रहेगी नहीं। बच्चे बीसियों नादानी के खेल खेलते हैं। उनमें एक यह भी सही। जल्दी ही वह अपनी मूर्खता का आप ही अनुभव करेगा और फिर सीधे रास्ते पर आ ही जायेगा। आख़िर इतनी-सी बात के लिए उन्हें हाथ से लड़का तो नहीं खो देना। यहाँ अपनी आँखों के सामने करेगा जो कुछ करना है। आँख-ओट न जाने क्या करे और न जाने अपने-आपको किन आफ़तों में फँसा ले।

ये दलीलें पेशौरासिंह की समझ में आ गयीं और अन्त में उसने 'हाँ' कह दी। सूरत की प्रसन्नता का कोई ठिकाना न था। उसने तुरन्त महेन्द्र कौर को इसकी सूचना दी और लिखा कि "प्रिये मैं तो जी छोड़ चुका था। यह तो केवल तुम्हारे साहस और दृढ़ता का फल है कि हमें यह प्रारम्भिक सफलता प्राप्त हुई और मैं विश्वास के साथ कह सकता हूँ कि बस एक बार हम कार्य आरम्भ कर दें तब फिर वह दिन दूर नहीं जब हमें अपने उद्देश्य में पूर्ण सफलता प्राप्त होगी।"

जवाब में महेन्द्र कौर के पत्र में भी इसी प्रकार के विचार प्रकट किये गये थे। आख़िर एक दिन चारगाँव के लोगों ने देखा कि पेशौरासिंह की भूमि के एक टुकड़े पर सूरतसिंह कुछ नक़्शे लिये घूम रहा है। वहाँ बढ़ई और राज जमा हो रहे हैं। धीरे-धीरे झोंपड़ियाँ तैयार हो गयीं। उनके इर्द-गिर्द फूलों और तरकारियों के लिए क्यारियाँ बन गयी हैं और उनके बीच सुर्ख़ बजरी की रविशें अलग बहार दिखा रही हैं।

आने-जानेवाले बेकार देहाती वहाँ आकर खड़े हो जाते, पगड़ियों में उँगलियाँ डाल-डालकर सिर खुजाते और फिर उनमें से एक कहता, "यार, यह क्या बन रहा है?"

दूसरा उत्तर देता, "यह पेशौरासिंह के कपूत की माँ और बहन का...बना रहा है।"

सब लोग हैरान थे कि आख़िर चारगाँव छोड़कर यह अलग खिचड़ी क्यों पकायी जा रही है। यदि कोई बताता कि यहाँ स्कूल खुलेगा तो दूसरा अत्यन्त घृणा से आवाज़ कसता—"तो फिर इस स्कूल में उसका बाप ही आनकर पढ़ेगा। साले ने कुआँ, धर्मशाला, गुरुद्वारा बनवा दिया होता।"

सारांश यह कि जितने मुँह उतनी ही बातें। सबसे अधिक कठिनाई में पेशौरासिंह की जान थी। बहुतों को इस बात का पता था कि यह सब-कुछ उसकी रज़ामन्दी से नहीं हो रहा है, फिर भी कोई-कोई पूछ बैठता, "पेशौरासिंह जी, यह है क्या? हमारी समझ में तो कुछ भी नहीं आता।"

पैशौरासिंह खिसियाकर कहता—"अरे भई, बचपना है, अभी नासमझ है। आख़िर दाढ़ी आ जाने से समझ थोड़े ही आ जाती है। यह भी दो दिन का खेल है। जी भर जायेगा तो आप ही सीधे रास्ते पर आ जायेगा।"

वे सब हैरान होते। इस प्रकार की नासमझी और मूर्खता की बातें तो जीवन में पहली बार देखने में आयी थीं। डाके डालना, लड़ाई-दंगे करना, परायी औरतें भगा लाना, व्यभिचार करना, दूसरों की बहू-बेटियों को आते-जाते छेड़ना नासमझी और मूर्खता की बातें थीं; लेकिन आबादी से अलग चलकर झोंपड़ियाँ बनवाना और अपना बसा-बसाया घर-बार छोड़कर उनमें जा रहना, बड़े-बूढ़ों के लिए स्कूल खोलना आख़िर यह कहाँ की नासमझी है! मकानों के होते हुए झोंपड़ियों में रहना, छिः-छिः—बूढ़ों को पढ़ाना, धिक्कार है! भला बूढ़ा तोता भी पढ़ा है कभी?

यह सब-कुछ तैयार हो जाने के बाद उसने माँ से महेन्द्र कौर के बारे में बताया। माँ का माथा ठनका, "तुमने पहले तो कभी उसकी बात नहीं कही।"

"ओ बेबे! मुझे शर्म आती थी। वह बहुत अच्छी लड़की है। तुम उसे देखोगी तो ख़ुश हो जाओगी।"

"पर बेटा! कुँवारी लड़की का हमारे यहाँ आकर रहना तो भला नहीं मालूम होता।"

"वह यहाँ नहीं रहेगी न। वह तो झोंपड़ियों में रहेगी। वह बहुत भली लड़की है। तुम एक बार उससे मिल लोगी तो बस उसी के गुण गाने लगोगी। रूपवती है, पढ़ी-लिखी है। घर के कामकाज, सीने-पिरोने के काम में होशियार है। तुम जो गुन चाहोगी, उसमें पाओगी। और फिर हम आपस में बहुत...हम शादी भी तो करना चाहते हैं।"

जब पेशौरासिंह को पत्नी ने लड़कीवाली बात बतायी तो मारे गुस्से के वह फुंकारने लगा, "देख गोबिन्दी दी बेबे! यह लौंडा पानी में भीगे जूते की तरह फैलता ही जा रहा है। मैं साफ़ बताये देता हूँ। मैं अपने घर में ऐसी लौंडिया को एक दिन के लिए भी नहीं रख सकता।"

"अरे तो वह हमारे घर में कब रहने आ रही है। वह तो झोंपड़ी में रहेगी। क्या इतनी दूर से भी हम तक आँच आने का डर है?"

केवल गोबिन्दी ही थी जिसने जब यह उड़ती हुई बात सुनी तो मारे ख़ुशी के उसके पाँव ज़मीन पर नहीं पड़ते थे। वीर जी ने उससे कभी इस बात की चर्चा तक नहीं की। हाय! उसका कितना जी चाहता था कि वह वीर जी से कुछ पूछ-ताछ करे, लेकिन उसे लज्जा आती थी। वह मन-ही-मन आनेवाली लड़की की शक्ल का अनुमान करती। उसके बदन की रंगत कैसी होगी? चेहरा कैसा होगा? उँगलियों की बनावट कैसी होगी।

सूरतसिंह बड़ी तीव्रता से महेन्द्र के आने की प्रतीक्षा कर रहा था। उसने घरवालों और इधर-उधर के परिचित जनों से भी इस बात का ज़िक्र कर दिया था। यह बात

धीरे-धीरे फैल गयी। लोग इस चीज़ को बड़ी सन्देहयुक्त दृष्टि से देखते थे। वे सोचते कि एक कुँवारी लड़की अपना घर-बार छोड़कर कैसे इतनी दूर अकेले रह सकती है। सूरतसिंह समझता था कि जब उसके दिल की रानी आयेगी तो लोग उसे सिर-आँखों पर बिठायेंगे। लेकिन ऐसा नहीं हुआ।

एक दिन सुबह दस बजे के क़रीब वह पक्की सड़क पर महेन्द्र को लेने के लिए गया। लॉरी चारगाँव के मुसाफ़िर मील-भर परे पक्की सड़क पर उतार दिया करती थी। गाँववालों ने देखा कि पतलूनवाले सरदार के साथ एक ऊँचे क़द की आकर्षक नख-शिखवाली लड़की बल खाती-लहराती चली आ रही है। शहरी लड़कियाँ गाँव की लड़कियों से कुछ तो भिन्न होती ही हैं। थोड़ा-बहुत बनाव सिंगार, तेल-सुरमा, नाज़ व अदा शहरी लड़की की विशेषताओं में से है। चाहे वह महेन्द्र ऐसी सरल स्वभाव लड़की ही क्यों न हो। फिर उसने ब्रेसरीज़ (अँगरेजी फ़ैशन की अँगिया) पहन रखी थी जिससे छातियाँ अलग-अलग और ख़ूब उभरी-उभरी दिखायी पड़ती थीं। गाँव के पास पहुँचे तो काली-पीली, मैली-कुचली बच्चियाँ और बच्चे और खुजली के मारे कुत्ते भी उनके साथ हो लिये। घरवालों में से और किसी ने भी सड़क तक जाना उचित नहीं समझा। पुरुष महेन्द्र की ओर कुछ इस प्रकार टकटकी बाँधकर देखते मानो आँखों-ही-आँखों में न जाने क्या कर डालेंगे। दो-एक की कानाफूसी की आवाज़ें भी सुनायी दीं—

"ओय मा याव्या, मम्में (छातियाँ) देख कुड़ी (लड़की) दे।" फिर मुँह से चटाख की आवाज़ निकालकर चटखारा लेते।

## (3)

**महेन्द्र कौर को लेकर** सूरतसिंह पहले तो घर गया। जैसे-जैसे वे आगे बढ़ रहे थे, नंग-धड़ंग बच्चों और कुत्तों का जुलूस भी बढ़ता जा रहा था। रास्ते में जो स्त्री-पुरुष मिलते वे उन्हें देखने के लिए वहीं पर रुक जाते और जब तक वे आँखों से ओझल न हो जाते, उन्हें देखते रहते। ये कानाफूसियाँ, ये भाँति-भाँति की बोलियाँ, और इन तेज़-तेज़ छेद डालनेवाली निगाहों ने किसी हद तक महेन्द्र को बेचैन किया, लेकिन सूरतसिंह बहुत अधिक परेशान हो गया था।

किसी-न-किसी तरह आख़िर वे घर पहुँचे। अन्दर घुसते ही उसने ड्योढ़ी का दरवाज़ा बन्द कर दिया जिसमें कि जुलूस बाहर ही रुक जाये।

भुस-मिली मिट्टी और गोबर से लिपा हुआ उजला आँगन खाते-पीते घर का दृश्य उपस्थित कर रहा था। कच्ची मिट्टी की छोटी-छोटी मेंढ़ें आँगन में इधर-से-उधर को चली गयी थीं। उन पर सरकण्डे के गोल-मोल मोंढ़े अस्त-व्यस्त दशा में पड़े थे। आँगन के एक कोने में चौका था। चूल्हों पर तवे औंधे धरे थे। एक लम्बी धड़ौंची पर ठण्डे पानी के घड़े, मिट्टी की हाँड़ियाँ और कलसे रखे थे। दूध की हाँड़ी ज़मीन के अन्दर

बनी हुई अँगीठी में दफ़न थी। दूध बिलोने के बरतन में से मठा झलक रहा था और मठे की कुछ बूँदें बाहर के भाग पर फिसल आयी थीं।

जब वे आँगन में आये तो तीन-चार कौवे काँव-काँव करते हुए उड़ गये।

उस समय वहाँ पेशौरासिंह के घर की कुछ स्त्रियाँ बैठी विभिन्न कार्यों में व्यस्त थीं। महेन्द्र कौर की 'सतसिरी अकाल' के स्वर ने गूँजकर उनके कानों में रस घोला तो उन्होंने भी ऊदबिलावों की भाँति उसकी ओर देखा और दाँत पीसकर अजब भोंड़ेपन से मुँह-ही-मुँह में कुछ बड़बड़ाकर रह गयीं।

सूरतसिंह ने जल्दी से दीवार से लगी हुई एक खाट उठाकर महेन्द्र के पास डाल दी।

''बैठिये।'' उसने शुष्क गले में से आवाज़ निकाली। उन स्त्रियों के तेवर देखकर उसका मन डूब गया। माथे पर पसीने की बूँदें फूट आयीं।

कुशल हुई कि उसकी माँ अन्दर से निकल आयी। वह हँसमुख अनुभवी महिला थी। बड़े उदार हृदय से मुस्कराकर आगे बढ़ी और दोनों हाथ बाँधकर 'सतसिरी अकाल' कहते हुए महेन्द्र कौर के सिर पर हाथ फेरकर प्यार किया।

''अच्छी तो हो बेटी?''

''जी!''

''सूरत कई दिनों से इन्तज़ार कर रहा था तुम्हारा। अरे, और तो और, गोबिन्दी भी कई बार तुम्हारे बारे में पूछ चुकी है...(ज़ोर से आवाज़ देकर) गोबिन्दी! अरी ओ गोबिन्दी!!''

दूर से 'आयी' की आवाज़ सुनायी पड़ी।

और फिर गोबिन्दी झपाक-से आयी, ठिठकी, लजायी और फिर मौक़े की नज़ाकत का ध्यान करके उसने हाथ जोड़कर 'सतसिरी अकाल' कह दिया।

महेन्द्र उसे देखते ही पहचान गयी। ऐसी मोहिनी मूरत सिवाय सूरतसिंह की बहन के और किसकी हो सकती थी। उसने बढ़कर गोबिन्दी को बाँहों में भींच लिया। गोबिन्दी की प्रसन्नता का कोई पारावार न था। चेहरे पर वास्तविक प्रसन्नता की लहरें उमड़ी चली आ रही थीं।

फिर माँ बेटे को सम्बोधित कर बोली, ''खाट पर कोई खेस या चादर तो बिछा ली होती। ओ गोबिन्दी! जाओ रानी, भीतर से खेस ले आओ।''

गोबिन्दी ने खेस निकालकर बिस्तर पर बिछा दिया।

जिस ढब से माँ ने बिगड़ी बात बना ली उससे सूरतसिंह को कुछ सन्तोष प्राप्त हुआ। माँ बड़े ध्यान से महेन्द्र को देख रही थी। उसने मन में सोचा कि लड़की तो बुरी नहीं है, किन्तु लड़की का इस प्रकार घर से चली आना और एक मर्द के साथ, जिससे वह विवाह के नाते में नहीं बँधी है, रहना और काम करना उसकी समझ में न आता था और न वह दूसरों की शंकाओं का समाधान कर सकती थी।

"अच्छा बेटी, अब बताओ, तुम क्या खाओ-पियोगी? अगर स्नान करना हो तो उसका प्रबन्ध कर दिया जाय।"

"जी, आज सर्दी लग गयी है मुझे, इसलिए स्नान करने का विचार नहीं है।"

"अच्छा, तो खाओगी क्या?"

"कुछ ख़ास भूख भी नहीं लगी अभी।"

सूरत ने कहा, "भई, ख़ास भूख नहीं लगी तो आम ही सही। छाछ, दूध, चाय, इनमें से जो चीज़ चाहो, मिल सकती है।"

महेन्द्र ने एक छोटा गिलास दूध का पी लिया।

गोबिन्दी को महेन्द्र बहुत पसन्द आयी। उसकी हर चीज़—उसकी शक्ल, उसके कपड़े, उसकी बातें, उसका व्यवहार, कोई चीज़ ऐसी नहीं थी जिस पर वह न रीझी हो। वह चाहती थी कि महेन्द्र सदैव उन्हीं के पास रहे, किन्तु यह बात असम्भव थी। माँ को भी लड़की पसन्द थी, परन्तु जो-जो बातें उसकी दृष्टि में आपत्तिजनक थीं उनका कोई हल उसे न सुझायी देता था। कुछ भी हो, उसने महेन्द्र को यह महसूस नहीं होने दिया कि उसके इस प्रकार वहाँ रहने से उनके घर में कितनी बदमज़गी पैदा हो गयी थी। यह भी बड़ा अच्छा था कि उस अवसर पर कोई पुरुष घर में मौज़ूद नहीं था, नहीं तो शायद कुछ गड़बड़ हो जाती।

जलपान के बाद सूरतसिंह महेन्द्र कौर को झोंपड़ियाँ दिखाने के लिए ले गया।

झोंपड़ियाँ चारगाँव से कुछ दूर हटकर खुले मैदान में बनी हुई थीं। उनके चारों ओर क्यारियाँ भी तैयार हो गयी थीं। झोंपड़ियों के बीच भी कई फुट ज़मीन छूटी हुई थी। एक हाथ का नलका क्यारियों के पास लगा था और एक सबसे बड़े झोंपड़े के कोने में था। यह झोंपड़ा स्कूल के ख़याल से बनाया गया था, किन्तु महेन्द्र ने उसे डिस्पेन्सरी के लिए पसन्द किया।

झोंपड़ियों को देखकर महेन्द्र ज़ोर से बोली, "बहुत अच्छी जगह है। मुझे स्वप्न में भी ख़याल नहीं था कि ऐसी अच्छी जगह मिल सकेगी।"

"तो महेन्द्र, तुम्हें जगह पसन्द है?"

"बहुत।"

"सच कहो, यों ही मेरा दिल रखने की बातें मत करो।"

"नहीं, मैं बिलकुल सच कहती हूँ।"

"देखो, इन क्यारियों में हमने फूल के बीज बो दिये हैं। उधर की क्यारियाँ खाली पड़ी हैं। इन्हें जिस तरह चाहो तुम काम में लाओ।"

"हम सब्ज़ियाँ लगायेंगे। फूल भी रहेंगे, लेकिन कम।.ज्यादा जगह सब्ज़ियों को दी जायेगी।"

"यह झोंपड़ा क्लास लगाने के लिए है। इधर मैंने कुछ बेंचों का इन्तज़ाम कर लिया है।"

महेन्द्र ने घूम-फिरकर कमरे को देखा और कहने लगी, "मेरे ख़याल में तो यह अच्छा रहेगा कि इस कमरे को डिस्पेन्सरी के रूप में काम में लायें। इसे दो भागों में बाँट दिया जाय। एक में दवाइयाँ पड़ी रहें और दूसरे में रोगियों से मिला जाय।"

सूरतसिंह को यह सुझाव पसन्द आया—"लेकिन महेन्द्र, सवाल यह है कि स्कूल का क्या बनेगा। उसके लिए तो काफ़ी जगह होनी चाहिए।"

"ठीक है।" यह कहकर महेन्द्र ने सोचना शुरू किया, फिर बोली, "लेकिन मेरे ख़याल में हमारे पास जगह काफ़ी से ज़्यादा है, इसलिए अगर एक तरफ़ छप्पर डालकर थोड़ी छायादार जगह तैयार हो सके तो वह स्कूल का काम बड़े मज़े में दे सकेगी।"

"यह सुझाव अच्छा है...अच्छा तो ठीक है, यों ही सही।"

## (4)

**जब से महेन्द्र कौर** आयी थी, भोली-भाली गोबिन्दी भी ऐसा अनुभव करने लगी थी मानो सारी परिचित स्त्रियाँ उससे खिंची-खिंची-सी रहती हों। उसे बड़ा अचरज होता था और क्रोध भी आता था कि आख़िर लोगों का जी क्यों जलता है। इनके बाप का क्या जाता है। महेन्द्र में क्या बुराई है। शक्ल-सूरत के लिहाज़ से या चाल-चलन की दृष्टि से उसमें क्या बुराई थी।

यों उसे महेन्द्र से मिलने के बहुत कम अवसर मिलते थे। एक तो वह डिस्पेन्सरी तथा अन्य कार्यों में इतनी व्यस्त रहती थी और दूसरे सूरत उसे घर जाने से किसी-न-किसी बहाने रोके रखता था। इस पर भी हफ़्ते में एक-दो बार महेन्द्र एकाध घण्टे के लिए उनके यहाँ आ ही जाती थी।

महेन्द्र को आये कोई बीस-पचीस दिन बीत चुके थे। एक दिन सवेरे गोबिन्दी कुएँ तक नहाने और कपड़े धोने के लिए गयी तो उसने देखा कि जैसे ही वह चारदीवारी के भीतर घुसी, वहाँ की सब स्त्रियों ने एकाएक आपस में भी बातचीत करनी बन्द कर दीं। गोबिन्दी से तो मानो किसी ने बातचीत की ज़रूरत महसूस ही नहीं की।

कुछ देर तक बड़ी भद्दी-सी निस्तब्धता छायी रही, फिर एक मनचली बोल उठी, "क्यों री गोबिन्दी! तू तो मेम साहब से रोज़ ही मिलती होगी?"

महेन्द्र को चारगाँववाले मेम साहब कहते थे और उन्हें यह भी पता नहीं था कि लड़की सिक्ख है और यह कि सूरतसिंह और वह आपस में शादी करने का इरादा रखते हैं। हाँ, वे यह अवश्य कहते थे कि सूरत पर वही कहावत चरितार्थ होती है कि मुँह में राम, बग़ल में छूरी। शक्ल तो भोली पायी थी, पर चाल-चलन में विरसे से भी गया-बीता था। विरसे में दोष थे तो गुण भी तो थे। लेकिन यहाँ तो आवे-का-आवा ही बिगड़ा था। न जाने कहाँ से कोई अनाथ इसैनी (ईसाई) लड़की पकड़ लाया था और अब दिन-रात कुत्ते की तरह उसी के पीछे लगा रहता था।

लड़की के जवाब में गोबिन्दी ने कहा, "मैं हर रोज़ तो नहीं मिलती उससे।"

"वह क्यों?"

"हर रोज़ तो वह घर नहीं आती न।"

"तुम ही चली जाया करो झोंपड़ियों में।"

"मुझे क्या ज़रूरत। मेरा वहाँ जाने से क्या मतलब?"

"हाँ, तुझे क्या मतलब?"

"ठीक ही तो है।" एक दूसरी छोकरी ने कहा।

"मतलब तो इसके वीर जी को है भई।"

इस पर गोबिन्दी के चेहरे पर मारे क्रोध के लाली दौड़ गयी। वह सँभलकर बोली, "यह क्या उखड़ी-उखड़ी बातें कर रही हो...मेरे वीर जी को क्या मतलब हो सकता है?"

"अजी कुछ नहीं, यही जो काम उन दोनों ने मिलके किया है। आख़िर आपस में कुछ-न-कुछ मतलब तो पड़ ही जाता है।"

एक और कहने लगी, "मेम साहब है तो अच्छी। सुनी-सुनायी बात कहती हूँ भई, आँखों देखी नहीं; जब कोई उनसे मिलने के लिए जाता है तो बहुत हँस-हँसकर मीठे स्वर में बात करती हैं।"

एक मटका-सी औरत ने कहा, "अरे बेटा, बुरे-से-बुरे इन्सान में भी ज़रूर गुण होता है कोई-न-कोई। यह बात बीस रुपये की कह रही हूँ।"

"ठीक है बहन!" पहली बोली, "बाक़ी रही खुले मुँह और (छातियों की ओर इशारा करके) इन्हें ज़रा उछालकर चलने की बात तो वह तुम जानो क्रिस्टान लड़कियाँ बचपन ही से इसी आज़ादी के साथ रखी जाती हैं।"

"वह क्रिस्टान तो नहीं।" गोबिन्दी ने चमककर कहा।

"अच्छा जी?"

"हो सकता है ब्राह्मनी हो।"

"नहीं, न वह क्रिस्टान और न ब्राह्मनी। वह तो हमारी तरह सिक्ख है।"

"यह तुमसे किसने कह दिया?"

"कहना किसने था। मुझे मालूम है।"

"अच्छा, तो उनके आगे-पीछे कोई नहीं है?"

"हैं क्यों नहीं, माँ-बाप हैं, भाई-बहन हैं।"

"तब फिर इसे आवारागर्दी से कोई मना नहीं करता?"

गोबिन्दी ने कटु स्वर में उत्तर दिया, "आवारागर्दी करे, तभी तो मना करे कोई।"

मोटी स्त्री ने नाक पर उँगली जमाते हुए कहा, "उई राम, अच्छा तो आवारागर्दी और किसे कहते हैं? अपने घर, माँ-बाप, भाई-बहनों से दूर ग़ैर लोगों में आज़ादी के साथ घूमना, यह आवारागर्दी नहीं है तो और क्या है?"

"वह डाक्टर है। जो स्त्रियाँ डाक्टरी करती हैं उन्हें अपना काम तो करना ही पड़ता है। वह अगर घर में घुसी बैठी रहें तब फिर कैसे काम चले?" गोबिन्दी ने सफ़ाई दी।

"हाँ री...बेचारी डाकदार जो ठहरी। रात को भी तो 'काम' करना पड़ता है न। बेचारी को झोंपड़ियों में मर्दोंवाले झोंपड़े में सोना पड़ता है।"

यह अफ़वाह भी ख़ूब उड़ी थी कि सूरत और मेम साहब बड़े झोंपड़े में ही सोते हैं। भला यह कैसे हो सकता था कि दोनों जवान हों और बिना कुछ किये अपनी-अपनी खाट पर चुपके सोये पड़े रहें।

असल बात यह थी कि बड़े झोंपड़े के अन्दर एक ईंट की दीवार उठाकर उसमें दो कमरे बना लिये गये थे। महेन्द्र के सुझाव के अनुसार एक में दवाइयाँ तथा अन्य सामान पड़ा रहता था और दूसरा कमरा रोगियों के लिए सुरक्षित था। रात के समय वे दोनों अलग-अलग कमरों में सोते थे। यह ठीक था कि उन दोनों में प्रेम था, वे एक-दूसरे को प्यार भी किया करते थे, किन्तु वह जान-बूझकर शादी से पहले शारीरिक सम्बन्ध स्थापित नहीं करना चाहते थे। पर दुनिया का मुँह कौन बन्द कर सकता है। और फिर जिस जनता की सेवा वे करना चाहते थे उसने उनकी पोज़ीशन को और नाज़ुक बना दिया था। अतएव इस सम्बन्ध में उन्हें अपनी हार स्वीकार करनी पड़ी।

"मालूम होता है कि तुम बिना किसी कारण के बुरे-बुरे स्वप्न देखा करती हो। उन्होंने तो माँगट में एक मकान ले रखा है। वहीं सोती हैं रात को...।"

एक और बोली, "अपना सूरतसिंह तो यहीं झोंपड़े में सोता होगा।"

"लो भला बताओ। घर-बार होते हुए भी संन्यासियों की तरह मैदान में सोता है।"

गोबिन्दी ने जवाब दिया, "तो उन्हें घर आने से कोई मना तो नहीं करता। वहाँ डाक्टरी का सामान पड़ा रहता है इसलिए वहीं सोना पड़ता है।"

"न जी, उस बेचारे का क्या क़सूर है। वह तो बड़ा भोला लड़का है। बड़ा असील, बड़ा नेक। आख़िर बेटा किस माँ-बाप का है।"

एक बुढ़िया, जिसे सब ताई कहते थे, बोली, "ठीक है बहन, तक़दीर की बात है। किसे पता था यह क्रिस्टान...।"

"क्रिस्टान-क्रिस्टान की क्या रट लगा रखी है ताई। वह क्रिस्टान नहीं, सिक्ख है।"

इस पर ताई को ताव आ गया। किन्तु गोबिन्दी को सीधे कुछ कहा नहीं जा सकता था इसलिए ताई की आँखों में आँसू आ गये—"लो सुन लो...भलाई का ज़माना नहीं न?" यह कहकर वह बड़ा मुँह खोलकर रोने लगी।

## (5)

**महेन्द्र शाम होते ही** माँगट चली जाती और फिर सुबह आठ-नौ बजे तक लौट आती थी। यह उसका नित्य का नियम था। किन्तु ऐसा भी होता था कि जब उसका प्यार-भरा

मन विवश कर देता तब वह मुँह-अँधेरे ही घर से चल खड़ी होती। माँगट तथा झोंपड़ियों के बीच तीन या चार फर्लांग से अधिक अन्तर नहीं था। आज भी मन के हाथों विवश हो वह वहाँ आ पहुँची थी, क्योंकि दिन के समय वे एक क्षण के लिए भी इस प्रकार का साहस नहीं कर सकते थे, और फिर उनका इतना कड़ा विरोध किया जा रहा था कि उन्हें अपने आदर्श, सिद्धान्त और परस्पर विश्वास को नये सिरे से दृढ़-से-दृढ़तर बनाने की आवश्यकता का अनुभव होता रहता था।

उनके विरोध का यह हाल था कि लोगों को नैतिक दृष्टि से विरसासिंह सूरतसिंह से कहीं अच्छा दिखायी पड़ने लगा था। इधर विरसासिंह और उसकी पार्टी को शह मिली तो उसने उन दोनों को परेशान करना शुरू कर दिया। उन्हें चारगाँव का समर्थन प्राप्त था अतएव वे ख़ूब खुल खेले। जब मौक़ा मिलता, कोई-न-कोई शरारत कर डालते।

उन लोगों का स्कूल तो बिलकुल फेल हो गया था। उन्होंने बड़े-बूढ़ों के लिए विभिन्न विषयों के पाठ्य-क्रम तैयार किये थे, जो भाषणों के रूप में ज़बानी समझाये जा सकते थे। थोड़ा-बहुत लिखना-पढ़ना सिखाने का भी प्रबन्ध किया गया था। उन्होंने घर-घर जाकर अपना सन्देश सुनाया। लोगों को उभारा कि एक दिन उनके स्कूल में आकर देखें तो। लेकिन स्त्री-पुरुष सब उनकी बातें चुपचाप सुन लेते थे और 'हूँ', 'हाँ' करके टाल देते, किन्तु उनकी पीठ-पीछे मुँह आस्तीनों में छिपाकर हँसा करते।

जहाँ तक डिस्पेन्सरी का सम्बन्ध था, उसमें केवल बेहद ग़रीब लोगों ने आना-जाना शुरू कर दिया था। दवाइयाँ मुफ़्त मिलती थीं इसलिए वे सुबह-शाम आ जाते थे। पर बाक़ी लोगों ने इधर का रुख़ भी नहीं किया। लेकिन महेन्द्र को चारगाँव में किसी की बीमारी की ख़बर मिलती तो वह तुरन्त आवश्यक सामान लेकर वहाँ पहुँच जाती और बिना पूछे रोगी का मुआयना शुरू कर देती। इस सिलसिले में अनेक बार बड़ा भोंडा व्यवहार बल्कि अपमान तक सहन करना पड़ा, लेकिन उसने माथे पर बल नहीं पड़ने दिया। कई जगह ऐसा भी हुआ कि रोगी की दशा गम्भीर देख घरवाले उसके आगमन पर चुप रहे। वहाँ उसने जी खोलकर सेवा की। सुबह-शाम रोगी को देखने, दवाइयाँ मुफ़्त देने के अतिरिक्त जितना समय दे सकती वह रोगी की देख-भाल और सार-सँभाल में ख़र्च करती। उसके हाथ में गुण था। दो-चार जगह उसे असाधारण सफलता भी प्राप्त हुई थी।

सब मिलाकर देखने पर अभी उनके जीवन में आशा तथा प्रकाश की एक किरण तक उत्पन्न नहीं हुई थी। चारगाँव के आवारा जवान किसी-न-किसी बहाने रोगियोंवाले कमरे में बैठे रहते थे।

फिर वे देखते कि मेम साहब डिस्पेन्सरी से निकलकर उनकी ओर बढ़ती है। वह हर दृष्टि से प्यारी-प्यारी दीख पड़ती है। वह नम्बरवार सबके पास जाती है। उसकी आवाज़ महीन है और उसमें चाँदी की घण्टियों की-सी मिठास है।

"क्या तक़लीफ़ है आपको?"

"मेम साहब, मेरे ढिड विच पीड़ हुन्दी ए (मेरे पेट में दर्द हो रहा है)।"

"आपको तक़लीफ़ तो होगी, ज़रा इधर लेट जाइये।"

रोगी बारहसिंघे की भाँति छलाँग लगाकर मोमजामेवाले तख़्ते पर लेट जाता।

"ज़रा कमीज़ ऊपर उठाइये।"

रोगी इस फुर्ती से कमीज़ ऊपर उठाता जैसे शेष कपड़े उतारने का हुक्म भी बस मिलने ही वाला है।

भैंसे के समान पले हुए शरीर और उनकी शरारतें देख महेन्द्र समझ जाती कि इन्हें कोई कष्ट नहीं है। पर वह यह बात उन पर प्रकट नहीं होने देती थी।

शुर्ली तथा गीटा आदि तो सिर बढ़ा-बढ़ाकर उसके गले में झाँकने से भी नहीं झिझकते थे। उसके हृदय को इन सब बातों से क्षोभ होता था, किन्तु इसका उपाय ही क्या था, सिवाय इसके कि या तो अपना काम बन्द कर दिया जाये या फिर धीरे-धीरे उनके सुधरने की प्रतीक्षा की जाये।

यों सब जवान, बल्कि वे लड़के भी जिन्हें ज़रा समझ आ गयी थी, बीमार पड़ने की भगवान् से प्रार्थना किया करते थे। अगर मवेशी चराते-चराते या खेल-कूद में किसी को ज़रा-सी चोट आ जाती या बाँह छिल जाती तो वे भागे-भागे मेमसाहब के पास आते—"मेम साहब! मेम साहब!! यह देखिये, मेरी बाँह से ख़ून बह रहा है।"

उनकी ज़रा-सी चोट को देख जिस फुर्ती और मुस्तैदी से मेम साहब उनके घाव धोती, उन पर दवाई लगाती और पट्टी बाँधती थी उसे देख-देखकर वे लोग बहुत प्रसन्न होते। मेम साहब की गोरी-गोरी कोमल अँगुलियाँ उनके बदन से छू जातीं तो वे निहाल हो-हो जाते।

सारांश यह कि इस प्रकार का शुष्क उनका जीवन था और इस पर मज़ा यह कि सारी दुनिया उनके ख़िलाफ़ थी। किसी के पास जाकर दो बातें नहीं कर सकते, किसी को अपने यहाँ नहीं बुलवा सकते। महेन्द्र को पहले से ज्ञात था कि इस प्रकार की बातें अवश्य होंगी। वह इसके लिए बिलकुल तैयार होकर आयी थी। लेकिन एक चीज़ को केवल जानने और महसूस करने में बड़ा अन्तर है। इस प्रकार की बातें उसके मस्तिष्क तथा आत्मा पर एक काले बादल के समान छायी रहती थीं और उन्हें भुलाने तथा अपने-आपमें नया उत्साह लाने के लिए वह कभी-कभी सुबह तड़के अपने प्रेमी की गोद में थके-हारे बच्चे के समान आ गिरती थी।

आज भी ऐसी ही एक सुबह थी।

अभी प्रकाश बहुत धुँधला था। महेन्द्र सूरत की छाती पर सिर रखे लेटी थी। वह खिड़की में से दूर-दूर तक फैले हुए खेतों, शिरींह के पेड़ों-तले बने हुए रहटों, बबूल, फुलाह, शीशम के पेड़ों और झड़बेरियों की शृंखला को स्वप्निल नेत्रों से देख रही थी। सूरतसिंह ने उसके काले बालों की एक मोटी लट को चूमकर कहा, "महेन्द्री!"

"जी!"

"क्या बात है?"

वह कुछ कसमसायी पर कुछ बोली नहीं।

"बोलो न, मामला क्या है?"

"थक-सी गयी हूँ।"

"ऐसा न कहो।"

वह चुप रही।

"उन खेतों और पेड़ों को देखो, उन इन्सानों पर निगाह डालो, इस हवा को महसूस करो, उस भुरभुरी मिट्टी की भीनी-भीनी सुगन्ध की कल्पना करो। ये सब वास्तव में हमारे दोस्त हैं। इनके-हमारे बीच केवल एक पर्दा लटक रहा है। क्या हम इस पर्दे को हटा नहीं सकते। बस, ज़रा दिल को मज़बूत रखने की ज़रूरत है। महेन्द्री! मैंने तुम्हें पहले ही बता दिया था कि हमें कैसी परिस्थितियों का सामना करना पड़ेगा। शायद मैं इस काम को शुरू करने का साहस न करता, लेकिन सिर्फ़ तुम्हारे साहस और हिम्मत का फल है कि हम कर्मभूमि में कूद पड़े। ज़रा मंज़िल पर निगाह डालो। अभी इतनी दूर है कि साफ़-साफ़ दिखायी नहीं पड़ती और इधर यह हाल है कि हमारा कारवाँ अभी पड़ाव डाले पड़ा है। ज़रा अनुमान करो, हमें क्या-क्या करना है, और इसके मुक़ाबले में अपनी हिम्मत को तोलो।"

महेन्द्र ने व्याकुल होकर उसके मुँह पर होंठ रख दिये। एक मधुर दीर्घ चुम्बन के बाद उसने चेहरा ऊपर उठाया। सूरतसिंह ने देखा कि उसकी आँखें तर हो गयीं और उसके कोमल होंठ थरथराये--हम कभी पीछे नहीं रहेंगे।

## (6)

**सहसा रात के समय** जब सूरतसिंह की आँख खुली तो घड़ी ने दो बजाये थे।

वह कुछ हड़बड़ाकर उठा था। उसने लेटे-लेटे रेडियम अंकोंवाली घड़ी देखने के बाद कमरे में इधर-उधर निगाह दौड़ायी। दीवारों पर जड़े हुए तख़्तों पर दवाइयों की बोतलें पंक्तिबद्ध पड़ी थीं और उन पर पीले तथा लाल रंग झलक रहे थे जैसे बाहर...

सूरत आँख झपकते में उठकर बैठ गया। खिड़की में से देखा कि बाहर ख़ूब रोशनी हो रही है। वह लपककर बाहर निकला। उसने देखा कि डिस्पेन्सरीवाले झोंपड़े के अतिरिक्त, जिसमें वह स्वयं सोया हुआ था, बाक़ी झोंपड़ियों में आग लगी हुई है और लपटें अग्नि-नागों की भाँति बल खा-खाकर लहरा रही हैं और कुछ टेढ़ी-मेढ़ी पगड़ियोंवाले ऐंडे-मैंडे जवान कुछ दूर पर खड़े-खड़े हाथ बढ़ा-बढ़ाकर आग ताप रहे हैं--उसके अपने दो आदमी एक ओर दुबके हुए हैं।

उसे बड़ा विस्मय हुआ कि झोंपड़ियों को आग लगी और वे लोग उसे बुझाने का यत्न करने की जगह उसे तापने में लगे हैं। उसने बढ़कर अपने आदमियों से पूछा, "यह आग कैसे लगी?"

“पता नहीं सरदार जी। हम अन्दर सोये पड़े थे। एकदम न जाने कैसे आग लग गयी। हमने बड़ी मुश्किल से भागकर जान बचायी अपनी।”

आग तापनेवालों में से एक ने कहा, “सरदार जी, यह आग नहीं बुझ सकती।” यह कहकर वह हँसने लगा।

यह भी भगवान् की कृपा थी कि डिस्पेन्सरीवाला झोंपड़ा बचा हुआ था, नहीं तो बड़ा अनर्थ हो जाता। वह कुछ क्षणों तक आग की लपकती हुई लपटों को देखता रहा। घास-फूस में लगी यह आग बुझायी नहीं जा सकती थी। उसका मन बोझिल हो गया और वह इस दुर्घटना की महेन्द्र कौर को सूचना देने के लिए माँगट की ओर चल खड़ा हुआ। जाते-जाते वह अपने आदमियों से कह गया—हवा का रुख़ दूसरी तरफ़ है इसलिए आग इधर नहीं आयेगी। लेकिन ज़रा ख़याल रखना। अगर कोई चिनगारी उड़कर इधर आये भी तो उसे बुझा देना।

अभी वह ढाई फर्लांग तक गया होगा कि एक छोटे-से बबूल के नीचे उसे एक जानी-पहचानी सूरत दिखायी पड़ी। उसने दिमाग़ पर ज़ोर डाला—वह विरसासिंह ही था।

विरसा धारीदार तहमद बाँधे, मोटे खद्दर का कुरता पहने और पगड़ी के दो शमले छोड़े बबूल के तने से टेक लगाये खड़ा था, मानो किसी की प्रतीक्षा कर रहा हो।

वह अपनी आदत के अनुसार मुस्करा रहा था।

“वाह गुरु जी की फ़तह! कहो महाराज, यह इतनी रात-गये कहाँ की सैर हो रही है?”

सूरतसिंह ने रुककर अपने पयजामे को ज़रा ऊपर खींचते हुए कहा, “हमारे झोंपड़ों को आग लग गयी है। मैं इसकी ख़बर करने जा रहा हूँ डाक्टरनी साहबा को।”

विरसासिंह ने बिना कोई अचरज या खेद प्रकट किये कनखियों से झोंपड़ियों की ओर देखा और फिर सूरत से आँखें चार करके बोला, “रोशनी तो ख़ूब हो रही है।”

सूरतसिंह को उसकी बात बुरी लगी। उसने बात को टालने के लिए कहा, “तुम ऐसे समय यहाँ खड़े क्या कर रहे हो?”

विरसासिंह ने गाल के अन्दर जीभ घुमाकर कहा, “हमारा घर न घाट। हमारे लिये क्या यहाँ, क्या वहाँ, सब बराबर है।”

सूरतसिंह आगे बढ़ने लगा तो वह बोला, “यह क्या ढोंग रचा रखा है। ये झोंपड़े, यह डाकदारी, स्कूल, इसका क्या मतलब है?”

सूरतसिंह ने एक क्षण उसके उजड्ड चेहरे को देखा, फिर बोला, “ये बातें तुम्हारी समझ में नहीं आ सकतीं।”

“तुम्हारी बात हमारी समझ में नहीं आ सकती, लेकिन हमारी बात तो तुम्हारी समझ में आती ही होगी।”

“मैंने ऐसी फ़ज़ूल बातों की तरफ़ कभी ध्यान देने की ज़रूरत नहीं समझी।”

"पर अब तो तुम्हें हमारी बात समझने की कोशिश करनी चाहिए। क्योंकि अब चारगाँव की इज़्ज़त-आबरू का सवाल है।"

सूरतसिंह विरसे की इस बात से आनन्दित हुए बिना नहीं रह सका। उसके होंठों पर व्यंग्यपूर्ण मुस्कान उत्पन्न हुई और उसने पूछा, "तुमने चारगाँव की इज़्ज़त-आबरू की रक्षा का बीड़ा कब से उठा रखा है?"

विरसासिंह अत्यधिक गम्भीरता से बोला, "मेरा हमेशा यही सिद्धान्त रहा है।"

सूरत को विरसा से घृणा नहीं थी, न वह उससे डरता था। वह उसके साथ विस्तार से बातें करना चाहता था, किन्तु इस समय वह जल्दी में था। बोला, "हम किसी वक़्त बैठकर इतमीनान से बातें करेंगे...।"

"यह न हो कि तुम बातें ही करते रह जाओ और यहाँ से तुम्हारा...।"

"मेरा क्या...?"

"तुम्हारा बोरिया-बिस्तर गोल हो जाय।"

"मेरा बोरिया-बिस्तर कौन गोल करेगा?"

"जिसने झोंपड़ों में आग लगायी है।"

"आग किसने लगायी है?"

"मैंने।"

"तुमने?" सहसा सूरत का चेहरा लाल हो गया।

जवाब में विरसा चुपचाप अपनी जीभ गाल के भीतर घुमाता-फिराता रहा। सूरतसिंह ठहरी हुई तबीयत का आदमी था। उसने भावनाओं पर काबू पा लिया और आगे बढ़ गया।

विरसासिंह ने पीछे से आवाज़ देकर कहा, "सूरत! तुम्हारा बाप तो अपनी जवानी में इतना कायर नहीं था।"

सूरत के क़दम रुक गये। वह पेशौरासिंह का बेटा था। डील-डौल में विरसे से कम नहीं था। कालिज में वह बाक्सिग, तैराकी तथा अन्य खेलों में भाग लेता रहता था। वह कायर भी नहीं था। अब उसे विश्वास हो गया कि विरसे के साथ दो-दो हाथ करने ही पड़ेंगे। अतएव उसने कोट उतारकर अलग रख दिया और हाथ झटककर बिना कुछ कहे विरसासिंह की ओर बढ़ा।

चाँदनी रात में विरसासिंह ताँबे की मूर्ति की भाँति केकर से पीठ लगाये खड़ा था। फ़िल्मी नायक की तरह बाज़ू लटकाये सूरत आगे बढ़ता हुआ उसके क़रीब पहुँच गया।

विरसा ने पलक झपकाते में एक ज़ोर का झापड़ सूरत के मुँह पर दिया। सूरत को पता ही नहीं चला कि कब विरसा पेड़ से अलग हुआ और कब उसका भारी-भरकम हाथ हवा में ऊँचा हुआ। उसने केवल अपने गाल और गर्दन के एक भाग पर उसका हाथ बड़े ज़ोर के साथ पड़ते हुए महसूस किया। उसकी पगड़ी उछलकर परे जा गिरी और वह स्वयं लड़खड़ाकर सिर के बल मदार के झुण्ड में जा गिरा।

सूरत जवान और मज़बूत सही, किन्तु सौंची के ये नपे-तुले हाथ उसके बस का रोग नहीं थे। क्षण-भर को उसके होश गुम हो गये थे। जिस जगह पर विरसे का हाथ जमा था वह बुरी तरह जल रही थी।

अब वह सँभलकर उठा और बिजली की-सी तेज़ी के साथ विरसे की कमर से लिपट गया। दोनों खेत में गिर पड़े। सूरतसिंह ने अधिक लड़ाइयाँ नहीं लड़ी थीं फिर भी वह साधारण शक्तिशाली युवक नहीं था। किन्तु विरसा के शरीर में मानो लोहा कूट-कूटकर भरा था। उसने दो-चार नपे-तुले मुक्के विरसा की नाक पर दिये। विरसा बड़ी साफ़ लड़ाई लड़ने का अभ्यस्त था। आज तक किसी प्रतिद्वन्द्वी को अपना शरीर नहीं छूने दिया था, किन्तु सूरत बढ़-बढ़कर उससे लिपटा जाता था। दो-तीन बार वे भारी-भरकम गिद्धों की भाँति हवा में उछल-उछलकर गिरे और उन्होंने एक-दूसरे की ख़ूब मरम्मत की। सूरतसिंह ने मुक़ाबला तो ख़ूब किया, परन्तु जहाँ-जहाँ विरसे का हाथ पड़ा वहाँ-वहाँ उसका शरीर दाग़दार दिखने लगा था।

यह लड़ाई दो-तीन मिनट से अधिक चलती तो शायद इसके परिणाम भयानक सिद्ध होते, किन्तु इसी बीच महेन्द्र कौर वहाँ आ गयी और उसे देख उन्होंने आप-ही-आप लड़ाई बन्द कर दी।

विरसासिंह ने पगड़ी झाड़कर सिर पर बाँध ली और महेन्द्र तथा सूरत को 'सतसिरी अकाल' कहकर चल दिया।

"आख़िर यह मामला क्या है। यह लड़ाई कैसी? मैं तो आग देखकर दौड़ी-दौड़ी चली आयी।"

सूरतसिंह ने आग लगने का रहस्य प्रकट नहीं किया। मुस्कराकर सिर पर पगड़ी रखते हुए बोला, "देखो महेन्द्री, गोबिन्दी से इस लड़ाई की चर्चा न करना। तुम जानती हो वह विरसासिंह को कितना..."

●

# 6

**बड़े मज़े में मौला** ने चिलम में तम्बाकू भरी और उसके ऊपर सुलगते हुए उपले के दो टुकड़े जमा दिये और फिर सर्दी से दाँत बजाता हुआ चारपाई पर चढ़कर टाँगों पर धुस्सा डाल लेट-सा गया। रोटी खाने के बाद हुक्के की बड़ी सख़्त तलब पैदा हो गयी थी। अभी उसने आँखें मूँदकर दो-चार कश ही लिये होंगे कि दरवाज़े पर किसी ने थपथपाया। उस समय यह थप-थप उसे बहुत बुरी लगी। वह हुक्के का आनन्द ले रहा था। उसने कुछ कठोर स्वर में पूछा—कौन है?

जवाब में फिर किवाड़ थपथपाये गये।

पीर-दा-ठट्टा एक छोटा-सा गाँव था और ठीक उसके बाहर की तरफ़ मौला का मकान था। कई लोग केवल रास्ता या गाँव में किसी के मकान का अता-पता पूछने के लिए समय-असमय उसी का दरवाज़ा आकर खटखटाने लगते थे।

उस समय रात के दस बजनेवाले थे। सर्दियों का मौसम था। गाँव पर शाम ही से सन्नाटा छा जाता था। न जाने ऐसे अवसर पर कौन आ धमका था। जब मौला को विश्वास हो गया कि उसे उठना ही पड़ेगा तो उसने हुक्के की नाल एक ओर को हटायी, बड़बड़ाता हुआ धुस्से में से निकला और लपककर दरवाज़ा खोल दिया।

बाहर अँधेरे में साधारण क़द का एक सिक्ख खड़ा था। पगड़ी उसके सिर पर मोटे रस्से की भाँति लिपटी हुई थी। पगड़ी के एक सिरे को फैलाकर उसने उसे चेहरे के निचले भाग पर लपेट दिया था। अतएव केवल उसकी आँखें, नाक और मूँछों का ऊपरवाला भाग दिखायी पड़ रहा था। उसका रंग कालापन लिये हुए गेहुँआँ था। भवें बड़ी घनी तथा लम्बी थीं। आँखें तीक्ष्ण और भेदपूर्ण। नाक की जड़ के पास आँखों के नीचे बारीक़ तथा गहरी रेखाओं का जाल-सा बुना हुआ था।

मौला कोई कड़ी बात कहते-कहते रुक गया। उसने रूखे स्वर में पूछा, "तुम कौन हो?"

मैं चारगाँव से आ रहा हूँ।"

"चारगाँव?...चारगाँव यहाँ से चालीस मील दूर है। तुम ऐसे बात कर रहे हो जैसे पड़ोस के गाँव से आ रहे हो।"

"मैं डाची पर आया हूँ।"

"ख़ैर, मुझे इससे क्या बहस। पर मेरे यहाँ तुम्हारा आना कैसे?"

"मुझे विरसासिंह चारगाँववाले ने भेजा है।"

यह सुनकर मौला चौकन्ना हो गया। उसने हाथ आगे बढ़ाकर नवागन्तुक की बाँह थाम ली और तनिक धीमे स्वर में जल्दी से बोला, "यहाँ खड़े क्या कर रहे हो? अन्दर चले आओ न।"

नवागन्तुक एकदम भीतर आ गया। वह बड़ा मज़बूत व्यक्ति दिखायी पड़ता था। उसने शरीर पर एक मोटा-सा खेस लपेट रखा था। मौला बोला, "ज़रा ड्योढ़ी के दरवाज़े बन्द कर लूँ। नहीं तो हमारी बातों की आवाज़ें अन्दर सेहन तक जायेंगी।"

नवागन्तुक कुछ नहीं बोला। मौला ने जल्दी से बढ़कर ड्योढ़ी के दो अन्दरवाले और एक बाहरवाला दरवाज़ा बन्द कर दिया।

"भूख लगी हो तो बताओ। खाने-वाने का इन्तज़ाम कर दें।"

"नहीं, मैं खाकर आया हूँ, पास के गाँव से...बस अब काम हो जाना चाहिए।"

"क्यों, इतनी जल्दी भी क्या है?"

"मुझे तुरन्त वापस जाना होगा।"

"क्यों?"

"विरसासिंह ने यही कहा था। मेरा यहाँ रहना ठीक नहीं है। मैं यहाँ बिलकुल नया हूँ। किसी ने देख पाया तो ख़ाहमख़ाह शक करेगा।"

"डाची कहाँ है?"

"डाची जान-बूझकर साथवाले गाँव में अपने दोस्त के पास छोड़ आया हूँ।"

"और बन्दूक़?"

"बन्दूक मेरे पास है।"

मौला को अचरज हुआ कि इतनी लम्बी बन्दूक़ उसने कहाँ छिपा रखी है।

इस पर नवागन्तुक ने खेस के नीचे से दोनाली बन्दूक़ दिखायी जिसकी नलियाँ अलग करके उसने कुन्दे सहित बड़े से अँगोछे में लपेटकर उस पर एक रस्सी कसकर बाँध दी थी।

"अच्छा तो अलग करके बाँध रखी है?"

"हाँ वैसे छिप तो नहीं सकती थी।"

"हाँ, ठीक है।"

"अब जल्दी करो।"

"और कारतूस?"

नवागन्तुक के माथे पर बल पड़ गये। बिगड़कर कहने लगा, "देखो, मैं बिलकुल तैयार होकर आया हूँ। बस, अब मुझे तुरन्त मौक़े पर ले चलो।"

"अच्छी बात।" यह कहकर मौला ने हुक्के के दो-तीन ख़ूब लम्बे-लम्बे कश लिये और फिर धुस्से को बदन पर लपेट लिया और मुस्कराकर बोला, "उस्ताद, तुम्हें मेरे घर का पता कैसे लगा? क्या किसी से पूछा था?"

"नहीं, ऐसा कच्चा नहीं हूँ कि किसी से तुम्हारा पता पूछता फिरूँ। इस तरह तो तुम पर शक किया जा सकता था। विरसा ने तुम्हारे मकान का बिलकुल ठीक-ठीक पता और तुम्हारा हुलिया बता दिया था और कहा था कि वह तुम्हारी राह देख रहा होगा।"

"हाँ-हाँ, क्यों नहीं।" मौला हँसकर बोला, "विरसा इस काम को किसी मामूली आदमी के सिपुर्द नहीं कर सकता था।...अच्छा, तो मैं चला। अभी तो तीन और आदमियों को बुलाना है।"

"बुला लाओ। पर मैं उन्हें अपनी सूरत नहीं दिखाऊँगा।"

"ठीक है, ठीक है। ज़रूरत भी क्या है।"

यह कहकर मौला चलने लगा तो नवागन्तुक बोला, "हुक्का लेते जाओ।"

"क्यों?"

"हुक्का गुड़गुड़ाते हुए चलोगे तो ज़रा भी सन्देह नहीं होगा देखनेवालों को।"

"यह तो यार बड़ी पक्की बात कही तुमने।"

मौला ने हुक्का उठाया, नाल दाँतों में दबायी और हुक्के से बँधी हुई चिमटी झुलाता ड्योढ़ी में से बाहर निकल गया।

नवागन्तुक ने दरवाज़ा बन्द कर दिया और सरकण्डों का बनाया हुआ फुटभर ऊँचा मोंढ़ा घसीटकर सुलगते हुए उपलों से भरी हुई मिट्टी की अँगीठी दोनों टाँगों के बीच रखकर बैठ गया।

मौला सँकरी गलियों में से होता हुआ एक छोटे-से घर के दरवाज़े के आगे खड़ा हो गया और हाँक लगायी—"ओय सौदागरा! ओय सौदागरा!!"

जवाब न मिलने पर फिर उसने हाँक लगायी—"सौदागरा! ओय सौदागरा!!"

फिर वह इतमीनान से हुक्का गुड़गुड़ाने लगा। सोचने लगा कि नवागन्तुक ने अच्छा ही किया जो हुक्का साथ भेजवा दिया।

दरवाज़ा खुला। भीतर से बहुत बड़े सिर और काले बालोंवाले नौज़वान ने स्वप्निल दृष्टि से मौला की ओर देखा। उसे पहचाना तो उसकी पूर्ण रूप से आँखें खुल गयीं।

मौला ने अपने पीले-पीले दाँत निकालते हुए कहा, "माँ दूया यारा, आवाज़ें दे-देकर मेरा गला बैठ गया। कहाँ...घुसा हुआ था? लाँ के मौड़े?"

इस पर दोनों हँसने लगे।

सौदागर ने पूछा, "हाँ बे बता?"

जवाब में मौला चुपचाप हुक्का गुड़गुड़ाता रहा। फिर उसने भेदपूर्ण तथा शरारत-भरे ढंग से बाछों को ऊपर उठाकर आँख इस तरह मारी मानो ढेला खींचकर मार रहा हो।

सौदागर समझ गया।

"चलो।" मौला बोला।

"ठहरो, मैं ओढ़ने के लिए कुछ ले आऊँ अन्दर से।"

वह भागा-भागा भीतर गया और काले रंग की लोई बदन पर लपेटता हुआ तुरन्त वापस आ गया।

दोनों वहाँ से आगे बढ़ गये। गलियाँ सुनसान पड़ी थीं। कहीं-कहीं कोई खुजली की मारी कुतिया दाँत निकालती दुकान के तख़्ते के नीचे से निकलकर अनाज भूननेवाले ठण्डे चूल्हे में घुसती दिखायी दे जाती थी। या कच्चे घरों की दीदारों के छेदों में से छछूँदरें झाँकती दिखायी पड़ती थीं। दबे-दबे स्वरों में बातें करते वे बढ़ते गये और उन्होंने मेलासिंह को उसके मकान से और लभ्भू को डंगरों (गाय-भैंस) के तबेले से बुलाकर अपने साथ लिया और मौला के मकान पर लौट गये।

भीतर से विरसासिंह के आदमी ने दरवाज़ा खोला। उसको चेहरा आँखों के सिवाय पगड़ी के शमले में छिपा हुआ था। सौदागर, लभ्भू और मेलासिंह अभी नौज़वान थे। इन कामों में नये-नये पड़े थे। अपरिचित का पर्दे में छिपा हुआ चेहरा तथा प्रेतों के समान घनी भवों-तले चमकती हुई आँखें देख उनके युवा शरीरों में सनसनी की लहरें-सी दौड़ गयीं।

अपरिचित ने उन सबके चेहरों का निरीक्षण किया। फिर उसने खेस में से एक हाथ निकाला। उसके हाथ का रंग काला था और उस पर बड़े-बड़े बाल उगे हुए थे। उसने हाथ से इशारा करते हुए कहा, "अब किस बात की देर है?"

मौला बोला, "अब देर काहे की।"

"तो हम चलें?"

"ज़रूर!"

अपरिचित तनिक रुका और फिर मौला के पीछे-पीछे हो लिया। उसके क़दम बड़ी फुर्ती से उठते थे उसकी आँखों की पुतलियाँ एक क्षण को एक जगह पर नहीं टिकती थीं, बल्कि मनके के दानों के समान खटाखट घूमती थीं।

दूर से चौकीदार के चिल्लाने की आवाज़ सुनायी दे रही थी। उस आवाज़ से काफ़ी अन्तर रखते हुए वे बड़ी तेज़ी से बढ़ते चले जा रहे थे। गाँव से निकलकर वे आध मील की दूरी पर स्थित पीराँवाले रहट पर जाकर रुक गये। मौला के संकेत पर सौदागर ने रहट के पास बने हुए बाड़े में घुसकर मौला के मरियल बैल के गले में रस्सी डाल उसे बाहर निकाला और हाँक-हाँककर साहूकार के खेतों में छोड़ दिया। फिर वे पाँचों आदमी एक छोटे-से घने पेड़ के नीचे चले गये।

अपरिचित ने बड़ी फुर्ती से अपनी बग़ल में से बन्दूक़ का अंजर-पंजर निकाला। नलियों के साथ कुन्दा जोड़ा और नीचे की ओर की खपच्ची अपनी जगह पर जमाकर हथेली की एक ही चोट से उसे अपने स्थान पर बैठा दिया।

फिर उसने दोनों नलियों में ठोस मोटी गोलियोंवाले कारतूस भरे और एक बार उस बैल की ओर देखा जो ठण्डी हवा में कान फड़फड़ाता और दुम को धीरे-धीरे हिलाता

घास पर मुँह चला रहा था। फिर उसने निशाना बाँधकर पहली गोली चलायी। गोली खाते ही दुर्बल बैल बिना किसी संघर्ष के गिर पड़ा। तुरन्त ही दूसरी गोली उसकी गर्दन पर चिपका दी गयी और बैल ठण्डा पड़ गया।

बैल का काम तमाम होते ही अपरिचित सिक्ख ने अपनी और भी तेज़ी से चमकती हुई आँखों से मौला और उसके साथियों को देखा फिर भारी स्वर में बोला, "अच्छा, अब मुझे चलना चाहिए। सुबह से पहले वापस पहुँचना ज़रूरी है।"

मौला ने हाथ बढ़ाकर कहा, "अच्छी बात।"

अपरिचित ने चारों से हाथ मिलाया और एक बार फिर भारी स्वर में बोला, "साब सलामत!"

"साब सलामत!"

अपरिचित फिर अपनी बन्दूक़ को तोड़ और समेटकर जल्दी-जल्दी वहाँ से चल निकला। वे चारों उसे कुछ देर तक देखते रहे, फिर वे बैल की ओर बढ़े और देखा कि वह बिलकुल मर चुका है।

अब वे जल्दी-जल्दी गाँव की ओर बढ़े। गाँव के पास पहुँचकर उन्होंने एकदम ज़ोर-ज़ोर से चिल्लाना शुरू कर दिया, "पकड़ो!...पकड़ो!!"

डाकुओं का लोगों को डर लगा रहता था इसलिए जिन्होंने आवाज़ें सुनीं उनमें से अधिकांश बाहर निकल आये। उन्हें मालूम हुआ कि मौला बेचारे का बैल गोली से मार दिया गया था।

मौला देर तक गोली मारनेवाले को भारी-भारी गाली देता रहा...और सुबह होने से पहले-पहले वह छह कोस परे थाने में इस घटना की रपट लिखाकर गाँव लौट आया।

## (2)

पीर का ठट्टा गाँव छोटा था पर यहाँ के माहने मशहूर साहूकार थे और इर्द-गिर्द के दूर-दूर तक गाँव में उनके आसामी बसते थे। माहनों का रोबदाब अब कुछ कम हो गया था। पीर का ठट्टा और कुछ अन्य गाँवों के चन्द बदमाशों ने उन्हें व्यर्थ की मुक़दमेबाज़ी में फँसाकर काफ़ी खोखला कर दिया था। और अब मौला ने उनके लिए एक नयी मुसीबत खड़ी कर दी थी।

शरद ऋतु का सूर्य कुछ अधिक ऊँचा नहीं होने पाया था कि थाने का एक लम्बा-तड़ंगा नौज़वान मुसलमान थानेदार घोड़े पर दो साइकिल-सवार सिपाहियों के साथ पीर का ठट्टा में आ धमका।

गाँव के बाहर बहुत बड़े पीपल के पेड़ के नीचे पहुँचकर थानेदार घोड़े पर से उतरा। सुनहले कुलाह पर बँधी हुई उसकी ख़ाकी रंग की कलफ़-लगी पगड़ी के शमले दूर ही

से दीखने लगे थे। अतएव गाँव में घुसते ही चमारों के लौंडे और कुत्ते उसके पीछे-पीछे हो लिये थे। जब वह घोड़े से उतरा तो बच्चे और कुत्ते भी काफ़ी फ़ासले पर ही ठिठककर रुक गये।

पीपल के नीचे बड़ी धूल थी, जिसमें सूखे पत्ते और भूसे के तिनके मिले हुए थे।

घोड़े की लगाम सिक्ख सिपाही के हाथ में थमाकर थानेदार ने वर्दी को दोनों हाथों में खींचकर अपने सुडौल बदन पर जमाया। उसका ऊँचा क़द कुलाहदार पगड़ी के कारण और भी ऊँचा दिखायी पड़ता था। उसका दमकता माथा ख़ूब ऊँचा था और उसकी नाक जड़ ही से यूनानियों की भाँति एकदम ऊपर को उठ गयी थी। अपनी शानदार ऊँची नाक के कारण वह बड़ा प्रतापी तथा ओजस्वी व्यक्ति दिखायी पड़ता था। उसकी ठोड़ी पर से दाढ़ी बड़ी सुन्दरता के साथ मुँडी हुई थी और रेख अभी जम ही रही थीं। उसकी आँखों की पुतलियाँ बड़ी-बड़ी और गहरे रंग की थीं।

पहले उसने खुली हवा में टहल-टहलकर दो-तीन गहरी साँसें खींचीं और फिर जेब टटोलकर एक ख़ाकी रंग का काग़ज़ निकालकर उस पर निगाह दौड़ाने लगा।

इसी बीच गाँव के लोग भी जमा होने शुरू हो गये थे और सिपाही घोड़े को पीपल की एक जड़ से बाँध चुके थे।

थानेदार ने टाँगे अकड़ाकर निगाह ऊपर उठायी और अपने गिर्द एक बहुत बड़े हलक़े में खड़े हुए आदमियों में से एक को आने का इशारा किया।

वह बेचारा घबराकर इधर-उधर देखने लगा।

थानेदार ने तनिक कठोर आदेशात्मक स्वर में कहा, "मैं तुम्हीं को बुला रहा हूँ।"

"जी मुझको?" उस आदमी ने अपनी छाती पर उँगली जमाते हुए पूछा और थानेदार के सिर हिलाने पर उसने हास्यास्पद ढंग से आँखों की पुतलियाँ दायें-बायें घुमाते हुए इधर-उधर देखा और फिर पगड़ी सँभालता हुआ थानेदार की ओर बढ़ा।

"तुम मौला को जानते हो?"

"आहो जी!" उसने ज़ोर से सिर हिलाकर कहा।

"जाओ, उसे बुलाकर लाओ।"

वह आदमी सरपट भागा। लेकिन मौला हुक्का हाथ में लिये पहले ही से तहमद उड़ाता लपका हुआ चला आ रहा था।

उसने दूर ही से हुक्का ज़मीन पर रख दिया और बड़े अतिशयोक्तिपूर्ण ढंग से झुककर फ़र्शी सलाम किया और फिर हुक्का लेकर आगे बढ़ा।

"मोतियाँवालो, मैंने दूर ही से आपको देख लिया था। बस हुक्का ताज़ा करने में देर हो गयी।" यह कहकर उसने बड़ी चापलूसी-भरे ढंग से हुक्के की नाल उसके नथुनों की ओर बढ़ा दी।

थानेदान ने इधर-उधर बैठने की कोई उपयुक्त जगह तलाश करने की कोशिश की। फिर वह एक ओर पड़े हुए भारी मुगदर पर ही बैठने लगा था कि मौला ने बढ़कर उस

पर अपना खेस बिछा दिया और उपस्थित लोगों को सम्बोधित कर बोला, "जाओ भज (दौड़) के मेरे घर से चारपाई और बिस्तर ले आओ कोई।"

उसकी बात सुनते ही दो-तीन आदमी भाग निकले।

थानेदार ने पहले तो चुपचाप हुक्के के लगातार कई कश लिये और फिर मौला की ओर मुस्कराते हुए बोला, "भा याव्या, यह बात क्या है? चोरों के घर में मोर पड़ गये आज?"

"तौबा, मेरी तौबा!" कहते-कहते मौला वहीं धरती पर उसके चरणों में बैठ गया, "ओ जी, तभी तो कहते हैं कि बद अच्छा बदनाम बुरा...।"

"हाँ ख़ूब याद आया।" थानेदार साहब एक सिपाही की ओर देखकर बोले, "ओय अजैबसिंहिया! ओय जा ज़रा रामलाल माहने और उसके बड़े लड़के को तो बुलाकर लाइयो।"

सौदागर ने आगे बढ़कर हाथ जोड़ दिये और विनम्र स्वर में बोला, "ख़ान साहब बड़ा अनर्थ हुआ। बेचारे मौला की कमर टूट गयी है। किसान को बैल का बड़ा सहारा होता है।"

मौला ने ठण्डी साँस भरकर मुँह लटका दिया।

इधर-उधर की बातें हो ही रही थीं कि सफ़ेद धोती बाँधे रामलाल माहना आ पहुँचा। उसके साथ उसका बीस वर्षीय नर्म व नाज़ुक लड़का पतलून पहने खड़ा था।

थानेदार ने बाप-बेटे को सिर से पाँव तक देखा। बाप तो बेचारा पचास के लगभग अवस्था का गम्भीर मनुष्य था, लेकिन लड़के के खड़े होने के अन्दाज़ से ख़ाँ साहब को विद्रोह की गन्ध आयी। फिर भी उसने काफ़ी धैर्य से पूछा, "अबे लौंडे, अपना नाम बताइयो।"

इस पर पढ़े-लिखे नवयुवक को कुछ गर्मी-सी आ गयी। अँगरेजी में कहने लगा, "You should not be so rude."

थानेदार साहब को अँगरेजी बस वाजिबी ही आती थी। इसलिए तनिक रुष्ट हो, कर्कश स्वर में कहने लगा, "देख बे छोकरे! हमसे ज़्यादा गिटपिट मत करना। अपनी बोली में कहो जो कहना है, जिसमें सब लोग तुम्हारा बयान समझ सकें।"

नवयुवक शिक्षित होने के साथ-साथ तनिक अक्खड़ स्वभाव का भी था। बोला, "आप अफ़सर हैं। आपको कम-से-कम तमीज़ से बात करनी चाहिए।"

यह जवाब सुनने के लिए थानेदार तैयार न था। उसने सिर ऊपर उठाया और टकटकी बाँधकर नौज़वान की ओर देखने लगा। उसकी आँखों से चिनगारियाँ निकल रही थीं। होंठ काटकर धीमे स्वर में उसने सिपाही को इशारे से बुलाया और कहा, "अजैबसिंहिया! इस लौंडे को कुछ तमीज़ दिखाओ।"

अजायबसिंह के दो-तीन झापड़ खाकर नौज़वान माहने के दाँत हिल गये और उसकी नाक में से ख़ून बहने लगा। वह त्योराकर थानेदार के पैरों के पास जा गिरा। थानेदार

ने उसके सिर के चिकने बालों के गुच्छे को अपने हाथों में दबोचकर कहा, "बेटा, मैं तुम-ऐसे शरीफ़ बदमाशों को सीधे रास्ते पर लाना ख़ूब जानता हूँ।" फिर एकत्रित भीड़ को सम्बोधित कर, "देखो जी! एक ग़रीब किसान का बैल गोली से उड़ा दिया और ऊपर से धौंस दिखाते हैं। क़ानून हमारे हाथ में है। दूध-का-दूध और पानी-का-पानी अलग कर दिखाना हमारा काम है।"

उपस्थित जनों में से अधिकांश ने चापलूसी से थानेदार साहब का समर्थन किया।

थानेदार ने गुर्राकर कहा, "ओय मौल्या!"

"जी मोतियाँवालो!" मौला बग़ल में ही हाथ बाँधकर खड़ा हो गया।

"बैल कहाँ पर मरा पड़ा है?"

"शहंशाह जी, वह तो माहनों के खेत में ही है। बेचारा भाग्य का मारा बाड़े में से निकल इनके खेतों में जा निकला, बस उठा के गोली दाग दी इन्होंने। भला दो डण्डे मारकर बाहर निकाल देते साले को। ग़रीब का बैल तो बच जाता।" यह कहते-कहते मौला ने रोनी सूरत बना ली।

महाना यह आरोप सुनकर सिटपिटा उठा। लेकिन बेटे की गति देख चुका था, अतः चुप हो रहा।

"हम मरा हुआ बैल मौक़े पर देखेंगे।"

"चलो मोतियाँवालो!"

अब आगे-आगे मोतियाँवाला, साथ-साथ मौला, सौदागर, लभ्भू आदि, उनके पीछे आदमियों, नाक सड़सड़ाते बच्चों और कुत्तों का लश्कर चल पड़ा।

खेत-पर-खेत फलाँगते वे माहने के खेत तक पहुँच गये। सर्दी से अकड़ा हुआ बैल बीच खेत में पड़ा था। मौला ने पहले ही से एक लौंडा वहाँ बैठा रखा था जिससे कुत्ते या गिद्ध उसके पास न आयें।

थानेदार साहब ने बैल की अगली टाँग के नीचे और गर्दन में लगी हुई गोलियों को ध्यान से देखा। गाँव के तीन-चार विश्वसनीय आदमियों को भी देखने का हुक्म दिया और फिर लौटकर पीपल के नीचे बिछी हुई चारपाई पर बैठ गये। उस समय उनके लिए लस्सी और मक्खन तैयार था।

मक्खन निगलकर और ऊपर से लस्सी चढ़ाकर थानेदार ने बाछें रूमाल से साफ़ करते हुए कहा, "हाँ बे, मौलू! अब बता सारा क़िस्सा। तेरा बयान लिखा जायेगा अब।"

मौला ने खाँसकर गला साफ़ करते हुए बताना शुरू किया कि कैसे वह रात अपने बाड़े तक यह देखने के लिए गया कि लौंडा बाड़े में मवेशियों के पास है या नहीं, क्योंकि कमबख़्त का एक चमारिन से याराना था, मौक़ा पाकर रातों को उधर भी खिसक जाया करता था।

''तुम अकेले थे या और कोई भी साथ था?''

''नहीं जी, अकेला नहीं था। मेरे साथ सौदागर, लभ्भू और मेला भी थे।''

''यह तुम्हारे साथ कब से थे?''

''बादशाहो! रोटी-पानी से छुट्टी पाकर कभी ये मेरे पास आ जाते हैं, कभी मैं इनके पास चला जाता हूँ गप उड़ाने के लिए...।''

''अच्छा-अच्छा, फिर क्या हुआ?''

''फिर शहंशाहो! अभी हम बाड़े से दूर ही थे कि धायँ-धायँ बन्दूक़ चलने की दो बार आवाज़ आयी। हम तो जी, डर के मारे खेतों में छिप गये। इतने में यह छोटा माहना गाँव की तरफ़ भागता हुआ दिखायी दिया। हम पहले समझे किसी डाकू ने इस पर बन्दूक़ चलायी है, पर जी, इसके अपने हाथ में बन्दूक़ देखकर हम घबरा गये...।''

''हूँ...फिर?''

''फिर जी, हम बाड़े की तरफ़ बढ़े। रास्ते में इन्हीं के खेत पड़ते थे। वहाँ हमें सफ़ेद-सफ़ेद चीज़ दिखायी पड़ी। हम डरते-डरते पास पहुँचे तो देखा कि मेरा बैल मरा पड़ा है। और जी, पास पहुँचकर देखा तो गोलियों के निशान भी दिखायी दिये।''

थानेदार साहब ने इस सम्बन्ध में मौला से कई प्रश्न किये। फिर उन्होंने मेला, सौदागर और लभ्भू को अलग बुलाकर बयान लिये। सबके बयान अक्षरशः मिलते थे।

''अच्छा तो सौदागर! तुमने अच्छी तरह पहचान लिया था कि वह रामलाल का बेटा हीरालाल था?''

''हाँ जी।''

इस प्रकार सबने अलग-अलग इस बात की तसदीक़ की।

अब थानेदार ने रामलाल और हीरालाल को बुलाया।

''देखो हीरा, सच-सच बता दो क्या बात है। नहीं तो याद रखो, मैं मुजरिमों का बड़ा सख़्त दुश्मन हूँ। थाने ले जाकर तुम्हारा कानों के बीच में सिर कर दूँगा।''

अब हीरालाल ताव में आने के मूड में नहीं था। उसकी नाक पहली मार से ही जल रही थी और होंठ सूज गये थे। उसने मद्धिम स्वर में कहा, ''यह सब बिलकुल ग़लत है। मैं तो शाम का भोजन करके घर से बाहर तक नहीं निकला।''

ख़ाँ साहब ने रामलाल की ओर देखकर कहा, ''लाला! तुम्हारा लौंडा ज़रा कड़ा दाना मालूम होता है। लेकिन हमारा भी सुबह-शाम का यही काम है। ज़रा समझा लो अपने बेटे को, नहीं तो एक बार मैंने हाथ उठाया तो इसे पहचान नहीं पाओगे कि इसका मुँह किधर था और नाक कहाँ थी...।''

रामलाल बेचारा मुक़दमेबाज़ी से तंग आ गया था। हाथ जोड़कर बोला, ''ख़ाँ साहब! अभी लड़का है। शायद...मैं बैल की क़ीमत देने को तैयार हूँ।''

''बैल की क़ीमत?'' मौला ने चिल्लाकर कहा, ''ग़रीब के बैल की जान इतनी सस्ती नहीं है कि बस जब भी चाहा मार डाला और फिर पैसे की धौंस जमाने लगे।''

ख़ाँ साहब चिल्लाकर बोले, "चुप रहो जी तुम! बकवास बन्द करो।"

"नहीं बादशाहो, मेरी क्या मजाल है।" यह कहकर मौला हाथ जोड़कर अलग खड़ा हो गया।

"अच्छा लाला, ज़रा बन्दूक़ तो मँगवाओ अपनी।"

बन्दूक़ लायी गयी।

हीरालाल बोला, "देखिये, बन्दूक़ की नाली में ग्रीज़ लगाकर मैंने कभी की अलग रख छोड़ी थी।"

ख़ाँ साहब ने हीरालाल की तरफ़ देखा और ज़ोर-ज़ोर से सिर हिलाकर बोले, "सब समझता हूँ...यह ग्रीज़ तो आज ही लगी मालूम होती है।"

वह थोड़ी देर तक बन्दूक़ का निरीक्षण करते रहे फिर सिपाही को बुलाया, "अजायबसिंह! काग़ज़ लाओ। बन्दूक़ की रसीद दे दी जाय।"

इसके बाद सबके बयान पूरे हो जाने के बाद ख़ाँ साहब ने कहा, "बन्दूक़ थाने में दाख़िल होगी, बेटा हीरा! चलो थाने। फिर देखो मैं हीरा का बटेरा कैसे बनाता हूँ।"

रामलाल अपने बेटे के लिए बहुत परेशान था। हाथ जोड़कर बोला, "ख़ाँ साहब! दया कीजिये। मैं बैल की क़ीमत बल्कि और जुर्माना देने को तैयार हूँ।"

"ये तो बाद की बातें हैं। मालूम होता है तुम्हारी जेब में रुपये उछल रहे हैं लाला।"

लाला ने थूक बड़ी मुश्किल से निगलते हुए कहा, "क्या ज़मानत नहीं हो सकती?"

"यह सब थाने पहुँचकर तय होगा।"

ख़ाँ साहब घोड़े पर सवार हो गये। सिपाहियों ने साइकिलें थाम लीं। जब वे हीरालाल को लेकर चलने लगे तब रामलाल की आँखों में आँसू आ गये। वह जानता था कि लड़के ने जोश में आकर गुस्ताखी की है इसलिए अब इसकी ख़ैर नहीं। कुछ सोचकर आगे बढ़ा और हाथ जोड़कर बोला, "ख़ाँ साहब! एक बात अर्ज़ करूँ?"

ख़ाँ साहब ने घोड़ा रोक लिया।

"बात यह है ख़ाँ साहब, कि मौला के बैल को गोली मैंने मारी थी।"

हँसकर ख़ाँ साहब ने घोड़े को एड़ दी, "रामलाल! क्यों झूठ बोलते हो? ज़रा गवाहों से पूछो। हम तो क़ानून के ग़ुलाम हैं।"

जब थानेदार साहब दृष्टि से ओझल हो गये और बन्दूक़ भी साथ ले गये तब मौला ने अपनी ड्योढ़ी में पहुँचकर भारी स्वर में कहा, "या मौला!"

इसके बाद सौदागर को सम्बोधित कर धीरे से बोला, "देख बे सुदागर! तू घोड़ी पर सवार होकर सीधा चारगाँव चला जा और विरसासिंह से कह दे कि धायँ-धायँ बोलनेवाली चिड़िया पिंजड़े में बन्द हो गयी है।"

(३)

इधर सूरज ढल रहा था उधर एकाएक इस ज़ोर की आँधी उठी कि पृथ्वी से आकाश तक धुआँधार हो गया। ऐसा लगता था मानो धरती की छाती फट गयी है और गर्द के बादल गगनचुम्बी पहाड़ों के समान झूम-झूमकर उठ खड़े हुए हैं और धूल का यह समुद्र अपने सामने पड़नेवाली हर चीज़ को उड़ाता उमड़ा चला आ रहा है। सूर्य एकाएक लोप हो गया। चारों ओर धुँधलाहट बढ़ती जा रही थी और आकाश पर चीलों के झुण्ड-के-झुण्ड पर फैलाकर चक्कर काटते हुए मानो आनेवाली आँधी की सूचना दे रहे थे।

एक रहट पर छाये हुए वृक्षों के झुण्ड में से कपूरा ठट्टेवाला घोड़ी पर सवार बाहर निकला। उसने पहले पीर के ठट्टे की ओर देखा फिर दूर खेतों की ओर देखने लगा। किन्तु उसकी दृष्टि दूर तक नहीं जा सकी, क्योंकि आँधी क्षण-प्रतिक्षण बढ़ती आ रही थी और दूर से पेड़ और झाड़ियाँ फीके-फीके धब्बों के समान दीख पड़ रही थीं। खेतों की फ़सलें धूल-मिश्रित वायु के आगमन से मैले तथा गँदले पानी के तालाब की भाँति लहरें लेती हुई दीख पड़ती थीं।

कपूरा किसी गरोह का सरदार बनने के योग्य नहीं था। दलबन्दी करके साथियों को दबाकर रखने के हथकण्डों से वह अनभिज्ञ था, किन्तु अन्य सब दृष्टियों से वह पक्का चोर था। लड़ाई के मैदान में वह इतना साहसी लड़ाकू नहीं था, जितना उसका शरीर मज़बूत था। हाँ, कुटिलता और धूर्तता उसकी नस-नस में भरी थी। उसका अनुभूतिहीन हृदय उसके शरीर से भी काला था और उसकी भावनाएँ कुण्ठित हो चुकी थीं। इसका प्रमाण यह था कि आज उसने अपनी सगी बहन के घर को भेदी बनकर इलाक़े-भर के नामी डाकुओं को उसके घर में डाका डालने का निमन्त्रण दे दिया था।

अभी वह दूर-दूर तक निगाह दौड़ा रहा था कि बहुत परे के खेतों में से कुछ आकृतियाँ परछाइयों की भाँति दीख पड़ीं। वे दबे-पाँव कपूरा की ओर बढ़ीं।

आँधी का वेग बढ़ने लगा था। गाँव के चारों ओर फैली हुई गर्द की सतह पर धूल की चादर लहलहाने लगी थी और जौहड़ के पानी में सरसराते हुए साँपों की भाँति नन्हीं-नन्हीं लहरें बल खा-खाकर करवटें लेने लगी थीं। तोते, कौवे तथा अन्य घरेलू चिड़ियाँ पीपल और धरेक के घने वृक्षों में जाकर दुबुक गयीं और तूफ़ान के निकल जाने की प्रतीक्षा करने लगीं।

खेत-खेत चलते हुए आदमी जब पास पहुँचे तब कपूरा ने उन्हें पहचान लिया। आगे-आगे मौला था और उसके पीछे-पीछे सौदागर, लभ्भू तथा मेलासिंह चले आ रहे थे।

उन्हें देख कपूरा ने कठोर स्वर में पूछा, "तुम कहाँ थे?"

"यहीं तो थे।" सौदागर ने हँसकर जवाब दिया।

कपूरा को सौदागर की हँसी पसन्द नहीं आयी। उसने उसकी ओर कड़ी निगाहों से देखा। वह स्वयं बहुत कम हँसता था। प्रकट तो ऐसा होता था कि कपूरा उलटे हाथ का एक झापड़ देगा सौदागर के मुँह पर, किन्तु फिर वह ख़ून के घूँट पीकर रह गया और मौला को सम्बोधित कर बोला, "मौला!"

"हूँ।"

"तैयार?"

"हमारी तैयारी कैसी? तैयारी तो तुम्हारी चाहिए।"

कपूरा को मौला की हाज़िरजवाबी भी पसन्द नहीं आयी। किन्तु इस समय रोष प्रकट करने का अवसर नहीं था, क्योंकि यदि वह उनमें से किसी पर भी हाथ उठाता तो वे चारों उस पर पिल पड़ते और डाके का मामला अलग चौपट हो जाता। फिर भी उसने कठोर स्वर में कहा, "हमारी तैयारी से तुम्हारा मतलब? तुम तो अपनी कहो।"

"हमारा काम तो कभी का हो चुका। गाँव में एक बन्दूक़ थी सो वह थाने में है अब।"

"किसी तरफ़ से कोई बात निकली तो नहीं?"

"नहीं।"

"कोई अफ़वाह, शक, सन्देह?"

"कुछ नहीं।"

कपूरा की घोड़ी शायद आँधी की गन्ध पाकर बेचैन हो-होकर बिदकती और बेचैनी से ज़मीन पर पाँव मारती थी। लेकिन कपूरा उसकी पीठ पर ख़ूब जमकर बैठा हुआ था।

अब अन्धकार बढ़ने लगा था और हवा भी ख़ूब तेज़ी से चलने लगी थी। कपूरा की लोहे के तारों की भाँति कड़े दाढ़ी के बाल भी लहराने लगे थे। अब खेतों से लोग-बाग भी भाग-भागकर अपने घरों में घुस गये थे। वे प्रसन्न थे कि भगवान् भी आज उनकी सहायता करने पर तुला हुआ था।

अब कपूरा चलने को तैयार हुआ, "अच्छा, अब मैं चलता हूँ।"

"अभी वे आये तो न होंगे।"

"आ गये होंगे भई, एक तो तुम्हें खोजने में मुझे इतनी देर लग गयी।"

"हम तुम्हें देखते रहे। तुम कहीं दीख ही न पड़े।"

"रहट पर मिलने का वायदा था। मैं उधर से आया और सीधा पेड़ों के नीचे पहुँचा और वहीं पर इन्तज़ार करता रहा।"

"पहले हम भी रहट पर गये थे फिर हम खेतों में चले आये।"

"क्यों?"

"हमने सोचा रहट पर कोई हम सबको साथ न देख ले।"

"यह अच्छी रही। इस तरह काम करोगे तो आप भी फँसोगे और हमें भी फँसाओगे। अगर मुझे वहाँ पर किसी ने देख लिया होता तब?"

मौला बोला, "अच्छा, जो होना था सो हो चुका। हम तुम्हें अपनी जगह से देखने का जतन करते रहे लेकिन क्योंकि तुम पेड़ों की ओट में थे इसलिए हमें न दिखे... आगे को ख़याल रखेंगे ऐसी बातों का।"

इस पर कपूरा ज़रा ख़ुश हो गया। बोला, "देखो, हम आकर पहले इसी जगह रुकेंगे। यदि कोई ऐसी-वैसी बात हो तो हमें यहीं पर ख़बर कर देना।"

"अच्छी बात।"

"मौला तुम्हारा घर तो बिलकुल सामने पड़ता है।"

"हाँ।"

"तो फिर ज़रा नज़र रखना, जिसमें कि जब हम यहाँ पहुँचें तो तुममें से एक आदमी हमें आगे से आ मिले। समझे?"

"लेकिन कपूरा, आँधी बढ़ती जा रही है। न जाने कब तक इसका ज़ोर रहे। थोड़ी देर में हाथ-को-हाथ न सुझायी देगा। तुम लोग मुझे इत्ती दूर से कैसे दिखायी पड़ सकते हो।"

कपूरा तनिक रुका, फिर बोला, "यह भी ठीक है। पर अब क्या करना होगा।"

"तुम यह बताओ कि सबको लेकर कब्र तक लौटोगे?"

कपूरा ने थोड़ी देर सोचकर कहा, "भई, पटियाले तक से जवान आ रहे हैं। उनकी गाड़ी तो पहुँच गयी होगी। यदि वे लोग मेरे जाने तक तैयार हुए तो फिर हम दो घण्टे तक लौट आयेंगे।"

"अच्छी बात।"

"और क्या, रात भीगने की राह क्यों देखी जाये। आँधी से तो वह अँधेरा छायेगा कि बस जी ख़ुश हो जायेगा।"

"ठीक है।"

"ले भई, अब मैं चला।"

यह कहकर कपूरा ने घोड़ी को एड़ लगायी और वह आँधी की-सी तेज़ी के साथ क्षण-प्रतिक्षण धुँधलाती हुई झाड़ियों में विलीन हो गया।

## (4)

**दो घण्टे तक** पीर का ठट्टा के आसपास ऐसा गहरा अन्धकार छा गया जैसा पहले कभी देखने में न आया था।

विरसासिंह और उसके साथी घोड़ियों तथा साँड़नियों पर सवार अन्धाधुन्ध चले आ रहे थे। तीव्र वायु के झोंके मानो उनके कपड़े शरीर से नोचकर अलग फेंक देना चाहते

थे। उनकी दाढ़ियाँ तथा मूँछें धूल से अट गयी थीं। आँखों की पलकें तक एक-दूसरी से चिपकी जाती थीं। यदि कपूरा उनका मार्ग-प्रदर्शन न करता तो वे कभी रास्ता न खोज पाते।

शुर्ली, गीटा, राजहंस आदि तो विरसा के साथ थे ही किन्तु उनके अतिरिक्त पटियाले से सिराज और उसके कुछ मुसलमान और सिक्ख साथी भी आये थे। उनके पास दो कच्ची राइफ़लें भी थीं जिनकी नलियों के मुँह उन्होंने कपड़े की डाटों से बन्द कर रक्खे थे जिसमें कि धूल भीतर न जाने पाये। इसके अतिरिक्त वे विभिन्न हथियारों अर्थात् लाठियों और उनके सिरों पर चढ़ी हुई छव्वियों तथा कृपाणों से सुसज्जित थे।

पीर का ठट्टा मरे हुए भैंसे के समान दिखायी पड़ रहा था। चारों ओर अन्धकार छाया हुआ था और उसमें गाँव के मकानों की अत्यधिक काली रेखाएँ बड़े ध्यान से देखने पर नज़र आ जाती थीं।

सौदागर को मौला ने वायदे के अनुसार मौक़े पर भेज दिया था। सौदागर रेत के छोटे-से टीले पर सिर और कानों को धुस्से से लपेटकर और दोनों घुटनों में सिर दाबकर बैठ गया। आँखों के आगे से उसने देखने के लिए एक छेद खुला छोड़ दिया था। परन्तु भला ऐसे घोर अँधियारे में क्या दिख सकता था। दृष्टि ने तो कुछ काम न किया पर कानों में घोड़ों की टापों और साँड़नियों के पाँव की धपाधप की आवाज़ें आयीं तो उसने चौकन्ना होकर सिर उठाया। किन्तु पलक मारते में डाकू उसके सिर पर थे। विरसासिंह की छव्वि की मन्द-मन्द चमक और भी अधिक भयानक दीख पड़ रही थी।

अन्धकार में कठोर स्वर गूँजा—"कौन?"

"सौदागर।" उसने तुरन्त उत्तर दिया। देर करने में यह भय था कि कहीं उसका सिर छव्वी के एक ही वार से कटकर अलग न जा गिरे।

"सौदागर कौन?"

ठीक समय पर कपूरा आड़े आया। उसने विरसासिंह को बताया कि वह अपना ही आदमी है। और फिर कपूरा उसे सम्बोधित कर बोला, "कहो सौदागर, अभी तक सब ठीक है?"

"सब ठीक-ठाक है।" सौदागर की जान-में-जान आयी।

इस बीच धूल-मिश्रित वायु पूरे वेग से चलती रही और घोड़े तथा साँड़नियाँ बेचैनी से नाचती रहीं।

डाकुओं के गिरोह ने थोड़ी देर तक आपस में विचार-विनिमय किया और फिर कपूरा सौदागर से बोला, "सौदागर बच्चू! अब हमें रहट की तरफ़ ले चलो।"

सौदागर कुछ कहे-सुने बिना उठा और रहट की ओर चल पड़ा। वे सब उसके पीछे हो लिये।

कपूरा ने साथियों को बताया कि यह रहट मौला का है। फिर सौदागर से बोला, "क्यों बे, रहट का तबेला तो खाली है न?"

"बिलकुल खाली है।"

"कोई बाहर का आदमी तो वहाँ नहीं है न?"

"नहीं।"

रहट पर पहुँचकर वे घोड़ों तथा साँड़नियों से नीचे उतरे। जानवरों को तबेले में बन्द करके सौदागर को रखवाली के लिए नियुक्त किया गया। फिर सब लोग सारे साज़-सामान के साथ गाँव की ओर बढ़े।

उस आँधी में कुत्ते भी तन्दूरों में दुबके बैठे थे। एकाध ने 'भौं' की आवाज़ निकाली भी तो आँधी के शोर में वह किसी को सुनायी नहीं पड़ी।

गोबर के ढेरों, जौहड़ तथा अरूढ़ियों (घूरों) के पास से होते हुए वे झुक-झुककर मौला के मकान की ओर बढ़ रहे थे। उनका मार्ग-प्रदर्शक कपूरा था।

मौला के मकान का दरवाज़ा अधखुला था। उसने दरवाज़ों में ईंटें फँसाकर किवाड़ों को एक ही जगह पर जमा दिया था। वह स्वयं लभ्भू के साथ बैठा हुक्का पी रहा था और मेलासिंह अलग बैठा दाढ़ी खुजा रहा था।

उन्हें देखकर मौला उठ खड़ा हुआ और बोला, "साहब सलामत है जी।"

"साब सलामत!" दो-चार दबी-दबी आवाज़ें सुनायी दीं।

मौला बढ़कर दहलीज़ तक गया। उसने देखा कि उसके दरवाज़े के आगे भाँति-भाँति की आकृतियाँ खड़ी हैं। उनमें से चेहरा किसी का भी दिखायी नहीं देता था। आँखें छोड़ उन्होंने चेहरे पर पगड़ियों के शमले लपेट लिये थे। शरीर से वे सब लोग नंगे थे और उनके शरीर कड़वे तेल की मालिश से न केवल चमक रहे थे बल्कि तेल की गन्ध भी फैली हुई थी।

विरसा कहने लगा, "मौला, अब देर करना ठीक नहीं, ऐसा मौक़ा फिर हाथ नहीं आयेगा। हम जितनी जल्दी अपने काम से निपट लें उतना ही अच्छा है।"

"ठीक है।" मौला ने जवाब दिया। फिर दीया बुझाकर वह उनके साथ-साथ चल दिया।

राइफ़लें भरी हुई थीं और उन सबके हथियार बिलकुल तैयार थे। वे एक लम्बी पंक्ति के रूप में मकानों की दीवारों के साथ लगे बढ़े जा रहे थे। हर मोड़ पर विरसा एक जवान को खड़ा रहने का आदेश देता और फिर ये आगे बढ़ जाते।

संयोग की बात है। आज कुत्ते भी न जाने कहाँ दम साधे दुबके पड़े थे। आँधी के लाये हुए अन्धकार तथा शोर ने उन्हें भी डरा दिया था।

डाकुओं की पंक्ति लम्बे कनखजूरे की भाँति दीवार से लगे-लगे गन्तव्य स्थान की ओर बढ़ रही थी कि सामने गाँव के बाहर से आनेवाली गली में एक आदमी की छाया दिखायी पड़ी। वे लोग एकदम रुक गये। वह आदमी काली चादर को बदन पर लपेटे तेज़-तेज़ क़दमों से बढ़ता चला आ रहा था। क्षण-प्रतिक्षण वह उनके निकट पहुँच रहा

था। डाकू दम साधे खड़े थे। वे एक-दूसरे से कुछ कह नहीं सके। एक ओर दीवार थी और उनके सिर पर मकान का बढ़ा हुआ छज्जा था। पूर्ण अन्धकार था। साधारण स्थिति में किसी का किसी को देखना बहुत कठिन था। यह तो केवल उनकी असाधारण पैनी आँखों ने उस व्यक्ति को देख पाया था।

अब वह आदमी उनके निकट पहुँच चुका था। फिर वह उनके बिलकुल पास से होकर जाने लगा, इतने पास से कि यदि हवा का शोर न होता तो वह उनकी साँस लेने का शब्द भी सुन लेता।

वे सब एकदम चुपचाप उस छोटे-से आदमी की अत्यन्त मद्धिम छाया को अपने निकट से जाते देख रहे थे। वह व्यक्ति अपनी धुन में चला जा रहा था। उसे इस बात का तनिक भी अनुभव नहीं था कि इस समय वह मौत की तलवारों के नीचे चला जा रहा है। यदि डाकुओं को देख उसके गले से चीख़ निकलने लगती या वह उनमें से किसी एक से भी छू जाता तो तुरन्त उसका काम तमाम कर दिया जाता।

आख़िर वह बिना किसी दुर्घटना के उनके पास से, बिना उनकी उपस्थिति का अनुभव किये आगे निकल गया।

उसके चले जाने के बाद उन्होंने सन्तोष की साँस ली। क्योंकि वे नहीं चाहते थे कि उनकी कार्यवाही आरम्भ होने के पूर्व ही गाँव में हल्ला मच जाये और उन्हें कुछ प्राप्ति के बिना ही भागना पड़े।

भीतरवाले चौराहे पर पहुँचे तो देखा कि ऊँचे चबूतरेवाले बड़े कुएँ पर पानी निकालने की चरखड़ियाँ सिर झुकाये उदासीन मुद्रा में खड़ी हैं और उनके चरणों में लोहे के भद्दे ऊबड़-खाबड़ पेंदोंवाले डोल हवा के ज़ोर से 'डिंगा-डिंग' का शोर कर रहे हैं और चरखड़ियों पर झुककर खड़े हुए लसूड़ियों के पेड़ मानो उन्हें रोषपूर्ण ढंग से देख रहे हैं।

विरसा ने आगे-आगे चलते हुए मौला की बाँह को छूकर कहा, "अब किधर को?"

"चले आओ।" मौला ने धीरे-से कहा।

"रास्ता न भूल जाना कहीं।"

"अरे नहीं, हमारी आँखों पर पट्टी बाँध दो तब भी रास्ता न भूलूँ। अरे यह हमारा गाँव है, इसका चप्पा-चप्पा मुझे याद है।"

चौराहे से होकर एक गली में से होते हुए वे गाँव के लगभग बीचोबीच एक खुली-सी जगह पर पहुँचे।

अब कपूरा बढ़कर आगे आया और विरसा से बोला, "बस यही मकान का पिछवाड़ा है। यह गली घूमकर आगे जाती है। लेकिन हमें पीछे से ही भीतर घुसना होगा।"

पिछवाड़े में खासी खुली हुई जगह छूटी हुई थी। जान पड़ता था कि किसी ने मकान बनवाना शुरू किया था लेकिन नींव पर दो-अढ़ाई फुट तक दीवार उठाकर किसी कारण

इस काम को पूरा न कर सका था। अब वहाँ जलाने के लिए बड़े-बड़े झाड़ और मनछटी (कपास की सूखी हुई छड़ियाँ) के ढेर पड़े रहते थे। जब किसी कुतिया को बच्चे जनने होते थे तो वह चीखती-चिल्लाती यहीं आकर शरण लेती थी। एक कोने में किसी भड़भूँजे का भाड़ बना हुआ था और एक कढ़ाव चूल्हे के ऊपर स्थायी रूप से गड़ा हुआ था जिसके भीतर उस समय रेत का स्थान गर्द ने ले लिया था।

विरसा ने कहा, "देखो भई, मैं कपूरे के साथ ज़रा गली का चक्कर लगा आऊँ। तुम सब यहीं पर रुके रहना।"

यह कहकर वह सबकी दृष्टि से ओझल हो गया।

बग्गू साँहसी ने मकान की ओर देखा और फिर मन-ही-मन अनुमान करने लगा कि इस पर चढ़ना सम्भव है या नहीं।

गीटा ने पूछा, "बग्गू! मकान ऊँचा मालूम होता है।"

"हाँ...है तो।"

"अगर तुम बाँस के ज़ोर से फलाँगकर ऊपर न चढ़ सके तो इधर-उधर से चढ़ने का सहारा भी नहीं दिखायी पड़ता।...फिर सामने के दरवाज़े से होकर जाना पड़ेगा।"

बग्गू चुपचाप दाँतों से मूँछ का सिरा चबाता रहा, फिर बोला, "मैं आगे बढ़कर दीवार के नीचे से ही ठीक अनुमान कर सकता हूँ।"

यह कहकर वह आगे बढ़ा और दीवार के पास पहुँचकर खो गया। किन्तु अँधेरे के कारण कुछ अन्दाज़ा लगाना असम्भव-सा हो रहा था।

कुछ मिनट के बाद विरसा वापस आ गया और धीरे से बोला, "पहले तो कपूरे की बहन पर हाथ साफ़ किया जाये और उसके बाद ही साथवाले तीन-चार साहूकारों के घरों पर हल्ला बोल दिया जाये...और देखो, यह सारा काम बस चुटकियों में होना चाहिए। अभी रात का पहला पहर है। सब लोग अभी सोये भी नहीं होंगे। यदि आँधी का ज़ोर कम हो गया या ख़त्म हो गया तब फिर बड़ा ख़ून-ख़राबा करना पड़ेगा ...अब बग्गू, ज़रा आगे आओ मेरे पास।"

"बग्गू मकान के पिछवाड़े गया हुआ है। अभी लौटता ही होगा।"

बग्गू आ गया तो विरसा ने पूछा, "कहो, क्या ख़याल है? मकान तो ऊँचा ही है ज़रा।"

"हाँ।" बग्गू ने स्वीकार किया। "लेकिन कोशिश करने में क्या हर्ज़ है।" यह कहकर उसने हाथ बढ़ाया, "भई, बाँस इधर तो लाओ ज़रा।"

एक बहुत लम्बा और मज़बूत बाँस, जिसका मौला ने पहले से प्रबन्ध कर दिया था, आगे बढ़ाया गया। बग्गू ने अँधेरे में टटोल-टटोलकर और दबाव डाल-डालकर मज़बूती का निरीक्षण किया। फिर उसने मकान की छत की ओर देखा जो अत्यन्त गँदले आकाश के चेहरे पर भद्दे धब्बे के समान दीख रही थी। फिर उसने कमर के

साथ लम्बा रस्सा लपेटा और ज़मीन को टटोलकर उसने दो ढेले उठाकर कमरबन्द में ठूँस लिये और फिर बोला, ''अच्छा, अब मैं कोशिश करता हूँ। छत पर सही-सलामत पहुँच गया तो ये दो ढेले तुम्हारी ओर फेंकूँगा।''

यह कहकर उसने बाँस सँभाला, उसे दोनों हाथों में तोला और फिर तेज़ी से भाग निकला। सहसा उसके क़दमों की आवाज़ बन्द हो गयी।

जब कभी कहीं दूर से बिजली चमकती थी तो उसकी मद्धिम-सी लौ यहाँ तक पहुँच जाती थी, नहीं तो इतनी दूर से आदमी का दिखायी पड़ना असम्भव था।

वे सब बग्गू के प्रयास का फल जानने को उत्सुक थे कि सहसा दो ढेले उनकी ओर आकर गिरे। एक तो शुर्ली की पिण्डली पर लगा। 'ओय मा याव्या' कहकर उसने टाँग को दोनों हाथों से थाम लिया। पर चोट बिलकुल मामूली लगी थी।

कपूरा और विरसा पिछवाड़े की ओर बढ़े। शेष लोग मौला की अगुवाई में मकान की अगली ओर चल पड़े।

कपूरा और विरसा दीवार तक पहुँच भी न पाये थे कि आकाश से रस्सा साँप की तरह लहराता और फनफनाता नीचे गिरकर झूलने लगा।

वे एक-एक करके छत पर चढ़ गये।

यह भी अच्छा हुआ कि आँगन से ऊपर आनेवाली सीढ़ियों पर बनी हुई ममटी का द्वार खुला था, नहीं तो उन्हें आँगन में कूद-कादकर जाना पड़ता। इससे यह भी प्रकट था कि घर के लोग अभी सोये नहीं थे।

कपूरा के हाथ में राइफ़ल थी, विरसा के हाथ में चमकती हुई छव्वी और बग्गू हाथ में एक लम्बा छुरा थामे था।

उन्होंने एक बार फिर चेहरे को भली-भाँति छिपाया, केवल आँखों तथा भवों को नंगा छोड़ दिया और फिर फूँक-फूँककर क़दम रखते हुए सीढ़ियाँ उतरने लगे। सहसा सीढ़ी के मोड़ पर रोशनी की मद्धिम जगमगाहट दीख पड़ी। वे रुक गये। रोशनी फैलती जा रही थी जिससे प्रकट होता था कि कोई हाथ में दीया लिये सीढ़ियाँ चढ़ता आ रहा है। वे ठिठककर रुक गये क्योंकि वे काफ़ी सीढ़ियाँ उतर आये थे। अब भागकर जायें भी तो दीये के प्रकाश में अवश्य दिखायी पड़ जायेंगे। अभी वे कुछ भी निर्णय न कर पाये थे कि दीये के पीछे दो जनाने पाँव दीख पड़े और उनकी आँखें एक तेरह-चौदह वर्ष की लड़की की आँखों से मिलीं।

उन्हें देखते ही लड़की का रंग उड़ गया। उसने जीभ बाहर निकाल गले से चीख़ निकालने की चेष्टा की, किन्तु मारे भय के उसके बोलने की शक्ति मानो ख़तम हो गयी थी। मिट्टी का दीया उसके हाथ से नीचे गिर पड़ा और वह स्वयं भी धड़ाम-से गिरने लगी थी कि विरसा ने फुर्ती से बढ़कर उसे थाम लिया। वह मूर्च्छित हो चुकी थी अतएव उसके मुँह में उसी की चुँदरी ख़ूब अच्छी तरह ठूँसकर उसके हाथ-पाँव बाँध वहीं कोने में डाल दिया गया।

अब वे आँगन में पहुँचे। एक ओर ड्योढ़ी थी और दूसरी ओर मकान का पसार। लगता था कि जिस दरवाज़े से लड़की निकली थी उसका कुण्डा हवा की तेज़ी के कारण लड़की बाहर से चढ़ा गयी थी। भीतर रोशनी हो रही थी और घरवालों के बातें करने की आवाज़ें सुनायी पड़ रही थीं।

बग्गू और विरसा उस दरवाज़े के दोनों ओर छुरा और छव्वी लेकर खड़े हो गये और कपूरा साथियों के लिए गली का दरवाज़ा खोलने के लिए ड्योढ़ी की ओर बढ़ा।

दो घड़ी बाद विरसे ने छव्वी बढ़ाकर दरवाज़े का कुण्डा खोल दिया और हवा के ज़ोर से दरवाज़े के तख़्ते ज़ोर-ज़ोर से हिल-हिलकर तड़ाक-तड़ाक बजने लगे। घरवाले कुछ देर तक लड़की के आने की प्रतीक्षा करते रहे पर जब वह न दिखायी पड़ी तो घर का एक पुरुष जल्दी से बाहर निकला। दरवाज़े के दोनों ओर दीवार से लगे हुए विरसा और बग्गू को वह नहीं देख पाया। लेकिन जब उसने देखा कि लड़की आँगन में नहीं है तो उसे आश्चर्य हुआ। उसने गर्दन घुमायी तो विरसा और बग्गू की भयानक आकृतियाँ दीख पड़ीं। उसने घबराकर पूछा—तुम कौन हो?

इसी बीच में उनके साथी ड्योढ़ी में घुस आये थे और ड्योढ़ी के दरवाज़ों में से उनके विकृत चेहरे बाहर को झाँक रहे थे। विरसा और बग्गू दोनों चुप खड़े रहे, क्योंकि कपूरा ने उस आदमी के पीछे से दबे-पाँव क़रीब पहुँचकर उल्टे हाथ का एक ऐसा झापड़ रसीद किया कि वह त्योराकर वहीं ज़मीन पर गिर पड़ा।

वह पुरुष बड़ा जवान था। लेकिन एक तो निहत्था था दूसरे धोखे में मार खा गया।

घरवालों की बातों की आवाज़ें भी बन्द हो गयी थीं। लगता था कि उनके मन में भी शंका उत्पन्न हो गयी है।

फिर उन्होंने लालटेन की रोशनी में देखा कि दरवाज़े के अन्दर आठ-दस नंगी चमकती हुई छव्वियों ने प्रवेश किया और साथ ही आवाज़ आयी—ख़बरदार! अगर किसी ने आवाज़ निकाली तो उसका सिर धड़ से अलग कर दिया जायेगा।

बेचारे घर के लोग एक कोने में दुबक गये और कपूरा मुँह छिपाये, आँखें चुराये विरसा को अपने साथ ले गया और भीतरवाले कमरों में पहुँचकर घरवालों की पूँजी के बक्सों की ओर इशारा किया। देखते-ही-देखते सब-कुछ समेट लिया गया।

इसके बाद घरवालों के मुँह में कपड़े ठूँस और उनके हाथ-पाँव बाँध उन्हें एक कमरे में बन्द करके बाहर से कुण्डी चढ़ा दी गयी।

इस काम से निपटकर वे आँगन में चले आये। घरों के आँगन-से-आँगन मिले हुए होते हैं। अब उन्होंने दो गरोहों में बँटकर दो घरों पर और छापा मारा। वहाँ से निकले तो दो और घरों पर चढ़ दौड़े।

इतने में बाहर से धड़ाधड़ तीन गोलियाँ चलने की आवाज़ आयी। उनके हाथ रुक गये। आँधी का शोर और भयानक हो गया और थोड़ी ही देर के बाद आँधी के शोर के साथ मनुष्यों की आवाज़ें आने लगीं।

हुआ यह कि एक नौज़वान निशानेबाज़ को उन्होंने मकान के पिछवाड़े खड़ा कर दिया था। आँधी के ज़ोर से एक झाड़ सरकने लगा। अँधेरे में मनुष्यों का झुण्ड समझते हुए अनुभवहीन नौज़वान ने घबराकर उस पर गोली चला दी। भला झाड़ की चाल क्यों कम होती, वह आगे बढ़ता आ रहा था, अतएव उस पर दो फैर और किये गये जिससे सारा गाँव जाग उठा।

इस पर भी विरसासिंह और उसके साथियों को कोई विशेष घबराहट नहीं हुई। वे फुर्ती से गाँव से निकलकर रहट की ओर भागे। किन्तु गाँव से निकलते समय विरसा ने छू-छूकर अपने साथियों की गिनती पूरी कर ली।

मौला और उसके साथी अपने घरों की ओर भागे। गाँव के लोग छव्वियाँ और लाठियाँ लेकर घरों से बाहर निकल आये। उनमें मौला और उसके साथी भी आ शामिल हुए। अँधेरे में कुछ नहीं सूझता था। कपूरा गाँव के पाँच-छह आदमियों में घिर गया था। इसी गड़बड़ में उसके चेहरे पर से पगड़ी हट गयी। बिजली चमकी, घोड़ी तड़पी और वह अपने साथियों से जा मिला।

इसके बाद आँधी और ज़ोर से चली और घण्टा-भर बाद बारिश होने लगी।

# 7

पीर का ठट्टा में डाकेवाली रात जिस प्रकार बड़ी भयानक थी उसके विपरीत दो दिन बाद चारगाँव में जो सुबह हुई वह अति सुहावनी थी।

धूप निकल आयी थी और आँखों को तरावट प्रदान करनेवाले प्रकाश में चारगाँव और उसके आसपास की तुच्छ-से-तुच्छ वस्तु जगमगा उठी थी।

बेली शाह अपने मकान से बाहर गड्ढे में पाँव लटकाये धागों के ताने-बाने में लकड़ी की मछली को इधर-से-उधर तैरा रहा था। एक तो यों ही उसकी आकृति नये देखनेवाले को हास्यास्पद दिखायी पड़ती थी, दूसरे जब वह अपने कार्य में व्यस्त होता था तब चुपचाप न जाने क्या मुँह-ही-मुँह में बड़बड़ाने लगता। कभी मुस्कराता, कभी माथे पर बल डाल लेता।

वह अपने काम में इतना मग्न था कि उसे बिलकुल पता नहीं चला कि कब विरसासिंह धूप में जगमगाती हुई ताँबे की सजीव मूर्ति के समान आया और उसके पास खड़ा हो गया।

गाँव-भर में विरसासिंह केवल दो ही व्यक्तियों का आदर करता था। उनमें एक तो मिट्ठूलाल हलवाई का और दूसरा बेली शाह का। सम्भवतः इसका कारण यह था कि ये दोनों बचपन से ही उसे बड़ा प्यार करते थे। विरसासिंह को उनसे निःस्वार्थ लगाव पैदा हो गया था। अतएव जब कभी उसका जी चाहता कि वह अपने अवकाश के क्षण अच्छी तरह बिताये तब वह इन दोनों में से किसी एक के पास जा पहुँचता।

विरसासिंह पीर का ठट्टा से काफ़ी रात बीतने पर गाँव लौटा था। तीसरे पहर कहीं सोने का मौक़ा मिला था और दूसरे उसकी कलाई एक तो रात की भगदड़ में उतर गयी थी इसलिए नींद भली-भाँति नहीं आयी थी। उस समय भी वह थका हुआ-सा दीख रहा था और वह थकावट उसके चलने के ढंग से भी प्रकट हो रही थी। जब उसने देखा कि बेली शाह को उसके आने की ख़बर तक नहीं हुई, तब उसने ज़रा सरककर बेली शाह के हाथ पर अपनी छाया डाली।

इस पर भी बेली ने काम पर से ध्यान नहीं हटाया, बल्कि और झुककर धागों को बड़े ग़ौर से देखने लगा। उसकी लम्बी भवों-तले उसकी आँखें बिलकुल ही छिप गयी थीं।

विरसासिंह उसकी तल्लीनता को थोड़ी देर बड़ी दिलचस्पी से देखता रहा, फिर मुस्कराकर भारी स्वर में बोला, "चाचा, सलाम ए!"

बेली शाह ने सिर ऊपर उठाकर देखा। उसकी गँदली आँखें चमक उठीं—"सलाम ए बेटा, सलाम ए!"

फिर उसने इधर-उधर मोंढ़े को खोजते हुए कहा, "बेटे, आज तू बड़ी मुद्दत के बाद आया है मेरे पास। क्या चाचा से नाराज़ है?"

विरसासिंह हँसकर उसके पास ही ज़मीन पर बैठ गया। बोला, "चाचा! तुमसे नाराज़ होकर फिर मेरा ठिकाना कहीं भी है? रहने दो मोंढ़ा। देखो तो कैसी साफ़ ज़मीन है। और फिर मैं तुम्हारे कितने पास बैठा हूँ।"

"विरसा बेटे! ज़मीन पर काहे बैठते हो। अरे, मेरी तो आँखें धुँधला गयी हैं, हालाँकि और सब अंग ठीक हैं। ज़रा इधर-उधर ध्यान से देखो न, यहीं तो पड़ा था मोंढ़ा।"

"चाचा, जिस प्यार से तुम पेश आते हो, हम तो उसके भूखे हैं। बिठाने को तुम चाहे अपने जूतों में भी जगह दो तो हम ख़ुश हैं।"

"क्या बात कहते हो...हमारे सिर-आँखों पर बैठो न! अब तो अल्लाह के फ़ज़ल से ऐसे जवान हो कि दूर-दूर तक तुम्हारा जवाब नहीं दिखायी पड़ता। लेकिन एक दिन वह भी था जब तुम तुतलाकर बातें किया करते थे और लड़खड़ा-लड़खड़ाकर चला करते थे। अरे बेटे, हम तो उस वक़्त से तुझे प्यार करते हैं। बड़ा हो गया तो क्या, है तो हमारा बेटा न?"

"पर चाचा, मैं कहता हूँ, वही दिन अच्छे थे जब भलाई और बुराई का ज्ञान न था, तबीयत के बादशाह थे... ।"

"हाँ बेटा, ठीक कहते हो। लेकिन समाँ बदलता रहता है। यह तो अल्लाह का क़ानून है। वक़्त बीत जाता है, समय के साथ हर चीज़ रंग बदलती है। वक़्त बदलने पर दुनिया भी बदलती रहती है। पर उमर के साथ आदमी के गुण भी तो बदलते हैं। अगर गुण न बदलें तो फिर तुम आप सयाने हो...बड़ी-बड़ी मुश्किलें खड़ी हो जाती हैं और ज़िन्दगी की गाड़ी चलते-चलते हिचकोले खाने लगती है।

इसीलिए कबीर जी कह गये हैं—

*'बड़ा हुआ तो क्या हुआ ज्यों ऊँची खजूर*
*पंछी को छाया नहीं, फल लागे इतनी दूर।'* "

बेली शाह अपने ढर्रे से हटकर बहुत कम बातचीत कर सकता था। लेकिन उसके बात करने का ढंग इतना प्यारा और दूसरे को कोई तथ्य समझाने का अन्दाज़ इतना सरल और मोहक था कि विरसासिंह-ऐसा उजड्ड दिमाग़ का आदमी भी उसकी बातें बड़े ध्यान से सुनता था और उनसे आनन्दित होता था।

विरसा बेली शाह की इस तरह की चोटें माँ के दूध की तरह पी जाया करता था। उसके चित्त पर ऐसी बात बहुत हलका-सा असर छोड़ जाया करती थी। अधिक

बारीकियों से बचने के लिए विरसा ने बात का रुख बदलते हुए कहा, "हाँ, चाचा, हमारी कौलाँ कहाँ है?"

"यहीं होगी घर के अन्दर, जाओ बुला लाओ।"

विरसा का उठने को मन नहीं होता था। वह वहीं से झुक-झुककर मकान के अन्दर की तरफ़ देखने लगा।

कौलाँ से विरसा को बड़ा स्नेह था। उसने कभी बच्चों से प्रेम नहीं किया था। किन्तु वह लड़की तो मानो देवी रूप थी। उसकी आँखों में गंगा की पवित्रता और होंठों पर सरस्वती बोलती थी।

"कौलाँ! हो कौलाँ!!"

"आयी चाचा।" भीतर से आवाज़ आयी।

थोड़ी देर बीत गयी, पर वह न आयी तो बेली ने फिर आवाज़ दी—"कौलाँ हो! कौलाँ हो!!'

"आयी हो! चाचा हो!!" भीतर से कौलाँ ने चाचा की आवाज़ की नकल उतारी।

"अरे आ भी ले...देख तो बाहर कौन आया है?"

"कौन आया है?"

"आके देख।"

"बताओ न।"

"अरी, विरसासिंह चाचा आये हैं।"

इस पर दूर ही से 'चा चा ...आ...आ' की लम्बी आवाज़ सुनायी दी और कौलाँ बकरी के बच्चे की-सी तेज़ी के साथ भागी हुई आयी और विरसासिंह की गोद में गिर पड़ी। फिर उसके गले में बाँहें डालकर बोली, "चाचा, मेरे लिये क्या लाये हो?"

"भई, मैं तो अभी सोकर उठा हूँ और सीधा इधर ही चला आया। बोलो, तुम क्या लोगी?"

"जो तुम दोगे, ले लूँगी।"

"जो तुम माँगो, हम देंगे।"

"नहीं, जो तुम दोगे सो ले लेंगे। क्यों चाचा, यही ठीक है न! कोई जो कुछ अपनी ख़ुशी से दे वही लेना चाहिए न!"

"हाँ बेटा, ठीक कहती हो।" बेली शाह ने हामी भरी।

विरसा बोला, "देखो कौलाँ, हम 'कोई' नहीं हैं।"

इस प्रकार काफ़ी देर तक उनकी तकरार चलती रही।

विरसा कहने लगा, "चाचा, कौलाँ को मुझे दे दो। बड़ी प्यारी लगती है मुझे।"

"बड़े शौक से ले जाओ। इसकी शादी-ब्याह का बोझ भी तुम्हें ही उठाना पड़ेगा।"

"हो चाचा!" विरसा ने मुँह गोल करके कहा, "इसके लिए बहुत ही अच्छा दूल्हा तलाश करूँगा, और फिर कौलाँ को बीस गाँव की दुल्हनों के बराबर गहने पहनाऊँगा।"

"तो फिर तुम ही ले जाओ इसे। मैं ग़रीब आदमी ठहरा, भला इतने गहने कहाँ से पहना सकूँगा!"

विरसा की यह आदत थी कि जब कौलाँ उसके पास होती तो वह उसके काले और अति घने बालों में हाथ डाल-डालकर उनसे खेला करता था, किन्तु आज जो उसने केवल एक ही हाथ इस्तेमाल किया तो कौलाँ ने उसके दूसरे हाथ की तरफ़ देखा जिस पर मैला-सा रूमाल बँधा था। उसने चौंककर पूछा, "चाचा, यह तुम्हारे हाथ को क्या हुआ है?"

"कुछ नहीं कौलाँ...यों ही।"

बेली शाह भी बोल उठा—"अरे हाँ, मैंने तो ख़याल ही नहीं किया। हाथ को क्या हुआ है?"

"यों ही चोट आ गयी है।"

"इत्ता बड़ा हो गया है सूजकर।" कौलाँ बोली।

"मालूम होता है कलाई उतर गयी है।" विरसा ने जवाब दिया।

"तो भई डाकदार से पट्टी कराओ।" बेली ने कहा।

"कौन डाकदार?"

"यही...अपने चारगाँव की।"

"अजी छोड़ो।"

"नहीं बेटा, ऐसा मत कहो...बड़ी समझदार लड़की लगती है।"

"यह तुम कहते हो चाचा?"

"हाँ बेटा, मैं कहता हूँ।"

"सारा गाँव उनके ख़िलाफ़ है।"

"ठीक है, सूरतसिंह ऐसी बातें करता है जो हमारी समझ से ग़लत मालूम होती हैं। लेकिन शायद वह इतनी ग़लत नहीं हैं जितनी कि हम समझते हैं। हो सकता है, हमारी समझ का दोष हो, आख़िर हमने दुनिया में देखा क्या। गाँव में पैदा हुए, यहीं पले, यहीं बूढ़े हो गये।"

"सब लोग कहते हैं वह नास्तिक है।"

"बेटा! यह बड़ी गहरी बातें हैं। इनको इतनी जल्दी से नहीं समझा जा सकता है। सूरत से मेरी कई दफ़ा बातचीत हुई है। मैं चाहे सारी बातें उसकी न मानूँ, पर इतना ज़रूर कह सकता हूँ कि उसकी बातें खाली-खूली बातें ही नहीं हैं, बल्कि उनमें गहराई है और सच्चाई भी है।"

"चाचा, गहरी बातें तो तुम ही जानो। लेकिन हम यह जानते हैं कि किसी जवान लड़की का अपने घर से बाहर रहना और हर एक मर्द से खुले मुँह बातचीत करना अच्छाई की निशानी तो नहीं है न। गाँव की कोई भली औरत उसको मुँह नहीं लगाती।"

"लेकिन इसके बावजूद हो सकता है कि वह हमारे गाँव की सबसे नेक बेटी हो। हो सकता है, वह हर मर्द को अपना भाई और बाप समझकर सेवा करती हो। इतने

दिन हो गये, मैंने उसके बारे में एक भी शिकायत नहीं सुनी। अगर बुरे चाल-चलन की लड़की होती तो अब तक कोई-न-कोई बात तो ज़रूर निकलती। बेटा, दुनिया में किसी पर भी दोष लगाने में जल्दी नहीं करनी चाहिए। कौन जानता है कि हम उससे भी बड़े पापी हों। क्या कौलाँ तुमको कम चाहती है? लेकिन बतलाओ तो, क्या इस मासूम बच्ची के दिल में पाप है? क्या तुम्हारे नज़दीक वह फ़रिश्ते से कम दरजा रखती है...दुनिया में हर इन्सान को इस बात का मौक़ा देना चाहिए कि वह अपने फ़ेल (व्यवहार) से अपनी सीरत (चरित्र) ज़ाहिर कर सके।"

विरसा चुप हो गया। उसके उजड्ड चेहरे पर सोच और विचार के चिह्न दीख पड़ने लगे। बेली शाह ने थोड़ा रुककर कहना शुरू किया, "कई बार ऐसा भी होता है कि हम ख़ाहमख़ाह किसी भ्रम में पड़कर किसी ऐसे इन्सान को तक़लीफ़ पहुँचाना शुरू कर देते हैं जिसने हमें कभी कोई दुःख नहीं दिया होता। मुझे बताओ, कभी तुमने उनके क़रीब जाने की कोशिश की है? क्या तुमने उन्हें इन्साफ़ की नज़र से देखने और समझने का जतन किया है। बेटा! सही ढंग से और सच्चे माने में जीना कोई आसान काम नहीं है।"

विरसा अब सिर खुजाने लगा था। मुस्कराकर बोला, "चाचा, बात तो मेरे हाथ से शुरू हुई थी, तुमने कहाँ-से-कहाँ पहुँचा दी।"

बेली शाह ने एक निगाह विरसा पर डाली और फिर हँसकर बोला, "हाँ, तो हाथ की बात लो। तुम्हारे हाथ पर चोट आयी है। अगर कलाई उतर गयी है तो और ख़तरनाक बात है। जाओ डाकदार के पास। तुम कौन ऐसे भगत हो कि उससे छू जाओगे तो भ्रष्ट हो जाओगे। कौन जानता है उसे छूकर कैसे-कैसे गुनाहगार पाक हो सकते हैं।".

"अच्छा।"

"एक बात कहता हूँ। मुझे इसका दावा नहीं है।" बेली शाह बोला।

विरसा का सिर झुका हुआ था। न जाने उसके दिमाग़ में क्या-क्या विचार उठ रहे थे। उसकी दृष्टि सामने ज़मीन पर जमी हुई थी। इतने में उसे एक छाया दीख पड़ी जो उसकी दृष्टि की सीमा के अन्दर पहुँचकर ठहर गयी।

उसने सिर ऊपर उठाकर देखा।

सामने एक पतला-दुबला-सा मुसलमान खड़ा था। उसका रंग काला, गालों की हड्डियाँ उभरी हुईं, माथे की नसें फूली-फूली, आँखों के नीचे गढ़े और चेहरे पर ग़ज़ब की निर्भयता तथा निर्भीकता प्रकट होती थी।

नज़रें मिलने पर विरसा ने अनुभव किया कि उसने उसे कहीं पर देखा है... और फिर उसे एकाएक कुछ याद-सा आया। वह कपड़े झाड़कर उठ खड़ा हुआ और उसके निकट पहुँच मद्धिम स्वर में बोला, "किसी से मिलना है?"

"हाँ...तुम्हीं से मिलना है।"

## (2)

आगे-आगे विरसासिंह और पीछे-पीछे मुसलमान नवागन्तुक चले जा रहे थे। बेली शाह के मकान से कुछ दूर जाकर नवागन्तुक रुक गया। विरसा चार क़दम आगे बढ़ गया था। जब उसे अनुभव हुआ कि नवागन्तुक उसके साथ-साथ नहीं आ रहा है तो वह भी रुक गया और घूमकर नवागन्तुक की ओर देखकर पूछा, ''रुक क्यों गये तुम?''

''आगे जाने का इरादा नहीं है मेरा।''

''क्यों?''

''जो बात मुझे करनी है वह यहीं पर हो सकती है। फिर आगे जाने का फ़ायदा?''

''लेकिन बहुत दूर तो नहीं जा रहे हैं।''

''तुम ठीक कहते हो।''

''यहीं पास के अन्धे कुएँ तक।''

नवागन्तुक के चेहरे पर कठोर-सी मुस्कान उत्पन्न हुई और विलुप्त हो गयी। वह बोला, ''शायद तुम मुझे इतना मूर्ख न समझते होगे। अगर समझते भी हो तो मैं तुम्हें बताना चाहता हूँ कि मैं मूर्ख नहीं हूँ।''

''मूर्ख!''

''सुनसान अन्धे कुएँ की मुँडेर पर अकेले में तुम्हारे साथ बैठने के मुक़ाबले मैं यहीं तुमसे बात करना अच्छा समझूँगा।''

विरसा ने अनजान बनकर नवागन्तुक को एक बार सिर से पाँव तक देखा। उसका सिर मुश्किल से उसकी बग़ल तक पहुँचता था। शरीर इतना दुबला-पतला मानो उँगलियों की पकड़ में आते ही चट-चट कर टूट-फूट जायेगा। कुछ क्षण चुप रहकर सोचते हुए विरसा ने पूछा, ''कहाँ से आये हो?''

''तुम ख़ूब जानते हो।''

''पहेलियाँ मत बुझाओ।...बोलो?''

नवागन्तुक ने उसकी आँखों में अपनी तीक्ष्ण आँखें डालकर जवाब दिया, ''पीर का ठट्टा से।''

विरसा मन-ही-मन चौकन्ना हो गया। फिर पूछा, ''क्या हाल है तुम्हारे गाँव का?''

''हमारे गाँव के हाल पर तुम्हारी मेहरबानी है।''

विरसा टहलता-टहलता ठिठक गया।

''मतलब?''

''क्या मतलब भी समझाना होगा?''

''ज़रूरी बात है।''

फिर कुछ देर मौन रहा।

"परसों शाम...या रात ही समझ लो...तुमने हमारे गाँव के कुछ बहुत अच्छे घरों पर हाथ साफ़ किया है।"

विरसा बिफ़र गया—"यह तुम कैसे कहते हो!" उसकी आवाज़ गूँजी।

नवागन्तुक ने गर्व के साथ सिर ऊँचा करके कहा, "विरसिया, मैं शरीफ़ खोजी (भेदिया) हूँ।"

"ठीक है, लेकिन तुम्हें कैसे मालूम हुआ कि इसमें मेरा हाथ है?"

"विरसिया! जो काम तुमने किया है वह तो अच्छा नहीं है, पर जिस तरीक़े से तुमने किया है वह तारीफ़ के क़ाबिल है।"

विरसा ने सोचा कि बड़ा घाघ मालूम होता है। फिर बोला, "ज़रा खोलकर बात करो।"

"पहली बात तो यह थी कि तुम्हारी तक़दीर अच्छी थी कि उस दिन आँधी आ गयी। तुम्हारी होशियारी इस बात में है कि तुमने रात भीगने की राह नहीं देखी। तुमने बड़ी हिम्मत से काम लेकर लोगों के सोने का इन्तज़ार नहीं किया। तुम्हारी आवाज़ों से जो शक पैदा हो सकता था उसे आँधी के शोर ने दबा लिया होगा। सबसे बड़ी बात यह हुई कि तुम जो भागे तो तुम लोगों के पाँव के निशानों पर आँधी ने धूल की इतनी मोटी तह चढ़ा दी कि खोज के ज़रिये दब गये और फिर मूसलाधार बारिश ने जैसे सब रही-सही कसर पूरी कर दी।"

इससे विरसा को थोड़ा सन्तोष हुआ। उसने अपनी ओर से बयान कर देने की जगह उलटा सवाल किया, "यह मामला है। अच्छा तो दूसरे दिन क्या हुआ?"

"कल सारे दिन थानेदार झक मारता रहा। उसने गाँव के कुछ दस नम्बरियों को बुलाकर ख़ूब जूते लगवाये, पर किसी ने कुछ बक नहीं दिया।"

विरसा ने सावधानीवश पूछा, "कौन-कौन आदमी थे जिनको जूते पड़े थे?"

शरीफ़ ने सोचकर बताया, "वही दो-चार आदमी ही तो हैं, रतना, मौला, लाम्बा, सौदागर, लभ्भू वगैरा।"

"क्या कुछ ज़्यादा नुक़सान हुआ है?"

"मैं तुम्हारी इस बात का मज़ा लिये बिना नहीं रह सकता।" यह कहकर शरीफ़ कुछ रुका, फिर बोला, "नुक़सान बहुत काफ़ी हुआ, पर कमरतोड़ नुक़सान नहीं हुआ।"

"यही तो अच्छी बात है...न?"

"क्यों नहीं, क्यों नहीं।"

"पुलिसवालों का क्या ख़याल है?"

"खोज नहीं मिलता। शाम तक मार-पीटकर चले गये। सारे बदमाशों की ज़मानत ले ली गयी है।"

"अब बेचारों का इसमें क्या हाथ हो सकता है। क्या ख़याल है तुम्हारा?"

"हो क्यों नहीं सकता। बिना भेदी के तो ऐसे काम हुआ ही नहीं करते।"

"किसी पर पक्का सन्देह भी है?"

"मेरे ख़याल में नहीं। हाँ, एक बात और भी है। गाँव के कुछ लोगों का ख़याल है कि कपूरा भी डाकुओं के गरोह में शामिल था।"

"अच्छा?" विरसा ने विस्मय प्रकट किया।

"इसमें हैरानी की बात नहीं। पहले तो डाकू कपूरा की बहन के घर ही पहुँचे थे।"

"लेकिन भई शरीफ़, यह कैसे मुमकिन है?"

"मेरे ख़याल में बिलकुल मुमकिन है।"

"कैसे?"

"इसलिए कि कपूरा इतना कमीना हो सकता है कि अपनी सगी बहन पर ही हाथ साफ़ कर दे।"

"होगा...मुझे यक़ीन नहीं आता।"

"लेकिन मुझे पूरा यक़ीन है।"

"तो पुलिसवालों पर भी यही राय ज़ाहिर की है?"

"नहीं, अभी मेरी उनसे कोई बातचीत ही नहीं हुई।"

"आँखें भी चार नहीं हुईं?"

"नहीं, एक बार तो मैं उस गली का चक्कर लगा आया था। लेकिन फिर मैं जान-बूझकर टल गया कि कहीं मुझे भी तफ़तीश में शामिल न कर लें।"

"गाँव में शोर तो बहुत मचा होगा।"

"शोर तो बहुत मचा था। लेकिन एक तो कोई क़तल न होने के कारण भी मामला इतना गम्भीर नहीं रहा, दूसरे जिन घरों को लूटा गया है उनके पास अब भी बहुत माल बाक़ी है। इसलिए कहना चाहिए कि पूरा सफ़ाया नहीं हो सका। उधर कपूरा पर कड़ा शक किया जा रहा है। क्योंकि कुछ लोगों का हलफ़िया बयान है कि उन्होंने बिजली चमकने पर कपूरा को अच्छी तरह पहचान लिया था।"

"कपूरा गिरफ़्तार हो गया क्या?"

"नहीं।"

विरसा ने एक खेत की मेंड़ के पास गड़ी हुई एक लकड़ी पर बोझ डालते हुए कहा, "मालूम होता है तुम भी बड़े घाघ हो।"

"ठीक है।"

"और तुम्हें इस डाके के बारे में ज़रूरत से ज़्यादा जानकारी है?"

"यह भी ठीक है। इसलिए तो मैं तुम्हारे साथ अन्धे कुएँ की तरफ़ नहीं जाता।"

इस पर विरसासिंह हँस पड़ा। फिर बोला, "क्यों बे शरीफ़! कोई पुलिस-वुलिस तो छिपा के नहीं लाया अपने साथ?"

“अरे नहीं, तौबा करो।”

“अच्छा, अब यह बताओ कि तुम्हें यह कैसे मालूम हुआ कि मैं भी उस गरोह में शामिल था?”

“देखो उस्ताद! खोज मिट जाने के कारण पुलिस काफ़ी मजबूर हो गयी थी। इसलिए वे बाहर के दरवाज़े पर ही खोज करते रहे।”

“हूँ। और तुम?”

“मैं ज़रा दूसरी तरफ़ को खिसक गया। क्योंकि ज़ाहिर था कि अगर इतने आदमी आँगन की दीवार फलाँगकर भीतर जाते तो पड़ोसवालों में से किसी को ज़रूर दिखायी पड़ जाते। मैंने सोचा कि चोरी ज़रूर पिछवाड़े से हुई है। इसलिए मैं टहलता हुआ पिछवाड़े के चक्कर लगाता रहा कि किसी को शक न हो।”

“अच्छा, तो क्या देखा तुमने?”

“यही कि मेरा ख़याल सही निकला।”

“यानी चोर पिछवाड़े से घुसे थे?”

“सब नहीं।”

“तब फिर?”

“पिछवाड़े से मकान इतना ऊँचा है कि किसी को शक भी नहीं हो सकता था कि कोई उस पर चढ़ भी सकता है।”

“इसका मतलब यह हुआ कि तुम्हारा शक ग़लत निकला।”

“नहीं, यह बात नहीं। मैंने इस बात पर ग़ौर करना शुरू किया कि आख़िर इसमें भेद क्या है?”

“अच्छा।”

“वह भेद खुलने में थोड़ा समय ज़रूर लगा मेरा।”

“क्या भेद था?”

“झाड़ के भीतर मज़बूत बाँस के टुकड़े छिपे थे। ग़ौर से देखने पर लगा कि ये टुकड़े ताज़े कटे हुए हैं।”

“हूँ।”

“साबित हुआ कि पहले कोई हुनरमन्द आदमी बाँस के ज़रिये एक ही छलाँग लगाकर ऊपर पहुँचा। बाक़ी कुछ साथी रस्से के ज़रिये चढ़े होंगे। फिर उन्होंने जीने से उतरकर चुपके से ड्योढ़ी का दरवाज़ा खोल दिया।”

विरसा चुप रहा।

“पिछवाड़े से तीन आदमी छत पर पहुँचे थे।”

विरसा के कान खड़े हो गये।

शरीफ़ ने अपनी बात जारी रखी—"उन तीनों में तुम, बग्गू, साँहसी और कपूरा शामिल थे।"

"भई, अकल ख़ूब लगायी तुमने।"

"लेकिन इस अकल लड़ाने से मेरा एक मकसद अपनी जेब गरम करना है।"

विरसे का माथा ठनका। उसने शरीफ़ के कन्धे पर हाथ धरकर पूछा, "लेकिन पहले यह बतलाओ कि तुमने यह कैसे पता लगा लिया कि पिछवाड़े से हम तीनों आदमी गये थे?"

"यह कोई गहरा भेद नहीं है।"

"फिर भी।"

"पिछवाड़े झाड़ के पास ज़मीन पर तुम लोगों के पाँव के निशान मौज़ूद थे।"

"अच्छा,...लेकिन वह निशान बस वहीं पर तो थे...?"

"लेकिन तुम्हें मालूम होना चाहिए कि दूर-दूर के इलाक़े का कोई बदमाश ऐसा नहीं है जिसके चलने का अन्दाज़ मुझे याद न हो। जितना बड़ा और जिस अन्दाज़ से वे पाँव ज़मीन पर रखते हैं वह मुझे अच्छी तरह मालूम है। सिर्फ़ निशान देखने की देर है। मैं फ़ौरन बता सकता हूँ कि यह किस पाँव का निशान है और यह चाल किसकी है।"

यह सुन विरसे ने समझ लिया कि दाना सख़्त है और इस योग्य है कि इसे मुट्ठी में रखा जाये। बोला, "अच्छा भई, अब हमसे क्या चाहता है?"

"पहले तो मैं यह कहना चाहता हूँ कि सब-कुछ मालूम होते हुए भी मैंने किसी से कुछ नहीं बताया इसके बारे में।"

विरसे ने थोड़ा रुककर और सोचकर कहा, "अच्छा, आगे तुम्हारा मुँह बन्द रखने के लिए क्या करना होगा? तुम्हारा गला काट फेंकना होगा या उचित रक़म पर फ़ैसला हो जायेगा।"

"देखो उस्ताद!" खोजी ने हाथ की उँगली दिखाकर कहा, "दो हरे नोट (अर्थात् सौ-सौ रुपयेवाले)।"

"कम नहीं?"

"कम तो पहले ही कर दिया है।"

"लेकिन मेरे पास रुपया हाज़िर नहीं है।"

"मुझसे वायदा कर लो, बस यही काफ़ी है। मैं यहाँ आऊँगा भी नहीं, जब जी में आये मेरे घर पर भिजवा देना।"

"मंजूर।"

तब दोनों ने बढ़कर हाथ मिलाया और अपनी बातचीत के बाद शरीफ़ के होंठों पर एक हलकी-सी मुस्कान आयी और फिर लोप हो गयी।

(3)

डिस्पेन्सरीवाले कमरे में सूरतसिंह और महेन्द्र कौर साथ खड़े बातें कर रहे थे।

सहसा सूरतसिंह ने उसके चेहरे की ओर हाथ बढ़ाया। महेन्द्र कौर यह समझकर कि उसके गाल के साथ छेड़छाड़ होने को है, फुर्ती से पीछे हट गयी, क्योंकि वह नहीं चाहती थी कि दिन में उन्हें कोई चुहल करते देख ले और फिर वह चीज़ उनकी परेशानी का कारण बने।

सूरतसिंह ने सुन्दर दाँतों का प्रदर्शन करते हुए कहा, "घबराइये नहीं, हुजूर की ज़ुल्फ़ों में एक तिनका फँसा हुआ है।"

"और हुजूर आपकी दाढ़ी में तिनका है।"

यह कहकर सूरतसिंह ने उसकी ज़ुल्फ़ों में से और महेन्द्र कौर ने उसकी दाढ़ी में से तिनके निकाल फेंके और कमरा उनके ठहाकों से गूँज उठा।

उनकी झोंपड़ियों के पास से एक लम्बी पगडण्डी लहराती हुई जाती थी। यह पगडण्डी खेतों की छातियों पर लोटती, सुए के सुस्त बहाववाले पानी में गोता लगाती, चारगाँव को एक ही धागे में पिरोती हुई कोहरे में फीके पड़ते हुए खेतों की रेखाओं में अपने-आपको खो देती थी। अवकाश के समय उन दोनों का प्रिय शौक यह था कि वे खिड़की में से उस पगडण्डी और उस पर चलनेवाले राहगीरों को देखा करते थे।

झोंपड़े बड़े उपयुक्त स्थान पर बने हुए थे। यहाँ से चारगाँव का दृश्य बहुत सुन्दर दिखायी पड़ता था। ऐसा प्रतीत होता था मानो उनके सामने एक लम्बा-चौड़ा मंच बना हुआ है और रात-दिन उस पर नाटक होता है। सूर्य की पहली किरण फूटने के साथ ही चारगाँव में जो जीवन उत्पन्न होता तो रात को दीया जलते तक उसके नाना प्रकार के दृश्य उनके सामने होते थे।

उसे चुपचाप क्षितिज पर निगाहें जमाये देखकर महेन्द्र कौर ने उसके पास सरककर पूछा, "आप चुप क्यों हैं?"

"हूँ।"

"मैं पूछती हूँ कि आपने क्या मौन व्रत धारण कर रखा है?"

"नहीं महेन्द्री, मैं देख रहा हूँ।"

महेन्द्र को हँसी आ गयी। बोली, "क्या देख रहे हैं सरकार?"

"मैं पंजाब को देख रहा हूँ।"

"आज क्या नये सिरे से देख रहे हैं?"

"हाँ महेन्द्री, मेरी जान! मैं पंजाब को हर बार नये सिरे से देखता हूँ।"

महेन्द्री को उसकी यह बात बड़ी भली लगी और वह भी मुट्ठी पर ठुड्डी टिकाकर उन्हीं दृश्यों में डूबने लगी।

कुछ देर मौन छाया रहा। फिर सूरत ने महेन्द्री की ओर देखे बिना कहा, "महेन्द्री!"

"जी।"

"कभी तुमने भी ऐसा महसूस किया है?"

"ऐसा?"

"महेन्द्री!'

"जी!"

"तुम भी मुझे पागल समझती होगी।"

"हुज़ूर, मैं तो ख़ुद पागल हूँ...किसी के पीछे।" यह कहकर महेन्द्र ने उसके कन्धे पर हाथ रख दिया और सूरत ने नर्मी से उसका हाथ थाम लिया।

"मैं अब तक इस धरती का पौधा ज़रूर था लेकिन इससे दूर चला गया था। लेकिन अब जब कि इसके पास आया हूँ या लाया गया हूँ तब मेरे मन में तरह-तरह के विचार उठते हैं। कुछ अनजानी और अकथनीय भावनाएँ मन में उत्पन्न होती हैं...एक ऐसा राग सुनता हूँ जिसके आनन्द का वर्णन नहीं कर सकता।"

"यह ठीक है, मेरा मतलब है कि ऐसा हो सकता है।"

"क्या तुम्हें भी इसी तरह महसूस होता है?"

"नहीं, मुझे इससे कुछ ज़्यादा महसूस होता है। मैं समझती हूँ, यह शुरू की मंज़िलें हैं। लेकिन इन मंज़िलों से गुज़र जाने के बाद इन्सान इस ज़मीन, इस हवा और इस वातावरण का एक अंश बन जाता है।"

"तुम तो फ़िलॉसफ़र होती जा रही हो नन्हीं महेन्द्री!"

"देखिये, जब से हम आये हैं, हमारा विरोध हो रहा है। लेकिन इसके बावजूद आप लगाव महसूस करने लगे हैं।"

"ठीक है।"

"कभी-कभी मैं इस विरोध से परेशान हो जाती हूँ, लेकिन आप मेरे टूटे हुए हौसले को बढ़ा देते हैं।"

"मुझे यों महसूस होने लगता है कभी-कभी, मानो हम नादान बच्चे हों और अपनी जन्मभूमि के केवल प्रेम से विवश होकर इसके हित के लिए हम अपनी समझ में जो कुछ बन पड़ता है सो करते हैं। लेकिन शायद हम बहुत कम जानते हैं, बहुत कम करते हैं और शायद जो कुछ हमें करना चाहिए वह हमारी समझ में नहीं आया।"

"हो सकता है.. लेकिन मेरा पक्का विश्वास यह है कि हमारे काम का प्रारम्भ ग़लत नहीं या कम-से-कम बुरा हरगिज़ नहीं है।"

"ठीक है। हमारा इतना विश्वास तो होना ही चाहिए, नहीं तो हम एक क़दम भी आगे नहीं बढ़ सकते।"

"लेकिन मैं कभी-कभी डर भी महसूस करती हूँ। ग़रीब किसान और दूसरे लोग तो बड़े भले होते हैं लेकिन इनमें से कुछ तो सचमुच बड़े ख़तरनाक सिद्ध हो सकते हैं।"

"तुम्हारा संकेत आग की तरफ़ है?"

"हाँ,...यदि वाह गुरु न करें, वह आपके झोंपड़े तक जा पहुँचती तो...?"

"तो क्या था, मैं खिड़की में से निकल भागता।"

"कहना आसान है, लेकिन यदि आदमी आग में घिर जाये तो क्या हो?'

"अरे, यह तो संयोग है। रोज़-रोज़ थोड़े ही ऐसा होता है।"

"संयोग नहीं, मुझे तो शक होता है कि ज़रूर किसी ने शरारत की है।"

"अरे नहीं।"

"आप छिपाते हैं।"

"तुम फ़ज़ूल वहम में पड़ी हो। भला किसी को आग लगाकर क्या मिल सकता था?"

"जिस रात आग लगी उसी रात विरसासिंह और आपमें लड़ाई भी हो रही थी।"

"वह और बात थी।"

"होगी।" महेन्द्र को विश्वास नहीं हुआ।

"देखो, अगर विरसे ने आग लगायी हो तो भी मैं उसके साथ या किसी और व्यक्ति के साथ लड़ने को तैयार नहीं हूँ।"

"इसका मतलब यह है कि वह आग लगायें और हम फिर से झोंपड़े खड़े करें?"

"नहीं, ऐसा बार-बार नहीं होगा।"

"यह कैसे कहते हो?"

"मैं उन्हें कुछ-कुछ समझने लगा हूँ और वह समय भी आ जायेगा जब वे भी हमें समझने लगेंगे। अगरचे यह सम्भव नहीं है कि सब लोग किसी एक बात पर सहमत ही हो जायें।"

"अभी तो हमने गाँव-सुधार का बहुत हलका काम हाथ में लिया है। जब इससे आगे बढ़ेंगे तब क्या होगा?"

"सब ठीक होगा।"

"यानी इस सारे विरोध और विरसा की दुश्मनी के होते हुए भी?"

"लेकिन हम विरसा के दुश्मन नहीं हैं।"

"हम नहीं, पर वह तो है।"

"एकतरफ़ा दुश्मनी कब तक चल सकेगी, बोलो?"

"कौन कह सकता है, इस बीच क्या हो जाये। आदमी बातचीत या सिद्धान्तों का विरोध तक तो सह सकता है, लेकिन अगर एक आदमी कमीनी हरकतों पर उतर आये तो उसका इलाज तो होना ही चाहिए।"

"महेन्द्री! कभी-कभी मुझे सन्देह होने लगता है कि तुम हिम्मत हार रही हो।"

"हिम्मत हार नहीं रही हूँ। लेकिन इतना ज़रूर है कि कुछ बातें ऐसी निकल आयी हैं जिनका मुझे स्वप्न में भी विचार नहीं था। मैं मेहनत कर सकती हूँ, विपत्तियाँ सह

सकती हूँ, मौक़ा पड़ने पर बदनामी और दुर्व्यवहार तक सहन कर सकती हूँ, लेकिन मैं डरती हूँ...कहीं आपको न खो बैठूँ।''

''पागल!...देखो, मैं विरसे से न डरता हूँ और न उससे नफ़रत करता हूँ। वह पंजाब का बेटा है। ऐसे लोगों की यहाँ कोई कमी नहीं है। यही हमारी शक्ति हैं, हमारी पूँजी हैं जिन्हें सँभालना है और रचनात्मक कामों में लगाना है।''

''पर इस तरह के लोगों के बीच काम करना तो बड़े जोख़िम का काम है।''

''वाह देवी जी, आप ही हमें हौसला दिलाकर यहाँ लायी हैं और अब आप मैदान छोड़कर भागने की ठान रही हैं।''

''मैदान छोड़ने की बात नहीं, लेकिन आप अन्दाज़ा नहीं कर सकते कि गुण्डा चण्डाल चौकड़ी के नौज़वान छोकरे झूठ-मूठ के रोग लेकर आते हैं, फिर तरह-तरह की हरकतें करते हैं, बातें बनाते हैं और कई बार हाथ लपकाने से भी नहीं चूकते। अगर आप कहीं औरत होते तो कभी के भाग खड़े होते।''

''भई, सेवा का यही तो मेवा मिलता है।''

''उँह। आप तो हँसी करने लगे।''

''हँसी? जी नहीं, हँसी नहीं, यह एक ऐसा सत्य है, जो आपके सामने है।''

इस पर महेन्द्र ने हलका-सा मुक्का सूरत की पीठ पर जमाया।

''महेन्द्री! हमें केवल अपने ध्येय पर ध्यान रखना चाहिए। निःस्वार्थ सेवा करना ही हमने अपना धर्म बना लिया है तो पहले तो हमें अपने इसी उसूल पर दृढ़ता से जम जाना चाहिए।''

''इतना तो आप स्वीकार करेंगे कि मैं अपने कर्त्तव्य के पालन में कोई सुस्ती नहीं दिखाती।''

''बेशक।''

''जिन कठिनाइयों का मैंने ज़िक्र किया है वह हर एक लड़की के लिए कष्टप्रद सिद्ध हो सकती हैं।''

''मुझे यह भी स्वीकार है।''

''तब फिर?''

''फिर क्या?''

''यही कि आप इस सिलसिले में क्या कहना चाहते हैं। इसका यह मतलब नहीं कि मैं भाग जाना चाहती हूँ। मैं तो कभी क़दम पीछे न हटाऊँगी। लेकिन बात में से बात निकलती है। मैं आपसे यह पूछना चाहती हूँ कि अगर इन परिस्थितियों में कभी किसी का जी घबरा जाये तो फिर आपको क्या आपत्ति है?''

''माई डियर, ये सब बे-पेंदे की बातें हैं। आख़िर तुम कहना क्या चाहती हो? यह दो-अर्थी बातें कहने से तुम्हारा उद्‌देश्य क्या है?''

"मैं रो दूँगी।"

"हाँ-हाँ, ज़रूर। बहुत दिन हो गये हैं। तुम्हें पता भी है, कई दिन से तुम रोयी नहीं।"

"अच्छा, तो आपका जी चाहता है कि मैं आपको रोकर दिखाया करूँ?"

"हाँ, तुम्हारी घनी पलकें आँसुओं में भींगकर बड़ा आकर्षक दृश्य पेश करती हैं।"

"मैं सचमुच रो दूँगी।"

"अब तुम सचमुच स्त्रियों की-सी बातें करती हो। कभी-कभी ऐसी बातचीत होनी भी चाहिए।"

"मैं तो खिलौना हूँ आपकी नज़र में।"

"सूरत तो तुम्हारी गुड़िया की-सी है।"

"मुझे गुड़िया बनना पसन्द नहीं है।"

"लेकिन मैं तुम्हारा क़दरदान हूँ, प्रशंसक हूँ और...और...।"

"और क्या?"

"तुम्हारी इज़्ज़त करता हूँ, मुँह न खुलवाओ।"

"आप मुझे परेशान करके बहुत ख़ुश होते हैं। हाँ साहब, अच्छा है। आपका मन तो बहलता है न, चाहे कोई इस खेल में अपनी जान से जाये।"

"न भई, अपनी जान पर कोई आफ़त न लाओ। यह चीज़ हमारी सहनशक्ति से बाहर है।"

"लगे बनाने।"

"आप-तो बनी-बनायी हैं। ख़ुद भगवान् के हाथों बनी हैं। आपमें कौन-सी कसर बाक़ी है कि फिर से बनाने की ज़रूरत हो।"

"मुझे ऐसी बातें पसन्द नहीं हैं।"

"अच्छा तो हम एक तरकीब बतायें।"

"बताइये।"

"तुम आज ही बिस्तर गोल करो और अपने घर को सिधारो।"

"अच्छा जी, उकता गये हो हमसे।"

"अरी छोकरी, बात तो सुन।"

"कहो।"

"घर से भेज अपने भाई या बाप को मेरे बाप के पास।"

"किसलिए?"

"अपने लिये।"

"ऊँ।"

"और फिर हमारा बाप भी होगा ख़ुश। चट मँगनी पट ब्याह। न कोई झंझट न मुसीबत। फिर ख़ूब प्रेम के झूले में झूलेंगे।"

"धुत्।" यह कह वह उससे हाथ छुड़ाकर डिस्पेन्सरीवाले कमरे में घुस गयी और वहाँ से पुकारकर बोली, "आज तो आपको शहर जाना था। कई चीज़ें लानी हैं।"

"अरे हाँ, मैं तो भूल ही गया था। जल्दी करो, लिस्ट बनाओ।"

"लिस्ट तैयार है।"

"तो लाओ...।"

इतने में उनका एक आदमी भीतर आया और डरते-डरते बोला, "डाकदार जी, बाहर विरसासिंह खड़ा है।"

## (4)

**सूरतसिंह और महेन्द्र कौर** की निगाहें एकदम उठीं और एक-दूसरे से मिलीं।

किंचित् विलम्ब के पश्चात् सूरतसिंह ने उस मौन को भंग किया, बोला, "अन्दर भेज दो।"

आदमी चला गया और वे दोनों डिस्पेन्सरी से निकलकर रोगियोंवाले कमरे में चले आये और खिड़की के समीप जा खड़े हुए।

थोड़ी देर बाद उन्हें दरवाज़े में विरसा की सिपाहियाना शकल दिखायी पड़ी।

वे दोनों चुप रहे। विरसा लम्बी-लम्बी टाँगें हिलाता हुआ आगे बढ़ा और उनसे कुछ दूरी पर आकर रुक गया। साधारण स्वर में बोला, "सतसिरी-अकाल!"

"सतसिरी अकाल!" जवाब मिला।

विरसा ने उनकी मुद्राओं से उनकी मानसिक भावनाओं को ताड़ने का प्रयास किया, किन्तु उसे कुछ पता न चल सका। उधर उन दोनों ने प्रकट कुछ न किया, किन्तु उनके मन में कई प्रकार की आशंकाएँ उठ रही थीं, क्योंकि विरसा इससे पहले स्वयं वहाँ कभी नहीं आया था। उसके चेले-चाँटे शरारतें या हुल्लड़बाज़ी करते, किन्तु वह स्वयं उनके झोंपड़ों के पास फटका तक नहीं।

कुछ क्षणों के बाद विरसा मुँह ढीला छोड़कर मुस्कराया। उसकी मुस्कराहट में झेंप की हलकी-सी झलक थी। फिर उसने एक हाथ से अपने घायल हाथ को पकड़कर आगे बढ़ा दिया, जिस पर एक मैला रूमाल लिपटा हुआ था।

असल बात खुलने पर महेन्द्र तुरन्त आगे बढ़ी। उसे एक कुरसी पर बैठाया और स्वयं उसका हाथ थामकर उस पर से रूमाल उतारकर अलग कर दिया। घाव मामूली था, किन्तु हड्डी उतर गयी थी। हाथ ख़ूब सूजा हुआ था।

विरसासिंह ने देखा कि उसका हाथ बहुत बड़ा और बेडौल है तथा महेन्द्र के हाथ बहुत छोटे और गोल-मटोल-से हैं, नर्म तो इतने हैं कि उसे यह महसूस ही नहीं होता था कि उसका हाथ किसी ने अपने हाथों में थाम रखा है।

विरसा मुँह ढीला छोड़े ऐसी सरलता से महेन्द्र कौर के सामने बैठा था मानो उसके मुँह में दाँत तक नहीं, मानो वह एक नन्हा बच्चा है और महेन्द्र उसकी अध्यापिका।

महेन्द्र कौर ने बड़े ध्यान से उसके हाथ को देखा। बड़ी ही नरमी से हिला-डुलाकर और दबा-दबाकर। फिर वह मधुर स्वर में बोली, "यह चोट कब आयी?"

विरसा ने हिसाब लगाकर बताया, "परसों...परसों रात।"

"कैसे आयी चोट?"

विरसा ने सूरतसिंह की ओर देखकर पूछा—"क्या डाकदार ऐसी बातें भी पूछा करते हैं?" फिर उसने बड़ी विनम्रता से कहा, "भई, तुम ही समझा दो न ज़रा।"

महेन्द्र मुस्करा दी और जल्दी से बोली, "अच्छा, कोई बात नहीं। मेरा मतलब यह है कि आपने बहुत देर कर दी है। चोट लगने के बाद मुझे जल्दी-से-जल्दी हाथ दिखा देना चाहिए था।"

विरसा ने अपराधियों के समान आँखें झुका लीं और भोलेपन से कहा, "भूल हो गयी। हमें तो इन बातों का कुछ पता नहीं था। हम समझते थे कि आप-से-आप ठीक हो जाया करता है।"

अब सूरतसिंह बोला, "अच्छा महेन्द्री! अब मैं जाता हूँ।"

महेन्द्र ने तुरन्त घूमकर सूरतसिंह की ओर देखा और भवों से रुक जाने का संकेत करते हुए बोली, "क्यों, आपको इतनी जल्दी क्या है? मेरा मतलब है रुकके चले जाइयेगा।"

"नहीं, लारी छूट जायेगी। और अब तुम अकेली तो नहीं, विरसासिंह जो हैं तुम्हारे पास।"

महेन्द्र ने चिढ़कर सूरतसिंह की ओर देखा, किन्तु सूरतसिंह उसे जीभ की नोक दिखाकर विदा हो गया। वह जानता था कि अब महेन्द्र को विरसा से डरने की आवश्यकता नहीं थी।

सूरतसिंह की बात सुनकर विरसा ने गर्व के साथ अपने नथुनों को फुलाया और महेन्द्र को नादान नन्हीं-मुन्नी लड़की-सा समझ बुज़ुर्गों की तरह देखा।

उधर सूरत दृष्टि से ओझल हुआ इधर महेन्द्र का कलेजा धक्-से होकर रह गया। अब उसकी वही दशा थी मानो बकरी भूखे शेर के पिंजड़े में बन्द कर दी गयी हो। उसे आश्चर्य हो रहा था कि आख़िर सूरतसिंह को यह क्या मूर्खता सूझी। उसका हृदय डूबा जा रहा था। परन्तु अब क्या हो सकता था। दो ही उपाय थे। या चीख़ मारकर बाहर भाग जाये या उसकी मरहम-पट्टी कर दे। ख़ैर, वह बड़ी चेष्टा के बाद दिल और दिमाग़ को सँभालकर उसके हाथ का निरीक्षण करती रही।

फिर उसने विरसा के हाथ को नरमी से उसकी गोद में रखते हुए कहा, "अच्छा, अब आप सामने के तख़्ते पर लेट जाइये।"

'आप, शब्द ने विरसा पर बड़ा सुखद प्रभाव डाला। और महेन्द्र भागी डिस्पेन्सरी की तरफ़। डिस्पेन्सरी के भीतर पहुँच उसने छाती पर हाथ रख लिये। उसकी साँस फूल गयी थी, मानो लम्बी दौड़ लगाकर आयी हो। थोड़ा जी सँभला तो उसने आदमी को आवाज़ दी—"ए भई, इधर आना। देखो, ज़रा पानी गर्म करो।"

वह नहीं चाहती थी कि विरसासिंह के मन में कोई सन्देह उत्पन्न हो।

विरसा आराम से गद्‌देदार तख़्ते पर लेट गया और छत की ओर देखने लगा। इस प्रकार गद्‌दे पर लेटने से उसे बड़ा आराम-सा महसूस हुआ। उसका जी चाहा कि बस वहीं सो रहे पड़कर।

कुछ देर बीत गयी। उसने डिस्पेन्सरी के दरवाज़े की ओर देखा और सोचने लगा—न जाने कहाँ रह गये हैं ये लोग। इतने में अन्दर से खनखन की आवाज़ सुनायी दी। मालूम होता था कि कुछ तैयारियाँ हो रही हैं। विरसा को सन्तोष हो गया।

थोड़ी देर बाद उसने देखा कि 'डाकदार' अपने नौकर के हाथ काफ़ी साज-सामान उठवाये चली आ रही है।

पास पहुँचकर डाकदार ने कहा, "आप उलटे यानी पेट के बल लेट जाइये। इस तरह आपको.ज्यादा आराम मिलेगा।...ज़रा ठहरिये, मैं आपका हाथ आस्तीन में से निकाल दूँ।" और महेन्द्र ने बड़ी नरमी और सावधानी से उसकी बाँह कुरते की आस्तीन से बाहर निकाल उसे उलटा लिटा दिया।

"इस हाथ को ढीला छोड़कर नीचे लटकने दीजिये।"

विरसा ने आदेश का पालन किया। यद्यपि आदेश देनेवाली की आवाज़ काँप रही थी।

विरसा औंधे मुँह लेटा तो महेन्द्री ने हवा से भरा हुआ तकिया उसके सिर के नीचे खिसका दिया। फिर उसने उसके लटकते हुए हाथ को थाम गर्म पानी में रूई डुबोकर उसे अच्छी तरह साफ़ किया। इसके बाद कलाई की हड्डी को टटोला और धीमे स्वर में बोली, "अब आपको ज़रा-सी तक़लीफ़ होगी।" यह कहकर उसने विरसा की कलाई अपनी जगह पर बैठा दी और फिर दवाई लगाकर हाथ के दोनों ओर खपच्चियाँ रखकर बड़ी सफ़ाई और सावधानी से उन पर पट्‌टी बाँध दी। फिर बोली, "देखिये, अब आप हाथ को हिलाइयेगा नहीं...आपका रूमाल छोटा है।" यह कहकर वह डिस्पेन्सरी से बड़ा रूमाल उठा लायी और कहने लगी, "लाइये, मैं आपको बिठा दूँ।"

उसने विरसा को हाथ का सहारा देकर बैठा दिया और फिर उसके हाथ में रूमाल का एक चक्कर देकर उसे उसकी गर्दन पर बाँध दिया।

उस समय वह विरसा के सामने इस तरह खड़ी थी कि बाहर से भीतर आनेवाले को उसकी सूरत नहीं दिख सकती थी।

इतने में गीटे की आवाज़ सुनायी पड़ी जिसे विरसा ने तुरन्त पहचान लिया—"डाकदरनी जी, मेरे पेट में मरोड़ उठ रहे हैं।"

विरसा ने एक ओर से झाँकते हुए कहा, "यह मरोड़ डाकदरनी से ठीक नहीं होगा, लाओ, मैं ठीक कर दूँ।"

गीटे ने विरसा की सूरत देखी तो भागा। विरसा ने ऊँची आवाज़ में कहा, "अपने साथियों को बता देना कि जब कभी उन्हें कोई तक़लीफ़ होगी तो उसका इलाज डाकदर नहीं, मैं किया करूँगा।"

# 8

डाके के दूसरे दिन सूरज निकलने पर पीर का ठट्टा गाँव का नम्बरदार थाने में इस वारदात की ख़बर देने के लिए पहुँचा तो थानेदार ने कुर्सी की तरफ़ इशारा करके उसे बैठने के लिए कहा।

नम्बरदार तहमद बाँधे, कुरता पहने और टेढ़ा-मेढ़ा साफ़ा सिर पर लपेटे एक रोबदार आदमी दीख पड़ता था। लेकिन थाने में तो उसी का रोब माना जाता है जिसे बैठने के लिए कुर्सी पेश की जाती हो। इसीलिए कुर्सी पर बैठकर नम्बरदार ने गर्दन अकड़ाकर और सिर पीछे को फेंककर बड़ी शान से कुछ देहातियों की ओर देखा जो धरती पर बैठे थे या हाथ बाँधे खड़े थे।

दो-चार की मरम्मत करने के बाद थानेदार नम्बरदार की ओर आकृष्ट हुआ, बोला, "हाँ भई, कहो, क्या हाल है?"

"अल्लाह का फ़ज़ल है।"

"नम्बरदार! अल्लाह का फ़ज़ल होता तो तुम यहाँ सुबह-ही-सुबह न पहुँच जाते।" यह कहकर थानेदार भेद-भरे अन्दाज़ में मुस्कराया और उसने अपनी सूक्ष्मदर्शिता पर प्रसन्न होकर हुक्के की नाल नम्बरदार की ओर बढ़ाने में कोई हर्ज़ नहीं समझा।

नम्बरदार की मूँछें फड़कीं। उसने नाल दाँतों में दबाते हुए तारीफ़ की—"जी, ग़ज़ब की अकल पायी है आपने! वल्लाह! बड़ा रुतबा पायेंगे।"

थानेदार ने ठण्डी साँस छोड़ते हुए कहा, "भई, कहाँ का रुतबा। अँगरेज़ के राज में सिफ़ारिश चलती है, सिफ़ारिश। जिसकी 'पहुँच' हो उसी को तरक़्क़ी मिलती है। क़ाबलीयत कौन पूछता है। नम्बरदार, तुमसे छिपा नहीं है कुछ। याद है वह 'झम्भूके' वाला मामला? ऐसी संगीन वारदात को यारों ने चुटकियों में हल कर डाला था, चुटकियों में।"

नम्बरदाद ने यों हाथ बढ़ाया मानो शेर की दाद दे रहा हो, "अरे क्या बात है। हम जानते हैं साहब, जानते हैं। आप जब से आये हैं, इलाक़े-भर में धाक बैठ गयी है। क्या मज़ाल जो आपके इलाक़े में चिड़िया भी पर मार सके।"

थानेदार ने इस दाद को बहुत प्रसन्न हो स्वीकार किया और फिर बोला, "अच्छा तो अब असल बात पर आ जाओ। आज बड़ा काम पड़ा है करने को। हाँ, तो क्या बात है?"

"बात तो थानेदार जी, ऐसी है कि बस कुछ न पूछो...।"

"घबराओ मत, कह डालो, हमारा तो दिन-रात का काम ही यही है।"

"कल शाम गाँव में डाके की वारदात हो गयी है।"

"शाम?"

"हाँ, शाम समझिये।"

"कमाल है"

"आप जानते ही हैं। कल शाम बड़े ज़ोर की आँधी चली थी। गर्दगुबार का यह हाल था कि एकदम ज़मीन से आसमान तक धुआँधार हो गया। न जाने कब से डाकुओं ने यह मौक़ा ताड़ रखा था। अभी लोग सोने भी न पाये थे कि एकदम तीन गोलियाँ चलने की आवाज़ आयी। बहुत-से लोग तो डर के मारे दबक गये, लेकिन ऐसे मनचले भी थे जो लाठियाँ, छवियाँ और टकुवे लेकर मैदान में निकल आये।"

"अच्छा, गोली भी चली थी?"

"जी हाँ, गाँव में एक ही बन्दूक़ थी, रामलाल माहनेवाली। वह थाने में बन्द पड़ी है, इसलिए मैं समझ गया कि ये फ़ैर डाकुओं ने ही किये हैं।"

"इसका मतलब यह है कि डाके के साथ क़तल भी...।"

"जी नहीं। मरा कोई नहीं।"

"हैं, यह कैसे हो सकता है जी! एक नहीं, तीन गोलियाँ चलें और फिर किसी की मौत न हो। नामुमकिन, बिलकुल नामुभकिन।"

"यह भेद तो हम पर भी नहीं खुला, लेकिन सच बात यही है कि कोई भी नहीं मरा।"

"चलो अच्छा है। क़तल हो जाता तो झंझट और बढ़ता। अच्छा तो डाकू माल लूटने में कामयाब हुए?"

"बहुत कामयाब रहे।"

"कौन-से घर पर हाथ साफ़ किया उन्होंने?"

"एक घर नहीं...कई घर लूटे गये।"

"अच्छा!"

"हाँ जी।"

"हद हो गयी।"

"हाँ जी, हद तो हो ही गयी। पहले तो उन्होंने प्यारासिंह का घर लूटा, इसके बाद रामलाल माहने का, और इसके साथ ही दूसरे माहने भी लूटे गये।"

"और सब-कुछ शाम के वक़्त हुआ। तुम लोग क्या अफ़ीम खाकर सोते हो!"

"सोये कहाँ थे, सभी तो जाग रहे थे।"

"यह और भी बड़ी बात है। क्या गाँव-भर में इतने आदमियों के दाख़िल होने की किसी को भी ख़बर न हुई। भई, हद हो गयी। कमाल है।"

"हद हो गयी, कमाल है...पर जी, सवाल तो यह है कि आँधी के शोर में कानपड़ी आवाज़ नहीं सुनायी देती थी। अँधेरा और आँधी अलग। गलियों में न आदम न आदमज़ाद। चोरों का पता चलता भी तो कैसे?"

"बहुत ज़्यादा माल लेकर उड़े हैं जान पड़ता है।"

"अजी वह तो शायद सारा गाँव लूटते, क्योंकि शाम होते ही उन्होंने अपनी कार्यवाही शुरू कर दी थी। वह तो कहो—अल्लाह की बड़ी मेहरबानी थी, नहीं तो न जाने क्या-से-क्या हो जाता। आख़िर उन्होंने जब काफ़ी काम कर लिया तब न जाने किस पर गोलियाँ चलायीं, या शायद यों ही हवा में फ़ैर कर दिये हों। लेकिन यह समझ नहीं आता कि हवा में फ़ैर करके उन्होंने व्यर्थ ही गाँववालों को जगाया क्यों?"

"हो सकता है यों ही शान दिखाने के लिए उन्होंने ऐसा किया हो।"

"यह बातें तो आप ही मुझसे बेहतर समझ सकते हैं।"

"यह भेद बाद में खुलेगा। जब किसी की मौत नहीं हुई तब फिर गोली चलने पर इतना सोचना-विचारना कैसा?"

"हाँ जी, कोई भेद भला आपके आगे कैसे छिपा रह सकता है?"

"अच्छा तो उनके पाँव के निशान का कोई सुराग़ मिला?"

"न जी, बिलकुल कुछ नहीं।"

"कुछ नहीं?"

"आँधी जो चल रही थी। मनों गर्द उड़ रही थी। उन लोगों के जाने के बाद भी घण्टा-डेढ़ घण्टा तक आँधी का ज़ोर रहा। इतनी गर्द उड़ी, इतनी गर्द उड़ी कि बस न पूछिये। गलियों, खेतों, पगडण्डियों और मैदानों पर गर्द की तहें जमी हुई थीं। हर चीज़ का सुराग़ मिट गया था और फिर रही-सही कसर मूसलाधार बारिश ने पूरी कर दी।"

थानेदार साहब ने माथे पर बल डालकर कहा, "भई, बड़ा पेचीदा केस मालूम होता है। अजीब बात है। आजकल परवरदिगार भी डाकुओं का साथ देता है।"

"कलजुग है न थानेदार जी, एक रत्ती बराबर सुराग़ नहीं मिला। एक खोजी को बुलाया तो उसने भी गोलमाल कर दिया। बेचारे को कुछ पता नहीं चला तो मुँह से क्या कह सकता था।"

"प्यारासिंह का मकान तो गाँव के अन्दर जाकर है। अच्छा, तो सबसे पहले उसी के घर पहुँचे वे लोग?"

"हाँ जी।"

"किधर से घुसे होंगे मकान में?"

"बिलकुल सामने से। पिछवाड़े से तो उसका घर इतना ऊँचा पड़ता है कि उस पर चढ़ना क़रीब-क़रीब नामुमकिन है। और फिर जब वे लोग सामने के दरवाज़े के पास से आँगन की दीवार कहीं आसानी से फाँदकर अन्दर जा सकते थे तो फिर पिछवाड़े टक्करें मारने की उन्हें ज़रूरत भी क्या थी?"

"हाँ, बात पते की कहते हो। और फिर रात तो यों भी बेहद अँधेरा रहा होगा?"

"जी।"

"ख़ैर, सारा हाल तो मौक़ा देखने पर ही खुलेगा। अच्छा, इसके अलावा और कोई बात मालूम नहीं हुई?"

"अरे हाँ, कुछ लोग कहते हैं कि प्यारासिंह का साला कपूरासिंह भी डाकुओं के गिरोह में शामिल था।"

"प्यारासिंह का साला!"

"हाँ जी।"

"अरे यह कैसे हो सकता है?"

"हाँ जी, वही तो मैं कहता हूँ। आख़िर कोई कैसा भी कमीना क्यों न हो, सगी बहन को लूटने के लिए तो कोई भी तैयार नहीं हो सकता।"

"अच्छा, तो लोग ऐसा क्यों कहते हैं?"

"उन्होंने अपनी आँखों से देखा है उसे।"

"वह कैसे?"

"गोलियाँ चलने की आवाज़ सुनकर लोग जब बाहर निकले तो उसी वक़्त चोर गली में भागते हुए दिखायी पड़े। अँधेरा ज़्यादा था इसलिए एहतियात भी लाज़िमी था। कौन कह सकता था कि डाकुओं की तादाद कितनी है और उनके पास कौन-कौन-से हथियार हैं और वे कहाँ-कहाँ छिपे बैठे हैं। आँधी वगैरा का ज़ोर न होता तो उनका पीछा अच्छी तरह से किया जा सकता था। गली में तो उनसे मुठभेड़ हुई नहीं, पर गाँव से बाहर निकलकर भी कुछ पता नहीं लग सका कि वे किधर को गये हैं।"

"अरे वाह! डाकू थे कि छलावे। ऐसी बातें पहले तो कभी सुनने में नहीं आयीं।"

"अजी छलावे तो क्या थे। बस ज़रा आँधी ने काम ख़राब कर दिया, नहीं तो ख़ासा ख़ून-ख़राबा होता, क्योंकि हमारे गाँव के जवान भी किसी से कम नहीं हैं।"

"अच्छा, तो फिर क्या हुआ?"

"जब लोग गाँव से बाहर निकले तो देखा कि घोड़े हिनहिना रहे हैं और डाचियाँ बलबला रही हैं। आँधी के तूफ़ान में एक और तूफ़ान दिखायी दिया। गाँव के लोगों को हथियारबन्द देखकर उन्होंने भागने की ठानी। मुझे तो यह महसूस होता है कि उन्होंने जान-बूझकर लड़ाई से बचने की कोशिश की।"

"इससे ज़ाहिर होता है कि उनका सरदार समझदार आदमी था।"

"हाँ, तो एक घुड़सवार गाँव के कुछ आदमियों में घिर गया। उधर बिजली चमकी, तो उन लोगों का कहना यह है, कि सवार की सूरत उन्होंने अच्छी तरह पहचान ली। वह कपूरा था।"

थानेदार सिर झुकाये कुछ देर तक सोचता रहा, फिर कहने लगा, "अच्छा नम्बरदार, तुम चलो। हम अभी आते हैं और ख़ुद इस मामले की जाँच-पड़ताल करेंगे।"

नम्बरदार सलाम करके गाँव की तरफ़ चल दिया।

## (2)

थानेदार साहब को गाँव पहुँचते-पहुँचते काफ़ी देर हो गयी। साढ़े-बारह बजे के क़रीब वहाँ पहुँचे तो सारे गाँव को अपनी प्रतीक्षा में उत्सुक पाया। गाँव से बाहर हिसाइयों (ईसाइयों) के घर थे। ये वे लोग थे जिन्हें अँगरेजी और अमरीकी मिशनरियों ने भंगियों से ईसाई बना लिया था। अब वे लोग हिसाई या क्रिस्टान कहलाते थे। पुरुषों में से कुछ ने अपना पुराना पेशा छोड़कर कुछ नये कामों में हाथ डालना शुरू कर दिया था, किन्तु स्त्रियाँ अब भी कोठे कमाती थीं।

ईसाइयों में से कुछ बड़े अच्छे जवान माने जाते थे। उनमें से एक नवयुवक ने रात कपूरासिंह की घोड़ी की लगाम पकड़नी चाही थी पर सफल न हो सका। बिजली की चमक में उसने कपूरा को तुरन्त पहचान लिया था। यह युवक थानेदार से मिलने के लिए बहुत बेचैन था। जब थानेदार साहब घोड़े पर सवार कुछ सिपाहियों सहित उधर से निकले तो वह उनके पीछे-पीछे हो लिया।

सर्दी पड़ने लगी थी इसलिए नम्बरदार ने पीपल की छाँव से हटकर पुराने कोट की दीवार के नीचे पलँग और उस पर लाल रंग की धारी का खेस बिछा दिया था। थानेदार पलँग पर बैठा ही था कि हुक्का ताज़ा करके उसकी नाल थानेदार की नाक से छुआ दी गयी। थानेदार ने नाक बचाकर नाल मुँह में दाबी।

आज न केवल पीर का ठट्टा के निवासी बल्कि बाहर से भी कुछ लोग डाके की ख़बर सुनकर वहाँ चले आये थे। वे बहुत बड़े दायरे में बैठे रूखी-सूखी क़ानूनी कार्यवाही को बड़ी उत्सुकता से देख रहे थे। उस समय थानेदार के तेवर बड़े ख़तरनाक दीख पड़ रहे थे। वैसे तो वे निश्चिन्त भाव से बैठे हुक्का पी रहे थे, किन्तु उनका मस्तिष्क गहरे सोच में डूबा हुआ था।

इतने में नम्बरदार ने थानेदार के कान में कहा, "वह हिसाई जवान है जिसने कपूरा को पहचाना था।"

थानेदार ने जल्दी-जल्दी कश लेने शुरू किये और ईसाई जवान की ओर चुभती हुई निगाहों से देखते हुए कहा, "ज़रा बुलाओ तो उसे।"

नम्बरदार ने हाथ का इशारा किया और ईसाई जवान तो मानो व्याकुल हो रहा था सारा क़िस्सा सुनाने को। 'अक़्लमन्द को इशारा काफ़ी होता है' यह कहावत ईसाई पर पूरी उतरी। नम्बरदार का अस्पष्ट-सा इशारा पाते ही खट-से सामने पहुँचा और बड़ी फुर्ती से फ़र्शी सलाम किया।

थानेदार ने सिर से पाँव तक उसको देखा। अभी वह बिलकुल किशोर था। मसें भीग रही थीं। रंग काला और चमकदार, होंठ मोटे, दाँत सफ़ेद, जिनका प्रदर्शन वह बार-बार करता था।

थानेदार ने कर्कश स्वर में पूछा, "तुम्हारा नाम क्या है?"

"हस्सा।"

"सच-सच बताओ, क्या बात है?"

यह कर्कश स्वर सुन उसकी जीभ लड़खड़ाने लगी। इस पर थानेदार ने नम्बरदार की ओर अर्थपूर्ण दृष्टि से देखा, फिर सिपाही को बुलाया, "तोतासिंह!"

तोतासिंह बड़ा क़द्दावर, ढीली-ढाली पगड़ीवाला अड़बैंग सिक्ख था। थानेदार ने पुकारा तो वह 'हाँ जी' कहकर उसकी ओर बढ़ा।

"ओय तोतासिंहिया! ओय, लगाओ तो जूते इस हिसाई के।"

तोतासिंह ने ईसाई की ओर ऐसे देखा जैसे बाज़ कबूतर को देखता है फिर अपनी मूँछ को जीभ से छूकर यह बड़ा पंजा बढ़ाया और उसकी गर्दन नाप ली।

ईसाई बेचारे को पता नहीं था कि जाँच-पड़ताल में पुलिस को सहायता देने के बदले में सबसे पहले उसी की गर्दन नापी जायेगी। उसने ज़रा शरीर को अकड़ाया, कुछ भिनभिनाया, ज़रा तड़पा लेकिन तोतासिंह ने दो-चार ऐसे झटके दिये कि बदन ढीला पड़ गया और फिर उसने धक्का देकर उसे ज़मीन पर गिराके चूतड़ों पर से तहमद हटाया और हाथ-भर का जूता हवा में लहरा दिया।

अब दर्शक भी ज़रा पाँव फैलाकर बैठ गये। एक-दूसरे से हुक्का माँगने लगे। उन्होंने समझ लिया कि अब कार्यवाही क़ायदे के साथ शुरू हो गयी है।

थानेदार उठ खड़ा हुआ। उसने इर्द-गिर्द बड़े अभियानपूर्ण ढंग से निगाह दौड़ायी। हस्सासिंह को मार पड़ते देख उसे तनिक सन्तोष हो रहा था। आख़िर उसे अपनी ड्यूटी पूरी करनी ही थी।

नम्बरदार की ओर देखकर उसने कहा, "नम्बरदार! चलो, हम इतने में मौक़ा देख आयें।"

"जो हुकुम।" कहकर नम्बरदार हुक्के सहित उठा और थानेदार की नाक की ओर नाल का निशाना बाँधा। थानेदार ने हाथ के इशारे से मना किया—छोड़ो, अभी नहीं।

यह कहकर दो सिपाहियों को लेकर मौक़े का मुआयना करने के लिए चल दिया। रास्ते में गाँव के कुछ प्रतिष्ठित लोग भी उनके साथ हो लिये।

मकान के पिछवाड़े से निकलते समय थानेदार क्षण-भर को रुका। उसने मकान की ऊँचाई का निरीक्षण किया और नम्बरदार से कहा, "भई, तुम ठीक ही कहते हो। यहाँ से छत पर पहुँचने का कोई ज़रिया तो है नहीं।"

"दूसरी बात यह है जी, कि उन्हें सामने से दाख़िल होने में कोई रुकावट भी तो नहीं थी।"

थानेदार ने नम्बरदार की ओर कुछ इस दृष्टि से देखा मानो कह रहा हो—चुप रहो, ज़्यादा टर-टर करने की ज़रूरत नहीं है। थानेदार को जाँच के मामले में बढ़-चढ़कर राय देनेवालों से बड़ी चिढ़ थी।

घरों के सामने पहुँचे तो स्त्रियाँ भाग-भागकर छिपने लगीं। थानेदार बूट पर छड़ी मार-मारकर उनके छिपने की प्रतीक्षा करता रहा। फिर उसने बारी-बारी सब घरों का मुआयना किया। कोई चिह्न बाक़ी नहीं था इसलिए घर के आदमियों से बातें पूछीं, लेकिन कोई विशेष सफलता नहीं प्राप्त हुई।

"अजीब डाकू थे। मालूम होता है जैसे वह हवा में तैरते हुए आये और ज़मीन पर पाँव रखे बिना अपना काम बनाकर चल दिये।" जिन लोगों की चोरी हो गयी थी उनकी तरफ़ उसने ध्यान से देखा मानो बड़ी महत्त्वपूर्ण बात कहने को हो, फिर बोला, "यहाँ तो ऐसा लगता है जैसे कोई चोरी की वारदात हुई ही नहीं।"

वे लोग डर गये कि ऐसा न हो कहीं थानेदार रिपोर्ट में लिख दें कि यहाँ चोरी की कोई वारदात नहीं हुई और उनको उलटे जूते लगाये जायें। अतएव दो-एक ने हाथ बाँधकर कहा, "जी, चोरी तो हुई है, इसमें तो शक करने की कोई गुंजाइश ही नहीं है।"

"अच्छा जी...अगर चोरी में कोई शक नहीं तो मुझे बताओ कि चोर कहाँ हैं?... हुँह, इसमें शक ही नहीं। मैं तो तभी मानूँगा जब कि चोर को मेरे सामने पेश करो।"

सब चुप हो गये। थानेदार ने मन-ही-मन अपनी पीठ ठोंकी—वाह क्या दलील के साथ बात कही है मैंने। सचमुच इस तर्क का उन लोगों के पास क्या जवाब हो सकता था।

वापस आकर थानेदार ने धड़ाम-से पलँग पर बैठते हुए कहा, "तोतासिंहिया! ला तो हिसाई को मेरे सामने।"

ईसाई का हुलिया बिगड़ गया था। थानेदार को अपनी आँखोंदेखी बात सुनाने का शौक ग़ायब हो चुका था। बाल और चेहरा धूल से अट गये थे। रानों में दर्द होने लगा था। वह बड़ी मुश्किल से खड़ा हुआ। और जब वह थानेदार के सामने आया तो उसकी टाँगें काँप रही थीं।

"हाँ बे, अब बात कर मुझसे।"

बेचारा हस्सा हकलाकर रह गया।

"अबे बद के तुख़्म! मुँह से बोल, नहीं तो फिर जूते से बात करूँगा।...बाज ख़ाँ! ...सब दस नम्बरियों को घेर के तो ला। देखता हूँ चोरी का सुराग़ कैसे नहीं मिलता।"

हस्सा ने हाथ बाँधकर कहा, "मोतियाँवालो! मैं तो यों ही सब-कुछ बताने को तैयार था।"

"सब जानता हूँ...हरामी की औलाद से बरतना ख़ूब जानता हूँ...अच्छा बता दे सब-कुछ सच-सच।"

"पादशाहो! मैंने तो डाकुओं को पकड़ने की कोशिश की थी। मैं बहुत क़रीब पहुँच चुका था और जिसकी घोड़ी की लगाम पकड़ ली थी मैंने, उसने मुझ पर छव्वी का वार किया। वार खाली देने के लिए जो मैं पीछे हटा तो लगाम मेरे हाथ से छूट गयी।"

"झूठ बकता है। तूने उसे जान-बूझकर छोड़ दिया होगा।"

"नहीं जी, माँ की क़सम खाकर कहता हूँ, मैंने उसे जान-बूझकर नहीं छोड़ा था।"

"ओय माँ के यार!...बकवास करता है हमारे सामने। फिर क्या हुआ?"

"बस जी, उस वक़्त बड़े ज़ोर की बिजली चमकी और उसकी रोशनी में मैंने उसे पहचान लिया।"

"कौन था वह?...सच बता।"

"जी, वह कपूरासिंह था।"

प्यारासिंह ने जब सुबह होने पर सुना कि डाकुओं में उसका साला भी शामिल था तो उसे इस बात पर विश्वास तो आ गया पर यह बड़ी बदनामी की बात थी। उसकी पत्नी और वह यह नहीं चाहते थे कि जग-हँसाई हो। बिरादरीवालों से मिलकर साले से माल बरामद कराया जा सकता था अतएव वह अँगोछे में सौ रुपये के नोट लेकर आया और ठीक सवाल-जवाब के अवसर पर अँगोछा आगे बढ़ाया और उसमें से नोटों की झलक दिखाकर अँगोछा तकिये के नीचे रख दिया। थानेदार ने तकिये पर कोहनी टेककर उसकी बात सुनने के लिए कान बढ़ाया। प्यारासिंह ने बताया कि उसके साले का नाम उसे बदनाम करने के लिए लिया जा रहा है, नहीं तो वह बेचारा तो बड़ा भला आदमी है।

थानेदार तुरन्त मामले की तह को पहुँच गया और स्वीकारात्मक ढंग से सिर हिलाकर बोला, "सरदार जी, फिकर न करो। मैं शरीफ़ आदमी की क़दर करता हूँ।"

प्यारासिंह ने थानेदार का हाथ दबाकर विनयपूर्ण स्वर में कहा, "ख़ाँ साहब, हमें तो आप ही का सहारा है।"

अब थानेदार हस्सा की ओर आकृष्ट हुआ, "क्यों ओय भुतनी पलस्तर! इतनी मार खाके भी होश ठिकाने नहीं हुए। तेरी लाँ के मौड़े! हम बड़े ज़ालिम लोग होते हैं। सूअर के बच्चे! एक तो असल डाकुओं का पता नहीं बताते, दूसरे सरदार प्यारासिंह के रिश्तेदारों को बदनाम करते हो?"

हस्से ने कानों को हाथ लगाया। थानेदार बोला, "ख़ूब जानता हूँ। कहीं सरदार जी का थोड़ा-सा काम करना पड़ गया होगा, बस उसी का ज़हर निकाल रहे हो।"

"जी मेरी...मेरी क्या औक़ात।" हस्सा घबराकर बोला, "मेरी क्या मज़ाल जो ऐसी हरकत करूँ। कहाँ सरदार साहब, कहाँ मैं। कहाँ राजा भोज, कहाँ गँगुवा तेली।"

"अबे बिल बतौरे सच-सच, बता न, इधर-उधर की क्यों हाँक रहा है?"

"पादशाहो, मुझे ज़रूर धोखा हुआ है। और तो इसके बारे में मुझे कुछ भी पता नहीं।"

"तोतासिंहिया!" थानेदार ने आवेश में आकर कहा, "यह लौंडा तो पूरा दस नम्बरिया है। अच्छा, अब थाने पहुँचकर इससे उगलवायेंगे सच्ची बातें।"

इतने में बाज ख़ाँ ने बताया कि सब दस नम्बरिये हाज़िर हैं। इस पर नम्बरदार ने कहा, "शहंशाहो! आप बड़ी सख़्त ड्यूटी देते हैं। अब तो खाना खा लीजिये। इस तरह भूखा रहकर आदमी कब तक काम कर सकता है?"

थानेदार को नम्बरदार का यह प्रस्ताव पसन्द आया। बोला, "अच्छी बात है। बाज ख़ाँ! हम खाना खा लें...मैंने कहा, भई, इन्हें भी भिजवा दो खाना क्योंकि फिर ज़रा दस नम्बरियों से भी तो निपटना है। सर्दियों के दिन तो तुम जानते ही हो। इधर सूरज चढ़ा उधर ढला।"

नम्बरदार ने चार मुर्ग़े और ज़र्दा तैयार करवा रखा था। खाना नम्बरदार के घर से आया और खाया गया प्यारासिंह की बैठक में। भोजन करते समय थानेदार ने धीरे-से प्यारासिंह की ओर मुँह करके कहा, "सरदार जी! एक हरा पत्ता सिपाहियों के लिए भी दरकार है। ऐसा न हो कि मैं तो हस्से की बात का विश्वास न करूँ और वे विश्वास कर बैठें। आप तो समझदार हैं। आख़िर यह लोग कुत्ते जो ठहरे। इनके मुँह में कौर देना ही पड़ेगा। बाक़ी रह गया मैं, मैं ठहरा घर का आदमी। मुझे चाहे आप एक कौड़ी भी न दें। क्यों नम्बरदार जी, झूठ तो नहीं कहता मैं...।"

"ना जी, आप और झूठ, ही-ही, कैसी बातें करते हैं आप?"

प्यारासिंह ने गम्भीर स्वर में कहा, "ख़ाँ साहब, बात तो कुछ नहीं, लेकिन एक तो हमारी चोरी हो गयी है दूसरे बदनामी हो रही है, रिश्तेदारों की।"

"कैसी भोली बातें करते हैं।" थानेदार ने समझाया, "चोरी तो मेरे बस की बात ही नहीं...बाक़ी रही बदनामी की बात, तो वह हमारे जिम्मे रहने दीजिये...क्यों नम्बरदार! मैं झूठ तो नहीं कहता न?"

"अरे तौबा!"

"कहिये सरदार जी, मंजूर कि ना-मंजूर?"

नम्बरदार बोल उठा, "मंजूर है जी, मंजूर। सरदार जी तो बड़े बीबे आदमी हैं।"

भोजन करके अँगोछे से हाथ पोंछते हुए थानेदार ने कहा, "भई, हुक्का मँगवाओ फ़ौरन। यहीं पर ज़रा आराम से दो-चार कश ले लें। फिर वही गाल फाड़-फाड़कर चिल्लाना पड़ेगा। वहाँ हुक्का पीने का यह मज़ा कहाँ?"

"अभी लो जी, हुक्के की भी भली कही। ओय मजिदिया, ला भी हुक्का, ला ख़ाँ साहब के लिए।"

नम्बरदार ख़ुश था। वह जानता था कि प्यारासिंह के रुपयों में से उसकी मुट्ठी भी गरम की जायेगी।

थोड़ी देर तक थानेदार बड़े-बड़े गहरे कश लेते रहे। फिर कहने लगे, "मज़ा आ गया भई हुक्के का। आँखों तक तरावट पहुँचती है।"

"ख़ाँ साहब! तम्बाकू की तारीफ़ कीजिये। लोहे की पेटी में बन्द रखता हूँ इस तम्बाकू को। आप आते हैं तभी मैं निकालता हूँ यह तम्बाकू।"

थानेदार ने नम्बरदार के कन्धे पर हाथ मारकर कहा, "ओय नम्बरदार! क्या बात है तुम्हारी। जो बात की, ख़ुदा की क़सम लाजवाब की। लो, अब चलें ज़रा ड्यूटी पर। सिपाहियों को तो खाना भिजवा दिया था?"

"हाँ जी! कभी का।"

दस नम्बरिये धूप में बैठे हँस-हँसकर बातें कर रहे थे। उनके निकट दो-तीन सिपाही भी खड़े थे। दस नम्बरियों में मौला भी शामिल था। सहसा उसने मुँह में से नली निकालकर सौदागर से कहा, ''देख सौदागरा, जूते तो पड़ेंगे, पर घबराना नहीं... ।''

सौदागर मार से भागता था। फिर भी उसने बड़े हौसले से कहा, ''अरे हम घबरानेवाले असामी नहीं हैं... ।''

''हाँ।'' मौला ने सिर हिलाकर कहा, ''यह न हो कि पहले ही जूते में चें बोल जाओ।''

''अबे धीरे बोल। सिपाही सुन रहा है।''

''ओय सुनने दे।'' मौला ने बेपरवाही से कहा, ''इन झैन पोदों का क्या है।''

सिपाही ने उसकी ओर ध्यान से देखा और बोला, ''क्यों बे मोलू! ये क्या बातें हो रही हैं।''

''जी हवलदार, बातें घर-बार की हो रही हैं। हम घर-बारवाले लोग हैं... ।''

इतने में थानेदार आया और उसकी नज़रें सबसे पहले मौला की नज़रों से मिलीं और मौला तुरन्त ख़ुशामद का पुतला बन गया। थानेदार ने इशारा किया तो वह अपनी गुड़गुड़ी उठाकर भागा-भागा उसके पास पहुँचा और तुरन्त फ़र्शी सलाम किया।

थानेदार के तेवर ज़रा बिगड़े हुए थे। गुर्राकर बोला, ''क्यों बे भुतनी पतंग, यह बात क्या है?''

''बात?'' मौला ने गर्दन आगे बढ़ाकर अचरज से पूछा, ''क्या बात जी?''

''सूअर की औलाद! बनता है हमारे आगे। ये रोज़-रोज़ क्या क़िस्से खड़े हो रहे हैं?''

''जी, मैंने तो क़िस्सा नहीं खड़ा किया।''

''तेरी बेबे को ले जायें चोर। मादरचोद, चार दिन नहीं बीते कि वह बैलवाला मामला खड़ा हुआ, और अब यह डाका।''

''मोतियाँवालो! यह क़िस्सा तो समझिये आप ही का क़िस्सा है। हम ग़रीब क्या जानें?''

''साले, तो क्या हम डाकुओं के यार हैं?''

''ओय तौबा, ज़बरदस्ती! मैं आपको तो कुछ नहीं कह रहा हूँ। मेरा मतलब तो यह है कि डाके-चोरी के मामलों को परखना आप-जैसों का काम है। पादशाहो! हम तो आपके ग़ुलाम हैं।''

''देख ओय मौलिया! मैं आदमी हूँ बहुत सख़्त समझा! तूने मेरे हाथ नहीं देखे अभी।''

''देखे हैं पादशाहो, देखे हैं। इस इलाक़े में कोई थानेदार ऐसा नहीं आया जिसके हाथ हमने न देखे हों।''

''बस तो अब देर मत करो। बताओ, इस डाके के बारे में जो-जो बातें मालूम हैं।''

इस बीच मौला ने गुड़गुड़ी से लम्बा कश ले लिया—''लो महाराज, इतनी-सी बात है। एक बार नहीं, हज़ार बार मैं आपको सारी बातें बताने को तैयार हूँ। भला हमारा और काम ही क्या है...।''

''फ़ज़ूल बातों में वक़्त मत बरबाद करो।''

''अच्छा जी, बात यह है कि कल मैं घर पर सोया पड़ा था...।''

''सोया पड़ा था?''

''हाँ जी।''

''शाम ही को सो गये थे?''

''अजी, मेरा मतलब है, लेटा हुआ था।''

''बयान बदलता है बच्चू?''

''नहीं जी, बयान क्यों बदलेंगे? मरद की एक ज़बान होती है।''

''अबे, हमें उल्लू बनाता है।''

''नहीं पादशाहो! मेरा मतलब है मैं लेटा हुआ था। अब यह बारीकियाँ तो मोतियाँवालो, आप ही को सूझ सकती हैं।''

थानेदार को मौला की यह बात बहुत अच्छी लगी। उसने कनखियों से दायें-बायें देखा कि लोग मोलू की बात सुन रहे हैं या नहीं। फिर मौला की ओर देखकर बोला, ''हाँ बे, आगे चल।''

''जी, तो इतने में बड़े ज़ोर का शोर हुआ।''

''शोर कैसा...आँधी का?''

''अजी आँधी का शोर तो हो ही रहा था। मेरा मतलब है गाँववालों का शोर हुआ बड़े ज़ोर से।''

''गाँववालों का शोर...और बस?''

सहसा मौला को अनुभव हुआ कि उससे भूल हो गयी है। तुरन्त हँस दिया और बोला, ''बड़ा रोआब है ख़ान साहब आपका। बात भुला देते हैं। आप तो ज़बान पकड़ते हैं।''

''बेटा, ज़बान पकड़ने की ही तो तनख़ाह पाते हैं हम। अच्छा, आगे बोल।''

''बस जी, मैं हुक्का पी रहा था और बातें कर रहा था।''

''बातें कर रहा था...किससे?''

''जी ये लभ्भू, सौदागर और मेलासिंह मेरे पास ही तो बैठे थे।''

''बुलाओ उनको भी।''

लभ्भू, सौदागर और मेलासिंह ने एक-दूसरे की ओर हँसकर देखा। उनकी आँखें एक-दूसरे से कह रही थीं—लो बेटा, तैयार हो जाओ।

वे सब अँगड़ाई लेते हुए उठे और अपनी तहमद सँभालते हुए थानेदार की ओर बढ़े।

''हाँ बे सौदागर, मेला, लभ्भू क्या तुम लोग कल शाम मौला के साथ थे?''

''हाँ जी।''

''हाँ जी के बच्चे! मालूम होता है कि आपस में सलाह करके आये हो।''

''नहीं जी!''

''भुतनी के।'' फिर थानेदार ने नम्बरदार की ओर देखकर कहा, ''इनकी सूरतें तो देखो, हराम के तुख़्म।''

''बादशाहो! हम बिलकुल सच बोल रहे हैं।''

''अच्छा तो मौला क्या कर रहा था?''

''हुक्का पी रहा था।''

''नहीं, सो रहा था।''

''नहीं जी, बातें कर रहा था।''

''और तुम क्या कर रहे थे?''

''हम भी बातें कर रहे थे।''

''क्या बातें कर रहे थे?''

''आपकी बातें कर रहे थे।''

''देखा इन लाँ के मौड़ों को?'' थानेदार ने फिर नम्बरदार की ओर देखकर कहा, ''अच्छा तो मेरी क्या बातें कर रहे थे?''

''हम यही कह रहे थे कि ख़ान साहब बड़े अच्छे आदमी हैं...।''

''अच्छे आदमी हैं?...हूँ।''

''हाँ जी...और बड़े रोआबदार हैं।''

''रोबदार भी हैं...अच्छा जी। और क्या?''

''हम कह रहे थे कि यह अल्लाह की ख़ास मेहरबानी थी जो ऐसा हाकिम हमारे इलाक़े में आया है। इसके राज में न चोरी, न डकैती, न क़तल। आधी रात को वीराने में सोना उछालते चले जाओ। कोई पूछनेवाला नहीं कि मियाँ तुम्हारे मुँह में कितने दाँत हैं?''

''हूँ! ख़ूब समझता हूँ। सालो, मक्खन लगाते हो मुझे?...अच्छे हाकिम तो तुम्हारी बोलती बन्द कर देते हैं। उनसे तुम्हें कैसी मुहब्बत...अच्छा मौला! अब मज़ाक तो हुआ ख़तम। अगर मैं अपनी-सी पर आ गया तो याद रखो, हड्डी-पसली ढूँढ़े से न मिलेगी। इसलिए जो बात हो सो सच्ची-सच्ची बयान कर दो।''

मौला ने हाथ बाँधकर कहा, ''मोतियाँवालो! हम तो एक-एक बात बता देना चाहते हैं। हम चाहते हैं कि डाकू पकड़ जायें। न जाने कौन बदमाश ऐसी हरकतें करते हैं और आफ़त आती है हम पर। सच है, बद अच्छा, बदनाम बुरा।''

''आहा! मौला, बहुत दिनों से तुम्हारी चमड़ी नहीं उधेड़ी मैंने इसलिए ज़बान गजभर की हो गयी है...मेरे पास फ़ालतू वक़्त नहीं है। जो बात है, जल्दी-से-जल्दी बक डालो।''

मौला ने नये सिरे से खाँसकर कहना शुरू किया, "बस जी, हम बातें कर रहे थे, इतने में धायँ-धायँ गोलियाँ चलनी शुरू हो गयीं।"

"कितनी गोलियाँ चलीं?"

"क्यों भई सुदागर! तुमने गोलियाँ गिनी थीं?" मौला ने अनजान बनकर पूछा, "मेरे ख़याल से तीन गोलियाँ चली थीं।"

"तीन?"

"हाँ जी, तीन।"

"झूठ बोलते हो।"

"जी, हमने तो तीन ही सुनी थीं।"

थानेदार ने मन में सोचा, बड़े कड़े दाने हैं ये। बोला, "अच्छा, तो फिर क्या हुआ?"

"बस जी, फिर क्या था। ऐसा शोर मचा कि न पूछिये। उधर आँधी का ज़ोर, इधर लोगों का शोर—एकदम 'चोर-चोर' की आवाज़ें लगने लगीं... ।"

"तुम कुछ नहीं बोले?"

"न जी, हम क्या बोलते।...जो हथियार मिला, लेकर हम एकदम से बाहर निकल आये... ।"

"फिर तुमने क्या देखा?"

"देखते क्या। चारों तरफ़ अँधेरा घुप था। पिछली गली से आवाज़ें आ रही थीं... हम उधर ही को दौड़े। देखा कि लोग भागे जा रहे हैं। हम भी उनके साथ हो लिये।"

"तुमने किसी से पूछा नहीं कि क्या बात है?"

"जी, चोर-चोर का शोर मचा हुआ था। पूछने की बात ही क्या थी?"

"तुम्हें किसी ने अपने साथ भागते देखा था?"

"क्यों नहीं जी, सारा गाँव जानता है कि हम उनके साथ थे।"

"किसी का नाम लो।"

"अजी...यह लद्धा, फग्गा, छुन्नू सभी को मालूम है।" मौला ने उन तीनों की ओर अँगारा-सी आँखों से देखते हुए कहा।

लद्धा, फग्गा, छुन्नू आगे आये। उन्होंने कहा, "जी हाँ, हमने देखा था, ये हमारे साथ थे।"

"और तो और, सरदार प्यारासिंह से पूछिये। उनसे भी हमारी बात हुई थी।"

थानेदार ने प्यारासिंह की ओर देखा। उधर मौला ने थानेदार की नज़र बचाकर प्यारासिंह की नज़रों से नज़रें मिलाकर अपनी एक आँख को आधी बन्द करके इशारा कर दिया। यों यह बात थी भी ठीक। प्यारासिंह से दो बातें हुई भी थीं। और फिर इस इशारे में एक वायदा भी छिपा था।

थानेदार ने पूछा, "क्यों प्यारासिंह जी?"

"ठीक है जी।"

अब मौला ने सन्तोष की साँस ली।

थानेदार ने पूछा, "अच्छा मौला, तुम भी हस्से के पास खड़े थे?"

"हाँ जी, वहाँ तो आठ-दस आदमी थे।"

"तुमने घुड़सवार को देखा था, बिजली की चमक में?"

"हाँ जी।"

"क्या वह कपूरा था?"

इस पर मौला ने हुक्के का कश लेकर प्यारासिंह की ओर देखा। मौला इलाक़े-भर के छँटे हुए बदमाशों में से था। चाहता था कि कुछ ऐंठे। लेकिन मुश्किल यह थी कि वह ख़ुद भी शामिल था। अतएव उसने सब्र का घूँट लेकर कहा, "जी नहीं।"

थानेदार ने उन बदमाशों पर फिर एक गहरी निगाह डाली और बोला, "सारी बातों के बाद मैंने एक नतीजा निकाला है।"

वे लोग चुपचाप खड़े थे।

थानेदार ने कहना शुरू किया, "वह यह कि तुम लोग ज़रा कड़े दाने हो...ओय तोतासिंहिया! इनको लिटाओ तो भला और खिलाओ कड़ाह प्रसाद।"

तोतासिंह ने मौला के कन्धे पर हाथ रखा तो वह फुर्ती से एक क़दम पीछे हट गया और बोला, "धीरज से काम लो हवालदार तोतासिंह। हम भागे नहीं जाते कहीं। हम भी इज़्ज़त-आबरूवाले आदमी हैं।"

यह कह उसने इधर-उधर देखकर आवाज़ दी, "ओय फगिया!...ज़रा पकड़ना मेरा हुक्का।"

फग्गे ने आगे बढ़कर उसका हुक्का थाम लिया। फिर मौला ने साथियों की ओर देखकर कहा, "लो भई, हो जाओ तैयार।"

उसने आप भी तहमद के पल्लू छाँटकर बड़े ज़ोर से कसकर गाँठ लगा ली और तोतासिंह की तरफ़ देखकर बोला, "हाँ भई हवालदार! बताओ कहाँ लेटें?"

## (3)

**रेशमाँ ने अपने सुनसान** आँगन की दीवार के ऊपर से तारों की उज्ज्वल धुँधलाहट में नहाये हुए आकाश की ओर देखा, जिसके गहरे नीले फैलाव में परियों की राजकुमारी की भाँति चाँद से बादलों के नन्हें-नन्हें टुकड़े आँख-मिचौली खेल रहे थे।

उसकी माँ और भावज भीतर बैठी चर्खा कात रही थीं। उसकी आयु मुश्किल से पन्द्रह वर्ष की होगी। वह घर में सबसे छोटी थी और रात को घर के बर्तन धोने और अन्य चीज़ें सँभालने का काम उसी के जिम्मे था।

उनका घर गाँव के बाहर की ओर था इसलिए खुले दरवाज़े में से दूर-दूर तक के दृश्य भली-भाँति दीख पड़ते थे। उस समय वहाँ से ढाई-तीन फर्लांग दूर उनका रहट नियमानुकूल फुलाह के दो घने वृक्षों के नीचे मानो छिपा बैठा था। पास ही खेतों के बीच में मटियाले पानी का जौहड़ यों दिखायी पड़ रहा था मानो उसे पिघली हुई चाँदी से भर दिया गया हो। जौहड़ के किनारे बेरी का अकेला वृक्ष काले चोर की भाँति सहमा खड़ा था और खेतों में दूर, बहुत दूर, धुँधलाये हुए क्षितिज में नीचे-ऊँचे वृक्षों के सिलसिले यों दिखायी देते थे मानो दानवों की सेना छाती ताने चली आ रही हो।

रहट से कुछ गज़ हटकर बाड़े के पास भूसे की तीन नयी धड़ें गोबर के बड़े-बड़े ढेरों के समान दीख पड़ रही थीं। रेशमाँ उन धड़ों की ओर बार-बार देखती थी। क्योंकि वहाँ उसके प्रीतम ने उससे मिलने का वायदा किया था। उस बेचारी को क्या पता था कि उन देखने में साधारण धड़ों में कितनी पूँजी छिपी है। एक सप्ताह पूर्व भूसे के चार छकड़े अपने भीतर पीर के ठट्टे के धनी घरानों का माल छिपाये पटियाले की ओर रवाना हुए और फिर पटियाले के उस गुमनाम-से गाँव में आ पहुँचे और उसके भाई सिराज ने सारा माल भूसे के ढेरों में दबाकर उनके ऊपर भुस और गोबर-मिली मिट्टी की लिपाई करके तीन धड़ें तैयार कर दीं। रेशमाँ बेचारी केवल इतना जानती थी कि उसका प्रीतम सुलतान अभी उनमें से किसी धड़ की ओट से सिर निकालकर हाथ का इशारा करेगा। इतने में सचमुच इशारा हो गया और उसकी अछूती छातियाँ, जो पूरे जोबन पर नहीं पहुँची थीं, धड़कने लगीं।

उसने उसे एक से अधिक इशारा करने से मना कर रखा था। इसलिए दोबारा कोई इशारा नहीं हुआ। लेकिन वह जानती थी कि जिसकी प्रतीक्षा में वह पल-पल गिनती रही थी अब वह उसकी प्रतीक्षा में कितना व्याकुल हो रहा होगा।

वह सोचने लगी कि अब जाये तो कैसे। माँ और भावज अन्दर बैठी मजे-मजे से चर्ख़ा कात रही थीं। चर्खों की आवाज़ें उस तक आ रही थीं। भाई बाहर गया हुआ था। वह जानती थी कि वह भोजन करके गया है। कहीं दारे में बैठा गप हाँक रहा होगा। उसके अभी जल्द लौटने की आशा नहीं थी। और फिर यदि घर का कोई व्यक्ति इधर आ भी जाये तो उसे अपनी जगह पर न पाकर कोई शक नहीं करेगा। क्योंकि कई बार रात के समय वह काम निपटाकर या अधूरा छोड़कर पड़ोस की लड़कियों से गप उड़ाने के लिए चली जाया करती थी।

उचित अवसर पाकर वह उठी और दरवाज़े के क़रीब पहुँचकर उसने सहमी हुई फ़ाख़्ता की तरह इधर-उधर देखा। सर्दियों की रातों में गाँव में बिना विशेष काम के कौन भला आदमी घर की अँगीठी छोड़कर बाहर निकलता है।

दरवाज़े में से गुज़रकर वृक्षों की छाया-तले से होती हुई वह धड़ों तक पहुँच गयी। चिकनी मिट्टी से लिपी हुई धड़ें चन्दा की चाँदनी में बड़ी भली दीख पड़ती थीं।

...लेकिन उसका प्रीतम किस धड़ के पीछे छिपा बैठा था, उसे नहीं पता था। हाँ, इतनी बात वह अच्छी तरह जानती थी कि वह उसे बिना मिले कहीं नहीं जा सकता। ऐसा करना उसकी शक्ति से बाहर है।

यह सोचकर वह बड़े इतमीनान से एक धड़ से टेक लगाकर चुपचाप खड़ी हो गयी और घने बालों की मोटी और लम्बी चोटी को आगे लाकर उससे खेलने लगी।

दुनिया में प्रतीक्षा और मिलन के ऐसे खेल न जाने कितनी बार खेले जा चुके हैं लेकिन हर नया जोड़ा इस पुराने खेल को उसी उत्साह से खेलता है जिस उत्साह से संसार के सर्वप्रथम जोड़े ने यह खेल खेला था।

रेशमाँ की अल्पायु को देखते हुए यह नहीं कहा जा सकता था कि अब सचमुच उसके अन्दर पुरुष की तलब पैदा हो चुकी थी। अभी तो वह केवल रोमैण्टिक स्टेज़ पर थी। उसने मोटे कपड़े और गहरे नीले रंग की तहमद लपेट रखी थी और महीन छींट का ढीला-ढाला कुरता पहन रखा था। इस कुरते में से उसके ठसे हुए शरीर की सुन्दर और लहराती हुई रेखाएँ तनिक स्वप्निल अधूरेपन के साथ अत्यन्त मनोहर दीख पड़ती थीं। उसका चेहरा, उसके हाथ-पाँव उजली चिकनी मिट्टी के बने प्रतीत होते थे। उसकी नाक और होंठों की बनावट इतनी साफ़ और पूर्ण थी कि उस पर तस्वीर का धोखा होता था। टिड्डियों की 'टर्र-टर्र' की आवाज़ों से वायुमण्डल गूँज रहा था। रेशमाँ देखने में तो अपनी चोटी से खेल रही थी, परन्तु उसकी आँखों की पुतलियाँ माला के मनकों की भाँति घूम रही थीं और उसके कान छोटी-से-छोटी आवाज़ को सुन रहे थे।

और फिर अकस्मात् कुछ देखे या सुने बिना उसे मालूम हो गया कि प्यार...साकार प्यार क्षण-प्रतिक्षण उसकी ओर बढ़ रहा है। प्यार जब चलता है तब उसके पाँव की चाप सुनायी नहीं देती, किन्तु उसकी सुगन्ध से मन मस्त हो जाता है...सहसा किसी ने उसकी आँखें दोनों हाथों से बन्द कर लीं। वह तड़पकर अलग जा खड़ी हुई। उसका प्रेमी अभी अल्हड़ जवान ही था। अभी प्रेम करने के अतिरिक्त उसने कुछ नहीं सीखा। मसें भीग रही थीं। जिस ढंग से उसके सुन्दर मुखड़े में उसके दमकते हुए दाँत दिखायी पड़ते थे उससे प्रकट होता था कि वह पहली लड़की थी जिससे उसने प्रेम किया था और जिससे शायद वह जीवनपर्यन्त प्रेम करता चला जायेगा।

"अब तुम बड़ी शरीर हो गयी हो।"

"क्यों?"

"हमें बहुत तड़पाती हो।"

"कैसे?"

"बस, क्यों-कैसे की रट लगा रखी है। हम आप ही सवाल करें और आप ही जवाब दें।"

"जब मिलो झगड़ा करने लगते हो।"

"लेकिन यह झगड़े की जड़ जानती हो कौन है?"

"तुम।"

"तुम? ठहर शरीर कहीं की।"

यह कह वह उसके पीछे दौड़ा। वह तेज़ी से दौड़नेवाली मछली की तरह आगे-आगे भाग निकली।

सुनसान किन्तु आनन्दमयी रात का रुपहला वातावरण रेशमाँ के अल्हड़ ठहाकों से गूँज उठा और तारे झिलमिलाने लगे। मानो जीवन से भरपूर ये खनकती हुई आवाज़ें वहाँ तक जा पहुँची हों।

फिर प्रेमी ने प्रेमिका को जा दबोचा। स्वयं घुटनों के बल बैठ गया और उसकी पकड़ में रेशमाँ का शरीर यों तड़प रहा था मानो सुन्दर फूलदान में फूलों का गुलदस्ता लहरा रहा हो।

"तुम्हें पकड़ लिया न मैंने?"

रेशमाँ को गुदगुदी लग रही थी। वह बल खा-खाकर हँस रही थी।

"कहो, पकड़ लिया न तुमको?"

"हाँ, पकड़ लिया।"

"तो लाओ हमारा इनाम।"

वह जानती थी कि इनाम में वह क्या चाहता है। परन्तु यह बुरी बात थी। वह इस तरह जताकर...यों ही सहज से उसके होंठ उसके होंठों तक क्यों नहीं पहुँच जाते थे।

धरती की ओर देखते-देखते रेशमाँ की निगाहें फिसलती हुई दूर तक चली गयीं और उसे क्षण-भर को दो भद्दे पाँव दीख पड़े। फिर देखते-ही-देखते मानो वे पाँव वृक्ष की घनी छाया के नीचे ग़ायब हो गये।

यह दृश्य देख उसके गले में चीख़ फँसकर रह गयी। वह अपने-आपको छुड़ाकर बगटुट भागी और अपने घर के आँगन में पहुँचकर दम लिया।

## (4)

**सिराज घटिया श्रेणी के** बदमाशों से बिलकुल अलग रहता था। वह अपने शारीरिक बल, अक्खड़पन और भलमनसाहत के लिए आसपास ही नहीं, दूर-दूर तक मशहूर था। लेकिन न वह दस नम्बरियों में था और न कभी उसने दूसरों की बहू-बेटियों का पीछा किया था। दुनिया उसे एक खरे आदमी के रूप में जानती थी। वह रहता तो पूर्वी पंजाब में था और विरसासिंह ऐसे बड़े डाकुओं के साथ कभी-कभी डाका मारता था तो पश्चिमी पंजाब में। उसके स्वभाव में ठहराव और गम्भीरता बहुत थी। वह हर बात को सोचता-समझता और फूँक-फूँककर क़दम उठाता था।

इस बार जो माल हाथ लगा था वह न केवल क़ीमत की दृष्टि से काफ़ी था बल्कि बड़ी आसानी से हज़म होता दीख पड़ता था। इसलिए वह बहुत प्रसन्न था। सारा माल सुरक्षित रूप से पहुँचने पर उसने विरसासिंह को चिट्ठी लिख दी थी कि मुर्ग़ियाँ ठीक-ठीक हालत में उनके गाँव पहुँच गयी हैं।

आज दिन ढले उसने थोड़ी दारू भी पी थी। फिर भोजन करके जो दारे की ओर चला तो हवा लगने से नशा ख़ूब जम के आया और महफ़िल की बातों में वह ख़ूब बढ़-चढ़कर भाग ले रहा था। बात-बेबात पर ठहाके लगा रहा था।

इसी बीच उसे दारे के एक सिरे पर घट्टू की सूरत दिखायी पड़ी। वह कुछ घबराया हुआ-सा था। घट्टू उसका भेदी-मित्र था। उसने उसे कह रखा था कि रात के समय कभी-कभी भूसे की धड़ों को देख आया करे। यद्यपि सन्देह की कोई गुंजाइश नहीं थी, फिर भी सावधानी ज़रूरी थी। उसे घबराया हुआ देखकर सिराज ने सोचा, ज़रूर कोई गड़बड़ी हो गयी है।

घट्टू ने जब उसे देखा तो उसे इशारे से बुलाया। सिराज तुरन्त उसके पास पहुँचा और बोला, "क्या बात है?"

घट्टू ने उसके कान में कुछ फूँका। सिराज एक क़दम पीछे हटकर बोला, "यह नहीं हो सकता। तुम्हें ज़रूर शक हुआ है।"

"पहले शक था, पर आज अपनी आँखों से अच्छी तरह देखकर आ रहा हूँ।"

सिराज के होंठ एक-दूसरे में धँस गये। उसने दबे हुए गुस्से से पूछा, "वह लड़का है कौन?"

"इबराहीम का छोटा लड़का। क्या भला-सा नाम है उसका...हाँ, याद आ गया... सुलतान।"

"सुलतान!!" सिराज ने दाँत पीसते हुए कहा।

उधर रेशमाँ जूठे बरतनों के पास ऐसी भयभीत हो बैठी थी मानो कोई बड़ा ही डरावना स्वप्न देखा हो। उसके हाथ सुस्त पड़ गये थे। बरतन माँजने की हाथों में शक्ति ही नहीं रही थी।

इतने में उसे घर से बाहर आँगन की दीवार के साथ ज़ोर-ज़ोर से चलने की आवाज़ सुनायी पड़ी और फिर एक फर्राटे के साथ उसका भाई घर में घुसा और बवण्डर की भाँति आगे बढ़ गया।

रेशमाँ का हृदय धड़कने लगा। उसके भाई के दरवाज़ा खोलने की धड़ाक-से आवाज़ आयी और उसके शब्द उसके कानों में साफ़ सुनायी पड़े, "रेशमाँ कहाँ है?"

"बाहर काम कर रही है।"

सिराज जल्दी से बाहर निकला। अँधेरे के कारण वह उसे आँगन के कोने में नहीं देख सका था। वह निकला तो दोनों स्त्रियाँ भी बाहर निकल आयीं और उसे देखकर बोलीं, "वह बेचारी बैठी तो है।"

सिराज ने पलटकर उनकी ओर देखा और अत्यधिक क्रुद्ध स्वर में बोला, "तुम बाहर क्यों आयी हो, चलो अन्दर।"

स्त्रियाँ डरी हुई भीतर चली गयीं। रेशमाँ बड़ी दुर्बलता का अनुभव कर रही थी। उसे ऐसा प्रतीत हो रहा था मानो वह मूर्च्छित हो जायेगी। उस समय वह पाँव के बल उकड़ूँ बैठी थी। उसने घुटने पर ठोड़ी टेक दी और जहाँ तक बन पड़ा जल्दी-जल्दी बरतन माँजने लगी...उसने ऐसा अनुभव किया कि उसका भाई उसके समीप आ रहा है। वह उसके बहुत क़रीब आकर खड़ा हो गया। उसका लटका हुआ हाथ उसकी आँखों से अधिक-से-अधिक आठ इंच के फ़ासले पर था...बहुत बड़ा, मज़बूत, मर्दाना हाथ, जिस पर काले और घने बाल उगे हुए थे...उसकी मुट्ठी खुल और बन्द हो रही थी।

फिर वह एकदम बढ़ा और जानवरों के लिए चारा काटनेवाला गँड़ासा हाथ में मज़बूती से पकड़कर आँगन के द्वार से बाहर निकल गया।

●

# झमेला

अज आखाँ वारिस शाह नूँ
—**अमृता प्रीतम**

# 9

**विरसा ने देखा** कि डाके के बाद दो सप्ताह सकुशल बीत गये हैं। केवल मौला और उसके कुछ साथी हवालात में बन्द थे। लेकिन उन्हें कोई कष्ट नहीं था, सिवाय इसके कि दिन में एक बार जूतों की मार पड़ जाती थी। नहीं तो खाने, पीने तथा हुक्के आदि की सुविधाएँ पहुँचाने में उसे सफलता मिल चुकी थी। उन लोगों के विरुद्ध केस बहुत कमज़ोर था इसलिए हवालात की कुछ दिन की तक़लीफ़ के अतिरिक्त और किसी प्रकार की परेशानी की बात नहीं थी। अतएव यही सोच-सोचकर उसने पटियाले जाने की ठानी।

वह रात के नौ बजे पटियाले के स्टेशन पर पहुँच गया, किन्तु सिराज का गाँव रेल की पटरी से दूर था। न वहाँ गाड़ी जाती थी न लॉरी। अधिक देर हो जाने के डर से वह गाड़ी से उतरते ही गाँव की ओर चल पड़ा। उस समय वह एक प्रतिष्ठित सिक्ख दिखायी पड़ता था। सिर पर कलफ़ लगी हुई सफ़ेद पगड़ी, जामुनी रंग की लुंगी, हरे रंग की धारियोंवाला कुरता, बग़ल और कन्धे के चारों ओर लपेटा हुआ फीके लाल रंग का अँगोछा, पाँव में कड़ुए तेल से चुपड़ा हुआ मोटे चमड़े का जूता और मोटे बेंत का मुड़े हुए हत्थेवाला खूँटा—यही प्रतिष्ठित देहातियों का पहनावा था।

गाँव के निकट पहुँचकर वह चूहड़ों (भंगियों) के मकान से ज़रा बचकर निकला, क्योंकि उनमें से कुछ उसे जानते थे। वह नहीं चाहता था कि उस समय वे उसे देख पायें या उसे उनकी बातों में उलझकर समय नष्ट करना पड़े।

सर्दियों का मौसम होने के कारण गाँव पर उस समय सन्नाटा छाया हुआ था। विरसा कुत्तों को दुतकारता और कच्ची तथा गन्दी नालियों को फलाँगता लम्बे-लम्बे डग भरता सिराज के घर की तरफ़ बढ़ रहा था जो गाँव के बिलकुल दूसरे सिरे पर स्थित था।

अभी वह घर से कुछ दूर ही पर था कि उसे एक आदमी हाथ में गँड़ासा लिये तेज़ी से क़दम उठाता हुआ दीख पड़ा। उसके चलने का ढंग कुछ सन्दिग्ध था। विरसा को तनिक आश्चर्य हुआ; किन्तु इस चीज़ को महत्त्व न देते हुए वह निगाह हटाने ही को था कि उसे अनुभव हुआ कि वह व्यक्ति सिराज से मिलता-जुलता है और ध्यान से देखा तो वह सचमुच सिराज ही था। विरसे ने ख़ुश होकर आवाज़ दी, "ओय सिराजिया!"

सिराज ने उसकी ओर इस प्रकार देखा मानो वह जीता-जागता मनुष्य नहीं बल्कि केवल उसका भ्रम हो, और चौंककर बोला, "कौन?"

विरसा को आश्चर्य हुआ, बोला, "मैं हूँ।"

"मैं?"

अब विरसा उसके पास पहुँच गया, "अबे साले मैं हूँ मदर छो! अब्बा को पहचानता भी नहीं?"

वास्तव में क्रोध के कारण सिराज के हवास ठिकाने नहीं रहे थे। उसने जब विरसा को पहचाना तो गले से लिपट गया।

"ओय यार तू है?"

"हूँ भूतनी दे...हम तेरे घर आयें और तू पूछता है, कौन है?"

"भई, मैं अपनी धुन में था।"

"धुन कैसी?"

"ऐसी ही, कोई ख़ास बात नहीं है।"

"कुछ तो है उस्ताद।"

"छोड़ो यार, और कहो, सब ख़ैरियत है?"

"सब ठीक-ही-ठीक है।"

"बाक़ी यारों का क्या हाल है?"

"यारों के हाल की भी भली पूछी। यारों का हाल भला-बुरा जैसा भी हो...रहते हैं सब मज़े में...।"

"कब के आये हो?"

"कब के?"

"मेरा मतलब है गाँव से कब चले, कब यहाँ पहुँचे, सफ़र कैसा रहा?"

"वाह उस्ताद! कल गाँव से चले थे, आज स्टेशन पर उतरे और इधर चले आगे।"

"पटियाले में नहीं रहे?"

"पटियाले में क्या रखा है, जो वहाँ रुकता।"

"यह मत कहो।"

"यह पहेलियाँ कैसी बे?"

"पहेलियाँ नहीं, दुनिया जानती है।"

"दुनिया क्या जानती है?"

"यही कि पटियाले में भी तुम्हारा याराना है कुछ रन्नों से।"

"तेरे होते हुए रन्नों (स्त्रियों) के पीछे भागनेवाले नहीं हैं।"

"ओय कुत्ते दा पुत्रा! मैं भी कोई रन्न हूँ जो तू औरों को छोड़कर मेरे पास आता?"

"औरत तो एक-से-एक अच्छी मिल जाती पर तेरा-सा दोस्त कहाँ मिलेगा...कुछ आया औंधी खोपड़ी में?"

"तुमने ख़त तक न डाला।"

"तुम्हारी चिट्ठी जो मिल गयी थी। बस तसल्ली हो गयी।"

"फिर भी, आने की ख़बर तो कर देते।"

"अरे ख़बर क्यों करें। डंके की चोट घूमते हैं। जहाँ चाहा चले गये...किसी का इजारा है क्या...या हम कोई चोर-डाकू हैं...आख़िर क्यों डरें हम किसी से?"

इस पर दोनों मित्र ख़ूब हँसे।

"अच्छा विरसे, अब यह बताओ कि पीर के ठट्टेवाले मौला और बाक़ी साथियों पर क्या बीती?"

"मज़े में हैं।"

"पकड़े तो नहीं गये?"

"क्यों नहीं, हवालात में हैं।"

"यार, बुरे काम का बुरा नतीजा होता है। मैं तो इन कामों से तौबा करनेवाला हूँ।"

"पर मौला को इस चोरी के कारण हवालात नहीं जाना पड़ा।"

"वह कैसे?"

"भई, वह डाके में चाहे शामिल होता या न होता, उसका हवालात में जाना ज़रूरी था। दस नम्बरिया जो ठहरा। वह इतना पहुँचा हुआ बुज़ुर्ग है कि गाँव में कोई जुर्म हो जाये, चाहे उसका उससे कोई सम्बन्ध हो या न हो, लेकिन उसे जूते ज़रूर पड़ेंगे।"

सिराज हँसने लगा।

"हाँ-हाँ, सिराज! झूठ नहीं कहता हूँ। तुम तो ठहरे भले आदमी। वह बड़ा हराम का तुख़्म है।"

"जूते पड़ेंगे तो सारी इट्टी-सिट्टी भूल जायेगी। भेद खुलेगा तो हमारे-तुम्हारे वारण्ट भी जारी हो जायेंगे।"

"हमारे वारण्ट तो एक तरह से बारहों महीने जारी रहते हैं।"

"विरसे, यह काम छोड़ देना चाहिए।"

"बड़े अजीब आदमी हो। क्या इतने डर गये हो?"

"देखो भई, एक बात कहूँ तुमसे?"

"कहो।"

"बुरा तो न मानोगे।"

"नहीं।"

"शादी कर डालो।"

"क्या अभी और शादी करने को जी चाहता है?" विरसा ने बनकर पूछा।

"झैन पोद...शादी मेरी नहीं तेरी।"

"मेरी?"

"हाँ बताओ। तुम हँसी में टाल रहे हो।"

"अच्छा मेरी सही। नहीं भई, बात पूरी कर लो। ख़फ़ा मत हो। यह ज़रूरी तो नहीं न कि तुम जो कुछ कहो मैं उसे मान ही लूँ। बोलो बेटा, क्या कहना चाहते हो। अब्बा से डरने की ज़रूरत नहीं है।"

"तो देखो अब्बा, तुमने अच्छी सूरत, अच्छी तन्दुरुस्ती और अच्छा घराना पाया है, अगर तुम शादी कर लो तो क्या हर्ज़ है।"

"फिर क्या होगा?"

"ऐसी बातें होंगी जिनका तुम्हें सपने में भी ख़याल नहीं आ सकता...देखो, मर्द औरत के बिना पूरा आदमी नहीं बन सकता।"

"औरत के बिना?" विरसा ठहाका मारकर हँसा, "यार तुम घास खा गये हो। क्या मैं बिना औरत के हूँ। जितनी औरतों से मेरा याराना है उस लिहाज़ से देखो तो मैं बिना औरत के भी पूरे से पहुँच चुका हूँ।"

"सिर्फ़ औरत नहीं, अपनी जोरू।"

"लेकिन मैं तो सबकी औरतों को अपनी जोरू समझता हूँ। मैं तंग ख़याल आदमी नहीं हूँ भई।"

"देखो, मेरे बताये रास्ते पर चलोगे तो कई मुसीबतों से बच जाओगे। दुनिया में नाम पैदा करोगे, एक बहुत अच्छा घर बसाओगे।" यह कहकर सिराज ने दूर क्षितिज पर तारों की धुन्ध को घूरते हुए कहा, "ऐसी लड़कियों की कमी नहीं जो तुम्हें अपना जीवनसाथी बनाकर अपने को धन्न (धन्य) समझेंगी।"

"यार, छोड़ो इन बातों को।"

"दोस्त! हमने बुरे कामों में भी तुम्हारा साथ दिया, लेकिन अफ़सोस, तुम हमारी अच्छी बात भी नहीं मानते।"

विरसे को सिराज पहले भी ऐसे उपदेश दिया करता था। लेकिन आज तो जैसे वह उसका विवाह करवाने पर तुल-सा गया था। आज वह तारों की ओर देख-देखकर बड़ी गम्भीरता से उसे उपदेश दे रहा था। आख़िर विरसे ने होंठों पर सरासर नटखटतापूर्ण मुस्कान उत्पन्न करते हुए सिराज का कन्धा थपथपाया।

"अच्छा भई मंजूर है। अपने बाप के लिए अम्माँ तलाश करो।"

"सच?"

"हाँ-हाँ।"

"देखो भई अब मुकरना मत।"

"अरे नहीं।"

"मुझे उम्मीद नहीं थी कि तुम इतनी जल्दी मान जाओगे!"

"अरे यारों के कहने पर हम ओखली में भी सिर दे दिया करते हैं।"

"तो भई, हम तुम्हारे लिये लड़की तलाश करेंगे।"

विरसा ख़ुश हुआ कि उसका दाँव चल गया। मज़े में सिर हिलाकर बोला, "हाँ यार, तलाश करो। पर लड़की अच्छी होनी चाहिए।"

"हाँ-हाँ।"

"अच्छा यह बात तो हो गयी तय। अब और बात सुनाओ।" विरसा सिराज के और निकट चला गया और धीरे से बोला, "माल कहाँ है?"

"बड़ी हिफ़ाज़त से रखा है।"

"कहाँ?"

"बता दूँगा। मौक़े पर चलकर दिखा दूँगा।"

"अरे, वह कोई बात नहीं। मेरा मतलब यह है कि घर पर तो नहीं रखा।"

"नहीं, घर पर नहीं।"

"बस ठीक है।"

"अच्छा, उधर की सुनाओ...और भी कोई पकड़-धकड़ हुई?"

"बस मौला और उसके साथी पकड़े गये हैं।"

"वे लोग अभी तक हवालात में हैं?"

"हाँ...शायद अब छूट भी गये हों। अब की मुझे ख़बर नहीं।"

"क्या उन पर हर रोज़ मार पड़ती है?"

"हाँ।"

"अगर मौला ने भेद खोल दिया तब?"

"अरे नहीं। मौला ऐसी कच्ची गोलियाँ नहीं खेला है।"

"और उसके साथी।"

"हाँ, वे ज़रा कच्चे हैं, लेकिन मौला के चेले हैं इसलिए आशा है कि मौला उनका हौसला बढ़ाये रखेगा।"

"यार, मेरा दिल इन बातों से ख़ुश नहीं हुआ। मैं लड़ने-मरने से घबरानेवाला नहीं हूँ। लेकिन मैं बाल-बच्चेदार आदमी हूँ। ये चीज़ें मेरे लिये मुनासिब नहीं हैं।"

"देखो सिराज! परेशानी की कोई बात नहीं है। अब तो तुम मेरा विवाह भी जल्द ही करवा डालोगे, फिर न जाने वाह गुरु को क्या मंजूर हो। हो सकता है मैं आप भी छोड़ दूँ ये बदमाशियाँ।"

"वह तो बाद की बातें हैं।"

"लेकिन अब की तुम चिन्ता न करो। हमारा कोई निशान नहीं बचा जिससे हम पर सन्देह हो। दूसरे जो थोड़ा-बहुत सुराग़ था भी उसका बन्दोबस्त कर लिया है।"

"क्या बन्दोबस्त किया है?"

"पीर के ठट्टे का खोजी मेरे पास आया था। मैंने उससे मामला पटा लिया है।"

सिराज के मन का बोझ कुछ हलका हुआ। विरसा ने उसे सोच में डूबा देखकर कहा, "देखो यार, इतना सफ़र करके आया हूँ, मैंने रोटी भी नहीं खायी। बड़ी भूख लगी है।"

"अरे हाँ यार, मुझे इस बात का ध्यान ही न रहा। भूख तो लगी होगी तुम्हें...अच्छा तो तुम घर चलो।"

"और तुम?"

"मैं अभी आता हूँ।"

"नहीं, मेरे साथ चलो।"

"मुझे साथ मत ले जाओ। मैं भला क्या करूँगा...थोड़ा काम है। निपटा के अभी आ जाऊँगा।"

विरसे को फिर ध्यान आ गया कि सिराज गँड़ासा हाथ में लिये कैसे लपका चला जा रहा था। उसे सन्देह हुआ। उसका हाथ पकड़कर बोला, "सिराज, कोई बात है जो तुम मुझसे छिपा रहे हो।"

"नहीं, कोई बात नहीं।"

"ज़रूर कुछ है उस्ताद! हमीं से चालाकियाँ। देख बे, मुझसे कुछ छिपाना बेकार है। वाह! ज़रा आँख तो मिला हमसे। यह क्या छूथियापन्थी है?"

सिराज विवश हो गया। हिचकिचाते हुए बोला, "आज कुछ ऐसी बात का पता चला है कि मेरा दिमाग़ ख़राब हो गया है।"

"खोलकर बात कर भाई।"

सिराज कुछ रुका फिर बोला, "रेशमाँ के बारे में बड़ी गन्दी ख़बर मिली है। तुम जानते ही हो, मैं अपनी बेइज़्ज़ती बरदाश्त करनेवाला नहीं हूँ...।"

"तेरी बेइज़्ज़ती, क्या मेरी नहीं है? आख़िर वह है कौन?"

"चौधरी इबराहीम का लड़का सुलतान।"

विरसा ने दिमाग़ पर ज़ोर डालकर कहा, "यार, मुझे उसकी सूरत याद नहीं आ रही है। आख़िर बात क्या हुई है?"

"बात वही बेशर्मी की है। अभी कुछ बिगड़ा नहीं है...मुझे हैरानी इस बात की है कि इस लौंडे को इतनी हिम्मत कैसे हुई?"

विरसा भी सोच में पड़ गया, फिर बोला, "लेकिन यह तो मालूम होगा कि बात एक तरफ़ से है या दोनों तरफ़ से?"

"है तो दोनों तरफ़ से, लेकिन वह ठहरी कल की छोकरी...उसकी मरम्मत तो मैं करूँगा ही, लेकिन पहले मैं उस लौंडे की ख़बर ले लूँ।...अच्छा भई, अब तुम घर चलो, मैं...।"

विरसे ने मज़बूती से उसका हाथ पकड़ लिया और बोला, "देख बे, मूर्ख न बन। तू जाकर ऊँची-नीची बात करेगा। चार आदमी सुनेंगे। अभी तक किसी को ख़बर नहीं, फिर यह बात सारे गाँव में मशहूर हो जायेगी...आख़िर तेरी समझ कहाँ चली गयी है। अगर कुछ करना ही है तो यह बात तू मुझ पर छोड़ दे। तुझे बीच में पड़ने की ज़रूरत ही क्या है। हम ऐसे निकालेंगे काँटा कि किसी को कानोंकान ख़बर न हो।"

सिराज को गुस्सा आ जाये तो फिर उतरना कठिन हो जाता था। पर विरसे ने बात कुछ ऐसे ढंग से समझायी थी कि वह ढीला पड़ गया। ऐसी स्थिति में विरसे का उसे घर लौटा ले जाना कोई मुश्किल काम नहीं था।

## (2)

**जब से भाई गँड़ासा** लेकर दरवाज़े से निकला था, रेशमाँ का जी बैठ गया था। वह अपने भाई से इतना लजाती और डरती थी कि शायद ही कोई बहन भाई से डरती हो। वह प्यार का खेल उसी निश्चिन्तता से खेल रही थी जैसे गुड़िया के खेल खेला करती थी। उसे ऐसा लगता था मानो कोई उन पर सन्देह नहीं करेगा और उन्हें कभी किसी परेशानी का सामना नहीं करना पड़ेगा।

वह भाई के गुस्से से भली-भाँति परिचित थी। उसके चेहरे पर उदासी छा गयी थी। और हाथ-पाँव में से तो मानो प्राण ही निकल गये थे। उसने टूटे हाथों से बरतन माँजे। एक बार माँ अन्दर से बेटे की उखड़ी-उखड़ी और क्रोध-भरी बातों का कारण पूछने के लिए आयी भी पर उसने कुछ नहीं बताया और चुपके से अपना काम करती रही। माँ की समझ में कुछ न आया तो वह अपने को कोसती हुई अन्दर चली गयी। रेशमाँ को भीतर से बुढ़िया के बड़बड़ाने की आवाज़ें सुनायी देती रहीं। उसका नन्हा-सा दिल बहुत डरा हुआ था।

इतने में दीवार के पास से भारी क़दमों की आवाज़ सुनायी पड़ी। उसका हृदय ज़ोर-ज़ोर से धड़कने लगा। न जाने अब क्या होनेवाला है। उसकी दृष्टि द्वार पर जम गयी। कुछ क्षणों के पश्चात् उसके भाई ने घर में प्रवेश किया। वह सहम गयी। उसके पीछे एक लम्बा-तड़ंगा आदमी सिर पर तुर्रेदार पगड़ी बाँधे घर में घुसा। वह कौन था?...किन्तु अधिक सोचने की ज़रूरत न पड़ी। उसने तुरन्त पहचान लिया। वह विरसासिंह चाचा था। यद्यपि विरसा उसके भाई से आयु में छोटा था, किन्तु वह उसे हमेशा चाचा कहकर पुकारा करती थी। अभी चार वर्ष पूर्व वह धूल में खेलने-कूदनेवाली बच्ची थी। विरसा उसे बहुत प्यार किया करता था। उसके लिए शहर से अच्छी-अच्छी चीज़ें ख़रीदकर लाया करता था और कभी उससे ख़फ़ा नहीं होता था। वह उसकी पगड़ी उतार देती, उसका जूड़ा खोल देती, लेकिन वह उसकी बेहूदा हरकतों पर भी हँसे जाता था।

उस समय भी रेशमाँ ने जैसे ही विरसे को देखा, वह उठ खड़ी हुई। लेकिन पहले की तरह भागकर उसके पास जाने का वह साहस न कर सकी। विरसे ने जब उसे देखा तब पहले उसकी बाछें चिरीं और फिर उसने बड़ी गुफा की भाँति मुँह खोलकर ज़ोरदार ठहाका लगाया। ठहाके के साथ उसके मुँह से प्रसन्नता से परिपूर्ण अर्थहीन शब्द भी निकले और वह भुजाएँ फैलाकर उसकी ओर बढ़ा, "ओहो-हो-हो, हमारी नन्हीं,...हमारी रेशमाँ।"

अब रेशमाँ रुक नहीं सकी। वह बिजली की-सी तीव्रता से उसकी ओर बढ़ी और विरसे ने अपनी आदत के अनुसार उसकी बग़लों में हाथ डालकर उसे हवा में कई हाथ ऊँचा उछाल दिया और वह एक हल्की-फुलकी रंगीन चिड़िया के समान मानो ऊपर को उड़ गयी। क्षण-भर को ऊपर रहकर जब वह नीचे आयी तो विरसे ने उसे गोद में दबोच लिया और बोला, "क्यों री, अब तो तू भेड़ होती जा रही है इत्ती मोटी!"

फिर वह उसे यों ही गोद में उठाये आगे बढ़ा तो रेशमाँ को बड़ी शर्म लगी, क्योंकि अब वह जवान हो गयी थी। परन्तु वह देहाती लड़कियों के विपरीत कोमलांगी थी। विशालकाय विरसे के मुक़ाबले में और भी कोमल दीख पड़ती थी और फिर विरसे की दृष्टि में वह अब तक नन्हीं बच्ची ही थी और वह उसी ढंग से उससे बातें करने में मग्न था।

बेलौस प्रेम का यह दृश्य देख सिराज के क्रुद्ध चेहरे पर भी ताज़गी की लहर दौड़ गयी।

"चाचा!" रेशमाँ की बारीक़ आवाज़ सुनायी पड़ी।

"हो।" विरसा ने बड़े गर्व से उसके चेहरे की ओर देखा।

"मुझे नीचे उतार दो।"

"क्यों?"

"अब मैं बड़ी हो गयी हूँ न।"

"मैं और भी बड़ा हो गया हूँ।"

"हूँ ऊँ-हूँ ऊँ-हूँ।" वह ठुनकने लगी और नीचे उतरने के लिए क्षीण-सा प्रयास करने लगी।

"देख री, चाहे कितनी भी बड़ी हो जाये, लेकिन जब तक मुझसे बड़ी नहीं होगी तब तक मैं तुझे इसी तरह उठाया करूँगा।"

यह कहकर उसने उसे और भी ऊपर उठाकर कन्धे पर बिठा लिया और ऊँट की नक़ल करता हुआ उछलता-कूदता कमरे की ओर बढ़ा।

सिराज ने दरवाज़ा खोलते हुए कहा, "माँ, विरसा आया है।"

बूढ़ी माँ ज़रा कट्टर मज़हबी औरत थी। वह हिन्दुओं तथा सिक्खों को अच्छी निगाह से नहीं देखती थी; किन्तु जहाँ तक विरसे का सम्बन्ध था, वह अपने बेटे और उसमें कोई अन्तर नहीं समझती थी।

विरसे ने रेशमाँ को उछालकर लम्बी-चौड़ी चारपाई पर डाल दिया और स्वयं हाथ बढ़ाकर माँ के पाँव छू लिये। यद्यपि विरसा झुका हुआ था फिर भी उसका माथा चूमने के लिए माँ को चारपाई से उतरकर खड़े होना पड़ा।

"जुग-जुग जियो बेटा!"

अब विरसे ने सिराज की पत्नी की ओर देखा और हँसकर बोला, "ए भौजाई, सलाम!"

विरसे के आगमन से शान्त घर में चहल-पहल दिखायी पड़ने लगी, क्योंकि धीरे बोलना और शान्त बैठना विरसे के स्वभाव के ही विरुद्ध था। उसने रेशमाँ की चारपाई पर धम्म-से बैठते हुए कहा, "अम्माँ! रेशमाँ अपने-आपको बहुत बड़ी समझने लगी है।...आज मैंने इसे उठाया तो कहने लगी, 'चाचा, मुझे नीचे उतार दो।' मैंने पूछा, 'क्यों?' तो कहने लगी, 'अब मैं बड़ी हो गयी हूँ।' "

अम्माँ बोली, "बड़ी तो नहीं हो गयी, पर समझ पर पर्दा ज़रूर पड़ गया है इसकी।"

"नहीं अम्माँ, ऐसा न कहो हमारी रेशमाँ को।"

"अरे, और क्या कहूँ।"

"यह बड़ी सयानी है। क्यों रेशमाँ रानी?"

इतने में सिराज का दूध-पीता बच्चा जाग पड़ा और रोने लगा।

विरसे ने रोने की आवाज़ सुनी तो बारहसिंघे की तरह सिर ऊपर उठाकर देखा, "यह आवाज़ कहाँ से आ रही है?"

"काका रो रहा है।"

"हो, काके का मुझे ध्यान ही नहीं रहा।"

"सोया पड़ा था न, इसलिए तुमसे मुलाक़ात नहीं हो सकी।"

सिराज की स्त्री ने बच्चे को उठाया और छाती उसके मुँह में ठूँस दी। रोने की आवाज़ बिलकुल बन्द हो गयी।

विरसे ने कहा, "अच्छा अम्माँ! आजकल कैसी कटती है? ख़ुश तो हो न?"

"बेटा, अल्लाह का शुक्र है।"

"और क्या अम्माँ? इस दुनिया में रखा ही क्या है। अब तुम मज़े में अल्ला का नाम लिया करो।"

"हाँ बेटा! अब तो नदी किनारे खड़े पेड़ हैं हम। न जाने कब रेला आये और हमें बहा ले जाय। नमाज़ पढ़ती हूँ, बाक़ी वक़्त चर्ख़ा कातने में बीत जाता है।"

"रोटी नहीं खातीं क्या?" विरसे ने बनावटी अचरज से पूछा।

"मज़ाक करता है...।"

"नहीं, सच बताओ अम्माँ।"

"पुत्रा! रोटी खाये बिना तो ख़ुदा की बन्दगी भी नहीं हो सकती।"

"पर तुम रोटी कैसे खाती हो?" ये बातें करते समय विरसा रेशमाँ को गुदगुदाता जा रहा था। रेशमाँ की हँसी बाछों में से निकली पड़ती थी। यद्यपि आध घण्टे पहले की घटना की उसकी आत्मा पर काली-सी छाया छायी हुई थी। किन्तु बचपन ही तो था और विरसा चाचा की बातों पर तो उसे सदा बड़ी हँसी छूटा करती थी।

बुढ़िया ने जवाब दिया, "मुँह से खाती हूँ।"

विरसा बोला, "दाँतों के बिना चूहे का बिल हो रहा है तेरा मुँह, रोटी कैसे चबाती होगी?"

ऐसा विरसा के साथ सदैव होता था। बड़े प्रेम से बात शुरू होती थी, किन्तु अन्त में झगड़ा हो जाता था। सिराज की पत्नी से अलग दो-दो चोंचें होती थीं।

जब विरसे ने अम्माँ के मुँह की चूहे के बिल से उपमा दी तब रेशमाँ को बड़ी हँसी छूटी, किन्तु उसने गोल बिस्तर में मुँह दबाकर आवाज़ नहीं निकलने दी।

इस तरह हँसी रोकने से रेशमाँ की आँखों में पानी आ गया। अम्माँ बोली, "आ गया न अपनी असलियत पर।"

"मेरी असलियत क्या है?" विरसा ने हँसते हुए पूछा।

बुढ़िया चुप रही।

"बता न मेरी असलियत क्या है?" विरसा ने आग्रह किया।

"गधा है तू, असली गधा।" अम्माँ बोली।

"अच्छा अम्माँ।" और 'अम्माँ' की 'आँ' को लम्बा करके गधे की ढेंचू-ढेंचू में बदल दिया और साथ ही सिराज की ओर देखकर उसने आँख मारी।

गधे की उपाधि पाने पर जिस ढंग से उसने बुढ़िया को अम्माँ कहा था उससे प्रकट होता था कि अब शरारत और युद्ध की घोषणा हो चुकी है।

रेशमाँ भी ग़ज़ब की समझदार थी। विरसे के मुँह से 'अम्माँ' निकलने की देर थी कि उसकी हँसी रोके न रुक सकी।

सिराज ने जब महफ़िल का यह रंग देखा तो वह कमरे से बाहर निकल गया। उसे ख़याल आया कि विरसे के खाने के लिए सब्ज़ी की आवश्यकता पड़ेगी, अतएव वह दो-चार शलजम लेने के लिए खेतों की ओर चला गया।

रेशमाँ ने भाई को चुपचाप बाहर जाते देखा तो उसका मन फिर उदास हो गया। वह समझे बैठी थी कि विरसा चाचा के ठीक समय पर आगमन से आयी बला टल गयी, लेकिन अब अनुभव हुआ कि उसका भाई इतनी जल्दी गुस्सा थूक देनेवाला आदमी नहीं है।

खेतों में घूम-घूमकर सिराज ने कुछ नर्म-नर्म, लाल-लाल शलजम उखाड़े और अपनी झोली भर ली। चलते-चलते सहसा उसकी दृष्टि भूसे की तीनों धड़ों पर पड़ी, जिसमें सोना और नक़दी छिपी थी। चाँदनी में धड़ों के किनारों पर प्रकाश की पट्टियाँ-सी दिखायी पड़ रही थीं जो सफ़ा जंग की तेज़ धार के समान चमक रही थीं। धड़ों को

देखकर सिराज के मुँह से आह-सी निकल गयी। उसने सोचा—इस गाँव में ऐसे-ऐसे किसान हैं जो बहुत तंगदस्त और ग़रीब हैं, लेकिन वे चोरी नहीं करते, डाके नहीं डालते। अपने गाढ़े पसीने की कमाई से अपना पेट पालते हैं। पर उसके पास अल्लाह का दिया सब-कुछ मौजूद था...यह सब-कुछ केवल विरसासिंह की संगत के कारण होता था। यदि उसका साथ न हो तो शायद वह कभी ऐसे काम न करे—लेकिन विरसासिंह से उसे प्रेम था! असीम प्रेम!!...और इसी प्रेम के बल पर आज उसने विरसे को विवाह के लिए राज़ी कर लिया था। फिर वह पूँजी के ग़लत बँटवारे पर भी सोच-विचार किया करता था—आख़िर अल्लाह इन्साफ़ क्यों नहीं करता? किसी के पास सोने-चाँदी के ढेर और कोई दाने-दाने को मोहताज।

वह सिर झुकाये वापस घर के आँगन में घुसा तो दूर ही से बातों और ठहाकों का शोर सुनकर वह समझ गया कि विरसे की हुल्लड़बाज़ी अपने जोबन पर है। फिर उसने कमरे का दरवाज़ा खोला। देखा कि अम्माँ के हाथ में चर्ख़े की हत्थी है जो विरसासिंह को मारने के लिए हवा में लहरायी जा रही है और विरसा नटखटतावश भयभीत-सा बना उसकी पत्नी की ओट में छिपा बैठा है और रेशमाँ बिस्तर पर अधलेटी-सी पड़ी बड़ी उदास निगाहों से उनकी चुहल देख रही है और उसके हलके नीले रंग के नाज़ुक होंठों पर फीकी मुस्कान उत्पन्न हो-होकर विलुप्त हो रही है।

सिराज का मन बोझिल हो रहा था, उन्हें देख फिर चहकने लगा। बोला, ''क्या बात है?''

विरसा उसे देखते ही भागकर उसकी ओट में हो गया, ''सिराज, मेनूँ बचा।''

''आख़िर मामला क्या है?''

''मामला? देखते नहीं मेरी मरम्मत करने के लिए क्या कार्यवाही होनेवाली है?''

''इसका मतलब यह है कि तूने कोई भूल की होगी।''

विरसे ने अपराधियों की तरह ढीले से हाथ जोड़कर कहा, ''हाँ, मैंने भूल की है।''

''हूँ।''

''भूल नहीं, बड़ी गुस्ताख़ी की है, बड़ा गुनाह किया है मैंने।''

''हूँ, हम भी तो सुनें क्या भूल थी?''

विरसा चुप हो गया और बनावटी ढंग से यों प्रकट किया मानो अम्माँ के डर के मारे जान निकली जा रही हो।

''तुझे माफ़ी दिला दें?

''हाँ भई, हाँ, मुझे अम्माँ से माफ़ी दिला दो।''

''अच्छी बात, माफ़ी दिला देंगे। लेकिन अब यह तो बताओ कि तुमने भूल क्या की थी?''

कुछ रुककर विरसा धीरे-से बोला, ''मैंने खाने के लिए रोटी माँगी थी।''

इस पर ठहाके लगे। अम्माँ की नीचे झुकी हुई हत्थी फिर हवा में लहराने लगी और उसकी चिमगादड़ की-सी चें-चें करती हुई आवाज़ कमरे में गूँजी, "झूँट बोलता है, ऐं, झूँट बोलता है। ज़रा इधर तो आइयो।"

"न अम्माँ।" सिराज ने बीच-बचाव करते हुए कहा, "बेचारा सचमुच बड़ा भूखा है। इस वक़्त इसे कुछ मत कहो।"

"हाँ अम्माँ।" विरसे ने हाथ जोड़े, "मुझे ज़रा खिला-पिला के मारना।"

"अच्छी बात।" अम्माँ ने मुस्कराकर फिर चर्ख़े की ओर ध्यान देते हुए कहा, "खा-पी ले। फिर तेरी ख़बर लूँगी।"

"अम्माँ! तुम कितनी अच्छी हो, कितनी दया है तुम्हारे दिल में। अगर तुम न हो तो क़सम से, कभी इस घर का मुँह न देखूँ।"

"ऐसा क्यों कहते हो बेटा! सिराज जीता रहे, तुम जियो। दोनों का सारी उमर का साथ है। हमारा क्या है। न जाने कब मिट्टी ठिकाने लग जाये।"

सिराज ने कहा, "बेचारे की रोटी की किसी को कोई चिन्ता नहीं है। बस बातों से ही पेट भर दो ग़रीब का।"

माँ बोली, "उठ रेशमाँ! चाचा की रोटी पका...खायेगा काहे से?"

सिराज ने शलजम झोली से निकालते हुए कहा, "यह देख, मैं गुँगलू जो ले आया हूँ।"

रेशमाँ उठने लगी तो विरसे ने उसे वहीं बैठा लिया। बोला, "देखो जी, रेशमाँ रोटी नहीं पकाती। गूँगलू नहीं बनायेगी। वह बैठेगी मेरे पास। इतने दिनों बाद तो चाचा आया है। अब उससे बात करे कि रोटियाँ पकाये...क्यों रेशमाँ रानी?"

"मालूम होता है कि रोटी खाने की तुम्हारी नीयत नहीं है।"

"उस्ताद, तेरी खिलाने की नीयत ही नहीं मालूम होती।"

"तो फिर मैं खेतों में इतनी सर्दी में झख मारकर गूँगलू लाया हूँ...किसके लिए?"

"बस तो हमारा खाना तैयार करेगी हमारी भाभी...हो भाभी।"

सिराज की स्त्री कम बोलनेवाली अवश्य थी, किन्तु बड़ी भली स्त्री थी। मन में बदी और चालाकी तो नाम को नहीं थी। उस समय गोद में बच्चा लिये थी। बोली, "बस, मुन्ना सोने को है। मैं अभी रोटी पकाये देती हूँ।"

"हमारी भाभी देवी है देवी। बोलती है तो कानों में रस घोलती है। सच पूछो तो भाभी की रोटियों का रसिया हूँ मैं। यहाँ आऊँ और भाभी के हाथ की रोटियाँ न खाऊँ...यह कभी नहीं हो सकता...कभी नहीं हो सकता।"

"बनाने लगे मुझे भी।" भाभी की आवाज़ खनखनायी। विरसे ने जवाब में छप्परफाड़ ठहाका लगाया और रेशमाँ का हाथ खींचकर बोला, "लो रेशमाँ, यह गुँगलू ले जाओ और बाहर से धोकर लाओ। कम-से-कम हम इसे काट दें। इतनी मदद तो करनी ही चाहिए न भाभी की।"

रेशमाँ शलजम आँचल में भरकर बाहर चली गयी।

बुढ़िया बोली, "विरसिया, हमें तो इस लड़की की फिकर खाने लगी है।"

"क्यों, ख़ैर तो है?"

"बड़ी हो गयी है न।"

"बड़ी हो गयी है?"

"हाँ और क्या?"

"छोड़ो अम्माँ, भला कितनी उमर है इसकी?"

"पन्दरह-सोलह बरस की तो है ही।"

"यों ही अँधेरे में तीर मत चलाओ अम्माँ। ज़रा हिसाब लगाकर बताओ।"

अम्माँ ने चर्ख़ा रोककर हिसाब लगाया और कहा, "पन्दरहवाँ ख़तम होने को है।"

"यानी अभी चौदह बरस की तो हुई है न!"

"तुम तो बच्चों की-सी बातें करते हो। अब तक उसे हवा में उछालते हो जैसे वह नन्हीं बच्ची ही तो है।"

"नन्हीं बच्ची न हो तो हवा में उड़े कैसे?"

"आह-हा-हा...हवा में उड़े कैसे?...अरे तुम चाहो तो हवा में बैल को उड़ा दो...वह तो फिर लड़की ठहरी।"

"अरे अम्माँ, अब तेरी-मेरी झपट हो जायेगी और तू फिर चर्ख़े की हत्थी हाथ में लेकर भागेगी मेरे पीछे। बस मुश्किल तो यह है कि तू सठिया गयी है और बातें ही ऐसी करती है कि बस...आजकल बाईस-बाईस बरस तक लड़कियाँ कुँवारी बैठी रहती हैं।"

"ए-ए, ज़रा होश की दवा कर। अबकी चर्ख़े की हत्थी नहीं जूता उठाऊँगी।"

"ना-ना, अम्माँ! भई धीरज से बात करो।"

अम्माँ का पारा तुरन्त नीचे आ गया, "तू न ख़ुद शादी करता है और न किसी और की होने देता है।"

इतने में रेशमाँ भीतर आ गयी। विरसे ने इधर-उधर देखा और फिर स्त्रियों की भाँति हाथ का तोता बनाकर धीरे से रेशमाँ के सिर पर मारते हुए बोला, "हे रेशमाँ रानी! ज़रा छुरी तो ले आ।"

रेशमाँ छुरी ले आयी।

अम्माँ ने रूई की पूनी में से तागा निकालते हुए कहा, "अच्छा, यह तो बता कि अब तू शादी क्यों नहीं कर डालता।"

विरसा चुप रहा।

"अरे चुप क्यों है?"

"अम्माँ, तुझे मालूम नहीं, मैं संन्यास लेने की सोच रहा हूँ। बतला, अगर मैं सचमुच संन्यासी बन गया तो फिर जोरू कहाँ जायेगी?"

"तू और संन्यास? वाह रे बगुला भगत!"

"अच्छा तो तुम समझती हो कि मैं संन्यास ले ही नहीं सकता, जो दुनिया से मुँह मोड़ बैठा हो और कच्चे नाते तोड़े बैठा हो उसके लिए दुनिया छोड़ना बहुत आसान है, समझी?"

"ख़ूब समझती हूँ। ये बाल धूप में सफ़ेद नहीं किये हैं।"

"सच?"

"तो क्या झूठ।"

"तो अम्माँ धूप में जो बाल सफ़ेद किये जायें उनका रंग कैसा होता है? मेरा मतलब यह है क्या वह रंग कुछ और तरह का होता है?"

"अब तू फिर शरारत पर उतर आया है।"

"अच्छा नहीं, शरारत नहीं। सच पूछ रहा हूँ।"

"बकवास बन्द करो।"

"बहुत अच्छा, मैं चुप रहता हूँ। अब तुम शुरू करो...अपनी बात।"

बुढ़िया उसकी चोट को समझ गयी, लेकिन उसने प्रकट यही किया कि वह नहीं समझी, और कहने लगी, "बेटा, बड़ा चाव है हमें तेरी दुल्हन देखने का।"

"भला औरतों को शादी करने का इतना शौक क्यों होता है?"

"मैं अपनी शादी के लिए नहीं, तेरी शादी के लिए कह रही हूँ।"

"हाँ-हाँ, वही तो मतलब है मेरा।"

"ख़ुदा की मरज़ी यही है कि मर्द और औरत की शादी हो, वह घर बसायें।"

"पर जो रमता जोगी हो, कभी यहाँ का पानी पिये कभी वहाँ का, उसके बारे में क्या हुकुम है?"

बुढ़िया ने चोट की, "जोगी महाराज! कभी यहाँ, कभी वहाँ का पानी पीकर सारी ज़िन्दगी तो नहीं बितायी जा सकती।"

"ज़िन्दगी आप-ही-आप हर समय बीतती रहती है। उसे बिताने की ज़रूरत नहीं पड़ती।"

बच्चा सो चुका था। भाभी ने उठाकर उसे बिस्तर पर लिटा दिया और बोली, "अरे जब संन्यास लोगे तो वह भी संन्यासिनी बन जायेगी।"

"लेकिन यदि वह न चाहे तो?"

"चाहेगी क्यों नहीं। तुम्हारे साथ रहकर तुम्हारा रंग ज़रूर चढ़ेगा।"

"यदि हमारा रंग न चढ़ा उस पर तो?"

"तुम्हारा रंग उस पर नहीं चढ़ेगा तो उसका रंग तुम पर चढ़ जायेगा। दोनों सूरत में काम बन जायेगा।"

"भाभी, तुम बड़ी होशियार हो। देख लो, इतनी देर तक चूँ नहीं की, लेकिन जब चूँ की तो ऐसी कि बस लाजवाब की।"

"इसी ख़ुशी में खिलाओ तो मिठाई।"

"भाभी, पहले तुम इसी ख़ुशी में आग जलाकर रोटी पकाओ और खिलाओ मुझे।"

"अभी लो।" यह कहकर वह दुपट्टा सँभालती हुई कमरे से बाहर निकल गयी।

अम्माँ बोली, "मज़ाक छोड़ो। अब बताओ तुम शादी क्यों नहीं करते?"

"कर लेंगे, ऐसी जल्दी भी क्या है?"

"जल्दी?...बस उमर ठीक है तेरी। अब नहीं करेगा तो कब करेगा?"

"तुम देखती रहना, कब और कैसे शादी करता हूँ मैं।"

"अरे, तेरी माँ तो बहुत चाहती होगी कि तू अपना घर बसा ले।"

"माओं को और काम ही क्या है। बस, लड़के की शादी हो जाये, झंझट बढ़ जाये, बेटे की जान मुसीबत में पड़ जाये?"

"धत् तेरी की, शादी से जान मुसीबत में पड़ती है कहीं?"

"तुम औरतें क्या जानो। घर में बैठी दो रोटियाँ पका दीं या चर्ख़ा कातती रहीं। कमाना तो मर्द को पड़ता है।"

"तेरे बाप के पास तो ख़ुदा का दिया सब-कुछ मौज़ूद है। तुझे रोटियों की तो कमी नहीं है न।"

"अजी बाप के भरोसे पर शादी करना बहुत बड़ी मूर्खता है मेरे ख़याल में।"

"तू क्या दुनिया से न्यारा पैदा हुआ है? सारी दुनिया में लोगों की शादियाँ होती हैं, घर बसते हैं, हर कोई अपने बाल-बच्चों का पेट पालता है।"

"अम्माँ, तुम नहीं समझ सकतीं कि क्या होता है और क्या नहीं होता। करानेवाले तो न जाने क्यों हाथ धोकर पीछे पड़ जाते हैं। बस जैसे ही शादी हो जाती है वे लोग चुपके से अलग हो जाते हैं कि बस बेटा, हम तो भुस में चिनगारी फेंक बैठे हैं, अब तुम जानो तुम्हारा काम जाने। आदमी घूम-घूमकर देखता है कि कहाँ गये मेरी शादी करानेवाले। आड़े वक़्त में एकाध हमदर्दी की बात ही कह दें।"

उस समय तक सिराज घर के छोटे-मोटे कामों में आँगन और दूसरी कोठरी में घूमता-घामता रहा। उनकी ये बातें सुनीं तो पास आकर बोला, "क्यों बे, फिर नये सिरे से झंझट शुरू कर दिया तूने?"

"अरे भाई, यह तो बहुत पुराना झंझट है, तुझे नया दीख रहा है?"

"और अभी तूने मुझसे किस बात का वायदा किया था?"

"कौन-सा वायदा?"

"अच्छा बेटा, इतनी जल्दी भूल गये।"

"भई, भूल गया हूँ तो तुम याद करा दो। आख़िर तुम्हारी ज़बान घिस तो नहीं जायेगी।"

"तुम सचमुच बड़े हरामज़ादे हो?"

"वाह भई वाह! क़सूर बताया नहीं और गालियों की बौछार पहले ही शुरू कर दी। यार, तुम्हें तो पुलिस में भर्ती हो जाना चाहिए फ़ौरन।"

"अबे बदमाश, तूने वायदा किया था कि तू अब शादी ज़रूर कर लेगा।"

"अच्छा अगर मैंने वायदा किया था तो उस पर क़ायम रहूँगा।"

"वायदा तो तूने ठीक किया था। अब अगर-मगर क्या करता है।"

"हाँ, तो बस ठीक है।"

"लो अम्माँ! सुन लो। तुमसे ख़ाहमख़ाह की झख मार रहा है। मुफ़्त की बहस करके तुम्हारा दिमाग़ खाली कर रहा है।"

"लेकिन उस्ताद! एक शर्त हमारी भी थी, याद है?"

"शर्त कौन-सी?"

"भूल गये या बन रहे हो?"

"अब तुम अपने वायदे से फिर जाने का कोई बहाना तलाश करना चाहते हो।"

"हमारा वायदा तो रहा पक्का।...अपनी बात का पास करना या न करना तुम्हारा काम है।"

"हाँ, तो बताओ, मैंने किस चीज़ का वायदा किया था?"

"तुमने कहा था कि लड़की तुम आप खोजोगे।"

"हाँ, ठीक है।"

"तो बस जाओ, हमें भी मंजूर है। यह बात तो रही ठिकाने की। फ़ज़ूल बकवास से क्या लाभ?"

"अबके मैं चारगाँव जाऊँगा तो तुम्हारी माँ से कहकर तुरन्त लड़की तलाश कर लूँगा। बच्चू! बेफिकर रहो। तुम ऐसे क़ाबू आओगे कि बस याद करोगे।"

"याद तो मैं अभी से करने लगा हूँ। यह तो काम ही ऐसा है कि आदमी को याद करना ही पड़ता है।"

"शादी हो जाने के बाद तू अच्छा-ख़ासा आदमी बन जायेगा।"

"देखो, इस बारे में अब कोई बात कहने या सुनने को मैं तैयार नहीं हूँ।"

"बस ठीक है जी, हम ख़ुद कुछ कहने-सुनने को तैयार नहीं हैं।"

"हमसे कोई बात न करना भई। अब हम रेशमाँ रानी से बातें करेंगे...क्यों रानी?"

रेशमाँ ने निगाहें धरती पर गाड़ दीं। आज वह इस महफ़िल में जम नहीं सकी।

अब विरसे ने उसके साथ बड़ी लम्बी-चौड़ी बातचीत शुरू कर दी। उसे कई चुटकुले और कहानियाँ सुनायीं, किन्तु उसे अनुभव हुआ कि वह रेशमाँ के मन को पहले की तरह बहला नहीं सका और उसके मन का बोझ उतारने में असमर्थ रहा है।

सहसा उसे ध्यान आया और उसने एक छोटी-सी गठरी रेशमाँ की ओर बढ़ा दी। रेशमाँ उसे खोलकर देखने लगी तो उसने मना कर दिया, "अभी नहीं, अभी हम बातें करेंगे। जब मैं चला जाऊँगा तब तुम उसे शौक से खोलना।"

"बेटा, तू क्यों इतने पैसे ख़र्च करता है! जब आता है कुछ-न-कुछ लाता है...देखूँ, तेरी रोटी तैयार होने में क्या कसर है?" यह कहकर वह कमर पर हाथ रखे, कमज़ोर टाँगें लड़खड़ाती बाहर निकल गयी।

सिराज इधर-उधर हुआ तो विरसे ने रेशमाँ के उदास चेहरे की ओर एक निगाह डाली और फिर उसकी ठोड़ी पर हाथ रखकर बोला, "रेशमाँ रानी! ज़रा इधर देख, चाचा की तरफ़।"

आग्रह करने पर रेशमाँ ने उसकी आँखें की ओर उचटती हुई दृष्टि डाली और फिर पलकें झुका लीं।

विरसे ने इधर-उधर देखकर कहा, "मुझे सब-कुछ मालूम हो गया है रेशमाँ, तू फिकर मत कर। सुलतान का बाल तक बाँका न होगा...और तू अपने चाचा पर भरोसा रख, वही होगा जो तू चाहेगी।....लेकिन देख, तेरे चाचा की आबरू और इज़्ज़त इसी में है कि तेरी और उसकी बात दुनिया की ज़बान पर न जाये। तेरे कारण बड़ों की जगहँसाई न हो।"

रेशमाँ ने अपने कोमल कम्पित बाज़ू विरसा चाचा की मज़बूत भुजाओं के गिर्द मज़बूती से कस दिये और फिर उस पर गाल रखकर चुपके-चुपके सिसकियाँ भरने लगी।

भोजन के बाद जब सिराज के साथ उसका लम्बा-तगड़ा अक्खड़ चाचा घर से बाहर निकला तो वह उज्ज्वल चाँदनी में डबडबाये नेत्रों से उसे देखती रही।

## (३)

**घर से निकलकर** पगडण्डी-पगडण्डी चलते हुए जब विरसा तथा सिराज भूसे की धड़ों के पास पहुँचे तब सिराज रुक गया और बोला, "मैंने सारा माल एक ख़ास जगह पर पहुँचा दिया है। अब तुम अनुमान लगाओ कि मैंने माल कहाँ रखा है?"

विरसे ने मुस्कराकर इधर-उधर देखा, "भई, कह नहीं सकता कि तुमने माल कहाँ रखा है...क्या ज़मीन में दबा दिया है?"

"नहीं।"

"कुछ समझ में नहीं आता।"

"सारा माल सामनेवाली भूसे की तीन धड़ों में छिपा है।" यह कह सिराज ने विरसे की ओर इस प्रकार देखा मानो वह अपनी इस कार्य-कुशलता की तारीफ़ सुनना चाहता हो।

विरसे ने भी उसका यह काम पसन्द करते हुए कहा, "सचमुच बड़ी सुरक्षित जगह है। और फिर किसी को शक भी नहीं हो सकता।"

"बस इन्हीं सब बातों को देखते हुए मैंने छकड़ों से भूसा उतरवाकर उसे धड़ों में बन्द कर दिया।"

"लेकिन तुमने माल रखा कैसे?"

"सबके सामने।"

"सबके सामने?"

"अगर चोरी-छिपे धड़ें बनाते तो ख़ाहमख़ाह शक होता देखनेवालों को। मैंने भूसे के बड़े-बड़े टोकरों में अपने हाथ से माल रखा और उन टोकरों को उलटकर उन पर और ज़्यादा भूसा डाल दिया।"

"तुम तो कहते हो तुम्हें इन कामों से नफ़रत है, पर तुम तो ख़ानदानी चोर मालूम होते हो। ऐसी बातें मामूली चोर को नहीं सूझ सकतीं।"

वह कुछ फ़ासले पर ठहरकर धड़ों को देखते रहे। सिराज ने जवाब दिया, "मैं बहुत बचकर काम करता हूँ। मैं एक ज़िम्मेदार आदमी हूँ। तुम्हारी तरह नहीं कि घर-न-घाट। मुझे तो यही फिकर खाये जाती है कि ख़ुदा न करे, कभी पकड़ में आ जाऊँ और जेल में ठूँस दिया जाऊँ, तो मेरे बाद मेरी माँ, बहन, औरत और बच्चे का क्या होगा!"

"उन्हें मैं सँभाल लूँगा। तुम्हें चिन्ता करने की क्या ज़रूरत?"

"शायद उन्हे सँभालने के लिए ही तुम मुझे इस जाल में फँसाये रखना चाहते हो।"

इस पर दोनों ठहाका मारकर हँसे।

विरसे ने पूछा, "यहाँ के आदमियों को इस भेद का पता है? मेरा मतलब है, जो तुम्हारे साथ गये थे।"

"उन्हें सिर्फ़ इतना पता है कि माल मेरी हिफ़ाज़त में है। लेकिन कहाँ रखा है, इसका पता सिर्फ़ एक आदमी को है और वह मेरे भरोसे का आदमी है।"

"उन लोगों में से भरोसे का कोई भी नहीं हो सकता, इसलिए ज़रा होशियार रहना।"

"मैं ख़ूब होशियार हूँ। अब तुम सोचो, एक को तो साथ लेना ज़रूरी था। इसके बिना काम चल ही नहीं सकता था।"

"यह सब ठीक है। मैंने तो तुम्हें ज़रा सावधान कर दिया है।"

"अरे भाई, उसे इस बात का भी तो डर है कि अगर उसने कोई ऐसी-वैसी हरकत की तो यार लोग उसकी बोटियाँ नोच लेंगे।"

"ठीक है।"

"अच्छा, अब इस माल को बाँटना भी ज़रूरी है। अभी तक तो मैं टाल-मटोल करता आ रहा हूँ। शायद कुछ दिन और उन्हें पुलिस का डर दिखाकर टाला जा सके; लेकिन कब तक। तुम जानते ही हो कि यह चीज़ ही ऐसी है कि ज़्यादा देर से सबको शक होने लगता है।"

"हाँ, यह काम भी करना होगा।"

"कहाँ किया जायेगा?"

"यहीं कहीं...तुम्हें इन्तज़ाम करना होगा सब। कोई अलग मकान या गुप्त जगह हो तो काम चल जायेगा।"

"अच्छा, यह इन्तज़ाम कर लेंगे।"

"क्यों, इतने बुझे दिल से बातें क्यों कर रहे हो?"

"विरसू! सच्ची बात तो यह है कि न जाने क्यों, अबके डर-सा लग रहा है। कहीं भाँडा फूटनेवाला तो नहीं है?"

भाँडा कैसे फूट सकता है।"

"अभी हमारे आदमी पुलिस की हिरासत में हैं। हो सकता है...।"

"देखो, तुम्हें एक बात समझाता हूँ, ज़रा कान खोलकर सुन लो। मौला घिसा हुआ आदमी है। अगर तुम्हारा ख़याल है कि वह अपना बना-बनाया काम इस तरह बिगाड़ लेगा तो इसका यह मतलब है कि तुम उसे समझ ही नहीं सके।"

"और उसके साथी?"

"हाँ, उसके साथी ज़रूर उसकी तरह खुर्राट नहीं, लेकिन जब तक वह उनके साथ है, उनके पाँव नहीं डगमगा सकते।"

"तुम्हें मौला पर इतना भरोसा क्यों है?"

"मैं उस आदमी की नस-नस पहचानता हूँ, और तुम देखना, मेरा अनुमान बिलकुल सच निकलेगा।"

"अच्छा भई, हम अपनी दाढ़ी एक लौंडे के हाथ में दे चुके हैं। देखिये, अब रहती है या नुचती है।"

"लौंडा क्यों, अब्बा कहो न। विश्वास रखो, कुछ भी न होगा। सबसे बड़ी बात तो यह है कि सुराग़ ही नहीं मिल रहा है। जो थोड़ा-बहुत ख़तरा था, वह मैंने दूर कर दिया है।"

सिराज ने सन्तोष प्रकट करते हुए कहा, "अच्छा भई, तुम्हारा मुँह मीठा हो।"

"बस ठीक है। तुम अपने चैन की नींद सोओ। जो होगा सो देखा जायेगा।"

"लेकिन यह माल बाँट डालो, जिसमें छुट्टी हो जाये। यह जंजाल जब तक धड़ों में बन्द पड़ा रहेगा तब तक मुझे चैन नहीं मिल सकता।"

"ज़रा मौला को हवालात से बाहर आने दो, यह काम भी तुरन्त निपटा दिया जायेगा।"

धड़ों के पास से टहलते-टहलते वे रहट की तरफ़ चले गये। उस समय रहट में बैल जुते हुए थे। वे कुएँ के पास जा खड़े हुए और यों ही पानी की भरी हुई टिण्डों को खाली होते देखते रहे।

"अरे, हाँ, ख़ूब याद आया।" सहसा सिराज बोल उठा, "करीमू को जानते हो?"

"कौन करीमू?"

"तुम्हारे गाँव का रहनेवाला ही तो है।"

"भई, मुझे याद नहीं।"

"ओहो, याद कैसे नहीं। अरे वही जो पहलवानी करता था।"

विरसे ने दिमाग़ पर ज़ोर डालकर सोचा, फिर बोला, "हाँ-हाँ,...जो बाद में हिन्दुस्तान चला गया था, और फिर मुझसे न जाने किसने कहा था कि उसने औरतों का कारबार शुरू कर दिया था।"

"हाँ-हाँ, बस वही।"

"अच्छा तो फिर।"

"वह आजकल यहीं पर है।"

"तुम्हारे गाँव में?"

"गाँव में क्या बल्कि मेरी हिफ़ाज़त में है।"

"तुम इन कामों से भागते हो, और फिर ऐसे-ऐसे ख़तरनाक आदमियों को अपने यहाँ शरण भी देते हो।"

"भई, शरण जान-बूझकर नहीं दी। वह ज़बरदस्ती आ पड़ा मेरे गले।"

"तुमसे पुराना याराना होगा।"

"याराना तो उन्हीं दिनों था जब उसे इन चीज़ों की हवा भी नहीं लगी थी। उसी दोस्ती का वास्ता देकर उसने मुझे मजबूर कर दिया।"

"फिर दोस्ती निभाओ, मुझसे क्या कहते हो।"

"तुमसे इस वास्ते कहता हूँ कि तुम्हीं उससे मेरा पीछा छुड़ा सकते हो।"

"वह कैसे?"

"बात यह है कि उसके साथ कुछ लड़कियाँ हैं, उन लड़कियों को कहीं ठिकाने पर लगा दो, या कोई ऐसा शीशा दिखाओ कि करीमू यहाँ से चला जाये।"

"वे लड़कियाँ देखी हैं तूने?"

"हाँ।"

"कैसी हैं?"

"अच्छे दाने हैं।"

विरसा तनिक सोच में पड़ गया, फिर बोला, "यार, सच्ची बात यह है कि यह पेशा बड़ा गन्दा है। यों औरतों से मिलना-जुलना, याराना गाँठना और बात है, पर उन्हें भगाना और बेचना बड़े घटिया आदमियों का काम है।"

"अरे भई, तुम्हें पेशा अपनाने को तो नहीं कह रहा हूँ। बस, उसे यहाँ से खिसका दो कहीं।"

"हाँ, यह बात मानता हूँ...चलो, देखें तो।"

"दूर नहीं जाना है। यहीं तबेले में वे छिपे हैं।"

रहट से आगे बढ़कर सिराज ने तबेले का दरवाज़ा खटखटाया। रात काफ़ी बीत चुकी थी। शायद वे लोग भी सो चुके थे।

आख़िर बार-बार किवाड़ पीटने पर कोई आदमी दरवाज़े के पास आ खड़ा हुआ और दबे स्वर में बोला, "कौन?"

"सिराज।"

दरवाज़ा खुला।

विरसे ने देखा कि एक गोरा-चिट्टा लगभग पैंतीस वर्ष का आदमी मूँछे बढ़ाये सामने खड़ा है। सिराज ने कहा, "यह करीमू है...और भई करीमू, यह तुम्हारे गाँव का ही आदमी है विरसासिंह। तुम जब हिन्दुस्तान गये थे, उन दिनों यह बहुत छोटा था।"

विरसे को करीमू की शक्ल याद थी। उन दिनों वह बहुत स्वस्थ था। किन्तु अब तो कल्ले पिचक गये थे, शरीर खोखला हो चुका था।

'साब सलामत' के बाद वे लोग भीतर जा बैठे और बातें करने लगे। एक ही कोठरी थी। स्त्रियाँ अपरिचित स्वर सुन जाग उठीं। उनमें से एक बड़ी मस्तानी थी। विरसे ने उसकी आँखों में आँखें डालीं तो वह दो-चार बार मुस्करा दी।

करीमू ने यह माजरा देखा तो उसका माथा ठनका। सिराज को अलग ले जाकर बोला, "क्या यह कुछ दिनों तुम्हारे पास ही रहेगा?"

"हाँ।"

"अच्छा तो यार, हमने यह तय किया है कि सुबह होने से पहले-पहले यहाँ से चल दें।"

# 10

**करीमू को सिराज** और उसके सिक्ख मित्र के चले जाने के बाद भी नींद नहीं आयी। बेला भरतपुर की एक नटनी की लड़की थी। बचपन ही से तरहदार और ज़रा मस्तानी होने के कारण लौंडों से चुहल किया करती थी। जब करीमू ने उसे देखा तो नख-शिख की दृष्टि से वह बुरी नहीं थी, किन्तु उसके शरीर का तनाव और चटक-मटक ऐसी थी कि उसकी राल टपक पड़ी। उसने सोचा कि यदि बहक सके तो माल अच्छा है। उस अभागिनी की परिस्थितियाँ पहले ही से करीमू के अनुकूल थीं, अतएव महीने-डेढ़ महीने की हेरा-फेरी के बाद वह उसके साथ भाग निकली। किन्तु कुछ ही दिनों में सारी पोल खुल गयी। अन्य लड़कियाँ करीमू के जूते के आगे विवश हो जाती थीं, किन्तु बेला और ही प्रकृति की युवती थी। वह करीमू की कठोरता के सामने और भड़कती, कहती, "याद रखना, एक दिन मार के मर जाऊँगी।"

इन्हीं सब बातों को सोचकर करीमू चाहता था कि उचित दाम मिलें तो वह जल्दी-से-जल्दी इस बखेड़े से मुक्ति पा ले। वह जानता था कि जिस दिन भी मौक़ा मिला, वह उसे ठेंगा दिखा देगी। विरसे के साथ आँख मटकाते देख उसके पाँव-तले से धरती खिसक गयी। पुलिस के हाथों परेशान होकर उसने सोचा था कि कुछ रोज़ सिराज के यहाँ लौंडियों को छोड़कर यह कहीं-न-कहीं बेला का ठिकाना बना दे, किन्तु परिस्थितियों ने ऐसा पलटा खाया कि उसने अविलम्ब सिराज का घर ही नहीं, जिला छोड़ देने में ही कुशल समझी।

रात-भर उसकी नींद उखड़ी-उखड़ी-सी रही। पिछले पहर आँख लगी तो सहसा वह चौंककर जागा। सबसे पहले उसकी दृष्टि बेला के बिस्तर की ओर उठी। उसे डर था कि कहीं वह उसे सोता पाकर खिसक न जाये। किन्तु वह बड़े आराम से सो रही थी। दो गुम्बदों की भाँति तनकर उठी हुई उसकी युवा छातियों को देख उसने एक बार फिर सोचा—काश! जल्दी-से-जल्दी इसका कोई क़दरदान मिल जाये तो अच्छे दाम बटोर लूँ। हरामज़ादी दूसरी स्त्रियों को भी विद्रोह पर उकसाती है और अपने पुट्ठे पर भी हाथ नहीं धरने देती। बेला उसके प्रेम-जाल में फँसकर आयी थी किन्तु उसकी नीयत ख़राब देखा तो वह नागिन बन बैठी थी। यदि वह अपनी योजना में सफल हो जाये तब तो आम-के-आम और गुठलियों के दामवाली कहावत सच्ची हो जाये।

बेला को अपनी जगह पर पाकर करीमू के हृदय को बड़ा सन्तोष प्राप्त हुआ। अब उसकी और सोने की इच्छा नहीं थी। वह उठा और तबेले की भद्दी-सी खिड़की में से बाहर दृष्टि दौड़ायी। खेतों के सिलसिले लम्बे-चौड़े चारख़ानेदार खेस के समान दीख पड़ रहे थे। उनमें फैले-फैले पेड़ गुब्बारे-जैसे प्रतीत होते। पूर्व की ओर सुबह का सितारा झिलमिला रहा था। गाँव से मुर्ग़ों की बाँग की आवाज़ों ने अजब समाँ बाँध रखा था।

जेब टटोलकर पहले उसने बीड़ी निकालकर मुँह में दबायी फिर उसे माचिस से सुलगाया और उसी माचिस से उसने एक आले में रखे सरसों के तेलवाले दीये को जलाया। कुछ देर तक वह खिड़की के पास खड़ा बीड़ी के कश लेता रहा। उसकी चिन्ता दूर हो रही थी। अब वह वहाँ से खिसककर सबसे पहले बेला को कहीं ठिकाने लगायेगा।

बीड़ी पर निगाह डाली तो देखा कि वह कब की बुझ चुकी थी। उसे परे फेंककर उसने तीनों स्त्रियों को जगाया और जल्दी-जल्दी सारा सामान समेटकर वे लोग वहाँ से रवाना हो गये। स्त्रियों ने अपना-अपना सामान हलकी-हलकी गठरियों में बाँधकर कन्धों पर डाल रखा था।

मेंड़ों के किनारों पर उगी हुई हरी-भरी घास पर पड़ी हुई ओस की बूँदों की ठण्डक उनके नंगे पाँव के तलवों से होती हुई उनकी आँखों तक को तरावट पहुँचाती थी।

शहर से आनेवाली लारी के रुकने का स्थान वहाँ से लगभग चार मील पर था। रेलगाड़ी पर वह जान-बूझकर नहीं जाना चाहता था। उसे आशा थी कि वह पहली लारी के आने से पहले-पहले वहाँ पहुँच जायेंगे।

तारों की छाँव में वे एक के पीछे एक कर चले जा रहे थे। करीमू सबके पीछे था। अकस्मात् बेला रुक गयी। करीमू ने पूछा, "क्यों री शटल्लो! क्या बात है?"

"हम पाखाने जायेंगे।" बेला ने रूठे हुए भाव से जवाब दिया।

"हम पाखाने जायेंगे।" करीमू ने हाथ झटकाकर उसकी नक़ल उतारी, "अगर अड्डे तक पहुँचकर...लेती तो क्या हो जाता। तुझे हमेशा बेवक़्त की रागिनी सूझे है।"

बेला ने हठीले बालक की भाँति होंठ बिसूर रखे थे। उसके माथे पर बल पड़ गये थे। उसने कोई जवाब नहीं दिया, बस अड़ियल डाची की तरह जमकर खड़ी रही। करीमू जानता था कि बात बढ़ाने से कोई लाभ नहीं। कहीं यहीं बखेड़ा न उठ पड़े। जितना समय इस विवाद में लगेगा उतने समय में बेला यों ही निवृत्त हो लेगी।

"अच्छा जा, जल्दी से निपट ले। यह न हो कि हम लारी से रह जायें।"

इस पर बेला ने अपने सुडौल कन्धों को हिलाया, जिससे उसकी छातियाँ भी थिरकीं, और वह कपास के खेत में घुस गयी। थोड़ी दूर तक करीमू उसे देखता रहा और जब वह बैठकर कपास के पौधों में डूब-सी गयी तब करीमू भी पाँव के बल बैठ गया। शेष दो स्त्रियों ने भी उसका अनुकरण किया।

दो बीड़ियाँ पी चुकने के बाद करीमू ने उसे आवाज़ दी, "हो बेला, अब आ भी ले।"

जवाब की उसे आशा ही नहीं थी, अतएव उसने एक और बीड़ी सुलगायी। प्रकाश की धूल की मद्धिम-सी चादर पूर्व से उठकर फैलने लगी। अधिक चमकीले तारों के अतिरिक्त शेष तारे उसके अंचल में शरण लेने लगे। दूर गाँव के तबेलों से मवेशियों के डकारने और गधों की ढेंचूँ-ढेंचूँ की आवाज़ें सुनायी पड़ने लगीं।

तीसरी बीड़ी भी समाप्त हो गयी तो उसने गाली देकर कहा, "उल्लू की पट्ठी ने बड़ी देर लगा दी है।" फिर वह साथ की स्त्रियों में से एक को इशारा करके बोला, "जा देख तो, क्या साँप सूँघ गया है उसे।"

वह स्त्री उठी। क़दम-क़दम चलती हुई काफ़ी दूर निकल गयी। करीमू ने आवाज़ देकर कहा, "इतनी दूर तो नहीं गयी थी वह।"

"पर यहाँ तो कोई नहीं है।"

करीमू ने देखा कि वह अपनी छोटी-सी गठरी भी अपने साथ ही ले गयी थी। इस पर उसके मन में सन्देह ने सिर उठाया। वह नाग की तरह लहराकर उठा और जल्दी से खेत में घुस गया। उसने भली प्रकार देख लिया था कि वह किस जगह बैठी थी। वहाँ पहुँचकर उसने इधर-उधर दृष्टि दौड़ायी। लेकिन लगता था कि वह एक क्षण के लिए भी वहाँ नहीं बैठी थी, नहीं तो हरी-हरी दूब अच्छी तरह दब जाती। उसने घूम-फिरकर पौधों के भीतर सिर डालकर ध्यान से देखा तो जहाँ-जहाँ घास नहीं थी वहाँ पाँव के मद्धिम से चिह्न दीख पड़े। वह उनको देखता हुआ बढ़ने लगा। कुछ तो खोज मिल गयी थी।

आख़िर वही हुआ जिसका करीमू को डर था। उसके तन-बदन में आग-सी लग गयी। उसने दोनों स्त्रियों को पगडण्डी से ज़रा हटकर बैठ जाने को कहा और स्वयं उन्हीं पद-चिह्नों के सहारे चल पड़ा। वह जानता था कि शेष दोनों स्त्रियों के भागने की सम्भावना नहीं है और उन्हें अपने साथ ले जाने में यह हानि थी कि वह उस तीव्र गति से उसका साथ नहीं दे सकती थीं।

चिह्न स्पष्ट रूप से नहीं दिख रहे थे, किन्तु करीमू की पैनी आँखें धोखा नहीं खा सकती थीं। वह खेतों, ऊँचे-ऊँचे टीलों से होता हुआ काफ़ी दूर निकल गया। यहाँ तक कि आगे पक्की ज़मीन का टुकड़ा आ गया। वहाँ पहुँचकर पद-चिह्न भी ग़ायब हो गये थे।

करीमू ने सामने की ओर देखा। पक्की ज़मीन जहाँ ख़तम होती थी वहाँ उसको दो-तीन पेड़ों का एक झुण्ड दिखायी पड़ा। उसने सोचा, सम्भव है वहाँ कोई खोज मिल जाये। दूसरे सिरे पर पहुँचकर उसे ज्ञात हुआ कि वहाँ से घनी झाड़ियों का सिलसिला शुरू हो जाता है। वह झुककर ज़मीन को ग़ौर से देखने लगा, किन्तु लम्बी-लम्बी घास के कारण कोई चिह्न न दीख पड़ा।

"क्यों, कोई चीज़ गिर गयी है?" उसके कानों में एक मर्दाना स्वर सुनायी पड़ा।

करीमू ने सिर ऊपर उठाया तो सामने विरसासिंह अपने विशिष्ट भाव में वृक्ष से टेक लगाये खड़ा मुस्करा रहा था।

करीमू सीधा खड़ा हो गया।

"अच्छा, तो तुम हो?"

"और कौन हो सकता था।"

करीमू ने उसकी ओर कड़ी दृष्टि से देखा। उसका ख़ून खौल रहा था। बोला, "बड़े अफ़सोस की बात है।"

"क्यों, क्या मुझसे ख़फ़ा हो?"

करीमू ने मुँह से कुछ नहीं कहा, पर उसने विरसे को इस ढंग से देखा मानो वह जीवित चबा डालेगा।

"वह लौंडिया कहाँ है?"

"अच्छा तो घास में मुँह डाल-डालकर तुम लौंडिया को खोज रहे थे?"

"मैं कहता हूँ, कहाँ है वह?" करीमू कड़ककर बोला।

"यह रही।"

करीमू ने चार क़दम बढ़कर देखा कि बेला बेपरवाही से ज़मीन पर बैठी है।

"क्यों री हरामख़ोर! इधर का रास्ता किसने बताया तुझे...?"

"तुमने।" बेला मुँह फुलाकर बोली।

"देख मैंने जूता उठा लिया तो ये नख़रे-वखरे सब धरे रह जायेंगे।"

"जूता उठा के तो देख ज़रा।" बेला चमककर बोली।

"अच्छा, यह दम है तेरा...यह तेरा नहीं, इस कल के छोकरे का दम है।" यह कह उसने फिर विरसे की ओर देखा, "क्या नाम है तुम्हारा?"

विरसे ने उसी तरह पेड़ से पीठ लगाये-लगाये जवाब दिया, "मुझे विरसासिंह कहते हैं।"

"देख विरसासिंह! तूने इस लौंडिया को बहकाकर भगाया है।"

"मैंने?"

"हाँ, तूने।"

"चः-चः-चः, भई वह आप आयी है।"

"आप आयी है? शर्म भी नहीं आती।"

"शर्म की बात ही क्या है?"

"इस लौंडिया को तूने बहकाया है।"

"यार, क्या बच्चों की-सी बातें करते हो। यह तो चौराहे की हाँड़ी है, जिधर चाहा लुढ़क गयी।"

इस पर बेला बिगड़कर आगे बढ़ी और अपना हाथ विरसे की नाक पर अड़ाकर बोली, "ख़बरदार! जो मुझे चौराहे की हाँड़ी कहा तो।"

विरसे को गरम मिज़ाज युवती का यह अन्दाज़ बहुत पसन्द आया। उसे बाँहों में कसकर बोला, "नहीं मेरी जान! भूल हो गयी। अब नहीं कहेंगे।"

बेला ने विरसे की बलिष्ठ बाँहों में अपने-आपको सुरक्षित पाया तो तनिक ठुनकी और फिर उसके साथ और भी सटकर खड़ी हो गयी।

"देख बे, यह लौंडिया मेरे साथ जायेगी।" करीमू ने गरजकर कहा।

"ले जाओ।" विरसा ने बेला को बाहुपाश से अलग करते हुए कहा।

करीमू एक क्षण के लिए स्तब्ध होकर रह गया। उसकी समझ में नहीं आ रहा था कि वास्तव में विरसे के मन में क्या है। फिर भी उसने बेला की ओर कड़ी दृष्टि से देखकर कहा, "चल री शटल्लो!"

बेला का दम फूला हुआ था और छातियाँ ज़ोर से काँप रही थीं। बालों की लटें भवों को चूम रही थीं। उसने कनखियों से विरसा की ओर देखा। विरसा ने कन्धे हिलाकर कहा, "हाँ, अगर मन चाहे तो चली जाओ।"

"मैं तो नहीं जाऊँगी।" बेला ने सिर को झटका देकर कहा।

"अच्छा जी, नहीं जाऊँगी।" करीमू ने उसकी नक़ल की।

"हाँ, मैं मरके ही तुम्हारे साथ जाऊँगी।"

"अच्छा, मरके जायेगी तो मरकर ही चल।" यह कह करीमू दाँत पीसता हुआ आगे बढ़ा।

अभी उसने बेला के शरीर को हाथ लगाया ही था कि वह तड़पकर अलग जा खड़ी हुई।

इस पर करीमू उस पर झपट पड़ा। किन्तु वह भी ग़ज़ब की फुर्तीली थी। मछली की भाँति फिसलकर उसके हाथों में से निकल जाती थी।

प्रातःकाल के धुँधले वायुमण्डल में विरसा बड़े इतमीनान से खड़ा उनकी धमाचौकड़ी देख रहा था।

करीमू में अब पहले का-सा दम-खम बाक़ी न रहा था। वह अल्हड़ लौंडिया बदन को हाथ तक न लगने देती थी।

विरसा बोला, "करीमू! तुम इस तरह कब तक लड़की को अपने क़ब्ज़े में रख सकते हो?"

करीमू ने सुनी-अनसुनी कर दी। परन्तु बेला उसके हाथ न आनी थी न आयी। न जाने कहाँ की फुर्ती इस समय उसके शरीर में आ गयी थी।

"और अगर तुमने इसको पकड़ भी लिया तो अधिक दूर तक ज़िन्दा न जा पाओगे।"

करीमू रुक गया। उसका चेहरा, जो कभी बड़ा सुन्दर रहा होगा, विकृत हो गया। उसने अत्यधिक घृणा से विरसा के चेहरे पर दृष्टि गाड़ दी। फिर कुरते के अन्दर हाथ डालकर पलक झपकाते में उसने एक लम्बा-सा चमकता हुआ छूरा बाहर निकाला और

एक-एक शब्द पर ज़ोर देता हुआ बोला, "तुम्हारे बल पर यह उछल रही है। मैं पहले तुमसे निपटे लेता हूँ।"

बिना कुछ घबराये विरसा ने सन्धिपूर्ण ढंग से एक हाथ कुछ ऊपर उठाकर कहा, "देखो उस्ताद! मैं तुम्हारी बड़ी इज़्ज़त करता हूँ...लेकिन तुम एक नेक और अच्छी लड़की को सब्ज़बाग दिखाकर भगा लाये हो और फिर उसकी मरज़ी के बिना उसे अपने क़ब्ज़े में रखना चाहते हो, यह मैं कभी सहन नहीं कर सकता।"

नेकी और अच्छाई की उपाधि पाने पर बेला बड़े गर्व से एक बार फिर विरसा की बग़ल में आ खड़ी हुई। साँस की तीव्रता के कारण काँपते हुए उसके भरपूर शरीर के स्पर्श ने विरसा के मन में उसके शरीर की बड़ी तीव्र इच्छा उत्पन्न कर दी।

करीमू ने दुनिया देखी थी। अपना पलड़ा हलका देख उसे विश्वास हो गया कि जो होना था हो चुका। अतएव उसने छुरेवाला हाथ नीचे कर लिया और फिर छुरा तहमद की गाँठ में छिपा लिया।

उसने दोबारा उन दोनों की ओर देखा और भारी स्वर में बोला, "विरसा, इस वक़्त तो ख़ैर, मैं जाने देता हूँ, पर याद रखो कि मैं इस चीज़ का बदला ज़रूर लूँगा। ज़िन्दगी में जब कभी मौक़ा पाऊँ, तुम्हें ठिकाने लगा दूँगा।"

यह कहकर वह धीरे-धीरे वापस चल दिया।

प्रकाश फैल रहा था। सुबह का तारा दम तोड़ चुका था। बेला ने दोनों हाथ विरसे के कन्धे के ऊपर बाँध दिये और उसकी छातियों की कठोरता को अपनी बाँहों की खाल पर अनुभव करते हुए विरसा ने पुकारकर कहा, "लेकिन उस्ताद करीमू! मैं तुम्हारी इज़्ज़त करता हूँ।"

करीमू ने घूमकर नहीं देखा।

## (2)

**अब झुगियों (झोंपड़ियों)** में भी छोटी-सी महफ़िल जमने लगी थी। उनमें शामिल होनेवाले भी चारगाँव के ग़रीब लोग थे। ग़रीब लोग यों तो पेशौरासिंह की बैठक और मियाँ दिल मोहम्मद के दारे में भी जाते थे। पर उन्हें वहाँ कोई पूछता तक नहीं था। हाँ, चापलूसों को मुँह लगाया जाता था। भोले-भाले किसानों में अधिकांश ऐसे लोग थे जो चापलूसी करना नहीं जानते थे। बात में से बात निकालना, चापलूसीपूर्ण तरीक़े उनकी परिमित बुद्धि से बाहर की चीज़ें थीं। किन्तु सूरतसिंह की महफ़िल में स्थिति बिलकुल भिन्न थी। वहाँ उन्हें चापलूसी करने की आवश्यकता नहीं थी, बल्कि उलटा उनसे सच्चे स्नेह तथा सहानुभूतिपूर्ण भाव से बातचीत की जाती थी।

सूरतसिंह और महेन्द्र कौर स्कूलवाली योजना को कार्यान्वित नहीं कर सके। हाँ, उन्होंने इस अवसर को बड़ी चीज़ समझा। इधर शाम होती, उधर लोग-बाग टहलते-टहलते

उधर जा निकलते। कुछ लोग दवा-दारू के लिए आते थे और कुछ यों ही मनोरंजनार्थ। कुछ दिनों से स्कूल के दो मास्टर भी आने लगे थे, जिससे महफ़िल में थोड़ी शिक्षा तथा विद्या की चर्चा भी होने लगी थी।

ऐसे अवसरों पर प्रायः गम्भीर सामाजिक, राजनैतिक तथा अन्य महत्त्वपूर्ण प्रश्न भी विवाद का विषय बन जाते थे। महेन्द्र कौर सूरतसिंह की अपेक्षा अधिक उत्साह से ऐसी बातचीत में भाग लेती थी। उसका पवित्र सौन्दर्य और बातचीत का निष्कपट और सरल भाव अधिक मनमोहक सिद्ध हुआ।

इन गोष्ठियों में भाग लेनेवालों के मन में सूरत तथा महेन्द्र के प्रति बड़ी श्रद्धा थी।

इसी प्रकार की एक सन्ध्या थी। अभी तक सिवाय एक किसान के, जिसके हाथ के अँगूठे की मरहम-पट्टी की जा रही थी, और कोई व्यक्ति नहीं आया था।

सूरतसिंह ने महेन्द्र से कहा, "डियर, आज अभी तक कोई नहीं आया...।"

उसका वाक्य पूरा भी न हो पाया था कि बाहर से आवाज़ आयी, "अजी, हम जो हाज़िर हैं।"

उन्होंने सिर उठाकर देखा तो सूरजसिंह जाट को खड़े पाया।

सूरजसिंह यू.पी. के जाट थे। रंग गोरा, क़द साधारण, शरीर सुडौल, मूँछें घनी, किन्तु न गिरी न तनी हुईं। वे स्थानीय मिडिल स्कूल के हेड मास्टर थे। उनकी पहली भेंट उस समय हुई जब उनकी पत्नी किसी जनाने रोग से पीड़ित हुईं। आसपास सिवाय अनपढ़ दाइयों के और किसी प्रकार की डाक्टरी सहायता नहीं मिल सकती थी। महेन्द्र कौर के विषय में भाँति-भाँति की अफ़वाहें फैली हुई थीं, इसलिए सूरजसिंह ने हिचकिचाते हुए महेन्द्र कौर को बुलाया। दो ही दिन में उनकी पत्नी अच्छी हो गयीं और हेड मास्टर साहब उनके प्रशंसकों में शामिल हो गये।

महेन्द्र ने आँचल सँभालते हुए कहा, "हेड मास्टर साहब! आपकी तीन दिन से ग़ैर हाज़िरी लग रही है।"

"और आपकी ग़ैरहाज़िरी पता है कै दिन से लग रही है?"

"मेरी हाजिरी कहाँ लग रही है जी?"

"हमारे घर पर। वे पूछती हैं कि जब तक बीमार न पड़ें, आप आयेंगी नहीं क्या...यदि यह बात हो तो फिर भगवान् से बीमार होने की ही प्रार्थना किया करें।"

"ईश्वर न करे वे फिर बीमार हों, पर उन्होंने कभी सन्देश तक नहीं भेजा...बैठिये न, खड़े क्यों हैं?"

सूरजसिंह ने बेंच पर बैठते हुए कहा, "और सुनिये, भला अपने घर में आने के लिए भी सन्देश की ज़रूरत होती है। सन्देश की राह तब देखिये जब किसी ग़ैर के घर जाना हो।"

"धन्यवाद...।"

"खाली-खूली धन्यवाद से काम नहीं चलेगा। मैं मुँह सामने की बात नहीं कह रहा हूँ।"

"अजी, अब मेरी मजाल भी है कि इनकार करूँ। कल दोपहर को ही चली आऊँगी।"

"बहुत अच्छा। मैं जाते ही उन्हें ख़ुशख़बरी सुना दूँगा।"

"अच्छा, अब अपनी ग़ैरहाजिरी के बारे में क्या ख़याल है?"

"जो हुक्म हो।"

"जुर्माना लगेगा।"

"बहुत बेहतर...मंजूर है साहब।"

सब हँसने लगे।

इतने में मास्टर चाननलाल भी अपने लम्बे चोगेनुमा कोट में लिपटे-लिपटाये आ निकले। उनकी मूँछें ख़ूब बड़ी और झुकी हुई थीं। उनका ऊपरवाला होंठ तो बिलकुल दिखायी ही नहीं पड़ता था। नाक लम्बी और कुछ ऊपर को चढ़ी हुई थी जिसका परिणाम यह था कि उनके नथुनों के बाल साफ़ दीख पड़ते थे। वे चिमटी से बाल उखाड़कर नथुने बिलकुल साफ़ रखते थे। लोग समझते थे कि उनके दिमाग़ के पेंच ज़रा ढीले हैं। किन्तु वास्तव में यह बात नहीं थी। केवल आयु के लिहाज़ से मसखरापन ज़रा ज़्यादा था उनके स्वभाव में। और फिर उनका वेश भी ढुलमुल-सा होता था। उनके दम से महफ़िल की रौनक़ दोबाला हो जाती थी। उमर पैंतालीस से ऊपर हो चली थी। सन्तान में केवल एक बेटी बची थी जिसका विवाह करके वे निश्चिन्त हो बैठे थे। ले-देके अपना ही दम था सो बड़े मज़े में दिन काटते थे ज़िन्दगी के। मन के बुरे न थे, किन्तु फिर भी दूर-दूर के गाँवों में महेन्द्र ऐसी सुन्दर तथा सुसंस्कृत युवती के साथ गपबाज़ी करने के अवसर भला कब मिलते थे। यों वे स्वयं भी सुचरित्र मनुष्य थे और महेन्द्र के चरित्र को भी आदर की दृष्टि से देखते थे। लेकिन एक शिक्षित, सुरुचिपूर्ण युवती से दो घड़ी हँसने-बोलने को भला किसका मन नहीं चाहता।

उन्हें देखते ही सूरतसिंह बोला, "और लीजिये, मास्टर चाननलाल भी आ गये।"

इस पर सूरजसिंह ने अपनी रान पर हाथ मारकर कहा, "अरे भाई, जब हेड मास्टर साहब आये तब मास्टर साहब कब तक ग़ैरहाज़िर रह सकते हैं।"

"हाँ जी।" चाननलाल ऐनक नाक की नोक पर रखकर हास्यजनक रूप में हाथ जोड़ते हुए बोले, "हुज़ूर, हमने तो आपकी दुम पकड़ रखी है। जहाँ जाइयेगा, वहाँ हमको भी पाइयेगा।"

"हमारी दुम?...अबे हमें बन्दर समझ रखा है या गाय-बैल।"

इस पर सबने ज़ोर का ठहाका लगाया।

धीरे-धीरे कुछ और लोग भी एकत्र हो गये। महेन्द्र दवाखाने में दवाइयों को उलट-पुलट रही थी। चाननलाल ने आवाज़ दी, "बेटा! अब हमारे पास आकर बैठो, यह काम अब कल निपटा लेना।"

महेन्द्र तौलिये से हाथ पोंछती हुई महफ़िल में आ शामिल हुई। हिन्दू और मुसलमानों ने हुक्के ताज़ा कर लिये थे। सिक्खों की भावनाओं का आदर करते हुए इस बात का ख़याल रखा जाता था कि धुआँ उनकी ओर न जाये।

आते ही महेन्द्र ने कहा, "चानन चाचा! अपने स्कूल की कोई बात सुनाओ।"

"बिटिया, स्कूल की बातें करने को जी नहीं चाहता। तुम जानो, सारे दिन लड़कों से सिर खपाना पड़ता है। इस समय तो कोई ऐसी बात करो जिससे मन बहले...।"

"लेकिन हमें तो स्कूल से बड़ी दिलचस्पी है।" सूरत बोला।

"हाँ साहब, आप स्कूल की बातें किया करते हैं, आख़िर किस क़िस्म का स्कूल खोलना चाहते हैं आप?"

"हम चाहते हैं कि बच्चों का स्कूल तो है ही, अब बड़ों का स्कूल भी खुलना चाहिए।"

उपस्थित जनों में से एक बूढ़ा मुसलमान बोला, "लेकिन बेटा, कहावत मशहूर है कि बूढ़ा तोता पढ़ नहीं सकता। अगर पढ़ना-लिखना अच्छी बात है तब फिर नयी पीढ़ी को पढ़ाना चाहिए।"

"ये कहावतें सब बिलकुल ठीक नहीं हैं। मनुष्य अन्तिम समय तक पढ़ना-लिखना सीख सकता है। ऐसी ही बेतुकी कहावतों ने तो हम लोगों की कमर तोड़ दी है।"

"पर बेटा, बहुतेरी कट गयी, थोड़ी बाक़ी रह गयी है। बड़ों के लिए दुनिया के और झंझट क्या कम हैं जो वे पढ़ाई में सिर खपायें।"

महेन्द्र ने कहा, "आप ये सब बातें कर रहे हैं, क्योंकि आपको इस बात का पता नहीं है कि हमारा दरअसल प्रोग्राम क्या है। पहले तो सिद्धान्त या उसूल यह होना चाहिए कि जब तक आदमी जीवित रहे वह ज़िन्दगी में दिलचस्पी लेता रहे। नहीं तो सिर्फ़ मौत का इन्तज़ार करने से अच्छा तो यही है कि बस आदमी मर जाये। और अगर जीना है तो क्यों न जोश और हौसले के साथ जिये। जैसे-जैसे हम लोगों की दुनिया की चीज़ों के बारे में जानकारी बढ़ती है, वैसे-वैसे ज़िन्दगी में हमारी दिलचस्पी भी बढ़ती और गहरी होती जाती है।"

अधिकांश किसानों ने महेन्द्र कौर की बात को बड़े ध्यान से सुना पर वे कोशिश करने पर भी पूरी बात को समझ न पाये। यह तो सबने अनुभव किया कि महेन्द्र ने अच्छी--काम की बात कही है पर किसी को उत्तर न सूझा। आख़िर हिम्मत करके वही मुसलमान किसान बोला, "यह सब ठीक भी मान लिया जाये तो सवाल यह है कि इतनी फ़ुरसत किसे है?"

"यह काम तो फ़ालतू वक़्त में हो सकता है। किसान अपना रोज़ का काम भी करें और फ़ालतू वक़्त में पढ़ाई भी करें।"

"फ़ुरसत का वक़्त तो बहुत कम होता है। उसमें भी अगर आदमी काम करता रहे तो पागल हो जाये। आख़िर आराम भी तो चाहिए आदमी को।"

"आप लोगों की ज़्यादातर धारणाएँ भ्रम के कारण बनी हैं। आपको पता नहीं कि एक तरह का काम छोड़कर दूसरी तरह का काम शुरू किया जाये तो आदमी के दिमाग़ को आराम मिलता है। उसकी थकावट दूर हो जाती है।"

"अच्छा जी, यह नयी बात सुनने में आयी है।"

"हाँ, आपके लिए नयी है। लेकिन यह एक सच्चाई है। यह सुनी-सुनायी, गढ़ी-गढ़ायी बात नहीं है।"

"हाँ जी, पढ़ाई करने का फ़ायदा तो ज़रूर होता है, यह तो हम मानते हैं।"

"आप लोगों को अधिक पढ़ने-लिखने की ज़रूरत नहीं है। थोड़ा-बहुत पढ़-लिख लें तो काफ़ी है। बाक़ी चीज़ों का ज्ञान बस इसी तरह बातों-बातों में हो जाता है।"

"हाँ जी, बातों-बातों में हम आपसे बहुत-कुछ सीख जाते हैं। तभी तो रोज़ आ धमकते हैं। आपकी बातों की तलब तो उसी तरह पैदा होती है जैसे तम्बाकू की। क्यों बे भलिया?"

"आहो जी।" भल्लड़ ने नथुने फुलाकर कहा।

"हमें तो अख़बार की ख़बर सुनाइये।"

सूरत ने जवाब दिया, "ख़बरें तो सूरजसिंह जी से ही सुनिये। इनके स्कूल में एक छोड़ कई अख़बार आते होंगे।"

सूरजसिंह बोले, "अरे भई, अख़बार की भली पूछी। उर्दू-हिन्दी अख़बार तो बेपर की उड़ाया करते हैं। बाक़ी रहे अँगरेजी अख़बार, तो उनमें कुछ-न-कुछ ख़बरें मिल जाती हैं।"

अल्लादित्ता अराईं इस महफ़िल के प्रमुख व्यक्तियों में से था। उसने कहा, "कोई लीडरों की बात बताइये। क्या कर रहे हैं?"

"वही मुस्लिम लीग और कांग्रेस की नोक-झोंक चल रही है।"

उपस्थित जनों में से किसी ने पूछा, "क्यों जी, ये पार्टियाँ आपस में समझौता क्यों नहीं कर लेतीं। आख़िर यह सुबह-शाम की झिकझिक से क्या फल निकलेगा?"

"फल यही निकलेगा कि बेगुनाह कुत्ते की मौत मारे जायेंगे और लीडर लोग अपना हलुआ-माँडा सीधा करेंगे।"

लीलाराम बोला, "आख़िर को ये झगड़ा-वगड़ा क्या है? हमारी समझ में तो कुछ नहीं आता है।"

"अरे भई, इन झगड़ों की समस्या बड़ी उलझी हुई है। उन्हें समझना कोई आसान काम नहीं है।"

"फिर भी महाराज, कुछ तो बताइये।"

"छोटे-मोटे झगड़े तो बताये जा सकते हैं। लेकिन बात यह है कि अब लीग और कांग्रेस की निगाह इतनी अलग-अलग हो गयी है कि समझौता सम्भव नहीं दीखता।"

"ज़रा खोलकर कहिये।"

"इस वक़्त सबसे बड़ा झगड़ा तो पाकिस्तान के बनने या न बनने का है।"

"यह जी, पाकिस्तान का मतलब समझ में नहीं आता।"

"पाकिस्तान से मतलब है मुल्क का एक ऐसा भाग, जहाँ मुसलमान को पूरी आज़ादी प्राप्त हो।"

"हाँ जी, मुसलमान हिन्दुओं से अलग रहना चाहते हैं?"

"हाँ! वे कहते हैं कि हिन्दुस्तान में जहाँ-जहाँ उनकी आबादी ज़्यादा है, उन सूबों को हिन्दुस्तान से काटकर अलग कर दिया जाये।"

"पर मुस्लिम लीग मुसलमानों को हिन्दुओं के साथ ही क्यों नहीं रहने देती?"

"क़ायदे आज़म मिस्टर जिन्ना का ख़याल है कि मुसलमान और हिन्दू बिलकुल अलग-अलग राष्ट्र या क़ौम हैं। उनका धर्म, उनके रस्म-रिवाज, उनकी संस्कृति बिलकुल अलग-अलग हैं। इसलिए उनका एक-दूसरे से अलग रहना ही ठीक है। अगर उनको ज़बरदस्ती एक-दूसरे के साथ रहने के लिए मजबूर किया गया तो इसका परिणाम बहुत बुरा होगा।"

"अच्छा, और कांग्रेस क्या कहती है?"

"कांग्रेस का ख़याल है कि इस सुझाव के पीछे दरअसल अँगरेज की चालाकी काम कर रही है। वे नहीं चाहते कि हिन्दुस्तान एक रहे, क्योंकि इस तरह हिन्दुस्तान बहुत बड़ा और शक्तिशाली देश बन सकता है। इसीलिए कांग्रेस चाहती है कि देश का बँटवारा न हो। यों मुसलमान जो चाहें ले लें।"

"अच्छा तो इस बारे में मुस्लिम लीग के क़ायदे आज़म का क्या ख़याल है?"

"क़ायदे आज़म कहते हैं कि एक राजनीतिज्ञ की हैसियत से वे इन भावुकतापूर्ण बातों को अधिक महत्त्व नहीं दे सकते, जबकि यह सत्य प्रकट हो चुका है कि हिन्दू और मुसलमान दो बिलकुल अलग राष्ट्र हैं, तो फिर क्यों न वे इस महाद्वीप में अलग-अलग दो अच्छे पड़ोसियों की तरह अमन से रहें।"

"लेकिन क्या मुसलमान और हिन्दू अलग-अलग क़ौम हैं?"

"मैं इसके बारे में कोई फ़ैसला नहीं दे सकता। यह एक ऐसी बात है जिस पर अपनी-अपनी राय क़ायम की जा सकती है। हो सकता है कि किसी ख़ास मतलब से क़ायदे आज़म हिन्दुस्तान से अलग देश बनाना पसन्द करते हों।"

"लेकिन ग़लती पर कौन है?"

"यह भी अपनी-अपनी राय है। कोई कुछ कहता है और कोई कुछ।"

"फिर भी आपकी अपनी राय क्या है?"

"मैं सियासत-दाँ या राजनीतिज्ञ नहीं हूँ, इसलिए मेरा किसी तरह की राय देना ठीक नहीं होगा।"

इस पर एक आम बहस शुरू हो गयी। जितने मुँह उतनी बातें। यद्यपि उन्होंने एक-दूसरे के विपरीत विचार प्रकट किये, किन्तु किसी तरह की कटुता उत्पन्न नहीं हुई। सभी का ज्ञान उड़ती-उड़ती ख़बरों तक सीमित था। इसलिए इस प्रश्न के गहरे

पहलू तो उजागर नहीं हो सकते थे। राजनीति के बाद और कई विषयों पर बातचीत होती रही। इसके साथ-साथ हँसी-मज़ाक और गरमा-गरमी भी काफ़ी रही, यहाँ तक कि उपस्थित जनों में से किसी ने सूरतसिंह से पूछा, "क्यों जी, अब क्या टैम होगा?"

"साढ़े ग्यारह।" सूरत ने महेन्द्र की घड़ी देखकर कहा।

सूरजसिंह बोले, "कमाल है भई। यहाँ वक़्त चुटकियों में कट जाता है।"

एक-दो ने हामी भरी, और फिर वे लोग कपड़े झाड़कर उठ खड़े हुए।

"अच्छा, तो मैं घर में आपका सन्देश पहुँचा दूँगा।" सूरजसिंह ने महेन्द्र कौर को सम्बोधित कर कहा, "लेकिन ऐसा न हो कि आप अपना वायदा भूल जायें और वह इन्तज़ार ही करती रह जायें।"

"जी नहीं, मैं वायदा नहीं भूलूँगी। वाह गुरु ने चाहा तो ज़रूर आऊँगी, आप विश्वास रखिये।"

सब लोग एक-एक कर 'साहब-सलामत' कहकर विदा हो गये। सूरतसिंह और महेन्द्र कौर खिड़की में खड़े होकर लोगों के उस गिरोह को बल खाती हुई पगडण्डी पर चारगाँव को वापस जाते देखते रहे। यहाँ तक कि वे दूर सुबे की पटरी पर मिट्टी की मूर्त्तियों के समान दिखायी पड़ने लगे और उनके बातें करने की आवाज़ें भी वायुमण्डल में घुल-मिलकर शान्ति छा गयी।

सूरतसिंह ने महेन्द्र का हाथ अपने हाथ में लेते हुए कहा, "महेन्द्र! न जाने क्यों कभी-कभी मेरा मन उदास हो जाता है। इस वातावरण में मेरा दम घुटने लगता है। मैं ऐसा अनुभव करने लगता हूँ जैसे हम अपना समय केवल नष्ट कर रहे हैं। परन्तु जब मैं इन सच्चे सरल लोगों को देखता हूँ तो मेरी ढाढ़स बँध जाती है और मैं सोचने लगता हूँ कि शायद हम अपने उद्देश्य में सफल हो जायेंगे।"

महेन्द्र कौर ने सूरतसिंह को कुछ इस भाव से देखा मानो वह नन्हा बच्चा हो फिर उसकी बाँह पर हाथ रखकर बोली, "काल्पनिक और व्यावहारिक जगत् में बहुत बड़ा अन्तर होता है। यदि काल्पनिक जगत् में ही रहना हो तो इससे बुरी कोई बात नहीं हो सकती कि आदमी बैठा किसानों और मज़दूरों की भलाई की बातें सोचता रहे। ग़रीबों के साथ इससे बड़ा और भयानक मज़ाक नहीं किया जा सकता। इसी कारण मुझे वे लोग नापसन्द हैं जो अपनी आरामकुर्सियों, सोफ़ों या कॉफी-हाउस में बैठे इस तरह की बे-सिर-पैर की बातें किया करते हैं। क्योंकि ख़याली पुलाव पकाने के लिए और बहुत-से विषय अपनाये जा सकते हैं। भला इस दलितवर्ग की दिखावे की हमदर्दी और भलाई का दम क्यों भरा जाता है। मैं मानती हूँ कि हमें अभी तक जैसी चाहिए सफलता नहीं प्राप्त हुई। किन्तु मुझे इस बात की ख़ुशी और सन्तोष है कि हमने जो कुछ सोचा उसे व्यावहारिक रूप देने की चेष्टा की। कोई परवाह नहीं कि हम एक बड़े पैमाने पर इस काम को नहीं चला सके। शायद विरोध के कारण हमारी गति बहुत मन्द रही; पर इसमें सन्देह नहीं कि हम अपने ध्येय की ओर अग्रसर हैं...समझे आप?"

"हाँ।" सूरत ने महेन्द्र की ओर मधुर दृष्टि से देखते हुए कहा, "बिलकुल समझ गया हूँ।"

"पर आपकी मुद्रा से तो लगता है जैसे..."

"हाँ डार्लिंग, झूठ बोलने के लिए क्षमा करना। वास्तव में मेरा ध्यान तुम्हारी बातों की ओर नहीं था...।"

"बहुत ठीक...हुजूर का ध्यान किधर था?"

"मेरा ध्यान गोरी के होंठों की ओर था। मैं देख रहा था कि कितने रंगीन, कोमल और मधुर हैं ये होंठ। बातें करते समय ये किस-किस तरह फड़कते और तड़पते हैं, और इनकी गुलाबी छाया में आबदार दाँत किस तरह झलक दिखाते हैं!"

इसी बीच महेन्द्र ज़ाहिर में रूठकर मुँह मोड़ चुकी थी, किन्तु जवान सीने के भीतर अरमानों-भरा दिल नाच रहा था।

सूरत ने पीछे से जाकर उसके दोनों कन्धों पर हाथ रख दिये और भावों में डूबे स्वर में बोला, "महेन्द्री, हुस्न के मारों से ख़फ़ा होने से पहले अपना ज़ालिम रूप भी तो देख लिया करो आईने में।"

यह कहते-कहते उसने बालों की एक लट को चूम लिया। महेन्द्र ने आपत्ति नहीं की।

सूरत ने उसका मुँह चूम लिया। वह क्षीण स्वर में बोली, "चलिये, अब मुझे घर छोड़ आइये।"

"महेन्द्री! आज यहीं रह जाओ न।"

"नहीं।"

"देखो, आज तुम पर बड़ा प्यार आ रहा है मुझे।"

"फिर तो मुझे ज़रूर ही वापस जाना चाहिए।" यह कहते-कहते महेन्द्र ने अपना सिर उसकी छाती पर गिरा दिया।

"अरे, तुम डरती हो? नहीं, ऐसी-वैसी कोई बात नहीं होगी।"

महेन्द्र राज़ी हो गयी।

दीया बुझाकर और दरवाज़ा बन्द करके वह खिड़की के पास चारपाई पर बैठकर बातें करने लगे।

इस तरह बैठे-बैठे उनमें केवल भावुकतापूर्ण बातें होती रहीं। आख़िर महेन्द्र बोली, "अब इजाज़त है? अपने कमरे में जाकर सो जाऊँ?"

सूरत ने उसके हाथ चूमकर कहा, "महेन्द्री! कब तक जी तरसाती रहोगी?"

महेन्द्री ने सिर झुका लिया।

"बोलो महेन्द्री, कुछ तो बोलो!"

वह झेंपकर कहने लगी, "मैं तो आप ही की हूँ। सदा आपकी रहूँगी। लेकिन उस प्रतिज्ञा का ख़याल कीजिये...जब तक शादी न हो..."

"भई क्या मुसीबत है। कभी-कभी तुम बड़ी अजीब लड़की लगने लगती हो।"

"आप भी तो अजीब इन्सान हैं।"

"अच्छा जी, वह कैसे?"

"आप अजीब लड़की से प्रेम जो करते हैं।"

"भई, हार गये हम। आप बेशक जाकर आराम करें और हम आहें भरें।"

विदाई का चुम्बन लेने के बाद सूरतसिंह आहें भरने की जगह लेटते ही प्रगाढ़ निद्रा में निमग्न हो गया।

## (३)

**सूरत अभी घण्टा-भर ही** सोया होगा कि उसे अनुभव हुआ मानो कोई उसे झँझोड़कर जगा रहा है। वह बड़ी गहरी निद्रा में डूबा हुआ था। बड़ी मुश्किल से आँख खुली तो देखा कि महेन्द्र उसे जगा रही है। उसे देख सूरत ने बाज़ू फैला दिये।

"आख़िर आ गयीं न तुम।" उसने तन्द्रिल स्वर में कहा।

लेकिन महेन्द्र कुछ घबरायी-सी थी। बोली, "बाहर से कोई दरवाज़ा खटखटा रहा है।"

"कौन है?"

"अब मुझे क्या पता?"

सूरत चटपट उठा और दरवाज़े के पास जा खड़ा हुआ। उनके कुछ मूर्ख लोग दुश्मन भी थे। डर था कि कहीं कोई आदमी शरारत करने न आया हो। दरवाज़ा फिर खटखटाया गया, तो सूरतसिंह ने पूछा, "कौन है भाई?"

"हम हैं। दरवाज़ा तो खोलो ज़रा।"

सूरत ने महेन्द्र के कान में कहा, "विरसे की आवाज़ मालूम होती है।"

"यह ऐसे समय क्या करने आया है यहाँ?"

"न जाने।"

"क्या दरवाज़ा खोलने जा रहे हो?"

"हाँ, घबराने की कोई बात नहीं।"

सूरत ने दरवाज़ा खोल दिया।

दरवाज़े के बीचोंबीच विरसासिंह जिन्न की परछाईं की भाँति खड़ा था। उसने सूरतसिंह से हाथ मिलाने के लिए हाथ बढ़ाया।

सूरत उसका हाथ थामकर अन्दर ले आया और बोला, "महेन्द्री! चिराग़ तो जलाओ ज़रा।"

विरसे ने दीये के मन्द प्रकाश में महेन्द्र की ओर देखते हुए पूछा, "आज आप भी यहीं सोयी हैं?"

महेन्द्र कुछ लजा गयी। सूरत ने जवाब दिया, "किसी-किसी दिन जब यहाँ का काम करते-करते अधिक देर हो जाती है तब फिर यहीं रह जाती हैं।"

विरसे ने किंचित् झुके हुए माथे की भवों को उठाते हुए कहा, "कभी-कभी काम करते-करते सुबह भी हो जाती होगी।"

इस बात का उसे कोई जवाब नहीं मिला।

कुछ क्षणों के लिए भद्दा-सा मौन छा गया। विरसे ने दीये के प्रकाश में इधर-उधर देखा और फिर बोला, "तुम लोग हैरान तो होगे कि ऐसे समय यह यहाँ क्यों आया है?"

सूरतसिंह का दिल उसकी पहली बात ही से जल गया था। उसने सोच लिया था कि आज फिर दो-दो हाथ करने पड़ेंगे, इसलिए वह तो चुप रहा किन्तु महेन्द्र ने जल्दी से जवाब दिया, "इसमें हैरानी की क्या बात है! आपका घर है, जब जी चाहे, आइये।"

"यह बात है।" कहकर विरसा चारपाई से उठ खड़ा हुआ और महेन्द्र की ओर बढ़ा। फिर उसके अति निकट पहुँचकर उसने उसके कन्धे पर नरमी से हाथ रख दिया, "तुम बहुत अच्छी हो, मैं तुम्हें पसन्द करता हूँ।"

महेन्द्र उसके हाथ के स्पर्श से काँपकर पीछे हट गयी। सूरत भी उठ खड़ा हुआ। उसके माथे पर बल पड़ गये। किन्तु महेन्द्र के नर्मी से एक क़दम पीछे हट जाने से विरसे के रुख़ में कोई परिवर्तन नहीं हुआ। उसने एक कन्धा दीवार से टेक दिया और बोला, "न मैं तुमको सिर्फ़ पसन्द करता हूँ बल्कि तुम्हारी बड़ी इज़्ज़त करता हूँ।" इतनी बात कहकर उसने गम्भीरता से एक नज़र सूरत पर भी डाली और फिर कहता गया, "मुझे आप दोनों की मदद की ज़रूरत है। डाकदरनी के ही करने का काम है यह।"

महेन्द्र के मन का भार काफ़ी हद तक हलका हो गया। लेकिन उसने सोचा कि यदि उसने उसे किसी बहाने से बाहर ले जाना चाहा तो नहीं जायेगी।

सूरत ने कहा, "भई, जो बात हो वह साफ़-साफ़ कहो, तुम जानते ही हो कि हमारे लायक़ जो काम होगा, हम बड़ी ख़ुशी से करने को तैयार हैं।"

विरसे ने सूरत की आँखों में आँखें डालकर कहा, "तुम्हारे करने का नहीं, डाकदरनी के करने का है।"

इस पर उन दोनों के मन में फिर सन्देह ने सिर उठाया।

विरसे ने महेन्द्र की ओर देखा और बोला, "मैं अच्छा आदमी नहीं हूँ, लेकिन बहुत बुरा भी नहीं हूँ।"

सूरत ने अपनी झुँझलाहट छिपाते हुए कहा, "भई, यह पहेलियाँ बुझाने से क्या लाभ? जो बात है, साफ़-साफ़ कह डालो।"

"क्यों, नींद आ रही है?"

"शायद।"

"ठीक है, रात भी काफ़ी जा चुकी है।"

"हाँ, तो बोलो।"

"भई, बात बड़ी ख़ास है। दूर के नाते की एक लड़की है। उसे कुछ तक़लीफ़ है।"

"क्या तक़लीफ़ है?"

"भई...ज़रा...पेट की तक़लीफ़ है।...यह तो डाकदरनी जी ही देख सकती हैं।" यह कहकर उसने महेन्द्र की ओर मुस्कराकर देखा।

सूरत और महेन्द्र दोनों के मन में एक ही समय में विचार उठा कि वह किसी हीले से महेन्द्र को वहाँ से ले जाना चाहता है। अतएव सूरत ने पूछा, "वह लड़की है कहाँ?"

विरसा किंचित् रुका। सूरत और महेन्द्र बड़ी अधीरता से उसके जवाब का इन्तज़ार करने लगे। फिर विरसे ने उन दोनों की ओर एक-एक कर देखा।

"वह मेरे साथ है।"

"तुम्हारे साथ?"

"हाँ, बाहर खड़ी है।"

"तब फिर देर किस बात की है। उसे भीतर ले आओ।"

विरसा दो क़दम चलकर रुक गया और फिर उन दोनों की ओर देखकर बोला, "देखिये, उससे ज़्यादा सवाल-जवाब न करना। तु जानते ही हो, मामला ज़रा गम्भीर है।...और फिर कुछ ऐसी बातें भी हैं कि...।"

महेन्द्र की जान-में-जान आयी। उसने साहस करके कहा, "आप चिन्ता न करें। मैं डॉक्टर हूँ। इस तरह के बीसियों केस हो जाते हैं। हम व्यर्थ सवाल करके रोगी को परेशान नहीं किया करते।"

"हाँ,...बस, ठीक है।" विरसे ने चलते-चलते सूरत के कन्धे पर हाथ रखकर कहा, "और भई, तुम मुझसे भी इस बारे में कुरेद-कुरेदकर बातें न पूछना।"

"फिकर न करो।"

विरसा उसके कन्धे को थपथपाकर बाहर निकल गया।

पाँच मिनट बाद वह एक लड़की को साथ लिये अन्दर आया।

लड़की जवान थी। नख-शिख बहुत अच्छे नहीं, किन्तु आकर्षक अवश्य थे। बदन सीधा और गठा हुआ। आँखें सुन्दर, दाँतों की लड़ियाँ बहुत ख़ूबसूरत। भीतर आकर वह बेपरवाही से उनके सामने खड़ी हो गयी।

देखने में वह गर्भवती न प्रतीत होती थी।

कोई बात किये बिना महेन्द्र लड़की को पर्दे के पीछे ले गयी, दो मिनट बाद वे बाहर आ गयीं। महेन्द्र बोली, "इस समय तो कुछ पता नहीं चलता। कल देखा जायेगा।"

"हाँ-हाँ!" विरसे की बाछों से हँसी फूटी पड़ती थी, "लेकिन अभी यह आपके पास रहेगी।"

महेन्द्र ने सूरत की ओर देखा। सूरत ने क्षण-भर रुककर कहा, "अच्छी बात।"

इस बीच विरसा दरवाज़े से बाहर जा खड़ा हुआ था।

महेन्द्र लड़की को लेकर दूसरे कमरे की ओर बढ़ी तो पीछे से उस लड़की की पतली कमर के नीचे उसके फैले तथा गठे हुए कूल्हे जिस ताल से मटक रहे थे उससे सूरत को विश्वास-सा होने लगा कि दाल में अवश्य कुछ काला है।

●

# 11

**बिरसासिंह बेला को** फ़रवरी (1946) के आख़िर में लाया था। इसके बाद छह महीने तक बड़ी धमा-चौकड़ी रही। वह लड़की बड़ी दुराचारिणी सिद्ध हुई। चारगाँव के अतिरिक्त आसपास के गाँवों के बदमाशों से उसकी गहरी आशनाई थी। वह बिरसा जो अच्छी-अच्छी सुन्दर लड़कियों के क़ाबू में नहीं आया था, उस आवारा लड़की के पंजे में फँस चुका था। वास्तव में बेला उसी प्रकृति की स्त्री थी जिस प्रकृति का बिरसासिंह था। बिरसा को बेला का मज़बूत शरीर, अक्खड़ स्वभाव और स्वच्छन्द मनोवृत्ति बहुत पसन्द थी। शोले की भाँति गर्म और तेज़ बेला जब प्यार करने पर राज़ी हो जाती तब बड़ा मज़ा देती थी, किन्तु उखड़ जाये तब फिर जंगली घोड़ी की भाँति वह दोलत्तियाँ झाड़ती कि बस न पूछिये। बिरसे को उसकी दोनों चीज़ें पसन्द थीं। स्त्री के लिए जो तलब उसके मन में थी, उसे जिस प्रकार बेला भड़काती, तरसाती और फिर तृप्त करती थी वह शायद ही क़ोई अन्य स्त्री कर सकती।

किन्तु बेला की कामलोलुपता, इच्छा और नये-नये पुरुषों से याराने की कोई सीमा ही नहीं थी। अतएव इलाक़े-भर का कोई ऐसा आवारा पुरुष नहीं था जो बेला के मन को भाया हो और फिर वह उसके साथ खेतों और एकान्त स्थानों पर घूमती न देखी गयी हो।

बेला के पेट में गड़बड़ीवाली बात केवल एक ढकोसला सिद्ध हुई और फिर जब महेन्द्र ने उस लौंडिया को डिस्पेन्सरी में आने-जानेवाले युवकों से कन्धे भिड़ाते और उनके सामने अपनी भरपूर छातियों को उछालते देखा तो उसने सूरत से कहकर उसे झोंपड़ों से निकलवा दिया और इस प्रकार भले लोगों को शिकायत करने का मौक़ा नहीं दिया।

बेला को 'कुतिया' की उपाधि मिली हुई थी। उसकी सूरत से स्त्रियों की स्वाभाविक लाज-हया तो बिलकुल ही लोप हो चुकी थी। चारगाँव के किसी घर में वह चली भी जाती तो उसे जानवरों की तरह परे ही बिठा दिया जाता था। लोगों को सबसे अधिक आश्चर्य तो बिरसे की हालत देखकर होता था। इतनी साधारण शक्ल की स्त्री पर उसका इस प्रकार पागल होना उनकी समझ से बाहर की चीज़ थी। उसका बाप गठिया की पीड़ा के कारण एक मुद्दत से चारपाई से लगा पड़ा था। उसका यह सबसे छोटा और प्रिय पुत्र था। किन्तु उसकी करतूत देख-देख उसकी दशा और बिगड़ती जा रही थी। बेलावाली बात ने तो उसे बिलकुल ही निराश कर दिया था।

बेचारी गोबिन्दी का हाल और भी ख़राब था। वह किसी से किस मुँह से कह सकती थी कि उसे विरसे से प्रेम था। उसे उसके व्यभिचार का पहले से ज्ञान था। किन्तु ये बातें सुन-सुनकर उसका प्रेम न जाने क्यों बढ़ता जाता था। वह चाहती थी कि काश! वह एक बार उसके जाल में आ जाये तो वह उसे सब-कुछ समझा-बुझाकर सीधे रास्ते पर ले आयेगी। अधिकतर लोगों की बातों पर उसे विश्वास नहीं आता था। इतना तो वह मानती थी कि विरसासिंह सुन्दर युवक है इस कारण स्त्रियाँ उस पर मरती होंगी, किन्तु उसका हृदय यह मानने को तैयार न होता था कि विरसासिंह स्वयं इतना गिरा हुआ था जितना कि लोग कहते थे। जब बेला का मामला खड़ा हुआ तब उसका मन बड़ा दुःखी हुआ। किन्तु वह सरल स्वभाव तरुणी विरसा के प्रेम को अपने मन से न निकाल सकी। यह उन लड़कियों में से थी जो एक बार किसी पुरुष को मन-मन्दिर में बैठाकर किसी भी दशा में दूसरे पुरुष को उस सिंहासन के पास फटकने भी नहीं देतीं।

इस बीच में उसकी विरसासिंह से केवल एक बार भेंट हो सकी थी और वह भी केवल संयोगवश। एक दिन दोपहर के समय वह अपनी सखी हुसना के साथ माँगट से अपने गाँव को आ रही थी। बड़ी गर्मी पड़ रही थी। धरती और आकाश तप रहे थे। ऐसे समय उसकी माँ उसे कभी घर से बाहर निकलने न देती। किन्तु हुआ यह कि माँगट में एक सम्बन्धी के यहाँ मृत्यु हो जाने के कारण उन्हें सुबह उनके यहाँ जाना पड़ा। उनका शीघ्र ही लौट आने का विचार था। किन्तु मुर्दा देर में उठा तो माँ ने उसे हुसना के साथ घर वापस भेज दिया, क्योंकि घर पर सारे काज रुके पड़े थे। इस प्रकार कड़कती धूप में वे देशी जूतियाँ चटखाती तेज़-तेज़ क़दम उठाती चली जा रही थीं। माँगट से उनके गाँव का फ़ासला कुछ अधिक दूर तो नहीं था। किन्तु तपती हुई रेत पर जूतियाँ एक तो गरम हो गयी थीं दूसरे रेत बड़ी आसानी से जूतियों में घुसकर उनके कोमल पैरों को जला रही थीं। उनके मलमल के कुरते पसीने में तर होकर पसलियों से चिपक गये थे और शलवारें लू से भरकर गुब्बारा-सी दिखायी पड़ने लगी थीं।

इतने में दूर से गर्द उड़ती दीख पड़ी। ज़रा-सी देर में मालूम हुआ कि घुड़सवार विरसासिंह था।

हुसना से गोबिन्दी का भेद छिपा नहीं था। उसे दूर ही से पहचानकर उसने सहेली को टहोका देते हुए कहा, "देख गोबिन्दी...तेरा वह।"

गोबिन्दी के प्राण सूख गये। उसने स्वप्न में भी न सोचा था कि यों राह चलते मुलाक़ात हो जायेगी। फिर भी वे अपनी राह चलती गयीं। विरसा निकट पहुँचा तो उन्हें पहचान उसने एकदम घोड़ी की लगाम खींच ली और घोड़ी बिगड़कर सँभली और सँभलकर रुक गयी।

दोनों लड़कियाँ छोटे-से केकर की नाम-मात्र छाया में खड़ी हो गयीं।

विरसे ने जान-बूझकर हुसना का नाम लेकर मानो गोबिन्दी से बात शुरू की। बोला, "हुसना, क्या हाल है?"

हुसना ने शोखी से जवाब दिया, "हमारे हाल के क्या कहने...ज़रा सैर कर रहे हैं।"

"सैर।" विरसा हँसा, "इतनी कड़ाकेदार गर्मी में तुम्हें सैर की भी ख़ूब सूझी।" यह कहकर विरसे ने गोबिन्दी की ओर चोर-निगाहों से देखा जो हुसना की आड़ में छिपी खड़ी थी और जो विभिन्न विचारों के कारण समझ न पायी थी कि उसे क्या करना चाहिए और क्या नहीं करना चाहिए।

विरसे ने फिर कहा, "देखो, ऐसी धूप में बाहर न निकला करो...भला सैर करने के लिए और कोई वक़्त नहीं सूझता तुम्हें?"

गोबिन्दी ने हुसना की उँगली मरोड़कर उसे असल बात बताने के लिए कहा तो हुसना बोली, "बात दरअसल यह है कि आज इनके एक रिश्तेदार की मौत हो गयी थी। इन सबको सुबह माँगट जाना पड़ा। ख़याल था कि जल्दी छुट्टी मिल जायेगी पर ऐसा न हो सका, इसलिए इसकी माँ ने इसे मेरे साथ वापस भेज दिया है।"

"अच्छा, तो यह बात है?"

"जी! यही बात है...वह तो ज़रा आपकी समझ का इम्तहान लिया जा रहा था। आप तो सैरवाली बात को सच ही समझ बैठे थे।"

"तू बड़ी शरीर है हुसना।"

"लेकिन आपकी गर्द को भी नहीं पहुँचती।"

इस पर विरसा ने सिर झुका लिया। किंचित् विलम्ब के पश्चात् बोला, "तुम ठीक कहती हो। मैं कोई अच्छा आदमी नहीं हूँ।"

हुसना बड़ी चतुर लड़की थी। उसने चोट की, "फिर भी अपने बारे में लफ़्ज़ अच्छा तो इस्तेमाल कर ही लिया तुमने।"

विरसा उसकी बात पर झुँझलाया नहीं। उसने गम्भीरता से सिर नीचा कर लिया और बोला, "हुसना! मैंने कई बार चाहा कि कह दूँ, पर नहीं कह सका। सचमुच मैं बहुत गिरा हुआ इन्सान हूँ। सचमुच, मुझे इतना हक़ भी तो नहीं है कि मैं यो खड़ा होकर तुम लोगों से दो बातें ही कर लूँ। अब मैं सीधी राह से इतनी दूर निकल आया हूँ कि मेरे लिये लौटना नामुमकिन है, और...मैं अपने-आपसे बहुत ख़ुश न रहकर भी इसी तरह जीवन बिताने पर विवश हूँ।"

हुसना ने आँखें मटकाकर कहा, "ख़ूब समझती हूँ। ये सब बातें दरअसल गोबिन्दी को सुनायी जा रही हैं। हाँ भई गोबिन्दी! सुन लो अपने ढोल (बालम) की बातें। वाह, कानों में कैसा रस टपकाती हैं इसकी बातें..."

विरसा चुप रहा। वह तेज़ धूप में उड़ते हुए भुंगों को देख रहा था।

गोबिन्दी ने धीरे-से कहा, "कहो, छोटा-सा मुँह निकल आया है। तन्दुरुस्ती का भी ध्यान रखा करो।"

हुसना ने बड़ा-सा मुँह खोला ही था कि गोबिन्दी ने इशारे से रोका कि उसका नाम न ले। इस पर हुसना ने मुँह बन्द करके कनखियों से सखी की ओर देखा, फिर

खिलखिलाकर हँस दी और बोली, "अजी, ज़रा तन्दुरुस्ती का भी ख़याल रखा करो। इत्ता-सा मुँह निकल आया है।"

विरसे से गोबिन्दी की मनोदशा छिपी नहीं थी। उसने बात का सीधा उत्तर देने की जगह मचलती हुई घोड़ी की ओर इशारा करके कहा, "देखो, यह घोड़ी दम-भर को नहीं रुकती...बात भी नहीं करने देती।"

घोड़ी ने सिमटकर एक कुलाँच भरी और पलक झपकाते में घुड़सवार धूल के बादल में गुम-सा होने लगा।

हुसना आँखें चुँधी करके घुड़सवार की ओर देखती रही और जब वह बहुत दूर निकल गया तब बोली, "अजी अब चलो, साजन की सजनी!"

जब उसने गोबिन्दी की उदास मुद्रा देखी तो उसे अनुभव हुआ कि उसे इतनी शोखी से बात नहीं करनी थी। धूप की तीव्रता से गोबिन्दी का चेहरा तमतमा रहा था और आँखों में दुःख तथा पीड़ा के बादल उमड़े आते थे।

हुसना ने उस सौन्दर्य की प्रतिमा के नख-शिख का स्नेहपूर्ण ढंग से निरीक्षण किया और फिर अत्यन्त प्यार भरे स्वर में बोली, "पगली! तू न जाने किस फेर में पड़ी है। अल्लाह की क़ुदरत! देवी राक्षस पर जान देती है..."

"तुम ऐसी बातें न कहो।"

"और क्या कहूँ।"

"वह ऐसे बुरे नहीं हैं।"

"वही मूर्ख और अक़्ल की अन्धी लड़कियों की-सी बातें। वह ऐसे बुरे नहीं हैं, तब फिर यह बेला का क्या क़िस्सा है। तुमने उसे देखा भी है..."

"नहीं।"

"तभी तो...मैंने उस चुड़ैल को देखा है...तेरे पाँव की धूल को भी नहीं पहुँचती...शकल का तो यह हाल है। और जो उसके चलन हैं, वह तो तुम हज़ार बार सुन चुकी हो या नहीं?"

गोबिन्दी ने स्वीकारात्मक ढंग से सिर हिलाया।

"अब बताओ, जो ऐसी औरत से प्रेम करे, बल्कि उसकी ग़ुलामी करे, और वह भी तुम-ऐसी मोहिनी को छोड़कर...बल्कि तुम्हारा जी जलाकर...तब फिर तुम उसे क्या कहोगी?"

गोबिन्दी चुप रही।

"बोल?" हुसना आवेश में काँपते हुए स्वर में बोली।

"मेरी समझ में कुछ नहीं आता...हुसना! मेरी समझ में कुछ नहीं आता।" यह कह गोबिन्दी ने चलते-चलते सखी के कन्धों पर गाल रख दिये और उसके घने बालों के लच्छों ने गिरकर उसके आधे से अधिक गाल को अपने अंचल में छिपा लिया।

हुसना उसके बालों पर हाथ फेरने लगी। मानो वह कोई नन्हीं-सी गुड़िया हो।

"देखो गोबिन्दी, कोई आ रहा है। आओ, हम धीरे-धीरे चलें।"

वे चुपचाप बढ़ती चली गयीं। जब वे पथिक उनके निकट से निकल गये तो हुसना कहने लगी, "गोबिन्दी! भई मुझसे तुम्हारा यह हाल देखा नहीं जाता।"

गोबिन्दी कुछ नहीं बोली।

"तुमने अपना क्या हाल बना लिया है?"

"मैं क्या करूँ सखी?"

"मैं होती तुम्हारी जगह तो जूती की नोक पर रखती ऐसे आदमी को।"

"हुसना!"

"आख़िर आदमी को कुछ सोच-समझकर क़दम उठाना चाहिए। तुम्हारी तरह तो नहीं न कि बस बिक गये दूसरों के हाथों। भला मुफ़्त हाथ लगती चीज़ की किसी के दिल में क्या क़दर हो सकती है। तुम मर्द की फ़ितरत को भी नहीं समझती हो। और फिर ऐसे मर्द की फ़ितरत को।"

"तुम धीरज बँधाने की जगह मेरे मन को और दुःखी कर रही हो।"

"मैं झूठ-मूठ की ख़ुशी को नहीं मानती। मैं तो सियाह को सियाह और सफ़ेद को सफ़ेद ही कहूँगी।"

"अच्छा तो जो मन में आये सो कहकर अपना जी ख़ुश कर ले।"

"देख, अब मैं कहे देती हूँ कि अगर तुझे अपनी और अपने ख़ानदान की लाज का कुछ भी लिहाज़ है तो उस हत्यारे का ख़याल मन से सदा-सदा के लिए निकाल दे।"

गोबिन्दी के चेहरे पर तीव्र वेदना के चिह्न उत्पन्न हुए। उसने सखी की बाँह झिंझोड़ते हुए धीमे तथा क्षीण स्वर में कहा, "तुम नहीं समझोगी। मेरे लिये यह बात बिलकुल असम्भव है। यह मेरे बस का रोग नहीं। ऐसा करना मेरी शक्ति से बाहर है। जो चीज़ मेरे तन और मन का अंश बन गयी हो उसे अलग कैसे कर सकती हूँ मैं?"

इस पर हुसना कुछ नहीं बोली और वे दोनों चुपचाप चलती गयीं, यहाँ तक कि वे गोबिन्दी के मकान के दरवाज़े तक पहुँच गयीं।

हुसना ने गोबिन्दी के गुलाबी होंठों की तरफ़ देखा जिसके ऊपर पसीने की बूँदें बहुत नन्हें-नन्हें मोतियों की भाँति दमक रही थीं। फिर उसने प्रेम से उसका हाथ अपने हाथ में ले लिया और बोली, "तुम देवी हो! और जब तक वह अपने सारे गुनाहों से हमेशा-हमेशा के लिए तौबा नहीं कर लेगा, वह तुम्हारे पास फटक भी नहीं पायेगा।"

## (2)

**सन्ध्या समय चारगाँव** के ढोर चरागाहों से एक बड़े गल्ले के रूप में सींग हिलाते, कान फड़फड़ाते, धूल उड़ाते और गले में लटकी हुई घण्टियों को टनटनाते घरों को लौट रहे थे।

बेली शाह ने अस्त होते हुए सूर्य की पीली टिकिया की ओर एक नज़र देखा और फिर अपना कार्य समाप्त कर उठ खड़ा हुआ। घर में गया तो बेटी को सोते पाया। वह उसके पास चारपाई पर बैठ गया। धीरे-धीरे उसके सिर पर हाथ फेरते हुए मद्धिम स्वर में उसका नाम पुकारने लगा, "कौलाँ! बेटी कौलाँ!!

कौलाँ ने आँखें तनिक खोलीं और उसके होंठ फड़फड़ाये, "क्या बात है अब्बा!"

"बेटी, उठो, जागो।"

उसकी बात समाप्त होने से पहले कौलाँ की आँखें फिर बन्द हो गयीं और वह करवट बदलकर नींद में डूब गयी।

बेली कौलाँ की दादी की ओर देखकर हँसा। दादी बहुत बूढ़ी थी। उसकी निगाह कमज़ोर, मुँह में दाँत न पेट में आँत। बैठी अल्लाह का नाम जपा करती थी।

बेली ने बुढ़िया से कहा, "माँ, तुम ही जगा दो इसे।"

"न। तुम्हारी लाडो ने हमारे कहने से कोई काम किया भी है आज तक।" बुढ़िया ने जलकर जवाब दिया।

"सच है। दोनों बच्चियाँ हों। इसे तो बचपन भला लगता है, लेकिन बूढ़ों में बचपन अच्छा मालूम नहीं होता...अच्छा, हम ख़ुद ही उठा लेंगे अपनी बच्ची को।...कौलाँ! ओ बेटी कौलाँ!"

"अब्बा, नींद आ रही है।" कौलाँ ने आँखें खोले बिना जवाब दिया।

"देखो बेटी रानी, तुम बहुत देर से सोयी पड़ी हो। शाम के वक़्त बिलकुल नहीं सोया करते।"

"लेकिन अब्बा, मेरी आँखें खुलने ही में नहीं आतीं।"

"तू मेरी बात तो सुन सकती है।"

"हाँ-हाँ, सुन सकती हूँ।"

"तो सुन, आज हम बाहर जा रहे हैं घर से। उठके मुझे पानी दे। कपड़े निकाल धुले हुए ताकि मुँह-हाथ धोकर उन्हें बदल डालूँ।"

"तुम ही तो जा रहे हो न?"

"वाह, तुम भी चलोगी मेरे साथ।"

इस पर कौलाँ चहककर बोली, "अच्छा...लेकिन कहाँ जाना होगा?"

"मियाँ जी के दारे चलेंगे।"

"वहाँ क्या है?"

"आज उनके यहाँ शहर से एक बहुत बड़े आदमी आये हैं। उन्हीं से बातें होंगी। वे हमें अच्छी और मज़ेदार बातें सुनायेंगे।"

"तब तो मैं ज़रूर चलूँगी।"

"लेकिन तुम्हें एक काम भी करना होगा।"

"वह क्या?"

"तुमको वहाँ नज़्म सुनानी होगी।"

"अच्छा?...अच्छी बात। मैं नज़्म ज़रूर सुनाऊँगी।"

"बस तो बेटा, उठो, अपने अब्बा को तैयार करो और आप भी तैयार हो जाओ।"

"कौलाँ अपनी ही धुन में बोली, "क्या वह मेरी नज़्म सुनकर बहुत ख़ुश होंगे?"

"हाँ-हाँ, क्यों नहीं! अरी पगली, इसीलिए तो तुझे अपने साथ ले जा रहा हूँ।"

"बस, तो फिर ख़ूब मज़ा रहेगा।"

"लो, अब उठ बैठो।"

इस शौक में कौलाँ की नींद हवा हो गयी। वह अपने बोझिल बाल सँभालती हुई उठ बैठी और चटपट बाप के लिए लोटा-भर पानी लाकर रख दिया आँगन में।

बेली शाह मुँह-हाथ धोने लगा तो कौलाँ ने कहा, "अब्बा, मैं नहाये बिना कपड़े नहीं बदलूँगी।"

"हाँ-हाँ, ज़रूर नहाओ। ऐसी जल्दी है भी क्या। मज़े-मज़े में चलेंगे।"

"हाँ, मज़े-मज़े में।" यह कहकर कौलाँ बाज़ू अकड़ाकर सिपाहियों की भाँति टाँगें फेंकती हुई पसार में इधर-से-उधर घूमने लगी।

इस पर बेली ने कहा, "नहाने-धोने में कोई हर्ज़ नहीं। पर बेटी, अगर इस तरह लेफ़्ट-राइट करती फिरोगी तो हमें बहुत देर हो जायेगी।"

इस पर कौलाँ ने आँगन के कोने में दो चारपाइयों को आड़ी टिकाकर परदा किया और नये कपड़े लेकर उनकी आड़ में नहाने लगी।

बेली शाह को पढ़े-लिखे आदमियों से मिलने का बड़ा शौक था। इसका कारण उसकी भावुकता नहीं थी, बल्कि उसे प्रत्येक नये और योग्य व्यक्ति से विचार-विनिमय करने में बड़े आनन्द का अनुभव होता था। यह चीज़ उसकी घुट्टी में पड़ी हुई थी। वह सही माने में विद्या-प्रेमी था। कुछ सीखने और सिखाने का तो जैसे उसे जनून था। कभी-कभी तो बाहर से आनेवाले लोग उसकी जानकारी देखकर हैरान रह जाते थे।

कौलाँ नहा-धो चुकी तो दादी उसकी चुटिया गूँथने लगी। कौलाँ ने बाल खिंचने पर जो तक़लीफ़ ज़ाहिर की तो दादी पोपले मुँह से बोली, "ठहर लौंडिया! सारे दिन बाल बिखराये घूमती है। अब सियानी हो चली है। कम-से-कम बाहर जाते वक़्त तो चुटिया गुँथवा लिया कर। खुले बालों की तो तुझे आदत पड़ गयी है। अगर इसी तरह से कुछ दिन और बीते तो चोटी सिरे से गुँथवा ही नहीं सकेगी।"

कौलाँ झुँझलाकर बोली, "दादी, चुटिया गूँथने को किसने मना किया है। पर बाल उखाड़ने को किसने कहा है तुझसे।"

बेली शाह दादी-पोती के झगड़े को चुपचाप देखता रहा। वह जानता था कि दादी भी पक्की ढीठ है। उसे जिस बात से मना किया जाये उसे वह चिढ़कर और भी ज़ोर-शोर से करने लगती है। आख़िर किसी-न-किसी तरह चोटी का झगड़ा ख़तम हुआ। फिर जब कौलाँ तैयार हो गयी तो बेली ने अपने अँगोछे के सिरे से बेटी के माथे की चिकनाई

साफ़ की। बिखरे हुए बालों में उसका चेहरा छोटा दिखायी दिया करता था किन्तु आज बालों के कारण चेहरा भी बड़ा-सा निकल आया था।

कलफ़-लगी पगड़ी सिर पर रखे और हाथ में छड़ी पकड़े बेली शाह बेटी के कन्धे पर हाथ रखे घर से बाहर निकला तो सूर्य अस्त हो चुका था। किन्तु फीकी रोशनी अभी बाक़ी थी। चारगाँव के आसपास लोग दिन-भर कामकाज करने के बाद निश्चिन्त भाव से इधर-उधर मटरगश्ती कर रहे थे और मैले-कुचैले बच्चे चीखते-चिल्लाते उछल-कूद रहे थे।

बेली शाह बड़े मज़े-मज़े से क़दम उठाता हुआ बढ़ रहा था। उसके चेहरे से गम्भीरता, सज्जनता तथा आत्म-सन्तोष के भाव प्रकट थे। रास्ते में जो भी व्यक्ति मिलता उससे 'साहब सलामत' ज़रूर होती। बेली उसके बाल-बच्चों के स्वास्थ्य और कामकाज के बारे में सवाल अवश्य करता और किसी की कोई तक़लीफ़ सुनकर कहता, "अल्लाह ख़ैर करेगा।" चारगाँव की स्त्रियाँ भी उसे बहुत मानती थीं। स्त्रियों के मनोविज्ञान को वह ख़ूब समझता था। बातों-ही-बातों में उनके दुःख-सुख में शरीक होना ख़ूब जानता था। और यदि कभी उसकी अमली मदद की ज़रूरत होती तो वह संकोच नहीं करता था। रास्ते में जो बूढ़ी, जवान या बच्ची मिलती, उससे दो बातें अवश्य करती। बड़ी-बूढ़ी स्त्रियाँ कौलाँ को आशीर्वाद दिये बिना आगे नहीं बढ़ती थीं।

इस प्रकार हार्दिक सन्तोष से शान्तिपूर्ण वातावरण में हर किसी से दुःख-सुख बँटाते वे आगे बढ़ रहे थे कि दारे से परे एक मैदान में कुछ लौंडे कबड्डी खेलते दिखायी पड़े। शायद बेली उनके पास से चुपचाप आगे निकल जाता, लेकिन वहाँ कुछ बड़े बूढ़ों को खड़े देख वह रुक गया। लगता था कि वे लोग भी कोई काम न होने के कारण लौंडों का खेल देख-देखकर मन बहला रहे थे। हुक्का उनके पास था और वे कश ले-लेकर धुआँ उड़ा रहे थे।

बेली को देखते ही तीन-चार आवाज़ें एक साथ गूँजीं, "साहब सलामत शाह जी।"

"साहब सलामत जी।"

"कहिये, अभी गर्मी नहीं घटायी आपने?"

"मैंने? अरे भई, अल्लाह का नाम लो। सर्दी-गर्मी बढ़ाने और कम करनेवाला मैं कौन होता हूँ।"

इस पर सब हँस पड़े!

"शाह जी, हम आपको मामूली आदमी तो नहीं समझते हैं।"

"अगर ग़ौर से देखो तो मैं मुश्किल से मामूली आदमी ही तो हूँ, शायद वह भी नहीं हूँ।"

इस विवाद में पड़ने का उनमें से किसी का कोई इरादा नहीं था, अतः उन्होंने और भी विनम्रता प्रदर्शित कर, हँसकर बात टाल दी।

अल्लादित्ता अराईं ने पूछा, "शाह साहब! कहाँ जा रहे हैं? आज तो नन्हीं कौलाँ भी साथ है। क्या नन्हीं बैत (कविता) सुनायेगी।"

"हाँ भई, इरादा तो है। आज मियाँ जी के दारे जा रहे हैं।"

इस पर अल्लादित्ता अराईं ने कहा, "ओहो, ख़ूब याद आया। अजी वहाँ तो मियाँ जी के एक रिश्तेदार आये हुए हैं।"

"रिश्तेदार तो उनके आते ही रहते हैं।" किसी ने आपत्ति की।

"नहीं, ये तो मुस्लिम लीग के बड़े अफ़सर हैं जी।"

"अच्छा जी।"

"हाँ जी।"

"तब तो बड़ी अच्छी-अच्छी बातें होंगी।"

"हाँ जी।"

"अच्छा शाह जी। आप भी इसी मतलब से जा रहे हैं?"

बेली ने विनम्रतापूर्वक जवाब दिया, "अरे भाई, हम तो फ़क़ीर हैं। किसी की सुन लेने और अपनी सुना देने में कोई हर्ज़ नहीं समझते।"

"हाँ-हाँ, शाह जी ठीक ही तो कहते हैं। बातें करने के लिए ही तो बनी हैं। बातें करने और सुनने में भला क्या बुराई हो सकती है।" एक ने बेली का समर्थन किया।

दूसरा बोला, "जी, हम अख़बार तो पढ़ते नहीं हैं। यह मुस्लिम लीग किसे कहते हैं?"

अल्लादित्ता अराईं बोला, "वहाँ चलकर सब-कुछ मालूम हो जायेगा।"

दूसरा बेली को सम्बोधित कर बोला, "शाह जी! हम भी चलें तुम्हारे संग?"

"क्यों नहीं, भई, ज़रूर चलो।"

"अजी, आप तो जानते ही हैं। हमें कोई बात-वात तो करनी आती नहीं। आप संग होंगे तो सहारा रहेगा। आप बातें कीजिये, हम हाँ-में-हाँ मिलायेंगे।"

इस पर सब लोग खिलखिलाकर हँसने लगे।

बेली शाह ने कहा, "तो आओ, फिर देर काहे को करें। एक चक्कर लगा ही आयें दारे तक।"

## (3)

दारे में ख़ूब चहल-पहल थी। लगता था कि नये मेहमान के आगमन की सबको ख़बर हो गयी थी, इसलिए सब लोग बड़े उत्सुक भाव से वहाँ एकत्र हो गये थे। मियाँ दिल मोहम्मद ने भी लीद-गोबर मिली तम्बाकू मुफ़्त लुटा दी। हुक्के गुड़गुड़ा रहे थे और मैले-कुचैले तहमद सरसरा रहे थे। लालटेन का पीला प्रकाश फैला था।

मियाँ जी तो नित्य की भाँति दारे में बैठे थे, किन्तु प्रमुख मेहमान, जिनकी सब प्रतीक्षा कर रहे थे, अभी अन्दर ही से न निकले थे। उपस्थित लोगों में हिन्दू, सिक्ख और मुसलमान सभी लोग शामिल थे। कुछ तो यों ही चले आये और कुछ नये मेहमान के आने की ख़बर पाकर विशेष रूप से आये थे।

इस बीच बेली शाह भी कुछ आदमियों के गिरोह को लेकर वहाँ पहुँचा। उसके पहुँचने पर थोड़ा-सा शोर मचा तो लोगों ने समझा कि जिनकी प्रतीक्षा थी वे आ गये। मियाँ ने बड़े तपाक से शाह का स्वागत किया और कौलाँ का हाथ पकड़कर उसे अपने साथ बैठा लिया। फिर मुँह से हुक्के की नाल हटाकर भारी-भरकम स्वर में बोले, "भई आज तो कौलाँ भी आ गयी। यह तो बड़ा अच्छा हुआ...बता तो बिटिया, तू हमारे यहाँ क्यों नहीं आती?"

"आप हमें बुलाते ही नहीं कभी।" कौलाँ ने तुरन्त उत्तर दिया। इस पर मियाँ जी और अन्य लोग ज़ोर से ठट्टा लगाकर हँसे।

बेली शाह बेटी के कान के पास मुँह ले जाकर बोला, "बेटी, ऐसी बातें नहीं कहा करते।" तुम कहो, "मियाँ जी! मैं तो आपकी नन्हीं-सी बेटी हूँ। मेरा ख़ुद आपसे मिलने को जी चाहता था। पर इस डर से नहीं आती कि आपका वक़्त न ख़राब हो कहीं।"

भोली कौलाँ ने तुरन्त बाप के शब्द दोहरा दिये, जिस पर मियाँ जी ने प्यार से उसे अपने गले से लगा लिया और कहा, "बेटी, तुमसे मिलने को तो हमारा जी भी बहुत चाहता है। अब हम आदमी भेजकर तुम्हें बुलवा लिया करेंगे।"

"अच्छी बात है जी।" कौलाँ ने जवाब दिया।

सब लोग कौलाँ की बातों में बड़ी दिलचस्पी ले रहे थे।

मियाँ जी ने पूछा, "कौलाँ बेटी! आज तुम नज़्म सुनाओगी न?"

"हाँ जी, ज़रूर सुनाऊँगी...इसीलिए तो आयी हूँ मैं।"

इस पर फिर सबने ठहाका लगाया।

इतने में मियाँ जी का बड़ा लड़का घर से बाहर निकला तो मियाँ जी ने पूछा, "तसनीम साहब तैयार हैं या नहीं?"

"बस जी, आ रहे हैं।"

उसका वाक्य ख़तम भी न हो पाया था कि ड्योढ़ी के दरवाज़े से तसनीम साहब की लम्बी-चौड़ी आकृति दिखायी पड़ी। उन्होंने दूध के समान सफ़ेद लट्ठे की शलवार, काली शेरवानी पहन रखी थी और सिर पर 'जिन्ना कैप' थी।

उन्हें देख मियाँ जी के सिवा सब लोग उठ खड़े हुए। उपस्थित जनों के मिले-जुले स्वर गूँजे, "साहब सलामत है जी।"

"साहब सलामत।" तसनीम साहब ने शान से जवाब दिया और फिर नपे-तुले क़दम उठाते हुए अपने लिये बिछी हुई चारपाई की ओर बढ़े। उनके बैठते ही सब लोग बैठ गये।

कुछ देर महफ़िल में सन्नाटा छाया रहा। फिर मियाँ जी ने मुख्य-मुख्य व्यक्तियों का तसनीम साहब से परिचय कराना शुरू कर दिया।

"...ये हैं मुन्शी खेमचन्द, आप बड़े क़ाबिल शख़्स हैं। चारगाँव की नाक हैं। ये सूरजसिंह जी, हेड मास्टर हैं यहाँ के स्कूल के। और इधर हमारे सरदार पेशौरासिंह जेलदार...ये हमारे बेली शाह...आप सूफ़ी मनुश बुज़ुर्ग हैं...और यह नन्हीं कहने को शाह साहब की बेटी लेकिन दरहक़ीक़त सारे गाँव की दुलारी है।"

तसनीम साहब ने उँगलियों की मदद से कौलाँ की ठोड़ी को ज़रा-सा ऊपर उठाया—"बड़ी भोली और प्यारी बच्ची है।"

तसनीम साहब, जैसा कि लोग सोचते थे उसके विपरीत, बड़े सुलझे हुए और गम्भीर स्वभाव के आदमी थे। आयु चालीस को पार कर चुकी थी और बाल पकने शुरू हो गये थे। बात ख़ूब सँभल-सँभलकर करते थे।

मियाँ जी ने कहा, "आप बड़ों की महफ़िल में बच्ची को देखकर हैरान तो हुए होंगे।"

"नहीं, कोई मुज़ायका नहीं।"

मियाँ जी मुस्कराये और कौलाँ के कन्धे को थपथपाकर बोले, "अच्छी बिटिया! अब कुछ सुनाओ तो।"

"अच्छा, तो गाती है नन्हीं?"

"हाँ जी।" मियाँ ने गर्व के साथ कहा, "सुनाओ बेटी, कुछ सुनाओ न। तुम अभी कह रही थीं कि नज़्म सुनाने के लिए ही तो आयी हूँ।"

तसनीम साहब के गम्भीर चेहरे पर रौनक़ आ गयी। मुस्कराकर बोले, "तब तो हम ज़रूर सुनेंगे।"

इस पर कौलाँ ने बाप की ओर देखा। बेली ने बढ़कर उसकी पीठ पर हाथ रख दिया और हौसला बढ़ाते हुए बोला, "हाँ रानी बेटी! सुनाओ।"

"क्या सुनाऊँ?" कौलाँ ने बारीक़ तथा मद्धिम स्वर में ज़ोर देकर पूछा।

"बेटी, इक़बाल की नज़्म सुना दो।"

"शिकवा?"

"हाँ, वही सुनाओ।"

कौलाँ ने ओढ़नी सँभाली और बड़े ही सरल भाव से महाकवि इक़बाल की प्रसिद्ध कविता 'शिकवा' सुनानी शुरू की।

उसके स्वर में परिपक्वता नहीं थी, लेकिन उसमें रस और बचपन का अल्हड़पन था। महफ़िल पर उसकी आवाज़ का जादू छा गया, और जब उसने गाया—

'बर्क़ (बिजली) गिरती है तो बेचारे मुसलमानों पर'

तब मुसलमान झूम-झूम गये।

'शिकवा' ख़तम हो गया, पर उसका जादू ख़तम नहीं हुआ। कई क्षण तक दीये कि टिमटिमाहट के अतिरिक्त किसी ने कोई हरकत नहीं की।

आख़िर तसनीम साहब ने मौन भंग किया, "वाह वा, वाह वा।" और नन्हीं कौलाँ के सिर पर हाथ फेरते हुए बोले, "इस बच्ची पर ख़ुदा का ख़ास करम है।"

इसके पश्चात् महफ़िल में कइयों की ज़बान खुल गयी और उनमें से प्रत्येक ने अपने-अपने ढंग से कौलाँ की प्रशंसा की।

कुछ देर बाद हुक्कों की गुड़गुड़ाहट कौलाँ की मधुर स्वर-लहरी पर छा गयी। फिर सूरजसिंह ने मस्ती में सिर हिलाकर कहा, "इक़बाल बड़े पाये का कवि था।"

खेमचन्द हुक्के के बड़े गहरे-गहरे कश ले रहा था। यह बात सुन उसकी मूँछें फड़फड़ायीं। उसने हुक्के की नली मुँह से हटाकर गम्भीर स्वर में कहा, "हाँ, हाँ, उसकी उठान तो बहुत अच्छी थी। याद है—

*सारे जहाँ से अच्छा हिन्दोस्ताँ हमारा*
*हम बुलबुले हैं इसकी यह गुलसिताँ हमारा।*

और फिर उसकी यह नज़्म जिसका उनवान (शीर्षक) है 'नया शिवाला' उसे यों शुरू किया है—

*सच कहदूँ ए ब्रह्मन ग़र तू बुरा न माने*
*तेरे सनमकदों के बुत हो गये पुराने।*

और फिर यह शेर—

*मिट्टी की मूरतों में समझा है तू ख़ुदा है*
*ख़ाके वतन का मुझको हर ज़र्रा देवता है।*

वाह साहब, क्या शायरी की है उसने पहले-पहल।"

"हाँ साहब, सचमुच बहुत ऊँची नज़्में हैं।"

खेमचन्द हुक्के के गहरे-गहरे कश लगाते रहे और सिर इस ढंग से हिलाते रहे, मानो बड़ी भारी हानि हो गयी हो। फिर बोले, "लेकिन बाद में क्या से क्या हो गये।...मियाँ जी, आप कभी उनकी वह किताब पढ़ें, क्या नाम है, उसका...वह 'बाँगे-दरा'...।"

"अच्छा जी?" दिल मोहम्मद ने अचरज से पूछा, "ज़रूर पढ़ेंगे...अच्छा तो पहले की और बाद की शायरी में बहुत फ़रक है?"

"अजी ज़मीन-आसमान का फ़रक है।"

"अच्छा जी, हमें क्या मालूम। काला अच्छर भैंस बराबर... ज़रा खोलकर बयान कीजिये।"

खेमचन्द ने माथे पर बल डालकर क्षण-भर सोचा और फिर बोले, "पहले उनमें वतन (स्वदेश) की मुहब्बत थी। वह आदमी आदमी की बराबरी के क़ायल थे, हिन्दू-मुस्लिम एके के रसिया। लेकिन बाद में असल लाइन से हट गये।"

तसनीम साहब अब तक ये बातें चुपचाप सुन रहे थे। लेकिन अब उन्होंने कुछ कहने की ज़रूरत महसूस की। अतएव सुनहरे फ्रेमवाले चश्मे को ज़रा नीचे-ऊपर हिलाकर बोले, "लाला जी, माफ़ कीजियेगा। आपकी बात कट रही है। इक़बाल की बाद की शायरी के बारे में नाचीज़ की राय तो यह है कि वह असल लाइन से हटे नहीं, बल्कि असल लाइन पर आ गये।"

"मेरी समझ में तो यह बात आयी नहीं।" खेमचन्द ने फैलकर बैठते हुए पहले तनिक गर्व के साथ उपस्थित जनों की ओर देखा और फिर एक नज़र तसनीम साहब की ओर इस भाव से डाली मानो कह रहे हों—'आओ तो बेटा, दो-दो हाथ हो जायें तुमसे।'

तसनीम साहब तनिक सोच में डूब गये कि इन उलटी खोपड़ीवालों को यह बारीक़ी कैसे समझायें।

सूरजसिंह हेड मास्टर ने खेमचन्द के दृष्टिकोण को और विस्तार से समझाने के विचार से कहा, "असल बात हमें इस वक़्त यह सोचनी चाहिए कि क्या देशप्रेम के भाव अच्छे होते हैं या धार्मिक पक्षपात के। आप चाहे इसे मज़हबी कह लीजिये। हिन्दू-मुसलमानों का आपस में मेल कराना अच्छा है या उनमें फूट पैदा करना। एक देश में मिल-जुलकर रहना बेहतर है या देश के टुकड़े-टुकड़े करके अपनी-अपनी ढपली बजाना और अपने-अपने राग गाना अच्छा है..."

तसनीम साहब ने यह महसूस करके कि हेड मास्टर साहब तो पहाड़ी नाले की तरह बह निकले हैं, हाथ के इशारे से उन्हें रोका और बिना किसी झुँझलाहट के बोले, "मैं लाला जी का मतलब बख़ूबी समझ गया था, आपने उसकी वज़ाहत (व्याख्या) करने की जगह उसे और पेचीदा बना दिया और एक ही साँस में कई ऐसे मसलों का ज़िक्र छेड़ दिया है जिसका असल सवाल से कोई सीधा ताल्लुक़ ही नहीं है।"

इस पर सूरजसिंह ने होंठ बिसूरकर खिन्नता प्रकट की, किन्तु मुँह से कुछ नहीं बोले।

खेमचन्द ने सूरजसिंह का समर्थन करते हुए कहा, "ख़ाँ साहब! हक़ीक़त तो यही है न, कि मुस्लिम लीग के आज के नज़रिये (सिद्धान्त या ध्येय) बनाने में इक़बाल की शायरी का ख़ास हाथ है।"

"देखिये, ये सब मसले बड़े गहरे हैं। इन पर इस तरह बेतुकेपन से बहस करना ग़लत होगा। मुस्लिम लीग से ख़ुदा वास्ते का वैर रखना तो आप लोगों के लिए मुनासिब नहीं है न...बल्कि मुनासिब यह है कि हम एक-दूसरे के ख़यालों को समझने और समझाने की कोशिश करें।"

"ठीक है साहब, ठीक है। आपसे कोई लड़ तो नहीं रहा है। आप हमारे मेहमान हैं। आपकी तरफ़ कोई आँख उठाकर भी नहीं देख सकता।" ये शब्द ज़ैलदार पेशौरासिंह के थे। वे इन मसलों की बारीक़ियों और मोटाइयों को समझने में मियाँ दिल मोहम्मद

से भी चार जूते आगे थे। लेकिन उपस्थित जनों को अपनी उपस्थिति का अनुभव कराना भी आवश्यक था।

ज़ैलदार की बात सुनकर खेमचन्द ने कहा, ''नहीं, लड़ाई-झगड़े का कोई कारण ही नहीं है। पढ़े-लिखे लोगों में बहस-मुबाहसे होते ही हैं। भाई-भाई का आपस में झगड़ा हो सकता है, लेकिन इसका यह मतलब तो नहीं कि वह आपस में दुश्मन बन जायें।'' यह कहकर खेमचन्द ने खरगोश की भाँति गर्दन उठाकर इधर-उधर देखकर अपनी बात का मानो समर्थन चाहा तो कुछ ने साफ़ दिल से और कुछ ने बुरे दिल से हाँ-में-हाँ मिलायी।

''हाँ जी!''

''आहो जी!''

''हा-हा हा।''

सूरजसिंह ने गम्भीरता से कहा, ''बस जी, सारी बात का निचोड़ यह है कि अगर किसी तरफ़ से नाजायज़ हक़ जमाने की कोशिश न की जायेगी तो फिर किसी तरह के झगड़े की बात हो ही नहीं सकती।''

इस पर तसनीम साहब बड़ी शिष्टता से हँसे और बोले, ''लेकिन हेडमास्टर साहब, ग़ौर करने की बात यह है कि ऐसी बात से जिसमें मेरा फ़ायदा होता हो, दूसरे को ख़ाहमख़ाह चिढ़ पैदा हो जायेगी और यह चीज़ सरासर नाजायज़ है।''

खेमचन्द ने कहा, ''ख़ाँ साहब! बात ज़रा खोलकर कहिये। आख़िर हम लोग भाइयों की तरह बैठे हैं। ऐसे मौक़े पर तिकड़मबाज़ी कुछ भली नहीं लगती।''

'तिकड़मबाज़ी' वाला घटिया बाज़ारू शब्द सुनकर तसनीम साहब मन में अप्रसन्न अवश्य हुए, किन्तु उन्होंने अत्यधिक धैर्य से काम लेते हुए उत्तर दिया, ''मुझे ऐसा महसूस होता है कि आपके दिल में काफ़ी शिकायतें हैं। मैं दिल से चाहता हूँ कि आपके एतराज़ों को सुनूँ और उन पर विचार करूँ और जो कुछ मेरी नाक़िस (हीन) अक़्ल में आये वह भी बयान कर दूँ। यह मेरी बड़ी ख़ुशकिस्मती होगी अगर मैं आपकी शिकायतें दूर कर सकूँ। जैसा कि मैंने अभी-अभी अर्ज़ किया था, ये बड़ी गहरी बातें हैं। इनकी जड़ें बहुत दूर तक फैली हुई हैं...''

तसनीम साहब तनिक रुके तो सूरजसिंह ने अवसर का लाभ उठाया और कहना शुरू किया—''जहाँ तक इनकी जड़ों का सम्बन्ध है, उनसे हम ख़ूब वाक़िफ़ हैं। ये बातें तो हमारी उँगलियों पर हैं। हमारे जो एतराज़ हैं उनकी बुनियाद सच्चाई पर है। इनका कोई जवाब नहीं है। हमने इन मामलों और मसलों पर बहुत गहराई से विचार करने के बाद यह नतीजा निकाला है।''

ये तीक्ष्ण बातें सहन करने के लिए तसनीम साहब को तनिक कोशिश के साथ थूक अन्दर निगलना पड़ा और उन्होंने होंठों पर मुस्कान उत्पन्न करते हुए कहा, ''मैं जानता हूँ कि आपके इन तेज़-तेज़ लफ़्ज़ों के नीचे एक प्रेम-भरा दिल धड़क रहा है। पर मुश्किल यह है कि सुनी-सुनायी बातों से आपका दिल भी शक-शुबहे से भर गया है।''

सूरजसिंह ने भी मुस्कराने की चेष्टा की और धीमे, किन्तु गहरे स्वर में बोले, "ख़ाँ साहब, आप एक बड़ी भारी भूल कर रहे हैं..."

"क्या भूल है साहब, मैं भी तो सुनूँ।"

"आप समझते हैं कि हम सुनी-सुनायी बातों के बूते पर आपके मुँह आ रहे हैं। देखिये, आप मेरी बात का बुरा न मानियेगा।...न...न...आप भी ज़रा सोचिये कि आपको हमारे बारे में इस तरह के शब्दों का प्रयोग करना कहाँ तक शोभा देता है। आख़िर हम भी पढ़े-लिखे इन्सान हैं। मैं ग्यारह बरस से हेड-मास्टरी कर रहा हूँ। बताइये, मेरी जगह आप होते तो आपको कितना दुःख होता?"

"वाक़ई...दरअसल मेरा मतलब यह नहीं था कि आपकी जानकारी सुनी-सुनायी बातों तक ही महदूद है। दरअसल मैं कहना यह चाहता था कि..."

इस पर हेड मास्टर सूरजसिंह ने उँगली उठायी और खिलखिलाकर विजयी हँसी हँसते हुए बोले, "बस ख़ाँ साहब! इस वक़्त सवाल यह नहीं है कि आप दरअसल क्या कहना चाहते थे, बल्कि यह है कि आपने दरअसल क्या कहा?" यह कहकर हेड मास्टर ने ज़ोर से ठहाका लगाया और अपनी 'लाख रुपये' की बात की दाद चाहने के अन्दाज़ से हाथ मिलाने के लिए अपना दायाँ हाथ ख़ाँ साहब की ओर बढ़ाया। ख़ाँ साहब उस 'साकार हास्य' बने व्यक्ति की इस कलाबाज़ी से भौंचक्के रह गये और मरा हुआ हाथ आगे बढ़ा दिया।

इस पर सब हिन्दू भाइयों, सिक्ख भाइयों और मुसलमान भाइयों ने प्रसन्नता प्रकट करने के सिलसिले में अपने-अपने दाँतों का अपनी-अपनी औक़ात के अनुसार प्रदर्शन किया।

इतने सुखद वातावरण को और सुखद बनाने के लिए खेमचन्द ने कहा, "ख़ाँ साहब, आशा है आप हमारा नुक्त-ए-नज़र (दृष्टिकोण) भी समझ गये होंगे।"

ख़ाँ साहब चुप रहे।

कुछ मिनट पूर्व हेड मास्टर सूरजसिंह काँटों पर लोट रहे थे। अब उन्होंने फूलों की सेज पर करवट बदलकर कहा, "ख़ाँ साहब, बुरी बात का हमेशा बुरा नतीजा निकलता है।"

ख़ाँ साहब ने मन-ही-मन 'लाहौल' पढ़ी और इस्लामी जोश को इस्लामी इच्छा-शक्ति से दबाते हुए बोले, "अब तो आप बड़ी ऊँची बातें करने लगे। मेरी समझ में ख़ाक भी नहीं आता।"

खेमचन्द ने निस्संकोच भाव से ख़ाँ साहब के व्यंग्य को प्रशंसा समझ स्वीकार किया और सूरजसिंह ने एक ज्ञानी की-सी मुद्रा बनाकर सचमुच गम्भीर स्वर में कहा, "मिसाल के तौर पर बंगाल की घटना ले लीजिये।"

ख़ाँ साहब ने भी मन-ही-मन आस्तीनें चढ़ा लीं और सूरजसिंह की आँखों में आँखें डालकर पूछा, "हाँ साहब, क्या हुआ है बंगाल में?"

"मेरा मतलब मुस्लिम लीगी सरकार की उस कार्यवाही की तरफ़ है जो 'डाइरेक्ट ऐक्शन' के नाम से की गयी है।"

"हाँ-जी, समझ गया मैं। आगे फ़रमाइये।"

"वहाँ मुस्लिम लीग ने पूरी साज़िश के साथ यह आन्दोलन चलाया..."

"साज़िश से आपका क्या मतलब है?"

"साज़िश, बस साज़िश। जान-बूझकर शरारत करने के लिए इतना इन्तज़ाम किया गया।"

"इन्तज़ाम कैसा?"

"आप तो भोले बनते हैं। क्या यह साज़िश नहीं थी कि लीग ने जान-बूझकर हिन्दुओं पर ज़ुल्म करने की ठानी। इसके लिए तैयारियाँ की गयीं। हिन्दुओं को डराया-धमकाया गया। 'डाइरेक्ट ऐक्शन' से कई दिन पहले से हिन्दुओं को खुले आम कहा गया कि तुम्हारी बे-आबरूई की जायेगी, तुम्हें लूटा जायेगा। ख़ास 'डाइरेक्ट ऐक्शन' वाले दिन लीगी मुसलमान ट्रकों और मोटरों पर सवार होकर निकले। लीगी सरकार ने दफ़्तरों में छुट्टी कर दी जिसमें कि ख़ूब खुलकर दंगे हों।"

"देखिये लाला साहब, अब फिर वही बात पैदा हो गयी।"

"क्या बात?"

"अच्छा अब यह बताइये कि आप आँखों-देखी बात कह रहे हैं?"

"आँखों देखी तो नहीं..."

"यानी वही सुनी-सुनायीवाली बात हुई न?"

"सुनी-सुनायी कैसी? अख़बारों में सारी ख़बरें तफ़सील के साथ निकली हैं। अँगरेजी अख़बारों ने भी इसका समर्थन किया है।"

खेमचन्द बोले, "हमारे तो एक रिश्तेदार ने कलकत्ते से आँखों-देखा हाल लिखा है। कभी वह चिट्ठी सुनाऊँ तो मालूम हो कि वहाँ पागल लीगियों ने क्या-क्या हरकतें की हैं।"

"लेकिन सच्ची बात किसी ने नहीं कही होगी..."

"अब इससे ज़्यादा सच्ची बात आप क्या चाहते हैं?"

"एकतरफ़ा ढोल पीटने से सच्चाई ज़ाहिर नहीं हुआ करती। मैं आपको बताता हूँ कि असिल वाकेआ (वाक़्या) क्या था। पहले आप यह बताइये कि किसी सियासी जमाअत का अपने उसूलों की तबलीग़ (प्रचार) करना कोई क़ाबिले एतराज़ बात है?"

"आप तो बात को कहीं-से-कहीं ले गये हैं..."

"वाकेआत को आप तोड़-मरोड़ रहे हैं और इलज़ाम मुझ पर धरते हैं।" तसनीम साहब भी कुछ गर्म होकर बोले, "सीधी-सादी बात तो यह है कि मुसलमानों ने अपने हकूक जताने के लिए सीधा-सादा पुर-अमन (शान्तिपूर्ण) जुलूस निकाला, लेकिन हिन्दू

रंग-में-भंग डालने पर तुले हुए थे। ख़ुद हिन्दुओं ने पहल की। सारे लड़ाई-झगड़े, ख़ून-ख़राबे और लूट-मार की ज़िम्मेदारी हिन्दुओं के सिर है।''

''जब आप हिन्दुओं को कुचलने की कोशिश करेंगे तो उन्हें भी हक़ है कि वह आपका मुक़ाबला करें।''

''यह भी ख़ूब रही...हमें कुचलने की कोशिश तो आप कर रहे हैं। हम तो सिर्फ़ बचाव की लड़ाई लड़ रहे हैं।''

''यह दो क़ौमों की थ्योरियाँ आप बनाते हैं कि हम, मुल्क के टुकड़े करने की तहरीक आपने शुरू की या हमने?''

''अरे लाला जी, जबकि हम अलग क़ौम हैं, हमारा दीन, हमारा रसूल, हमारा जीना-मरना सब आपसे अलग है तो फिर हम क्यों न आपसे अलग ही रहें।''

''आप तो अपना क़सूर मानते हैं न?''

''अपने क़सूर का नहीं, अपने नस्बुलऐन (ध्येय) का ज़िक्र कर रहा हूँ। आप चाहते हैं कि भोले-भाले मुसलमान आपकी चिकनी-चुपड़ी बातों में आकर सदा के लिए अपने को आपका ग़ुलाम बना लें। आपका जी तो बहुत चाहता है कि किसी-न-किसी तरह एक बार मुसलमान पर हुकूमत कर लें। लेकिन आपको मालूम होना चाहिए कि मुसलमान आप पर हुकूमत करने का तो आदी है, अपने पर हुकूमत करने का नहीं।''

''अजी ख़ाँ साहब, वह ज़माने लद गये। अब तो होश में आइये और ऐसे ख़्वाब देखना छोड़ दीजिये।''

विवाद की इस सीमा पर बेली शाह ने बेटी का हाथ पकड़ा और जाने को तैयार हुआ।

मियाँ दिल मोहम्मद ने कहा, ''शाह साहब, बैठिये। अभी तो कुछ मज़ा आने लगा है।''

बेली शाह ने धीमे स्वर में कहा, ''मियाँ जी! इस वक़्त इजाज़त दीजिये। बच्ची को भूख लगी होगी। और रात मैं भी अच्छी तरह सो नहीं सका था, इसलिए आज जल्द ही सो जाने का इरादा है।''

(दूसरे दिन चारगाँव में यह ख़बर फैली कि पिछली रात दारे में बहस-मुबाहसे के बीच हिन्दू भाइयों, सिक्ख भाइयों और मुसलमान भाइयों ने तीन बार जूते उतारे और फिर पहन लिये।)

जब बेली बेटी का हाथ थामे दारे से बाहर निकला तो कौलाँ बोली, ''अब्बा! तुम्हारा हाथ क्यों काँप रहा है?''

बेली ने इच्छा-शक्ति से काम ले, हाथ की कम्पन को रोका और खिली हुई चाँदनी में चारगाँव के आसपास निगाह दौड़ायी। उसकी बूढ़ी आँखों के कोनों की झुर्रियाँ गहरी हो गयी थीं।

दूर ऊँचे-लम्बे तुन के वृक्ष के नीचे पशुओं के चारा खाने की खुर्लियों पर शुर्ली, गीटा, बग्गू साँहसी तथा कई अन्य जवान और बूढ़े अपनी अलग बस्ती बसाये बैठे थे। उस समय शुर्ली सँपेरे की भाँति हिल-हिल और झूम-झूमकर अलगोज़े बजा रहा था और भेलू अपनी दर्द-भरी ऊँची आवाज़ में 'ना वंज ना वंज' (मत जा मत जा) वाला गीत गा रहा था...

बेली शाह के क़दम रुक गये।

## (4)

**सुहानी चाँदनी रात** में गारे के बने हुए मकान आपस में खिचड़ी हो रहे थे। जगह-जगह धरेक के वृक्षों के झुण्ड सिर निकाले खड़े थे...गोबिन्दी मकान की छत पर चुपचाप अपने बिस्तर पर लेटी हुई थी। आज दिन में उसने अपने घर में उड़ती हुई-सी ख़बर सुनी थी कि उसके रिश्ते के लिए लड़का खोज लिया गया है...इस समय उसके कोमल अधरों पर मौन की छाप लगी थी। उसका मन तथा उसके शरीर का अंग-अंग थका-थका-सा प्रतीत हो रहा था। वह गुम-सुम आकाश की ओर ताक रही थी।

इतने में दूर खेतों से दर्द-भरे गीत के बोल घायल पक्षी के समान फड़फड़ाते, हृदय से टकराते उसके कानों के पर्दों के स्पर्श से निढाल होकर वायुमण्डल में एक प्राण-घातक कसक के साथ तैरने लगे :

*''ना वंज ना वंज।'*
*(मत जा मत जा)*

यह भेलू की आवाज़ थी कि टूटे हुए दिल की कराह...वह निर्णय न कर सकी...

*'बीबा! ना वंज ना वंज!*
*ढोलन यार*
*टिक पौ एथाईं वे*
*ना वंज! ना वंज!'*
*(हे अच्छे और मेरे प्यारे आदमी, मत जा मत जा!*
*ढोलन प्रीतम!*
*तू इसी जगह ही रह जा!*
*मत जा। मत जा!)*

गीत की पुकार गोबिन्दी के हृदय की गहराइयों में उतरती चली गयी... गाने की आवाज़ बराबर आ रही थी—

*'रोज़ी ते रिज़्क वे*
*अल्ला देंदा साईं वे*
*ना वंज! न वंज!'*
*(रोज़ी और रोटी*
*देनेवाला ईश्वर, सबका मालिक है,*
*मत जा! मत जा!)*
*'अपने वतन दियाँ ठण्डियाँ छाईं वे*
*ना वंज! ना वंज!*
*(अपने वतन की छाँव (बहुत) ठण्डी होती है!*
*मत जा! मत जा!)*

'ना वंज, ना वंज' के बोल उसके कानों तक बार-बार पहुँचे तो उसने हाथ बढ़ा दिये मानो कोई उसे छोड़े चला जा रहा हो। उसकी उँगलियाँ वायुमण्डल में काँप-काँपकर रह जाती थीं। कितनी बेबस थी, कितनी निराश थी, कितनी अभागिनी थी वह!

गीत के बोल दर्द और कसक की गहराइयों में से फूट-फूटकर हवा में फैल रहे थे...

*'लोक कमले लद्दी-लद्दी जाने वे*
*टुट गइयाँ यारियाँ*
*फुल कुम्हलाने वे*
*ना वंज! ना वंज!*
*ढोलन यार*
*टिक पौ एथाईं वे*
*ढोलन यार!'*

*(लोग तो पागल हैं,*
*जो सामान से लदे-फँदे चले जा रहे हैं।*
*प्यार टूट जाते हैं,*
*फूल कुम्हला जाते हैं,*
*मत जा! मत जा!*
*ढोलन प्रीतम!*
*तू इसी जगह रह जा*
*ढोलन प्रीतम!!)*

चुपचाप लेटी हुई गोबिन्दी के हृदय में हूक-सी उठी। कोई अज्ञात-सी पीड़ा कलेजे से उठकर रोम-रोम से चिनगारियाँ उड़ाने लगीं। उसके बोझिल बाल और भी बोझिल हो गये। गर्दन की नीलाहट लिये हुए रगें फड़कने लगीं। चाँद की किरणें कामदेव के कोमल बाणों की भाँति उसके उज्ज्वल माथे में असफल प्रेम का करुणामय सन्देश लिये उतरती जा रही थीं और उसकी लम्बी आँखों के खिंचे हुए कोने भींग गये थे।

उसके हृदय में उस दर्द-भरे गीत के विरुद्ध एक निर्बल-सी आवाज़ उठी...वह उस पीड़ा और कष्ट को सहन नहीं कर सकती थी। किन्तु वहाँ उसकी विरोधी आवाज़ सुननेवाला कौन बैठा था...

गानेवाला गाता रहा—

*'तन दा तम्बूरा*
*रगाँ दियाँ ताराँ वे*
*लूँ लूँ दे विच करन पुकाराँ वे*
*ना वंज! ना वंज!*
*ढोलन यार*
*टिक पौ एथाईं वे*
*ना वंज! ना वंज!'*

(तन का तम्बूरा
उसमें रगों के तार (हैं)
शरीर के एक-एक रोएँ में पुकारें उठाते हैं
*मत जा! मत जा!*
*ढोलन प्रीतम!*
*तू इसी जगह रह जा!*
*मत जा! मत जा!!)*

गीत समाप्त हो गया किन्तु उसकी दर्दनाक गूँज, जो गीत से भी अधिक प्राणघातक थी, शेष रह गयी।

गोबिन्दी ने दोनों हाथ चेहरे पर रख लिये और सहसा करवट बदलकर औंधें मुँह फूट-फूटकर रोने लगी।

# 12

**रंगीन पायोंवाले ऊँचे पलँग** पर ऊपर तले रखी हुई रजाइयों की ओट में गोबिन्दी चुपचाप बैठी थी। उनके घर का यह सबसे पिछला कमरा था। भीतर रोशनी का कोई प्रबन्ध नहीं था। कुछ रोशनी तो दरवाज़े से प्रवेश करती थी और कुछ छत में बने हुए मघ (छेद) में से। वर्षा से बचाव के लिए मघ पर उस समय लोहे का तसला औंधा डाल दिया गया था इसलिए कमरे में रोशनी इतनी कम हो गयी थी कि बाहर से आनेवाले को एक बार तो भीतर बिलकुल अँधेरा दीख पड़ता था। धीरे-धीरे आँखें मद्धिम प्रकाश में काम करने लगती थीं।

ढाई मास पूर्व जब उसने सुना कि उसके रिश्ते की कहीं बातचीत हो रही है, उस दिन से वह बहुत उदास रहने लगी थी। वह अवकाश का प्रत्येक क्षण अँधेरे कोनों में छिप-छिपकर रोने-धोने में बिताती थी।

इस सम्बन्ध में उसे सही रूप से किसी बात का ज्ञान नहीं था। इस सन्दिग्ध अवस्था में केवल एक बात विश्वसनीय थी और वह यह कि उसके घरवालों को विरसे से कोई दिलचस्पी नहीं थी।

उसके अपरिपक्व हृदय के लिए यह बात असहनीय थी। उसे विश्वास था कि किसी और से विवाह होने तक वह घुल-घुलकर मर जायेगी। उसका रंग कपास के फूल के समान पीला पड़ गया था। होंठों की लाली और रस लोप होते जा रहे थे। अपने रूप और शरीर की ओर से वह बेपरवाह रहने लगी थी। वह मूक पशु के समान घर का काम करती। अवकाश मिलता तो गुमसुम शून्य में घूरा करती।

उस समय बैठे-बैठे उसे पन्द्रह-बीस मिनट बीत चुके थे। सहसा वह चौंकी। उसके माता-पिता और भाई बातें करते हुए उसी कमरे की ओर आ रहे थे। उसने झाँककर बाहर जाने की ठानी। किन्तु वे द्वार के निकट आ पहुँचे थे। अतएव वह चुपचाप बैठी रही। वह कमरे के पिछली ओर रजाइयों की ओट में दीवार के साथ इस ढंग से लगी बैठी थी कि किसी को उसकी उपस्थिति का ज्ञान नहीं हुआ।

पेशौरासिंह ने बेटे को सम्बोधित कर कहा, "सूरत! तुम मेरा मतलब नहीं समझते हो। तुमने केवल किताबें पढ़ीं और ख़याली घोड़े दौड़ाये हैं। लेकिन बेटा! ज़िन्दगी व्यावहारिक दृष्टि से बिलकुल अलग चीज़ है। तुम्हें इस बात का अनुभव नहीं है।"

"पिता जी, मुझे इस बात का पूरा अनुभव है।"

''अगर अनुभव होता तो तुम अपना वक़्त बेकार बातों में लगाने की जगह कुटुम्ब के विशेष व्यक्ति की हैसियत से कोई अमली क़दम उठाते।''

इस प्रकार के वाद-विवाद सदैव होते रहते थे। सूरत को पिता से जो भी मतभेद हो, किन्तु वह धृष्ट नहीं था। वह हर बात का उपयुक्त उत्तर अवश्य देता था, किन्तु शिष्टता की सीमा से बाहर नहीं जाता था। उस समय भी वह अपनी ओर से मौन को ही उपयुक्त उत्तर समझ चुप हो रहा।

पिता ने अपनी बात जारी रखते हुए कहा, ''तुम विश्वास करो कि जो मेरे मन पर बीतती है उसका अनुभव तुम्हें उस समय होगा जब तुम भी बच्चों के बाप बनोगे। बाप बेटे को शिक्षा दिलाता है, उसे पाल-पोसकर बड़ा करता है इसलिए कि जब उसके बाज़ू कमज़ोर पड़ जायेंगे तब बेटा उसकी ज़िम्मेदारियों को सँभालेगा। मैं यह समझता था कि पढ़-लिखकर तुम बड़े अफ़सर बनोगे। अगर वह नहीं तो मेरी मदद ही करते। अब तुम झुगियों में पड़े रहते हो और बूढ़ा बाप कारोबार देखता है, घर-बाहर का सारा इन्तज़ाम करता है। ज़रा सोचो, ये बातें तुम्हारे लिये उचित हैं? तुमने जो कुछ करना चाहा, हमने उसकी इजाज़त दे दी। लेकिन साल-भर हो चुका, तुमने सिवाय घर से ख़र्च करने के क्या कमाया है, क्या बनाया है?''

सूरत की माँ ने पति की ओर माथे पर बल डालकर देखा और बोली, ''रहने दो न अब।''

''रहने दो, साल-भर से इसका मुँह देख रहा हूँ।''

''अब जो बात हज़ार बार कह चुके हो उसे बार-बार दोहराने से क्या फल मिलेगा?''

''हज़ार बार कहने का तुम्हारे लाल के दिल पर कोई असर भी है?''

माँ ने पास सरककर बेटे को यों पुचकारा मानो वह दूध-पीता बच्चा हो। फिर सूरत से बोली, ''देखो बेटा, तुम्हारे पिता जी ख़री बात कहते हैं। तुम बड़े हो गये हो। तुम्हें चाहिए कि अब विवाह रचाओ, घर बसाओ और फिर बाप का हाथ भी बँटाओ। यह भी तो तुम्हारा धरम है।''

''अपने-अपने वक़्त में थोड़ी-बहुत हरकतें तो सभी जवान करते हैं। लेकिन तुमने तो बस सबको मात दे दी है। मज़ा यह कि औरतें तुम नहीं भगाते, डाका तुम नहीं डालते, लड़ाई-दंगे से तुम्हें कोई दिलचस्पी नहीं, फिर न जाने तुम करते क्या हो। भई, हमारी समझ में तो कुछ नहीं आता।''

सूरतसिंह ने गम्भीर स्वर में कहा, ''पिता जी! यह ठीक है कि मैं आपको समझा नहीं सकता...।''

''मुझे समझा नहीं सकता...बड़ा आया है अफ़लातून कहीं का...मैं पूछता हूँ, साल-भर से जो झख मार रहे हो वह क्या शादी करके और घर की ज़िम्मेदारियों को निभाते हुए नहीं मार सकते?''

विचार करने पर सूरतसिंह को अनुभव हुआ कि सचमुच जो कार्यक्रम उस समय उनके सामने था वह पिता का कहना मानकर भी चलाया जा सकता है।

"जी, बात यह है कि अगर आप मुझे इस बात की आज्ञा दे दें तब फिर जहाँ तक मेरा सम्बन्ध है मुझे कोई आपत्ति नहीं होगी। शादी के बारे में तो आप जानते ही हैं... ।"

माँ बेटे को सीधे रास्ते पर आते देख बड़ी प्रसन्न हुई, बोली, "बेटा, हम अच्छी तरह जानते हैं।...क्यों जी, क्या कहते हो...महेन्द्र लड़की तो अच्छी है न?"

पेशौरासिंह कुछ सोचने लगा। एक दृष्टि से देखा जाये तो वह प्रगतिशील स्वभाव का आदमी था। उसने कुछ सोचकर कहा, "साल-भर से उस लड़की को देख रहा हूँ। जब वह आयी थी तब मुझे उसकी आज़ादी पसन्द नहीं थी। लेकिन मैं देख रहा हूँ कि आज़ादी के बावजूद वह बड़ी भली और अच्छी लड़की है। अभी तक मैंने उसके बारे में कोई ऐसी ख़बर नहीं सुनी जिसके कारण उसे अपनी बहू बनाने में मुझे संकोच हो; लेकिन अभी हमें उसका घराना देखना होगा...उसके माँ-बाप से मिलना होगा।"

माँ बोली, "यह तो मामूली बातें हैं। ऐसी अच्छी और सुशील कन्या के माँ-बाप भी तो अच्छे होंगे।...बस ठीक, अब तो मेरे बेटे का जल्दी से ब्याह होना चाहिए।"

सूरतसिंह डर रहा था। क्योंकि इधर तो शादी की पूरी तैयारी भी हो गयी। उधर उसने महेन्द्र की अन्तिम सम्मति ली ही नहीं थी।

अभी तक उन्हें गोबिन्दी की उपस्थिति का भान नहीं हुआ था। अतएव पेशौरासिंह ने पत्नी से कहा, "इसका ब्याह तो हम वाह गुरु की कृपा से कर ही डालेंगे। लेकिन हम सबको असल चिन्ता तो गोबिन्दी की करनी चाहिए।"

माँ बोली, "मुझे तो रात-रात-भर नींद नहीं आती। बेटी पराया धन होती है। वह तो अपने घर पहुँच जाये तभी माँ-बाप को चैन की नींद आती है।"

सूरत ने कहा, "पर माँ, गोबिन्दी कुछ बहुत बड़ी तो नहीं है कि..."

पेशौरा बोला, "बेटा! लड़की तो जैसे ही हाथ-पैर निकालने लगे तभी से माँ-बाप को उसकी चिन्ता होने लगती है। उसकी उम्र ज़्यादा न सही, लेकिन तुम जानो, देहाती लड़की है, हाथ-पैर की मज़बूत और क़द्दावर है। देखने में तो अब छोटी नहीं दीख पड़ती। फिर आजकल अच्छे लड़के मिलते भी कहाँ हैं!"

"हाँ बेटा।" माँ बोल उठी, "सबसे बड़ी मुश्किल तो यही है कि अभी तक हम कोई योग्य वर तक नहीं खोज सके। तुम्हें मालूम ही है, अभी तीन महीने पहले हमें एक पढ़ा-लिखा लड़का पसन्द आया तो मालूम हुआ कि उसने एक लड़की से शादी करके उसे छोड़ दिया है। ऐसा पढ़ा-लिखा तो हमें नहीं चाहिए।"

पेशौरा बोला, "मैं समझता हूँ कि गोबिन्दी के लिए अधिक पढ़े-लिखे वर की ज़रूरत नहीं है।"

सूरत ने कहा, "मेरे ख़याल में ज़्यादा जल्दबाज़ी ठीक नहीं है...हमें इस मामले में फूँक-फूँककर क़दम रखने की ज़रूरत है।"

"सभी तरह से मुसीबत है। यह न हो कि हम फूँक-फूँककर क़दम रखते रहें और उधर कोई और ही गुल खिल जाये।" अन्तिम वाक्य पेशौरासिंह के मुँह से यों ही निकल गया।

सूरत की माँ ने भवें तानकर कहा, "क्या कहते हो, मुँह को लगाम दो...आख़िर इतना घबराने की क्या बात है। बाप-बेटे मिलकर सलाह करो।"

पेशौरा ने कहा, "अब सलाह की क्या ज़रूरत है। जिस लड़के का मैंने ज़िक्र किया था, बस अब तो तुम उसके माँ-बाप से मिल लो। लड़का तो तुमने देखा ही है।"

"हाँ, देखा तो है लेकिन सूरत-शक्ल बड़ी भद्दी है उसकी। वैसे उमर भी कुछ ज़्यादा ही मालूम होती है।...उससे अच्छे लड़के तो घर में ही हैं।"

पेशौरा ने सूरत की माँ को गोबिन्दी के सिलसिले में विरसे का जवाब नहीं बताया था, बिगड़कर बोला, "अपने गाँव के लड़के से तुम्हारा मतलब विरसा से है न?"

"अगर सोचें तो अपने न सही, आसपास के गाँव में कोई-न-कोई लड़का मिल जायेगा। जब अधिक पढ़े-लिखे की ज़रूरत नहीं है तब फिर शक्ल-सूरत का ख़याल तो रखना चाहिए...और यों विरसासिंह का ख़ानदान भी मामूली नहीं है..."

"ख़ानदान मामूली न सही, लेकिन विरसे के काम भी तो देखो। वह नालायक कभी घर नहीं बसा सकता। उसकी उमर जेल में कटेगी और मरेगा फाँसी के तख़्ते पर... विरसे का तो सवाल ही नहीं पैदा होता...मैंने अब निश्चय कर लिया है कि जो लड़का अब हमने देखा है उससे शादी हो जानी चाहिए, और वह भी बहुत जल्द।"

गोबिन्दी दम रोके बैठी थी। वह सिमटकर और अँधेरे कोने में सटक गयी जिसमें कि कोई उसे देख न पाये। माता-पिता की ये बातें सुनकर उसने निचला होंठ दाँतों-तले दबा लिया।

सूरत को बहन का बड़ा ख़याल था। वह नहीं चाहता था कि बेचारी की आशाओं पर ओस पड़ जाये। उसके मन में यही अभिलाषा थी कि किसी तरह विरसा इस योग्य हो जाये कि उससे गोबिन्दी का ब्याह किया जा सके। यद्यपि वह जानता था कि विरसा से यह आशा रखना सरासर मूर्खता है। फिर भी उसने सलाह दी, "पिता जी, मेरे ख़याल में आजकल समय बदल गया है। लड़की चाहे देहाती भी हो, ऐसे मामलों में किसी सहेली के ज़रिये लड़की की इच्छा का पता लेना अच्छी बात है।"

पेशौरे ने बेटे की आँखों-में-आँखें डाल टकटकी बाँधकर देखा और बोला, "मैं मूर्ख नहीं हूँ। मेरी भी आँखें देख सकती हैं। यही नहीं, मेरा दिल महसूस भी कर सकता है...लेकिन यह सब-कुछ होते हुए भी मैं अपनी बेटी को अपने हाथों नरक में नहीं ढकेल सकता।"

सूरत और उसकी माँ चुप हो गये।

कुछ देर तक वायुमण्डल घुटा-घुटा-सा रहा। फिर पेशौरा बोला, "मैं बैठक तक जा रहा हूँ। बेटा! अब तुम महेन्द्र को उसके घर भेज दो। शादी से पहले उसका अपने घर

में रहना ज़रूरी है...और याद रखो, चारगाँव में कोई और बाप अपने बेटे को महेन्द्र ऐसी आज़ाद, घर से दूर रहनेवाली लड़की से शादी करने की इजाज़त हरगिज़ न देता।"

यह कहते-कहते उसने अँगोछा कन्धे पर डाला।...उधर गोबिन्दी की आँखों की काली पुतलियाँ आँसुओं में डूब गयीं।

## (2)

**जब पेशौरासिंह बैठक के** पास पहुँचा तब उसने देखा कि हिन्दू और सिक्ख काफ़ी संख्या में वहाँ पहले ही से एकत्र हैं। उनमें खेमचन्द, सूरजसिंह आदि भी सम्मिलित हैं।

पेशौरासिंह को किंचित् अचरज हुआ, क्योंकि पहले कभी उसके आने से पहले शायद ही कोई आदमी वहाँ दीख पड़ता था। जब वह पहुँचता तो धीरे-धीरे लोग वहाँ इकट्ठा होने लगते थे। किन्तु इतना बड़ा मजमा उसने कभी नहीं देखा था।

इस असाधारण बात पर भी उसने अपनी मुद्रा से कुछ प्रकट नहीं होने दिया। उसे देख 'सतसिरी अकाल' की आवाज़ें गूँजी। उसने बड़े स्नेहपूर्ण ढंग से जवाब देकर उन्हें चारपाइयों पर बैठ जाने के लिए कहा।

अभी सब लोग अच्छी तरह बैठ भी न पाये थे कि सूरजसिंह ने कहा, "सरदार जी, आपको यह मजमा देखकर अचरज तो ज़रूर हुआ होगा।"

"नहीं-नहीं...आख़िर यह आपका घर है। जब आपका जी चाहे, आ सकते हैं... कहिये, और तो सब कुशल है?"

"हाँ, अभी तक तो सब कुशल है।"

"क्या मतलब?"

इस पर सूरजसिंह चुप होकर खेमचन्द की ओर देखने लगा। खेमचन्द की हिन्दू और सिक्खों में एक विशिष्ट प्रतिष्ठा थी। वह बड़ा साहसी और जानकार समझा जाता था। हिन्दुओं तथा सिक्खों की भलाई और उन्नति की सदैव उसे चिन्ता रहती थी। वह एक रक्षक था जो हिन्दुओं और सिक्खों को भावी संकटों से सूचित कर दिया करता था। जब कभी सभा-समिति में सम्मिलित होता तो आनेवाली घटनाओं पर विचार अवश्य प्रकट करता।

स्पष्ट था कि कोई असाधारण बात हो गयी थी।

थोड़ी देर तक खेमचन्द हुक्का गुड़गुड़ाता रहा। सारी महफ़िल ख़ामोश थी जिससे प्रतीत होता था कि वे सब लोग उसकी बात सुनने की प्रतीक्षा कर रहे थे।

अन्त में खेमचन्द ने ठहरे हुए स्वर में कहना शुरू किया, "पेशौरासिंह जी! मैं कल शाम लाहौर से वापस आया हूँ।"

"जी...मुझे तो याद ही नहीं रहा। इस बार आपने काफ़ी दिन लगा दिये।"

"जी, कचहरी के काम ऐसे ही होते हैं। आपसे कहना यह था कि लाहौर में आजकल बड़ी गड़बड़ मची है।"

"क्यों, कुशल तो है? क्या हिन्दू-मुस्लिम दंगे हो रहे हैं?"

"नहीं, ऐसी कोई बात नहीं हुई अभी।"

"तो फिर?"

"आजकल वहाँ मुस्लिम लीग का बड़ा ज़ोर है। लीग ने मुस्लिम जनता में काफ़ी असर पैदा कर लिया है और उनमें जोश भर दिया है।"

"अच्छा जी?"

"जी, और मुझे लक्षण कुछ अच्छे नहीं दीखते। बुरी-बुरी अफ़वाहें फैली हुई हैं। यहाँ तक तो अख़बार ही नहीं पहुँचते। अगर पहुँचते भी हैं तो एकाध साप्ताहिक। भला उससे क्या हाल मालूम हो सकता है।"

"यह मुस्लिम लीगवाले चाहते क्या हैं?"

"वही, पाकिस्तान लेने के लिए बड़े ज़ोर की माँग की जा रही है।"

"हमें तो पाकिस्तान का पता ही न चल सका। आख़िर पाकिस्तान से मतलब क्या है?"

"बस जी सीधी-सी बात है। पाकिस्तान से मतलब यह है कि एक ऐसा मुल्क बनाया जाये जहाँ इस्लामी हुकूमत हो और वहाँ एक भी हिन्दू सिक्ख को रहने की इजाज़त न हो।"

"यह तो बड़ी अजीब बात है।"

"अजीब बात क्या है महाराज! इन म्लेक्षों ने हिन्दुओं को बड़े नुक़सान पहुँचाये हैं। हमारे मन्दिर गिराये, हमारे धर्म-ग्रन्थ जलाये, हमारी स्त्रियों की लाज लूटी, हम पर जज़िये लगाये। अब फिर उन्हें वही समय लौटाने की सूझ रही है। उस समय भारत में छत्रपति शिवाजी और महाराणा प्रताप-ऐसे वीरों ने उनकी ईंट का जवाब पत्थर से दिया। पंजाब में बिन्दा बहादुर और सिक्खों ने इनके राज्य की जड़ें उखाड़ फेंकी। इन्होंने न भारत को कभी अपना देश समझा है और न कभी समझेंगे, इसीलिए तो भारत माता के खण्ड-खण्ड करवाने पर तुले हुए हैं।"

उपस्थित जनों में से अधिकांश हिन्दू और सिक्खों ने उनका समर्थन किया।

खेमचन्द फिर बोले, "अब लाहौर का हाल सुनिये। वहाँ मुस्लिम लीगियों ने कई-कई हीलों से वह उधम मचा रखा है कि बस कुछ पूछिये नहीं। वहाँ मुसलमान लड़कियों का एक कालिज है। वहाँ की रहनेवाली लड़कियाँ ज़ोर-ज़ोर से 'लेके रहेंगे पाकिस्तान' 'ले के रहेंगे पाकिस्तान' के नारे लगाया करती हैं।"

उपस्थित जनों में से एक लहराते हुए चोटीवाले हिन्दू ने कहा, "हमने सुना है कि बंगाल की तरह लाहौर में भी गड़बड़ की जायेगी।"

पेशौरासिंह ने खेमचन्द को सम्बोधित कर पूछा, "क्यों लाला जी, यह बात सच है?"

"पूरे विश्वास से तो मैं कुछ कह नहीं सकता। लेकिन यह बिलकुल सही बात है कि सरहदी सूबे से दिल्ली तक मुस्लिम लीगियों ने गुप्त रूप से बन्दूक़ों, गोलियों और लड़ाई के अन्य हथियारों के भण्डार जमा कर लिये हैं। मौक़ा पड़ने पर उन्हें हिन्दुओं और सिक्खों के ख़िलाफ़ इस्तेमाल किया जायेगा। इस बात का प्रमाण पहले कलकत्ते और फिर नोआखाली में मिल चुका है।"

"लाला जी, कलकत्ते में क्या हुआ था? मुसलमान कहते हैं कि वह शान्ति के साथ जलसा करना चाहते थे, पर हिन्दुओं ने जान-बूझकर उनसे छेड़खानी की। बल्कि वे कहते हैं कि हिन्दुओं ने बड़ी भारी तैयारियाँ कर रखी थीं। इसलिए जब अमनपसन्द मुसलमानों ने जुलूस निकाला तो हिन्दुओं ने उन पर पत्थर फेंके और सिक्खों ने कृपाणें नंगी कर-करके मुसलमानों को डराने की कोशिश की। इस पर मुसलमानों को भी ताव आया और उन्होंने हिन्दुओं तथा सिक्खों के दाँत ख़ूब खट्टे किये।"

खेमचन्द ने नथुने फुलाकर कहा, "अरे मर गये दाँत खट्टे करनेवाले। असल बात यह है कि मुस्लिम लीगी सरकार ने हिन्दुओं को तर निवाला (कौर) समझकर यह सारा षड्यन्त्र रचा था। वे समझे बैठे थे कि इस तरह वे हिन्दुओं को डरा देंगे। लेकिन हिन्दुओं ने भी निश्चय कर लिया था कि अब ईंट का जवाब पत्थर से दिया जायेगा। इसीलिए लड़ाई में पहल तो मुसलमानों ने की, क्योंकि यह उनका बना-बनाया प्रोग्राम था, लेकिन नुक़सान भी उन्हें अधिक उठाना पड़ा...इसीलिए उन्होंने इसका बदला नोआखाली में लिया।"

"यह नोआखाली कहाँ है?"

"बंगाल ही में है।"

"अच्छा, तो वहाँ मुसलमानों ने क्या किया था?"

"वहाँ मुसलमानों की संख्या हिन्दुओं के मुक़ाबले बहुत अधिक है।"

"अच्छा?"

"तो और क्या...नहीं तो भला हिन्दू उनसे मार खानेवाले थे?"

"इसमें मुसलमानों की बहादुरी तो न हुई।"

"बहादुरी? अरे यह तो कायरता है कायरता।"

"मुसलमानों की यह आदत है कि जहाँ दूसरों को गिनती में कम और कमज़ोर देखा, तुरन्त उस पर टूट पड़े।"

"मर्द को चाहिए कि अगर सचमुच लड़ना ही है तो आमने-सामने डटकर मर्दों की तरह लड़ें।"

"वाह गुरु का नाम लो।" खेमचन्द ने यह बात कहनेवाले सिक्ख की ओर देखा, और बोला, "नोआखाली में मर्दों की लड़ाई का यह हाल था कि चार हिन्दुओं पर चालीस मुसलमान टूट पड़े। हिन्दू बच्चों को जहाँ पाया मार डाला, हिन्दू देवियों की बेइज़्ज़ती करके उन्हें मौत के घाट उतार दिया।"

सूरजसिंह ने कहा, "सुनने में आया है कि बिहार में दंगे शुरू हो गये हैं। वहाँ से मुसलमान भाग रहे हैं।"

"भागेंगे नहीं तो और क्या करेंगे। वहाँ हिन्दू बराबर के पड़ते हैं। जहाँ हिन्दू उनके बराबर होते हैं, वहाँ उनकी दाल गलने नहीं पाती।"

सूरजसिंह ने कहा, "मुसलमान अख़बार बिहार के दंगों में अपने पिटने का ख़ूब प्रचार कर रहे हैं।"

"प्रचार करके ही तो अपना उल्लू सीधा करना चाहते हैं लीगवाले।"

"बुराई तो यह है कि हिन्दू और सिक्ख के मन में दया बहुत है। कैसा भी बुरे-से-बुरा हिन्दू या सिक्ख हो, उसे निहत्थे मुसलमान पर या बच्चे और स्त्री पर हाथ उठाते समय दया आ जाती है। लेकिन मुसलमान तो हिन्दू को क़ाफ़िर समझता है, उसे मारना सवाब (पुण्य) समझता है। उनके छोटे-छोटे बच्चों को माओं से बस एक ही तालीम मिलती है कि बड़े होकर हिन्दुओं और सिक्खों को क़तल करो, उनकी सन्तान को मिटाओ, उनकी स्त्रियों को मुसलमान बनाओ।"

खेमचन्द ने आह भरकर कहा, "बस यही तो एक ख़राबी है। अगर हिन्दू मुसलमान की हक़ीक़त को समझ ले तो कभी उसके धोखे में न आये। लेकिन हिन्दू बड़ा भोला है। और फिर भई, तुम्हारी दयावाली बात भी सच्ची है। हमारे महात्मा गाँधी की भी यही शिक्षा है।"

"लेकिन इससे क्या लाभ। हमारे नेता हमें अच्छी शिक्षा देते हैं और इस पर हम चलते भी हैं। पर सवाल तो यह है कि मुसलमानों को भी उनके नेता ऐसी शिक्षा देते हैं?"

"भगवान् का नाम लो। उनके नेता यदि ऐसी बातें करें तो वे उन नेताओं को भी मौत के घाट उतार दें।"

"ठीक है।"

खेमचन्द ने हुक्के के कुछ कश लिये और ताज़ा होकर कहा, "मैंने जो लाहौर में हालात देखी और मुसलमानों के बारे में जो समाचार सुने, उससे मुझे ऐसा महसूस हुआ कि अब हमारे लिये सावधान हो जाने का मौक़ा है। असलियत यह है कि मुस्लिम लीग ने गुप्त रूप से बड़े ज़ोरों की तैयारियाँ कर रखी हैं। शहर-शहर, गाँव-गाँव मुसलमानों को तैयार किया जा रहा है।"

एक आदमी ने कहा, "वह याद है न, जो यहाँ तसनीम आया था, कट्टर मुस्लिम लीगी।"

खेमचन्द ने हाथ के इशारे से उसे धुतकारकर कहा, "ओय, बैठ ओय। तुममें से किसी को इस बात का पता नहीं कि चारगाँव के मुसलमान चुपके-चुपके किस तरह हमारे लिये मज़बूत जाल तैयार कर रहे हैं।

"अच्छा?"

"हाँ जी, आप तो एक तसनीम को रोते हैं। यहाँ न जाने कितने तसनीम आपकी आँख में धूल डालकर आये भी और चले भी गये।"

एक मोटे सेठ ने पेट थामकर और आँखें फाड़कर पूछा, "अच्छा?"

खेमचन्द ने बड़े रहस्यपूर्ण ढंग से पुतलियाँ घुमाकर इधर-उधर देखा, और कहा, "चारगाँव का हर मुसलमान चुपके-चुपके तैयार किया जा रहा है। एक दिन ऐसा आयेगा कि यही मासूम सूरतें बन्दूक़ें, बल्लम और छूरे लेकर हम पर पिल पड़ेंगे।"

इस पर पेशौरासिंह ने माथे पर बल डालकर कहा, "लेकिन हमने भी चूड़ियाँ तो नहीं पहन रखी हैं। अगर मुसलमानों ने ऐसा साहस किया तो हम चारगाँव उनसे खाली करा देंगे।"

इस पर खेमचन्द ने कहा, "सरदार जी! बुरा न मानियेगा। खाली-खूली बातों से कोई लाभ नहीं है। हमें कोई ठोस क़दम उठाना होगा।"

इस तेवर से खेमचन्द ही पेशौरे से बात कर सकता था, क्योंकि पेशौरा हृदय से उसका आदर करता था। उसने कहा, "तो भई, क्या करना चाहिए?"

"हमें जत्थेबन्दी करनी होगी।"

उपस्थित जनों ने समर्थन में सिर हिलाये, मानो वे सचमुच उसका अभिप्राय समझ गये हों।

"बस हम लोगों में जत्थेबन्दी की कमी है। इसीलिए अब बिना अपना भेद खोले चुपके-चुपके जत्थाबन्दी करनी चाहिए। लेकिन मैं फिर कहूँगा कि किसी मुसलमान को कानोंकान ख़बर न हो।"

सर्वसम्मति से यह तय पाया कि हिन्दू और सिक्ख जवानों को भावी संकट का अनुभव कराया जाये और उन्हें मुसलमानों का मुक़ाबला करने के लिए तैयार किया जाये।

## (3)

**दोपहर का समय था**। एक कच्चे घर के जर्जर द्वार पर विरसा आवाज़ें लगा रहा था।

यह घर बिलकुल अलग-थलग बना हुआ था। यहाँ कभी एक लुहार की दुकान थी। वर्षों बीते जब वह इसे छोड़कर चला गया। यह जगह विरसा के बाप की थी। काफ़ी समय तो यह घर खाली पड़ा रहा। फिर विरसे ने अपने मतलब के लिए वहाँ एक-दो कोठरियाँ बनवा लीं। आजकल वह बेला को वहाँ रखे हुए था।

दरवाज़े को बार-बार खटखटाने पर जब कोई जवाब न मिला तो उसने भारी और ऊँचे स्वर में 'बेला, बेला' चिल्लाना आरम्भ किया। लेकिन फिर भी द्वार न खुला तो उसकी झुँझलाहट बढ़ने लगी। जिस ज़ोर से उसने द्वार खटखटाये थे उसके शोर से तो मुर्दे भी जाग पड़ते। आख़िर बेला को क्या हुआ था?

उसने दरवाज़े को एक नज़र देखा। पहले उसके मन में आया कि पिछवाड़े की खिड़की में से झाँककर देखें। किन्तु वह उस समय शराब पिये हुए था, अतएव उसने ताव में आकर दरवाज़े से पीछे हटकर और फिर बढ़-बढ़कर द्वार को धक्के देने आरम्भ किये। भीतर से चढ़ी हुई फौलादी जंज़ीर मज़बूत सिद्ध हुई। किन्तु जर्जर द्वार उसकी टक्करों का मुक़ाबला न कर सका और उखड़कर धड़ाम-से भीतर की ओर जा गिरा। उसके गिरने से धूल का बादल उठा और धूल के कुछ कण विरसे की आँखों में पड़ गये। उसने आँखें मलनी शुरू कीं और फिर जब आँखें खुलीं तो धूल के महीन पर्दे के पीछे बेला की आकृति दिखायी पड़ी। वह बड़ी निश्चिन्तता से टाँग-पर-टाँग धरे बैठी थी। शलवार में से निकली हुई उसकी अर्द्धनग्न पिण्डलियाँ दमक रही थीं।

बेला ने अपनी धनुष के समान खिंची हुई भवों को थोड़ा-सा मटकाकर गिरे हुए किवाड़ पर बैल के समान हाँफते हुए विरसे की ओर उचटती हुई दृष्टि से देखा।

विरसे ने सीने में साँस भरते हुए कहा, "अच्छा, तो तुम जाग रही थीं?"

"हाँ, इतने शोर में कोई सो भी सकता है?"

"तब फिर तूने दरवाज़ा खोला क्यों नहीं?"

"नहीं खोला।"

"क्यों?"

"बस मन की मौज।"

इस पर विरसा कुछ रुका और फिर दृढ़ स्वर में बोला, "और जिस दिन हमारे मन की मौज आयी तो याद रखना तुम्हारी राख तक ढूँढ़े नहीं मिलेगी।"

"मेरी राख उड़ने से पहले ही तुम्हारी राख उड़ चुकी होगी।"

विरसे ने उसके निकट पहुँचकर उसकी चिकनी ठोड़ी को उँगलियों की सहायता से ऊपर उठाते हुए कहा, "क़ुरबान जाऊँ तुझ पर। क्या बात कही है। क्या पिद्दी और क्या पिद्दी का शोरबा!"

"ज़रा सँभल के। कहीं मुझे पिद्दी ही न समझते रहना।" बेला ने कटु स्वर में उत्तर दिया।

क्षण-भर को विरसे ने उद्दण्ड बेला की आँखो-में-आँखें डालकर देखा और तब उसकी ठोड़ी के नीचे से उँगलियाँ हटा लीं और फिर टहलते हुए परे चला गया। वहाँ खिड़की से टेक लगाकर उसने तहमद के बल ठीक किये, दाढ़ी पर हाथ फेरा और फिर बग़लों में हाथ दबाकर बोला, "बेला! मैंने तुझ-ऐसी हरामज़ादी औरत आज तक नहीं देखी।"

"और मैंने तुम-ऐसा हरामी आदमी नहीं देखा।"

बराबर की इस चोट की विरसे पर कोई विशेष प्रतिक्रिया नहीं हुई। वह बग़लों में से हाथ निकालकर धीरे-धीरे टहलता हुआ कमरे के दूसरे सिरे की ओर निकल गया। टहलते-टहलते उसने छत की ओर देखा। जहाँ छत में से तिनके निकल आये थे और गन्दे जाले लहरा रहे थे। उस कमरे में कई-कई तरह के काम हो चुके थे। दुकानवाले

हिस्से में लुहार के समय से दीवारें धुएँ से काली हो रही थीं। वहाँ जाड़ों के दिनों में पशु भी बँधते रहे थे। कच्चे फ़र्श पर धूल उड़ रही थी। उसने मन में सोचा कि इस आवारा औरत से यह आशा तो नहीं कि जा सकती कि वह अपने रहने के कमरे को साफ़ रखे। दीवार के साथ ढीली-ढाली चारपाई बिछी हुई थी। बिस्तर का कुछ पता नहीं था। हाँ, एक मैली-कुचैली दरी और उस पर अनेक मैले-कुचैले कपड़े पड़े थे। खिड़की के ऊपर जड़ी हुई कील से सामने की दीवार की खूँटी तक निवाड़ बँधी थी। कुछ कपड़े उस पर पड़े थे। रात के समय मक्खियाँ उन कपड़ों में घुस बैठती थीं।

विरसे को यह वातावरण बड़ा विचित्र-सा प्रतीत हुआ। लेकिन जब उसने बेला की ओर देखा तब उसे उस जगह से बड़ा गहरा लगाव-सा महसूस होने लगा। बेला अण्डों पर बैठी हुई मुर्ग़ी के समान मुँह फुलाये थी। वह उन स्त्रियों में से थी, जो केवल गर्म स्वभाव के पुरुष की प्रेमिका बन सकती हैं; जो हरजाई होती हैं और जिनके मन में ग़ज़ब की गर्मी और शरीर में शक्ति होती है। साधारण पुरुष तो उससे दूर ही से भागता है।

उसके फूले हुए मुँह और गदराये हुए शरीर को ललचायी हुई दृष्टि से देखते हुए विरसे ने होंठों को जीभ से तर किया और फिर उसकी मूँछों के नीचे मुस्कराहट खेलने लगी। फिर वह भारी स्वर में बोला, "जानती हो, आज मैं किस नीयत से आया हूँ यहाँ?"

बेला ने भगवान् को पहुँची हुई संन्यासिनी की भाँति मानो शाप देते हुए कहा, "तुम माया-मोह में फँसे लोभ के पुतले हो। गू खाने आये हो और क्या!"

इस पर विरसा बहुत प्रसन्न हुआ। बोला, "यह बात तो है ही। पर मैं इस वक़्त और ख़याल से आया था। बूझो तो जानें।"

"मेरी जूती से।"

"जानती हो, मुझे तुम्हारे बारे में क्या ख़बर मिली है?"

"मेरी जूती से।"

"हे छोकरी! ज़रा मुँह सँभालकर बात कर। तेरे मुँह में तो हर समय जूती घुसी रहती है। इधर भी जो मिज़ाज बिगड़ गया तो मुँह के बदले जूते से बात की जायेगी। यह देख कितना लम्बा और मोटा है मेरा जूता।"

"अपनी मैया को दिखाना यह लम्बा और मोटा।"

"और तू कौन है?"

"तो मैं क्या तेरी मैया हूँ?" यह कह उसने दोनों हाथ रानों में दबा लिये और मारे हँसी के लोटन कबूतर बन गयी।

विरसा बड़े इतमीनान के साथ उसकी हँसी से आनन्दित होता रहा, फिर बोला, "क्यों री, आज होंठों और मसूढ़ों पर रंग तो ख़ूब चढ़ाया है तूने? यह किसके लिए है?"

बेला ने निर्लज्जता से उत्तर दिया, "जो आ जाये।"

"हम जो आये हैं।"

"तुम्हारा क्या है। तुम तो हर घड़ी आते रहते हो। तुम्हें और कोई काम भी तो नहीं।"

"लो और सुनो। तुम्हें सँभालें या काम करें। एक समय पर एक ही काम हो सकता है, बेला बहनी।"

यह कहकर विरसा शरारत से हँसा।

बेला ने फैले-फैले सुर्मेवाली आँखें उठाकर उसकी ओर देखा और फिर उसके ऐयाशी के कारण तनिक फूले हुए होंठों पर मुस्कराहट फैलती चलती गयी—"हरामी कहीं का।"

विरसे ने अपने तेल-लगे जूतों की ओर एक नज़र देखा और तनिक हँसकर बोला, "इससे ज़ाहिर होता है कि तुम्हें हमसे प्रेम है।"

"मेरे लिये सब कुत्ते हैं।"

विरसा उसके निकट चला आया और एक पाँव चारपाई के पाये पर रखकर भेद-भरे स्वर में बोला, "देख, एक बात कहूँ तुझसे। मैंने कई औरतों से याराना गाँठा है। लेकिन हरजाई औरत का हाल हमेशा बुरा देखा है।"

वह बिगड़कर बोली, "देखो जी, हमने एक बार मना कर दिया है। हमें ऐसे मज़ाक अच्छे नहीं लगते।"

"मज़ाक? अरे वाह! तुम समझती हो मैं मज़ाक कर रहा हूँ। हँसी-मज़ाक की बात तो रही अलग। मैं तेरे भले की कह रहा हूँ। बदन पर यह रूप, यह जोबन, यह चिकनाई बहुत दिनों तक नहीं रहने की। अभी से किसी की हो ले या किसी को अपना ले। नहीं तो याद रख, तमाशाई बड़े बिगड़े दिल होते हैं। चौराहे पर बाँस गाड़कर और तुझे उसके सिरे पर खोंसकर सारे जग को तेरा तमाशा दिखा देंगे।"

"ऐ है।" बेला भड़ककर बोली, "कौन माई का लाल करेगा ऐसा?"

"माई का लाल तो तेरे पास ही बैठा है।"

"परे बैठो न हटकर।"

"क्यों, पैसे नहीं दिये?"

"एक तो जली-कटी सुनाते हो दूसरे सटकर बैठते हो। जाओ, बाँस गाड़ो न चौराहे पर।"

"तुम जलाती हो इसलिए जली-कटी सुनानी पड़ती है।"

"हम काहे को जलाने लगे किसी को। हम तो आप ही जले बैठे हैं।"

"यहाँ तक़लीफ़ क्या है तुम्हें?"

"ऐ है! बड़े राजमहल में ला बिठाया है। एक तो इस काल कोठरी में बन्द करके मार पलेथन निकाल दिया मेरा, दूसरे सुबह-शाम आँखें दिखाते हो।"

विरसे ने अपनी दोनों जाँघों पर हाथ मारकर बनावटी आह भरी, "आह! वही बात हुई न?"

बेला ने तनिक अचरज और दिलचस्पी प्रकट करते हुए विरसे की ओर देखकर पूछा, "क्या बात?"

"तुम वही निकली न?"

"वही क्या?"

"वही जो हमने पहले दिन कह दिया था तुम्हें।"

"क्या?" बेला ने जिच होकर पूछा।

"कि तुम चौराहे पर की हाँड़ी हो।"

बेला के नथुने फड़कने लगे, बोली, "और तुम भी तो चौराहे के कुत्ते हो।"

"दो अंगुल की ज़बान बाहर खींच लूँगा...हमारा खाना हमी को घूरना...अब हमें कुत्ता बनाती है?"

"और तू भी गज़-भर की जीभ क़ाबू में रख। तू पंजाबड़ा है तो मैं भी भरतपुर की हूँ।...चौराहे की हाँड़ी में मुँह डालनेवाला चौराहे का कुत्ता नहीं तो और क्या है?"

विरसे ने घड़ी-भर दाढ़ी खुजायी, फिर बोला, "अच्छा, तो यह बात है! छोकरी, अगर मैं चाहूँ तो भली-से-भली ख़ानदानी लड़की से शादी करके अब भी घर बसा सकता हूँ।"

"क्यों नहीं, क्यों नहीं। यह चीज़ तो तुम्हारी सूरत से ज़ाहिर है।" बेला ने व्यंग्य किया, "अच्छा, तो यह चौराहे की हाँड़ी चाटने की लत कैसे पड़ी तुझे?"

"हम हँड़िया चाटते नहीं, उसे ठोकर लगाते हैं।"

"किसी दिन जो हँड़िया की एक ठोकर खा जाओगे तो उमर-भर याद करोगे।"

"यह दम है?"

"हाँ, यही दम है।"

"मालूम है गाँववाले क्या कहते हैं तुझे?"

"मेरी जूती से।"

"मगर जानती भी है?"

"तुम ही कह डालो न।"

"कुतिया।"

"गाँववाले उस कुत्ते को भूल गये हैं जो इस कुतिया को अपने साथ लाया था।"

"मैं तुझे कुतिया तो नहीं समझता था।"

"तो क्या माँ-जायी समझकर लाया था?"

"मैं तुझे लाया था कि तू मेरे साथ आयी थी।"

"मैंने तुझे भली औरत का जना समझा था।"

"भली औरत का जना तो ख़ैर हूँ ही; लेकिन तेरा चलन देख मुझे भी तेवर बदलने पड़े।"

"अरे तेरा पता तो मुझे तब चला जब मैं यहाँ आ पहुँची।"

"पहले तू अपनी तो कह।"

"तुम्हीं कह डालो, मुँह सिला तो नहीं है न।"

विरसा किंचित् रुका, फिर उसके समीप आकर अपनी घनी भवों को जुम्बिश देकर पूछा, "यह बता कि यहाँ तुझे आये हुए कोई नौ-दस महीने हो गये हैं। लेकिन इस बीच इलाक़े-भर का कोई ऐसा गुण्डा भी है जिससे तू चिपकी न हो।"

"तो फिर क्या हुआ। मैं तेरी ब्याहता नहीं हूँ। तेरी जोरू, तेरी गुलाम नहीं हूँ।"

"छोकरी! जिन यारों से तू मिलती रही है या तो उन्होंने तुझे मेरे बारे में बताया नहीं है, या वे मुझसे अच्छी तरह परिचित नहीं हैं।"

"उन्होंने मुझे सब-कुछ बताया है और वे तुझसे अच्छी तरह परिचित हैं। पर दुःख यह है कि वे मुझसे अच्छी तरह परिचित नहीं हैं।"

उस समय विरसा बेला के बहुत निकट खड़ा था। आवेश में बेला के भरपूर होंठ फड़क रहे थे और कुरते के खुले गले में से उसकी छोटी किन्तु कड़ी छातियों के उभारों में एक तूफ़ान-सा पैदा हो गया था, मानो वे कुरते को फाड़कर बाहर निकल आयेंगी।

विरसा कुछ क्षणों तक बेला की इस दशा को देखता रहा, फिर उसने बेला के होंठों को चूमते हुए उसके बालों की सूखी लट को एक ओर हटाया और उसकी कमर में हाथ डालते हुए उसके पास बैठ गया। बेला ने शरीर अकड़ा लिया, किन्तु विरसे की पकड़ में उसकी हैसियत अजगर की कुण्डली में आये हुए खरगोश से अधिक नहीं थी। विरसा दाँत पीसकर बोला, "बेला, औरत के मामले में मैं बड़ा कमीना हूँ, नहीं तो तेरी गर्दन मरोड़कर यहीं ज़मीन में दबा देता। किसी को कानोंकान ख़बर तक न होती।"

बेला ने मन-ही-मन भयभीत हो उस भयानक कालकोठरी में निगाहें दौड़ायीं। वह जानती थी कि अगर इस समय वह ज़रा ढील दे दे तो कुछ क्षणों के बाद विरसा वहाँ से हलका होकर चलता बनेगा। किन्तु उसका विद्रोही स्वभाव भड़क उठा था। विरसा के होंठ क्षण-प्रतिक्षण उसके होंठों के निकट आ रहे थे और वह उसकी पकड़ में घुटी हुई उसके बोझ-तले चारपाई पर गिरा चाहती थी। उसने बारीक़, धीमे और निर्बल स्वर में कहा, "बिलकुल जानवर मत बनो। दरवाज़े को खड़ा कर दो। परदा तो हो जायेगा न।"

विरसे ने एक नज़र गिरे हुए दरवाज़े की ओर देखा। फिर बेला को बाहुओं की पकड़ से आज़ाद करके वह द्वार की ओर बढ़ा और जब दरवाज़ा उठाकर ठिकाने से खड़ा करने को था कि आहट पाकर उसने गर्दन घुमायी तो देखा कि बेला खिड़की में से आधी से ज़्यादा बाहर निकल चुकी थी। उसने क्रुद्ध होकर भयानक स्वर में कहा, "बेला! तू भागकर बहुत दूर तक न जा सकेगी।"

"देखा जायेगा।" बेला ने धड़ाम-से बाहर कूदते हुए जवाब दिया, और फिर बगटुट भाग निकली।

## (4)

**उसी रात दस बजे** के क़रीब जब सूरत महेन्द्र कौर को घर पहुँचाने के लिए माँगट जा रहा था तो रास्ते में विरसे से मुठभेड़ हो गयी। विरसे का चेहरा तनिक उतरा हुआ था और उससे मानसिक उद्विग्नता के लक्षण प्रकट थे।

उन दोनों को विरसे ने दूर ही से देख लिया। अधूरे चाँद के फीके प्रकाश में वे दोनों हाथ-में-हाथ डाले चले जा रहे थे। उनके कन्धे चलते-चलते बार-बार एक-दूसरे से छू जाते थे। उनकी बातों और हँसी की प्रसन्नतापूर्ण आवाज़ कानों में बजते हुए किसी मनोहर साज़ की भाँति सुनायी पड़ रही थी।

जब वे एक-दूसरे के निकट पहुँचे तो सबसे पहले महेन्द्र ने विरसे को पहचानकर दोनों हाथ जोड़े और कहा, "सतसिरी अकाल जी।"

विरसे ने भी उसे पहचानकर मुस्कराते हुए जवाब दिया, "सतसिरी अकाल!"

फिर सूरत और विरसे में सतसिरी-अकाल हुआ।

सूरत ने कहा, "मुद्दत से तुम हमारे यहाँ नहीं आये। क्या आजकल बहुत काम है?"

"हाँ।" विरसे के होंठों पर शुष्क-सी मुस्कान फैल गयी।

"लेकिन भई, अगर वक़्त नहीं मिलता तो भी कभी-कभार तो हमसे भी मिल लिया करो।"

"अच्छी बात।"

सूरत वास्तव में एक बार विरसे से बातचीत करना चाहता था। इसी विचार से उसने पूछा, "अच्छा, अब कहाँ जा रहे हो?"

विरसे ने निगाह उठाकर दोनों को ध्यान से देखा और किंचित् विलम्ब के पश्चात् बोला, "अब मैं एक लड़की को क़त्ल करने जा रहा हूँ।"

महेन्द्र और सूरत स्तब्ध रह गये। उनकी समझ में नहीं आ रहा था कि अब वे क्या कहें।

एक भद्दी-सी ख़ामोशी कई क्षण छायी रही। फिर सूरत ने मौन भंग किया, "विरसासिंह! क्या तुम थोड़ी देर तक रुक सकते हो? मैं महेन्द्र को मकान तक छोड़ आऊँ।"

"क्यों, क्या कोई ख़ास काम है?" विरसे ने पूछा।

"ख़ास काम नहीं। लेकिन तुम बताओ। अगर जल्दी न हो तो भई, मैं चुटकी बजाते में लौट आऊँगा।"

"अच्छा।" विरसे ने बेपरवाही से कहा।

वे दोनों आगे बढ़ गये और विरसा विशालकाय गिद्ध के समान मँडराकर खेत की मेंड़ पर बैठ गया और मिट्टी का एक बड़ा-सा ढेला उठाकर उसमें से छोटे-छोटे टुकड़े तोड़-तोड़कर यों ही बिना लक्ष्य के सामने की ओर फेंकने लगा।

फिर उसने निगाह उठाकर देखा। पगडण्डी पर चलता हुआ जोड़ा काफ़ी दूर निकल गया था। उनका एक-दूसरे के साथ-साथ चलना विरसे को बड़ा अजीब-सा लगा। वह महेन्द्र के बारे में सोचने लगा। उसने आज तक उस लड़की के बारे में कोई बात नहीं सुनी थी। पहले-पहल उसकी इच्छा से शुर्ली और गीटा आदि उसे तंग भी करते थे। हर जगह खुले मुँह घूमती है, हर किसी से मिलती है, लोगों की हज़ार तरह की बातें सुनती है। यारों ने इधर-उधर की अफ़वाहें भी उड़ायीं, किन्तु यदि इस लड़की में कोई दोष होता तो सालभर में ज़रूर दिखायी पड़ जाता। यही हाल सूरत का था। उसे सिवाय इस एक लड़की के कभी किसी से बात करते नहीं देखा गया था।

"अजीब पागल हैं दोनों।" वह बड़बड़ाया।

फिर वह बड़े विस्मय से, जिसमें उन दोनों के प्रति कुछ घृणा तथा हीनता के भाव भी सम्मिलित थे, उन दोनों को माँगट के निकट पहुँचते हुए देखता रहा। उस समय वे गुरुद्वारे के शान्तिपूर्ण दालान में दाना-दुनका चुगनेवाले कबूतर-कबूतरी की जोड़ी के समान दिखायी पड़ रहे थे।

थोड़ी देर प्रतीक्षा करने के बाद विरसे ने बाज़ू फैला और टाँगें अकड़ाकर दो-तीन जम्हाइयाँ लीं और फिर शिथिल नेत्रों से आँखें झपक-झपककर माँगट की ओर देखने लगा।

इतने में सूरत एक विशाल छाया के समान माँगट से निकला और उसकी ओर बढ़ने लगा। जब सूरत उसकी ओर बढ़ता आ रहा था तब विरसा सोचने लगा कि डील-डौल की दृष्टि से सूरत दर्शनीय जवान है। यह और बात है कि शहर में रहकर और किताबें पढ़-पढ़कर उसके शरीर में वह शक्ति नहीं आ सकी जो गाँव में रहकर आ सकती थी।

जब सूरत उससे आठ-दस क़दम के फ़ासले पर रह गया तो वह कपड़े झाड़ उठ खड़ा हुआ। सूरत ने मुस्कराकर पूछा, "कहो, ज़्यादा देर तो नहीं राह देखनी पड़ी?"

विरसा भी मुस्कराया, "बस, जितनी देर तुम्हें आने-जाने में लगी, उतनी देर मुझे राह देखनी पड़ी।"

दोनों हँस पड़े।

"खेतों में घूमने का इरादा है या...।" विरसे ने सूरत की ओर देखे बिना सवाल किया।

"झुगियों में चलते हैं। इतनी रात-गये खेतों में घूमने से क्या लाभ?"

"चलो।"

सूरत ने पूछा, "हाँ भई, यह क़तल-वतल का क्या मामला है?"

"बात सीधी है। आज एक लौंडिया को ख़तम करना है।"

"बेला को?"

"हाँ। क्यों?"

"तो इसका ढिंढोरा क्यों पीटते फिरते हो?"

"तुमने पूछा, मैंने बता दिया, इस बात का किसी और को बिलकुल पता नहीं है।"

"लेकिन ऐसी बात किसी को बताना ख़तरे से खाली नहीं है।"

"तुम्हारा मतलब है कि अगर तुम इस वारदात के बाद पुलिस में रपट लिखा दो तो?"

"यही समझ लो।"

"लेकिन सबूत?"

"क्या मतलब?"

"सबूत भी तो चाहिए किसी को क़ातिल साबित करने के लिए।"

"हाँ, ठीक है।"

"बस तो सबूत नहीं मिलेगा।"

इस पर दोनों की नज़रें मिलीं। सूरत हँस पड़ा।

"अच्छा, छोड़ो इन बातों को।"

"हाँ, छोड़ो" विरसे ने जवाब दिया।

थोड़ी दूर तक दोनों चुपचाप चलते रहे। फिर विरसा बोला, "डाकदरनी अच्छी लड़की है।"

"अच्छी? बहुत अच्छी।"

"हाँ, बहुत अच्छी।"

"लेकिन देखना, कहीं ज़्यादा अच्छी न लगने लगे तुम्हें।"

विरसा मुस्कराया और बोला, "मेरे ख़याल में वह तुम्हें बहुत ज़्यादा चाहती है।"

"हाँ।"

"और तुम भी?"

"हाँ, मैं भी।" सूरत ने मुस्कराकर विरसा की ओर भेदभरी दृष्टि से देखा।

थोड़ा रुककर विरसे ने पूछा, "आख़िर तुम दोनों का आपस में क्या सम्बन्ध है?"

"यही, प्यार।"

"बड़े घुटे हुए हो यार, लेकिन जी भर जाने पर बेचारी को बेच न खाना। मुझे वह ख़ासी भोली और मूर्ख दिखती है।"

"विरसिया। वह बड़ी समझदार है। अगर बिकने-बिकाने का मौक़ा आ भी जाये तो वह किसी भी मर्द को बेचकर खा जाये, समझे। जहाँ तक मेरा सम्बन्ध है, मैं तो ख़ुद उसके हाथों बिका हुआ हूँ।"

विरसा मुस्कराया। मालूम होता था दोनों इस विषय में आनन्द ले रहे हैं। विरसा नू पूछा, "अच्छा, तो यह प्यार ख़तम कहाँ होगा?"

"ख़तम नहीं होगा।"

"शादी करने का इरादा तो होगा तुम दोनों का।"

"हाँ।"

"तो यह प्यार शादी तक तो चलेगा ही।"

"शादी से हमारे प्यार का रिश्ता और मज़बूत हो जायेगा।"

विरसे ने सूरत को दयनीय दृष्टि से देखा और बोला, "फिर तुम जोरू के ग़ुलाम बन जाओगे। रही-सही मर्दानगी भी ख़तम हो जायेगी।"

सूरत ने दोस्ताना अन्दाज़ से विरसे की पीठ पर थपकी देते हुए एक-एक शब्द पर ज़ोर देकर कहा, "यह अपना-अपना ख़याल है। मैं यह समझता हूँ कि बहुत-सी औरतों से प्रेम का खेल खेलने में मर्दानगी का भेद नहीं छिपा है। मर्द की जीत इसमें है कि आदमी अपनी पसन्द की लड़की का प्रेम जीत सके और स्वयं उससे प्रेम कर सके, उसे जीवनसाथी बना सके, जिसमें कि जीवन की हर मंज़िल और हर रंग में वे एक-दूसरे को अपने-अपने प्रेम का सहारा देते रहें। स्त्री-पुरुष का ख़ास सम्बन्ध सचमुच बड़े महत्त्व की चीज़ है, लेकिन यह मंज़िल गुज़र जाती है, इसलिए प्यार और आपस के सहयोग के भाव की जड़ें गहरी न हों तो आदमी सच्ची ख़ुशी और सन्तोष से सदा के लिए बिछुड़ जाता है।"

इसी बीच वे झुगियों के पास जा पहुँचे।

सूरत ने ताला खोला और वे आगे-पीछे अँधेरी झोंपड़ी में घुस गये। जेब टटोलकर सूरत ने माचिस की डिबिया निकाली और लालटेन जला दी। फिर उसने घूमकर देखा तो विरसे को तिपाई पर पड़े स्प्रिट लैम्प से मन बहलाते पाया। वह उसकी ओर बढ़ा और बायें हाथ से उसके कुरते का गला पकड़कर पूरी शक्ति से एक घूँसा उसकी ठोड़ी पर दिया।

अनजाने में घूँसा खाकर विरसा लड़खड़ाता हुआ पीछे की एक हत्थेदार कुरसी में गिरा और गिरकर उसी में फँसकर रह गया। सूरत ने मौक़ा पाकर फिर पूरी शक्ति के साथ एक के बाद एक करके उसकी नाक और जबड़े पर घूँसे दिये। विरसा भौंचक्का-सा रह गया था। अब वह बिफरकर कुरसी के शिकंजे में से निकला, जंगली पशु की भाँति झपटकर उसने सूरत को जा दबोचा और उसे झंझोड़ और मंझोड़कर परे ढकेल दिया। सूरत बेंच पर से फिसलता हुआ नीचे जा गिरा। विरसे ने उसे बिजली की तरह चमकनेवाली आँखों से एक क्षण के लिए देखा और फिर लालटेन के मद्धिम प्रकाश में छलाँग मारकर काले बादल की तरह हवा में उठा। उसका रुख़ सूरत की छाती की ओर था। लेकिन उसका सिर पास ही पड़ी हुई रोगी का मुआयना करने की भारी-भरकम मेज़ से टकराया और वह गिरकर मूर्च्छित हो गया।

सूरतसिंह धीरे से उठा। उसने विरसे को बड़ी कठिनाई से उठाकर मेज़ पर लिटा दिया और फिर जग में से पानी के छींटे उसके मुँह पर दिये।

दो-तीन मिनट बीत गये। विरसा होश में नहीं आया। टटोलने पर मालूम हुआ कि उसके सिर में टक्करवाली जगह पर अच्छा ख़ासा गोला उभर आया है। उसकी नाक से ख़ून बह रहा था, होंठ घायल हो गये थे। सूरतसिंह के मुक्के वास्तव में बड़े ज़ोरदार

थे। यह विरसे का ही काम था कि इतनी चोटें खाकर भी पूरी शक्ति से उस पर पिल पड़ा था। उसकी नाक, होंठ और जबड़े पर सूजन आ गयी थी।

दोबारा पानी के छींटे पड़ने पर विरसे को होश आया। वह धीरे से उठकर तख़्ते पर बैठ गया और जूड़े में उड़से हुए कंघे की सहायता से गुद्दी के बाल सँवारने लगा।

फिर उसने सूरत से पूछा, "क्या इसीलिए मुझे लाया था?"

"हाँ। और यह भी बताना था कि हम जल्द ही गोबिन्दी की मँगनी करनेवाले हैं।"

"अच्छा, यह बात थी।" विरसे के सूजे हुए मुख पर मुस्कराहट फैल गयी।

"यह बराण्डी पी लो।" सूरत ने गिलास आगे बढ़ाते हुए कहा, "अभी तुमसे और कई बातें करनी हैं।"

## (5)

**चारगाँव के बहुत परे** दो टीले थे, जिनके बारे में मशहूर था कि यहाँ प्राचीनकाल का एक नगर दफ़न है। किन्तु अब इन टीलों की आड़ में कोई-न-कोई जुर्म हो जाता था—क़त्ल, डाका या कुछ और। ठीक उस समय जब कि झुगियों में सूरत और विरसा एक-दूसरे पर पशुओं की भाँति झपट पड़े थे, एक गौरवर्ण और लम्बी मूँछोंवाला आदमी एक चौबीस-पच्चीस वर्ष की स्त्री को गधे पर बैठाये चारगाँव की ओर बढ़ रहा था। जब वह उन टीलों के पास से होकर आगे बढ़ गया तब वह स्त्री से बोला, "अगर किसी आदमी को दस बार इन टीलों के पास से होकर निकलना हो तो उसे समझ लेना चाहिए कि दस में से नौ बार ज़रूर कोई-न-कोई लुटेरा, डाकू या क़ातिल इन टीलों की आड़ में छिपा बैठा होगा।"

स्त्री कम्बल में लिपटी हुई चुपचाप अपनी काली आँखों से चारगाँव की ओर देखती रही।

जब वे फुल्लाँ के निकट अरूढ़ियों के ढेर के पास से होकर ऊपर चढ़ने लगे तो अल्लादित्ता अराईं के भाई ने उसे देख पाया। उस समय वह रहट में जुते हुए बैलों को हाँक रहा था और गादी पर बैठने की जगह वह उनके पीछे हुक्का गुड़गुड़ाता हुआ चल रहा था।

उसने अपरिचित पुरुष की ओर ध्यान से देखा। फिर पास आकर बोला, "तुम करीमू तो नहीं हो अपने गाँव के?"

नवागन्तुक ने गधे को रोककर सवाल करनेवाले को सिर से पाँव तक देखा और फिर बोला, "मैंने तुम्हें नहीं पहचाना, लेकिन तुम ठीक कहते हो।"

# 13

**बेला ने विरसे से** झगड़ा तो कर लिया, किन्तु जब उसके दिमाग़ की गर्मी कम हुई तब उसे इस बात का तीव्र अनुभव हुआ कि इस इलाक़े में रहकर विरसे से बिगाड़ करना मानो दरिया में रहकर मगरमच्छ से वैर करना था। अतएव उसने वह रात फुल्लाँ के मज़ार के बाहर बनी हुई कोठरियों के बरामदे के एक अँधेरे कोने में काटी।

रात-भर उसे कीड़े-मकोड़ों से अधिक मज़ार का मुजाविर तंग करता रहा। पहले तो वह भूखे मुर्ग़े के समान यों ही उसके दायें-बायें चक्कर काटता रहा। यों तो वह मुजाविर से कहीं तगड़े पुरुषों को तिगन्नी का नाच नचाये हुई थी, किन्तु उस समय तो आबादी से दूर सर्दियों की रात काटने का सवाल उसके सामने था, अतः वह कुछ न बोली। चटपटी लड़की पाकर मुजाविर उसके पास आ खड़ा हुआ और बोला, "दूर से आ रही है क्या?"

"हाँ।" बेला ने बला टालने को कहा।

"पैदल?"

"हाँ!"

मुजाविर ने इधर-उधर देखकर कहा, "कोई मर्द साथ नहीं है?"

"नहीं।"

"हाँ तो क्या हुआ। फिकर मत करो। यह तो पीर जी का मज़ार है। यहाँ हर साल बड़े ज़ोर का मेला लगता है। दूर-दूर से दुनिया यहाँ आती है। खेल-तमाशे होते हैं, औरतों के काम की बहुत चीज़ें बिकती हैं। पीर जी के मज़ार पर आयी हुई दूर-दूर से तवायफ़ें नाचती हैं, कव्वालियाँ गायी जाती हैं।"

बेला को उसकी बातों में कोई दिलचस्पी नहीं थी। वह सुनसान मज़ार, घोड़ों के अस्तबल की-सी बनी हुई गन्दी और अँधेरी कोठरियों, बीच आसमान में लटके हुए अपने ढंग के अलग रहट और दूर तक, खड़े हुए दानवों की भाँति, वृक्षों को देख रही थी। बस कुशल यही थी कि उन बिना दरवाज़ें की कोठरियों में अनेक परदेसी सो रहे थे। उनमें से कुछ के खर्राटों की आवाज़े भी आ रही थीं। बेला को इतना सन्तोष था कि वह एक बार चिल्ला दे तो सब मुसाफ़िर जाग उठेंगे और मुजाविर की दाढ़ी तुरन्त उनके हाथ में आ जायेगी।

लम्बी शरई दाढ़ी और घनी मूँछों के नीचे मुजाविर के होंठ उस चटपटी लौंडिया के होंठों से मिलने के लिए फड़क रहे थे। फिर माल हाथ आ जाने की हलकी-सी आशा भी थी, अतएव उसने अपनी समझ में बड़े मधुर स्वर में पूछा, "भला तुम्हारा नाम क्या है?"

"अच्छी।"

"अच्छी?"

"हूँ।"

"बड़ा ख़ूबसूरत नाम है।" फिर उसने इधर-उधर देखकर पूछा, "मैंने कहा नाम-ही-नाम है या सचमुच अच्छी हो?"

बेला ने माथे पर बल डालकर गन्दे मुजाविर के चेहरे पर निगाह डाली, किन्तु मुँह से कुछ नहीं बोली।

मुजाविर ने उस समय इतनी ही बातचीत काफ़ी समझी। फिर वह परे हटकर मज़ार की ड्योढ़ी पर बैठकर दूर अँधेरे में एक धब्बे की तरह नज़र आनेवाली छोकरी को देखता रहा।

थोड़ी देर के बाद वह विवश-सा होकर जाँघें खुजाता हुआ फिर लड़की के पास पहुँचा। सर्दी के कारण वह सो न सकी थी, फिर भी वह जान-बूझकर कुण्डली मारे पड़ी रही।

मुजाविर ने लड़की की खिलते हुए गेहुँएँ रंग की अर्द्धनग्न पिण्डली को देखा, जिसका स्वस्थ मांस टखने पर चढ़ आया था। लड़की ने सीना उभारकर टाँग अकड़ायी तो शलवार का पायँचा ऊपर चढ़ गया और उसकी टाँग रान तक नग्न हो गयी। मुजाविर की आँखें चुँधिया गयीं जैसे अँधेरे में एकदम बिजली चमक गयी हो। उसका शरीर सिर से पाँव तक फूँकने लगा। उसकी समझ में नहीं आ रहा था कि क्या करे और क्या न करे।

इतने में उसने देखा कि लड़की ने बड़ी-बड़ी आँखें खोल दी हैं। वह ठिठककर रह गया।

"इधर आओ।" लड़की का स्वप्निल रुपहला स्वर गूँजा।

"मैं?" मुजाविर ने गधे की आवाज़ निकालते हुए पूछा।

"हाँ।"

मुजाविर डरते-डरते उसके समीप गया।

"और आगे आओ न।" लड़की ठुनकी।

मुजाविर को पसीना छूट रहा था। वह कोई उपयुक्त आयत (कुरान की) पढ़ने की असफल चेष्टा करते हुए अपना चेहरा लड़की के मुख से बालिश्त-भर के अन्तर पर ले आया। बेला ने उसके पसीने और मैल की गन्ध से परेशान होकर चुनरी का सिरा नाक पर रख लिया। फिर बड़े मनमोहक स्वर में बोली, "हमारा एक काम करोगे।"

मुजाविर के मन में लड्डू फूटने लगे। उसने बकरे के समान थूथनी बढ़ाकर कहा, "जान हाज़िर है।"

"यह जान-वानवाली बात अलग रखो। सीधे-सीधे जवाब दो।"

"तुम्हारे काम में जान भी जाये तो परवाह नहीं।"

इस पर बेला ने क्षण-भर को साँस रोककर चुनरी होंठों पर से हटा ली और उन पर बड़ी स्पष्ट-सी मुस्कान उत्पन्न करते हुए अपनी चमकीली काली आँखों से मुजाविर की ओर देखा, फिर जल्दी से नाक ढाँपकर बड़ी कोमलता से उसकी दाढ़ी को हाथ से छूकर कहा, "अच्छा, तो कल बतायेंगे।"

मुजाविर के मन में विचित्र उथल-पुथल मची थी।

कुछ देर तक वह उन बड़ी-बड़ी सुर्मई आँखों का नज़रों-ही-नज़रों में रसपान करता रहा। फिर बेला ने कहा, 'जाओ, भीतर से मेरे लिये बिस्तर ले आओ। यहाँ तो बड़ी सर्दी पड़ती है।"

मुजाविर तुरन्त उठा और भागा-भागा अन्दर गया। थोड़ी ही देर में वह उसके नीचे के लिए गद्दा और ऊपर के लिए रजाई लेकर लौटा।

नर्म-गर्म बिस्तर में लेटकर छोकरी कहने लगी, "अच्छा जाओ, अब तुम सो जाओ।" और फिर कटीले नयनों से कटार का काम लेकर बोली, "कल अगर मेरा काम बन गया तो...।"

"तो क्या?" मुजाविर ने धीमे स्वर में पूछा।

"तो मैं रात को फिर यहीं सोऊँगी।" यह कहकर उसने शरमाकर अपना मुख रजाई में छिपा लिया और गहरी नींद में डूब गयी।

मुजाविर निढाल-सा होकर उठा और अपनी कोठरी के अन्दर खाट पर जा गिरा; लेकिन उसे रात-भर नींद न आयी।

दूसरे दिन सबेरे ही बेला उसका बिस्तर मज़ार के दरवाज़े पर पटककर खेतों में चली गयी। शौचादि से निवृत्त होते-होते सूर्य की किरणें आनन्दप्रद गर्मी लिये बेला को नहलाने को उतर आयीं और वह एक पगडण्डी पर अपने नये प्रेमी की प्रतीक्षा में धरना देकर बैठ गयी।

दूर, अपेक्षाकृत ऊँची ज़मीन के टुकड़े पर चारगाँव चार मित्रों के समान दीख पड़ रहे थे, जिन्हें कुहरे की सुर्मई रजाई ने अपनी छाया में ले रखा था। सूर्य की किरणों के आगे कुहरा धीरे-धीरे छँटता जा रहा था और चारगाँव के मकानों की मुँडेरें धूप के हलके नारंगी रंग से रँगी जा रही थीं।

बेला ने रात इतनी मुसीबत से काटी थी। उसे क्या पता था कि विरसा उसकी जान लेने का विचार त्यागकर झुगियों में खर्राटे लेता रहा था रात-भर।

जब धूप काफ़ी ज़्यादा हो गयी तब चारगाँव से कुछ पन्द्रह-सोलह वर्ष के लड़के पशुओं के गल्ले हाँकते हुए उधर आ निकले। उनसे बातें करने पर उसे पता चला कि चारगाँव में एक नया आदमी आया है। उसका नाम है करीमू।

अब एक ओर नाग और दूसरी ओर खाईवाला प्रश्न सामने था। वह बड़ी बेचैनी से अपने नये प्रेमी की प्रतीक्षा करने लगी। आख़िर वह आ ही पहुँचा। वह उन्नीस-बीस वर्ष का तरुण छोकरा था। रेखें निकल ही रही थीं। निकलता हुआ क़द और मज़बूत शरीर। सूरत-शकल से बिलकुल अनुभवहीन दीख पड़ता था। बेला को अपनी प्रतीक्षा करते देख बोला, "आज तुम पहले पहुँच गयी हो।"

"पहले पहुँच गयी हूँ? अरे मैं सूरज उगने के पहले से तुम्हारी राह देख रही हूँ।"

"अच्छा?"

"हाँ! लेकिन देखो, अब समय कम है और काम है ज़्यादा। अब, बस जल्दी करो। कल एक तो विरसे से झगड़ा मोल ले लिया। सारे दिन उसके डर से भूखी-प्यासी खेतों में ही घूमती रही।"

"यह विरसा कौन है?" छोकरे ने घोड़े के बछड़े की भाँति गर्दन उठाकर और माथे पर बल डालकर कहा।

बेला को हँसी आ गयी।

वह फिर बोला, 'ज़रा मुझे दिखा देना। दम-भर में सीधा कर दूँगा।"

बेला ने मन में कहा–बेटा! अभी नहीं। अभी तो तुम्हारी खोपड़ी की सलामती मेरे लिये अधिक ज़रूरी है। किन्तु प्रकट में बिना उत्तर दिये, उसकी आस्तीन खींचते हुए बोली, "चल, तुझे अपना बिलकुल नया यार दिखाऊँ।"

"कौन है वह?" नवयुवक ने तनिक बिगड़कर पूछा।

जब वे मज़ार के निकट पहुँचे तो बेला दौड़कर मुजाविर के पास पहुँची और नाक बन्द करके उसके कन्धे पर गाल रख बोली, "तुप कहाँ चले गये थे?"

मुजाविर उसे ग़ायब पाकर बड़ा निराश हो गया था। लेकिन अचानक उसे अपने इतने निकट पाकर हकलाया, "म...मैं...मैं...तो यहीं पर था...हाँ, तू न जाने कहाँ भाग गयी थी।"

बेला ने नटखटतावश आँखों की पुतलियाँ घुमाकर कहा, "अरे, सुबह जब मैं आयी तो देखा कि तू ग़ायब है। मैंने बिस्तर दरवाज़े में पटका और रोती हुई खेतों को चली गयी।

उसके रोनेवाली बात सुनकर मुजाविर का हृदय भर आया। भावावेश में वह कुछ बोल न सका।

"अच्छा बता, कोई कोठरी खाली भी है। देख, मेरा भाई मुझे लेने के लिए आया है। हम बातें करेंगे, तुम रोटियों का इन्तज़ाम करना। आज हम दोनों तुम्हारे मेहमान हैं।

"तुम्हारा भाई तुम्हें लेने के लिए आया है?"

"हाँ," और फिर वह उसके कान में बोली, "लेकिन मैं किसी हीले से रात को सोऊँगी यहीं...उसकी नींद बड़ी गहरी है। घोड़े बेचकर सोता है।"

'अच्छी' (बेला) के इस विशेष कृपा-भाव ने तो मुजाविर को पागल बना दिया। वह तुरन्त उनको एक साफ़ कोठरी में ले गया और उन्हें इतमीनान दिलाया कि रोटी के लिए उन्हें चिन्तित होने की कोई ज़रूरत नहीं।

जब दोपहर हुई तो बेला ने अपने प्रेमी को मुजाविर के साथ गाँव भेजा ताकि वह उसकी मदद से विरसे की कोठरी में से उसके सारे कपड़े उठा लाये।

आशा के विपरीत यह काम बड़ी सन्तोषजनक रीति से पूरा हो गया।

शाम के भोजन के बाद मुजाविर ने बेला के कान में कहा, "दूसरे मुसाफ़िरों के सो जाने के बाद आऊँगा, अच्छी।"

"ना, ना, मेरे भाई को कहीं पता चल गया तो न मेरी ख़ैर न तेरी। मैं ख़ुद ही आऊँगी तेरे पास।...हाय, हाय! सूखी दाढ़ी में थोड़ा तेल ही डाल लिया कर।"

दाढ़ी में सरसों का तेल डालकर मुजाविर रात-भर चुलबुली अच्छी की प्रतीक्षा करता रहा।

## (2)

**जिस दिन बेला फुल्लाँ से** भागी वह 'लोहड़ी' के त्योहार का दिन था। इस त्योहार को ग्रामीण बालक बड़े उत्साह से मनाते हैं। गले में झोलियाँ डाले, वे उन घरों के आगे, जिनके यहाँ उस साल लड़का जन्मा होता है, बोलियाँ सुनाते और उपले माँगते हैं।

अतएव जब करीमू शाम के धुँधलके में बीड़ी पीता मियाँ दिल मोहम्मद के दारे की ओर बढ़ रहा था तब रास्ते में लड़कों के हजूम से मुठभेड़ हो गयी। प्रत्येक बालक के मैले किन्तु प्रफुल्लित मुख पर हँसी नाच रही थी। उस समय वे लोहड़ी की बोलियाँ बोल रहे थे। एक लड़के ने चिल्लाकर कहा—

*"आखो मुंड्यो! ढेरनी।"*
*सब—ढेरनी ओ ढेरनी*
*"मिंह वस्स्याँ ते कनकाँ जमियाँ।"*

(मेंह बरसा तो गेहूँ जमा)

*सब—ढेरनी ओ ढेरनी।*
*पहला—कनकाँ विच बटेरे।*

(गेहूँ के खेतों में बटेरे)

*सब—ढेरनी ओ ढेरनी।*
*पहला—दो साधू दे, दो मेरे।*

(दो साधू के और दो मेरे)

*सब—ढेरनी।*
*पहला—चल ओय साधू घाह नूँ।*

(चल साधू, घास लाने के लिए चलें)

*सब—ढेरनी।*

*पहला—मुरारीवाले राह नूँ।*

(मुरारीवाले रास्ते को)

*सब—ढेरनी।*

*पहला—जित्थे पक्का कोट उसारिया।*

(जहाँ पक्का क़िला बनाया गया)

*सब—ढेरनी।*

*पहला—पक्के कोट विच दो बलूँगे।*

(पक्के क़िले में बिल्ली के दो बच्चे)

*सब—ढेरनी।*

*पहला—बलूँगे गये भज।*

(बिल्ली के बच्चे भाग गये)

*सब—ढेरनी।*

*पहला—उड्ड गया गोहयाँ दा छज।*

(उड़ गया उपलों से भरा हुआ छाज)

इस पर सब लड़के नाच उठे और ज़ोर-ज़ोर से चिल्लाने लगे—"ढेरनी, ओय ढेरनी।"

इस बीच करीमू अपनी ख़िज़ाब-लगी काली मूँछों के नीचे बीड़ी दाबता और धुआँ निकालता खड़ा रहा। वह लड़कों के हजूम के निकल जाने की प्रतीक्षा कर रहा था।

पास के मकान की ड्योढ़ी के सामने खड़े होकर लड़के चिल्लाने लगे—

*"दुद्धूदयाँ लकड़ियाँ।*

*दुद्धू दे गोहे।"*

(नन्हें दुधमुँहे बालक की लकड़ियाँ और नन्हें दुधमुँहे बालक के उपले)

*"देह माई लकड़ियाँ*

*देह माई गोहे।"*

(दे दे माई लकड़ियाँ, देदे माई उपले)

करीमू उनकी चमकीली आँखों को अपनी पीले मटियाले रंग की बुझी-बुझी-सी आँखों से देखता रहा। एक दिन वह भी इन बच्चों की भाँति गले में झोली डाल लोहड़ी माँगने निकला करता था। इन्हीं गलियों में बढ़कर वह जवान हुआ। पहलवान बनकर इसी धरती पर मस्त हाथी के समान झूमकर चला करता था। फिर एक दुराचारिणी स्त्री के प्रेम ने उससे पहलवानी छुड़ायी और ये गलियाँ छुड़ा दीं। वह दिन और आज का दिन, उसने देस-देस का पानी पिया, बीसियों बार जान जोख़िम में डालकर स्त्रियों का व्यापार किया। दुनिया-भर की बीमारियाँ उसे लगीं; और अब वह क्या-से-क्या हो गया था।

क्षण-भर को उसे विचित्र-सा अनुभव हुआ। बच्चे दूर निकल गये थे। उनकी आवाज़ें मद्धिम पड़ गयी थीं। एकाएक करीमू को अनुभव हुआ कि उसके मुँह में लगी बीड़ी बुझ गयी है, और वह चौंककर आगे बढ़ गया।

वह दारे में समय से पहले ही जा पहुँचा था। वहाँ केवल एक सफ़ेद दाढ़ीवाले मुसलमान के और कोई मौजूद नहीं था। बूढ़ा सुलगते हुए उपलों के ढेर को चिमटे से उकसा रहा था।

करीमू ने तुरन्त पहचान लिया कि वह दुल्लू है, जो उनके बचपन के समय निकलता हुआ जवान माना जाता था। लाठी घुमाने में उसे कमाल हासिल था। लोग-बाग उससे यह कला सीखने के लिए दूर-दूर से आया करते थे। वह बूढ़े के पास जा खड़ा हुआ। कुछ देर तक तो बूढ़ा अपने काम में तल्लीन रहा, फिर उसने सफ़ेद भवों-तले से उसकी ओर देखा और बैठे हुए स्वर में बोला, "आग चाहिए क्या?"

"नहीं।"

"तम्बाकू?"

"नहीं, तम्बाकू भी नहीं।"

बूढ़े को आश्चर्य तो हुआ, किन्तु वह फिर अपने कार्य में व्यस्त हो गया।

करीमू के होंठों पर उदार मुस्कान उत्पन्न हुई और वह बोला, "तुमने मुझे पहचाना कि नहीं?"

बूढ़े ने निस्तेज आँखों से उसकी ओर टकटकी बाँधकर देखते हुए उत्तर दिया, "भई जवान! मैं तुम्हें पहचान नहीं सका।"

"लेकिन मैंने तुम्हें दारे में घुसते ही पहचान लिया था।" बूढ़े ने अचरज से मुँह बा दिया।

"तुम दुल्लू हो न?"

"हाँ।"

"मैं करीमू हूँ।"

बूढ़े ने स्मृति पर ज़ोर देकर सोचा। फिर उसके बेदाँत के मुँह से प्रसन्नतापूर्ण आवाज़ निकली, "तुम करीमू पहलवान हो। पहचान लिया मैंने।"

"अरे पहलवान क्या हैं। बस पहलवानी जवानी के साथ गयी।"

"भई, तुमसे मिलकर बड़ी ख़ुशी हुई। बड़ी मुद्दत के बाद लौटे हो।"

"हाँ, दुल्लू चाचा। एक जुग बीत गया...।"

"कहाँ ठहरे हो?"

"वही अपनी बहन के यहाँ।"

"अरे जब से वह राँड़ हुई है, बड़ी तक़लीफ़ में है बेचारी। इतनी बूढ़ी हो गयी पर पानी तक को पूछनेवाला कोई नहीं है...अच्छा किया जो तुम आ गये।"

"हाँ, दुल्लू चाचा। इधर हम भी तो ऐबों में पड़ गये। कई साल तो गर्मी के रोग में परेशान रहा। बस क्या पूछते हो। हीरे-सा बदन फूँक डाला हमने। न कभी किसी को ख़त लिखा, न किसी ने हमको लिखा। इन्हीं हरमज़दगियों की वजह से बाल भी उमर से पहले पक गये।"

"अच्छा, तो तुम आये कब?"

"रात ही तो आया हूँ।"

"हाँ-हाँ, तभी तो मैं भी कहूँ कि नया चेहरा दिखायी देता है...नहीं तो तुम जानो, इन चारगाँव के रहनेवालों में से तो हमें कोई भूला नहीं है।"

"ठीक कहते हो। हम परदेसी हो गये, लेकिन हैं तो इसी गाँव के।"

"अरे वाह! ख़ूब कही। गाँव के मालिक हो, मालिक। आओ न, इधर चारपाई पर बैठो आराम से।"

वे दोनों चारपाई पर बैठ गये।

करीमू ने पूछा, "अच्छा चाचा, तुम आजकल क्या करते हो? शादी तो तुमने हमारे सामने ही की थी। अब तो ख़ैर से, जवान लड़के होंगे।"

दुल्लू ने ठण्डी आह भरकर हुक्के की नली करीमू के हाथ से ले ली। फिर एक कश लेकर बोला, "करीमू! कुछ मत पूछो। शादी हुई, बच्चे पैदा हुए। उन्हें पाल-पोसकर बड़ा किया। अब यह समझ लो कि कोई बाक़ी नहीं बचा। मेरी अकेली जान बाक़ी रह गयी है।"

"यह तो बड़ी दर्दनाक बात बतायी तुमने। लेकिन चाचा, अब तुम्हारी गुज़र कैसे होती है?"

"गुज़र की भी भली पूछी। मियाँ जी के बच्चों की जान के सदके सुबह-शाम दो रोटियाँ मिल जाती हैं। कई बरस तक वात-रोग ने मेरी टाँग तोड़े रखी। अब बुरे हालों थोड़ा-बहुत चल-फिर लेता हूँ। काम-वाम नहीं कर सकता। दारे में पड़ा रहता हूँ। आये-गये मुसाफ़िर की ख़िदमत कर देता हूँ।"

करीमू बोला, "शुकर है चाचा! अब तुम्हारे अल्ला-अल्ला करने के दिन भी हैं। जो पल बीत जायें, अच्छा है। अच्छा, तो मियाँ जी कब तक आते हैं दारे में?"

"बस, अब आते ही होंगे...अरे, वह दोपहर को बाहर आने के बाद रात तक घर के अन्दर नहीं जाते। बड़े भले आदमी हैं भई।"

"भले आदमी?"

"अरे वह और ज़माने थे। हमारे लड़कों ने भी उन्हीं का साथ दिया। सिक्ख बदमाशों के हाथों मारे गये मेरे दोनों लड़के। इन बेचारों ने उमर-भर के लिए मेरी रोटियों का इन्तज़ाम कर दिया।"

"यह सिक्खों की अब ख़ैर नहीं। बड़ा उधम मचा रखा है इन्होंने।"

"हाँ बेटा, देखो न! मेरे दोनों लड़के इन्हीं के हाथों शहीद हुए। तुमसे क्या बताऊँ, जी में कैसे-कैसे उबाल उठते हैं।...ए लो, मियाँ जी आ गये।"

करीमू तो उन्हें पहली नज़र में पहचान ही नहीं सका। कितने मोटे हो गये थे मियाँ जी!

इस बीच जो आठ-दस आदमी दारे के पास मँडराने लगे थे, वे मियाँ जी को देखकर पास आ गये। मियाँ जी की दृष्टि सबसे पहले करीमू पर पड़ी। उसे देखते ही बोले, "आ भई करीमू!"

करीमू को आश्चर्य हुआ। बोला, "मियाँ जी, आपको मेरे आने का पता कैसे चला, और फिर मुझे पहचान भी लिया आपने।"

दिल मोहम्मद ने चारपाई पर बैठते हुए कहा, "निगाह रखते हैं हम। उड़ती चिड़िया पहचान लेते हैं...ओय, ला भई, हुक्का ताज़ा करके, बैठो करीमू।"

करीमू इस सम्मान पर बहुत ख़ुश हुआ। मियाँ जी के पूछने पर कि वह इतने दिनों के बाद कैसे रास्ता भूल पड़ा, उसने जवाब दिया, "मियाँ जी, आपकी मुहब्बत खींच लायी।"

"ओय, हमें क्यों काँटों में घसीटता है। न जाने किसकी कशिश (आकर्षण) खेंच लायी।"—यह कहकर उन्होंने उपस्थित जनों में से दो-तीन व्यक्तियों की ओर अर्थपूर्ण ढंग से देखा।

करीमू ने हुक्का लेते हुए बोला, "आप तो पहेलियों में बात करते हो मियाँ जी!"

एक आदमी बोला, "भई, न जाने बात कहाँ तक सच है। लेकिन अफ़वाह यही है कि तुम किसी औरत के पीछे आये हो यहाँ पर..."

"कौन औरत?"

"कोई होगी....हम क्या जानें।"

इस बीच मियाँ जी चुपचाप मुस्कराते रहे, जैसे कोई बड़े मारके की बात हो रही हो। अन्त में उन्होंने इस रहस्य का उद्घाटन करने की ठानी। बोले, "बेला कौन थी?"

बेला का नाम सुनकर करीमू चौंका, "क्या वह यहाँ है?"

"है नहीं, थी ज़रूर।"

करीमू के माथे पर बल पड़ गये। धीरे से बड़बड़ाया, "विरसू...यहीं का रहनेवाला है?"

"हाँ।"

"विरसे का उससे क्या मतलब?" एक व्यक्ति ने पूछा।

"वही तो लाया था उसे भगाकर।"

"भगाकर?" मियाँ ने कहा, "वह आप ही भाग आयी होगी।"

"विरसे का बड़ा नाम सुनने में आ रहा है।"

"हाँ, उसने इस इलाक़े में बहुत नाम पैदा किया है।"

"अन्धों में काना राजा बना है।"

"नहीं, यह बात नहीं है।" एक सीधे-सादे मुसलमान ने कहा।

"अज़ीब बात है।" करीमू ने कहा, "तुम मुसलमान होकर एक सिक्ख की तरफ़दारी करते हो।"

गाँव के एक अधेड़ अवस्था के मुसलमान ने कहा, "इसमें सिक्ख और मुसलमान का क्या सवाल है। जब वह अपने गाँव का ही आदमी ठहरा तो फिर इन बातों में क्या रखा है।"

"अच्छा? तो यहाँ मुसलमान और हिन्दू-सिक्ख का कोई सवाल ही नहीं पैदा होता। लेकिन अगर कभी परदेस जाकर देखो तो पता चले कि इन लोगों के खाने के दाँत और, और दिखाने के और होते हैं।"

इस पर उन लोगों के कान खड़े हो गये।

करीमू ने अपनी बात ज़ारी रखी, "लेकिन कितनी अजीब बात है कि यहाँ अगर कोई क़ाफ़िर मुसलमान औरत भगाकर ले आये तो भी मुसलमान-सिक्ख का सवाल नहीं पैदा होता।"

"मुसलमान औरत?"

"हाँ, बेला मुसलमान ही तो थी।"

"तुम बे-पर की उड़ा रहे हो।"

"नहीं, तुम्हारे सिर की क़सम।"

दिल मोहम्मद ने भारी स्वर में कहा, "ऐसी आवारा और बदचलन औरत मुसलमान हुई तो क्या, हिन्दू-सिक्ख हुई तो क्या? भला बाज़ार में बैठनेवाली रण्डी का भी कोई मज़हब होता है?"

"आवारा?"

"आवारा-सी आवारा थी वह? वह तो विरसिया के दम से इत्ते दिनों टिकी रही, नहीं तो कभी की जूते मार-मारकर भगा दी जाती।"

"नहीं मियाँ जी! वह आवारा नहीं थी। उसे तो विरसे ने ही आवारा बना दिया होगा।"

"छोड़ो भाई, भला नेक औरत को भी कोई बिगाड़ सकता है?"

"सच है जी। वह तो बड़ी नेक और पारसा थी। जब तक मेरे पास रही, पाँचों वक़्त नमाज़ पढ़ती थी। न जाने उस हरामज़ादे ने उसे क्या उलटी पट्‌टी पढ़ायी कि उसका चाल-चलन बिगड़ गया।"

कुछ लोगों को करीमू की बातों पर विश्वास आने लगा। यद्यपि जब दिल मोहम्मद ने कहा, "हाँ, तुम-जैसे पारसा के साथ रहकर उस बेचारी को सिवाय नमाज़ें पढ़ने के दूसरा चारा ही क्या था।"

इस पर ख़ूब हँसी हुई।

करीमू ने कटु स्वर में कहा, "अपने घर में बैठकर आदमी चाहे अपनी तसल्ली कैसे ही कर ले। पता तो तब चले जब गाँव से निकलकर दुनिया देखो।"

उसकी इस बात से अधिकांश लोग प्रभावित हो गये।

करीमू ने अपनी बात चालू रखी, "कलकत्ते में जो कुछ हुआ है, तुम लोग उस बात का अन्दाज़ा नहीं लगा सकते। मुसलमानों को इस बेरहमी से मारा गया है कि बस कुछ न पूछो..."

"तो तुम कलकत्ते में थे उन दिनों?"

"हाँ, मैं वहीं पर तो था।"

"अच्छा, फिर क्या हुआ?"

"यही हिन्दू और यही सिक्ख वहाँ मौजूद थे। हिन्दू साहूकारों ने सिक्ख ड्राइवरों को ट्रक दिये। सिक्ख क्या करते थे कि लारियों में मुसलमान सवारियाँ भरकर समुन्दर की तरफ़ दौड़ाते और फिर ख़ुद चलती लारी में से छलाँग लगाकर उतर जाते और ट्रक मुसलमानों-समेत समुन्दर के बीच जा गिरता था।"

मुसलमान भाइयों ने बेचैनी से पहलू बदले। करीमू ने एक नज़र में उनकी मनोदशा भाँपते हुए कहा, "नोआखाली में भी पहल हिन्दुओं ने की। लेकिन मुसलमान को छेड़ना गोया शेर की दुम ऐंठना है। चुनाँचे मुसलमानों ने वहाँ के हिन्दुओं को वह नाकों चने चबवाये कि नानी याद आ गयी क़ाफ़िरों को..."

इस पर मुसलमान भाई प्रसन्न हुए।

"लेकिन फिर बिहार में मुसलमानों पर जो बीती वह सुनने से तो कलेजा मुँह को आता है।"

"अच्छा?"

"अरे वाह! तुम 'अच्छा' कहते हो। कभी अख़बार पढ़ा-सुना भी है?"

एक पढ़े-लिखे मुसलमान ने गवाही दी कि बेशक, अख़बारों में बड़ा शोर मचा हुआ है।

मियाँ दिल मोहम्मद ने कहा, "इन अख़बारों की भी भली कही। इन्हें सिवाय इसके और काम ही क्या है।"

करीमू ने तनिक खिन्न हो, अधिकांश मुसलमानों के मन की बात कही, "मियाँ साहब! आप क्या जानें। जब तक अपने तन पर न बीते, आदमी को कुछ पता नहीं चलता। बिहार में जो-जो ज़ुल्म मुसलमानों पर ढाये गये उन्हें बयान करना आदमी के बस के बाहर है।"

"तुम बिहार में भी थे?"

"हाँ भई," यह कहकर उसने अपनी दोनों आँखों को छूकर कहा, "मैंने इन आँखों से वहाँ का हाल देखा है। अब मैं सीधा वहीं से आ रहा हूँ। पहले मैं पटियाले आया था। वहाँ तुम्हारे विरसे से मुलाक़ात हुई। वह बेला को ले भागा। पटियाले में पुलिस ने बहुत तंग किया तो मैं क़िस्मत का मारा वहाँ से बिहार चला गया। वहाँ मेरा एक

दोस्त रहता था। मैंने चन्द दिन वहाँ बड़े आराम से काटे। लेकिन आसमान से गिरा और खजूर में अटकावाली बात हुई, और थोड़े ही दिनों बाद वहाँ दंगे शुरू हो गये।''

''बात क्या हुई थी?''

''बात कुछ भी नहीं। हिन्दुओं के दिल में नोआखाली का बदला लेने की बड़ी तमन्ना थी। सो उन्होंने, उस सूबे में जहाँ उनकी तादाद ज़्यादा थी, अपनी मनमानी कर ली। जो-जो ज़ुल्म वहाँ हुए वह न कभी सुने न देखे।''

अब लोगों की दिलचस्पी बढ़ती जा रही थी।

''अब यह मत पूछो की वहाँ दंगों में क्या-क्या हुआ। एक लिहाज़ से हिन्दुओं ने मुसलमानों को बिलकुल नेस्तनाबूद करने की ठान ली थी। मुसलमानों के घरों, उनके खेतों और दुकानों को आग लगा दी गयी। उनके बच्चों पर कोई रहम नहीं किया गया, बल्कि बड़ी बेदर्दी से मौत के घाट उतार दिया गया। औरतों की तो बस कुछ मत पूछो। बे-आबरूई अलग हुई और उनकी इज़्ज़त लूटने के बाद भी उनकी जान नहीं बख़्शी गयी। बिहार में जितने कुएँ थे वह सब मुसलमानों, ख़ासकर मुसलमान बच्चों और औरतों से पाट दिये गये। मुसलमान मर्दों ने अपनी आबरू, अपनी बहनों-बीवियों की इज़्ज़त लुटती देखी, लेकिन बस ख़ून के घूँट पीकर रह गये।''

''अच्छा, तो ये बातें सच्ची हैं? हमने सुनी-सुनायी बातों पर यक़ीन नहीं किया।''

''लेकिन मैं सुनी-सुनायी नहीं, बल्कि आँखों-देखी बात कहता हूँ...और अभी क्या है। तुम समझते हो कि मुसलमान इन ज़्यादतियों और अपनी बेइज़्ज़ती को भुला देंगे। अब तमाशा देखना ज़रा।''

दिल मोहम्मद ने कहा, ''भई, अल्लाह का नाम लो। इन बातों का नतीजा कुछ अच्छा नहीं निकलता।''

''मियाँ जी! आप भी बड़े भोले हैं। पादशाहो! अगर हिन्दू तो लड़ना चाहें और मुसलमान दबता चला जाये तो आख़िर इसकी भी तो एक हद होती है। ज़्यादा घिसने से तो चन्दन में भी गर्मी आ जाती है। आदमी फिर आदमी है। मियाँ जी! इसीलिए तो मुसलमान पाकिस्तान माँगते हैं। न उनसे कोई मतलब पड़ेगा और न झगड़ा ही होगा।''

''हाँ जी, ठीक ही तो है। जब आपस में रज़ामन्दी से नहीं रह सकते तो फिर लड़ाई-भिड़ाई और रोज़ की झकझक से अच्छा तो यही है कि इन्सान अलग रहे।''

''मुसलमान हमेशा ख़ुदा-लगती बात कहते हैं।''

''लेकिन जी, हिन्दू-सिक्खों ने भी तो बस हद ही कर दी। इतना ज़ुल्म?''

''हम बेचारे देहाती चक्कर-फेर की बातों को क्या जानें।''

''हमें यह भी मालूम नहीं था कि बेला मुसलमान थी। उसका नाम ही कुछ ऐसा था।''

''बेचारी की सूरत से मासूमियत तो टपकती थी।''

"लेकिन वह भाग क्यों गयी?"

"यह तो करीमू को ही मालूम होगा।"

करीमू ने कहा, "भई, मुझे ख़ुद मालूम नहीं है। कल मैं आया और आज वह भाग गयी। भला मैं उससे न मिला न बात हुई। कैसे बताऊँ, वह क्यों भाग गयी?"

"लेकिन इतनी बात ज़रूर है कि वह तुम्हारी वजह से भागी होगी।"

नूरा बोला, "बेचारे करीमू को क्यों बदनाम करते हो? असल बात कुछ और है।"

"अच्छा?" कई स्वर एक साथ निकले, "वह क्या है, हमें भी तो पता चले।"

"फुल्लाँ का भड़भूँजा कहता था कि कल दोपहर को विरसे और बेला का बड़े ज़ोर का झगड़ा हुआ। इधर से निकलते वक़्त उसने उनकी बातें सुनी थीं...।"

उपस्थित मुसलमानों की आँखें फट गयीं—"अच्छा तो फिर...?"

"इसके बाद मालूम यह होता है कि विरसे ने बेचारी की इज़्ज़त लूटनी चाही...।"

"बेचारी!" दिल मोहम्मद हुक्के की नली को मुँह में दबाये-दबाये मुस्कराया। लेकिन लोगों ने उसकी आवाज़ सुनी नहीं।

नूरे ने अपनी बात जारी रखी, "और वह कहने लगी कि दुनिया इधर-से-उधर हो जाये, लेकिन अपनी आबरू पर क़ाफ़िर का हाथ नहीं पड़ने दूँगी...।"

"सुबहानल्लाह, सुबहानल्लाह!" कुछ बुज़ुर्गों के मुँह से अनायास निकल गया।

"फिर विरसे ने ज़बरदस्ती करनी चाही, लेकिन उसने फ़ौरन खिड़की में से छलाँग लगाकर अपनी लाज बचायी।"

"और हमें कानोंकान ख़बर तक नहीं हुई?"

नूरा, जो स्वयं बड़ी चेष्टा करने पर बेला की रानों पर केवल दो-एक चुटकियाँ ही ले सका था, भर्राये स्वर में बोला, "बेचारी डर के मारे गाँव नहीं लौटी। सारे दिन खेतों में घूमती रही विरसे के डर के मारे।"

"हाँ, बेचारी पहले तो कभी खेतों में घूमती या छिपती नहीं पायी गयी थी।" दिल मोहम्मद ने व्यंग्य किया, लेकिन लोगों ने सच समझा।

"अरे, तो गाँव विरसे के बाप का तो नहीं है। वह आयी क्यों नहीं। हम क्या मर गये हैं?"

"भई, सचमुच, इस विरसे ने उधम मचा रखा है। इसको ठिकाने लगाना पड़ेगा।"

इस पर कई जोशीले जवानों ने हामी भरी।

दिल मोहम्मद, जो कभी सही माने में 'बदमाश' रह चुका था, उनकी बातें बड़े ध्यान से सुनता रहा। वह बेला के सम्बन्ध में कही गयी बातों को ख़ूब समझता था। कहने लगा, "लेकिन सवाल तो यह है कि बिल्ली के गले में घण्टी बाँधेगा कौन?"

मियाँ जैसे प्रभावशाली व्यक्ति के मुँह से यह सुनकर महफ़िल पर ख़ामोशी छा गयी।

महफ़िल का यह रंग देख करीमू तहमद झाड़ता हुआ उठ खड़ा हुआ, "मियाँ जी, आप घण्टी की बात कहते हैं। मैं उसे घास खिलाकर छोड़ूँगा।"

## (३)

करीमू को चारगाँव आये हुए कुछ महीने बीत चुके थे। वह चुपके-चुपके बेला की खोज करता रहा। लेकिन वह न जाने कहाँ ग़ायब हो गयी थी कि लाख यत्न करने पर भी उसका पता न लग सका।

साम्प्रदायिक वातावरण कुछ इस प्रकार बिगड़ चुका था कि धीरे-धीरे दारे में सिर्फ़ मुसलमान जाने लगे और पेशौरासिंह की बैठक में केवल हिन्दू और सिक्ख। खुल्लम-खुल्ला आपस में कोई झगड़ा-फ़साद नहीं हुआ था बल्कि यों देखने में साम्प्रदायिक वातावरण भी अच्छा दीख पड़ता था। लेकिन हिन्दू और सिक्ख अपनी-अपनी जगह पर बिलकुल चौकन्ने हो रहे थे। भीतर-ही-भीतर हथियार और लड़ाई की अन्य सामग्री एकत्र की जा रही थी। यों हँसना-बोलना जारी था, किन्तु भीतर-ही-भीतर परस्पर घृणा और द्वेष का विष फैलता जा रहा था।

बिहार के दंगों तथा इसी प्रकार की अन्य घटनाओं के बाद पश्चिमी पंजाब और फिर लाहौर में भी दंगे शुरू हो गये। इन दंगों के समाचार जैसे-जैसे लाहौर में फैलते थे, वैसे-वैसे वातावरण अधिक बिगड़ता जाता था।

सूरतसिंह के पिता की इच्छानुसार महेन्द्र अपने माता-पिता के पास जाने को तैयार हो गयी थी। लेकिन उन्हीं दिनों उनके नगर में, जो पश्चिमी पंजाब में स्थित था, स्थिति बिगड़ने लगी तो महेन्द्र के पिता ने उसे आने से मना कर दिया और थोड़े समय के बाद वे लोग थोड़ा-बहुत सामान लेकर अपने एक सम्बन्धी के यहाँ लुधियाने चले गये। लाहौर के दंगों से उसके माता-पिता की परेशानी बढ़ गयी। इस बारे में उनके पत्र भी आने लगे।

महेन्द्र का घराना काफ़ी प्रगतिशील था। अतएव पत्र-व्यवहार द्वारा ही उनके सम्बन्ध की बात पक्की हो गयी थी। वे स्वयं अपनी पुत्री के शीघ्र-से-शीघ्र विवाह के इच्छुक थे।

इधर लुधियाने से पिता के बेटी के लिए परेशानी के पत्र-पर-पत्र आने लगे और फिर इधर सूरत की माता ने भी महेन्द्र से कुछ दिनों के लिए घर चले जाने को कहा तो उसे तैयार होना ही पड़ा।

जब वह झोंपड़ों में सामान तैयार कर रही थी तो उसने सूरत की ओर एक नज़र देखा जिससे प्रकट होता था कि वह मानसिक उलझन में फँसी थी।

"क्या बात है डार्लिंग?" सूरत ने प्यार से उसके कन्धे पर हाथ रखते हुए कहा।

"मेरे दिमाग़ में कुछ उलझन-सी पैदा हो गयी है, न जाने क्यों?"

"उलझन कैसी?"

"सोचा कुछ और था लेकिन अब करना पड़ रहा है कुछ और।"

सूरत ने उसको प्यार से लिपटाकर कहा, "देखो महेन्द्री, तुम मुफ़्त में परेशान हो रही हो।"

"नहीं सच। मैं तो कुछ और सोचे बैठी थी। आपकी माता जी से जब कभी बात होती है, मैं उनके स्नेह को देख उनसे बहस करने से कतरा जाती हूँ। लेकिन आप उन्हें क्यों नहीं समझाते। मेरा दृष्टिकोण उन्हें क्यों नहीं बता देते?"

"मैंने उन्हें सब-कुछ अनेक बार बताया और समझाया है। लेकिन महेन्द्री मुश्किल यह है कि उनकी दुनिया हमसे बिलकुल अलग है। वे हमारे दृष्टिकोण को नहीं समझ सकते। तुम चाहे कुछ भी कहो, लेकिन मैं समझता हूँ कि उन्होंने हमसे बड़ी हद तक सहयोग किया है...नौजवानों को केवल विद्रोह-ही-विद्रोह नहीं करना चाहिए, बल्कि उन्हें चाहिए कि वह बुज़ुर्गों को भी अपने साथ-साथ लेकर चलें। आख़िर ज़िन्दगी एक समझौता ही तो है।"

"नहीं, दरअसल मैं विद्रोह और सिर्फ़ विद्रोह की ख़ुद भी क़ायल नहीं हूँ। लेकिन यहाँ सवाल एक ऐसे सिद्धान्त का है जिसे मैंने इतने प्यार से अपनाया था। और अब उसी को तोड़ना पड़ रहा है।"

"वाह, उसूल तोड़ने को किसने कहा तुमसे? तुम अपना सिद्धान्त अपनाये रखो।"

महेन्द्र को जैसे यह बात कुछ अप्रिय लगी। उसने समझा, यह बात केवल हँसी में कही गयी है। उसने दयनीय दृष्टि से उसकी ओर देखा और रुँधे हुए स्वर में बोली, "आप ये बातें करने लगे हैं?"

"अरे, तो क्या तुम बुरा मान गयीं?"

महेन्द्र ने कुछ कहे बिना रूमाल नाक पर रखकर मुँह फेर लिया। सूरत ने देखा कि उसके कन्धे काँप रहे थे, जिससे प्रकट होता था कि वह चुपके-चुपके रो रही है। उसने बढ़कर पीछे से उसके कन्धों पर अपने दोनों हाथ रख दिये।

"रोने लगीं? भई, देखो, हमसे कोई भूल हो गयी हो तो बताओ।"

महेन्द्र ने कोई उत्तर नहीं दिया।

"बोलो महेन्द्री! कोई भूल हुई है हमसे?"

महेन्द्र ने इनकार में सिर हिला दिया।

"देखो महेन्द्री! एक-दूसरे से बेहद प्रेम करनेवाले भी कभी-कभी एक-दूसरे को समझने में असमर्थ रहते हैं। मेरे विचार में इस समय कोई एक भावना तुम्हारे मन में नहीं है। यह अलग बात है कि तुम उन भिन्न-भिन्न भावों को पूरी तरह समझे बिना मुझ बेचारे पर नाराज़ हो रही हो।"

महेन्द्र ने गर्दन घुमाकर सिर उसकी छाती पर रख दिया और ज़ोर-ज़ोर से रोने लगी।

"आखिर बात क्या है?"

महेन्द्र ने अपनी भीगी हुई पलकें क्षण-भर को ऊपर उठायीं और बोली, "मुझे आप पता नहीं।"

"भई बहुत ख़ूब।"

महेन्द्र चुप रही।

"देखो महेन्द्री! पुरुष और स्त्री का शादी के रिश्ते में बँध जाने का यह मतलब तो नहीं है कि वे अपने आदर्शों की ओर बढ़ ही नहीं सकते। बल्कि मैं समझता हूँ कि

अगर वह एक विचार के हों तो उन्हें अपना काम करने में और आसानी हो जाती है। ज़रा अनुमान करो कि जब तुम इस तरह मेरी छाती से लिपटी होगी कि मैं तुम्हारी साँस को गर्दन की खाल पर अनुभव कर सकूँ तो बताओ मेरी हिम्मत कितनी बढ़ जायेगी, मेरी दृढ़ता का क्या हाल होगा?''

महेन्द्र ने मुख ऊपर उठाया और आँसुओं में मुस्कराते हुए कहा, ''मतलबी कहीं के। कैसी आँखें फेर लीं!''

''इसे तुम आँखें फेरना कहती हो?'' सूरत ने हँसते हुए पूछा, ''मैं तुम्हारे और क़रीब आ रहा हूँ और तुम उसे आँखें फेरना कहती हो। ख़ूब इनाम मिल रहा है हमें वफ़ादारी का।''

महेन्द्र ने उसके सीने पर धीरे से मुक्का मारकर कहा, ''भई ऐसे नहीं। आपकी नीयत बदल गयी है कुछ।''

''नीयत?''

''हाँ जी।''

''बदल जाने से क्या मतलब?''

''यही न।'' यह कह उसने फिर सूरत की ओर कनखियों से देखा, ''अब हम क्या बतायें...आख़िर शादी के बारे में जो बातें आप कहते थे उन पर क़ायम क्यों नहीं रहते। मँगनी तक तो ख़ैर...''

''अरे, तो शादी के बाद क्या पहाड़ टूट पड़ेगा। वही मैं हूँ, वही तुम और वही... सब-कुछ।''

''बस आपको तो मज़ाक छोड़ कुछ सूझता ही नहीं। आख़िर आदमी कहाँ जाये।''

''लेकिन डार्लिंग, मुझे भी तो बताओ कि मैं कहाँ जाऊँ। एक तरफ़ तुम हो और दूसरी तरफ़ माता-पिता...मुझ बेचारे की जान आफ़त में है।''

''आख़िर आपसे वे क्या कह सकते हैं?''

''पिता जी का सीधा-सा लेकिन टेढ़ा सवाल यह है कि जो झक तुम यों मार रहे हो, उसे क्या शादी के बाद ज़ारी नहीं रख सकते?...बताओ इस बात का क्या जवाब है? वे कहते हैं, शादी के बाद न लोग हम पर उँगली उठायेंगे और न परेशान करेंगे, बल्कि उस हालत में हमारी बहुत-सी मुश्किलें दूर होकर रास्ता साफ़ हो जायेगा। मेरी अपनी राय यह है कि उनके विचार उतने ग़लत नहीं हैं जितने की तुम उन्हें समझ रही हो।''

''आप इस बारे में भी उनसे सहमत हैं कि हम झक मार रहे हैं?''

''हो हो हो...देखो, बुरा न मानो। मैं सहमत नहीं हूँ। लेकिन जो उनके शब्द थे वे तुम्हें बता दिये हैं।''

''नहीं, मुझे तो ऐसा लगता है कि आप पर उनकी बातों का ज़रूर असर हो गया है।''

''मैं उनसे इस बारे में सहमत नहीं हूँ। तुम मेरी बात का विश्वास करो...।'' सूरत ने एक-एक शब्द पर ज़ोर देते हुए कहा, ''लेकिन डार्लिंग, छोटे-छोटी बातों पर बच्चों की तरह रूठना मुनासिब नहीं है। मुझे तो बेली जुलाहे की कुछ बातें बहुत पसन्द आती

हैं। एक दिन इसी तरह की बातें हो रही थीं उससे, तो वह कहने लगा, "बेटा समाज में कई क़िसिम की तब्दीलियाँ होती हैं। इन्क़लाब आते हैं। दुनिया इसी तरह चलती रहती है। हम हुक्मी तौर से यह नहीं कह सकते कि कौन-सा उसूल मनुष्य जाति के लिए हमेशा-हमेशा के लिए अच्छा रहेगा; लेकिन सवाल के हर पहलू पर विचार करने के बाद जो नतीजा निकले उसी पर अमल करना ठीक है। और नौज़वान लड़कों और लड़कियों के दिलों में मनुष्य-जाति और समाज को ऊपर उठाने की सच्ची लगन ही तारीफ़ के क़ाबिल चीज़ है। ज़रिये तो बदलते रहते हैं और आगे भी बदलते रहेंगे।" सो महेन्द्री! जब हमारी नीयत साफ़ और हमारी लगन सच्ची है तो फिर हमें परेशान होने की ज़रूरत नहीं है। हम ज़रूर आगे बढ़ सकते हैं। अपने समाज में हम शादी करके ज़्यादा इतमीनान से आगे बढ़ सकते हैं।

मालूम पड़ता था कि महेन्द्र के हृदय पर इसका सुन्दर प्रभाव पड़ा था। उसने सूरत का हाथ दबाकर कहा, "अच्छा, जो आप ठीक समझते हैं वही सही।"

सूरत ने महेन्द्र का मुँह चूमकर कहा, "तो बस, अब तुम जल्दी से पूरी तैयारी कर लो। लॉरी तक मैं तुम्हारे साथ चलूँगा और आगे के लिए पिता जी ने एक और आदमी को तुम्हारे साथ भेजने का इरादा किया है।"

"अच्छा।"

सूरत को ऐसा लगा मानो महेन्द्र ने बड़े दबे हुए स्वर में 'अच्छा' कहा है। बोला, "कोई हर्ज़ तो नहीं?"

"किस बात में?"

"वही, उस आदमी के जाने में। अगर चाहो तो मैं ख़ुद वहाँ छोड़ आऊँ।"

"अजी नहीं, वाह! आपने मुझे दूध पीती बच्ची समझा है। आपके जाने की कोई ज़रूरत नहीं है। हाँ, अगर कोई भरोसे का आदमी साथ चला चलेगा तो मुझे कुछ सुविधा हो जायेगी।"

"वह तो हो जायेगा।"

बातों के साथ महेन्द्र ने सारा सामान तैयार कर लिया तो सूरत ने उसके बँधे हुए सामान पर नज़र डालकर कहा, "तुम चली जाओगी तो मुझे बड़ी परेशानी होगी। जानती हो, तुम्हारे बिना मैं कितना उदास रहा करूँगा। तुम मुझे चिट्ठी लिखा करना... लिखोगी?"

"ज़रूर।"

"हर रोज़?"

महेन्द्र हँस दी, "जी! हर रोज़।"

"आओ, अब माता जी और गोबिन्दी से मिल लो। यह सामान सड़क पर पहुँचा दिया जायेगा। हम उधर से सीधे सड़क पर चले जायेंगे।"

वे झुगियों से निकलकर घर पहुँचे।

सूरत की माँ आँगन में बड़ी दीवार के साये-तले बैठी महेन्द्र के लिए आलू के पराठे अँगोछे में बाँध रही थी। उन्हें दूर से देख खिल गयी और पास बैठे पति से बोली, "दोनों की जोड़ी तो देखो। वाह गुरु बुरी नज़र से बचायें। मैं चाहती हूँ कि गोबिन्दी की जोड़ी

भी ख़ूबसूरत हो। हमारी गोबिन्दी हाथ लगाने से मैली होती है। लेकिन इस जोड़ का लड़का...''

पेशौरे ने दबी हुई गुर्राहट से कहा, ''तुम्हारे दिमाग़ से विरसे का ख़याल निकला नहीं। लेकिन उसकी बदचलनियों के बावजूद मैं इन दोनों की शादी पर राज़ी हो गया था...क्योंकि मैं समझता हूँ कि शादी के बाद ऐसे आदमी भी ठीक हो जाया करते हैं। लेकिन...लेकिन तुम सब-कुछ जानते हुए भी अपनी ही रट लगाये हुए हो...''

इस बीच सूरत और महेन्द्र उनके बहुत निकट पहुँच गये और उन्होंने बात बन्द कर दी।

''आओ बेटी! तुम्हारा सामान तैयार हो गया न?''

''हाँ, माँ जी।''

''हमने तुम्हारा नाश्ता तैयार कर दिया है... ।''

''गोबिन्दी कहाँ है?''

''अन्दर बैठी होगी। आजकल बेचारी की तबीयत कुछ ख़राब रहती है।''

''मैं देखूँ... ।'' यह कहकर महेन्द्र दरवाजे की ओर बढ़ी तो माँ बोली, ''बेटी, जालन्धर में वह लड़का रहता है जिससे गोबिन्दी के रिश्ते की बातचीत हो रही है। ज़रा मौक़ा लगे तो उधर की पूछ-ताछ भी करना और हमें सब हाल लिखना।''

''अच्छा माँ जी।'' यह कहकर महेन्द्र अन्दर चली गयी। वहाँ देखा कि गोबिन्दी औंधे मुँह पलँग पर लेटी है। उसने जाते ही कहा, ''लो गोबिन्दी, मैं जा रही हूँ आज।''

गोबिन्दी ने सिर ऊपर उठाया और फिर उठकर पलँग के कोने में बैठ गयी। उसके हलके नीले होंठों पर मुस्कराहट उत्पन्न हुई। वह क्षीण स्वर में बोली, ''अच्छा, अब कब आइयेगा?''

महेन्द्र ने उसको घसीटकर गले से लगा लिया और बोली, ''गोबिन्दी! जब तुम बुलाओगी, मैं आऊँगी।...अब तो तुम लोगों के हाथों में है न... ।'' यह कहकर वह कुछ शरमायी।

गोबिन्दी को महेन्द्र से मौन प्रेम था। लेकिन बहुत तीव्र। यह बात सुनकर वह भावावेश में फूट-फूटकर रोने लगी और रोते-रोते बोली, ''मुझे आप ही का सहारा है।''

महेन्द्र गोबिन्दी की काँपती हुई कमर में हाथ डाले उसकी पीठ थपथपाती रही।

धूप काफ़ी तेज़ हो गयी थी जबकि सूरत और महेन्द्र पक्की सड़क पर लारी के आने की राह देख रहे थे। सामान गर्द से बचाने को खेत की मेंड़ पर रखा था और अधेड़ अवस्था का एक मज़बूत सिक्ख पास बैठा था।

लारी की प्रतीक्षा में वे दोनों शीशम की छाँह-तले मटरगश्ती कर रहे थे।

महेन्द्र बोली, ''मुझे तो गोबिन्दी पर बड़ा तरस आता है।...विरसे की और उसकी जोड़ी तो बहुत अच्छी रहेगी...उस रोज़ आप दोनों की इतनी बातें हुईं तो उसने तुम्हारे इशारों का कोई जवाब नहीं दिया।''

''नहीं, वह कुछ नहीं बोला...मैं ख़ुद गोबिन्दी के बारे में बड़ा चिन्तित रहता हूँ।''

इतने में दूर से लारी आती दिखायी पड़ी। सामान के पास बैठा हुआ सिक्ख कपड़े झाड़कर उठ खड़ा हुआ। महेन्द्र ने सिर उठाकर सूरत की ओर देखा और बोली, "आप हँसेंगे। लेकिन न जाने क्यों मेरा जी बैठा जा रहा है। मैं चारों ओर अन्तिम बिदाई की निगाहें डाल रही हूँ। मुझे ऐसा महसूस होता है कि विदा होकर हम फिर कभी...फिर कभी...।"

सूरत उसके होंठों पर उँगली रखकर प्रार्थना के स्वर में बोला, "विदाई के समय ऐसी बातें मत कहो।"

## (4)

**दूसरे दिन चारगाँववालों** ने एक विचित्र दृश्य देखा—पास के खेतों में से ख़ून और गर्द में अँटे हुए चिथड़े पहने एक आदमी झूम-झामकर उठा, लड़खड़ाकर गिर गया, फिर उठा और कुछ लड़खड़ाते क़दम उठाकर दुबारा गिर पड़ा। उसके बालों का जूड़ा खुला हुआ था। शरीर पर चोटों के निशान थे, आँखों और दाढ़ी में धूल जमी थी।

कुछ लोग जब उसके पास पहुँचे तो उन्होंने उसे पहचान लिया—वह गीटा था।

उसे उठाकर पेशौरासिंह के घर पर ले जाया गया। पेशौरे ने ठर्रे का गिलास उसके मुँह से लगा दिया। थोड़ी देर बाद उसके होश ठिकाने हुए तो उससे पूछा गया, "तुम शेखूपुरा गये थे। यह तुम्हारी क्या हालत हो रही है?"

गीटा बोला, "परसों जब हम शेखूपुरा पहुँचे तो लोगों ने हमें बताया कि शहर में हिन्दू-मुस्लिम दंगे हो रहे हैं। लेकिन हम चले गये और वहाँ हमें पुलिस ने धर लिया।"

"क्यों?"

"यों ही, थानेदार मुसलमान था। थाने के अन्दर उन्होंने हमें बड़ी निर्दयता से मारा। और फिर हाथ-पाँव बाँधकर हवालात में डाल दिया गया। खाने-पीने को कुछ नहीं मिला। दूसरे दिन फिर हमें उसी हालत में पीटा गया। हम सब लहू-लुहान हो गये।"

"लेकिन बात क्या थी?"

"यही कहते थे कि सिक्खों को अब यहाँ नहीं रहने देंगे।...सारे दिन मार-मारकर उन्होंने हमारा कचूमर निकाल दिया। शाम को वे हमसे कहने लगे, 'जाओ, तुम आज़ाद हो।' जब हम थाने से बाहर निकले तो हम पर उन्होंने बन्दूक़ों से फ़ायर किये। राजहंस, शुर्ली और बाक़ी तीनों वहीं चित हो गये। मैं रान पर गोली खाकर गिर पड़ा। उन्होंने ठोकरें मार-मारकर हर एक के बारे में तसल्ली की कि वह मरा है या नहीं। जब मुझे दो ठोकरें लगीं तो, हालाँकि गोली के घाव से मेरी जान निकली जा रही थी पर मैं दम साधे पड़ा रहा। शाम के अँधेरे में उन्हें भी शक नहीं हुआ। रात भींगने पर मैंने साथियों को टटोला। वे सब मर चुके थे...मैं नालियों में घिसटता हुआ शहर से निकलकर खेतों में पड़ा रहा। वहाँ से रात-भर बुरे हालों चलता हुआ यहाँ पहुँचा हूँ।"

●

# होला

असाँ वत न आन के खेडना ई
—सैयद वारिश अली शाह

# 14

अंगारे-सा सूर्य क्षितिज की रेखा से उभरा।

सूरतसिंह झोंपड़ी के अन्दर खिड़की के सामने चुपचाप खड़ा था। उसके निखरे रंग के चेहरे पर सुन्दर दाढ़ी के नर्म और कोमल केश प्रभात-समीर की मन्द लहरों के स्पर्श से हिल जाते थे। उसके अधखुले होंठों में से सफ़ेद दाँतों की लड़ियाँ दमक रही थीं। उसका मन महेन्द्री के सुन्दर मुखड़े से किसान के हल तक चक्कर लगा रहा था। महेन्द्री के विरह की पीड़ा मधुर थी और किसान के हल से करवट बदलकर नीचे से ऊपर आनेवाली मिट्टी की भीनी-भीनी सुगन्ध से एक मस्ती-सी छायी जा रही थी।

अपनी प्रेयसी के बिछुड़ने की इतनी आनन्ददायक पीड़ा हो सकती है, यह बात उसने स्वप्न में भी न सोची थी। इस मधुर पीड़ामयी अवस्था में वह खेतों में चलनेवाले हलों, उन्हें खींचनेवाले बैलों और उन्हें हाँकनेवाले किसानों तथा उनकी बलिष्ठ भुजाओं को नये कोण से देख रहा था। ये सब चीज़ें उसे एक ही धागे में पिरोयी हुई दीखती थीं मानो वे एक ही माला के मनके हों और मानो उस धागे के टूट जाने और माला के मनकों के बिखर जाने के अज्ञात अनुभव से उसकी आत्मा पर अन्धकारपूर्ण बदलियों की छाया पड़ने लगी हो...

इतना सुन्दर प्रभात था जब कि चारगाँव के मकानों की मुँडेरों पर कौवे छोटी-छोटी उड़ानें भर रहे थे, धरेक के पेड़ों पर लालियों ने कोलाहल मचा रखा था, और जबकि चारों ओर फैले हुए खेतों में धरती के बेटे शान्तिपूर्ण कार्यों में व्यस्त थे, मनुष्यों का एक गरोह व्यग्र दशा में फुल्लाँ से बाहर निकला।

वे लोग दूर थे, किन्तु अपने चलने के ढंग और विशिष्ट गति के कारण दूसरों से भिन्न दीख पड़ते थे। थोड़ी देर बाद सूरत ने देखा कि वे लोग झोंपड़ियों की ओर ही चले आ रहे हैं। उसने आँखें सिकोड़, टकटकी बाँधकर उनकी ओर देखा। इस गरोह में विरसा और सूरत का पिता पेशौरासिंह भी शामिल थे। वे एक आदमी को चारपाई पर डालकर उसे उठाये ला रहे थे। उनके निकट पहुँचने पर मालूम हुआ कि वह गीटा है।

अब तक गीटा के कपड़े नहीं बदले गये थे। उन पर लगे ख़ून के धब्बों पर धूल पड़-पड़कर उनका रंग कुछ-का-कुछ हो गया था। देखनेवालों को उसकी यह हालत बड़ी दयनीय दीख पड़ती थी। उसके चेहरे पर कष्ट के लक्षण स्पष्ट थे, किन्तु होंठों पर मुस्कराहट थी।

पिछली शाम को यद्यपि गीटे की कहानी चारगाँव के बच्चे-बच्चे के मुख पर थी किन्तु सूरत शाम ही से कुछ ऐसे घोड़े बेचकर सोया था कि उसे न तो कोई बताने आया और न उसका गाँव जाने का संयोग हुआ। गीटे को देख उसने यही समझा कि अपनी आदत के अनुसार किसी लड़ाई-झगड़े में भाग लेने के कारण वह घायल हो गया है। उसने हँसते हुए पूछा, ''सुना ओय गीटा...अबके किसके यहाँ सेंध लगायी है तूने?''

''आज ख़ुद इसी के घर सेंध लग गयी है।''

''क्या मतलब?'' सूरत ने तनिक आश्चर्य से पूछा। वह जानता था कि गीटे के पल्ले न रुपया न माल, न घर न कोठरा, सेंध भला कैसे लग सकती थी।

पेशौरासिंह ने कहा, ''बेटा! इसकी रान पर गोली लगी है...''

''गोली लगी है?''

''हाँ।''

''वह कैसे?''

''शेखूपुरे के पुलिसवालों की कार्रवाई है यह...''

सूरत ने गीटे के कन्धे पर हाथ रखकर कहा, ''अबके तो बहुत दूर हाथ मारा उस्ताद।''

एक ने कहा, ''भई, तुम्हें मज़ाक सूझ रहा है। इसकी हालत बड़ी ख़राब है। शेखूपुरे में ये डाके की ग़रज़ से नहीं गये थे।''

''और कौन था?''

''वही इनके साथी—शुर्ली, राजहंस और बाक़ी दोस्त।''

विरसा बोला, ''भई, ये बातें फिर होती रहेंगी। पहले इसका इलाज करो।''

सूरत ने किंचित् चिन्ता प्रकट करते हुए कहा, ''दरअसल यह नाज़ुक काम है। मुझे डाक्टरनी के साथ काम करने से कुछ-कुछ तजरबा तो हासिल हो गया है, लेकिन मैं इस योग्य नहीं हूँ कि इसका इलाज कर सकूँ।''

''यह तो ठीक है। पर इस समय और कुछ हो भी नहीं सकता। तुम होशियार हो, ज़रा देखो तो सही। शायद तुम्हें कुछ सूझ जाये।''

सूरत ने तनिक विलम्ब के बाद कहा, ''अच्छा, इसे अन्दर ले चलो जल्दी से और तख़्ते पर लिटा दो।''

जब लोग गीटे को अन्दर ले जा रहे थे तब सूरत ने विरसे से पूछा, ''कब आया था यह गाँव में?''

"कल शाम।"

"उसी वक़्त क्यों न ले आये इसे।"

"डाकदरनी चली गयी थी और हम जानते थे कि यह तुम्हारे बस का रोग नहीं है। इसलिए रात इसे तीन-चार बार शराब पिलायी गयी। घाव पर भी शराब में भीगी हुई रूई बाँधी गयी। सुबह तक कोई लाभ न हुआ तो यही सलाह ठहरी की तुम्हें दिखा दें। मुमकिन है, तुम ही कुछ कर सको।"

गीटे को तख़्ते पर लिटा दिया गया। सूरत को अपने-आप पर कुछ ऐसा भरोसा भी नहीं था। उसने तहमद उठाकर घायल रान को नग्न कर दिया। घाव को देखने से घिन-सी लगती थी। सूरत ने सोचा—काश, महेन्द्र यहाँ मौज़ूद होती। घाव का नियमानुकूल निरीक्षण करने के बाद उसके हृदय को थोड़ा सन्तोष हुआ। फिर उसने अन्य चोटों के निशान देखे।

तख़्तेवाले परदे के बाहर सब लोग प्रतीक्षा में खड़े थे। जब सूरत बाहर निकला तो वे उसके पास चले आये। उनकी मुद्रा से उनकी उत्सुकता प्रकट थी। सूरत ने किंचित् विलम्ब के बाद कहा, "मेरे ख़याल में कोई चिन्ता की बात नहीं है। गोली रान के पार निकल गयी है। हड्डी बाल-बाल बच गयी है लेकिन यों रान की बोटियाँ उड़ गयी हैं। मुझे विश्वास है कि वह तन्दुरुस्त हो जायेगा।"

"लेकिन भाई, यों भी तो उसे बड़ी कड़ी मार पड़ी है। हड्डी-पसली तो नहीं टूटी?"

"नहीं, चोटों के स्थान पर दर्द तो ज़रूर है, पर कोई चोट ऐसी नहीं है जो ठीक न हो सके...इस समय मुझे इससे अधिक कुछ नहीं कहना। आप लोग अपना-अपना काम देखें। अब मैं इसकी मरहम-पट्टी किये देता हूँ।"

पेशौरे ने कहा, "बेटा, इस काम से छुट्टी पाकर गुरुद्वारे चले आना।"

"बहुत अच्छा।"

वे लोग धीरे-धीरे चल खड़े हुए। विरसू भी चलने को तैयार हुआ तो सूरत ने उसे रोकते हुए कहा, "क्या तुम थोड़ी देर के लिए रुक नहीं सकते?"

"कोई ख़ास काम है?"

"नहीं, लेकिन जब तक मैं मरहम-पट्टी करूँ, तुम ज़रा मेरे पास खड़े रहना।"

"इस तरह बहुत देर हो जायेगी, क्योंकि गुरुद्वारे में आज इसी बारे में बातचीत होगी। मेरा रहना ज़रूरी है वहाँ।"

"अच्छा, तो चले जाना। आओ, दो घड़ी को रुकने में तो कोई हर्ज़ नहीं न।"

"नहीं।"

सूरत ने थोड़ा-सा पानी गर्म करने के लिए स्प्रिट के लैम्प पर रख दिया और फिर मरहम-पट्टी का सामान जमा करते हुए बोला, "अच्छा विरसू! ज़रा बताओ, आख़िर यह घटना हुई कैसे?"

विरसा ने गम्भीर स्वर में कहना आरम्भ किया, "गीटे का बयान यह है कि वे जब शेखूपुरे गये तो उन्हें पता चला कि वहाँ हिन्दू-मुस्लिम दंगे के कारण शहर का वातावरण

बहुत बिगड़ा हुआ है। पर उन्होंने किसी बात पर ध्यान नहीं दिया और शहर में घुस गये। वहाँ उन्हें पुलिस ने पकड़ लिया और ख़ूब मारा-पीटा।''

''बिना किसी कारण के?''

''हाँ, बिना किसी कारण के। बड़ी बेदर्दी से मारने के बाद उन्हें हवालात में बन्द कर दिया और दूसरे दिन उन्हें यह कहकर हवालात से बाहर निकाल दिया गया कि जाओ तुम छोड़े जाते हो। पर जब ये बाहर आये तो पुलिस ने ही इन पर गोलियाँ चलायीं। शुर्ली, राजहंस और इसके दूसरे साथी तो तुरन्त मर गये, पर गीटा बच गया। लेकिन वह भी दूसरे मुर्दों में मुर्दा बनकर पड़ा रहा। रात होने पर बड़ी मुश्किल से मरता-खपता, खेतों-नालों में घिसटता गाँव आ पहुँचा।''

''यह तो बहुत बुरा हुआ।''

विरसा ने कोई उत्तर नहीं दिया। जान पड़ता था कि उसे अपने साथियों के मर जाने का बड़ा रंज था। वह गहरे सोच में पड़ा था। फिर उसने मानो अपने-आपसे उच्च स्वर में प्रश्न किया, ''आख़िर इसका परिणाम क्या होगा?''

सूरत ने घाव धोते हुए उत्तर दिया, ''अगर यही हाल रहा तो निस्सन्देह परिणाम बहुत बुरा निकलेगा।''

विरसा ने खिड़की के बाहर की ओर देखा। उसे विश्वास नहीं होता था कि ऐसी सुन्दर धरती पर मार-काट का घृणित खेल खेला जायेगा।

बाहर से निगाह हटाकर विरसा ने गीटे के घाव की ओर देखा। सूरत ने उसे उधर देखते हुए कहा, ''रान की बोटियाँ उड़ गयी हैं। अगर महेन्द्र यहाँ होती तो बहुत अच्छा होता।''

थोड़ी देर पर होश आने के बाद गीटा फिर बेहोश हो गया था। विरसा ने खोयी-खोयी दृष्टि से गीटे की ओर देखते हुए पूछा, ''सूरत! तुम्हारा क्या विचार है, बच तो जायेगा यह?''

''हाँ, बच जायेगा। चिन्ता की कोई बात नहीं।''

विरसा तनिक रुककर बोला, ''मुझे केवल तसकीन देने की कोशिश न करो। सच-सच कहो।''

''रान का घाव ऐसा नहीं है कि इससे मौत का ख़तरा हो। दूसरी चोटें भी बड़ी गहरी हैं। मेरे ख़याल से यदि ठीक समय पर इलाज हो जाता तो शायद चिन्ता की कोई बात नहीं थी। अब ख़राबी सिर्फ़ यह है कि ख़ून बहुत अधिक बह गया है।''

''ऐसा तो कई बार हुआ है कि लोगों ने इसे बेहद मार-पीटकर और मुर्दा समझकर गन्दे नाले में फेंक दिया, लेकिन यह फिर ताल ठोककर उठ खड़ा हुआ। बड़ा कठोर दाना है।''

"हाँ-हाँ, मुझे पूरी आशा है कि यह बच जायेगा। बहरहाल, कोशिश करना हमारा फ़र्ज़ है।"

विरसा एक बार फिर खिड़की के बाहर देखने लगा। वह वायुमण्डल को देखकर आनेवाले समय का अन्दाज़ा लगाना चाहता था। इस घटना ने उसे सचमुच सोचने पर मजबूर कर दिया था। उसने शून्य में घूरते हुए पूछा, "अख़बारों में क्या लिखा होता है? तुम तो अख़बार पढ़ते हो।"

"अख़बारों में बड़ी बुरी-बुरी ख़बरें आ रही हैं। हिन्दुस्तानी अख़बार तो तुम जानते ही हो, बात का बतंगड़ बनाया करते हैं, क्योंकि इसी से उनका अख़बार बिकता है। पर यहाँ तो अँगरेजी अख़बार भी इसी तरह की ख़बरें देने पर विवश हैं।"

"अजीब बात है।" विरसा ने अपनी ठोड़ी को हाथ से छूकर कहा। सूरत ने देखा, उसके उजड्ड चेहरे पर गहरी चिन्ता के भाव प्रकट हो रहे हैं। फिर वह मुस्कराकर बोला, "अजीब बात नहीं है।"

"अजीब तो है ही। कभी ऐसी बातें सुनीं न देखीं।"

"दुनिया में बड़ी-बड़ी क्रान्तियाँ आती रहती हैं। बड़ी-बड़ी लड़ाइयाँ होती हैं। ख़ून-ख़राबे होते हैं..."

विरसे ने बात काटकर कहा, "मैं ख़ून-ख़राबे से नहीं डरता। यह तो मामूली बातें हैं। लेकिन इस तरह के ख़ून-ख़राबे को मैं पसन्द नहीं करता जैसी कि अफ़वाहें उड़ रही हैं।"

"लेकिन इसकी जड़ें बहुत गहरी हैं। ये सब घटनाएँ नतीजा हैं बड़ी गहरी समस्याओं का। इसका बीज एक ग़ैर क़ौम ने बोया है। पूँजीवादी व्यवस्था ने इसको पाला-पोसा है। हमारे भोले-भाले और सीधे-सादे मज़दूर, किसान और ग़रीब जनता ग़लत प्रचार से प्रभावित होकर एक-दूसरे के ख़ून की प्यासी हो रही है। यह एक अलग सवाल है कि पाकिस्तान बनना चाहिए या नहीं, किन्तु इस सारे झगड़े का सबसे दुःखदायी पहलू यह है कि आज़ादी, धर्म, अधिकार और इन्साफ़ के नाम पर स्त्रियों, बूढ़ों और बच्चों को भी बेदर्दी से क़त्ल किया जा रहा है। ख़ानदान-के-ख़ानदान तबाह हो रहे हैं। यह बहुत बड़ी कायरता और बड़े नीच काम हैं।"

"सूरत! मैं पढ़ा-लिखा आदमी नहीं हूँ। मेरे लिये काला अक्षर भैंस बराबर है। न मैं इन गहरी बातों को समझता हूँ कि हमें ऐसा नहीं करना चाहिए। क्या मुसलमान हमारे साथ मिल-जुलकर नहीं रह सकते। मेरे दोस्तों और साथियों में सभी तरह के लोग शामिल हैं। हमने कभी यह महसूस नहीं किया कि हम अलग-अलग धर्म के माननेवाले हैं।"

"विरसू! तुम कुछ न समझते हुए भी बहुत कुछ समझते हो। तुम्हारे निष्कपट हृदय को सचमुच दुःख होता है। अमरीका भी एक बहुत बड़ा देश है। वहाँ एक बार घरेलू लड़ाई हुई थी। लेकिन कहते हैं कि उन्होंने उस लड़ाई में किसी औरत, किसी बच्चे,

किसी बूढ़े की जान नहीं ली। मर्दों की मर्दों से लड़ाई हुई, लेकिन उन्होंने एक-दूसरे के साथ ऐसी कायरता या नीचता का व्यवहार नहीं किया। बाक़ी रही यह बात कि मुसलमान हमारे साथ मिल-जुलकर रहने को तैयार क्यों नहीं हैं तो यह एक अलग सवाल है। असल चीज़ यह है कि हमारी मौज़ूदा व्यवस्था ही ग़लत है। जिस नज़र से हम ज़िन्दगी को देखते हैं वही ग़लत है। यह हमारी बिगड़ी हुई परिस्थितियाँ हैं जिन्होंने मनुष्य को मनुष्य से दूर कर दिया है। मैं दोनों तरफ़ की बात सुनने का क़ायल हूँ। सिर्फ़ अपनी हाँकने से काम नहीं चल सकता। इसलिए जब इस सवाल के हर पहलू पर ग़ौर करता हूँ तो यही नतीजा निकलता है कि यह सब पूँजीवादी व्यवस्था का दोष है, उस अँगरेज़ का दोष है जो अपना फ़ायदा हमें लड़ाने में देखता है।''

विरसा दीवार से टेक लगाये खड़ा था। एक झटके से वह दीवार से अलग हो गया, मानो उसका चित्त व्यग्र हो उठा हो। फिर उसने खिड़की में से बाहर देखते हुए कहा, ''क्या ख़याल है, क्या सिक्खों को यहाँ से जाना पड़ेगा? पंजाब तो सिक्खों का वतन है। बाक़ी लोगों का भी वतन है। लेकिन सिक्खों का तो सिर्फ़ यही एक वतन है। उनके गुरुद्धारे, उनके धर्मस्थान, उनकी ज़मीनें और जायदादें सब-कुछ यही पर तो हैं। वह भला कैसे जा सकते हैं? वह इस धरती के ख़ालिस बेटे हैं। इस बात पर जो ख़ून-ख़राबा भी हो सो कम है और मेरे ख़याल में उसे शायद कोई भी न रोक सके।''

सूरत घावों को धो चुका था। पट्टी सँभालते हुए बोला, ''मेरे ख़याल से सिक्खों को यहाँ से जाने की ज़रूरत ही क्या है। उन्हें चले जाने को तो कोई नहीं कहता। अब, जब पाकिस्तान बन ही चुका है और हमारे नेता इस बात को मंजूर कर चुके हैं तो फिर झगड़ा किस बात का। क़ायदे से तो अब झगड़ा होना नहीं चाहिए। सिक्ख पाकिस्तान के प्रतिष्ठित नागरिक बनकर रहेंगे। इस्लाम की शिक्षा भी मामूली नहीं है। ख़ालिस इस्लामी निगाह से देखें तो क्या सिक्ख, क्या हिन्दू या कोई और जाति, सभी पाकिस्तान में रहेंगे। उनके धार्मिक, सामाजिक और राजनैतिक अधिकारों की रक्षा की जायेगी।''

''मुझे आशा नहीं कि ऐसा हो।''

''यह अलग बात है। पर होना ऐसा ही चाहिए।''

कुछ देर तक विरसा खिड़की के आगे खड़ा रहा, फिर सिर हिलाता हुआ लौट आया। बोला, ''सूरत! मैं जितना सोचता हूँ उतना ही मुझे और दुःख होता है। अख़बारों की सभी बातें झूठ नहीं हो सकतीं। मैं समझता हूँ, बहुत ख़ून-ख़राबा होगा। एक बार तो पंजाब बरबाद हो जायेगा।''

''ऐसा मत कहो भाई! पंजाब बरबाद न हो तो अच्छा है। हिन्दुस्तान-भर में पंजाब ही एक ऐसा प्रान्त है जहाँ के लोग मेहनती, मज़बूत और विशेष गुणों के मालिक हैं। अलग-अलग धर्म होने के बावजूद हम लोगों की अधिकतर बातें मिलती-जुलती हैं।

स्वभाव और जीवन के दृष्टिकोण में एक पंजाबी दूसरे पंजाबी से अधिक भिन्न नहीं है।''

विरसे का चेहरा दमकने लगा।

सूरत कहता गया, ''हमारे गीत, हमारे रहट, हमारे खेत, हमारी धरती, हमारा आकाश सबसे न्यारे हैं। जिस मज़बूत नाते से हम अपनी धरती से बँधे हैं, कोई और नहीं बँधा है। कितनी हिम्मत, कितनी ज़िन्दादिली, कितनी ताक़त, कितनी उदारता हम लोगों के हिस्से में आयी है। हमारे भीतर कमज़ोरियाँ भी हो सकती हैं जैसे कि दूसरे आदमियों में होती हैं, लेकिन जैसा कि मैंने कहा है, अपनी विशेषताओं की निगाह से भी हम बेमिसाल हैं...''

विरसा सूरत के निकट आ खड़ा हुआ और गम्भीर स्वर में बोला, ''लेकिन सूरत! सवाल यह है कि क्या हमारा पंजाब बरबाद हो जायेगा? जिन सुन्दर, पवित्र कुमारियों के प्रेम के गीत हम और हमारे कवि गाते हैं क्या उनकी लाज इस तरह लूटी जायेगी? तुम मेरे मुँह से ये बातें सुनकर शायद हैरान होगे, पर विश्वास करो कि मैंने आज तक किसी ऐसी लड़की से कोई सम्बन्ध नहीं रखा जो इन बातों से दूर और अलग रहना चाहती हो...मैं भला आदमी नहीं, लेकिन पंजाब की कुमारियों की लाज लुटते देखकर उसे ख़ामोशी से सहन करने की मुझमें शक्ति नहीं है। न जाने कैसे मैं अपने पंजाब को, इसकी धरती को, इसके आकाश को, यहाँ के रहनेवालों को, चाहे वह सिक्ख हों, हिन्दू हों, या मुसलमान हों, सच्चे दिल से प्यार करता हूँ। सच तो यह है कि आज से पहले मुझे स्वयं इस बात का अनुभव नहीं हुआ था कि मैं इस धरती से इतना प्रेम करता हूँ... ।''

इतने में गीटे के पपोटे फड़के और फिर उसने आँखें खोल दीं।

विरसा उसकी कलाई थामकर उस पर झुका और पूछा, ''क्या हाल है तेरा?''

गीटे की आँखें चमक उठीं। उसने शरारत से दाँत निकालते हुए कहा, ''बेटा, फिकर न करो, तुम्हें मारकर ही मरूँगा।''

''हरामज़ादा!'' अत्यन्त स्नेहपूर्ण स्वर में विरसा ने कहा और मुस्कराता हुआ गुरुद्वारे की ओर चल पड़ा।

## (2)

उधर मियाँ दिल मोहम्मद समय से कुछ पहले ही घर से निकल आये थे। उन्होंने उड़ती-उड़ती ख़बरें सुन ली थीं और एक ज़िम्मेदार तथा बुद्धिमान् व्यक्ति के नाते वह परेशान हो रहे थे।

जब वह घर से निकले तो देखा कि दारे में नित्य की अपेक्षा कहीं अधिक मुसलमान जमा हो रहे हैं। किसान, मज़दूर, मोची, नाई, कुम्हार सब परेशान थे। उनकी समझ

में नहीं आ रहा था कि वे क्या करें। चारगाँव के कुछ सिक्खों का यों मारा जाना कोई साधारण बात नहीं थी। इस बात की आशंका अनुचित नहीं थी कि चारगाँव में आपस में लड़ाई-दंगे की आग भड़क उठे।

मियाँ दारे में बैठने की जगह मोटी लाठी के सहारे एक ओर को धीरे-धीरे चलने लगे। हकीम की सलाह से उन्होंने थोड़ा-बहुत पैदल चलना शुरू कर दिया था, इससे उनके स्वास्थ्य पर अच्छा असर पड़ने लगा था।

एक कम्मी हुक्का ताज़ा किये, नली उनके मुँह की ओर बढ़ाये साथ-साथ था। एक प्रतिष्ठित चौधरी उनके साथ-साथ और शेष लोग पीछे-पीछे चलने लगे।

मजमे पर सन्नाटा छाया हुआ था। कोई नहीं जानता था कि क्या बात कही जाये, परन्तु सभी लोग मियाँ जी के मुख की ओर देख रहे थे।

मियाँ कुछ देर हुक्के के गहरे-गहरे कश लेते रहे। हुक्के का धुआँ मुँह से निकलने के बाद कुछ देर तक उनकी घनी मूँछों में से पानी की भाप के समान हवा में उठता रहता था।

वे स्वयं हैरान थे कि बात कहाँ से शुरू करें। केवल बातचीत का आरम्भ करने के लिए उन्होंने कहा, "भई, यह मामला क्या है?"

"चौधरी बरकत अली बोले, "क्या कहें मियाँ जी। मामला तो बिगड़ता जा रहा है।"

"क्यों, ख़ैरियत तो है न?" मियाँ ने जान-बूझकर अनजान बनते हुए उनका मन टटोलने के उद्देश्य से कहा, "कलवाली बात तो सुनी होगी आपने?"

"हाँ, उड़ती हुई। असल मामला क्या है?"

विरसे के साथी राजहंस, शुर्ली, गीटा वगैरह कहीं शेखूपुरा जा निकले। वहाँ दंगे हो रहे थे। कहते हैं, उन्हे शहर में घुसने से मना किया गया, पर वह नहीं माने, नतीजा यह हुआ कि उनमें से दो-तीन को पुलिस ने गोली से उड़ा दिया।"

"हूँ।" मियाँ जी फिर हुक्का पीने लगे।

अल्लादित्ता अराईं बोला, "चौधरी जी, आप बात कुछ गोल कर गये हैं। अगर सिर्फ़ इतनी बात होती तो फिर झगड़ा काहे का था?"

चौधरी ने माथे पर बल डालकर कहा, "अच्छा भाई, मैं बात को गोल कर गया हूँ तो तुम ज़रा लम्बी करके बता दो। मैंने अपनी आँखों से तो देखा नहीं यह वाक़िया।"

अल्लादित्ता ज़रा अक्खड़ स्वभाव का मज़बूत आदमी था। उसने बेलाग स्वर में उत्तर दिया, "आँखोंदेखी बात तो मेरी भी नहीं है। पर चौधरी, बात खरी कहनी चाहिए।"

"तो भई, मैं कब मना करता हूँ। तुम खरी कह लो न," चौधरी कुछ रुष्ट होकर बोला। वह कुछ और कड़ी बात कहना चाहता था, किन्तु उसे अराईं से कुछ डर भी लगता था।

"बात यह है मियाँ जी, गीटा कहता है कि मुसलमान पुलिस थी। पहले उन्हें हवालात में बन्द रखा गया और फिर दूसरे दिन कहा गया कि जाओ, तुम आज़ाद हो। पर जब वह बाहर निकले तो उन्हें गोली मार दी गयी, बस यह क़िस्सा है?"

"तो भई, मैंने क्या गोल बात कही थी, जो तुम इतना तड़कने लगे।" चौधरी ने कहा।

अल्लादित्ता ने कहा, "देखो चौधरी, तुम पर ज़रा करीमू का रंग चढ़ गया है। तुम यह ज़ाहिर करना चाहते हो कि उन लोगों के मारे जाने के पीछे कोई साज़िश काम नहीं कर रही थी। पर गीटे के बयान से ज़ाहिर होता है कि ज़रूर कोई साज़िश थी।"

चौधरी ने बिगड़कर कहा, "मुझे क्या ताना देते हो। दुनिया जानती है कि विरसे के साथ तुम्हारी गाढ़ी छनती है। तुमने उसके साथ मिलकर न जाने कौन-कौन-से मैदान मारे हैं। भला तुम उस क़ाफ़िर को झूठा क्यों कहने लगे। चोरों और डाकुओं का कोई दीन-ईमान तो होता ही नहीं।"

"मुँह को लगाम दो चौधरी।" अल्लादित्ता बिफरकर बोला। दिल मोहम्मद को बीच-बचाव करना पड़ा, "देखो, देखो, यों बच्चों की-सी बातें मत करो।"

अल्लादित्ता ने कहा, "मियाँ जी! चौधरी को भला पता ही क्या है इन बातों का। आख़िर करीमू कहाँ का शरीफ़ बना फिरता है। उस आवारा बेला के पीछे विरसे का दुश्मन बना है। ख़ुद साले का न घर न घाट। जब से आया, मुसलमानों में फूट डाल रहा है।"

"वह दिलेर आदमी है।" चौधरी ने तेज़ी से जवाब दिया।

"दिलेर? लाओ तो ज़रा मेरे सामने खड़ा करो। उसका क्या रखा है यहाँ पर। विरसा और मुझ-से इन्सान, चलो डाकू ही सही, लेकिन फिर हमारे रिश्तेदार, हमारी बहू-बेटियाँ, हमारी ज़मीनें सभी-कुछ यहाँ मौजूद हैं। वह तो अपनी जलन में चाहता है कि यहाँ दंगा-फ़साद हो। पर सवाल यह है कि नुक़सान किसका होगा? तुम्हारा, हमारा। उसका क्या जायेगा।"

"तुम मुसलमानों को बुज़दिली का सबक़ देते हो।"

मियाँ दिल मोहम्मद ने धीरज से कहा, "भई, सब्र से काम लो। इस वक़्त बुज़दिली-बहादुरी का सवाल नहीं है। इस वक़्त तो यह देखना है कि हमारी हमसाया क़ौम को दुःख पहुँचा है। हमें उनकी दिलजोई करनी चाहिए।"

"लेकिन खरी-खरी कहने को मेरी आदत है। दुनिया जानती है कि मैं बुज़दिल नहीं हूँ, इन बहादुरों से लाख दर्जे अच्छा हूँ। चौधरी जी, आपको मालूम होना चाहिए कि जो मारे गये, वह सिर्फ़ सिक्ख ही नहीं थे, वह विरसे के साथी भी थे। सच्ची बात यह है कि अगर बाहर की मदद का भरोसा न हो तो वह आपकी ईंट-से-ईंट बजा सकता है।"

"लेकिन मैं डरता नहीं।"

"मुझे हैरानी हो रही है। करीमू को तो ख़ैर विरसे की पूरी ताक़त का अन्दाज़ा नहीं है। लेकिन मैं उसका दोस्त हूँ। मैं जानता हूँ कि वह क्या कर सकता है और क्या नहीं

कर सकता। और सच तो यह है कि आप इन बातों को ख़ूब समझते हैं। पर हठधर्मी का तो कोई इलाज ही नहीं है।''

''भई, इन लम्बी बहसों में पड़ने से कुछ फ़ायदा नहीं।'' दिल मोहम्मद ने कहना शुरू किया, ''मैं समझता हूँ कि हम लोगों की कोशिश यह होनी चाहिए कि यहाँ ख़ून-ख़राबा न हो। हम लोग जैसे पहले रहते थे वैसे ही अपने-अपने कामों में लगे रहें। वही प्यार और वही भाईचारा बना रहना चाहिए। अगर दोनों क़ौमें लड़ पड़ीं तो हमारी ये ख़ूबसूरत बस्तियाँ ख़ून और आग की लपेट में आ जायेंगी। हर घर में ख़ुशी के क़हक़हों की जगह गम का रोना सुनायी देने लगेगा।''

यह कहकर दिल मोहम्मद ने उपस्थित लोगों पर एक नज़र डाली मानो अपनी बात का प्रभाव लोगों के चेहरों पर देखना चाहते हों।

एक किसान बोला, ''मियाँ जी ठीक कहते हैं।''

मियाँ जी ने फिर कहना आरम्भ किया, ''ये हमारे किसान, हमारे कम्मी, दुकानदार और वह सब ग़रीब लोग जो थोड़ा-बहुत काम करके अपना और अपने बच्चों का पेट पालते हैं, भला इन्हें बड़े-बड़े लीडरों की बात समझ भी पड़ती है? लीडरों की लीडरी का मज़ा तो तभी है जब इन ग़रीबों के सुख में बढ़ती हो। लेकिन अगर इनके सुख में कमी आकर दुःख बढ़ जाये तो क्या फ़ायदा लीडरों की लीडरी का? ये बातें तो ख़ुद हमारे सोचने की हैं। अगर हम जज़्बात की रौ में बहकर अन्धे हो जायेंगे तो नुक़सान हमारा ही होगा। किसी का क्या जायेगा?''

चौधरी बोले, ''मियाँ जी, ख़ैर, हम तो आपकी बात मान भी लेंगे क्योंकि आप भी मुसलमान, हम भी मुसलमान, और फिर हम आपका बड़ा अदब और लिहाज़ करते हैं। अगर एक मौक़े पर हमें आपकी बात पसन्द न भी आये तो भी हम आपके हुक्म को नहीं टालेंगे। ज़रा यह तो बताइये कि आप हिन्दुओं और सिक्खों को भी हरामज़दगी करने से बाज़ रख सकेंगे? मशरिक़ी (पूर्वी) पंजाब में आप जानते हैं क्या हो रहा है, किस तरह ग़रीब मुसलमानों के घरों की ईंट-से-ईंट बजायी जा रही है। किस तरह दिन-दहाड़े उनको उनके घरों से निकाला जा रहा है, बच्चों और बूढ़ों तक को मारा जा रहा है, पाक-बाज औरतों की आबरू लूटी जा रही है। वह कुँवारी लड़कियाँ जिन्होंने घर की चारदीवारी से बाहर झाँककर भी न देखा, अब बाज़ारों और गलियों में उनको ऐसा-ऐसा बेआबरू किया जा रहा है कि इन बातों को सुनकर संगदिल-से-संगदिल इन्सान का कलेजा भी मुँह को आता है।''

''अख़बार तो यही कहते हैं।'' चौधरी की हिमायत में से किसी एक की दबी हुई-सी आवाज़ सुनायी दी।

अल्लादित्ता बोला, ''अख़बारवाले भी तो आदमी होते हैं। न जाने क्या-क्या अनाप-शनाप लिख देते हैं। उन्हें तो अपनी जेब भरने से ग़रज़ है। जो अख़बार पढ़ना

है तो हिन्दू और सिक्खों के अख़बार भी पढ़ा करो, जिसमें यह भी तो मालूम हो कि मुसलमान भाई क्या-क्या कारनामे कर रहे हैं।''

दिल मोहम्मद ने सबको ठण्डा करने को कहा, ''भई, अख़बारी बातों पर ज़्यादा भरोसा नहीं करना चाहिए। हमारे देसी अख़बारवालों की बला से कोई मरे या जिये, आबाद रहे या बरबाद हो। उन्हें तो अपने हलवे-माँडे से काम है। बेचारे सीधे-सादे अख़बार पढ़नेवाले ख़बरें पढ़-पढ़कर गरम होते रहते हैं और अपने पाँव पर आप कुल्हाड़ा चलाते हैं। वह तो अपना सब-कुछ बरबाद कर लेते हैं और अख़बारवाले मज़े में कैंची की सिगरेट पीते हैं।''

चौधरी ने और भी गरम होकर कहा, ''मियाँ जी, गुस्ताख़ी माफ़ कीजिये। आप तो यों ही दिल बहलावे की बातें करते हैं। आपने अख़बारों का क़िस्सा तो ख़ाहमख़ाह छेड़ दिया। आपसे जो बातें मैं कह रहा हूँ उनके सबूत के लिए अख़बार पढ़ने की ज़रूरत बिलकुल नहीं है। हज़ारों-लाखों मुसलमानों के क़ाफ़िले मशरिक़ी पंजाब से चिउँटियों के दल की तरह चले आ रहे हैं। ज़रा उनसे मिलकर पूछिये कि उन पर क्या मुसीबत पड़ी है। जिन हिन्दुओं और सिक्खों को आप कलेजे से लगा-लगाकर रखते हैं वही संघवाले और सिक्ख मिल-जुलकर वहाँ मुसलमानों के ख़ून की होली खेल रहे हैं। यह सब-कुछ देखना और चुप रहना रवादारी (सहिष्णुता) नहीं, बुज़दिली है, कुफ्र है। सरासर गैर-इस्लामी हरकत है।''

दिल मोहम्मद कुछ देर तक चुपचाप चौधरी की तरफ़ देखते रहे, फिर गुस्से को दबाते हुए अपनी विशिष्ट, भारी और दृढ़ आवाज़ में कहने लगे, ''चौधरी साहब! मैं आपको समझदार और संजीदा आदमी समझता था, लेकिन अफ़सोस, आपका कठमुल्लापन न गया। अक़्लमन्दों ने इन्सान को अपनी ज़बान पर क़ाबू पाने और बात को कहने से पहले उसे मन में तौलने की जो नसीहत की है तो वह बड़ी गहरी बात कही है। अगर आप समझदार इन्सान होते तो आप कहने से पहले महसूस कर लेते कि आपके इन ज़हरीले लफ़्ज़ों का भोले-भाले मुसलमानों पर क्या असर हो सकता है और फिर आप यह लफ़्ज़ कभी मुँह से न निकालते। लेकिन अफ़सोस, आप अपने-आपको मुझसे बेहतर मुसलमान समझते हैं, अपने-आपको क़ौम का ज़्यादा ख़ैरख़्वाह समझते हैं। लेकिन फ़र्ज़ किया कि हम आप ही का कहना मान लें तो जानते हैं कि होगा क्या? मैं अल्लादित्ता की बात मानता हूँ कि हम हिन्दू और सिक्खों को शायद कुछ नुक़सान पहुँचा सकें, लेकिन जहाँ तक चारगाँव का ताल्लुक़ है, हमें बड़ी आसानी से बरबाद किया जा सकता है। पाकिस्तान बन चुका है, शायद हिन्दू-सिक्ख तो यों भी चले ही जायेंगे, फिर जो गुड़ से मरे उसे ज़हर देने से क्या फ़ायदा!''

यह कहकर मियाँ जी ने पैनी दृष्टि से मजमे की ओर देखा। उपस्थित जन, जो चौधरी की बातों से प्रभावित हुए जा रहे थे, मियाँ जी की बातों को बड़े ध्यान से सुन रहे थे। मियाँ जी ने अपनी बात फिर शुरू की, ''यह तो हुई हिकमत अमली (कूटनीति)

की बात। लेकिन चौधरी साहब! आप ज़्यादा अक़्लमन्द नहीं हैं, और मैं इतना बेवक़ूफ़ नहीं जितना आप समझते हैं। मुझे सारी बातों की ख़बर है। आप तो समझते हैं कि आज की हालत मुसलमानों के लिए जंग की दावत की हैसियत रखती है। लेकिन नहीं, यह जंग नहीं है। जंग वह होती है जिसमें दोनों तरफ़ के लोग हथियारों से लैस होकर एक-दूसरे के सामने आकर बहादुरी दिखाते हैं। लेकिन एक तरफ़ हथियारबन्द गुण्डे और उनके पीछे फौज़, उसकी राइफ़लें और दूसरे सामान हों और दूसरी बेज़बान औरतें, मासूम बच्चे, कमज़ोर बूढ़े और निहत्थे मर्द हों, तो फिर हम उसे जंग नहीं कह सकते। यह बहादुरी नहीं, जवाँमर्दी नहीं, इस्लाम नहीं, जिहाद नहीं। अब यह बातें चाहे हिन्दू-सिक्ख मशरिक़ी पंजाब में करें या मुसलमान मग़रिबी (पश्चिमी) पंजाब में करें, दोनों मजम्मत (निन्दा) के क़ाबिल हैं। लेकिन मैं अपने ख़ुदा और रसूल को हाज़िर-नाज़िर जानकर कहता हूँ कि मुझे इन बातों का सबूत मिला है कि मशरिक़ी पंजाब में भी, जो मुसलमानों के लिए दोज़ख बना हुआ है, इस वक़्त ऐसे हिन्दू और सिक्ख मौज़ूद हैं जो मुसलमानों की मदद करते हैं। अपनी जान ख़तरे में डालकर मुसलमान भाइयों की जान, माल और आबरू की हिफ़ाज़त करते हैं। एक मुसलमान की हैसियत से मुझे यह कहते हुए भी फ़ख़ (गर्व) महसूस होता है कि मग़रिबी पंजाब में भी ऐसे नेक और बहादुर मुसलमानों की मिसालें कम नहीं मिलेंगी जिन्होंने हिन्दुओं और सिक्खों की हिफ़ाज़त में अपनी जानें ख़तरे में डाल दीं...।

दिल मोहम्मद का गला भर आया। उन्होंने भावावेश में फिर एक निगाह मजमे पर डाली और बड़े मन्द तथा कम्पित स्वर में कहा, "अगर चौधरी को उन लाखों मुसलमानों पर फ़ख़ है जो मशरिक़ी पंजाब के मुसलमानों का बदला लेने के लिए मग़रिबी पंजाब में हिन्दू सिक्खों की ईंट-से-ईंट बजा रहे हैं तो मैं उन चन्द जाँबाज मुसलमानों के सामने अक़ीदत (श्रद्धा) से सर झुकाता हूँ जो इस नफ़रत का जवाब मुहब्बत की शक्ल में दे रहे हैं...मुझे और कुछ नहीं कहना।"

## (३)

**विरसा गुरुद्वारे में** प्रविष्ट हुआ तो उस पर सबसे पहले जो दृष्टि पड़ी वह गोबिन्दी की थी। किन्तु अब उस बेचारी का हृदय पुराने फोड़े के समान हो गया था, जो न दबता था और न फूटकर बहता था, केवल रिसता रहता था। उसके चेहरे पर लगातार उदासी छायी रहती थी और रंग पीला पड़ गया था। किन्तु विरसे को देख पाना अब भी उसके लिए ताज़ा और ठण्डी हवा में घड़ी-भर साँस लेने से कम नहीं था।

गोबिन्दी ने आज केवल एक चीज़ नयी महसूस की थी। वह यह कि विरसे ने केवल एक क्षण के लिए उसकी आँखों में आँखें डाल दीं। यद्यपि उनमें प्रेम का सन्देश नहीं

था, उनमें प्रेमिका के अधरों की प्यास नहीं थी, किन्तु उनमें एक विचित्र प्रकार के दुःख और दर्द की झलक दीख पड़ी, और फिर उसने निगाहें घुमा लीं।

संगत की भीड़ आज नित्य की अपेक्षा कहीं अधिक थी। सिक्खों के अतिरिक्त आज हिन्दू भी काफ़ी संख्या में आये हुए थे। उनमें लाला खेमचन्द, सूरजसिंह हेड मास्टर और मास्टर चाननलाल भी शामिल थे।

विरसा माथा टेककर एक कोने में जा बैठा। यह शायद पहला दिन था जबकि वह पाठ के समय गुरुद्वारे में आ पहुँचा था, नहीं तो प्रायः वह और उसके साथी प्रसाद बँटने के अवसर पर मटरगश्ती करते आते और आमतौर पर बड़े दरवाज़े के बाहर से ही हाथ जोड़कर कड़ाह प्रसाद लेकर चल देते। यानी उन्हें सिवाय प्रसाद खाने के किसी और काम से दिलचस्पी नहीं थी।

आज गुरुद्वारे में अधिक शोर नहीं हो रहा था। प्रत्येक व्यक्ति के हृदय पर परेशानी की काली छाया थी।

पाठ समाप्त होने के बाद अरदास हुई और फिर कड़ाह प्रसाद बाँटा गया। प्रसाद बँटने के बाद लड़के तो गुरुद्वारे की बगीची को निकल भागे और बड़े-बूढ़े नयी परिस्थितियों पर विचार करने के लिए अन्दर ही बैठे रहे।

सरदार पेशौरासिंह ने हेड मास्टर सूरजसिंह जाट को अपने भाषण से सभा का कार्य आरम्भ करने के लिए खड़ा किया। लाला खेमचन्द को यह बात खल गयी, किन्तु वह मुँह से कुछ नहीं बोले। सूरजसिंह ने सधन्यवाद इस सम्मान को स्वीकार करते हुए कड़ाह प्रसाद से तर गले को खाँसकर और साफ़ करते हुए कहना आरम्भ किया—

"साध संगत जी!

"मैं इस सम्मान के योग्य तो नहीं हूँ किन्तु साध संगत की आज्ञा सिर-आँखों पर स्वीकार करना अपना धर्म समझता हूँ।

"निवेदन है कि आपमें से बहुत-से प्रेमियों को इस बात की ख़बर लग चुकी है कि इस समय पंजाब की दशा बहुत बिगड़ चुकी है। ऐसी-ऐसी घटनाएँ हो रही हैं जो पहले कभी न देखीं न सुनीं। लेकिन यह कलयुग है कलयुग, जो हो सो कम है।

"ख़ालसा जी! मुसलमानों ने आजकल जो उधम मचा रखा है उससे आप अनभिज्ञ नहीं हैं। वह भी एक समय था जबकि इनके पाप की किश्ती भरपूर डूब गयी थी। देखनेवाली नज़र अब फिर परख सकती है कि एक बार फिर वही ज़माना आ गया है।

"दो राष्ट्रों के सिद्धान्त के अनुसार इन्होंने हमारे प्यारे देश के खण्ड-खण्ड कर डाले हैं। हमारा मन इसी एक बात से बुरी तरह बुझ चुका था, किन्तु अब जो मुसलमान अत्याचार कर रहे हैं उससे प्रकट होता है कि पाकिस्तान बनाने में मुसलमानों का वास्तव में उद्देश्य क्या है। परन्तु हमें पूरा-पूरा विश्वास है कि आज भी कोई छत्रपति शिवाजी, बन्दा बहादुर, गुरुबख़्शसिंह या दसम गुरु का कोई सिंह पैदा होगा जो हिन्दू धर्म की रक्षा करेगा। हम इस बात को नहीं भूले और न भूलेंगे कि मुसलमानों के राज

में हिन्दू देवियाँ ग़ज़नी शहर में ढाई-ढाई रुपये में बेच डाली गयी थीं। परन्तु अब हिन्दू जाग चुका है। हिन्दू-सिक्खों ने बहुत चाहा कि मुसलमान एक ही देश में उनके भाई बनकर रहें, पर ख़ेद है कि मुसलमानों ने एक न मानी...।''

सूरजसिंह का भाषण यहाँ तक पहुँचा था कि खेमचन्द ने जलकर कहा, ''हेड मास्टर साहब! इतनी लम्बी-चौड़ी भूमिका बाँधने से क्या लाभ। जो काम की बात है सो कहिये और छुट्टी कीजिये। यह मौक़ा बड़ा नाज़ुक है। यदि हम बारीक़ियों में पड़े रहे तो न कभी आपका भाषण समाप्त होगा और न कोई ठोस क़दम उठाया जा सकेगा।''

इस पर सूरजसिंह ने तनिक खिन्न हो उनकी ओर घूमकर देखा। किन्तु खेमचन्द भी अपने अक्खड़पन के लिए मशहूर थे, अतएव उन्होंने हेड मास्टर की कड़ी निगाहों के जवाब में अपनी मूँछों को एक बार फड़फड़ाया और फिर उपेक्षा के भाव में आँखें झपकाने लगे। सूरजसिंह को एक बार फिर खाँसकर गला साफ़ करना पड़ा।

''खेमचन्द जी बुज़ुर्ग हैं। उनकी बातों का हमें बुरा नहीं मानना चाहिए। और एक हिसाब से वे ठीक ही कहते हैं। हम लोग शहरों से दूर गाँव में बैठे हैं। लेकिन जो-जो ख़बरें आ रही हैं उनसे पता चलता है कि हमारे चारों ओर ख़ून की नदियाँ बह रही हैं और नरक की आग धधक रही है। दो दिन पहले शेखूपुरा शहर में हमारे कुछ सिक्ख जवानों के गोली से मारे जाने की घटना को सोचकर ही कलेजा मुँह को आता है। अभी-अभी ज्ञानी जी उनकी आत्माओं की शान्ति के लिए अरदास कर चुके हैं। हमें इस घटना से शिक्षा लेनी चाहिए। देखना यह है कि हम अपनी रक्षा किस प्रकार कर सकते हैं। इस चारगाँव में भी मुसलमानों की ख़ासी आबादी है। लेकिन यदि हमें इनसे भी लड़ना पड़ेगा तो हम क़दम पीछे नहीं हटायेंगे। मशहूर शब्द है—

*सूरा सोई जानिये जो लड़े धरम के हेत।*
*पुर्जा-पुर्जा कट मरे कभू न छोड़े खेत।।*

अच्छा जी, वाह गुरु जी का ख़ालसा श्री वाह गुरु जी की फ़तह!''

यह कहकर सूरजसिंह गर्व के साथ इधर-उधर देखते हुए बैठ गये।

पेशौरासिंह ने उठकर ऐलान किया कि अब लाला खेमचन्द जी अपने विचार प्रकट करेंगे।

लाला जी मन में अत्यधिक प्रसन्न हुए। उन्होंने पेशौरासिंह की ओर बड़े प्रेम से देखा। किन्तु मन में इतना-सा काँटा अवश्य था कि उसने सूरजसिंह को पहले खड़ा कर दिया।

उठते ही बोले, ''भाइयो और बहनो! मुझे कोई गोल-मोल बात तो कहनी नहीं है, क्योंकि न मैं हेड मास्टर हूँ और न किसी मदरसे का मुन्शी। इसलिए जो बात कहनी है वह बस दो-टूक होगी।''

यहाँ पहुँचकर वे तनिक रुके जिसमें सूरजसिंह को तिलमिलाने का मौक़ा मिल जाये।

सूरजसिंह तिलमिलाये और उन्होंने कुछ कहने के लिए मुँह खोला ही था कि खेमचन्द आगे बढ़ गये—"और वह दो-टूक बात है कि इस समय हम पर ऐसा कठिन संकट आ गया है जिसका हमें पूरा-पूरा अनुभव नहीं है। वास्तविक स्थिति यह है कि यदि कल हमारे नन्हें-नन्हें बच्चे संगीनों की नोकों पर चढ़ा दिये जायें या हमारी आँखों के सामने हमारी बहू-बेटियों की लाज लूटी जाये और हमें जीते-जी भड़कती हुई आग में फेंक दिया जाये तो कोई आश्चर्य की बात न होगी। क्योंकि इस समय मुसलमानों पर इस्लाम की ख़िदमत का भूत सवार है और उनके विश्वास के अनुसार निरपराध हिन्दू-सिक्खों का ख़ून बहाये बिना इस्लाम की ख़िदमत असम्भव है। अब हमें शीघ्र-से-शीघ्र अपनी रक्षा का प्रबन्ध करना है। अब सुस्ती का समय नहीं रहा। हमारी रक्षा कैसे हो सकती है, यह बात मिल-जुलकर सोचने की है। यदि आप भूले न हों तो मैं बहुत पहले से बिगड़ी हुई परिस्थितियों के बारे में आपको चेतावनी दे रहा हूँ। ख़ैर, जो हुआ सो हुआ। अब सोचना यह है कि हम इस नरक में से कैसे सही-सलामत बाहर निकल सकते हैं। वाह गुरु जी का ख़ालसा, वाह गुरु जी की फ़तह!"

इसी बीच सूरतसिंह भी आ पहुँचा। उसने हवा का यह रुख़ देखा तो सीधा संगत के बीचोंबीच आ खड़ा हुआ और बोला, "साध संगत जी! यहाँ पर मेरे बुज़ुर्ग और मुझसे कहीं अधिक अनुभवी और समझदार लोग बैठे हैं जिनके सामने मुझे शायद मुँह खोलना भी शोभा नहीं देता। किन्तु इस समय ऐसी महत्त्वपूर्ण समस्या हमारे सामने है कि हममें से हर एक को अपनी-अपनी समझ के अनुसार इसका हल खोजने की चेष्टा करनी चाहिए।

"लम्बे भाषणों के लिए न समय है न उपयुक्त अवसर, इसलिए मुझे यह कहना है कि हमें अधिक जोश में नहीं आना चाहिए। क्योंकि जो कुछ हुआ है उसमें मुस्लिम जनता का दोष नहीं है। यंह सरासर अँगरेज़ों की शरारत है, बल्कि पूँजीवादी व्यवस्था की शरारत है कि आज भोली-भाली जनता का ध्यान भूख, प्यास, पूँजी के ग़लत बँटवारे और पूँजीपतियों के अन्यायों और अत्याचारों की ओर से हटाकर उन्हें धर्म के नाम पर भड़काया जा रहा है, एक-दूसरे के ख़ून का प्यासा बनाया जा रहा है। लेकिन अन्त में मानवता की जीत होगी, मज़दूरों और किसानों की विजय होगी और धर्म और जाति के भेद मिटाकर दुनिया के सब मेहनतकश इन्सान एक-दूसरे के गले मिलेंगे। मनुष्य कभी नहीं मरेगा! मनुष्य कभी नहीं मर सकता!!"

पेशौरासिंह ने खड़े होते हुए बेटे की ओर रोषपूर्ण दृष्टि से देखा और हाथ से उसे बैठ जाने का इशारा किया।

खेमचन्द ने मास्टर चाननलाल से कहा, "इस लौंडे का दिमाग़ चक्कर खा गया है। अधिक किताबें पढ़ने का यही नतीजा निकलता है।"

चानन ने उपेक्षा करते हुए मुँह फेर लिया। इस पर खेमचन्द ने और भी अधिक मुँह फेर लिया।

बूड़सिंह ने कहा, "माराज हमनूँ लम्बी चौड़ियाँ बाताँ दी ज़रूरत नहीं। हमनूँ तो इह बतादेव कि करना क्या है?"

"करना क्या है। अब हमें भी कृपाण निकालनी पड़ेगी।" पेशौरासिंह ने गरजकर कहा।

"यह कही सिंघोंवाली बात!" खेमचन्द ने तारीफ़ की।

सूरजसिंह उजड्ड सही, किन्तु था घाघ। बोला, "पेशौरासिंह जी, कृपाण निकालने से हम डरते नहीं। लेकिन इस समय सवाल सिर्फ़ कृपाण निकालने का नहीं है। क्योंकि परिस्थिति बहुत बदल गयी है। जहाँ तक चारगाँव का सम्बन्ध है, मेरे ख़याल में हम लोग यहाँ के मुसलमानों से तो समझ लेंगे, पर देखना यह है कि अगर हम पर बाहर से हमला हो जाये तो क्या करना होगा।"

"हाँ।" संगत में से किसी ने समर्थन किया।

खेमचन्द ने भेदपूर्ण ढंग से विरसे की ओर देखा और कहा, "साध संगत जी, इस बारे में सरदार विरसासिंह की राय भी लेनी चाहिए।"

"हाँ-हाँ।" पेशौरासिंह ने विरसे को सम्बोधित कर कहा, "सरदार विरसासिंह हममें से अलग तो नहीं। उठो बेटा! तुम-ऐसे जवानों के कन्धों पर ही तो जाति और धर्म की लाज बचाने का बोझ है।"

उपस्थित जनों में उस समय सबकी आँखें विरसे पर लगी हुई थीं और वह उस समय बहुत गम्भीर भाव से बैठा था। पेशौरासिंह के कहने पर जब वह उठा तो उसकी गम्भीर तथा तेजस्वी मुद्रा देख सबको ऐसा प्रतीत होने लगा कि विरसा बदमाश और डाकू नहीं है बल्कि उनका सेनापति है।

विरसा चट्टान की भाँति खड़ा हो गया।

पहले उसने इधर-उधर बैठे लोगों पर एक निगाह डाली और फिर बिना किसी भूमिका के बोला, "हमें दो तरह से अपनी रक्षा करनी होगी। पहले तो यह देखना होगा कि चारगाँव के मुसलमान क्या व्यवहार करते हैं। मुझे आशा है कि वे हमें नुक़सान पहुँचाने की कोशिश नहीं करेंगे।"

"तुम यह कैसे कह सकते हो?" उपस्थित जनों में से एक ने कड़ी आवाज़ में टोककर पूछा।

विरसे ने मुँह फेरकर उस व्यक्ति की ओर कड़ी दृष्टि से देखा और वह वहीं पर चुपचाप बैठ गया। विरसे ने अपनी बात जारी रखी—"दूसरे, हमें बाहर के मुसलमानों से ख़तरा है, और यह सबसे बड़ा ख़तरा है। सच तो यह है कि हमने बड़ी बेपरवाही से काम लिया है। ख़ैर, फिर भी मैं आपको विश्वास दिलाता हूँ कि चारगाँव के चारों ओर एक ऐसा मोरचा बाँधा जायेगा कि कोई हमलावर चारगाँव के अन्दर न घुस सकेगा और यहाँ के रहनेवाले किसी हिन्दू या किसी सिक्ख का बाल तक बाँक़ा न हो सकेगा। फिर चारगाँव को हवाई जहाज़ों से बम फेंककर ही बरबाद किया जा सकेगा।"

"जो बोले सो निहाल।" किसी जोशीले सिक्ख ने नारा लगाया।

"सतसिरी अकाल!" के ज़ोरदार जवाबी नारे से गुरुद्वारे का वायुमण्डल गूँज उठा।

मास्टर चाननलाल ने कहा, "विरसासिंह जी, हमें आप पर पूरा-पूरा भरोसा है। हम तन, मन, धन से आपका साथ देंगे। परन्तु क्या यह उचित न होगा कि आप संगत में अपनी योजना बतला दें जिसमें कि यदि किसी भाई को कोई नयी बात सूझे तो वह भी अपना सुझाव रख सके।

"नहीं।" विरसा ने निर्णयात्मक स्वर में कहा।

चाननलाल तो यों ही विरसा की छाया से दूर भागते थे, उनका चुप हो जाना तो स्वाभाविक ही था, किन्तु जिस ढंग से विरसे ने इनकार किया था उससे किसी और को भी कोई सवाल उठाने का साहस न हुआ।

कुछ रुककर विरसे ने स्वयं कहा, "आप इस बारे में कोई राय नहीं दे सकते। जिसका काज उसी को साजे। मैं इन मामलों को आप लोगों से अच्छा समझता हूँ। आज रात मैं दो-चार नौजवानों को लेकर गाँव से बाहर चला जाऊँगा। सुबह होने तक लौट आऊँगा। पर मेरे जाने की किसी को कानोंकान ख़बर नहीं होनी चाहिए। शाम तक गाँव के बुज़ुर्ग लोग फिर इकट्ठा होकर ग़ौर कर लेंगे। पर मैं अपनी योजना को इस तरह खोलना पसन्द नहीं करता।"

सर्वसम्मति से विरसे की सारी बातें मान ली गयीं।

## (4)

**संगत के लोग गुरुद्वारे** से बाहर निकले तो सदा की भाँति प्रतिष्ठित सिक्खों का टोला आगे-आगे था। अन्तर केवल इतना था कि आज विरसासिंह भी उनमें शामिल था बल्कि वही सरदार था उन सबका। इसके अतिरिक्त हिन्दू भी संख्या में पहले की अपेक्षा बहुत अधिक दिखायी पड़ रहे थे।

बाग़ की चारदीवारी से बाहर निकलकर वे लोग चारगाँव की ओर बढ़े तो सहसा रुक गये।

सामने से मुसलमानों का एक बहुत बड़ा समूह बढ़ता आ रहा था।

सिक्खों और हिन्दुओं ने एक-दूसरे की ओर देखा। पेशौरासिंह बोला, "ये लोग किस सिलसिले में इकट्ठे हुए हैं?"

"इधर ही तो आ रहे हैं!"

"यह आगे-आगे कौन है?"

"दिल मोहम्मद तो नहीं?"

"वही है।"

"और कौन है?"

''अल्लादित्ता अराईं, चौधरी बरकत अली...''

विरसा बोला, ''आप सब यहीं रुक जायें। बल्कि रुकना ठीक नहीं, धीरे-धीरे आगे बढ़ते जाइये। मैं और पेशौरासिंह जी आगे जाकर पता करते हैं कि आख़िर मामला क्या है। घबराने की कोई बात नहीं।''

विरसा और पेशौरासिंह आगे बढ़ गये।

मियाँ दिल मोहम्मद मुसलमानों के मजमे के आगे-आगे आ रहे थे। पास पहुँचे तो आदत के अनुसार हँसे और पेशौरा से बड़े तपाक से मिले।

''भई, मैं तुम्हें सुबह से मिलने के लिए बेचैन हूँ। लेकिन न जाने क्यों, आज गुरुद्वारे का प्रोग्राम भी बहुत लम्बा हो गया।''

पेशौरासिंह ने जवाब दिया, ''हाँ, कभी-कभी देर भी हो ही जाती है। क्यों, कोई ख़ास बात है?''

दिल मोहम्मद ने अपने पीछेवाले मजमे की ओर देखा और गम्भीर स्वर में बोला, ''पेशौरिया, सुना है हमारे कुछ सिक्ख भाई मारे गये हैं। हम इसीलिए जमा हुए थे।''

पेशौरे ने संक्षेप में गीटेवाला क़िस्सा दोहराया।

दिल मोहम्मद ने अफ़सोस करते हुए सिर हिलाया और बोला, ''भई, हम सबको इस बात का बेहद अफ़सोस है और हम तुम्हारे इस दुःख में बराबर के शरीक़ हैं। हो सकता है कि तुम लोगों ने भी मौज़ूदा हालात पर आपस में सलाह-मशविरा किया हो। हमने भी इसके हर पहलू पर ग़ौर करने के बाद यह नतीजा निकाला है कि चारगाँव के मुसलमान अपने सिक्ख भाइयों के साथ हैं।''

पेशौरासिंह ने बढ़कर दिल मोहम्मद के मज़बूत कन्धे पर हाथ रखते हुए जवाब दिया, ''मियाँ जी! हमें आप पर पूरा भरोसा है।''

''क्यों न हो। हम एक ही पेड़ की दो शाखें हैं। हमारे बाप-दादा का पसीना इसी धरती में ज़ज्ब हुआ है...।''

''अब यहाँ क़ाफ़िरों का ख़ून जज़्ब होगा।''

दिल मोहम्मद ने घूमकर देखा कि उसकी बात को टोकनेवाला कौन है? वह करीमू था। उसके साथ कुछ लट्ठबन्द जवान भी थे।

''छोटा मुँह बड़ी बात। मालूम होता है मौत तुम्हारे सिर पर खेल रही है।'' पेशौरासिंह एकदम भड़क उठा।

''ओय भाई सिक्खा! होश की दवा कर। ले बचा मेरा वार...।''

करीमू ने लट्ठ उठाया ही था कि अल्लादित्ता अराईं ने उसकी कलाई मज़बूती से पकड़ ली।

पेशौरे ने क़सम खाकर कहा, ''करीमू! अगर सूरज डूबने से पहले-पहले तुम चारगाँव से बाहर न निकल गये तो मैं अपने हाथ से तुम्हारा सिर उड़ा दूँगा।''

दिल मोहम्मद ने पेशौरे को रोकते हुए कहा, "ठहरो पेशौरा! इससे तुम हमें निपटने दो। देखो, तुम सबको मेरे सर की क़सम है। तुम लोग इस मामले में दख़ल न दो।"

यह सुनकर विरसा और पेशौरे पीछे हट गये।

दिल मोहम्मद ने करीमू को सम्बोधित कर कहा, "करीमू! जो क़सम पेशौरे ने खायी है वह बस मेरी क़सम समझो। मुझे उम्मीद है कि तुम अपनी गरदन बचाकर चारगाँव से बाहर निकल जाओगे।"

करीमू में पहले-सी शक्ति नहीं रही थी, फिर भी वह कम नहीं था। बड़ा साहसी और हथछुट ऐसा था कि पहले चोट करे और बात करे बाद में।

दिल मोहम्मद की बात सुनकर उसने आव देखा ने ताव, घुमाकर लाठी का वार कर दिया उस पर। दिल मोहम्मद जल्दी से पीछे हटा, किन्तु माथे से एक बोटी उड़ गयी और ख़ून बहने लगा।

मियाँ के जवान लड़कों के धैर्य का बाँध टूट गया।

"हटो अब्बा!" यह कहकर वे ज़बरदस्ती बाप के सामने खड़े हो गये और पलक मारते में उन्होंने करीमू को रूई की तरह धुन डाला।

यह हाल देख करीमू के साथियों के हौसले पस्त हो गये और वे चुपचाप एक ओर को चल दिये।

तेज़ धूप में करीमू का रक्त में लुथड़ा हुआ धूल-भरा शरीर फैला पड़ा था।

उसे उठाकर दूर खेतों में फेंक दिया गया।

# 15

**दो गीदड़ बिदककर** जो कूदे तो ठीक करीमू के सीने पर गिरे, और फिर पाँव-तले किसी विशालकाय जीव के अस्तित्व का अनुभव होने पर वे गुफ्फेदार दुम दबाकर भाग निकले।

सीने पर धमाका होने पर करीमू सचेत हो गया। धीरे-धीरे उसे बोध हुआ कि वह खेत के निकट एक ढलान में पड़ा था। रात अँधेरी थी, सिर्फ़ तारे काली चादर पर टँके हुए सलमे-सितारे की भाँति चमक रहे थे। खेतों के पौधे बेहद धुँधली रोशनी में ही घुल-मिल गये थे और वृक्ष काले धब्बों के समान शान्त खड़े थे। हाँ, बबूलों के छिदरे पत्तों और पतली टहनियों में से तारों-भरे आकाश की पृष्ठभूमि दीख पड़ रही थी।

रात भींग चुकी थी। मार खाने के बाद वह कई घण्टे से मूर्च्छित पड़ा था। दिन की तीव्र गर्मी के बाद रात की ठण्डक और मिट्टी की नमी बड़ी मनोहर लग रही थी। करीमू को ऐसा लगने लगा मानो वह बिलकुल स्वस्थ हो। उसे अपना शरीर हलका-फुलका महसूस हो रहा था, किन्तु मन की स्थिति ऐसी थी कि उठना तो अलग रहा, उसका हाथ तक हिलाने को जी नहीं चाहता था। अतएव उसने शरीर को ढीला छोड़े रखा।

सहसा उसे गीदड़ों के कूदने का ख़याल आया। वह हैरान था कि आख़िर ऐसा क्यों हुआ। इसमें ज़रूर कोई भेद था। वे अवश्य किसी चीज़ से डरकर भागे थे। हो सकता है किसी बड़े पशु से डरकर भागे हों, किन्तु वहाँ और कोई बड़ा जंगली जानवर हो तो नहीं सकता था...या फिर...

इसी बीच उसके कानों में विचित्र-सा शोर सुनायी दिया, धीरे-धीरे वह शोर और स्पष्ट होता गया...लगता था कि कोई विशालकाय पशु धमाधम बढ़ता चला आ रहा है। करीमू को आश्चर्य हो रहा था। शोर बड़ी तेज़ी से बढ़ता जा रहा था। वह जहाँ पड़ा था वह जगह काफ़ी नीची थी, इस कारण अपने चारों ओर वह दूर तक नहीं देख सकता था। एकाएक बलबलाहट की आवाज़ से उसे ज्ञात हो गया कि कोई साँड़नी चली आ रही है, और वह सीधी उसी की ओर चली आ रही है। उसे डर लगा कि कहीं वह उसे रौंदकर न निकल जाये। दंगे के दिन थे। कोई नहीं कह सकता था कि इस वीराने में दोस्त से मुलाक़ात हो या दुश्मन से मुठभेड़ हो जाये। और फिर अब तो साँड़नी बिलकुल सिर पर मालूम पड़ती थी। धमाधम की आवाज़ बहुत बड़े शोर में परिवर्तित हो गयी और

ठीक उसके पैरों के पास से बेढब साँड़नी लम्बी टाँगें मारती हुई निकल गयी। उस पर बैठा हुआ सिक्ख सवार भी दानव-जैसा दिखायी पड़ता था। यह सोचकर कि सवार ने उसे वहाँ पड़े हुए नहीं देखा, करीमू ने सन्तोष की साँस ली।

अँधेरे में वह सवार की शकल न देख सका, पर उसने अनुमान से समझ लिया कि वह विरसासिंह के सिवाय कोई दूसरा नहीं था।

## (2)

**विरसासिंह साँड़नी उड़ाता** कोस-पर-कोस तय करता चला जा रहा था। एकाएक उसे दूर से एक बड़ा क़ाफ़िला-सा रेंगता हुआ दिखायी पड़ा। उसने सावधान हो, साँड़नी को रोक लिया और शिरींह के एक झुण्ड में घुस गया।

यहाँ किसी पीर की क़ब्र मालूम होती थी। वृक्षों के झुण्ड के अन्दर क़ब्र पर मटियाले सफ़ेद रंग का चबूतरा दिखायी दे रहा था। चबूतरे के एक सिरे पर छोटी-सी दीवार में दीया रखने का आला बना हुआ था। उसमें मिट्टी के दो-तीन दीये टूटे पड़े थे और चबूतरे पर वृक्षों के छोटे-छोटे रूखे-सूखे पत्ते फैले हुए थे। इस शरणस्थान में पहुँचकर विरसा ने क़ाफ़िले की ओर देखा।

क़ाफ़िले में बीस-बाईस साँड़नियाँ और कुछ घोड़े थे। विरसा चकित था कि आख़िर वे लोग कौन हैं। इतने में अल्लाहो-अकबर के नारों से वायुमण्डल गूँज उठा। अब उसे ज्ञात हुआ कि वे मुसलमान लुटेरे थे जो टोलों के रूप में छोटे-मोटे गाँव में बसनेवाले हिन्दू-सिक्खों को लूटते फिरते थे।

वे लोग उसी की ओर बढ़ते आ रहे थे। विरसा के मन में शंका उठी कि कहीं वे पीर जी की क़ब्र की ज़ियारत (दर्शन) करने को ही न चले आ रहे हों। पहले तो उसने सोचा कि सम्भव है वे रास्ता बदल दें, किन्तु अब विश्वास हो रहा था कि वे अवश्य ही उसी की ओर चले आ रहे थे। उसने तुरन्त नीचे उतरकर साँड़नी की नकेलवाली रस्सी पेड़ के तने से बाँध दी और फिर उसने साँड़नी की कूबड़ से लटकी हुई काठी में से एकनली बन्दूक़ निकाली। उसकी नली मोटर के स्टियरिंगवाली नली से बनी थी। कारतूस की पेटी बाज़ू से लटकाकर वह फ़ुर्ती से पेड़ों के पीछे सटक गया।

साँड़नी-सवार मुसलमान जिस ढंग से मज़ार की ओर बढ़ रहे थे उससे प्रकट होता था कि वह सचमुच पीर जी के मज़ार पर श्रद्धा के फूल चढ़ाने के लिए आ रहे थे। विरसे ने कारतूस बन्दूक़ में डाला और तैयार होकर खड़ा हो गया।

यह तो स्वाभाविक ही था कि जब वे मज़ार के पास आयेंगे और साँड़नी को देख पायेंगे तब सवार की खोज अवश्य की जायेगी।

संकट की घड़ी क्षण-प्रतिक्षण निकट आती जा रही थी...धूल उड़ाती साँड़नियाँ मज़ार के निकट से होती हुई उसी चाल से बिना रुके आगे बढ़ गयीं। सौभाग्य से घनी छाया के नीचे खड़ी हुई विरसे की साँड़नी को किसी ने नहीं देखा और फिर संयोग की बात कि उसकी साँड़नी ने भी बलबलाकर उन्हें अपनी ओर आकर्षित नहीं किया।

इस आसानी से संकट टल जाने से विरसे को बड़ी प्रसन्नता हुई। वह फिर साँड़नी पर सवार होकर तीव्रगति से अपनी मंज़िल की ओर बढ़ने लगा।

घण्टा-भर लगातार चलने के बाद एक सूखे जौहड़ के पास पहुँचकर विरसे ने साँड़नी को रोक लिया।

सामने अकालगढ़ नामक गाँव रात की धुँधलाहट में दिखायी पड़ने लगा था।

वह उस गाँव और उसके आसपास के स्थानों से भली-भाँति परिचित था, इसलिए रात के धुँधले प्रकाश में भी वह गाँव के बाहर भंगियों के मकानों के क़रीब पीपल के पेड़ों के नीचे पक्के चबूतरेवाले कुएँ को और उसके ऊपर खड़ी चरखड़ियों को अनुमान से मालूम कर सकता था। कुएँ के आगे कूड़े-कबाड़ की अरूढ़ियों के सिलसिले थे। अरूढ़ियों के टीलों से गन्दगी फिसलकर एक अति गँदले जौहड़ में गिरती रहती थी।

अकालगढ़ में अधिकतर सेना से पेन्शन पाये हुए धार्मिक सिक्खों की आबादी थी। वे पक्के रंग के, क़द्दावर और अद्वितीय साहस के मालिक थे। उन्होंने अपने गाँव की मोरचाबन्दी कुछ इस ढंग से की थी कि दंगाइयों के रेले-के-रेले उनसे टकरा-टकराकर वापस लौट गये थे। उनकी दृढ़ और अटूट मोरचाबन्दी की ख्याति दूर-दूर तक फैल गयी थी। लूट-खसोट और मार-काट के कई मुसलमान उस्तादों को उसकी यह ख्याति अकालगढ़ पर आक्रमण करने के लिए उकसाती थी। दूर-दूर से लोग जत्थे बना-बनाकर हमला करने आये पर किसी की दाल नहीं गलने पायी।

वैसे ध्यान से देखने पर भी पता नहीं चलता था कि उन्होंने कहाँ-कहाँ मोरचे बना रखे हैं। और उनके रक्षकों के गुप्त स्थान कहाँ-कहाँ हैं। पर विरसा अच्छी तरह जानता था कि वे लोग हरदम चौकन्ने रहते हैं और उससे ज़रा-सी भी भूल हो जाने पर पक्की राइफ़ल की गोली उसकी छाती के पार हो सकती है।

इन सब बातों को सोचकर विरसे ने साँड़नी को अति मन्द गति से आगे बढ़ाना शुरू किया। वह चारों ओर बड़े ग़ौर से आँखें फाड़-फाड़कर देखता आगे बढ़ रहा था, किन्तु किसी जीवित प्राणी की उपस्थिति का अनुभव तक नहीं होता था...

वह बढ़ता चला गया, यहाँ तक कि जब गाँव की सीमा से चार-छह खेत परे रह गया तो सहसा राइफ़ल की गोली वायुमण्डल की निस्तब्धता को तोड़ती हुई चली गयी।

उसने तुरन्त साँड़नी को रोक लिया।

न जाने कहाँ से दो सिक्ख राइफ़लें पकड़े और चार-पाँच जवान छव्वियाँ चमकाते उसकी ओर बढ़े। पास पहुँचकर उन्होंने देखा कि साँड़नी-सवार सिक्ख है। किसी ने कड़ककर पूछा, "तुम कौन हो?"

"मैं विरसासिंह हूँ।"

सवाल करनेवाले ने उसे सिर से पाँव तक ध्यान से देखा और फिर पूछा, "विरसासिंह?"

"हाँ, विरसा चारगाँववाला।"

"अच्छा।"

उसे असमंजस में फँसे देख विरसा बोला, "मैं काबुलसिंह से मिलना चाहता हूँ।"

"तुम सिक्ख हो?"

"इसमें भी शक है?"

"फिर तुम आज अकेले घूम रहे हो।"

"हाँ...बताया न।"

"क्या?"

"मैं विरसा हूँ, चारगाँववाला।"

फिर विरसा कूदकर नीचे उतरा तो उन लोगों ने देखा कि वह कितना जवान और मज़बूत आदमी है।

एक बोला, "यार, मैं इसे पहचानता हूँ। तुम नये आदमी हो, तुम नहीं जानते।"

विरसा ने उलाहना-भरे स्वर में कहा, "लेकिन अफ़सोस तो इस बात का है कि यह मेरे नाम से भी बेख़बर है।"

नकेल की रस्सी उनमें से एक आदमी को थमाकर विरसे ने अपनी राइफ़ल कन्धे पर डालते हुए भारी स्वर में कहा, "मुझे काबुलसिंह के पास ले चलो। ज़रूरी काम है, बहुत ज़रूरी काम।"

राइफ़लवाले सिक्ख ने दूसरे से कहा, "इसे तुम काबुलसिंह के पास ले चलो। हम यहाँ ड्यूटी पर ही रहेंगे।"

अरूढ़ियों (कूड़े का ढेर) के बीच में से होते हुए जब वे गाँव में घुसे तब विरसे ने देखा कि पीपल के बहुत बड़े पेड़ के चौड़े टहने पर कुछ जवान टँगे बैठे हैं। उसे बड़ा आश्चर्य हुआ। उसने अपने साथी से पूछा, "ये लोग पेड़ पर क्यों चढ़े हुए हैं ऐसे मौक़े पर?"

"पेड़ के ऊपर तोप रखी है।"

"तोप?"

"हाँ, तोप।"

"पेड़ पर तोप?"

"हाँ-हाँ, पेड़ पर तोप।"

"तो यह तोप गोला फेंकने के लिए है?"

"और नहीं तो क्या फूल फेंकने के लिए है।"

"इसकी मार भी ज़ोरदार होगी?"

"हाँ,...बहुत दूर फेंकती है गोला।"

'यहाँ कितने हमले हो चुके हैं?'

"छोटे-मोटे तो बहुत-से हमले हुए हैं, पर दो हमले बहुत बड़े पैमाने पर हुए थे।"

"क्या फल निकला?"

"उन्हें भागना पड़ा था।"

"हमलावर मारे भी गये होंगे।"

"हाँ, काफ़ी लोग मरे।"

"और गाँव के लोग?"

"एक भी नहीं मरा।"

"वह कैसे?"

"हम लोग ख़ास-ख़ास जगहों पर छिपे बैठे रहते हैं, वे लोग खुले मैदान में होते हैं इसलिए उनके ही आदमी मरते हैं।"

"इधर एक भी मौत नहीं हुई?"

"मरा कोई नहीं, पर घायल काफ़ी हुए हैं।"

"यह तो बड़ी अच्छी बात है।"

"हाँ, जब कोई पास ही नहीं फटकने पाता तब फिर हममें से कोई मरे भी तो कैसे।"

यह कहकर वह हँसा।

सँकरी अँधेरी गलियों में से होते हुए वे काबुलसिंह के मकान पर पहुँचे तो विरसा ने कहा, "अब तुम चाहो तो मोर्चे को लौट जाओ।"

"अच्छी बात।"

"काबुलसिंह मेरा लँगोटिया यार है।"

"हाँ भई, मैं जानता हूँ। तुम्हें भी पहचानता हूँ। बात यह है कि कुछ लोग नये आये हैं दूसरे गाँवों से। वह तुम्हें नहीं पहचानते। नहीं तो ऐसा कौन होगा जो तुम्हें न पहचाने। या कम-से-कम तुम्हारा नाम न जानता हो। अच्छा, तो मैं चला।"

"अच्छी बात।"

विरसा ने काबुलसिंह का द्वार खटखटाते हुए पुकारकर कहा, "भाई, मेरी डाची (साँड़नी) का ख़याल रखना। ऐसा न हो कि बे-नकेल घूमती फिरे।"

"फिकर न करो।"

## (3)

**साँड़नी-सवार के चले** जाने के बाद करीमू ने हिलने-डुलने की चेष्टा की तो उसे महसूस हुआ कि उसका शरीर पके हुए फोड़े की भाँति हो रहा है। बोटी-बोटी में दर्द था और हड्डी-हड्डी चूर हो रही थी।

उसने दोनों कोहनियाँ धरती में गाड़कर धड़ को ऊपर उठाया, लेकिन कराहकर रह गया। इतनी-सी चेष्टा में ही वह हाँफने लगा था। कुछ क्षण छिपकली की भाँति उसी दशा में पड़ा रहा, फिर गर्दन घुमाकर इधर-उधर देखा। चारगाँव बहुत बड़े टीले पर बसा

था, इसलिए उसे यह दृश्य बहुत सुन्दर दीख रहा था। एकदम चारगाँव एक जगह स्थित होने से वह छोटे-मोटे शहर से कम नहीं दीखता था। जगह-जगह मकानों और गाँव के अन्दर खड़े वृक्षों में से आँखों को भली लगनेवाली मद्धिम रोशनी का गुबार उड़ता दिखायी दे रहा था। अँधेरी रात में किसी मनुष्य के लिए टिमटिमाते हुए दीप का दिखायी पड़ना एक बड़े आनन्द से कम नहीं, किन्तु करीमू के लिए चारगाँव की ओर रुख़ करना मानो अपनी मौत को आवाज़ देना था।

एक बार फिर उसने ज़ोर मारा और उठकर बैठ गया। चोटों के अतिरिक्त ख़ून अधिक बह जाने और तेज़ भूख के कारण उसकी दशा और भी ख़राब हो गयी थी। उसका सिर चकराने लगा और आँखों के आगे काले धब्बे नाचने लगे।

अन्त में वह किसी-न-किसी प्रकार उठा और बड़े सुस्त क़दमों से लड़खड़ाता हुआ एक ओर को चल दिया। खेत-भर चलकर वह फिर धड़ाम से गिर पड़ा।

इतने में पास से आवाज़ आयी, "कौन है?"

करीमू डर गया। देखा, अँधेरे में कुछ फ़ासले पर एक आदमी खड़ा है।

"कौन है, क्या करीमू है?" फिर आवाज़ आयी।

अपना नाम सुनकर करीमू की जान-में-जान आयी। उसने महसूस किया कि यह तो जानी-पहचानी आवाज़ है। क्षीण स्वर में बोला, "तुम कौन हो भाई?"

"मैं नूरा कुम्हार हूँ।"

"नूरा चारगाँववाला?"

"हाँ, हाँ?"

"आओ भाई, मैं करीमू ही हूँ।"

अब नूरा आगे बढ़ा। उसके पीछे-पीछे एक गधा भी था।

पास पहुँचकर नूरा बोला, "भाई, मैं तुम्हारी मदद को आया हूँ।"

"ख़ूब वक़्त पर पहुँचे।"

नूरे को करीमू के इस वाक्य में व्यंग्य की गन्ध आयी, बोला, "भाई, क्या करते। यह न समझो कि चारगाँव में तुम्हारा कोई हिमायती नहीं है। लेकिन बेचारे तादाद में कम हैं। दिल मोहम्मद और अल्लादित्ता अराईं के सामने किसी की दाल नहीं गलती। इसलिए इधर का रुख़ करने की किसी में हिम्मत ही नहीं हुई। रात भीगने पर मैं एक गधा लेकर इधर चला आया। तुम जानते ही हो, मैं रात को भी मिट्टी ढोया करता हूँ इसीलिए किसी को शक नहीं हुआ।"

"भई, बड़ी हिम्मत से काम लिया तूने। तू न आता तो मैं यहीं पड़ा-पड़ा मर जाता।"

"अरे भई, गाँव में दिल मोहम्मद और बाक़ी क़ाफ़िरों ने तो यही मशहूर कर रखा है कि तुम मर चुके होगे।"

"हाँ ज़ालिमों ने कसर तो उठा नहीं रखी थी। लेकिन अल्लाह बचानेवाला है। जल्द ही जब मैं चारगाँव की ईंट-से-ईंट बजाने को आऊँगा तब सालों की आँखें खुलेंगी और पता चलेगा कि मैं ज़िन्दा हूँ या मर चुका हूँ।"

नूरा उसके निकट आकर बैठ गया—"अब यह बताओ कि तुम्हारी हालत कैसी है...मैं एहतियातन तुम्हारी सवारी के लिए गधा लेता आया हूँ।"

"हालत बहुत ख़राब है। चलना मुहाल है। यह अल्लाह-ताला की मेहरबानी है कि तुम गधा लेकर आ पहुँचे हो। वरना मैं तो खेत-भर चलकर बिलकुल निढाल होकर गिर पड़ा था।"

"अच्छा, तो फिर तुम जैसा कहो। चारगाँव जाना तो ठीक नहीं होगा।"

"अरे तौबा करो।"

"तो फिर बताओ। किस तरफ़ चलने का इरादा है, ताकि मैं तुम्हें पहुँचा दूँ।"

"कुछ खाने को तो न होगा?"

"ना भाई, कहो तो ले आऊँ।"

"नहीं रहने दो। ऐसा न हो कि किसी को ख़बर हो जाये और फिर मेरे साथ तुम भी धर लिये जाओ।"

"तो बोलो फिर क्या करें?"

तनिक रुककर करीमू ने कहा, "देखो, पहले तो चलें मज़ार की तरफ़। वहाँ कल से पीर करामत अली ठहरे हैं। वे आजकल इसी सिलसिले में दौरा कर रहे हैं। उन्हें सारी बातों की ख़बर कर दें और फिर अगला क़दम उन्हीं की सलाह से उठाया जाये।"

"हाँ, यह तजवीज़ अच्छी है। लेकिन भाई, वहाँ का मुजाविर बड़ा ख़तरनाक है। साला सभी से मिला रहता है। अगर उसने दिल मोहम्मद से ज़िक्र कर दिया तो मेरी जान की ख़ैर नहीं।"

"अरे मुजाविर को पता भी नहीं चलेगा। हम सीधे घुस जायेंगे पीर जी की कोठरी में।"

"अच्छी बात। तो चलो।"

नूरे का सहारा लेकर करीमू बड़ी मुश्किल से गधे पर सवार हुआ। एक तो गधा क़द में छोटा था और दूसरे करीमू की टाँगें लम्बी थीं और फिर कमज़ोरी। अतएव गधा चला तो उसके पाँव ज़मीन पर घिसटने लगे।

यह सवारी करीमू के लिए अत्यधिक कष्टप्रद थी, पर इस अवसर पर उसे यही बड़ी चीज़ लगी।

चलते-चलते करीमू ने पूछा, "चारगाँववाले क्या-क्या कार्रवाइयाँ कर रहे हैं?"

"करते होंगे ससुरे कुछ, हमें तो कोई मतलब नहीं न। अल्लादित्ता और दिल मोहम्मद सारे दिन सिक्खों-हिन्दुओं को यक़ीन दिलाते रहे कि बस फ़िक्र न करो। आपकी हिफ़ाज़त करना हमारा पाक फ़र्ज़ है। हम मुसलमान हैं। हमें अपने क़ौल का पास है। हम तो समझते हैं कि मुसलमान की जान चली जाये लेकिन उसका क़ौल न टूटे। अगर कोई तुम पर हमला करेगा तो वह हमारी लाशों पर से गुज़रकर ही तुम तक पहुँच सकेगा। और अपने इस दावे को साबित करने पर तुले हुए हैं।"

"दिल मोहम्मद को तो मैं देख लूँगा। उसके सिर पर क़ाफ़िरों को बचाने का भूत सवार है। मैं भी अगर अपने बाप का बेटा हूँ तो यह भूत उतार छोड़ूँगा।"

"चारगाँव के मुसलमानों की शान तो तुम्हीं से है।" नूरे ने मक्खन लगाया।

करीमू ख़ुश हुआ, बोला, "अच्छा, वह हरामज़ादा विरसा क्या कर रहा है? वह बड़ा ख़तरनाक आदमी है। बड़ी दूर की कौड़ी लाता है। बहुत ही घुटा हुआ है साला। मैंने भी देस-देस का पानी पिया है, पर ऐसा हराम का तुख़्म देखने में नहीं आया।"

"उसी के दम से तो अभी तक चारगाँव बचा हुआ है। दुनिया चारगाँव को विरसा डाकू और उसके क़ातिल कड़छों (चेले-चाटे) का गढ़ समझती है। तभी तो कोई पास नहीं फटकता।"

"अमाँ जाओ, पास न फटकनेवाले कोई और होंगे। देख, तुझे बताये देता हूँ, चारगाँव की ईंट-से-ईंट बजेगी। और वह पेशौरा, जो आज ऐसे ठस्से-से बात कर रहा था, उसकी लौंडिया अगर बीच बाज़ार न घसीटूँ तो मुझे जाट का नहीं कुम्हार का जना कह देना... ।" और अपनी भूल का अनुभव करके करीमू ने नूरे की ओर कनखियों से देखा और जल्दी से बोला, "भई माफ़ करना, मेरा मतलब था कि मुझे किसी चमार का जना कह देना...हाँ, देख बे, एक बात बताऊँ तुझे... ।"

"क्या है भाई?"

"अभी-अभी मुझे होश आया तो पहले तो मेरे सीने पर दो गीदड़ कूदे... ।"

"ले अल्लाह का नाम!" नूरा कुम्हार ने घबराकर आँखें फैलाते हुए कहा, "अच्छा, फिर?"

"फिर एक सवार साँड़नी उड़ाता मेरे पास से निकला... ।"

"फिर?"

"जानता है साँड़नी-सवार कौन था?"

"मैं क्या जानूँ।"

"मैं क्या जानूँ...अबे वह चारगाँव से ही तो आया था।"

"कौन जाने भाई।"

"वह विरसा था।"

"अरे नहीं।"

"अरे हाँ।" करीमू ने शरारत से कहा।

"तुमने पहचान लिया था अच्छी तरह?"

"अबे तू हमें समझता क्या है?"

"अच्छा, तो फिर?"

"फिर क्या...चला गया अपने रास्ते।"

"तुम्हें नहीं देखा उसने?"

"मैं गड्ढे में जो पड़ा था।"

"कहाँ गया होगा?"

"उसका दिमाग़ भी बड़ा जन्तर-मन्तर है।"

"कहीं सेंध लगाने गया होगा।"

"अबे छोड़। आजकल सेंध लगाने की किसे सूझती है।"

"तो फिर?"

"कोई भेद है इसमें।"

"हमें भी तो बताओ यार।"

"ठीक-ठीक तो मुझे भी पता नहीं। लेकिन साला कुछ हरामीपन ही करेगा। उससे भले की उम्मीद रखनी ही नहीं चाहिए।"

"न जाने क्या आफ़त आनेवाली है।"

"अबे क्यों मरा जाता है। मैं तुझे बताये देता हूँ, इनमें से कोई नहीं बचेगा।"

"ख़ुदा करे, ऐसा ही हो।"

इसी तरह बातें करते जब वे मज़ार के निकट पहुँचे तो चुप हो गये।

दोनों ने पगड़ियों के शमले से चेहरे ढाँप लिये और मज़ार के अहाते की ऊँची मेहराब में से गुज़रकर अन्दर दाख़िल हुए तो फिर एक बार रुककर करीमू ने इधर-उधर निगाह दौड़ायी। आधे दायरे के रूप में बनी हुई काली कोठरियों में से एक में मद्धिम-सी रोशनी हो रही थी। करीमू ने उँगली से इशारा करके कहा, "वहीं हैं पीर करामत अली।"

जब वे रुके तो देखा कि पीर साहब बरामदे में ही तशरीफ़ रखते हैं और उनसे थोड़ा हटकर मैले-कुचैले कपड़ों में लिपटी हुई कुछ औरतें लेटी हैं और एक मर्द सुलगते हुए उपलों को कुरेद-कुरेदकर चिमटी की मदद से अंगारे चिलम में रख रहा है।

पीर जी का चेहरा और दाढ़ी नूरानी, लम्बा कुरता और तहमद हरे रंग का, आँखों में सुर्मा, लम्बी-लम्बी काकुलें, गले और हाथ में माला। वह एक गद्दे पर गावतकिये की टेक लगाये बैठे थे।

सामना होते ही करीमू ने चेहरा पूरा खोल दिया और बड़े जोश-भरे स्वर में कहा, "अस्सलाम अलैकुम।"

"वालैकुम अस्सलाम।" जवाब मिला।

गधे से उतरकर करीमू बड़ी मुश्किल से सहारे से चबूतरे पर बैठ गया। दोनों हाथ विशेष ढंग से सीने पर रखकर सिर झुका दिया। पीर जी ने माला अँगूठे में फँसाकर हाथ उठाया और आशीर्वाद दिया।

"हुजूर ने मुझे पहचाना?"

पीर साहब के नूरानी चेहरे पर मुस्कराहट उत्पन्न हुई। उन्होंने नकारात्मक ढंग से सिर हिलाते हुए कहा, "सूरत तो ज़रूर देखी है।"

करीमू ने विनम्र भाव से सिर झुका दिया, मुस्कराया और बोला, "मैं करीमू हूँ।"

"अरे हाँ, ख़ूब याद आया। यह क्या हुलिया बनाया है।"

"ख़ुद नहीं बनाया, बना दिया गया कहिये।"

"काफ़िरों के हत्थे चढ़ गये क्या। अब वह इतने बढ़ गये हैं?"

"अजी नहीं।"

"तो...बोलो।"

"मज़हबी गद्दारों ने मेरा यह हाल बनाया है।"

"नाम लो...बोलो।"

"आप उसे नहीं जानते?"

"नहीं, हम नहीं जानते?"

"यह चारगाँव का दिल मोहम्मद है न।"

"हमने नाम सुना है...काम नहीं सुना।"

"काम भी सुन लीजिये। उसी ने मेरी दुर्गत बनायी है।"

"यह क्यों?"

"वह क़ाफ़िरों के हक़ में है। वह कहता है कि वह हमारे भाई हैं और सब मुसलमानों का फ़र्ज़ है कि उनकी हिफ़ाज़त करें...।"

इस पर पीर जी ने सिर झुका लिया। कुछ देर तक ग़ौर करते रहे। और करीमू कनखियों से उन औरतों की ओर देखता रहा। चिराग़ की काँपती रोशनी में बेखबर सोयी हुई स्त्रियाँ जवान थीं। नोक-पलक से भी दुरुस्त थीं।

पीर जी को अपनी ओर आकृष्ट देख वह हँस दिया। नम्र स्वर में बोला, "हुजूर! ये औरतें कौन हैं?"

पीर जी की भवें तन गयीं। करीमू को औरतें परखते देख उनके दिल में सन्देह ने सिर उठाया, बोले, "क्यों?"

"ही-ही-ही...यों ही।" करीमू ने मिमियाकर जवाब दिया, "बेचारी दुखियारी दिखायी पड़ती हैं।"

"हाँ।" पीर जी ने ग़ार की तरह मुँह खोला। कुछ रुके, फिर बोले, "बेचारी हिन्दुस्तान से आयी हुई हैं...बहुत सतायी हुई हैं बेचारियाँ।"

"बेचारी!" करीमू के मुँह में पानी भर आया।

"बहुत ज़ुल्म हुआ है मुसलमानों पर। बहुत बे-आबरूई हुई मुसलमान औरतों की। लेकिन मुसलमान भोला है, बड़ा भोला...जो साँप डसता है उसी को दूध पिलाता है।"

"हुजूर! आपने दुरुस्त फ़रमाया। मेरे साथ भी एक मुसलमान औरत थी।"

औरत का नाम सुनकर पीर जी ने आँखें फैलायीं। दाढ़ी फटकारकर बोले, "कहाँ से लाये थे?"

"हिन्दुस्तान से। मेरी बुआ की लड़की थी। उसके सब रिश्तेदार मारे गये तो मैं उसे बचाकर इधर ले आया।"

"क्या वह मर गयी?"

"नहीं, है तो ज़िन्दा।"

"फिर कहाँ है?"

"चारगाँववाले विरसा डाकू ने उसे ग़ायब कर दिया है।"

"उसकी यह मज़ाल?"

"मज़ाल तो क्या होती। लेकिन सर पर मुसलमान का हाथ है। वह जो करे सो कम है।"

"मुसलमान बहुत भोला है।"

"हाय, वह बेचारी!" लेकिन उस समय उसने उन लेटी हुई स्त्रियों की ओर ही देखकर आह भरी, "यह बेचारियाँ।"

"वह कैसी थी?...बेचारी!"

"बड़ी पारसा, रोज़ा-नमाज़ की पाबन्द...उसके चेहरे से नूर टपकता था।" यह कहकर करीमू ने पीर जी की आँखों में आँखें डाल दीं, "आपकी तरह।" करीमू बड़ा चलता हुआ था। पीर जी का मतलब समझकर भी अनजान बन बैठा।

पीर जी ने बड़ी कठिनाई से थूक निगलकर मुँह खोला। पर समझ में न आया कि मतलब की बात कैसे कहें। माला को तेज़ी से घुमाकर बोले, "बेचारी की उमर क्या थी?"

करीमू के होंठ काँपे, "बेचारी की उमर बड़ी नाज़ुक थी।"

"लो नाम अल्लाह का।" नूरा बेचैन होकर बोल उठा।

"यह कौन है?" पीर जी ने नूरे की उपस्थिति का पहली बार अनुभव करते हुए पूछा।

"आपका ग़ुलाम है।"

"यानी?"

"नूरा कुम्हार।"

"क्यों आया?"

"इसी ने मेरी जान बचायी है।"

"झगड़ा किस बात पर हुआ?

"जी, वही मेरी बुआ की लड़की का झगड़ा था। मैंने कहा, मुसलमान लड़की काफ़िर ने ग़ायब कर दी है। मैं उसे वापस तलब करता हूँ।"

"कौन क़ाफ़िर?"

"वही विरसा डाकू।"

"वह क्या बोला?"

"वह क्या बोलता। उसे तो मैं कच्चा चबा जाता, लेकिन दिल मोहम्मद ने टाँग अड़ा दी। मैंने कहा, हट जा बीच में से। वह नहीं हटा। जब मैंने ज़बरदस्ती उसे एक तरफ़ हटाने की कोशिश की तो उसके दोनों लड़कों ने मार-मारकर मेरा कचूमर निकाल दिया।"

"ऐसा?"

"जी! और यह नूरा इस बात का गवाह है। मुझे मारकर उन्होंने एक गढ़े में डाल दिया। अगर अल्लाह की मेहरबानी से यह नूरा कुम्हार गधा लेकर न आ जाता तो मेरा ज़िन्दा रहना नामुमकिन था।"

"तुमको बहुत चोटें आयी हैं, इधर लेट जाओ।"

"फिकर न कीजिये। मैं ऐसी मार कई बार खा चुका हूँ। मरूँगा नहीं। इस वक़्त तो भूख लगी है।"

"खाना मिल जायेगा।"

अब करीमू ने नूरे की तरफ़ देखकर कहा, "तुम अब बेशक चले जाओ।"

"मुझे भी भूख लग आयी है।"

करीमू ने पीर जी की ओर देखा। वह बोले, "कोई हर्ज़ नहीं। इसे भी मिल जायेगा।" फिर एक औरत को जगाकर पीर जी ने रोटियाँ बनाने का हुक्म दिया।

करीमू ने सोचा, "जिस औरत के गाल कचौरी हों उसके हाथ की पकी हुई रोटियों के क्या कहने!"

उसने पीर जी की निगाह बचाकर नूरे को आँख मारी और नूरा मुँह से हलकी-सी चटाख की आवाज़ निकालकर वहीं पर फैल बैठा।

स्त्री अपने घने बालों को सँभालती हुई उठी। बरामदे के एक ओर दीवार के सामने टिकी हुई काली-काली ईंटों को दुरुस्त किया और आग जलाने लगी।

"आटा गुँधा है?" पीर जी ने पूछा।

"हाँ...बच गया था।"

"अल्लाह की हिदायत से ऐसा हुआ।" पीर जी ने दोनों की ओर ग़ौर से देखते हुए कहा।

"बेशक!" करीमू ने हाँ-में-हाँ मिलायी।

पीर जी ने हुक्के के कश लिये और पूछा, "तुम हिन्दुस्तान से कब आये?"

"छह-सात दिन की बात है।"

इस पर नूरा कुछ बोलने को ही था कि करीमू ने उसके मुँह पर हाथ रख दिया, "साले, जम्हाई लेते वक़्त मुँह पर हाथ रख लिया करते हैं। पीर जी के सामने मुँह नहीं फाड़ा करते।"

"तुम्हारी बुआ की लड़की बेचारी!"

"जी, अब तो जैसे-तैसे लाकर उसे आपके क़दमों में गिराना है। आपकी ख़िदमत में रहकर वह बहुत ख़ुश होगी। क्योंकि आपकी तरह वह भी ख़ुदा की राह में...।"

पीर जी दाँत पीसकर बोले, "करीमू, तुम्हें मर जाना चाहिए था।"

"मैंने तो सर-धड़ की बाज़ी लगा दी थी और दुश्मनों ने अपनी समझ में मुझे मार ही डाला था। लेकिन अल्लाह की मेहरबानी से मैं बच निकला।"

“हाँ, अल्लाह की मेहरबानी से।”

“और फिर मदद के लिए मैं सीधा आपकी ख़िदमत में हाज़िर हो गया।”

“अब खाना खाकर आराम करो। सुबह का सितारा निकलने पर हमारे मुरीद हमें लेने आयेंगे। तुम हमारे साथ चलना।”

करीमू ने सिर झुका दिया।

## (4)

**काबुलसिंह के मकान** का दरवाज़ा विरसे ने एक ही बार खटखटाया था कि अन्दर से किसी व्यक्ति के दरवाज़े की ओर बढ़ने की आवाज़ आयी और इसके साथ ही दरवाज़े की दरारों में से रोशनी दिखायी देने लगी। और फिर दरवाज़ा खुला और साथ ही हाथ में चिराग़ थामे एक काले-कलूटे, लम्बे-तगड़े सिक्ख की सूरत नज़र आयी। उसका रंग हब्शी की भाँति काला था, किन्तु चेहरे की बनावट आर्याई थी। मोटी-मोटी खिंचे हुए कोनोंवाली आँखें और ऊँची नाक, भरपूर दाढ़ी, मज़बूत जबड़ा, अलिफलैलावाले जिन्नों की-सी बहुत बड़ी मूँछें जैसे फ़ौलाद के तारों के लच्छे, दोनों ओर चाहे काग़ज़ी नींबू रख दें पर वे न झुकें। उसके सिर का जूड़ा बहुत बड़ा था और पगड़ी का एक शमला उसकी बायीं भौं की सीध में चन्द्रमुखी के फूल के समान ऊपर को उठा हुआ था।

वह काबुलसिंह था। विरसा को देखते ही उसके क्रूर चेहरे पर रौनक़ आ गयी, बाछें चिर गयीं। उसके सुन्दर, पीलाहट लिये हुए दाँत खिल पड़े। ढोल की भाँति उसका भारी-भरकम स्वर गूँजा—“बल्ले-बल्ले! ओय विरसिया, तू कहाँ से आ टपका?”

“ओय भैंण के पापड़! न सतसिरी-अकाल, न वाह गुरु की फ़त...।”

“जो बोले-ए-ए-ए-ए।” काबुल ने विरसा की बात काटकर नारा लगाया, “सो निहाल!”

“सतसिरी-अकाल।” उन दोनों का पाटदार स्वर वायुमण्डल में गूँजा तो गाँव के आवारा कुत्ते बिदककर ठण्डे तन्दूरों में जा घुसे। मकान के अन्दर से कुछ और लोग निकल आये जो विरसा को पहचानते थे और बारी-बारी उससे गले मिले।

भीतर घुसते ही विरसे ने कहा, “भई, मुझे भूख लगी है। पहले रोटी का इन्तज़ाम करो।”

“देख पुत्रा, रोटी मिल जायेगी डेलों के अचार के साथ। लेकिन अगर कुछ और खाना हो तो बता दो। हाँ, एक और बात है। रोटी तुझे नयी भाभी के हाथ की मिलेगी।”

“भाभी?”

“हाँ, नया माडल क़ाबू में आया है।...जैसे साहब लोग एक माडल मोटरकार एक बरस से ज़्यादा नहीं रखते ऐसे ही, तुम जानते ही हो, मैं भी एक माडल महीने-भर से ज़्यादा नहीं रखता।”

"अच्छा-अच्छा, समझ गया...तूने तो मेरे होश ही बिगाड़ दिये थे। मैं भी सोचूँ कि आज मेरी भाभी कहाँ से पैदा हो गयी।"

"ओय मुड्या!" काबुले ने एक लौंडे को सम्बोधित कर कहा, "अपनी भाभी को कह दे, तन्दूर गरम करके आठ-दस रोटियाँ उतार दे।"

लौंडा चला गया तो काबुलसिंह विरसे से बोला, "अच्छा यार, तुम कहाँ से आ रहे हो? क्या आजकल भी सेंध लगाने की फिकर में हो?"

"नहीं भाई, ज़रूरी काम से आया हूँ।"

"अकेले आये हो?"

"हाँ।"

एक क्षण के लिए काबुलसिंह स्तब्ध खड़ा रहा, फिर बोला, "यार, तुम बेवकूफ़ी की हद तक दिलेर हो। हम यहाँ क़िलाबन्दी किये बैठे हैं और तुम चहलक़दमी करते फिरते हो। और कहो, घरवाले तो सब ठीक-ठाक हैं न?"

"हाँ, सब ठीक हैं...अभी तक।"

"कोई हमला तो नहीं हुआ?"

"नहीं...अब तक तो नहीं हुआ।"

"अरे, जहाँ विरसासिंह बैठा हो वहाँ किसी को पर मारने की भी हिम्मत नहीं हो सकती।"

"अब तक तो यही बात रही है। लेकिन अब कुछ खटका हो चला है।"

"वह क्यों?"

"एक तो तुम जानो, हालत यों ही दिन-पर-दिन बिगड़ती जा रही है। दूसरे, हमारे गाँव में एक बड़ा बदमाश आदमी आया हुआ है।"

"वह कौन है?"

"करीमू।"

"कौन करीमू। नाम सुनने में नहीं आया कभी।"

"हाँ, तुम नहीं जानते। वह काफ़ी दिन हिन्दुस्तान में रहने के बाद वापस आया है। आसपास के भी बहुत-से लोग नहीं जानते उसे।"

"उसका घूँट ही क्यों न भर लिया तूने।"

"पहले तो हमारी मामूली खटपट थी।"

"किस बात पर?"

इस पर विरसा कुछ रुका तो काबुले ने कहा, "समझा कोई रन्न (औरत) का मामला होगा।"

"हाँ।"

"मैं तुम्हारी रग-रग पहचानता हूँ। मुझे विश्वास है कि ज़्यादती तुम्हारी ही तरफ़ से हुई होगी।"

"हाँ। ख़ैर, वह लौंडिया तो ग़ायब हो गयी, इधर दंगे और तेज़ हो गये। उसने इसी तरह के झगड़ों की आड़ लेकर चारगाँव के सिक्खों और मुसलमानों को आपस में लड़ाना चाहा। लेकिन तुम जानते ही हो, हमारा मियाँ दिल मोहम्मद बड़ा दीनदार और इन्साफ़-पसन्द मुसलमान है। उसने उसकी दाल नहीं गलने दी। आज दिन में करीमू ने खुल्लम-खुल्ला लड़ाई छेड़ने की कोशिश की। कोई और समय होता तो न जाने क्या हो जाता। लेकिन दिल मोहम्मद पहले ही भिड़ गया इसलिए मैं चुप रहा। दिल मोहम्मद के लड़कों ने उसे बुरी तरह मार-पीटकर खेतों में फेंक दिया। मैं समझता हूँ कि अब भी वह हरामीपन से बाज़ नहीं आयेगा। हो सकता है उसके कहने-सुनने से लोग चारगाँव पर हमला कर ही दें। चारगाँव के नौज़वान बड़े जाँबाज़ हैं, लेकिन यहाँ जाँबाज़ी ही तो काफ़ी नहीं, कुछ तैयारी भी तो होनी चाहिए। इसीलिए मैं तुम्हारी मदद लेने के लिए अकेला यहाँ आया हूँ।"

"इस बारे में तुम रत्ती-भर फिकर न करो। अब तुम चलो छत पर, मेरी खाट बिछी है। तुम लेटो, मैं दूसरी खाट लाता हूँ।"

ड्योढ़ी में से निकलकर विरसा झपाक से आँगन को पार कर गया और सीढ़ियों के अँधेरे में एकदम उसके क़दम रुक गये। उसने सिर घुमाकर देखा। सीढ़ियों से चार क़दम हटकर दीवार के साथ बने हुए तन्दूर से आग की लपटें निकल रही थीं...लपटों की लपलपाती तेज़ रोशनी में जिस युवती का चेहरा दमक रहा था वह बेला थी।

पहले तो विरसे को अपनी आँखों पर विश्वास नहीं हुआ, लेकिन चन्द क़दम के अन्तर पर उसकी सूरत साफ़ पहचानी जाती थी। वह उसके उन गोलमटोल हाथों और भरी-भरी छातियों की बनावट को भली-भाँति पहचानता था।

कुछ क्षणों तक तो उसके पाँव ज़मीन में गड़े रहे, फिर जब वह चला तो बाक़ी सीढ़ियाँ अत्यन्त मन्द गति से तय कीं।

छत पर पहुँचकर वह बिस्तर पर लेट-सा गया। दोनों हाथ बाँधकर उनमें सर दबोचा और आकाश की ओर देखने लगा। उसके विचार-सागर में ऊँची-ऊँची लहरें उछलने लगीं।

इतने में काबुलसिंह भी छत पर आ गया। उसने पहले खाट को, जो आँगन ही से मुँडेर पर लटका दी गयी थी, ऊपर खींचा और उसे परे फेंककर ललकारने लगा—"उस्ताद! बड़ा ख़ुश हूँ। भला ऐसे मौक़े पर किसे ख़याल हो सकता था कि ऐसा दोस्त आ मिलेगा।...अच्छा दोस्त, भाभी देखी तूने...तन्दूर के पास खड़ी थी। क़सम वाह गुरु अकाल पुरुख की, बस खूबानी है खूबानी। पसन्द हो तो तेरे पास सुला दूँ...।"

विरसे की बाछें चिर गयीं। सफ़ेद दाँतों के साथ उसकी आँखें भी चमक उठीं! बोला, "क्यों बे, माँ के मुर्ग़े। तेरे हाथ कहाँ से लगा यह चूज़ा?"

"अरे चूज़ा-उज़ा नहीं है। बड़े-बड़े माल खाये हुए हैं। हमने सोचा, चलो बहती नदी में एक डुबकी लगा लें...।"

"अब जब तेरे-ऐसा जिन्न डुबकी लगा चुका तो अब यह नदी इसी समुद्र में गिरेगी, किसी और के काम की नहीं रही।"

"धत भूतनी पतंग!"

"ले चली आ रही है तेरी रोटी लेकर—बल्ले बल्ले, बई रोटी लेके देवर दी चल्ली (वाह-वाह, युवती देवर के लिए रोटी लिये ज़ा रही है)।"

विरसा सीढ़ी की ओर पीठ करके और सिर झुकाकर बैठ गया। बेला आयी और थाली उसके आगे रखकर चली गयी। बेला ने उसे नहीं पहचाना।

काबुले ने कहा, "धर्मनाल बड़ी बाँकी नार है। चलती है तो धरती नाचती है।"

विरसा चुपचाप रोटी खाता रहा। काबुले ने उसके कन्धे पर हाथ रखकर कहा, "मज़ाक नहीं, बोल, पसन्द हो तो..."

विरसा के होंठों पर अर्थपूर्ण मुस्कराहट उत्पन्न हुई जिसे काबुले ने अँधेरे में देखा नहीं।

विरसा बोला, "यार, मज़ाक छोड़। इस वक़्त मेरा मन इन बातों में नहीं है। मैं जिस काम से आया हूँ तू उसकी बात कर मुझसे।"

"फिकर की क्या बात है। यह बताओ, तुम्हारे यहाँ कितनी बन्दूक़ें हैं?"

"लैसनवाली तो हैं, एक दिल मोहम्मद के पास दूसरी पेशौरासिंह के पास। लेकिन मैं आठ-दस बन्दूक़ें तो दे सकता हूँ। पर अफ़सोस यह है कि हमारे पास कारतूस नहीं हैं।"

"कारतूसों की फिकर न करो। चार-छह पेटियाँ तो तुरन्त हाज़िर कर सकता हूँ। इसके अलावा चार-पाँच बन्दूक़ें, और एक तोप जैसी कि बड़े पीपल से बँधी है।"

"भई, यह तोप चलायेगा कौन?"

"मैं दो-चार आदमी भी दूँगा, बल्कि अगर कहो तो छह-सात निशानेबाज़ बन्दूक़ची भी भेज दूँ।"

"क्या कहने हैं।"

"लो, तुम्हारी भाभी रोटियाँ ला रही है। अबे दो बात तो कर ले।"

"अबे छोड़। बातें फिर करेंगे।"

बेला जल्दी से रोटियाँ देकर चली गयी।

काबुले ने कहा, "तो भई, यही तय समझो। रात के पिछले पहर तक लेट लगाओ, फिर ज़रूरी सामान साँड़नियों पर लादकर तैयार कर दिया जायेगा। सुबह होने तक तुम बड़े मज़े में चारगाँव पहुँच जाओगे।"

एक पहर रात रह गयी तो काबुले ने विरसे को जगाकर कहा, "मैं तबेले की तरफ़ जा रहा हूँ। देखूँ, सामान तैयार हुआ है या नहीं। बस, अब तुम भी मुँह पर पानी के दो-चार छींटे डालकर चले आना।"

यह कहकर काबुला तो चला गया। विरसे ने सिरहाने की ओर पड़े पानी के चमकदार लोटे को उठाकर मुँह-हाथ धोया, तहमद के पल्लू कसकर बाँधे, पगड़ी सिर पर लपेटी और राइफ़ल कन्धे पर डालकर सीढ़ियों से नीचे उतरा।

आँगन में बेला खाट पर गहरी नींद में मस्त पड़ी थी। उसके आगे घर के कुछ और लोग भी थे।

विरसा रुक गया।

बेला अपनी आदत के अनुसार बाज़ू और टाँगें फेंककर लेटी हुई थी। उसकी शलवार की एक मोरी खिंचकर घुटने पर से ऊपर चढ़ आयी थी। उसकी सुडौल पिण्डली की चिकनाहट और गदराहट उसके टखनों तक उतर आयी थी और कामुक होंठ अधखुले थे। विरसा के तन-बदन में आग-सी लग गयी। एक बार तो उसका जी चाहा कि उसे उठाकर छत पर ले जाये...लेकिन, न जाने...न जाने क्यों वह एकदम आगे बढ़ गया।

## (5)

**सुबह का उजाला** फैल चुका था, किन्तु अभी सूर्योदय नहीं हुआ था कि चारगाँववालों ने देखा, दूर चौड़े रेतीले रास्ते के रहट के पास की धूल लम्बे बादल के रूप में आकाश की ओर उड़ने लगी है।

गाँववाले घबरा गये। पुरुष छव्वियाँ और बन्दूक़ें लेकर गाँव से बाहर जा खड़े हुए। उनमें मुसलमान सबसे आगे थे।

औरतें छतों पर चढ़ गयीं।

गोबिन्दी और हुसना दोनों ने आगे-आगे आनेवाले साँड़नी-सवार को सबसे पहले पहचाना। हुसना ने गोबिन्दी की बग़ल में कोहनी का टहोका देकर कहा, "अरी, यह तो तेरा वह है।"

पुरुषों ने विरसे को पहचानकर ख़ुशी के नारे लगाये।

विरसा बोला, "आप लोग क्या समझे कि कोई हमलावर आ गया है...लेकिन आप सब हथियार लेकर इधर आ गये हैं। और अगर हम सचमुच लड़ने आते और अपना एक टोला दूसरी तरफ़ भेज देते तो आप लोगों की काफ़ी ख़ातिर हो जाती।"

"हाँ भई, यह तो बड़ी भारी ग़लती हुई हमसे।" सब बोले, "बात यह है कि करीमू को कल दोपहर जहाँ फेंका गया था वह वहाँ नहीं है। इससे शक हो गया था कि वह ज़रूर फ़सादियोंसमेत चारगाँव पर हमला कर देगा।"

यह सुनकर विरसा को भी कुछ आश्चर्य अवश्य हुआ पर इस विषय पर कुछ सोचने की जगह वह दूसरों को साथ लेकर गाँव के चारों ओर लम्बी-लम्बी ख़न्दकें बनाने में लग गया। सारा दिन इन्हीं तैयारियों में बीत गया।

सन्ध्या समय जब वे थके-माँदे आराम करने के लिए बैठे तो काबुले का भेजा हुआ आदमी मल्लसिंह, जो सेना में रह चुका था, बोला, "चारगाँव ऊँची जगह पर बसा है, इसलिए बचाव के लिए यह बड़ी अच्छी जगह है।"

कुछ मिनट तक इधर-उधर की बातें हुई थीं कि पहरे पर बैठे हुए आदमी भागे हुए आये और हाँफ़ते हुए कहने लगे, "मुसलमानों ने हमला बोल दिया है। उन्होंने चारों तरफ़ से घेरा डाल लिया है। मालूम होता है जैसे वे लाखों की गिनती में हैं।"

विरसे ने देखा तो सचमुच हमलावर चिउँटियों की भाँति दिखायी पड़ रहे थे। लाखों की संख्या में तो नहीं पर इसमें सन्देह नहीं कि कई हज़ार अवश्य थे।

सबको पहले ही आदेश मिल चुके थे। हर आदमी अपनी-अपनी ड्यूटी पर पहुँच गया। छव्वियों और तलवारबाज़ों को यह हुक्म मिला था कि वह उसी समय लड़ें जब आक्रमणकारी गोलियों की बाढ़ को पार करके चारगाँव के बिलकुल निकट आ जायें।

मल्लसिंह ने बताया कि इतना बड़ा हमला तो अकालगढ़ पर भी नहीं हुआ। बन्दूक़ों में गोलियाँ भरकर सब लोग चुपचाप हमले की प्रतीक्षा करने लगे। स्त्रियाँ घरों के भीतर चली गयीं। किन्तु कुछ मनचली छतों पर चढ़कर मुँडेर के पीछे लेट गयीं।

जब हमलावर बहुत निकट आ गये तो पहले तो वे रुके और फिर इशारा होते ही एकदम पिल पड़े। इधर से भी तड़ातड़ गोलियाँ चलने लगीं। चीख़ने-चिल्लाने का शोर हुआ और पहला हमला असफल रहा।

कुछ देर बाद नया रेला आया। फिर गोलियों की बौछार शुरू हुई। विभिन्न धार्मिक नारों से आसमान गूँज उठा। इस प्रकार कई रेले आये और असफल लौट गये।

रात के दस बजे के क़रीब, लगभग डेढ़ घण्टे के बाद एक और बड़ा हमला हुआ। राइफ़लों की गोलियाँ कड़कीं, तोप के गोले धमके। आक्रमणकारियों के पास मुश्किल से चार बन्दूक़ें होंगी। आख़िर हमला घण्टा-भर तक रहा। हमलावरों का एक टोला बढ़कर सूरत के झोंपड़ों तक आ पहुँचा। वहाँ फ़ौजियों के चुराये हुए हथगोले काम आये। थोड़ी देर आमने-सामने की लड़ाई भी हुई, जिसमें दिल मोहम्मद के बेटे भी साधारण रूप में घायल हुए। हमलावर अपनी अधिक गिनती के बल पर बढ़ते, किन्तु हथियारों की कमी के कारण हार जाते। इसमें भी सन्देह नहीं कि चारगाँववालों की रक्षात्मक कार्रवाइयाँ तारीफ़ के क़ाबिल थीं।

अन्तिम हमले की असफलता ने आक्रमणकारियों के दिल तोड़ दिये और वे वापस जाने लगे।

विरसा राइफ़ल एक ओर रखकर ख़न्दक में ही लेट गया। यह पहला अवसर था कि वह अपने गाँववालों की रक्षा के लिए लड़ा था। चारों ओर उसकी बहादुरी की तारीफ़ हो रही थी। विरसा शान्त आकाश में लटकते तारों की ओर देखने लगा। उसके मन के विचित्र अवस्था थी। आज वह चार-पाँच बार हमलावरों की गोलियों से बाल-बाल बचा था।

सबको हिदायत कर दी गयी कि कोई व्यक्ति अपनी जगह न छोड़े, क्योंकि बहुत सम्भव था कि हमलावर धोखा देकर फिर चढ़ दौड़ें।

हमलावर अब भी कभी-कभी गोलियाँ चला रहे थे।

विरसा को कुछ ख़याल आया तो वह उठा और ख़न्दकों में से निकलकर सँकरी गलियों में से होता हुआ पेशौरासिंह के मकान के निकट पहुँचा। वह अभी सोच-विचार में ही खोया था कि उसे सूरतसिंह दीख पड़ा। वह लपककर उसके निकट पहुँचा। सूरत बोला, "विरसू, कामयाबी के लिए बधाई।"

विरसा हँस दिया और फिर झिझकता हुआ बोला, "सूरत, इस वक़्त गोबिन्दी कहाँ है?" फिर कुछ रुककर और साहस बटोरकर बोला, "मैं उससे माफ़ी माँगना चाहता हूँ।"

"तो आओ चलो...मेरे पिता जी या माता जी को कोई आपत्ति न होगी।"

"अरे, तुम ज़्यादा पढ़ गये हो। ऐसे नहीं...वह है कहाँ?"

"छत पर मुँडेर की ओट में लेटी है।"

"अगर इजाज़त दो, मैं एक बात करके लौट आऊँ।"

"हाँ-हाँ, लेकिन घर में आओ।"

"नहीं...कहते हैं न...चोर चोरी से जाये, हेरा-फेरी से न जाये।"

यह कह विरसा पेशौरे के मकान के पिछवाड़े तबेले में घुस गया। छप्पर पर चढ़ उसने छोटी-सी मुँडेर पर हाथ डाला और फिर कच्ची दीवार में से निकली हुई एक ईंट पर जो पाँव रखा तो वह उसके बोझ से टूट गयी और वह दीवार के साथ लटकने लगा।

उधर गोबिन्दी सोयी नहीं थी। उसके निकट ही छोटे भाई सोये पड़े थे। हलकी आहट से उसके अधखुले नेत्र पूरे खुल गये। मुँडेर पर दो हाथ दिखायी पड़े तो उसने आगे बढ़कर साहस से पूछा, "कौन है?"

धीमा-सा मरदाना स्वर सुनायी पड़ा, "मैं हूँ विरसा!"

"विरसा!!" गोबिन्दी ने झट मुँडेर पर पहुँचकर नीचे झाँका।

विरसा ने गोबिन्दी का पीले चाँद-सा मुखड़ा देखा तो लटके-लटके झेंपकर बोला, "गोबिन्दी! मैं तुमसे माफ़ी माँगने आया हूँ मैं...मैं...।"

गोबिन्दी को विश्वास नहीं हो रहा था। उसने बढ़कर कोमल हाथों से विरसे की कलाइयाँ पकड़ लीं और उसे ऊपर खींचने की चेष्टा करने लगी।

विरसा हँसा, "नहीं गोबिन्दी, तुम मुझे नहीं खींच सकोगी। घबराओ नहीं। नीचे मनछटी (कपास की सूखी हुई टहनियाँ) का ढेर पड़ा है।...कहो, तुम माफ़ कर सकोगी मुझे?"

गोबिन्दी की वाक्शक्ति मानो जवाब दे चुकी थी।

"जल्दी बोलो...गोबिन्दी रानी...मुँडेर छोटी है...मेरे हाथ फिसले जा रहे हैं।"

गोबिन्दी के नथुने फड़के और भावुक होंठ काँपकर रह गये। उसका मन भर आया और काले-काले नयन सजल हो गये।

इधर उसकी आँखों से आँसू टपककर विरसा के हाथों पर गिरे, उधर उसकी उँगलियों की पकड़ ढीली पड़ गयी और पलक झपकते में उसकी कलाइयाँ गोबिन्दी के गोरे हाथों से फिसलकर निकल गयीं।

●

# 16

उपर्युक्त घटना को छह दिन बीत चुके थे। किन्तु विरसा को इस बीच जब कभी इस बात का ध्यान आ जाता तो हँसी भी छूटती और उसका मन भी गर्मा जाता।

बड़ी व्यस्तता के दिन थे। यों तो चारगाँव पर पहले भी विरसा की ख्याति के कारण किसी को हमला करने का साहस न होता था, किन्तु पहले बड़े हमले के बाद तो दूर-दूर तक चारगाँव की ख्याति फैल गयी। करीमू के बहकाने पर कि चारगाँव नर्म चारा सिद्ध होगा, एक बहुत बड़ा हमला कर दिया गया। किन्तु हमले की असफलता और हमलावरों के मारे जाने के कारण इलाक़े-भर में ख्याति के साथ-साथ प्रतिहिंसा का भाव भी तीव्र हो गया। सबसे चिन्ता की बात तो यह थी कि वहाँ के मुसलमान भी क़ाफ़िर सिक्खों और हिन्दुओं की हिफ़ाज़त कर रहे थे।

चौबीस घण्टों में शायद ही कोई ऐसा मौक़ा होता हो जबकि हमलावर गोलियों की मार से बाहर रहकर डेरे न डाले रहते हों। चारगाँव हँसती-बोलती रौनक़दार बस्तियों से बदलकर जंगी क़िला बन गया था।

वे जानते थे एक-न-एक दिन खाने को अनाज ख़तम हो जायेगा। कारतूस समाप्त हो जायेंगे। फिर उनका रास्ता साफ़ हो जायेगा।

इस बीच गोबिन्दी से विरसा की कभी-कभी ही मुठभेड़ हो पाती थी। दोनों अपनी-अपनी जगह पर प्रसन्न और सन्तुष्ट थे। गोलियों की छाया में उनका प्रेम परवान चढ़ रहा था। विरसा को ऐसा अनुभव हो रहा था मानो जीवन में पहली बार उसकी किसी कुमारी से आँखें चार हुई हों। इस प्यार में प्रथम प्रेम की तीव्र गर्मी थी।

कभी-कभी विरसा जब तेज़ धूप में ख़न्दक में बैठा होता उस समय उसकी नज़रें चारगाँव के चारों ओर फैले खेतों पर तैरने लगतीं, जहाँ अब उनके ख़ून के प्यासे, जान-माल के दुश्मन सरकते फिरते थे। वह सोचने लगता कि आख़िर कब तक यह सिलसिला जारी रहेगा। क्या उनके क्षण-प्रतिक्षण बढ़ते हुए प्यार को निर्मम और सर्द लोहे के भाले चीरते चले जायेंगे। फिर वह फुल्लाँ की ओर देखने लगता, जहाँ पेशौरे के मकान की छत पर मुँडेर के पीछे से रंगीन दुपट्टा उड़ता दिखायी दे जाता। वह जानता था कि वह गोबिन्दी है। उसकी भीगी आँखें हर समय खाइयों में पड़े हुए आदमियों में अपने प्रियतम को खोजती रहती थीं। विरसा ने सूरत से कई बार कहा था कि वह गोबिन्दी को छत पर खड़े होने से मना कर दे, लेकिन वह फिर भी बाज़ नहीं आती थी।

धीरे-धीरे चारगाँव के लोगों ने महसूस किया कि यह दो-चार दिन की बात नहीं, और लम्बे समय तक इस लड़ाई को जारी रखना उनके बस की बात नहीं थी। न इतनी खाद्य सामग्री थी और न कारतूस आदि ही बड़ी संख्या में थे।

आख़िर एक दिन पेशौरासिंह, विरसा, दिल मोहम्मद, अल्लादित्ता अराईं आदि सब लोग फुल्लाँ के बड़े रहट के पास बरगद के बड़े पेड़ के नीचे एकत्र हुए।

पेशौरा ने कहा, "आप लोग जानते ही हैं कि ख़ुराक के मामले में हमारी हालत ऐसी नहीं है कि हम महीनों इसी तरह पड़े रहें। और फिर कारतूस वगैरा तो क़रीब-क़रीब ख़तम हो चुके हैं। सच्ची बात यह है कि अगर अब पहले हमले की तरह एक बड़ा हमला हो जाये तो हम मुक़ाबला नहीं कर सकते और हमारी बरबादी निश्चित है। हम मुसलमानों के, ख़ासकर मियाँ जी के आभारी हैं और अब उनसे भी सलाह चाहते हैं कि अब हमें क्या करना चाहिए?"

अल्लादित्ता अराईं ने कहा, "मेरे ख़याल में अब हमलावर जल्दी हमला करने की हिम्मत नहीं कर सकते, इसलिए आप लोग इतमीनान से जमे रहिये। शायद इस बीच में कोई सूरत निकल आये।"

सूरजसिंह ने कहा, "लेकिन इस बात की गारण्टी तो नहीं दी जा सकती कि वह हमला नहीं करेंगे। हो सकता है कि चारगाँव का ही कोई मुसलमान जाकर उन्हें हमारी स्थिति बता दे।"

दिल मोहम्मद बोले, "नहीं, ऐसी हिम्मत कोई नहीं करेगा।"

"मैंने मान ली आपकी बात। लेकिन हमें तो तस्वीर का हर रुख़ देखना होगा। अगर ऐसा हो भी जाये तो हमारा क्या बनेगा?"

विरसा ने कहा, "अगर आप लोग मुनासिब समझें तो इस बात की कोशिश भी की जा सकती है कि रात के वक़्त हममें से कुछ लोग उनके घेरे में से निकलकर अकालगढ़ से और कारतूस ले आयें।"

पेशौरासिंह ने कहा, "यह काम है बहुत मुश्किल...बल्कि शायद नामुमकिन है... क्योंकि सैकड़ों आदमियों के घेरे में से निकल जाना और फिर कारतूस वगैरा लेकर सही-सलामत लौट आना मुझे तो नामुमकिन दिखायी देता है।"

"लेकिन कोशिश करने में क्या हर्ज़ है।" विरसा ने कहा।

इस पर सब लोग ख़ुश हो गये।

इसी बीच खेमचन्द ने ख़ूब सोच-विचार के बाद कहा, "देखिये, अगर आप लोग समझते हैं कि ये झगड़े कुछ दिन के हैं, फिर शान्ति हो जायेगी और आप पहले की तरह रहने-सहने लगेंगे तो यह ख़याल एक सिरे से ग़लत है। आप अच्छी तरह समझ लें कि अब हमारा डेरा उठना है। मेरी खरी-खरी बातों का बुरा न मानियेगा। यह एक सच्ची बात है कि कुछ अरसे बाद शायद हम लोग अपने घरों में लौट सकें, लेकिन इसकी आशा बहुत कम है। इसलिए इस समय आप यहाँ पर डटे रहने की सलाह देने

की जगह यह सोचिये कि किस तरकीब से हम पंजाब के इस हिस्से में से सही-सलामत बाहर जा सकते हैं।"

पेशौरा ने कहा, "खेमचन्द, भई तुम एकदम इन्तहा को पहुँच जाते हो। यह कैसे हो सकता है कि सारे सिक्ख और हिन्दू पंजाब ही में से निकल जायें।"

इस पर खेमचन्द बिगड़कर बोला, "अब आपसे कौन सिर खपाये। मैं जो कह रहा हूँ सच कह रहा हूँ, ठीक कह रहा हूँ। अब आप यहाँ किसी सूरत में नहीं रह सकते।...और अगर आप इसी चक्कर में रह गये तो फिर बाल-बच्चों, जान-माल, इज़्ज़त-आबरू से भी हाथ धोने पड़ेंगे। मैंने माना कि यहाँ के मुसलमान हमारे साथ हैं, पर ये मुट्ठी-भर इन्सान हमारी कहाँ तक मदद कर सकते हैं। अभी तो बात ज़्यादा फैली नहीं, लेकिन अगर यह बात मशहूर हो गयी कि ये लोग हमारी मदद और हिफ़ाज़त के लिए अपने ही मज़हबवालों से सर-धड़ की बाजी लगाये बैठे हैं तो फिर इन बेचारों पर भी आफ़त आयेगी। चने के साथ घुन भी पिस जायेगा। बेशक, हम इनके आभारी हैं, लेकिन अब हमें करना यह चाहिए कि किसी तरकीब से हम यहाँ से समय रहते निकल जायें, जिसमें कि एक तो हम किसी-न-किसी क़ाफ़िले के साथ हो लें और दूसरे हमारे हमदर्द मुसलमान किसी आफ़त में पड़ने से बच जायें।"

दिल मोहम्मद ने अक्खड़पन से कहा, "खेमचन्द भाई, तुम हमारी फिकर न करो। हमें अपनी जान-माल की फिकर नहीं है। हमने जो तुम्हारा साथ दिया है तो सारी बातें सोच-समझकर ऐसा किया है। यह न समझो कि हम अधूरे दिल से तुम्हारा साथ दे रहे हैं।"

मास्टर चाननलाल ने कहा, "तौबा कीजिये मियाँ जी। भला हम आप पर शक कर सकते हैं।...मेरे ख़याल में क्या यह मुनासिब न होगा कि हम हमलावरों के सामने यह तजवीज़ (प्रस्ताव) रखें कि वह हमें सही-सलामत निकल जाने दें। उनका ख़ास मक़सद लूट मचाना ही तो है। मोर्चे पर तो उन्हें आशा नहीं होगी कि जल्दी कुछ उनके हाथ लग सके। इस तरह अगर हमारी जानें बच जायें तो...।"

यह सुझाव बहुत-से हिन्दुओं-सिक्खों को पसन्द आया, लेकिन दिल मोहम्मद ने इनकार में सिर हिलाते हुए कहा, "यह हरकत तो भूले से भी न करना।"

"क्यों?"

"इस तरह हमारी कमज़ोरी का राज़ खुल जायेगा।"

"नहीं, हम कह देंगे कि इसमें दोनों का काम बनता है।"

"आप बड़े भोलेपन की बातें करते हैं। मदरसे के मुन्शी जो ठहरे।"

"मुझे तो कोई ख़राबी नहीं दीखती।"

"फिर कहकर देख लीजिये।" मियाँ जी ने जवाब दिया।

खेमचन्द बोला, "मियाँ जी ठीक कहते हैं। यह तज़रुबेकार इन्सान हैं। आप उनके मशविरे को टालिये नहीं।"

पेशौरा बोला, "टालता कौन है भई। चलिये, वह ख़ुद ही बता दें कि हमें क्या करना चाहिए।"

दिल मोहम्मद तनिक रुके और इस बीच हुक्का गुड़गुड़ाते रहे, "भई, अगर मेरी राय पूछो तो मैं कहूँगा कि अभी तुम यहीं बैठे रहो। इधर-उधर की भागदौड़ से कहीं मामला और उलटा न पड़ जाये।

"लेकिन मियाँ साहब! यह भी तो सोचिये कि आख़िर इस तरह बैठने से हमारा बनेगा क्या?"

"बस, अल्लाह पर छोड़ दो सारी बात।"

इस पर अल्लादित्ता ने कहा, "भई, इस तरह अल्लाह पर सारी बात छोड़ने से काम नहीं चलेगा। इसके मानी तो यह हुए कि चूँकि कोई बात हमारी समझ में नहीं आ रही है इसलिए बस हमने कह दिया कि न कुछ सोचें न समझें।"

अपनी ईमानदारी पर सन्देह होते देख मियाँ ने तनिक खीझकर उत्तर दिया, "तो भई अल्लादित्ता, तुम ही सोच लो। तुम्हारा दिमाग़ ज़्यादा चलता है मुझसे। मेरी अक़्ल तो यही कहती है कि जल्दी से बड़ा हमला होने की उम्मीद नहीं है। और अगर हो भी गया तो क्या हम चारगाँव के लोग मिल-जुलकर उनका मुक़ाबला भी न कर पायेंगे। अभी तक अल्लाह के फ़ज़ल से हमारा एक भी जानी नुक़सान नहीं हुआ। जहाँ नीयत दुरुस्त होगी वहाँ अल्लाह भी ज़रूर मदद करेगा। मैं समझता हूँ हमारी दुआएँ बेकार न जायेंगी। वह परवरदिगार ख़ुद-ब-ख़ुद कोई सूरत पैदा कर देगा। घबराकर इधर-उधर हाथ मारने से ज़रूरी तो नहीं कि कामयाबी ही हासिल हो।"

अल्लादित्ता ने कहा, "ख़ुदा का फ़ज़ल और उसकी मदद के लिए तो हर वक़्त दुआ माँगनी चाहिए। लेकिन इसके यह मानी भी तो नहीं हैं कि हम हाथ-पाँव ढीले छोड़ दें।"

"और अगर हाथ-पाँव मारने की गुंजाइश ही न हो तो इन्सान क्या करे?"

खेमचन्द ने कहा, "भई देखो, इस वक़्त लफ़्ज़ी बहस-मुबाहसे से कुछ लाभ न होगा। अब तो जो करना है सो कर डालो और जो नहीं करना है सो न करो। बस क़िस्सा ख़तम।"

पेशौरे ने कहा, "यार मियाँ! यह तो ज़ाहिर है कि जब तक हम यहाँ रहने पर मजबूर हैं, उस वक़्त तक हमें हिफ़ाज़त की ज़रूरत है।"

"तो क्या हमने चूड़ियाँ पहन रखी हैं। क्या बातें करते हो यार तुम भी।" दिल मोहम्मद ने गर्म होकर कहा।

बेली शाह इस समय तक अपने स्वभाव के अनुसार चुप बैठे थे। अब उन्होंने धीमी आवाज़ में सलाह दी, "आप लोगों को महसूस होना चाहिए कि यह मौक़ा जोश में आने का नहीं है। चूँकि कोई माकूल तरकीब नज़र नहीं आ रही है इसलिए आप लोग झुँझला रहे हैं।"

बेली शाह का सब आदर करते थे। सब चुप हो गये। उन्होंने फिर कहना शुरू किया, "हो सकता है कि हम पर बड़ा हमला और कुछ दिनों तक न हो, और यह भी हो सकता है कि हमारी अन्दरूनी हालत की बू पाकर हम पर हमला बोल दिया जाये। इसलिए बेहतर यही है कि अगर किसी तरह हो सके तो कारतूस और ज़्यादा तादाद में जुटा लिया जाये। जहाँ तक अनाज की बात है उसके लिए मुस्तक़बिले-क़रीब (निकट भविष्य) तक कोई परेशानी नहीं है। अगर इस तरह कुछ ख़ुद कोशिश कीजिये और कुछ अल्लाह पर छोड़ दीजिये तो अच्छा रहेगा।"

सूरजसिंह ने कहा, "लेकिन शाह साहब, कारतूस लाना भी कोई मामूली बात नहीं है।"

"यह मैं मानता हूँ। मामूली बात तो हरगिज़ नहीं है।"

"रुपये में पन्द्रह आने तो यही आशंका है कि अव्वल तो हमारे आदमी चारगाँव की सीमा से निकलते ही ख़तरे में पड़ जायेंगे, क्योंकि सारा रास्ता दुश्मनों से पटा पड़ा है और अगर जाती बार बच गये तो लौटते समय तो बिलकुल आशा नहीं कि बच सकेंगे।"

"यह भी मानता हूँ मैं।"

"तब फिर?"

"फिर यही कि इसके सिवा कुछ और हो ही नहीं सकता। अगर हमारे नौज़वान इस काम के लिए हिम्मत कर सकते हैं तो फिर कोशिश करने में क्या हर्ज़ है। क्योंकि दूसरी सूरत में तो गाँव-भर की बहू-बेटियों की आबरू तक ख़तरे में पड़ जायेगी।"

विरसा बोला, "एक तो मैं जाने को तैयार हूँ।"

मल्लसिंह ने कहा, "मैं भी तैयार हूँ।"

"विरसा के साथ मैं तो ज़रूर जाऊँगा" बग्गू साँहसी ने मूँछें फड़काकर कहा।

दिल मोहम्मद बोला, "ख़ुदा करे तुम्हें कामयाबी हासिल हो। बड़ी जानजोखिम का काम है।"

मास्टर चानन बोले, "एक बात और, तुम लोग जाओगे तो हिन्दुस्तानी मिलेट्री वगैरह का पता करना। हो सकता है, हमें मदद मिल जाये।"

"हाँ-हाँ।" दिल मोहम्मद ने हामी भरी।

"बहुत अच्छा।" विरसा ने जवाब दिया।

"अच्छा तो तुम जाओगे कैसे? पैदल तो रातोंरात जाकर लौटना बिलकुल ही नामुमकिन है। अगर डाचियों पर जाओ तो ख़तरा ज़्यादा होगा।"

"डाचियों पर ख़तरा तो ज़्यादा होगा ही, लेकिन हम और क्या कर सकते हैं। डाचियों के बिना काम भी तो नहीं चल सकता।"

"अच्छा, तो तेज़ दौड़नेवाली डाचियाँ चुन लो और शाम ही से चल दो।"

"अच्छी बात।"

इस प्रकार सर्वसम्मति से ये सारी बातें तय हो गयीं। लेकिन मन में सबके चिन्ता बनी थी। इसके बाद सभा भंग हो गयी।

(2)

**घर में स्त्रियों का हाल** अलग ख़राब था। वे बेचारियाँ बेहद घबरायी हुई थीं। अतः जब पेशौरासिंह अपने घर पहुँचा तो गोबिन्दी की माँ घबरायी हुई आयी और पूछा, "कहाँ थे सुबह से? भोजन भी नहीं किया।"

"अरे हम अपनी झंझटों में फँसे हैं, तुम्हें रोटियों की सूझती है।"

"अच्छा, भोजन कर लो।"

"लाओ।"

"सूरत कहाँ है?"

"आता होगा।"

"उसे झुगियों की तरफ़ न जाने दिया करो...अब वहाँ क्या रखा है।"

"अब मैं क्या करूँ। दूध-पीता बच्चा तो है नहीं।"

"हम कहाँ जायें, वह झुगियों की तरफ़ भाग जाता है और गोबिन्दी छत पर जा बैठती है।"

"उसे छत पर जाने की ज़रूरत?"

"अब तुम ही पूछो।"

"मैं क्या पूछूँ। तुम्हारे ज़बान नहीं है क्या?"

"अच्छा छोड़ो। मना कर दूँगी। हे गोबिन्दी बेटा! खाना तो ले आओ।"

"अब मना कर दोगी। अब तक कुछ नहीं कहा?"

"कहा क्यों नहीं, पर तुम्हारी बेटी है न।"

"हाँ, मेरी बेटी है। तुम्हारी तो कुछ नहीं लगती।"

गोबिन्दी की माँ ने सिर आगे बढ़ा भेद-भरे स्वर में कहा, "जानते हो—सुना है, विरसू अब तैयार हो गया है।"

"छोड़ो भी, अब ये बातें मत किया करो।"

"आख़िर हुआ क्या है तुम्हें?"

गोबिन्दी भोजन ले आयी।

"न जाने क्या-क्या आफ़तें आनेवाली हैं...जाओ बेटी, अन्दर बैठो।"

गोबिन्दी चुपचाप दरवाज़े के पीछे जा खड़ी हुई।

"वाह गुरु भला करेगा।"

"वह गधा अगर पहले राज़ी हो जाता तो अब तक अपनी छाती से यह बोझ तो उतार देते।"

"तो अब क्या है...सुबह का भूला...।"

"तुम तो हो मूर्ख...।"

"आज तुम लड़ने पर तुले हुए हो।"

"तुम क्या जानो, क्या-क्या बातें हो रही हैं।"

"बताओ तो पता चले।"

"सुनते हैं, हमें घर-बार छोड़कर चले जाना होगा।"

"हमेशा के लिए?"

"हमेशा के लिए।"

"यह कैसे हो सकता है?"

"मन तो नहीं मानता।"

"फिर।"

"सभी कहते जो हैं।"

गोबिन्दी की माँ ने चिन्तायुक्त भाव से सिर झुका लिया। फिर बोली, "और क्या-क्या बातें हुईं?"

"जितने मुँह उतनी बातें।"

"क्या?"

"अब हालत यह है कि अनाज तो कुछ अरसे तक साथ देगा, लेकिन हम महीनों इस हालत में तो नहीं बैठे रह सकते।"

"फिर?"

"सबसे बुरी बात यह है कि हमारे पास लड़ाई का सामान—गोली-बारूद बहुत कम रह गया है। अगर आज मुसलमानों को पता चल जाये और वे पहलेवाले हमले की तरह चढ़ दौड़ें तो हम कुछ भी नहीं कर सकते। एक ही रात में तबाह हो जायें।"

"वाह गुरु, वाह गुरु।...अब क्या होगा?"

"मियाँ जी कहते थे कि अल्लाह पर भरोसा करके पड़े रहो चुपके से। लेकिन सवाल तो यह है कि अगर यहीं का कोई मुसलमान चोरी से उन्हें हमारा हाल बतला दे तब फिर क्या हो?"

"यह भी ठीक है।"

"इसलिए यही तय पाया है कि अकालगढ़ से और सामान मँगवा लिया जाये।"

"और जो वहाँ भी न मिला तो...?"

"अरे।" पेशौरे ने हाथ का कौर हाथ में ही रोककर कहा, "यह बात किसी को सूझी ही नहीं। उन बेचारों पर भी तो हमले हो रहे हैं। अगर वहाँ सामान न मिला तो हम कहीं के न रहेंगे।"

"अच्छा, तो सामान लेने कौन जायेगा?"

"विरसा, साँहसी और अकालगढ़ का आदमी मल्लसिंह।"

"विरसा? क्या कहते हो।"

"ठीक कहता हूँ।"

"उस बेचारे को क्यों भेज रहे हो?"

"मैं थोड़े भेज रहा हूँ। उसने आप ही कहा था कि मैं जाऊँगा।"

"ऐसा मत करो।"

"तुम तो बच्चों की-सी बातें करती हो। आख़िर किसी-न-किसी को तो जाना ही पड़ेगा। और फिर अकालगढ़वाले उसे अच्छी तरह जानते हैं।"

"मुझे तो डर लगता है। वाह गुरु न करें, लेकिन उन बेचारों का बचकर आना नामुमकिन दिखायी देता है।"

यह सुन गोबिन्दी आँचल में मुँह छिपाकर अन्दरवाले अँधेरे कमरे में चली गयी और पलँग पर सिर पटककर चुपके-चुपके रोने लगी।

"गोबिन्दी की माँ! दुनिया में बड़ी-बड़ी मुसीबतें आती हैं। उनका सामना तो करना ही पड़ता है।"

गोबिन्दी की माँ भर्राये स्वर में बोली, "ऐसी मुसीबत तो कभी आयी न सुनी। हमारी समझ में तो कुछ नहीं आता कि यह क्या हो रहा है।"

"अच्छा तो रोती क्यों हो?"

"क्या कहूँ। अब जाकर कहीं चार दिनों से बच्ची के होंठों पर मुस्कराहट आयी। बेचारी का भाग्य ही फूटा हुआ है।"

"तुम दोनों माँ-बेटी मूर्ख हो।" पेशौरे ने गुर्राकर कहा, "जाने तुम किन विचारों में पड़ी हो। घर बैठे ख़याली घोड़े दौड़ाया करती हो। कभी उसके ब्याह की बातें सोचती हो, कभी कुछ और। लेकिन तुम्हें इस बात की ख़बर नहीं है कि यहाँ सबकी जान-माल और आबरू के लाले पड़ गये हैं। अब तुम्हें कौन समझाये।"

"अच्छे मर्द हैं। जब आते हैं तसल्ली देने की जगह और डराते-धमकाते हैं। हमारी जान वैसे ही सूखी रहती है, ऊपर से तुम...।" यह कहकर वह सचमुच रोने लगी।

"भई, मैं यह औरतों के रोने-धोने से बड़ा घबराता हूँ। तुम अपने दुखड़े तो सुनाती रहती हो, कभी तुम्हें मेरा ख़याल भी आया है। अब अगर इस लौंडिया का कोई और बाप होता तो कब का किसी के गले मढ़कर अपना पिण्ड छुड़ा चुका होता। मैं मुँह देखता हूँ उस छोकरी का, फिर भी जब देखो, माँ सिर पर सवार।"

"आज लड़ने पर तुलकर आये हो। फूल-सी बेटी को कुएँ में ही ढकेल दो न। तुम्हारा पिण्ड तो छूट जायेगा।"

"फूल-सी बेटी, फूल-सी बेटी...यारो, कान पक गये हैं हमारे।"

"औलाद से ऐसी चिढ़ थी तो बच्चे पैदा ही क्यों किये थे।"

"हाँ भाई, बड़ा जुर्म किया मैंने। औलाद का मुझसे बड़ा दुश्मन भी कोई न होगा। तुम तो इतनी-सी बात भी नहीं समझ सकतीं कि औलाद को अक़्ल की कोई बात समझाना भी तो माँ-बाप का कर्त्तव्य है न।"

इतने में सूरतसिंह भी आ पहुँचा।

माँ ने कहा, "देखो तो, चेहरे पर गर्द जमी है। जैसे मुँह तक न धोया हो सुबह से।"

"तुम ही धो डालो इसका मुँह। अभी दूध के दाँत हैं बेचारे के।"

सूरत परिस्थिति को समझकर एक ओर चारपाई पर बैठ गया। माँ भी उसकी उपस्थिति के कारण चुप हो गयी।

"पिता जी!" सूरत ने धीरे से कहा।

"हूँ!"

"अभी-अभी चारगाँव में शोर मचा कि बलोची सिपाही हम पर हमला कर रहे हैं...।"

"अरे?" पेशौरा रोटी खा चुका था। उसने थाली एक ओर हटा दी, "हाँ, मैंने सुना है कि वे लोग लुटेरों का साथ दे रहे हैं। पर मैं समझा था कि यह महज़ अफ़वाह है।"

"सुनिये भी। मैं देखने गया तो सचमुच दूर से कुछ फ़ौजी पगड़ियाँ बाँधे, वर्दियाँ कसे चले आ रहे थे। सब लोग खाइयों में घुस गये। विरसू ने कहा कि हम इनसे भी लड़ेंगे। तोप का मुँह उनकी तरफ़ फेर दिया गया और सबने बन्दूक़ें तान लीं। इसी बीच वे लोग पास पहुँचे तो देखा कि वे हिन्द यूनियन के सिक्ख सिपाही हैं।"

"सिक्ख सिपाही।"

"हाँ जी, उनके साथ एक मेजर भी है। मैंने उन्हें बैठक में बैठा दिया है।"

"यह तो बड़ी अच्छी बात है।"

"वह आपसे बातचीत करना चाहते हैं, चलिये।"

"बेटा, तुम भी चले आओ। अफ़सर लोग न जाने क्या गिटपिट करेंगे। तुम ज़रा बात भी कर लोगे।"

"अच्छी बात! आप चलिये, मैं लस्सी-पानी लेकर आता हूँ।"

"हाँ-हाँ, उन्हें प्यास लगी होगी।"

यह कहकर पेशौरे ने पगड़ी दुरुस्त की। तहमद को खींचकर बाँधा और कन्धे पर अँगोछा डाल जल्दी-जल्दी जूते फटफटाता चल खड़ा हुआ।

"अच्छा माँ, ज़रा कलईदार बालटी में मठा भर दो और साथ मक्खन भी ख़ूब...यह गोबिन्दी रानी कहाँ है?"

"न जाने कहाँ है...देख लो अन्दर कहीं।"

सूरत अन्दर गया। देखा पसार में नहीं है। फिर वह अन्दरवाले कमरे में पहुँचा तो उसे पलँग पर औंधे मुँह रोते पाया। उसने उसके दोनों कन्धों पर हाथ रखकर ऊपर उठाया।

"अरे-रे-रे...गुड़िया रानी रो रही है। छीः-छीः, कितनी बुरी बात है।"

गोबिन्दी ने सजल नेत्रों से एक नज़र भाई की ओर देखा और फिर उसके कन्धे पर मुँह धरकर और भी ज़ोर-ज़ोर से रोने लगी।

"वाह री गोबिन्दी रानी! आख़िर हुआ क्या है?"

गोबिन्दी चुप रही।

"किसी ने मारा है या कोई ख़फ़ा हुआ है?"

गोबिन्दी चुप।

"भई बोलो न! हमसे भी नहीं बोलोगी...ऐं?"

बहन ने इनकार में सिर हिला दिया।

"अच्छा तो न बोलो।"

भर्राया हुआ स्वर सुनायी पड़ा, "बोलूँगी।"

"अच्छा, तो मतलब यह है कि किसी ने गाली नहीं दी, मारा नहीं, फिर रोना-धोना कैसा?"

गोबिन्दी ने बाँहें भी भाई के गले में डाल दीं।

"देख गोबिन्दी! तुझे मेरा-सा भाई नहीं मिलेगा...सभी।"

गोबिन्दी ने स्वीकृति में सिर हिला दिया।

"तो बोल!"

"क्या?"

"यही कि रो क्यों रही थी?"

"आपको मालूम नहीं?"

"न भई।"

"झूठ।"

"यानी मैं झूठा हूँ।"

"आपको मालूम है।"

"सचमुच मुझे मालूम नहीं।"

"झूठ।"

"नहीं, सच।"

"आप मुझे चिढ़ाते हैं।"

और फिर अकस्मात् सूरत ने असल मामला भाँप लिया, "अरे हाँ...अब समझा, अब समझा...। भूल हुई, मुझे पहले ही से समझ जाना चाहिए था।"

वह शरमा गयी।

"विरसा जा रहा है, इसलिए न।"

वह और शरमा गयी।

"अरी तो उसका और काम ही क्या है। वह न जायेगा तो और कौन जायेगा?"

"क्यों?"

"यह क्यों की भी अच्छी रही। भई, इतना मज़बूत दिल भी है किसी का। ऐसे काम करने के लिए समझो, ज़रा दिल की ज़रूरत पड़ती है। बहादुरी का काम है न। तुम्हें तो और ख़ुश होना चाहिए कि वह ऐसा बहादुरी का काम करने जा रहा है।"

गोबिन्दी ने मुँह फेर लिया।

"जानती हो, पहले ज़माने में स्त्रियाँ अपने हाथों से सजाकर मर्दों को लड़ाई के लिए भेजा करती थीं, उनकी आरती उतारती थीं, यह करती थीं, वह करती थीं, यानी बड़ी धूमधाम से उसे विदा किया जाता था।"

गोबिन्दी ने मुँह बिलकुल दूसरी ओर फेर लिया।

"दुनिया में कठिनाइयों और विपत्तियों का सामना भी तो करना पड़ता है। स्त्री का धर्म तो यह है कि मर्द को उसका कर्त्तव्य याद दिलाये, न कि उसके बढ़े हुए हौसलों को भी पस्त कर दे। तुम तो बिलकुल ही लाडो रानी हो। बाप की लाड़ली, माँ की लाड़ली, भाई की लाड़ली, सबकी लाड़ली। लेकिन जानती हो, अगर लड़कियों को अपनी ज़िम्मेदारियों का अनुभव न हो तो फिर वे जीवन-भर सुख नहीं पा सकतीं।"

गोबिन्दी रूठ गयी।

"झूठ कहता हूँ।" सूरत ने बहन को छेड़ा।

गोबिन्दी ने एकदम सिर घुमाकर कहा, "अच्छा, यह तो बताइये कि आपकी महेन्द्री की जान पर, वाह गुरु न करे, कोई ऐसी बात आ पड़े तो आपके मन पर क्या बीतेगी?"

सूरत ने हास्यपूर्ण ढंग से आँखें मटकायीं, "क्या बात निकाली है अखरोट बराबर दिमाग़ में से।"

इस पर गोबिन्दी बिगड़कर जाने लगी तो सूरत ने उसका हाथ पकड़ लिया और बोला, "जाओ लाडो, तुम भी क्या याद करोगी कि किसी संन्यासी से वास्ता पड़ा था...जा, तेरे...वह...कहीं नहीं जायेंगे।"

गोबिन्दी ने सिर झुकाकर कहा, "आप मेरा मज़ाक उड़ाते हैं।"

"नहीं, सच कहता हूँ। कुछ सिक्ख फ़ौजी आ गये हैं हमारे गाँव में। अब कहीं आने-जाने की ज़रूरत नहीं होगी। मैं यह नहीं कह सकता कि क्या होगा, लेकिन अब कारतूस लाने की ज़रूरत नहीं पड़ेगी। समझीं?"

"अरे कहाँ घुसे हो भाई-बहन...ए सूरत, बेटा ले जा, मठा तैयार है।" माँ की आवाज़ आयी।

"आओ तो देखें, तुमसे लस्सी की बालटी उठती भी है या नहीं?"

"अच्छा जी, मुझे ऐसी कमज़ोर समझा है?"

"अभी देखे लेते हैं।"

## (३)

**पेशौरासिंह जब बैठक के** क़रीब पहुँचा तो देखा कि वहाँ सारा गाँव जमा हो रहा है। आठ फ़ौजी सिपाही दरवाज़े से बाहर और मेजर अकेला अन्दर बैठा है।

उसे देखकर लोगों ने कहा कि पेशौरासिंह आ गया है। सिपाहियों ने उसे अन्दर जाने दिया। लगता था कि मेज़र ने औरों को भीतर प्रवेश करने से मना कर दिया था।

मेजर की आयु लगभग बत्तीस वर्ष की होगी। आयु की दृष्टि से वह कुछ अधिक मोटा दिखता था। चेहरे पर मांस और दाढ़ी चढ़ी हुई। रंग कालापन लिये हुए गेहुँआँ। उसके हाथ में एक छोटा-सा बेंत था।

पेशौरासिंह अन्दर गया तो उसने कहा, "आइये, बैठिये।"

"सतसिरी अकाल।"

"सतसिरी अकाल। आप ही हैं पेशौरासिंह?"

"जी!"

"आप ही जैलदार हैं?"

"जी!"

"इधर क्या हाल रहा?"

"इस समय जो हाल है सो आपके सामने है। लेकिन दस दिन पहले तक कोई विशेष घटना नहीं हुई थी।"

"इस इलाक़े में हिन्दू-सिक्खों को निकालने की मेरी ड्यूटी लगी है, इसलिए आप अब फिकर न करें।"

"बादशाहो, आपके होते हुए हमें काहे की फिकर होगी भला।"

"कोई नुक़सान तो नहीं हुआ जान या माल का?"

"जी कुछ नहीं, हालाँकि...।"

"क्या?"

"हम पर हमला बड़े ज़ोर का हुआ था। बाल सफ़ेद हो गये, लेकिन हमने अपने इलाक़े में मुसलमानों को इस तरह चढ़-चढ़कर दौड़ते कभी नहीं देखा। बल्कि इधर सिक्खों का ज़ोर था। किसी को चूँ करने की हिम्मत नहीं थी।"

अफ़सर ने दिलचस्पी प्रकट करते हुए कहा, "अच्छा, तो सचमुच बहुत बड़ा हमला हो चुका है?"

"लेकिन हमने भी दाँत खट्टे कर दिये। यह भी वाह गुरु की कृपा थी कि ठीक उसी दिन हमने बचाव का सामान किया था। अगर कहीं एक दिन पहले हमला हो जाता तो यहाँ आपको एक सिक्ख न दिखायी पड़ता।"

"आपको शायद पता न हो। आसपास चारगाँव का बड़ा नाम हो रहा है। इलाक़े-भर के मुसलमान आपके ख़िलाफ़ हैं। मुझे बताया गया है कि चारगाँव डाकुओं का गढ़ है।"

''यह ठीक है।''

''अच्छा, विरसा कौन है?''

''जी, उसका नाम विरसासिंह है। उसकी शक्ति की ख्याति दूर-दूर तक फैली हुई है। इलाक़े-भर के लोग उससे थर-थर काँपते हैं।''

''अच्छा?'' मेज़र खुश होकर बोला, ''इस वक़्त कहाँ है वह?''

''बुलवाऊँ?''

''हाँ, बुलवाइये तो।''

पेशौरे ने खिड़की में से ही एक आदमी को आवाज़ देकर कहा, 'ज़रा विरसे को तो बुला लाओ।''

मेजर ने कहा, ''मैंने आप लोगों की तोप भी देखी है। ऐसी तोप कहीं देखने में नहीं आयी।'' मेजर हँसा।

''जी, देसी है इसलिए ज़रा भोंड़ी दिखायी देती है। लेकिन उसने बड़ा काम किया है।''

''लाये कहाँ से थे?''

''उसे हम अकालगढ़ से लाये थे।''

''हाँ, अकालगढ़! पाकिस्तान सरकार ने ख़ासतौर से सूचना दी थी कि पहले अकालगढ़ को खाली कराया जाये। क्योंकि वहाँ के लोग बाहर निकल-निकल के डाके मारते थे। मुसलमानों में उनके ख़िलाफ़ बड़ा गुस्सा फैला हुआ है। उसके बाद आपके गाँव का नम्बर था। लेकिन जहाँ तक मुझे पता है, शायद आप पर सबसे बड़ा हमला हुआ था...आप लोगों ने सचमुच बड़ी बहादुरी का सबूत दिया है।''

''वह तो जो हुआ सो अच्छा हुआ। लेकिन अब हमारी हालत बड़ी ख़राब हो गयी है। आप बड़े मौक़े पर आये हैं।''

''क्यों?''

''हमारे पास कारतूस और लड़ाई का दूसरा सामान ख़तम हो गया था। चारों तरफ़ से बुरी तरह घिरे हुए थे, इसलिए डरते थे कि न जाने अब क्या हो। विरसासिंह और उसके साथ दो आदमी अकालगढ़ जा रहे थे सामान लाने के लिए।''

''अच्छा...तब तो अच्छा हुआ मैं आ गया। अकालगढ़ हमने खाली करा लिया है।''

इतने में विरसा दरवाज़े में से सिर झुकाकर अन्दर घुसा। उसे देख मेजर हैरान रह गया। ऐसा बाँका और भरपूर जवान उसने शायद ही कभी देखा हो। विरसे ने अपनी विशिष्ट भरपूर किन्तु धीमी आवाज़ में नारा लगाया, ''वाह गुरु जी का ख़ालसा श्री वाह गुरु जी की फ़तह।''

मेजर ने उसे सिर से पाँव तक देखकर प्रसन्नता प्रकट की। बोला, ''तुम ही विरसासिंह हो?''

"आहो जी।"

"हमने तुम्हारी बड़ी तारीफ़ सुनी थी। इर्द-गिर्द आप लोगों की बहादुरी की बड़ी तारीफ़ हो रही है। लोग माँग कर रहे हैं कि मिलेट्री भेजकर आपकी क़िलाबन्दी तोड़ दी जाये।"

पेशौरा विरसे को सम्बोधित कर बोला, "आप बड़े अच्छे मौक़े पर आ गये हैं। इन्होंने अकालगढ़ भी खाली करा लिया है। आज रात तुम वहाँ जाते भी तो कुछ न पाकर खाली हाथ लौटना पड़ता। अच्छा ही हुआ जो यह आप ही पहुँच गये।"

पेशौरा बड़ा प्रसन्न दीखता था।

मेजर ने कहा, "चारगाँव के मुसलमानों ने आपको कोई नुक़सान तो नहीं पहुँचाया। अगर कोई गड़बड़ की हो तो बताओ।"

"जी नहीं, उन्होंने हमारी इतनी मदद की है जितनी कि हम स्वप्न में भी आशा नहीं कर सकते थे। सिर्फ़ एक आदमी करीमू हमारे ख़िलाफ़ था। उसे मुसलमानों ने ही मार भगाया था।"

"आप लोगों का बड़ा एका है आपस में।"

"जी।"

इसी बीच सूरतसिंह लस्सी की बालटी लेकर आ गया।

मेजर लस्सी देखकर बड़ा प्रसन्न हुआ। बोला, "लाओ भाई, लस्सी पिलाओ। कल सुबह से लस्सी नहीं मिली पीने को।"

पेशौरे ने बेटे की ओर संकेत करके कहा, "यह मेरा बेटा है, सूरतसिंह।"

"हाउ डू यू डू मेजर!" सूरत को अँगरेजी बोलते देख मेजर को आश्चर्य हुआ। क्योंकि उस समय वह बिलकुल देहातियों के-से कपड़े पहने था।

लस्सी का छन्ना मुँह से लेकर मेजर ने पेशौरे से कहा, "जैलदार जी! आपका बेटा भी बड़ा ख़ूबसूरत जवान है। तबीयत ख़ुश हो गयी।"

पेशौरा फूलकर कुप्पा हो गया।

बाहर बैठे हुए सिपाहियों को भी लस्सी पिलायी गयी।

लस्सी पीने-पिलाने से छुट्टी पाकर वे लोग आराम से चारपाइयों पर बैठ गये तब सूरत ने मेजर से अँग्ररेजी में कहा, "एकदम से आग भड़की हुई। हमें ऐसी आशा नहीं थी।"

"आशा तो सचमुच नहीं थी। लेकिन आग काफ़ी दिनों से भड़क उठी थी। मैं हैरान हूँ कि आप लोग किस तरह अब तक मज़े में बैठे रहे।"

"हमें उड़ती-उड़ती ख़बरें तो मिलती रही थीं, लेकिन यहाँ किसी ने परवाह ही नहीं की। सबके हौसले ऊँचे थे। सोचते थे कि भला हमारा कौन कुछ बिगाड़ सकता है। लेकिन अब हमारे हाथ-पाँव बिलकुल कट गये थे। यह तो भला हो हमारे मुसलमान

भाइयों का, उन्होंने हमें कोई तक़लीफ़ नहीं होने दी और हमें विश्वास दिलाया कि कोई हमलावर उनकी लाशों पर से गुज़रे बिना हम तक नहीं पहुँच सकता। उन्होंने सिर्फ़ ज़बानी जमा-ख़र्च से काम नहीं लिया, बल्कि जो कुछ कहा था सो करके दिखा दिया। जब हम पर हमला हुआ तो उन्होंने बढ़-बढ़कर मुसलमानों का मुक़ाबला किया और लड़ाई में हमसे आगे-आगे रहे।''

पेशौरे ने खिड़की में झाँककर कहा, ''वह देखिये, मियाँ दिल मोहम्मद आ रहे हैं। ये नम्बरदार हैं और बड़े असरदार और नेक इन्सान हैं।''

''उन्हें भी बुला लीजिये।'' मेजर ने कहा।

दिल मोहम्मद अन्दर आये तो मेजर उनसे बड़े तपाक से मिला और कहा, ''आप इन्सान नहीं फ़रिश्ता हैं। आप ही का ज़िक्र हो रहा था। मैं आपका बहुत आभारी हूँ। आपने जिस तरह ग़ैर-मुस्लिमों की हिफ़ाज़त की है यह हम-ऐसे गुनहगारों के लिए एक नेक मिसाल है।''

दिल मोहम्मद ने शुक्रिया अदा करते हुए कहा, ''यह तो हमारा फ़र्ज़ है। और फिर ये लोग हमारे भाई ही तो हैं। हम तो अपने चारगाँव को एक घर ही समझते हैं और यहाँ के हर रहनेवाले को कुनबे का एक फ़र्द (सदस्य)। सिर्फ़ मज़हब जुदा होने से सदियों का ताल्लुक़ तो टूट नहीं सकता।''

मेजर उसकी सुलझी हुई बातों से बहुत प्रभावित हुआ। बोला, ''आप-ऐसे बाईमान इन्सान रोशनी के मीनार की-सी हैसियत रखते हैं। इस वक़्त जो नफ़रत की आग फैली हुई है उसमें हमने सब-कुछ भुला दिया है। एक बार हमारे दसवें गुरु श्री गोबिन्दसिंह जी इसी तरह दुश्मनों के बीच फँस गये थे तो मुसलमान ही उन्हें 'उच का पीर' बनाकर बचा ले गये थे।''

इसके बाद कुछ देर शान्ति रही। आख़िर पेशौरे ने मेज़र से पूछा, ''अच्छा जी, अब हमें क्या करना होगा?''

''अब आपको घर-बार छोड़ना होगा।'' मेजर ने उदास स्वर में कहा, ''आप ज़्यादा सामान तो अपने साथ ले जा नहीं सकेंगे, इसलिए ज़रूरी चीज़ें ही साथ में लें, जिसमें कि आपको कैम्प में पहुँचा दिया जाये।''

इस पर सबके चेहरों पर उदासी झलकने लगी। मेजर ने कहा, ''आप गाँव में पड़े हैं इसलिए आपको कोई ख़बर नहीं मिलती, नहीं तो सारे पंजाब में इस वक़्त ख़ून की होली खेली जा रही है और अगर सही-सलामत हिन्द-यूनियन में पहुँच जायें तो समझियेगा कि आप बड़े भाग्यशाली हैं।''

''तो क्या हमें तुरन्त चलना होगा?''

''होना तो ऐसा ही चाहिए; लेकिन मैं आपको एक दिन की मोहलत दे सकता हूँ। कल सुबह सूरज निकलने से पहले-पहले आपको रवाना होना पड़ेगा।''

पेशौरे ने मरी हुई आवाज़ में कहा, ''बहुत अच्छा।''

दिल मोहम्मद ने पूछा, "क्यों जी, इनके रहने की कोई सूरत नहीं हो सकती?"

"ऐसी बात सोची भी नहीं जा सकती। हालत बहुत ख़राब है। अब आप चारगाँव में ऐलान कर दीजिये कि कल सुबह तक हर हिन्दू और सिक्ख जाने के लिए तैयार हो जाये। बड़ा-बड़ा सामान साथ ले जाना नामुमकिन है इसलिए अपना सामान जो साथ लें वह बिलकुल ज़रूरी हो और हलका हो।"

## (4)

**चारगाँव में जब मेजर** का ऐलान सुनाया गया तो खलबली मच गयी। लोगों ने अपनी चीज़ें सँभाल मकान के एक ख़ास कमरे में बन्द करनी शुरू कर दीं। उन्हें ताले लगाकर चाबियाँ अलग सँभालीं और मकानों की चाबियाँ अपने-अपने जान-पहचानवाले मुसलमानों को सौंप दीं। इस प्रकार सारे दिन हड़बोंग-सी रही।

गोबिन्दी की माँ के पाँवतले से मानो धरती ही सरक गयी। वर्षों की मेहनत से बनाया हुआ घर और उसका साज़-सामान सब-कुछ छोड़-छाड़के जाना पड़ रहा था। उन्होंने गहने और नक़दी पुराने ट्रंक में बन्द कर दिये जिसमें कि उसे साथ ले जायें तो किसी को सन्देह न हो। कुछ पहनने के कपड़े-लत्ते अलग करके गठरियाँ बाँधीं।

दूसरे दिन जब प्रातःकाल का प्रकाश फैला तो चारगाँव के बाहर बड़ा दर्द-भरा दृश्य देखने में आया। हिन्दू-सिक्ख पुरुष-स्त्रियाँ, बच्चे-बूढ़े ख़ानाबदोशों की तरह बाहर निकले और खेतों में जमा हो गये। मुसलमान फूट-फूटकर रो रहे थे।

गोबिन्दी की सहेलियाँ उसके साथ थीं। उनकी आँखें उमड़ी आती थीं। विदा होते समय गोबिन्दी और हुसना को एक-दूसरे से अलग करना मुश्किल हो गया, और जब वे जुदा हुईं तो बचपन की साथ-साथ पलने-बढ़नेवाली उन सखियों की चीख़ों से पूर्वीय क्षितिज का सीना चाक हो गया और उसमें से रक्तिम किरणों की संगीनें आकाश की निर्मल छाती को चीरती हुई धरती में उतर आयीं।

मेजर घोड़े पर सवार क़ाफ़िले के आगे जा पहुँचा। ताज़ादम क़ाफ़िला थकेहारे अन्दाज़ में धीरे-धीरे आगे बढ़ने लगा।

विरसासिंह, सूरतसिंह, पेशौरासिंह, खेमचन्द, हेड मास्टर सूरजसिंह और मास्टर चाननलाल आदि के सामने मियाँ दिल मोहम्मद, उसके लड़के, बेली शाह और उसकी बच्ची, अल्लादित्ता अराईं, बग्गू साँहसी आदि खड़े थे। क़ाफ़िला कुछ क़दम आगे बढ़ गया था। उन लोगों ने एक-दूसरों से देर तक हाथ मिलाये। उनके हाथों में इन्सानियत की गर्मी और प्यार था। किन्तु एक-दूसरे से विलग होने का भाग्य का फ़ैसला अटल था। अन्तिम क्षणों में बड़े-बूढ़े भी बिलख-बिलखकर रोने लगे।

चारगाँव से लगभग आध मील के अन्तर पर क़ाफ़िलेवालों ने घूमकर अपने पैतृक गाँव पर अन्तिम दृष्टि डाली। अब भी मुसलमान खड़े हवा में हाथ हिला रहे थे। सूर्य

के सुनहरे प्रकाश में चारगाँव ऐसा दीख पड़ता था जैसे सोने का डला या धधकता हुआ अंगारा।

रास्ते में जगह-जगह लूट-मार करनेवाले लोग छोटे-छोटे गरोहों में खड़े उन्हें ललचायी दृष्टि से देख रहे थे।

कैम्प आठ-दस मील के फ़ासले पर बनाया गया था। मेजर से मालूम हुआ कि अभी पाँच-छह दिन पहले से ही वहाँ लोगों को इकट्ठा किया जा रहा था। चारों ओर उस कैम्प के क़ायम होने की ख़बर फैलायी जा रही थी और लोग बड़े-बड़े क़ाफ़िले बनाकर आप-से-आप वहाँ पहुँच रहे थे।

वे स्त्रियाँ, जो कभी चारगाँव से दो-चार खेत से अधिक चलकर कहीं नहीं गयी थीं, इतना लम्बा मार्ग तय करते-करते निढाल हो गयीं। उनके चेहरे तमतमा उठे और पाँव में छाले पड़-पड़कर फूट-फूट गये।

गोबिन्दी को विरसे के साथ का बड़ा सहारा था। यदि वह वहाँ न होता तो न जाने उसकी क्या दशा होती।

आख़िर शाम तक वे बड़ी कठिनाइयों से कैम्प तक पहुँचे, जहाँ नरमुण्डों का सागर हिलोरें ले रहा था। उस सागर में चारगाँव का क़ाफ़िला भी एक बूँद के समान घुल-मिल गया।

अब मेजर का काम समाप्त हो चुका था। उसने उन लोगों को कुछ ज़रूरी आदेश दिये और बताया कि यहाँ से उन्हें हिन्द यूनियन ले जाने का उचित प्रबन्ध कर दिया जायेगा।

वह अपने सिपाहियोंसहित विदा होने लगा तो सूरतसिंह ने पूछा, "क्या मैं आपका शुभ नाम जान सकता हूँ?"

"मनमोहनसिंह।"

यह कहकर मेजर ने उन लोगों से हाथ मिलाया और विदा हो गया।

## (5)

**अपने-अपने घरों से** निकलकर एकदम जो उन्हें वीराने में रात बितानी पड़ी तो स्त्रियाँ अनायास रो पड़ीं। पेशौरे ने पत्नी को दिलासा देते हुए कहा, "अब रोने-धोने से क्या होगा। मन को सँभालो और वाह गुरु अकाल पुरुख से प्रार्थना करो कि हमें इज़्ज़त के साथ यहाँ से निकालकर ले जायें।"

दो-चार दिन इसी तरह बीत गये। गोबिन्दी और विरसा कभी-कभी एकाध टूटी-फूटी बात कर लेते थे, किन्तु विरसे का अधिक समय इधर-उधर मटरगश्ती करने में बीतता था। वह इस चिन्ता में था कि किसी प्रकार यहाँ से निकल भागने का इच्छानुकूल प्रबन्ध हो जाये।

इसी प्रकार घूमते समय एक दिन किसी ने भीड़ में एक ज़ोर का मुक्का उसकी पीठ पर रसीद किया। वह लड़खड़ाता हुआ औंधे मुँह गिरने से बाल-बाल बच गया।

उसने घूमकर देखा तो काबुलसिंह अकालगढ़वाले को खड़ा पाया। वह मुँह फाड़कर हँसते हुए बोला, "कहाँ घूम रहा है बेनकेल ऊँट की तरह।"

दूसरे क्षण वे एक-दूसरे से लिपट गये और ख़ुशी में आकर एक-दूसरे को हवा में उछालने लगे। दोनों एक-से-एक बढ़कर विशालकाय। उन्होंने पाँव के नीचे की धरती से ढेरों धूल उड़ा दी इसी धींगामुश्ती में। लोग परे हट गये और वैसा ही घेरा डालकर खड़े हो गये जैसे दो साँड़ों को लड़ते देख तमाशाई खड़े हो जाते हैं।

फिर वे एक-दूसरे की बग़ल में हाथ दिये एक ओर को चल पड़े।

"क्यों ओय, तू अभी ज़िन्दा है?" काबुले ने ललकारकर कहा।

"कहा न था, तुझे मारकर मरूँगा।"

"ओय-ओय भूतनी पलस्तर!...यार मैं बड़ा उदास हूँ।"

विरसा रुक गया और उसके मुँह की ओर देखने लगा, "ओय बागड़ा! अपना सब-कुछ लुटाकर आज भला खुश कौन हो सकता है?"

"लुटने की बात छोड़ यार! सारी उम्र हमने इलाक़े-भर को लूटा। आज हम लुट गये तो क्या हुआ। यह बात नहीं है।"

"तब फिर?"

"तेरी भाभी ग़ायब है।"

"ग़ायब?"

"यार, यहाँ आने से एक दिन पहले वह खेत में हगने को गयी और फिर वापस नहीं लौटी।"

विरसा को वह सुबह याद आ गयी जब बेला उसके साथ भी इसी हीले से भागी थी। बोला, "क्यों, क्या आपस में कोई खटपट हो गयी थी?"

"अरे नहीं, खटपट का क्या सवाल। वह मुझसे बहुत ख़ुश थी। मुझे ऐसा लगता है कि सुबह की मद्धिम रोशनी में खेत ही में दबोच लिया होगा किसी मुसलमण्टे ने। दूसरे दिन हमें कैम्प में आना पड़ा। उस दिन से उसे तलाश रहा हूँ।"

"यह तो बड़ी बुरी ख़बर सुनायी तूने।"

काबुला दो घड़ी चुप रहा फिर बोला, "यार भाड़ में जाये। अगर आज भी न मिली तो मैं चल दूँगा।"

"तुमने जाने का क्या इन्तज़ाम किया?"

"हम ट्रकों पर जा रहे हैं।...और तुम?"

"भई, हम तो रेलगाड़ी का इन्तज़ार कर रहे हैं। सुना है उसके साथ फ़ौज होगी।"

"फ़ौज की ऐसी की तैसी। चल हमारे साथ...चल, मुझे अपना डेरा दिखा दे। कल हम वहीं से तुम्हें भी लाद लेंगे।"

"एकाध ख़ानदान और भी ले चलोगे?"

"हाँ-हाँ, यहाँ से जायेंगे लाहौर, और लाहौर से आगे नये ट्रक तैयार होंगे। मैंने सारा इन्तज़ाम पक्का कर लिया है।"

जब विरसा ने पेशौरे से इस बात की चर्चा की तो उसने कहा, "सोचेंगे।"

फिर पेशौरे ने सूरत को विरसा की योजना बतायी और कहा, "बेटा! ये सब छटे हुए बदमाश इकट्ठा हो गये हैं। मैं उनके साथ जाना नहीं चाहता। केवल विरसू साथ होता तो ख़ैर, फिर मुश्किल यह है कि उनके साथ मिलेट्री-एलेट्री तो कुछ होगी नहीं।"

दूसरे दिन जब पूर्व में सुबह का तारा उदय हुआ तो विरसा पेशौरे के डेरे के पास आया और सूरत उठकर उसके साथ हो लिया।

विरसा ने कहा, "मालूम होता है तुम लोग ट्रकों पर जाने के लिए तैयार नहीं हो।"

"पिता जी का यही ख़याल है। वह बेचारे डरते हैं।"

"इस बारे में मैं भी पूरे भरोसे से कुछ नहीं कह सकता। लेकिन...।" फिर उसने सूरत का हाथ थाम लिया, "सूरत, तुम जानते ही हो...अब मेरे कुछ कहने की ज़रूरत नहीं है, लेकिन मैं बहुत चिन्तित रहूँगा। अगर तुम लोग मेरे साथ चलते तो मेरे मन को सन्तोष रहता।"

दोनों थोड़ी देर तक चुपचाप खड़े रहे।

आख़िर विरसे ने कहा, "चलो, मैं तुम्हारे घरवालों से विदा तो हो लूँ।"

वहाँ जाकर उसने फिर एक बार उन्हें साथ चलने को आमन्त्रित किया और कहा कि यद्यपि इस गड़बड़ के समय किसी बात का विश्वास दिलाना कठिन है, लेकिन मुझे आशा है कि हम सकुशल पहुँच जायेंगे।

पेशौरे ने बड़े प्यार-भरे ढंग से असमर्थता प्रकट की।

नींद की माती गोबिन्दी बैठ गयी थी। झुकी-झुकी आँखों से वह विदा होते हुए विरसे को देखती रही। जब वह दृष्टि से ओझल हो गया तो उसका मन डूब-सा गया।

# 17

गोबिन्दी को आशा नहीं थी कि विरसा उसे छोड़कर चला जायेगा। किन्तु विरसे पर एक तो घरवालों का बड़ा दबाव पड़ा, वे कहते थे कि सारी उमर तो तूने आवारागर्दी में काट दी, किन्तु इस असाधारण संकट के समय तो अपने सम्बन्धियों और बीमार पिता को इस नरक में से जल्दी-से-जल्दी निकाल दे, दूसरे वह अपनी समझ में गोबिन्दी और उसके सम्बन्धियों को ख़तरे से बाहर समझता था। उसके विचार में सबसे ख़तरनाक मंज़िल तय हो चुकी थी। यद्यपि उसने बहुत चाहा कि गोबिन्दी का घराना भी उसके साथ चल दे, लेकिन फिर उसके मन में यह शंका भी थी कि कहीं ट्रक दंगाइयों के चंगुल में न फँस जायें। रेलगाड़ी में वे सम्भवतः अधिक सुरक्षित रह सकेंगे...वह जल्दी-से-जल्दी अपने घरवालों की ज़िम्मेवारी से मुक्त हो जाना चाहता था। जब उसने देखा कि उसके घरवाले ट्रक में जाने पर तुल गये हैं तो उसके सामने पीछे हटने का कोई रास्ता ही न रहा।

सचमुच गोबिन्दी अभी बच्ची ही थी। इस निर्जन स्थान में और इस अस्त-व्यस्त दशा में भी जब तक विरसा वहाँ मौज़ूद था, वह प्रसन्न रही, किन्तु जब वह चला गया तो उसकी दुनिया अँधेरी हो गयी। उसे बुरे-बुरे स्वप्न दिखायी पड़ने लगे, उसे लगने लगा, मानो अब वे आपस में कभी नहीं मिल सकेंगे।

शरणार्थी शिविर भी एक शहर के समान था। अपनी क़िस्म का अनोखा शहर। आकाश की छत, खुरदुरी धरती का फ़र्श। एक दूसरे में उलझे हुए उनके डेरे थे। ईंटों या पत्थरों को तीन तरफ़ खड़ा करके चूल्हे बनाये गये थे। दोनों जून उन्हीं में आग जलाकर भोजन तैयार किया जाता। सारे दिन वे बबूल की छिदरी छाया-तले सिर छिपाये फिरते। यदि कहीं बूँदा-बाँदी हो जाती तो सिवाय भीगने के और कोई चारा नहीं था।

कैम्प के निकट एक ऐसा धरती-खण्ड था जहाँ से आसपास के कुम्हार मिट्टी खोद-खोदकर ले जाया करते थे और वहाँ कच्ची ईंटें भी तैयार की जाती थीं। उन लम्बे-चौड़े गढ़ों में बरसात का पानी जमा हो गया था। कैम्प की मामूली ज़रूरतें यहीं से पूरी की जाती थीं।

सन्ध्या समय जब चूल्हे जलाये जाते तो मानो हज़ारों सीनों में सुलगते हुए दिलों का धुआँ मटियाले आकाश में उड़ने लगता और वायुमण्डल की धुँधलाहट में घुल-मिल

जाता। और फिर अँधेरा होते ही मौत का-सा सन्नाटा छा जाता, मानो किसी ने इन हज़ारों ज़िन्दादिल, हँसते-बोलते इन्सानों पर जादू कर दिया हो। कभी उन लोगों में से, जिनके सगे-सम्बन्धी मारे जा चुके थे, कोई अभागिन स्त्री चिंघाड़कर रो पड़ती, 'हाय मेरी धिये मोरनिये (हाय मेरी मोरनी-ऐसी बेटी)।'

किन्तु दबी-दबी सिसकियाँ और आहें तो एक साधारण बात थी। इस पर भावुक स्त्रियाँ और पुरुष चिल्ला उठते, 'बन्द करो...बन्द करो यह रोना-धोना, वाह गुरु, वाह गुरु कहो, वाह गुरु! वाह गुरु!!'

उनके समर्थन में कई लोग धीमे स्वरों में 'वाह गुरु! वाह गुरु!!' का जाप करने लगते। कभी ऐसा भी होता था कि घोर अन्धकार और निस्तब्धता में कोई व्यक्ति शब्द का बोल बड़े दर्द-भरे स्वर में गाने लगता। किसी को मालूम नहीं होता था कि वह कौन है और कहाँ है, किन्तु वे सब चुपचाप सिर झुकाये सुना करते। कैम्प के विभिन्न भागों से पहले व्यक्ति के सिर के साथ और कई सिर ऊँचे होते और इस प्रकार उनके मन को कुछ शान्ति प्राप्त होती।

प्रतिदिन नयी-नयी अफ़वाहें फैलतीं। कोई कहता, आज कई लाख मुसलमान हमला करनेवाले हैं। कोई ख़बर सुनाता कि बलोची फ़ौज़ों ने पाकिस्तान सरकार के ख़िलाफ़ विद्रोह कर दिया है और अब पश्चिमी पंजाब में हिन्दुओं और सिक्खों के हर कैम्प को मशीनगनों से भूनते चले आ रहे हैं। कुछ कहते कि मुसलमान किसी हिन्दू या सिक्ख लड़की को पाकिस्तान की सीमा से बाहर नहीं जाने देते, बल्कि वहीं खड़े-खड़े आठ आने प्रति स्त्री के हिसाब से बेच डालते हैं।

ऐसी अफ़वाहें सुनकर गोबिन्दी सहमी हुई कबूतरी के समान अपने भाई के निकट जा बैठती। उसकी मज़बूत लम्बी भुजाओं को अपनी बाँहों में लपेट लेती।

उसके फीके कोमल होंठ हिलते, "वीर जी! अब हम जल्दी ही यहाँ से निकल जायेंगे न?"

"हाँ, गोबिन्दी रानी!"

"अब तो डर की कोई बात नहीं है?"

"बिलकुल नहीं...तू काहे को परेशान होती है?"

"लोग बात करते हैं न कि लड़कियाँ नीलाम की जाती हैं।"

"अरी, वह तो बकते हैं। तुम उनका विश्वास क्यों करती हो। कुछ लोगों की आदत होती है कि आप भी डरते हैं और दूसरों को भी डराते रहते हैं।"

"मैं तो नहीं डरती।" यह कहकर गोबिन्दी भाई का बाज़ू दबाकर बच्चों की भाँति हँसती हुई उसकी ओर देखने लगती। उसके बेरंग होंठों में उसके चमेली की कलियों-जैसे सफ़ेद-सफ़ेद दाँत बड़े भले लगते थे।

सूरत ने बहन की पीठ पर हलकी-सी थपकी देकर कहा, "शाबाश! भला हमारे होते तुम्हें डर किस बात का। किसी की मज़ाल भी है कि हमारे जीते-जी तुम्हारी तरफ़ आँख भरके देख भी सके।"

इसके बाद यदि दूसरी लड़कियाँ इस प्रकार की बातें करतीं तो गोबिन्दी अपनी सुन्दर नन्हीं-सी नाक चढ़ाकर कहती, "कुछ नहीं होगा। मेरे वीर जी कहते हैं कि हमारे होते हुए किसी की क्या मज़ाल है जो तुम्हारी तरफ़ आँख भरकर देख भी सके।"

(2)

**दूसरे गाँववालों की तरह** चारगाँववाले भी एक साथ थे। हाँ, उनके डेरों में थोड़ा-थोड़ा अन्तर ज़रूर हो गया था। हेड मास्टर सूरजसिंह, मास्टर चाननलाल, लाला खेमचन्द, पेशौरासिंह तथा अन्य परिवार एक-दूसरे के पास-पास थे। दिनभर वे एक-दूसरे से बातें करते, रातों को एक-दूसरे के निकट रहने के कारण उनके मन को ढाढ़स रहती थी।

एक रात, जबकि लोग सो या ऊँघ रहे थे कि सहसा कुछ स्त्रियों की लगातार चीख़ों ने उन्हें चौंका दिया।...वे लोग रात के अँधेरे में इधर-उधर देखने लगे, पर कुछ पता न चलता था। स्त्रियों की चीख़ें रात के सन्नाटे को तोड़ती हुई आसमान के चारों कोनों तक पहुँच रही थीं।

पेशौरा और सूरतसिंह कुछ दूसरे मर्दों के साथ कृपाणें लेकर जिस ओर से आवाज़ें आ रही थीं उधर को भाग निकले।

गोबिन्दी की माँ ने लपककर पति का हाथ पकड़ लिया और कहा, "ऐ हैं, अब दोनों ही तो न भाग जाओ। इधर हमारी जान गले में फँसी रहेगी।"

सूरत तो दूर निकल गया था, पेशौरा रुक गया।

वे लोग हैरान थे कि आख़िर माजरा क्या है। इतने में उस ओर से मार-धाड़, गोली चलने और घोड़ों की टापों की आवाज़ें आने लगीं।

बीस-पचीस मिनट के बाद हेड मास्टर सूरजसिंह, मास्टर चाननलाल और शेष लोग आ गये।

"क्या बात थी?" पेशौरे ने पूछा।

"छापा मारा गया था।"

"अरे? अब यह मुसीबत भी आने लगी। आख़िर वे स्त्रियाँ कौन थीं?"

"कैम्प ही की थीं। बेचारी बदमाशों के क़ाबू में आ गयी थीं।"

"वह कैसे? क्या बदमाश कैम्प में घुस आये थे?"

"नहीं, कैम्प में घुसने की कुछ थोड़े-से लोग तो हिम्मत नहीं कर सकते। हाँ, हज़ारों की संख्या में इकट्ठा होकर हल्ला बोल दें तो अलग बात है।"

"अच्छा, तो फिर क्या हुआ?"

"हुआ यह कि कुछ स्त्रियाँ खेतों में चली गयीं...।"

"मर्दों को नहीं ले गयीं?"

“अरे यों ही शौच के लिए गयी थीं। मर्द सोये पड़े थे। उन्होंने सोचा, चार-पाँच औरतें हैं ही। मर्दों को जगाने की क्या ज़रूरत। पाँच-सात मिनट में आ जायेंगी।”

“यह तो बड़ी मूर्खता की बात है। अच्छा, तो फिर?”

“आगे बदमाश न जाने कब से ताक में बैठे थे। उन्हें खड़े-खड़े जा दबोचा।”

“हद हो गयी।”

“उन्होंने शोर मचा दिया। उनके आदमी जाग पड़े। लेकिन इस बात से डरकर कि न जाने हमलावर कितनी संख्या में हों, किसी का आगे बढ़ने का हौसला न होता था। आख़िर दो-चार जवानों ने हिम्मत से काम लिया और आगे बढ़े। उनके पीछे-पीछे दूसरे लोग भी हो लिये और लड़ाई शुरू हो गयी। अँधेरे में कुछ पता नहीं चलता था। थोड़ी देर बाद हमलावर भाग निकले। बस चन्द आदमी ही थे।”

“औरतें बच गयीं?”

“हाँ, बच गयीं।”

“सब-की-सब?”

“हाँ, सब।”

“गोलियाँ भी तो चलती रही थीं?”

“हाँ, हवाई फ़ैर हुए थे।”

“किसी की जान तो नहीं गयी?”

“नहीं।”

“हमलावरों में से कोई नहीं मरा?”

“नहीं—जान-बूझ के नहीं मारा। क्योंकि औरतें तो हाथ लग ही गयी थीं। फिर ख़ाहमख़ाह मारने का यह नतीजा भी तो निकल सकता था कि जोश में आकर वे लोग और अधिक संख्या में जमा होकर हमला कर देते।”

“अच्छा किया।”

इसी बीच गोबिन्दी की माँ ने पति की कमीज़ की आस्तीन खींचकर कहा, “अरे, इस मजमे में मेरा सूरत तो दिखायी हीं नहीं देता।”

पेशौरे ने उछलकर कहा, “हाँ भई, सूरत कहाँ है?”

“वहीं तो पहुँचा था वह भी। दो-दो हाथ करता रहा है उनसे।”

“लेकिन वापस क्यों नहीं आया?”

“भई, न जाने किसी ने ख़याल ही नहीं किया।”

“हाय मेरा बेटा!” गोबिन्दी की माँ रो पड़ी और उसके साथ ही गोबिन्दी भी रोने लगी।

“वाहियात!” पेशौरे ने गुर्राकर कहा, “ख़बरदार! मुँह से आवाज़ न निकले। मैं अभी देख के आता हूँ।”

पेशौरा उठा तो सूरजसिंह भी उसके साथ हो गया। घटनास्थल के निकट पहुँचकर वे इधर-उधर देखने लगे तो आवाज़ आयी, "कहिये हेड मास्टर साहब! किसे तलाश कर रहे हैं?"

सूरजसिंह ने घूमकर देखा तो चिल्लाकर बोला, "भई, तुम्हीं की तलाश कर रहे हैं।"

वास्तव में पेशौरा भी परेशान था। बेटे को देख मन में प्रसन्न हुआ, किन्तु प्रकट में बोला, "कहाँ चले गये थे?"

"मैं यहीं इन लोगों से बातें कर रहा था।"

"भई वाह! ख़ूब बातें कर रहे हो। उधर तुम्हारी माँ रोने-धोने में लगी है।"

वापस जाकर पेशौरे ने कहा, "लो आ गया सूरत, मार आसमान सिर पर उठा लिया था तूने।"

बेचारी माँ ने अपनी जल्दबाज़ी पर थोड़ा झेंपकर अपने बच्चे को गले से लगा लिया और बहन ने आँसू पोंछ डाले।

इस तरह दिन बीतते गये। ग्यारहवें दिन हिन्द यूनियन का एक फ़ौजी अफ़सर कैम्प में आया और उसने यह शुभ समाचार सुनाया कि अब रेलगाड़ियों का प्रबन्ध हो गया है और बहुत जल्द सब लोग सुरक्षित रूप से हिन्द यूनियन में पहुँच जायेंगे।

यह ख़बर पलक झपकते में सारे कैम्प में फैल गयी और लोगों के चेहरों पर रौनक़ आ गयी। फ़ौजी अफ़सर ने उन्हें ख़बरदार कर दिया कि अब गाड़ियाँ लगातार आया करेंगी इसलिए सब लोग पहली गाड़ी में ही लदने की कोशिश न करें।

बारहवाँ, तेरहवाँ, यहाँ तक कि चौदहवाँ दिन भी बीत गया। लोग गाड़ी की आशा पर जी रहे थे। उन्हें प्रतिक्षण गाड़ी के आने के सपने दिखायी पड़ते। दिन में दो-चार बार तो ज़रूर अफ़वाहें उड़तीं कि गाड़ी का इंजन दिखायी पड़ रहा है। लोग भागे-भागे रेलवे लाइन पर जा खड़े होते और देर तक क्षितिज पर निगाहें जमाये खड़े रहते, फिर निराश होकर कैम्प में चले आते।

प्रायः प्रतिदिन नयी-नयी टोलियाँ इस गरोह में मिलती रहती थीं। नये-नये लोग नित्य नयी अफ़वाहें उड़ाते और लोगों की परेशानी बढ़ाते। स्त्रियाँ बात का बतंगड़ बनातीं। उनके दिल घुटने लगते और जब गोबिन्दी परेशान होती तो अपने बाप के कन्धों पर हाथ रखकर कहती, "पिता जी! अब भला गाड़ी कब तक आयेगी?"

"बहुत जल्द आयेगी बेटा।"

"सचमुच आयेगी न?"

"हाँ री, तो क्या मैं झूठ बोलता हूँ?"

"नहीं, पर पिता जी! न जाने क्यों मेरा जी बहुत घबराने लगता है।"

"बेटी! तुम पर ऐसी मुसीबतें कब पड़ी थीं। हमने आप ऐसे दिन देखे न सुने। लेकिन बहादुर बनो। अब तो घबराने की कोई बात ही नहीं। गाड़ी आयेगी और हम अपनी बेटी को लेकर झट-से उसमें जा बैठेंगे।"

गोबिन्दी बहुत प्रसन्न हो पूछती, "तो पिता जी, अमृतसर पहुँचने में कै दिन लगेंगे?"

"दिन? पगली! गाड़ी में कुछ घण्टों में पहुँच जायेंगे वहाँ।"

"कुछ घण्टे, बस?" गोबिन्दी ने इतनी जल्दी विरसे से मिलने की आशा में पूछा।

"हाँ... ।"

"मैं तो चाहती हूँ कि गाड़ी बस तुरन्त आ जाये तो कितना अच्छा हो।"

पेशौरा यह बात सुनकर सोचता, भला यह कौन नहीं चाहता। किन्तु जब वह बेटी की ओर देखता तो उसे दोनों घुटनों में हाथ दबाये क्षितिज की ओर चमकती हुई आँखों से देखते पाकर उसके मन की विचित्र दशा हो जाती।

आख़िर चौदहवें दिन दोपहर के समय एकदम शोर उठा—गाड़ी आ गयी, गाड़ी आ गयी।

कुछ लोग तो इसे अफ़वाह समझकर अपनी जगह से हिले तक नहीं, लेकिन गाड़ी भला छिपी रह सकती थी। फिर क्या था। कैम्प में हलचल मच गयी। पुरुषों की पगड़ियाँ ढीली हो गयीं और स्त्रियों के हाथ से बच्चे फिसल-फिसल गये। हर आदमी अपनी चीज़ें समेटने लगा।

गाड़ी पहले इतनी तेज़ी से आयी मानो वहाँ रुकेगी ही नहीं, किन्तु जब सचमुच रुक गयी तो लोगों के हर्ष का ठिकाना न रहा। और फिर वे एक साथ ही गाड़ी पर टूट पड़े।

आदमी-पर-आदमी गिरते हुए एकदम आगे बढ़ रहे थे। दरवाज़ों के अतिरिक्त हर खिड़की में से सामान भीतर फेंका जाने लगा। पुरुषों ने स्त्रियों और बच्चों को भी उठा-उठाकर बेजान सामान की तरह डिब्बों में फेंक दिया। उन डिब्बों में, जिनमें अधिक-से-अधिक 'चालीस बैठने की जगह' लिखा था, सैकड़ों आदमी ठस गये। वास्तव में आदमी-पर-आदमी सवार था। इस दशा में आदमी तो आदमी शायद जानवर भी एक डिब्बे के अन्दर नहीं रह सकते थे। जब हर डिब्बे में इतनी भीड़ हो गयी कि दरवाज़ों के रास्ते बन्द हो गये तब लोग खिड़कियों और दरवाज़ों के साथ लटक गये। इसके बाद लोगों ने डिब्बों की छतों पर डेरे जमा दिये। सामान भी वहीं ढेर कर लिया। पगड़ियाँ उतारकर एक सिरा अपनी कमर से बाँधा तो दूसरे सिरे से बच्चों को बाँध डाला, जिसमें कि गाड़ी के चलने पर वे ढालू छतों से इधर-उधर न लुढ़क जायें।

पेशौरासिंह और चारगाँव के कुछ दूसरे लोगों के परिवारों ने एक राय होकर एक ही डिब्बे पर हमला बोल दिया और किसी-न-किसी प्रकार अपने बैठने के लिए जगह भी बना ली। लेकिन जब बाद में लोग अन्दर घुसने लगे तो वे मानव-शरीरों के बीच दफ़न-से होकर रह गये और इतने दब गये कि पहलू बदलना तो एक तरफ़, साँस तक लेना मुश्किल हो गया। गोबिन्दी के कोमल नथुने हवा के लिए फड़कने लगे। इस पर पेशौरे और सूरत ने उठकर लोगों को बोरों की भाँति ढकेल-ढकेलकर पीछे हटाया। इस पर कुछ 'तू-तू मैं-मैं' भी हुई पर बड़े-बूढ़ों ने आवाजें दे-देकर बीच-बचाव करा दिया।

यों भी उस समय किसी के मन में आपस में लड़ने की अधिक इच्छा नहीं थी। फिर गोबिन्दी को ठीक खिड़की के सामने बैठा दिया गया।

अब लोग अधीरता से गाड़ी के चलने की प्रतीक्षा करने लगे। पर गाड़ी भी उस वीराने में कुछ ऐसे मज़े में खड़ी थी मानो कोई असाधारण बात ही न हो। लोगों को पसीना छूटने लगा, प्यास सताने लगी।

आख़िर जब गाड़ी बड़े इन्तज़ार के बाद अत्यधिक मन्द गति से बढ़ी तो लोगों ने वाह गुरु अकाल पुरुख को लाख-लाख धन्यवाद दिया। किसी ने कहा—लो जी, धन्य हैं भगवान् कि गाड़ी मिल भी गयी और चल भी दी।

"भई, ऐसी भीड़ आज तक देखने में नहीं आयी...।"

"तुम भीड़ को कहते हो। अभी न जाने क्या-क्या देखना बाक़ी है...।"

किसी भावुक व्यक्ति ने कहा, "भई, वाह गुरु तेरा भला करे। अब ऐसी अशुभ बातें मुँह से मत निकालो।"

"हाँ भई।" किसी ने हामी भरी, "अब तो यही प्रार्थना करो कि गाड़ी कुशलपूर्वक अमृतसर पहुँच जाये।"

"हाँ भैया! अब तो यह आशा है कि दुःख की घड़ियाँ ख़तम हो जायेंगी।"

"वाह गुरु पर भरोसा रखो।"

"अच्छा जी, तो कै मील है यहाँ से अमृतसर?"

"यही, लगभग नब्बे मील के क़रीब!"

"और कितनी देर में पहुँचेगी गाड़ी?"

"पाँच-छह घण्टे में।"

"अजी नहीं, अब पहले की तरह स्टेशनों पर रुकेगी थोड़े ही। अब तो सीधी जायेगी और एक दौड़ में अमृतसर के स्टेशन पर रुकेगी। इस समय और भी जल्दी पहुँचेगी।"

"ठीक कहते हो। मेरे ख़याल में तो इसे ढाई-तीन घण्टे के अन्दर-अन्दर पहुँच जाना चाहिए।"

"अच्छा जी, इत्ती जल्दी?"

"हाँ जी।"

"वाहवा...तुम्हारे मुँह में घी-शक्कर! इसका मतलब तो यह है कि पलक झपकाते में हमारे कष्टों का अन्त हो जायेगा।"

"अरे कौन जाने। आदमी अगले एक क्षण के बारे में भी कुछ नहीं कह सकता...क्यों जी, मैं ग़लत कहता हूँ?"

"नहीं, कहते तो ठीक हो, लेकिन...भई।"

"लेकिन क्या?"

"यही कि आस पर दुनिया क़ायम है।"

"यह भी ठीक है।"

"जब तक साँस तब तक आस।" किसी ने दर्शन बघारा।

"गर्मी भी अबके बहुत है।"

"है तो, लेकिन बहुत इसलिए लगती है क्योंकि हम यहाँ छोटे-से डिब्बे में सैकड़ों आदमी पड़े हैं।"

"असल बात यही है।"

"ऐसी गर्मी रही तो प्यास के मारे दम ही निकल जायेगा।"

"अब ऐसे नाज़ुक मत बनो। कुछ घण्टों का सफ़र है। अमृतसर पहुँचकर ख़ूब जी-भर पानी पीना और मन-भर पूरी उड़ाना।"

"भई, नक़्शा अच्छा बाँधा तुमने।"

"नक़्शा अच्छा ही बँधना चाहिए।"

"अरे, वाह गुरु ने चाहा तो नक़्शा बँधेगा भी अच्छा। ज़रा देखो तो।"

गाड़ी चल देने का आनन्द लोगों के लिए अधिक टिकाऊ सिद्ध न हुआ। क्योंकि अत्यन्त मद्धिम गति से चलकर लगभग आध घण्टे के बाद गाड़ी एक छोटे स्टेशन पर रुक गयी...और कितनी ही देर तक रुकी रही।

गर्मी से परेशान सवारियों ने फिर आपस में बातचीत शुरू कर दी।

"लो देखो।"

"क्या है?"

"गाड़ी रुक गयी न?"

"तो फिर?"

"वह कौन कह रहा था कि गाड़ी किसी स्टेशन पर नहीं रुकेगी।"

"न जाने।"

"कुछ भेद तो होगा।"

"ज़रूर होगा।"

"अब सवारियों के उतरने-चढ़ने का तो कोई सवाल पैदा ही नहीं होता। ये लोग बिना रुके क्यों नहीं चल सकते?"

यह सवाल ऐसे प्रभावशाली ढंग से पूछा गया कि अगला आदमी जान-बूझकर हाथ उठा और पाँव फैलाकर पीछे हट गया और मसखरेपन से बोला—ओय भाइया! मऊ क्या पता। मैं कोई डरेवर लग्गा होयाँ वाँ।

इस पर कई रूखे, फीके चेहरों पर हँसी खेलने लगी। कुछ देर तक उनकी चुहलें चलती रहीं।

फिर उन लोगों ने देखा कि स्टेशन के पास कुछ मुसलमान जमा हो गये और धीरे-धीरे भीड़ बढ़ती जा रही थी। इस पर लोगों में कुछ हलचल मची। किन्तु वहाँ कोई उनकी बात सुननेवाला न था। पहले तो गाड़ी से निकलना असम्भव था। भीड़ के कारण हवा तक बन्द होकर रह गयी और फिर अगर आदमी निकले भी तो यों जान का ख़तरा

था...आख़िर कैसे मालूम हो कि गाड़ी वहाँ क्यों रोक दी गयी है। ऐसी हालत में गाड़ी को रोकना बेहद ख़तरनाक था।

संयोग से रेलवे का कोई आदमी जो शकल से ईसाई दीखता था चारगाँववालों के ख़ास डिब्बे के पास से होकर निकला तो सूरत ने अँगरेजी में उससे पूछा, ''क्या आप बता सकते हैं कि यह गाड़ी यहाँ कितनी देर तक खड़ी रहेगी?''

देसी साहब ने बड़ी मनोहर मुस्कान का प्रदर्शन किया और मुँह से कुछ बोले बिना स्वीकारात्मक ढंग से सिर हिला दिया जिसका मतलब किसी की समझ में कुछ भी न आया।

(३)

सूरत ने हाथ बाहर निकालकर साहब को रोकने के अन्दाज़ में हाथ बढ़ाते हुए कहा, ''आप स्वीकार करेंगे कि औरतें और बच्चे बेहद परेशान हैं। और फिर यहाँ इस तरह रुके रहना ख़तरे से भी खाली नहीं है।''

इस पर साहब रुक गया। वह भला और सहृदय आदमी जान पड़ता था। बोला, ''आपका कहना बिलकुल ठीक है मिस्टर, लेकिन आगे ज़्यादा ख़तरा भी हो सकता है।''

''अच्छा?'' सूरत ने तनिक व्यग्र होकर पूछा, ''तो फिर क्या उपाय किये जा रहे हैं?''

''हम बहुत सावधानी से आगे बढ़ रहे हैं। हमारे साथ मिलेट्री का प्रबन्ध काफ़ी नहीं है। इसलिए फूँक-फूँककर क़दम रखने की ज़रूरत है।''

''ठीक। तो क्या आगे से कोई बुरी ख़बर आयी है, जो आप यहाँ रुक गये हैं?''

''नहीं, अभी तक बुरी ख़बर नहीं आयी। लेकिन जो हालत है उससे तो आप अच्छी तरह परिचित हैं। इस जगह कोई ख़तरा नहीं है...अभी।''

''कुछ अन्दाज़ है, कितनी देर तक रुकने का प्रोग्राम है यहाँ पर।''

''बँधा हुआ प्रोग्राम तो कुछ भी नहीं है। लेकिन हम सावधानी के विचार से हर स्टेशन से अगले स्टेशन को फ़ोन करके ख़बर ले लेते हैं और रास्ता सुरक्षित पाकर आगे बढ़ते हैं।'' यह कहकर साहब ने तनिक रुककर कहा, ''मैं आपको डराना नहीं चाहता लेकिन इन आँखों ने सारे पंजाब में ऐसी-ऐसी घटनाएँ देखी हैं कि बस कुछ न पूछिये। हमारे साथ रक्षक सेना काफ़ी नहीं है, इसलिए हम नैतिक दृष्टि से बाध्य हैं कि सवारियों को उनकी मंज़िल तक सकुशल पहुँचा दें। मैं जानता हूँ कि आप जल्दी-से-जल्दी मंज़िल तक पहुँचना चाहते हैं! मैं भी इस सम्बन्ध में आपसे कम उत्सुक नहीं हूँ—मुझ पर विश्वास कीजिये।''

''ज़रूर, ज़रूर!'' सूरत ने गर्मजोशी से साहब के कन्धे को हाथ से थपथपाकर कहा।

साहब ने आगे बढ़ते हुए कहा, "मैं फिर बाबू के दफ़्तर में जाकर पता कर रहा हूँ, अगर रास्ता साफ़ हुआ तो हम चल देंगे।"

उनकी इतनी लम्बी बातचीत और सूरत के चेहरे के उतार-चढ़ाव से बाक़ी अनपढ़ लोगों की उत्सुकता और परेशानी क्षण-प्रतिक्षण बढ़ती जा रही थी। साहब के जाने के बाद उन्होंने सवालों की बौछार कर दी। सूरत ने स्त्रियों को परेशानी से बचाने के लिए बहुत नर्म शब्दों में सारी बातें बता दीं और कहा कि साहब का ख़याल है कि अगर हम लोग तनिक सावधानी से बढ़ते रहे तो आशा है कि सकुशल अमृतसर पहुँच जायेंगे। घबराने की कोई बात तो नहीं। साहब बहुत भला आदमी है।

थोड़ी देर बाद साहब मुस्कराता हुआ दफ़्तर में से निकला और चलते-चलते उसने सूरत की ओर परिचित दृष्टि से देखा और इशारे से बताया कि सब ठीक है।

चन्द मिनट बाद गाड़ी चल दी।

लोगों के दिलों में ख़ुशी की लहर दौड़ गयी और चारों ओर से वाह गुरु और परमात्मा के प्रति धन्यवाद के शब्द सुनायी पड़ने लगे।

खेमचन्द ने जेब टटोलकर एक तुड़ी-मुड़ी बीड़ी जेब में से निकाली और कई क्षणों तक उसे हसरत-भरी निगाहों से देखता रहा। फिर उसने पेशौरे और दूसरे सिक्खों की तरफ़ देखा, जिन्हें तम्बाकू के धुएँ से घृणा थी और फिर इनकार के तौर पर सिर हिलाते हुए बोला, "कितनी बुरी आदत है।" और एक ठण्डी साँस लेकर उसे जेब में ठूँसने लगा।

यह देख पेशौरा मुस्कराकर बोला, "यार, पी लो। अपना दिल मैला क्यों करते हो?"

खेमचन्द ने मूँछें फड़काकर कहा, "हाँ, ठीक तो है। तुम्हारे दुश्मन को फूँकते हैं तो क्या बुरा करते हैं।"

इस पर सब लोग हँस पड़े और खेमचन्द ने बीड़ी को माचिस दिखा दी। फिर पेशौरासिंह से बोला, "यार पेशौरिया! तू इधर आ जा। मैं ज़रा खिड़की के पास बैठ जाऊँ ताकि धुआँ डिब्बे के अन्दर न फैले।"

पेशौरा उठा और खेमचन्द उसकी जगह पर बैठकर बोला, "बेटी गोबिन्दी! क्या सोच रही हो...पेशौरिया यह लड़की देवी है देवी। सच कहता हूँ, गंगाजल की तरह पवित्र और गऊ की तरह अबोध।"

खेमचन्द ने दो-चार कश खींचे होंगे कि गाड़ी के किसी कोने से एक जाट सिक्ख ने मुस्कराकर कहा, "लाला, जानते हो, निहंग सिंह हुक्का पीने को क्या कहते हैं?"

"बता दो भई।"

"वे उसे खोती चुँघना कहते हैं।"

अबके फिर बड़े ज़ोर के ठहाके लगे।

खेमचन्द के चेहरे पर गम्भीरता थी। यद्यपि वह था हँसोड़ स्वभाव का आदमी। कठिन-से-कठिन संकट या तीक्ष्ण-से-तीक्ष्ण व्यंग्य का लक्ष्य बनने पर भी उसके चेहरे से परेशानी प्रकट नहीं होती थी।

जब ठहाकों का शोर मन्द पड़ा तब उसने बड़े इतमीनान से अपनी नन्हीं-मुन्नी बीड़ी को घुमा-फिराकर देखते हुए भारी स्वर में कहा, ''लेकिन मैं गधी का नहीं चिड़िया का दूध पी रहा हूँ।

इस पर फिर ठहाके लगे। गोबिन्दी, जो अभी तक केवल मुस्करा-भर देती थी, खेमचन्द की बात पर मारे हँसी के लोटन कबूतर बन गयी और घूँघट काढ़े हुए अपनी माँ की ओर देखकर बोली, ''देखो माँ, चाचा कहते हैं कि मैं चिड़िया का दूध पी रहा हूँ।'' इससे प्रकट होता था कि कितनी अल्हड़ थी गोबिन्दी।

गाड़ी ज़रा फ़र्राटे के साथ चल निकली थी। डिब्बे में हवा के आने से सवारियों का भी मनोरंजन होने लगा था, अतएव खेमचन्द ने अवसर हाथ से नहीं जाने दिया। अपने भरपूर स्वर में बोला, ''यार, निहंग सिंहों की भली कही तूने। एक बार एक निहंग सिंह जी गाड़ी पर सवार हुए और उन्होंने अपनी सवा लाख लाश को तो रखा सीट पर और ढाई सेर रोटियों का पोटला ज़ंजीर से उड़सकर लटका दिया...रेल की यह ज़ंजीर होती है न जिसे खींचने से गाड़ी अपने-आप रुक जाती है...।''

इस पर कुछ लोगों की हँसी निकल गयी क्योंकि वे समझ गये कि ज़ंजीर से वज़न लटकने का क्या नतीजा निकलेगा, लेकिन वे यह सब-कुछ खेमचन्द के मुँह से सुनने के लिए बेचैन थे और चुपचाप।

खेमचन्द ने ढीला हाथ लटकाकर उसे झुलाते हुए कहना शुरू किया, ''रोटियों का पोटला झूलता रहा और उसके बोझ से ज़ंजीर खिंचने लगी...कुछ लोगों ने निहंग सिंह की यह हरकत देख ली थी, किन्तु उसे सही सलाह देना मानो अपनी जान से हाथ धोना था, इसलिए वे चुपचाप तमाशा देखते रहे। यहाँ तक कि ज़ंजीर खिंच गयी और गाड़ी रुक गयी।''

लोग हँसे।

''जब बाबू उस डिब्बे में आया और ज़ंजीर के साथ पोटला बँधा हुआ देखा तो कहा, 'ए मैन! यह किसने बाँधा?'

''सबने निहंग सिंह जी की तरफ़ इशारा किया।''

''ओ यू, उतारना माँगो इसको...गाड़ी रोक दिया एकदम। जरिमाना करेंगे...।'

''इस पर निहंग सिंह झल्लाकर बोले, ''ओय, जा जा, नहीं उतारूँगा। रोटी खाने को रखी है। तुमनूँ कहता है उतारना माँगो। हमनूँ कहता है आठ-दस बन्दे उतारो। क्या हम-दी छटाँक-भर दी पोटली नाल गाड़ी रुक जानदी है तुमकी?' ''

खेमचन्द बना-बनाकर बातें कर रहा था और मारे हँसी के लोग दोहरे हो-हो गये।

''ओय, बस कर खेमचन्दा! तूने तो मार दिया हँसा-हँसाकर।'' पेशौरे ने कहा।

रास्ते में गाड़ी रुकती गयी। किन्तु लोग असल भेद पा गये थे इस कारण वे अधिक परेशान नहीं हुए।

इस प्रकार बातें करते, गप्पें हाँकते वे बढ़ते जा रहे थे, किन्तु सबके मन में दुविधा बनी थी। इसी तरह शाम हो गयी जबकि गाड़ी शेखूपुरा से इधर एक छोटे-से स्टेशन पर कुछ इस ढंग से जमकर रुकी जैसे अब आगे नहीं बढ़ेगी। उसे खड़े-खड़े दो-ढाई घण्टे बीत गये।

अब लोगों की परेशानी बढ़ने लगी। आख़िर इतनी देर तो गाड़ी किसी स्टेशन पर खड़ी नहीं हुई थी। अवश्य कुछ होनेवाला था। वे परेशान हो-होकर सूरत से असल कारण जानना चाहते थे। किन्तु सूरत बेचारा क्या बताये। वह कहता, ''भई, अब वह साहब दिखायी दे या पास से निकले तो पूछा जाये।''

रात अँधेरी थी। आकाश गँदला था और चारों ओर मौत का-सा सन्नाटा छाया था। कुछ ही देर बाद लोगों के कानों में बहुत दूर से नारों की आवाज़ें सुनायी देने लगीं, मानो एक साथ लाखों मनुष्य समझ में न आनेवाले भयानक शब्द निकाल रहे हों। उन शब्दों में ख़ून की प्यास थी। नन्हें बच्चों, बूढ़ों, लड़कियों और लड़कों सभी के रक्त की प्यास! उनमें एक ऐसी बर्बरता पायी जाती थी जिसे सुनकर मनुष्य का मन डूब-सा जाता था। मनुष्यों के एक गिरोह की आवाज़ें मनुष्यों के लिए मौत, ख़ून, तबाही और बरबादी का सन्देह बन रही थीं।

फिर धुँधला प्रकाश दिखायी पड़ने लगा, मानो मशालों की मीलों लम्बी पंक्ति। गाड़ी से चिपके हुए लोग भयभीत दृष्टि से प्रकाश के उन बिन्दुओं को देख रहे थे। गँदले और शान्त आकाश के नीचे अब क्या होनेवाला था?

इतने में पेशौरेवाले डिब्बे से कई स्वर गूँजे, ''साहब, साहब!''

साहब सबकी पुकार सुनकर क्षण-भर को उनके निकट चला आया। सबने सूरत को आगे बढ़ाया, ''पूछो-पूछो साहब से कि वह हमें यहाँ मरवाकर ही छोड़ेगा।''

सूरत ने अँगरेजी में बड़े विनम्र स्वर में पूछा, ''कहिये, कुशल तो है न। यहाँ गाड़ी देर से खड़ी है। क्या कारण है और क्या होनेवाला है? सब लोग बहुत परेशान हैं।''

साहब ने अपनी स्वाभाविक मुस्कान के साथ जवाब दिया, ''घबराने से काम नहीं चलेगा। हौसला रखिये।''

सूरत को सन्देह हुआ कि अवश्य ही कुछ दाल में काला है। उसने कहा, ''आप जानते ही हैं कि लोगों के दिल पहले ही टूटे हुए हैं। उनका परेशान होना तो स्वाभाविक ही है। आप मुझे सही-सही हाल बता दें, क्योंकि जो होना है सो तो होकर रहेगा।''

''देखिये, शेखूपुरे में हालत बहुत ख़राब है। मुसलमानों में बड़ी बेचैनी फैली हुई है। उनके सिरों पर ख़ून का भूत सवार है। इसलिए हुक्म यही मिला है कि हम आधी रात बीतने के बाद बिना रुके शेखूपुरे के स्टेशन से गुज़र जायें।''

''क्या उस समय हम लोग बिलकुल सुरक्षित होंगे?''

''सच्ची बात यह है कि विश्वास के साथ कुछ नहीं कहा जा सकता है। कोशिश करना हमारा फ़र्ज़ है। आगे सब ईश्वर के हाथ में है...ओफ़।''

"और यह सामने जो रोशनी दिखायी पड़ रही है यह कैसी है? इसका क्या मतलब है?"

साहब ने गम्भीरता से सूरत की आँखों-में-आँखें डालकर कहा, "देखिये, अपने साथियों से कुछ मत कहियेगा।...क्योंकि इससे कुछ हासिल नहीं होगा...।"

और फिर उसने रोशनी के फड़फड़ाते हुए बिन्दुओं की ओर देखते हुए कहा, "मैं आपको अँधेरे में नहीं रखना चाहता। उन मद्धिम नारों और रोशनी का कुछ भी मतलब हो सकता है। देखने में यह हज़ारों आदमियों का गिरोह है। इस समय ऐसे कई बड़े-बड़े गिरोह पूर्वी और पश्चिमी पंजाब में बेनकेल घूम रहे हैं।"

"और अगर इसी गिरोह ने इधर का रुख़ किया तो...?"

साहब ने विचित्र दृष्टि से सूरत की ओर देखा। कुम्हलाये हुए फूल की भाँति गोबिन्दी की ओर देखा और फिर सिर को झटका देकर बोला, "इस हालत में हम गाड़ी चला देंगे चाहे आगे जाकर कहीं फँस जायें।"

यह कहकर साहब ने एक बार फिर प्रकाश के रेंगते हुए बिन्दुओं की ओर देखा और आगे बढ़ गया।

लोगों ने तुरन्त सूरत पर सवालों की बौछार कर दी।

वे बिन्दु धीरे-धीरे स्पष्ट होने लगे और फिर उनके मद्धिम प्रकाश में बढ़ता हुआ गिरोह एक विशालकाय अजगर की भाँति बल खाता और भीषण बाढ़ के समान हिलोरें लेता दिखायी पड़ने लगा। उनके नारों के शब्द स्पष्ट रूप से समझ में नहीं आते थे।

यह समझकर कि अब मौत का सामना करना ही पड़ेगा, पुरुषों ने अपने-अपने हथियार सँभाल लिये। यद्यपि वे सब भली-भाँति जानते थे कि इस विशाल जन-समूह के सामने उनका अस्तित्व कुछ नहीं के बराबर था। परन्तु अब उपाय ही क्या था। स्त्रियों और बच्चों ने रोना शुरू कर दिया और मर्द चिल्ला-चिल्लाकर उन्हें चुप कराने लगे।

पहले-पहल यह भी आशा रही कि शायद इधर ध्यान दिये बिना वह गिरोह कतराकर आगे बढ़ जाये। परन्तु ऐसा नहीं हुआ और सबने आशा और निराशा की कशमकश से निकलकर भली-भाँति देख और समझ लिया कि समूह उन्हीं की ओर आ रहा था। अब तो समूह के आदमी दिखने लगे थे, दो टँगे भद्दे पशु।

सहसा मजमा फट गया और उसका एक बड़ा भाग इंजन की ओर बढ़ा। उसका उद्देश्य गाड़ी को रोकना था।

सब लोग दम साधे बैठे थे। जहाँ तक दृष्टि जाती थी लकड़ी के सिरों पर बँधी हुई लकड़ी की मशालें जलती दिख रही थीं। उनकी लपटें मिट्टी के तेल का दुर्गन्धित धुआँ वायुमण्डल में फैला रही थीं। अब गाड़ीवालों ने समझ लिया कि कुछ ही क्षणों में आग की उमड़ती नदी आगे बढ़ेगी और उन्हें अपनी लपेट में लेकर झुलस देगी।

इसी बीच गाड़ी चल दी।

गाड़ी के चलने की देर थी कि समूह दौड़ पड़ा। किन्तु इंजन के आगे कोई रुकावट नहीं थी। चाल एकदम तेज़ कर दी गयी। इस पर हमलावरों ने बन्दूक़ों के फ़ायर किये और कुछ ने लम्बी-लम्बी लाठियों के सिरों पर बँधी छव्वियों और कुछ ने भालों की सहायता से गाड़ी के बाहर लटकते हुए मनुष्यों को नोच लिया। प्राण बचाने के लिए उन बेचारों ने दरवाज़ों और खिड़कियों में से भीतर घुस आने की असफल चेष्टा भी की। इधर अन्दरवालों ने गोलियों के डर से खिड़कियाँ बन्द कर दीं। घबराहट और भय की दशा में छत पर बैठे हुए कुछ लोगों के धम-धम गिरने की आवाज़ें सुनायी पड़ीं और चलती हुई गाड़ी की खटाखट में मिली-जुली चीख़ों और मदद के लिए पुकारनेवाली आवाज़ों ने मिल-जुलकर एक बड़ा ही भयानक शोर उत्पन्न किया जिसे सुननेवाले शायद कभी न भुला सकेंगे।

कुछ दूर तक हमलावरों ने गाड़ी पर दौड़-दौड़कर हमले किये, लेकिन आख़िर कहाँ तक। गाड़ी बढ़ गयी और उनके पंजे से निकल गयी...। शेष लोगों ने सन्तोष की साँस ली, पर सूरत चुप था। वह जानता था कि अभी एक ख़तरे से निकलकर दूसरे संकट का सामना करना पड़ेगा। अभी शेखूपुरा का स्टेशन उनके सिर पर खड़ा था और वे समय से पहले पहुँच रहे थे। साहब बता चुका था कि वहाँ भी बड़ा सख़्त ख़तरा है।

एक बार ख़तरे से बाहर होकर लोगों ने खिड़कियों में से सिर निकालकर पीछे रह गये आग के सागर की ओर देखा और फिर अन्धकारपूर्ण शून्य में छिपे शेखूपुरे की ओर, जहाँ मृत्यु काला चोगा पहने उनकी ताक़ में बैठी थी।

धीरे-धीरे वे शेखूपुरा के निकट पहुँचने लगे। हर रोज़ के आने-जानेवाले लोगों में से एक ने शान्ति भंग करते हुए कहा, "अब शेखूपुरा भी आने ही वाला है।"

लोगों ने झुके-झुके सिरों को हिलाकर भवों-तले से उस व्यक्ति की ओर देखा किन्तु किसी ने कोई जवाब नहीं दिया।

हिचकोले खाती हुई गाड़ी में सवारियाँ भी दायें-बायें हिल रही थीं। उन्होंने अपने-आपको गाड़ी के हिचकोलों के हवाले कर दिया था।

धीरे-धीरे शेखूपुरा आ गया। काँटे बदले जा चुके थे। गाड़ी पटरियाँ बदलती हुई खटाखट का शोर करती बढ़ती चली जा रही थीं...खिड़कियाँ बन्द कर ली गयीं। गाड़ी की चाल मद्धिम होने लगी, और फिर वह प्लेटफ़ार्म पर रुक गयी।

प्लेटफ़ार्म पर शान्ति दिखायी पड़ रही थी।

गाड़ी बड़ी कठिनाई से दो मिनट रुकी होगी कि फिर चल दी और प्लेटफ़ार्म से कुशलपूर्वक निकल गयी...इस पर लोगों ने एक बार फिर सन्तोष की साँस ली।

"कुशल ही रही।" खेमचन्द ने फिर जेब से एक मरियल-सी बीड़ी निकाली।

सूरजसिंह ने पहले तो कुछ पचाके निकाले और फिर कहा, "बाहर लटके हुए न जाने कितने बेचारे मारे गये हैं। "उफ!"

खेमचन्द ने गम्भीरता से कहा, "अब तो मंज़िल पर पहुँचकर ही इन बातों का पता चलेगा।"

मास्टर चाननलाल ने मिमियाकर कहा, "हद हो गयी। यदि हम उनके चंगुल में आ जाते तो इस समय यों बातें न करते। उस समय एक बार तो यही जी चाहा कि काश इस मनहूस गाड़ी पर न चढ़े होते। हमसे तो वही लोग अच्छे रहे जो इस पर चढ़ नहीं पाये।"

खेमचन्द ने धुआँ छोड़कर बीड़ी को दाँतों में दबाये-दबाये कहा, "गाड़ी मनहूस है या शुभ, इसके बारे में कुछ नहीं कहा जा सकता। यह बात भी हम बाद में ही कह सकेंगे।"

अब सब लोग बातचीत करने के 'मूड' में थे इसलिए धीरे-धीरे फिर बातों का चक्कर शुरू हो गया।

सहसा एक ज़नानी चीख़ से डिब्बा गूँज गया। लोग एकदम चुप हो गये और देखने लगे कि यह आवाज़ कहाँ से आयी थी।

यह गोबिन्दी की चीख़ थी।

उसने एक हाथ बाहर निकालकर तुरन्त भीतर खींच लिया था...सबने देखा कि वह ख़ून से लथपथ हो रहा था। गोबिन्दी ने उँगलियाँ फैलाकर हाथ ऊँचा कर रखा था। लाल, गर्म और ताज़ा ख़ून।

गोबिन्दी के हाथ पर कोई घाव नहीं आया था। यह ख़ून किसी ऐसे व्यक्ति का था जो बाहर लटका हुआ था। गहरा घाव खाने के बाद भी वह गाड़ी से चिपका रहा और गाड़ी को ख़ून के रंग में रँगता रहा। यहाँ तक कि उसके हाथ ढीले पड़ गये और वह गाड़ी की पटरी के पास गड़े हुए नोकदार पत्थरों पर गिर पड़ा।

पेशौरे ने पुचकारकर बेटी के हाथ से ख़ून साफ़ किया और माँ ने बच्ची के कम्पित शरीर को कुछ देर तक छाती से लगाये रखा।

भोली गोबिन्दी का ख़ून में लुथड़ा हुआ हाथ देखकर डिब्बे के सब लोग कुछ इस ढंग से चुप हो गये मानो अब कभी नहीं बोलेंगे।

## (4)

**रंगीन किन्तु गर्म** सुबह को गाड़ी लाहौर से दो स्टेशन इधर ही रुक गयी।

अब केवल लाहौर रह गया था। लाहौर! जहाँ वे बीसियों बार गुरुद्वारा डेरा साहब का मेला देखने के लिए आ चुके थे। अपने दोस्तों और सम्बन्धियों के साथ गप्पें मारते और चुहलें करते वे इस जगह यों आते और घूम-फिरकर चले जाते जैसे आदमी बाग़ में सैर करता हो। लेकिन आज लाहौर उनका दोस्त नहीं था, बल्कि उनके रक्त का प्यासा था। आज लाहौर गुर्रा-गुर्राकर कहता था—मेरे पास मत आओ। मेरे पास से होकर

निकलना तक मना है। और यदि तुम इधर से गुज़रे तो फिर लाचार हो मुझे तुम लोगों के ख़ून में नहाना पड़ेगा। लाचारी...हाय लाचारी!!

लोग-बाग प्रसन्न थे। अब क्या था, बस लाहौर पार हुए और उनके कष्टों का अन्त हुआ।

धूप क्षण-प्रतिक्षण तेज़ होती जा रही थी और गाड़ी हिलने का नाम तक नहीं लेती थी। लोग थोड़ा-बहुत पानी लेकर गाड़ी पर सवार हुए थे। तीव्र गर्मी में वे उसमें से थोड़ा-थोड़ा पीकर गुज़ारा करते आ रहे थे। किन्तु अब वह भी ख़तम हो चुका था। इस बात का किसी को स्वप्न में भी ख़याल नहीं था कि गाड़ी इस ढर पर चलेगी। वे समझे बैठे थे कि अब हर स्टेशन पर रुकने की गाड़ी को भला क्या ज़रूरत पड़ेगी, इसलिए अमृतसर और भी जल्दी पहुँच जायेगी।

अच्छा ख़ासा दिन चढ़ आया था, किन्तु गाड़ी दम साधे खड़ी थी और फिर बड़ी कठिनाई के बाद चली भी तो उलटी तरफ़। अर्थात् जिधर से आयी थी उधर ही को चल दी। पहले तो लोगों ने इस बात को कोई विशेष महत्त्व न दिया, किन्तु जब वह पूरी चाल से चल निकली तो लोग उदास हो गये। फैले हुए लाहौर के आसपास की जानी-पहचानी चीज़ें फिर दृष्टि से ओझल होने लगीं, यहाँ तक कि लाहौर पीछे—बहुत पीछे रह गया। गाड़ी एक बार फिर शेखूपुरे के निकट जाकर एक छोटे-से स्टेशन पर रुक गयी।

लोग हैरान थे कि आख़िर अब यह कौन-सी नयी विपदा आयी है जो आगे पहुँचकर पीछे हटना पड़ा। इतने में वही कृपालु साहब दिखायी पड़ा। सूरत के चेहरे पर प्रश्नचिह्न देख वह सिगार से धुआँ उड़ाता उसके निकट चला आया और अँगरेजी में बोला, "हमारा दुर्भाग्य! नहीं तो अब तक हम हिन्द यूनियन की सीमा में प्रवेश कर चुके होते।"

"क्यों क्या हुआ?"

"हुआ यह कि लाहौर पहुँचकर मालूम हुआ कि आज ही सुबह पूर्वी पंजाब से मुसलमान रिफ़्यूजियों की एक गाड़ी बिलकुल कटी-कटाई लाहौर पहुँची है और लाहौर में बड़ा जोश फैला हुआ है। हमें ऑर्डर तो यह था कि गाड़ी वापस कैम्प में पहुँचा दी जाये, परन्तु मालूम हुआ कि रातवाला दंगाइयों का दल अब शेखूपुरे के स्टेशन पर डेरा डाले है इसलिए अब हम न इधर के रहे न उधर के।"

यह सुनकर सूरत के मानो प्राण ही निकल गये। उसने भाँप लिया कि अब कोई उपाय नहीं है। उसे चिन्तित देख साहब ने फिर कहा, "सरदार! इसमें शक नहीं कि अब वास्तविक संकट सामने है, क्योंकि आगे और पीछे के सारे रास्ते बन्द हैं। मैं यह बातें सिर्फ़ आपको इसलिए बताये देता हूँ जिसमें कि आप यह न समझें कि हम अपने कर्त्तव्य के प्रति लापरवाही बरत रहे हैं। लेकिन औरों से यह बातें मत कहिये। इससे कोई लाभ नहीं होगा। अब तो सब-कुछ भाग्य पर छोड़ना होगा...।"

यह कहकर साहब सुस्त क़दम उठाता आगे बढ़ गया और सूरत ने सवाल करनेवालों को इधर-उधर की बातों में टाल दिया।

धूप और तेज़ हो गयी। भूखे-प्यासे यात्री और बेचैन होने लगे।

प्लेटफ़ार्म पर पानी का नल मौजूद था, पर वहाँ तक जाये कौन? यद्यपि मुसलमान संख्या में अधिक नहीं थे, किन्तु दो-चार या उससे अधिक आदमियों को मार डालना उनके बायें हाथ का खेल था। वे दूर से छुरों का प्रदर्शन कर रहे थे।

इधर धूप के साथ-साथ गर्मी बढ़ी और लोगों के, विशेषकर स्त्रियों और बच्चों के गले सूखने लगे, उधर दंगाइयों की संख्या बढ़ने लगी।

गाड़ी के किसी डिब्बे से एक मनचला हिन्दू जवान पानी का लोटा लेकर नल की ओर दौड़ा और पलक मारते में पानी से भरकर वह लौटा तो कई हमलावर उस पर झपटे और सबके देखते-देखते उस पर छुरों से लगातार वार किये। उस वीर ने मदद के लिए किसी को नहीं पुकारा। उसने चुपचाप उनमें से बच निकलने का वीरतापूर्ण संघर्ष किया और फिर प्लैटफ़ार्म को अपने रक्त से रँगकर ठण्डा हो गया।

दोपहर के समय तक उसका मृत शरीर प्लैटफ़ार्म पर पड़ा-पड़ा अकड़ गया।

अब लगता था कि शेखूपुरावाले दंगाइयों के दल ने इधर का रुख़ कर लिया था, क्योंकि हमलावरों की संख्या हज़ारों तक जा पहुँची थी। रातवाला नरमुण्डों का सागर एक बार फिर उन लोगों के सामने हिलोरें लेने लगा।

किसी ने दबे स्वर में पूछा, "हमारे रक्षक सिपाही इन पर गोली क्यों नहीं चला देते?"

सवाल सूरत से किया गया था। उसने उदासीन दृष्टि से सवाल करनेवाले की ओर देखा और होंठों पर मलीन मुस्कराहट लाकर बोला, "तुमने देखा नहीं, वह नौज़वान मारा गया पर उन लोगों पर गोली नहीं चलायी गयी, इसलिए कि फ़ौज काफ़ी नहीं है और वह नहीं चाहती कि सारी गाड़ी के मुसाफ़िरों पर कोई मुसीबत आये।"

अधिकांश खिड़कियाँ बन्द कर दी गयी थीं। सूरतवाली खिड़की तो खुली थी, किन्तु उसने बहन को खिड़की से ज़रा दूर हटाकर बैठा दिया था। गोबिन्दी का रंग पीला पड़ गया था। उसके होंठों पर पपड़ियाँ जमी हुई थीं और मुँह के दहाने के दोनों कोने फट-से गये थे और आँखों के नीचे काले धब्बे उत्पन्न हो गये थे...बहन का यह हाल देख भाई के मन में एक हूक-सी उठी।

उन्हीं के डिब्बे में बैठा हुआ अधेड़ आयु का एक बहुत तगड़ा सिक्ख घूर-घूरकर गाड़ी से बाहर लहरें लेते हुए मजमे की ओर कड़ी दृष्टि से देख रहा था। उसकी एक आँख फूले से ख़राब हो गयी थी। दूसरी आँख से उसने डिब्बे में बैठे हुए शेष लोगों की ओर एक नज़र देखा और हिंसक पशु के स्वर में गुर्राकर कहा, "मुझे प्यास लगी है और अब मैं पानी पीयूँगा।"

यह कहकर उसने अपनी पुरानी राइफ़ल सँभाली।

किसी भी क्षण उन पर हमला हो सकता था इसलिए सबने भय तथा आश्चर्य की मिली-जुली दृष्टि से उसकी ओर देखा। कई लोग उसे जानते थे, किन्तु इसके पहले कि कोई कुछ कहे उसके इशारे पर उसका अट्ठारह वर्षीय लड़का नंगे सिर जूड़ा निकाले हाथ में लोटा लिये बगटुट नल की ओर भागा।

सिक्ख ने राइफ़ल कन्धे पर जमा ली।

अब कुछ बोलने की गुंजाइश ही नहीं थी।

नौज़वान ने पानी भरा। प्लेटफ़ार्म से परे खड़े हुए मजमे में हरकत पैदा हुई और अभी लोटा भरा भी न था कि एक छुरेबाज़ तेज़ी से आगे बढ़ा। इधर गोली 'धायँ' से बोली और वह वहीं ढेर हो गया। लड़का जूड़ा हिलाता हुआ बढ़ा ही था कि दो आदमी और आगे बढ़े। "धायँ! 'धायँ।' वे दोनों भी गिर गये। डिब्बे में खलबली मच गयी। इसका मतलब था—मौत!—सबकी मौत!

इसी बीच भाला लिये हुए एक और मुसलमान बढ़ा, किन्तु इसके पहले कि उसका हवा में उठा भाला उसके हाथ से छूटे, फिर धायँ!—और मौत।

"पागल है पागल!" पेशौरा ने चिल्लाकर कहा, "रोको इस पागल को।"

परन्तु उस सिक्ख ने तुरन्त डिब्बेवालों पर राइफ़ल तान दी और पागलों की तरह चिल्लाया, "ख़बरदार! कोई नहीं बचेगा।"

और फिर, उसने बढ़े हुए एक आदमी के पेट में अपनी लम्बी टाँग धँसाकर कहा, "बस तीन गोलियाँ राइफ़ल के अन्दर और हैं...घबराओ मत...कोई नहीं बचेगा।"

"पागल है पागल!"

पानी लानेवाले पर हमलावर टूट पड़े और गोलियाँ तड़ातड़ गूँजीं...चारों ओर से गोलियाँ-ही-गोलियाँ।

हमलावरों का समुद्र बड़े रेले के रूप में आगे बढ़ा—इंजन से पिछली गाड़ी तक। और फिर सारी गाड़ी झनझना गयी—जैसे भूचाल आ गया हो। बर्छे, छुरे, तलवारें, बन्दूक़ें, पिस्तौलें हवा में उठे, लहराये और झूमे।

पेशौरे ने बन्दूक़ उठायी और सूरत ने कृपाण सँभाली।

हमलावर डिब्बे में घुसे। आगे बर्छे-भालेवाले और छुरेबाज़ थे और निहत्थे लोग उनके भालों, बर्छों, और छुरों की तेज़ नोकों को अपने शरीर पर रोकने के लिए विवश थे।

छत से ख़ून में लथ-पथ बच्चे, स्त्रियाँ, बूढ़े, जवान मर-मरकर नीचे गिर रहे थे।

एकदम डिब्बे में इतनी खलबली मच गयी थी कि निशाना बाँधना तो एक ओर रहा, पेशौरे के लिए बन्दूक़ सँभालना मुश्किल हो रहा था।

सूरत से हमलावर अभी दूर थे। कृपाण चलाये तो अपने ही आदमियों पर वार पड़ता था।

'मारो, मारो' की आवाज़ों और घायलों की चीख़ों तथा सहायता के लिए पुकारनेवालों के शोर से प्रलय का दृश्य उपस्थित था।

इतने में पेशौरे ने निगाह उठायी तो एक परिचित सूरत दिखायी पड़ी—वह करीमू था।

करीमू के हाथ में लम्बा बरछा था। उसने अकस्मात् ज़ोर से पाँव की ठोकर दी और बन्दूक़ पेशौरे के हाथ से गिर पड़ी। सूरत ने तलवार उठायी तो पेशौरे ने रोक दिया

क्योंकि उसने देखा कि उस ग़ज़ब के शोर में करीमू हाथ रोके कुछ कह रहा है। उसने सुनने की कोशिश की।

"वह हरामज़ादा कहाँ है?" करीमू ने पूछा।

"कौन?" पेशौरे ने पूछा।

"वही...।" करीमू ने हाँफते हुए कहा।

"कौन?"

"अबे हरामज़ादे, वही बिरसिया?"

"यहाँ नहीं है।"

"बकता है।"

"तो क्या मैंने उसे छिपाकर रखा है!"

"कहाँ है वह? करीमू कड़का।

"वह पहले ही चला गया।"

"कैसे चला गया?"

"ट्रक पर।"

करीमू ने साथियों की ओर देखा, "सच?"

पेशौरे ने आशापूर्ण स्वर में उत्तर दिया, "हाँ।"

करीमू ने भयानक ठहाका लगाया, "तब तो साला मर गया होगा कभी का।"

गोबिन्दी के हृदय की मानो गति रुक गयी।

करीमू ने कहा, "पेशौरे, तुझे हम कुछ नहीं कहेंगे।"

पेशौरे ने सोचा, "हो सकता है इसके मन में गाँववालों का लिहाज़ आ गया हो।"

करीमू ने फिर पूछा, "जानते हो क्यों?"

"नहीं।" पेशौरे ने शोर में चिल्लाकर कहा।

"इसलिए कि तेरी लौंडिया पटाखा है और मुझे पसन्द है।" यह कहकर करीमू ने झपटकर गोबिन्दी का बाज़ू थाम लिया और खींचा।

इस पर पेशौरा आगे झपटा, पर तलवार के एक वार से उसका बाज़ू साफ़ कट गया और वह त्यौरा गया।

गोबिन्दी एक तिनके की भाँति खिंचती चली गयी। उसकी हृदय-विदारक चीत्कारें उस शोर पर छा गयीं। उसके आँसू सूख गये। वह हाथ फैलाकर चिल्लायी, "मेरे पिता जी! मेरे वीर जी!! मुझे बचा लो...मुझे बचा लो।"

सूरत ने बिफरे हुए सिंह की भाँति आगे बढ़कर बहन को उनके हाथों से नोचकर छीन लिया और फिर बर्छों और छुरे के वारों से निढाल होकर गिर पड़ा। बहन फिर छिन गयी।

"मेरे वीर जी! मेरे अच्छे वीर जी! मुझे बचा लो, अपनी गोबिन्दी, रानी बहन को बचा लो।" सूरत को ऐसा महसूस हुआ मानो यह पुकार दूर, बहुत दूर विराने से आ रही हो...

...और फिर उसने बुझती हुई-सी आँखों से देखा कि उसकी माँ ख़ून में लुथड़ी पड़ी है, बाप का कटा हुआ बाज़ू अलग पड़ा है और वह औंधे मुँह जाने-पहचाने, चन्द घड़ी पहले हँसते-बोलते लोगों की लाशों में दबा पड़ा है।

# 18

**ट्रकों पर सवार होकर** जब विरसा और उसका परिवार, काबुलसिंह और उसका परिवार तथा उसके यारों और साथियों के परिवार भी उन पर सवार हो गये तो ट्रकों ने कैम्प से विदा ली।

अति मनोरम प्रभात था और फिर उस निडर चण्डाल चौकड़ी को भय छू भी न गया था। अधिक संख्या ऐसे लोगों की थी जिनका कोई न आगे था न पीछे। जीते रहे तो अच्छा, मर गये तो और भी अच्छा।

इन्हीं बातों के कारण सब लोग बहुत प्रसन्न थे। स्त्रियों और बच्चों को एक अलग ट्रक में बिठाकर दूसरे में सामान और बड़े-बूढ़ों को लाद दिया गया था। तीसरे ट्रक में सारी चण्डाल चौकड़ी अपनी भाँति-भाँति की आकृतियों सहित सवार हो गयी।

जो परिवार उनके साथ जाने का साहस कर बैठे थे वे मन-ही मन पछता रहे थे कि व्यर्थ ही इन चण्डालों के साथ हो लिये। उनके साथ गन्तव्य स्थान तक सकुशल पहुँचना कोई आसान काम नहीं था। उन सबका यह हाल था मानो मेले पर जा रहे हों।

ट्रकों के ड्राइवर उन्हीं के मुसलमान दोस्त थे, जिन्होंने अपने दोस्त को सरहद के पार तक पहुँचाने का बीड़ा उठाया था। वे ख़ूब ज़ोर-ज़ोर से हँस-हँसकर बातें कह रहे थे और अपने मित्रों से कह रहे थे मज़े से बैठे गाते-बजाते रहो, जहाँ कहीं मजमा होगा हम तुम्हें बता देंगे। ज़रा देर को चुपके हो जाना और ख़तरा टल जाने पर फिर धमाचौकड़ी मचाना।

"अच्छी बात।"

उन लोगों में एक-से-एक बेमिसाल हस्ती बैठी थी। लाल बालोंवाला एक सिक्ख, जिसका रंग भी ताँबे की भाँति था, ख़ूब हँस-हँसकर अपनी बरबादी की कथा कुछ इस ढंग से सुना रहा था मानो विवाह की पहली रात की बात कर रहा हो। उसके सिर के बाल मशीन से कटे थे और दाढ़ी भी कैंची से कतरी हुई थी।

काबुले ने उसकी गर्दन दबोचकर कहा, "ओय भैंण के पापड़! ये सिर के केस और बीबी दाढ़ी के बाल क्यों काट दिये?"

इस पर उसने नथुने फुलाकर जवाब दिया, "अबे उल्लू की दुम! मैंने आप थोड़े ही काटे हैं।"

"तो फिर किसने काटे हैं?" काबुले को सारी बात का पता था, किन्तु वह फिर मज़ा लेना चाहता था।

"अपने गाँव के मुसलमानों ने ही काटे हैं।"

"ज़रा खोलकर बयान कर मेरे यार।"

"अब खोलकर क्या बयान करूँ। बीसियों बार तो सुना चुका हूँ सारा क़िस्सा।"

"ओय सुना लौंछड़े (लोफर), नखरे क्या दिखाता है। हमारे यार विरसू को सुना दे फिर से अपनी जनम साखी। सुना डाल, सुना डाल बेटा।"

"वाह, यह भी कोई बन्दर का तमाशा है?"

"अबे ट्रक से उठाकर नीचे फेंक दूँगा।"

आख़िर उसे सारी बात सुनानी पड़ी कि किस तरह वे सब-कुछ छोड़-छाड़कर गाँव से बाहर निकले तो कुछ बदमाश मुसलमान गुण्डे उनके गिर्द जमा हो गये और बड़ी विनम्रता से पूछने लगे, "अच्छा तो जा रहे हैं आप लोग?"

"हाँ भाई और क्या करें?"

"हाँ भाई, बहुत बुरा हुआ। अच्छा, ख़ुदा को यही कुछ मंजूर था। लेकिन हमारे सिक्ख भराओ (भाइयो), अपनी कोई निशानी तो देते जाओ।"

मैंने कहा, "ओय बेब याव्यो! अपनी सारी पूँजी तो हम तुम्हें दिये जा रहे हैं। अब और क्या लादू (लट्टू) चाहते हो तुम?"

इस पर एक ने मेरी लम्बी दाढ़ी को प्यार से छूकर कहा, "यार, मुझे तुम्हारी दाढ़ी बहुत पसन्द है। सिर की जटाएँ भी बस बादलों की घटाएँ हैं...बस यह देते जाओ।"

इस पर हम बहुत ऊपर-तले हुए पर वहाँ कौन मानता था। उन्होंने हमारे हाथ बाँध दिये और कहा, "तुमको अपने पड़ोसी होने के कारण ज़िन्दा जाने दे रहे हैं इसलिए तुम्हें दाढ़ियों के मुट्ठी-भर बाल दे डालने में कंजूसी से काम नहीं लेना चाहिए।"

बस फिर क्या था। वे सब हरामी हमें घेरकर बैठ गये और ललचायी हुई नज़रों से हमारी दाढ़ियों को पसन्द करने लगे। साला कुम्हार मेरी दाढ़ी की ओर इशारा करके बोला, "यार, इस दी दाढ़ी और सिर दे बाल मैं लेऊँगा।"

इस पर दूसरे ने कोहनी मारते हुए कहा, "वाह बे, तू क्यों लेगा। मैं लूँगा। सर्दियाँ आ रही हैं और मेरे पास एक कम्बल तक नहीं है।"

कुम्हार ने घिघियाकर कहा, "भाई, मैं बहुत ग़रीब हूँ। मुझ पर रहम करो। अल्ला इसका फल देगा। बात यह है कि गधे पर लादने के दोनों बोरे तार-तार हो गये हैं, इसलिए मुझे इन बालों की बहुत ज़्यादा ज़रूरत है।"

इस पर सबके साथ हँसकर दोहरे होते हुए काबुले ने उसके एक लात जमायी और मुँह से थूक के छींटे उड़ाते हुए कहा, "तूने चुपके से दाढ़ी और बाल क़तल करवा दिये।

असल बात यह मालूम होती है कि नीयत तेरी भी ख़राब रही होगी। वाह बे! अच्छा माँ का लाल है तू।''

दूसरे ने मूँछ का सिरा दाँतों से चबाते हुए कहा, ''यह माँ का लाल नहीं, माँ का लोल है। इस चगाड़ से भला तुम ऐसी आशा रखते हो।''

इस पर फिर ठहाके लगे। काबुले ने बाहर बैठे हुए मुसलमान ड्राइवर से कहा, ''ओय मोहमदिया! देख गुलसिंह सनसिंहयों को क्या कह रहा है।''

बाहर से आवाज़ आयी, ''भाई, क्या कह रहा है बेचारे को?''

''बेचारे को कह रहा है कि यह माँ का लाल नहीं, माँ का लोल है।''

''हो-हो-हो...हो-हो-हो।''

इसी बीच काबुले की नज़र विरसे पर पड़ी जो उस समय दोनों रानों में हाथ दबाये बड़ी उदास मुद्रा में बैठा था। गोबिन्दी की याद बर्छे की नोक की तरह उसके दिल में अटककर रह गयी थी। वह स्वयं हैरान था। कितनी ही स्त्रियों से उसके सम्बन्ध रह चुके थे। कइयों से क़समा-क़समी और 'तू मेरी और मैं तेरा...' क़िस्म की बातें हो चुकी थीं और वह अपने को प्रेम का एक कुशल खिलाड़ी समझने लगा था। किन्तु इस बार गोबिन्दी के मूक प्रेम, झुकी-झुकी आँखों, मौन अधरों ने न जाने उसके हृदय के किस तार को झनझना दिया था। आने को तो वह गोबिन्दी को छोड़ आया था किन्तु सहसा उसके मन में आशंकाएँ उठने लगीं। उसकी इच्छा हुई की छलाँग लगाकर चलते ट्रक से नीचे कूद पड़े और तीर की-सी तेज़ी से दौड़कर फिर गोबिन्दी...अपनी गोबिन्दी से जा मिले।

''यारो, इस लगड़बगड़ को तो देखो।'' काबुले ने साथियों का ध्यान विरसे की ओर आकृष्ट करते हुए कहा, ''तेरी माँ को ले जायें चोर...।''

''कहाँ ले जायें चोर?'' गुलसिंहियाँ ने नटखटतावश सवाल किया।

काबुले ने गुल की ओर ध्यान से देखा, बहुत बड़े बटुए की भाँति मुँह खोला और झट बोला, ''बड़ी नहर की पटरी पर...।''

''ओय हो-हो-हो...हो-हो-हो।'' नारों के साथ ठहाके गूँजे।

किन्तु विरसे के होंठों पर घुटी-घुटी-सी मुस्कान उत्पन्न होकर रह गयी।

झप्पू ने भेद की बात काबुले के कान में कह दी। फिर क्या था, काबुले ने बड़े ज़ोर की दहाड़ मारी जैसे उसका बाप उसी समय मर गया हो, और विरसे के गले में बाँहें डाल मुँह फाड़-फाड़ कृत्रिम रुदन करने लगा—

*ओय पुत्रा विरसिया ओय*
*तुझे मेरी 'हा' लगी है*

''तेरी बहन, ते मेरी रन्न (औरत) शर्बती (बेला) भी तो मुझे छोड़कर चली गयी है। पर न रो बेटा। जो गयी सो गयी। अमृतसर पहुँच लें तो फिर तुझे भूरी भैंस बराबर

रन्न दिलाऊँगा। ऐसी कि एक लात जमाये तो तुझ-ऐसे अड़बैंग सरदार की...तारों को छू जाये...।''

इस पर सनसिंहियाँ काबुले के कूल्हे से कूल्हा टकराकर और लाठी गर्दन के पीछे फँसाकर भालू की तरह नाचते हुए बोला, ''ओय मझबिया! हमको भूरी भैंस-सी औरत नहीं चाहिए।''

काबुले ने सनसिंहियाँ की इस हरकत को बड़ी प्रशंसापूर्ण नज़रों से देखा और कृत्रिम आश्चर्य प्रकट कर बोला, ''ओय तो फिर?''

''हमनूँ गोरा बन्दा, तू मझबी (मज़हबी) काला बध्याड़ (भेड़िया) तू क्या जाने गोरी गोबिन्दी की सार।''

इस पर काबुले ने भी लाठी गर्दन के पीछे रखकर जो कूद-फाँद शुरू की तो ट्रक में मानो भूकम्प आ गया। बाहर से मुसलमान ड्राइवर ने कहा, ''ओय भीन के यारो! यह क्या उधम मचा रखा है?''

लेकिन उस बेचारे की बात की ओर किसी ने ध्यान तक नहीं दिया और उसने विवश होकर अपना चुकन्दर-सा चेहरा भीतर खींच लिया।

अन्दर ठहाके-पर-ठहाका लग रहा था।

दोनों विशालकाय सिक्ख विरसे को तंग और ख़ुश करने के लिए मटक-मटककर बेडौल नाच नाच रहे थे। सनसिंहियाँ ने कुत्ते की तरह हाथ-भर की ज़बान बाहर निकाली और तुरन्त यह तुकबन्दी जोड़ गाने लगा—

*ओय ओय, नामंजूर, नामंजूर!*
*तेरी रन्न नामंजूर, नामंजूर!*
*ओय तेरी रन्न तेरी रन्न*
*घूसड़-फूसड़ मन्दी घण्डल*
*ओय साडी गोबिन्दी साडी गोबिन्दी*
*निक्की नाज़ुक सुरोदी गन्दल*
*ओय ओय नामंजूर नामंजूर!*
*तेरी रन्न नामंजूर नामंजूर!*

इस पर विरसा जो अब तक उनकी वाहियात बातों की ओर से कान बन्द किये बैठा था, फिर तंग आकर जो उठा तो छलाँग लगाकर काबुले को जा दबोचा। काबुला यही तो चाहता था। फिर क्या था। एक की दाढ़ी दूसरे के हाथ में और दूसरे की पहले के हाथ में...

एक बार फिर मुसलमान ड्राइवर ने भीतर झाँककर देखा और दाँत पीसकर बोला, ''ओय भीन दे यारो, मुसलमान भाई आ रहे हैं।''

वे लोग रुक गये। काबुले ने सिर के बालों में सरसराहट महसूस करते हुए उँगली डालकर उसे खुजाया और पीले दाँतों का प्रदर्शन करते हुए बोला, ''कौन, मुसलमीन भाई?''

"हाँ, मुसलमीन...भाई।" भाई शब्द पर ज़ोर देते हुए ड्राइवर ने नटखटता से एक आँख मींची फिर खोल ली।

इस पर सबने नीचे बिछे हुए खेसों के तले से लारियों के स्टियरिंगों की नलियोंवाली बन्दूक़ें निकालीं और तैयार होकर बैठ गये।

काबुले ने ड्राइवर से धीरे-से पूछा, "क्या बहुत बड़ा मजमा है?"

ड्राइवर ने जवाब दिया, "हाँ, तुम लोगों की घुग्घी घुड़च करने के लिए काफ़ी है।"

काबुले ने बाहर खुलनेवाली नन्हीं चौकोर खिड़की में से ड्राइवर की एक मूँछ पकड़कर झटके के साथ खींचते हुए कहा, "क्यों बे, हम अपने मुसलमीन भाइयों की फोची फिड़च (बरबादी) न कर देंगे?"

ड्राइवर ने ट्रक की चाल धीमी कर दी और एक हाथ कान पर रखकर 'लैवे राँभया रबनूँ सौंप्यूँ तूँ।" गाना शुरू कर दिया।

काबुले ने उसकी नटखटता भाँपकर उसकी नक़ल में दाँत पीसते हुए चुपके से कहा, "भीन दा यार।"

थोड़ी देर बाद ट्रक एक धचके के साथ रुक गया।

विरसे ने एक छेद में से देखा कि सारे ट्रक रुक गये हैं और बहुत-से मुसलमान इधर-उधर घूम रहे हैं। लगता था कि वह कोई कसबा है और पास ही स्टेशन भी मौज़ूद है। मुसलमानों की सूरतों से प्रकट होता था कि उन्हें ट्रकों पर सन्देह नहीं है। ट्रक चारों ओर से बन्द थे। केवल छत की ओर से खुले थे। आसमान साफ़ दिखायी पड़ रहा था। यदि बाहर किसी ऊँची जगह पर खड़े हों तो उन्हें वे लोग साफ़ दिखायी पड़ जायें। अब वे हथियार सँभालकर चुपके से झुककर ट्रक के तख़्तों से सटकर बैठ गये। यही आदेश अन्य सवारियों को भी मिल चुके थे बल्कि उन्हें यह भी कह दिया गया था कि अपने ऊपर बड़ी-बड़ी बरसातियाँ डाल लें।

विरसे ने धीरे से कहा, "काबुलिया! अगर कोई बच्चा रो पड़ा तो क्या होगा?"

काबुले ने काली भवों के नीचे से आँखें चमकाते हुए कहा, "उनको पहले ही से राई-राई-भर अफ़ीम खिला दी गयी है। तुम बेफिकर रहो। उन कुत्तों के पिल्लों को जब तक श्री अमृतसर जी के स्नान नहीं करायेंगे उनकी 'टें' निकलने नहीं पायेगी।"

किसी और ने कहा, "ये ड्राइवर ख़ाहमख़ाह यहाँ क्यों खड़े हो गये हैं...इन्हें चल देना चाहिए जल्दी।"

"मरा क्यों जाता है।" काबुले ने कहा, "बेचारों को पानी-वानी पी लेने दो... सिगरेट-विगरेट जलाकर चल देंगे...।"

"और अगर...।"

काबुले ने बोलनेवाले की ओर कड़ी नज़रों से देखा। वह समझ गया कि वह क्या कहना चाहता था। फिर उसने गुस्सा पीकर कहा, "देख, वह मेरे दोस्त हैं।"

"पर मुसलमान तो हैं न।"

"तेरा भी कोई मुसलमान दोस्त है?"

''नहीं।''

''बस तो फिर चुप रह न। और ख़बरदार, मेरे दोस्तों पर शक किया तो... ।'' और फिर काबुले का हँसोड़पन लौट आया। दाँत पीसकर बोला, ''भीन दा यार!''

आठ-दस मिनट के बाद इंजन स्टार्ट हुए और ट्रक चल दिये। आबादी से दूर आकर ड्राइवर ने तख़्ता हटाकर भीतर की ओर झाँककर कहा, ''भूतनी द्यो, हाली जीवन्दे ओ (जीते हो क्या)?''

''हा हो...भीन द्या यारा।''

उसे अपनी नक़ल उतारते देख ड्राइवर ने उँगली से नाक रगड़कर कहा, ''भूतनी, पलस्तर!''

''अबे इतनी देर तक तू क्या करता रहा था ट्रक रोककर?''

''क्यों? अपने मुसलमीन भाइयों से बातें कर रहा था... ।''

''ट्रकों के बारे में कुछ पूछते थे कि इनके अन्दर क्या है?''

''हाँ।''

''तब फिर?''

''मैंने कहा, ख़ुद ही देख लो... ।''

''ओय तेरी भीन दी... ।'' काबुले ने उछलकर कहा, ''फिर?''

''उन्होंने खुद देखने की ज़रूरत नहीं समझी! कहने लगे, हमने तो यों ही पूछ लिया था?''

''अच्छा, तो तुमने उन्हें यों ही टाल दिया। कुछ बताया तक नहीं... ।''

''नहीं, मैंने बताया था कुछ।''

''क्या?''

इस पर ड्राइवर ने चुकन्दर-सा चेहरा घुमाकर सबकी ओर क्षण-भर को देखा और बोला, ''मैंने कहा था... ।'' वह कुछ रुका और फिर उसके चौड़े-चकले मांस से भरपूर चेहरे पर अर्थपूर्ण नटखटता उत्पन्न हुई—''मैंने अपने मुसलमीन भाइयों को बताया कि इन ट्रकों में हाज़ी भाइयों का सामान लदा है।'' यह कह उसने बड़ी चंचलता से अपनी एक आँख मींचकर फिर खोल दी।

इस पर महफ़िल उलट गयी। वे लोग मारे ख़ुशी के चौपायों की भाँति घुटनों और हाथों के बल इधर-उधर कूदने लगे। उनकी पगड़ियाँ टाँगों में उलझ गयीं, जूड़े खुल गये, रालें टपक पड़ीं।

एक ओर एक अधेड़ आयु का सिक्ख सिर पर ढीली-सी पगड़ी धरे चुप बैठा था। उसकी घोंसले की भाँति दाढ़ी के कुछ बाल काले, अधिकतर सुर्मई और शेष सफ़ेद थे। उसकी आँखों से हर समय पानी बहता रहता था। उसके पपोटे झुके रहते थे। बात करते समय जब वह अपने बोझिल पपोटों को उठाने का प्रयास करता तो उसकी सफ़ेद-सफ़ेद

आँखें चमकने लगती थीं। असल नाम न जाने क्या था, किन्तु सब उसे शरदाई कहते थे।

काबुले ने अनुभव किया कि उसके हर प्रयास के बावजूद आज विरसा खुल खेलने से कतरा रहा है। महफ़िल सूनी-सूनी लग रही थी। अतएव उसने विरसे की रान पर हाथ मारकर कहा, "ओय शरदाई।"

"हो।" शरदाई ने चौंककर कहा। और फिर उसने धीरे-धीरे सिर को ऊपर उठाया जैसे सिर के भारी-भरकम जूड़े के कारण सिर उठाना कठिन हो रहा हो।

"किंग (इकतारा) उठा तो ज़रा।" काबुले का भारी स्वर गूँजा।

शरदाई ने अन्धों की तरह हाथ फैलाया और इधर-उधर टटोलने लगा। फिर उसका हाथ रुक गया और उसके सूखे होंठों पर मुस्कराहट खेलने लगी।

उसने किंग उठा लिया और उँगली तार पर जमा दी।

काबुले ने विरसे को कोहनी का टहोका देते हुए कहा, "बस, तो शरदाई हो जाये शुरू।"

उसके शब्दों की गूँज ख़तम भी न होने पायी थी कि शरदाई की उँगली गतिशील हुई, किंग का तार काँपा, वायुमण्डल में एक आवाज़ रक्त की बूँद के समान काँपी और फिर उसकी उँगली नाचने लगी और गीत ऐसे गूँज उठा मानो बसन्त ऋतु में कोई सुनहरा पक्षी हवा में टँगा रहकर पर फड़फड़ाये।

शरदाई ने सिर को हवा खिलाकर, करुण स्वर में सोहिनी-महीवाल की पद्य कथा सुनानी शुरू कर दी।

## (2)

**इस प्रकार गाते-बजाते** बिना किसी उल्लेखनीय घटना के तीन ट्रकों का यह क़ाफ़िला लाहौर के निकट पहुँच गया। यहाँ ट्रक फिर रोक लिये गये। मोहमदे ने कहा, "भाई, लाहौर शहर से गुज़रना होगा। इसलिए एहतियात ज़रूरी है।"

अतएव एक ओर ऊपर-तले धरे हुए लकड़ी के तख़्तों को पहले से ही बनायी हुई योजना के अनुसार सारे ट्रकों की सवारियों के ऊपर जमा दिया गया और फिर उसके ऊपर सूखी घास के गट्ठे रख दिये गये जो सवारियों के नीचे रखे हुए थे और उनके ऊपर बरसातियाँ डालकर उन्हे चारों ओर से ट्रकों से बाँध दिया गया।

अब मोहमदे तथा अन्य मुसलमान ड्राइवरों ने ट्रकों को ऊपर-तले से जाँचा, जिसमें कि किसी तरफ़ कुछ दिखायी न दे। सब तरह से निश्चिन्त होकर वे अपनी-अपनी सीटों पर जा बैठे और ट्रक चला दिये।

यह ट्रक लाहौर तक जा सकते थे। उससे आगे काबुले ने अपने असर से लारियों का प्रबन्ध कर रखा था। लाहौर से हिन्द यूनियन की सीमा तक यद्यपि फ़ासला तो

कम था किन्तु प्रकट था कि लारियों में उन्हें अधिक ख़तरा था। और फिर ट्रकों में से स्त्रियों और बच्चों के साथ निकलना और लारियों में सवार होना भी ख़तरे से खाली नहीं था।

एक अति छोटी दरार में से विरसा और काबुलसिंह रावी का पुल, गुरुद्वारा डेरा साहब, समाधि महाराजा रंजीतसिंह, और फिर दूर-दूर तक फैली रेल की पटरियाँ देखते रहे।

चारों ओर जिधर देखो, मुसलमान-ही-मुसलमान दिख रहे थे। उनमें पंजाबियों के अतिरिक्त अन्य प्रान्तों के तरह-तरह की शक्लों के लोग दिखायी पड़ रहे थे।

काबुला उन्हें देखकर बोला, "यह हिन्दुस्तानी हैं, मुसलमान नहीं हैं।"

"अरे वाह।" विरसा बोला, "यह भी मुसलमान हैं, हिन्दुस्तानी मुसलमान।"

"होगा। पर असल मुसलमान तो पंजाब में ही होते हैं।

विरसा उसकी नासमझी पर हँसा।

अब ट्रक घूमकर पहले गुरुद्वारा शहीदगंज के पास रुके, किन्तु थोड़ी देर बाद बड़े स्टेशन की ओर घूम आये और वहाँ से और आगे बढ़ गये।

अन्दर बैठी सवारियाँ धड़कते दिलों से प्रतीक्षा कर रही थीं कि देखें अब क्या होता है।

ट्रक घूमे जा रहे थे।

काबुले ने धीरे से कहा, "मालूम होता है कि अगले आदमियों में से किसी से मुठभेड़ नहीं हुई।"

विरसा बोला, "तो क्या ये सारे दिन ही ट्रक घुमाते रहेंगे?"

"भई क्या करें, लाचार भी तो हैं। यदि वे ट्रक खड़े करके हमारे आदमियों को इधर-उधर खोजने लगें तो हमारे प्राणों को ही ख़तरा हो जायेगा।"

"यह भी ठीक है।"

उनका ट्रक सबसे आगे था। सहसा बड़े ज़ोर से ब्रेक लगे और ट्रक घिसट के खड़े हो गये। काबुले और विरसे का हाथ तुरन्त बन्दूक़ तक जा पहुँचा।

मोहमदे के बोलने की आवाज़ आ रही थी पर बातें समझ में नहीं आ रही थीं...और फिर लगा, मानो कोई आदमी ड्राइवरवाली सीट पर बैठ गया हो। ट्रक फिर चल दिये।

काबुले ने ड्राइवरवाली खिड़की ज़रा-सी खोलकर बाहर की ओर देखा तो ड्राइवर के साथ एक काले रंग का आदमी बैठा था। उसका आधा चेहरा पगड़ी के शमले में छिपा था। उसके कानों में बालियाँ पड़ी थीं। काबुला उछल पड़ा।

"क्या है?" विरसे ने पूछा।

"अपना आदमी मिल गया!"

"कौन?"

"तुम भी जानते हो उसको।"

"देखूँ।"

"नहीं...ठहरो, अभी नहीं।"

काबुले ने खिड़की बन्द कर दी और बोला, "मेरे यार। क्या करेगा देखकर। जानता भी है, हम इस वक़्त कितने बड़े ख़तरे में हैं। अगर कहीं ज़रा-सा सन्देह हो जाये तो आँख झपकाते में हमारी बोटियाँ चील-कौओं में बँट जायें।"

फिर उन्होंने देखा कि ट्रक भरी हुई सुन्दर बस्तियों से होकर एक सुनसान हवेली के बड़े फाटक में घुस गये।

मोहमदे की आवाज़ सुनकर उन लोगों ने सिर बाहर निकाले। देखा कि बिलकुल सुनसान हवेली है और वे उसके दालान में खड़े हैं।

अब जल्दी-जल्दी वे लोग ट्रकों से उतरे और फिर लारियों में सवार हो गये। लारियों के भीतर खिड़कियों के आगे चारखाने के खेस तान दिये गये जिसमें कि भीतर कुछ दिखायी न पड़े।

ड्राइवर सिक्ख थे पर उनकी दाढ़ियाँ कतरी हुई थीं। उन्होंने हुलिये भी मुसलमानों की तरह बना रखे थे।

लारियाँ तैयार हो गयीं तो मोहमदे ने कहा, "ले भाई, भीन द्या यारा...अब आगे बढ़ जाओ। रास्ते में तुम्हें कुछ सिपाहीनुमा मुसलमान मिलेंगे। वे अगली सीटों पर बैठ जायेंगे। वह भी अपने यार हैं। तुम्हें पूरी हिफ़ाज़त से सरहद पार करा देंगे।"

काबुले और विरसे ने मोहमदे और उसके साथी ड्राइवरों से हाथ मिलाया। काबुले और मोहमदे की निगाहें क्षण-भर के लिए एक-दूसरे से अलग न हो सकीं। आख़िर मोहमदा बोला, "अब चल दो भाई! ख़ुदा ने चाहा तो अब कोई हादसा (दुर्घटना) पेश नहीं आयेगा।"

यह कहकर वे अपने ट्रकों में जा बैठे और दोनों लारियाँ भी चल दीं।

## (३)

**हवेली से निकलते ही** लारियाँ हवा से बातें करने लगीं। ड्राइवरों ने कहा, "अगर कोई ऐसी-वैसी बात न हुई तो हम लोग आध घण्टे में सरहद पार कर जायेंगे।"

ये ड्राइवर तेज़ थे और लारियाँ अच्छी हालत में थीं, अतएव लारियाँ पूरी गति से दौड़ी चली जा रही थीं। प्रत्येक क्षण उन्हें संकट से दूर लिये जा रहा था।

लाहौर से चार मील आगे उन्हें कुछ सिपाही दिखायी पड़े। ये वही थे जिनके बारे में मोहमदे ने कह रखा था। वे गिनती में छह थे।

काबुले ने ड्राइवर से कहा, "भाई, मैं इन्हें पहचानता नहीं हूँ। देख लो, कहीं कोई और न हों।"

"पहचानता तो मैं भी नहीं।"

"फिर?"

"जैसा कहो।"

"मेरे ख़याल में निकल चलो चुपके से।"

लारियों की चाल धीमी होकर फिर तेज़ हो गयी। काबुला भीतर बैठा उन्हें चुपके-से देखता रहा। जब लारियाँ थोड़ा और आगे बढ़ीं तो सिपाहियों ने यह देख कि उनका रुकने का इरादा नहीं है, सड़क पर खड़े होकर झट राइफ़लें तान दीं। लारियाँ रुक गयीं।

काबुले ने ताड़ लिया कि वे असली सिपाही नहीं थे। ड्राइवर काबुले की ओर ध्यान लगाये था कि सिपाहियों से क्या बातचीत की जाये।

सिपाहियों में से एक ने कहा, "इन लारियों में कौन है?"

ड्राइवर चुप रहा।

विरसे और दूसरे पुरुषों ने सावधान हो बन्दूकें हाथों में थाम लीं और फिर काबुले ने ड्राइवर को बताया कि इनसे कहो, हम मोहमदे के आदमी हैं।

ड्राइवर ने बताया तो सिपाही बोले, "तुम झूठ कहते हो।"

"नहीं, यह सच है।"

"तो फिर तुम रुके क्यों नहीं?"

"हममें से कोई आपको पहचानता नहीं था इसलिए हमने सोचा कि आप हमारेवाले सिपाही होंगे तो ख़ुद ही रास्ता रोक लेंगे।"

सिपाहियों ने आपस में कानाफूसी की और फिर एक ने कहा, "हम लारियों की तलाशी लेंगे और देखेंगे कि कौन-कौन बैठा है।"

काबुले के कहने पर ड्राइवर ने कहा, "यह नहीं हो सकता।"

"तुम नीचे उतर आओ। नहीं तो गोलियों से उड़ा दिये जाओगे।" एक सिपाही ने धमकी दी।

काबुले ने ऊँचे स्वर में कहा, "देखो भाई, अगर तुम मोहमदे के आदमी हो तो हम भी उसी के आदमी हैं। लेकिन अगर तुम कोई और हो तो फिर हमें लड़ना पड़ेगा। तुम्हारे पास दो राइफ़लें हैं, हमारे पास बीस बन्दूक़ें हैं इसलिए अच्छा यही होगा कि हमारा रास्ता छोड़ दो।"

"तुम कौन हो?"

काबुले ने तनिक रुककर कहा, "मैं काबुला अकालगढ़वाला हूँ और साथ विरसा चारगाँववाला है।"

सिपाहियों ने जल्दी-जल्दी धीमी आवाज़ में आपस में बातें कीं और फिर उनमें से जो बड़ा था, बोला, "तुमने पहले क्यों न बता दिया। बेकार वक़्त ख़राब किया। हमें काबुले के सिवा मोहमदे ने और कोई नाम नहीं बताया। लेकिन विरसा चारगाँववाले का नाम हम ख़ुद अच्छी तरह जानते हैं।"

यह कहकर सिपाही आगे बढ़े। कुछ ड्राइवर के साथ बैठ गये और कुछ लारी के बाहर लटकने लगे।

काबुले ने थोड़ा-सा मुँह बाहर निकाला।

"जवान, यह वर्दी कहाँ से लाये हो?"

"वर्दी तो लुण्डा बाज़ार ही की है।"

"इसमें भेद क्या है। नक़ली सिपाही क्यों बने फिरते हो?"

"यह लम्बी कहानी है। अपने यार मोहमदे से ही पूछना।"

किंचित् विलम्ब के बाद काबुले ने फिर पूछा, "अच्छा, हमारी ख़बर कब मिली तुम्हें?"

"तुम्हारे बारे में मोहमदे ने कल रात ख़बर भेज दी थी। हम उसके रिश्तेदार होते हैं।

"तुम सब रिश्तेदार बहुत भले आदमी हो जो ग़ैर-मज़हबवालों की हिफ़ाज़त करते हो।"

"सब चलता है।" उसने काबुले की बात में बिना कोई विशेष दिलचस्पी लिये उत्तर दिया।

कुछ देर तक लारी चलती रही और सवारियाँ सब शान्त रहीं। फिर काबुले ने पूछा, "अब सरहद कितनी दूर रह गयी है।"

"सरहद तो दूर नहीं...लेकिन एक मुसीबत नज़र आ रही है सामने।"

"वह क्या?"

"मुसलमानों का मजमा है बहुत बड़ा।"

"फिर?"

"आप लोग ख़ामोशी से बैठे रहें। यह गिरोह ख़तरनाक दिखायी देता है।"

सब चुप हो गये। लारी की चाल धीमी पड़ने लगी। काबुले के आगे बैठे हुए सिपाही ने दबी ज़बान में फिर चेतावनी दी, "देखो, जोश में मत आना। दम साधे बैठे रहो और हमें बातचीत करने दो।"

काबुले ने विरसे और दूसरे साथियों से बहुत धीरे से कहा, "मुझे इन सिपाहियों पर पूरा भरोसा नहीं है। अच्छा यही है कि बन्दूक़ें भर लो। चार-छह आदमी बन्दूक़ें भरने पर लगा दो जिससे ज़रूरत पड़ने पर दनादन फ़ायर किये जा सकें।"

काबुले के आदमी शिक्षित थे। उनमें बड़े-बड़े निशानेबाज़ भी थे।

विरसे ने होंठ काटकर कहा, "मजमा तो बहुत बड़ा है। चाहे जितनी बन्दूक़ें चलायें, इनसे बच निकलना काफ़ी कठिन होगा यदि ये लोग भी तुल गये तो।"

"हूँ।" काबुले ने जवाब दिया।

लारियाँ रुक गयीं। बाहर हज़ारों आदमियों की बातों की भनभनाहट की आवाज़ें गूँज रही थीं।

सिपाहियों में से एक की आवाज़ सुनायी पड़ी, "रास्ता छोड़कर चलो।"

"रास्ता तो छोड़ ही देंगे...।"

"मैं कहता हूँ, सड़क खाली करो, नहीं तो लारियाँ तुम्हारे ऊपर से निकाल दी जायेंगी।" सिपाही ने आदेशात्मक स्वर में कहा।

"लेकिन लारियों में है क्या?" एक भारी स्वर सुनायी पड़ा।

"यह सरकारी माल है।"

"ट्रक तो सरकारी नहीं हैं।"

"इतने फ़ौजी ट्रक कहाँ से मिल सकते हैं। आजकल प्राइवेट लारियाँ भी सरकार इस्तेमाल कर रही है।"

"ठीक है। पर हमें तो सिर्फ़ एक चीज़ से ग़रज़ है। अगर वह इसमें न हो तो हमें कोई एतराज़ नहीं होगा।"

"देखो, कहे देता हूँ, परे हटकर रहो। ताक-झाँक करने का ऑर्डर नहीं है।"

अब केवल आठ-दस आदमी सड़क पर लारियों के सामने खड़े थे। सिपाहियों ने ड्राइवर का ध्यान इस बात की ओर आकृष्ट किया।

काबुले ने विरसे से कहा, "उस्ताद! ख़ूब फँसे...।"

"लेकिन इनके पास बन्दूक़ें तो नहीं हैं।"

"ठीक है। लेकिन अगर हज़ारों आदमी एकदम टूट पड़ें तो हमारी बन्दूक़ें भी क्या कर सकती हैं।"

बाहर से आवाज़ आयी, "हमारी समझ में यह बात नहीं आती कि लारी के अन्दर की खिड़कियों पर खेस क्यों तने हुए हैं। यह भी कोई सरकारी कपड़ा है!"

"लेकिन तुम लोग अपना काम करो। तुम्हें इससे क्या मतलब?"

"हमें ज़रूर मतलब है इससे। हमारा काम ही यही है।"

"क्या काम?"

"हम किसी हिन्दू और किसी सिक्ख को यहाँ से ज़िन्दा नहीं जाने देते।"

इस पर सिपाहियों ने तीन-चार हवाई फ़ैर किये और फिर लारी के अन्दर से एकदम अट्ठारह-बीस बन्दूक़ों से हवाई फ़ैर हुए तो हमलावर स्वभावतः कुछ पीछे हट गये। उधर इंजनों की फड़फड़ाहट से आगे खड़े हुए लोगों के क़दम उखड़ गये और ड्राइवरों ने साहस से काम लेकर लारियाँ एकदम दौड़ा दीं।

हवाई फ़ैर पर हवाई फ़ैर हुए और एक बार जो लारियाँ दंगाइयों के चंगुल से निकलीं तो दो ही मिनट में ख़तरे के बाहर हो गयीं और अब वे फिर पूरे वेग से सीमा की ओर बढ़ने लगीं।

पहले सिपाही ने काबुले से कहा, "ख़ुदा की नज़र सीधी थी, नहीं तो यह गोल बड़ा ख़ूनी है।"

विरसे ने कहा, "इनके पास दूसरे हथियार अवश्य थे पर बन्दूक़ें नहीं थीं।"

"बन्दूक़ें थीं, पर ज़रा परे। असल बात यह है कि वे हमें सचमुच का सिपाही समझते रहे इसलिए ज़्यादा हिम्मत नहीं की। नहीं तो अगर उन्हें हमारी असलियत का पता चल जाता तब फिर हमारी ख़ैर नहीं थी।"

"चलो, जान बची लाखों पाये।"

सरहद से आध मील इधर सिपाहियों ने लारियाँ रुकवा दीं और काबुले को बताया कि इससे आगे नक़ली सिपाहियों के लिए भी ख़तरा है।

"अब आगे कोई ख़तरा तो नहीं।"

"नहीं, अब तो सरहद दिखायी पड़ रही है।"

"लेकिन बिलकुल सरहद पर तो कोई बात नहीं होगी?"

"हरगिज़ नहीं। वहाँ हिन्द यूनियन के फ़ौजी अफ़सर और सिपाही भी मौज़ूद होंगे। वे आपको बड़ी हिफ़ाज़त से वहाँ से निकाल देंगे।"

यही हुआ। सीमा पर उन्हें कोई कठिनाई नहीं हुई। अपने इलाक़े में पहुँचकर उन्होंने खेस खींचकर अलग कर दिये जिसमें कि सवारियों को हवा लग सके।

इसी बीच एक दूध-पीता बच्चा रोने लगा। काबुले ने उसकी माँ से पूछा, "इसे वह गोली नहीं खिलायी थी जो मैंने सबको बाँटी थी?"

स्त्री ने सिर हिलाया, "नहीं।"

"क्यों?"

"न जाने कहाँ गिर गयी।"

काबुले ने दाँतों-तले जीभ दबाकर सबकी ओर देखा और मुस्कराकर भरपूर स्वर में बोला, "ओय भीन देव यारो!"

## (4)

**यों तो वे बड़ी** प्रसन्नमुद्रा में अमृतसर शहर में पहुँचे। किन्तु वहाँ तो प्रलय का दृश्य उपस्थित था। इधर-उधर से भागकर आये हुए लोग च्यूँटियों की भाँति सड़कों पर रेंगते फिरते थे। जगह-जगह जले हुए मकान और बरबादी के अन्य निशान दिखायी पड़ रहे थे।

परिवार को ठिकाने से बैठाकर विरसे ने अपने भाइयों से कहा कि अब मुझे छुट्टी दो। मुझे जो काम करना था सो पूरा हो चुका, अब तुम जानो और तुम्हारा काम।

बूढ़ा बाप और भाई जानते थे कि विरसा के पाँव में चक्कर है। और इसमें कोई सन्देह ही नहीं कि उसने वह काम किया था जो उनके परिवार में क्या चारगाँव बल्कि इलाक़े-भर में किसी के बस की बात नहीं थी।

घरवालों के उत्तरदायित्व से मुक्त हो विरसे ने प्रतिदिन स्टेशन जाना और इधर-उधर आवारा फिरना आरम्भ कर दिया। दिन बीतते गये। एक सप्ताह बीत गया किन्तु

चारगाँव के किसी आदमी की शकल न दिखायी पड़ी। उसे गोबिन्दी और उसके घरवालों का इन्तज़ार था। सोचता, सम्भव है कि वे भी रेल के बजाय किसी और ज़रिये से आ गये हों। अमृतसर का चप्पा-चप्पा छान मारा, किन्तु इतने दिनों बाद भी कोई न मिला। और नहीं तो चारगाँव का कोई एक आदमी भी दिखायी पड़ जाता तो उससे कुछ हाल मालूम हो जाता, पर कोई न मिला।

एक सप्ताह, दस दिन, पन्द्रह दिन बीत गये परन्तु उनके बारे में कोई सूचना न मिल सकी। मन में बीसियों सन्देह उठते। कहीं सारे-का-सारा परिवार ही तो...काश! वह उन्हें ज़ोर देकर अपने साथ ले आता! काश! काश!!

सोलहवें दिन तक वह बिलकुल ही निढाल हो गया। उसकी बुद्धि काम नहीं करती थी कि वह क्या करे, क्या न करे।

रात का समय था। वह श्री हरि मन्दिर साहब में माथा टेकने के बाद बाहर निकला। उसने बड़े तालाब के पवित्र पानी में झिलमिलाते हुए प्रकाश को देखा और सोचा कि क्यों न काबुले से सलाह लेकर वह फिर कैम्प को चला जाये। यह बहुत कमज़ोर-सा ख़याल था। इसमें बहुत-सी कठिनाइयाँ थीं।

इतने में किसी ने उसके कन्धे पर हाथ रखकर कहा, "विरसासिंह!"

"हाँ...।" उसने निगाह उठायी और फिर तुरन्त पहचान लिया कि वह अपने गाँव का ही आदमी था। वह चिल्लाकर बोला, "कहो, कैम्प से कब आये?"

"बस, अभी-अभी। घण्टा-भर हुआ हमारी गाड़ी को यहाँ पहुँचे हुए...।"

"कैम्प के सब लोग आ गये हैं?"

"नहीं।"

"तुम्हारे सब घरवाले अच्छी तरह पहुँच गये हैं?"

"विरसू! मेरा कोई नहीं बचा।" उसने रुँधे हुए स्वर में उत्तर दिया।

"ओह!" विरसे ने खेद प्रकट किया। फिर कुछ रुककर बोला, "पेशौरासिंह के घरवालों के बारे में पता है कुछ?"

"हाँ, हम लोग तो एक ही डिब्बे में बैठे थे।"

प्रश्न विरसे के कण्ठ में फँसकर रह गया। उसने कुछ और पूछने का साहस न करते हुए कहा, "वह...वे सब कुशल से पहुँच गये हैं न?"

"कुशल कैसी? गाड़ी तो कट गयी।"

"क्या मतलब?"

"गाड़ी पर हमला हुआ था। हर दस में से आठ आदमी ज़रूर मारे गये होंगे।"

"और वह...।" विरसे का दम घुटा जा रहा था।

"भाई, जब हमला हुआ तब किसी का कुछ पता नहीं चला। मैं गाड़ी से बाहर जा गिरा था। पर जहाँ तक मेरा ख़याल है, उनको चोटें आयी थीं। लेकिन शायद बच गये

हैं। यहाँ स्टेशन पर मैंने पेशौरे के लड़के को देखा था। लेकिन तुम जानो, आजकल अपनी भी ख़बर नहीं है किसी को... ।"

विरसे ने बात काटते हुए पूछा, "अच्छा, तो पेशौरे के लड़के को देखा था तुमने?"

और फिर विरसा उसके उत्तर की प्रतीक्षा किये बिना बड़े स्टेशन की ओर भागा।

स्टेशन पर पहुँचकर उसने सारे प्लैटफ़ार्म छान मारे, परन्तु पेशौरे के परिवार का कोई व्यक्ति न दीख पड़ा। निराश होकर वह स्टेशन से बाहर निकला तो किसी ने पीछे से उसके कन्धे पर हाथ धर दिया।

उसने सिर घुमाया—वह सूरतसिंह था।

दोनों एक-दूसरे से लिपट गये।

"तुम कब पहुँचे?" सूरत ने पूछा।

"मुझे आये आज सोलह या सत्तरह दिन हो गये। मैं जिस दिन चला था उसी दिन यहाँ पहुँच गया था।"

"कोई गड़बड़ी तो नहीं हुई रास्ते में?"

"नहीं...अपनी कहो।"

"हमारी क्या पूछते हो।" सूरत ने गम्भीरता से कहा।

"कोई ऐसी-वैसी बात तो नहीं हुई?...माता और पिता... ।"

"वे मरने से बाल-बाल बच गये हैं।"

अब दोनों चुपचाप खड़े थे। न विरसे को पूछने का साहस होता था और न सूरत में इतनी ताब थी कि गोबिन्दी के बारे में कुछ बताये।

अन्त में विरसे ने जी कड़ा करके पूछा, "और...और...गोबिन्दी?"

सूरत ने सिर झुका लिया।

विरसा उत्तर की प्रतीक्षा कर रहा था, किन्तु सूरत चुप था।

"क्या मर गयी?" विरसे ने गला फाड़कर पूछा।

सूरत चार क़दम चलकर परे हट गया और रुँधे हुए स्वर में बोला, "अब तक मर गयी होगी। लेकिन जो कुछ हुआ वह मौत से भी बुरा है।"

इसके बाद वे अलग जाकर बैठ गये और सूरत ने भर्राये स्वर में सारी कहानी कह सुनायी।

यह हृदय-विदारक कहानी समाप्त हो जाने के बाद भी वे आधे घण्टे तक चुपचाप बैठे रहे। विरसा वहीं पर लेट गया और उसकी आँखें काले आकाश पर जम गयीं।

अन्त में सूरत ने मौन भंग करते हुए कहा, "विरसू, चलो, अब माता और पिता जी से भी मिल लो। हम शायद आगे निकल जाते। केवल यह सोचकर रुक गये कि तुम हमारी राह देखते होगे।"

विरसा किंचित् विलम्ब के बाद उठा और चुपचाप उसके पीछे-पीछे हो लिया।

कई पेचदार गलियों में से होते हुए अन्त में वे एक जले हुए छोटे-से घर में घुसे। धुएँ से काली दीवार की आड़ में पेशौरा और उसकी पत्नी टूटी-फूटी चारपाइयों पर लेटे थे।

उसे देखते ही सूरत की माँ फूट-फूटकर रोने लगी। उसे किसी ने ढाढ़स देने की चेष्टा नहीं की। आख़िर उसने स्वयं ही अपने मुँह में कपड़ा ठूँस लिया।

पेशौरे ने लेटे-लेटे अपने शुष्क नेत्रों से विरसे की ओर देखा और मन्द स्वर में बोला, "बेटा! तुमने सारा क़िस्सा सुन लिया होगा। अच्छा होता अगर हम तुम्हारे साथ चले आते। पर वाह गुरु को तो और ही कुछ मंजूर था।"

कुछ क्षण रुककर उसने फिर कहना शुरू किया, "मेरी चाँद-सी अबोध बच्ची न बच सकी। यदि हम सबके प्राण लेकर भी वह गुरु उसकी लाज बचा लेते तो हम उसको भी सस्ता सौदा समझते। अब हमारी ज़िन्दगी मौत से भी बदतर है बेटा।"

उस उदास वातावरण में कुछ देर इसी प्रकार की बातें होती रहीं। विरसे ने पूछा, "इनकी दवा-दारू का कोई प्रबन्ध नहीं किया?"

"आजकल तुम जानो गड़बड़ के दिन हैं। आज मैंने ख़बर भेज दी है। कल तक महेन्द्री आ जायेगी। वह आप ही इनकी मरहम-पट्टी करेगी।"

सबके मन उदास थे। इसी कारण बातों से अधिक मौन का राज्य रहा। फिर विरसे ने उठते हुए कहा, "अच्छा, अब जाता हूँ।"

"यहीं रह जाओ न।"

"नहीं...अब कल आऊँगा।"

सूरतसिंह उसे कुछ दूर तक छोड़ने के लिए आया। वह बोला, "अगर तुम यहीं रह जाते तो क्या हर्ज़ था?"

विरसे ने सिर हिला दिया। फिर बोला, "मैं बहुत उदास हूँ। तुम मेरे मन की दशा का अनुमान नहीं कर सकते...मैं कल काबुले से मिलना चाहता हूँ। चलोगे?"

"ज़रूर।"

"तो कल दिन-चढ़े आऊँगा। मेरा इन्तज़ार करना। साथ-साथ चलेंगे।"

"अच्छा।"

## (5)

**दूसरे दिन काबुलसिंह** के यहाँ से भी वे प्रसन्न होकर नहीं लौटे। काबुले ने सारी बातें ध्यान से सुनने के बाद कहा, वापस जाना मानो जान-बूझकर मौत के मुँह में सिर देना है। वहाँ से भागने से पहले तो पूरा प्रबन्ध कर लिया गया था। हाँ, अब यह प्रयत्न किया जा सकता है कि किसी-न-किसी ज़रिये से इस बात का पता लगाया जाये कि गोबिन्दी कहाँ और किस हाल में है?

यद्यपि ये बातें विरसे के लिए उत्साहप्रद सिद्ध न हुईं, पर काबुले ने कोई बात ग़लत नहीं कही थी। क्योंकि उन दिनों मारकाट बड़े भयंकर रूप में हो रही थी और दोनों ओर की हैवानियत पूरे जोबन पर थी।

वे दोनों अपने विचारों में खोये हुए चले आ रहे थे कि उन्होंने स्टेशन के पास मनुष्यों की बहुत बड़ी भीड़ देखी।

सूरत ने ठिठककर रुकते हुए पूछा, "यहाँ क्या हो रहा है? लोगों की इतनी बड़ी भीड़..."

विरसा भी रुक गया। उसने कितनी देर तक मुँह से एक शब्द तक नहीं निकाला। क्योंकि वह अपने विचारों में खोया-खोया रहता था। उसे बाहर की दुनिया से कोई दिलचस्पी नहीं थी। काफ़ी देर के बाद उसने जवाब दिया, "मुझे पता नहीं।"

"आओ, देखें।"

यह कह सूरत उधर बढ़ा तो विरसा भी बिना कुछ कहे-सुने उसके पीछे-पीछे हो लिया।

स्टेशन के निकट पहुँचकर ज्ञात हुआ कि मुस्लिम शरणार्थियों से भरी हुई गाड़ी प्लेटफ़ार्म पर खड़ी है।

सूरत ने झाँककर देखा। एक लम्बी रेलगाड़ी में मुसलमान मर्द, औरतें, बच्चे, बूढ़े ठसाठस भरे हुए थे—जैसे कि वे एक बार कैम्प से अमृतसर आने के लिए भरे गये थे। गाड़ी की छत तक खाली नहीं थी। कुछ बेचारे दरवाज़ों के बाहर ही लटके हुए थे।

वे लोग न जाने क्या-क्या कष्ट झेलकर अमृतसर पहुँचे थे। यह आख़िरी स्टेशन था। इसके आगे लाहौर की धरती उनके स्वागत की प्रतीक्षा कर रही थी। यद्यपि यह उनकी मंज़िल का आख़िरी पड़ाव था फिर भी किसी के चेहरे से सन्तोष का भाव नहीं प्रकट होता था।

बड़ों की तो बात अलग है, नन्हें बच्चे तक सहमे हुए थे। उनकी आँखों ने न जाने क्या-क्या दृश्य देखे थे, जिनके प्रभाव उनके भोले चेहरों पर अंकित होकर रह गये थे।

गर्मी, भूख, प्यास और प्राणों के भय से वे वर्षों के रोगी दिखायी पड़ते थे। बेचारी स्त्रियाँ खिड़की में से बाहर निगाह दौड़ाने तक से डरती थीं।

क्षण-प्रतिक्षण समूह बढ़ता जा रहा था। सूरत ने चारों ओर परेशान दृष्टि से देखा और बोला, "लोग हज़ारों की तादाद में जमा हो रहे हैं। भीड़ पागल होती है। ये लोग गाड़ी क्यों नहीं चला देते। अब तो इन बेचारों की मंज़िल क़रीब आ गयी। इन्हें यहाँ रोके रखने में क्या भलाई है।"

"कुछ कह नहीं सकता।" विरसे ने जवाब दिया।

प्लेटफ़ार्म पर भारतीय सैनिक घूम रहे थे, जो हिन्दू और सिक्खों को प्लेटफ़ार्म पर जाने से रोक रहे थे। पर न जाने कहाँ से लोग मक्खियों की भाँति इकट्ठा होते जा रहे थे। कुछ देर बाद नरमुण्डों का सागर हिलोरें लेने लगा। यह सागर देख सूरत को दो दिन पहले का नरमुण्डों का सागर याद आ गया। वह जानता था कि जब इस सागर

में तूफ़ान आ गया तब इसके विनाश को कोई शक्ति रोक नहीं सकेगी। उसने घबराकर प्लेटफ़ार्म पर टहलते हुए एक सिपाही से पूछा, "भई हवलदार! यह गाड़ी क्यों रोक दी गयी है यहाँ पर? अब, जबकि इनकी मंज़िल बिलकुल क़रीब आ गयी है तब ख़ाहमख़ाह इन्हें यहाँ क्यों रोक रखा गया है!"

सिपाही हवलदार की उपाधि पाकर ज़रा फूल गया और बड़ी शान से खँखारकर गला साफ़ करते हुए बोला, "सरदार साहब चार मील आगे एक बहुत बड़ा मजमा रेल की पटरी पर डेरा डाले पड़ा है। वे लोग यह गाड़ी काटने की फिकर में हैं। भला बताइये, जब तक वह ख़तरा दूर न हो, हम इन बेचारों को कैसे आगे बढ़ने दें?"

"यह तो ठीक है।" सूरत ने उसकी राय का समर्थन किया।

बातें करते-करते वह प्लेटफ़ार्म तक चला गया था। इतने में उसकी दृष्टि सामनेवाले डिब्बे पर पड़ी, जिसमें एक सत्ताईस-अट्ठाईस वर्ष की दुबली-पतली स्त्री दिखायी पड़ रही थी। गृहस्थों-जैसा सादा आकर्षक चेहरा था उसका, यद्यपि उस समय उतरा हुआ था, किन्तु प्रकट होता था कि भले घर की महिला है। एक चार वर्ष का बच्चा उसके गले में बाँहें डाले उसकी गोद में खड़ा था। बच्चे के होंठों पर पपड़ियाँ जमी हुई थीं और उनका रंग काला पड़ गया था। वह बार-बार प्लेटफ़ार्म के नलके की ओर निर्बल हाथों से संकेत कर रहा था। न जाने अबोध बालक कब से प्यासा था, किन्तु भला कौन उसे पानी पिला सकता था!

सूरत इस दृश्य की ताब न ला सका। उसने सिपाही से कहा, "इन लोगों के लिए पानी का तो कुछ इन्तज़ाम होना चाहिए।"

सिपाही ने बेपरवाही से जवाब दिया, "तूफ़ान मचा हुआ है। किसे किसी की फिकर है। बस चलने दो, जैसा चलता है।"

"देखो, यह सामनेवाले बच्चे को पानी पिला दो। बहुत प्यासा दिखायी पड़ता है।"

"क्या फ़ायदा! भीड़ गुस्से में आकर मुझे ही मार डालेगी। इन्हें जो कष्ट सहने थे वह तो सह चुके। अब वे अधिक-से-अधिक एक घण्टे तक लाहौर पहुँच जायेंगे, बल्कि पानी तो और पहले से ही मिलने लगेगा।"

"लेकिन डरो मत। लोगों को क्या पता चलेगा।" पर सिपाही को राज़ी न पाकर सूरत ने कहा, "अगर इजाज़त हो तो मैं इन्हीं का लोटा भर दूँ।"

सिपाही ने समझाया, "देखो भाई, इसमें बड़ा ख़तरा है, इसलिए यह ख़याल ही छोड़ दो।"

वे दोनों टहलते हुए डिब्बे के निकट पहुँच गये थे। सूरत ने धीरे-से कहा, "बहन! बरतन दो। मैं पानी ला दूँ तुम्हें।"

महिला ने उसे देखते ही चेहरा पीछे हटा लिया। सूरत ने फिर विनयपूर्ण स्वर में कहा, "देखिये! इस तरह लोगों को शक हो जायेगा। जल्दी से बरतन दो बहन, मैं अभी पानी ला दूँ।"

स्त्री तनिक रुकी, फिर काँसी का कटोरा खिड़की में से बाहर निकला। सूरत ने देखा, स्त्री की कलाई कमज़ोर और मैली है और उसके दुबले-पतले हाथ काँप रहे हैं। यह देख सूरत के होंठ काँपने लगे, किन्तु कुछ कहे बिना उसने कटोरा पकड़ लिया। दूर खड़े विशाल जनसमूह में से किसी ने उनके इस कार्य को नहीं देखा। किन्तु वह क्षण-प्रतिक्षण व्यग्र होता जा रहा था। नल की ओर बढ़ते हुए सूरत ने धीरे-से सिपाही से कहा, "गाड़ी चल दे तो अच्छा है।...अब ख़तरा बढ़ गया है।"

"क्या पता, शायद पटरी अभी साफ़ नहीं हुई।"

जब सूरत ने कटोरा पानी से भर लिया तो ताज़े और निर्मल जल में उसे माँ और बच्चे के मुस्कराते हुए चेहरे दीख पड़े। इस पर सूरत का हृदय बल्लियों उछलने लगा और उसके नेत्र सजल हो गये। वह सिपाही की ओट में कटोरा छलकाता बढ़ा।

उसे उनकी सूरत नहीं दिख रही थी पर वह जानता था कि माँ और बच्चा किस बेचैनी से उसकी प्रतीक्षा कर रहे होंगे।

वह डिब्बे से बीस-पचीस क़दम के फ़ासले पर था कि एकदम बादल की ग़रज़ और बिजली की कड़क की भाँति शोर मचा। उसने पीछे घूमकर देखा...देखा कि सारा जनसमूह भयानक भूखे भेड़िये की भाँति बेक़ाबू होकर गाड़ी पर चढ़ दौड़ा है।

समुद्र के रेले के समान वह समूह आगे बढ़ रहा था। सूरत ने हाथ फैला दिये जैसे सारे समुद्र को अपनी छाती पर रोक लेगा...काँसी का वह कटोरा जिसमें भरा हुआ पानी एक माँ—केवल माँ और उसके हृदय के टुकड़े के होंठों को तर करने के लिए ही था—उसके हाथ से छूटकर गिरा और हज़ारों निर्दयी ठोकरें खाता हुआ न जाने कहाँ चला गया...

## (6)

**सूरत ने आँख खोली** तो महेन्द्री को अपने-आप पर झुके पाया।

उसने प्रसन्नता की हलकी-सी चीख़ के साथ महेन्द्री के दोनों हाथ अपने हाथों में ले लिये, "मैं कहाँ हूँ?" उसके मुँह से निकल गया। फिर उसने सिर घुमाया तो अपने-आपको माता-पिता के निकट खाट पर लेटे पाया।

पेशौरे ने बताया कि वह प्लेटफ़ार्म पर बेहोश होकर गिर पड़ा था। विरसा उसे घर ले आया था। इसी बीच महेन्द्र कौर भी आ गयी और विरसा लौट गया।

सूरत को कोई विशेष चोट नहीं आयी। सिर्फ़ उसके हाथ-पाँव कुछ कुचल गये थे। विरसे ने उसे ऐन मौक़े पर बचा लिया था।

दिन-भर—और फिर गयी-रात तक वे बातें करते रहे थे। महेन्द्री की माँ भी साथ आयी थीं।

सब सो गये तब भी सूरत को नींद नहीं आयी। कभी दो घड़ी को आँख लग जाती किन्तु फिर शीघ्र ही हड़बड़ाकर उठ बैठता।

रात इसी तरह कट गयी और अभी सुबह का उजाला कुछ-कुछ फैलने ही लगा था कि दरवाज़े पर दस्तक की आवाज़ सुनायी दी।

उसने दरवाज़ा खोला तो सामने विरसासिंह को खड़ा पाया।

इसके पहले कि वह कुछ कहता, विरसे ने भारी और दृढ़ स्वर में कहा, "मैं आज चारगाँव वापस जा रहा हूँ।"

●

# 19

**प्रातःकाल का प्रकाश** क्षण-प्रतिक्षण चारों ओर फैलता जा रहा था।

मेजर मनमोहनसिंह गर्म-गर्म चाय का प्याला हाथ में लिये ख़ेमे से बाहर निकला। पास के ख़ेमे के आगे कैप्टन मेहता खड़ा था। नज़रें मिलते ही कैप्टन मेहता ने धीरे से एड़ी बजायी और बोला, "गुडमार्निंग सर।"

"गुडमार्निंग...हाउ डू यू डू।"

"आल राइट सर...थैंक यू।"

"आज तो आप एकदम तैयार हो गये हैं।" कैप्टन ने अफ़सर को वर्दी में देख ज़रा बेतकल्लुफ़ी से कहा।

मेजर मनमोहन मुस्कराया, "ड्यूटी! माइ ब्वाय ड्यूटी!!"

थोड़ा रुककर कैप्टन ने कहा, "सर, कल तो यहाँ बड़ा ग़ज़ब हुआ।"

"क्या बात?"

"पूरी गाड़ी कट गयी।"

"मैंने भी सुना था। ज़रा तफ़सील से बताओ।"

"बस हुआ यह कि रिफ़्यूजियों की गाड़ी, जो लाहौर जा रही थी, यहाँ रोक ली गयी।"

"क्या लोगों ने रोक ली?"

"नो सर! बात यह थी कि अमृतसर से आगे हज़ारों लोग गाड़ी लूटने के लिए जमा हो गये थे। गवर्नमेण्ट ने ख़तरा देखकर गाड़ी अमृतसर में रोक दी और कुछ फोर्स रास्ता साफ़ करने के लिए भेज दी गयी।"

"अच्छा।"

"बस सर, उधर रास्ता साफ़ हुआ। गाड़ी चलने में कुछ मिनट बाक़ी थे कि स्टेशन के इधर-उधर खड़े हुए हज़ारों लोगों ने एकदम गाड़ी पर हमला बोल दिया।"

"मिलेट्री कण्ट्रोल नहीं कर सकी?"

"जी नहीं, मिलेट्री काफ़ी नहीं थी।"

"क्या बहुत नुक़सान हुआ?"

"यस सर, बड़ा ख़ून ख़राबा हुआ।"

"ओह गाड! न जाने यह झगड़े और कायरतापूर्ण मारकाट कब ख़त्म होगी!"

"सर, ऐसी बातें तो बाप-दादा के मुँह से भी सुनने में नहीं आयी थीं।"

मेजर ने खाली प्याला नौकर के हाथ में थमाते हुए ख़ेद प्रकट किया, "वेरी बैड! वेरी बैड!!

दोनों ओर बिलकुल ख़ामोशी छा गयी जिसे मेजर ने तोड़ा, "कैप्टन!"

"यस सर!"

"आज आपको एक नौज़वान दिखायेंगे। बड़ा सुन्दर और बाँका जवान।"

"अच्छा सर।"

"जब मेरी ड्यूटी लगी तो दूसरे देहातों के अतिरिक्त दो मशहूर स्थान 'अकालगढ़' और 'चारगाँव' भी मेरे सिपुर्द हुए थे। उस आदमी को मैंने चारगाँव में देखा था।"

"अच्छा सर, .... क्या वह बहुत सुन्दर और अच्छा जवान है?"

"आप ख़ुद देख लेंगे।"

"क्या वह आपसे मिलने के लिए आ रहा है?"

"जी हाँ। कल रात संयोग से उससे मुठभेड़ हो गयी...उसने मुझसे कहा कि वह वापस पाकिस्तान जाना चाहता है।"

"वापस पाकिस्तान?" कैप्टन ने आश्चर्यचकित हो उसकी बात काट दी–"आपका मतलब...?"

"यस, यस, कैप्टन?"

"आख़िर क्यों?"

"अधिक बातचीत का मौक़ा नहीं था। वह मेरी मदद चाहता था।"

"आपने...?"

"मैंने कोई वायदा नहीं किया। उसने कहा कि बहुत ज़रूरी काम है। उस समय मेरे पास टाइम नहीं था इसलिए मैंने कह दिया कि सुबह हमारे कैम्प में आओ तो देखेंगे...लो! देखो, वह चला आ रहा है।"

अभी सूरज की टिकुली का रंग पूरा पीला भी न हुआ था कि किसी स्वर्गीय देवता के समान सुन्दर विरसासिंह फ़ौजी कैम्प के पास पहुँचा।

उसे निकट आते देख मेजर ने कैप्टन से अँगरेजी में कहा, "देखो, ये प्रकृति के बेटे कितने सुन्दर और स्वस्थ होते हैं।"

"मैं आपसे सहमत हूँ, सर।"

पास पहुँचकर विरसे ने मेजर को देखते ही कहा, "वाह गुरु जी का ख़ालसा, वाह गुरु जी की फ़तह।"

"सतसिरी अकाल! तुम आ गये?"

"जी।"

"कैम्प में दाख़िल होने में तुम्हें कोई दिक़्क़त तो नहीं हुई?"

"जी नहीं। सन्तरी ने दो-चार बातें पूछकर आगे आ जाने दिया।"

"हाँ, मैंने उसे बोल दिया था कि ऐसे हुलिये का आदमी आये तो उसे मत रोकना।"

विरसे ने इस बात का कोई जवाब नहीं दिया। प्रातःकाल के उजाले में खड़ा हुआ वह अति सुन्दर मूर्ति के समान दिख रहा था। उसके खड़े होने और बातचीत करने के ढंग में एक विशेष प्रकार की शान थी और उपेक्षा का भाव भी झलक रहा था।

"अच्छा तो, विरसासिंह!...यही नाम है न तुम्हारा...?"

"जी।"

"रात तुम क्या बात करना चाहते थे?"

"मैंने यही कहा था कि मुझे चारगाँव वापस ले चलिये।"

"क्यों?"

"बहुत ज़रूरी है।"

"आख़िर क्यों?" मेजर ने किंचित् हठपूर्वक पूछा, और फिर विरसे को चुप पाकर धीमे स्वर में बोला, "तुम्हें अच्छी तरह पता है कि तुम्हारा वहाँ जाना मानो जान-बूझकर मौत के मुँह में सिर देना है।"

"जी।"

"तो फिर क्या वजह है? अगर सचमुच कोई अहम् बात हो तो उसके लिए कोई सूरत निकाली जाये।"

विरसे ने तनिक हिचकिचाकर कहा, "बात यह है कि मेरे एक सम्बन्धी वहाँ रह गये हैं। उन्हें वापस लाना है।"

"हमें अता-पता बता दो। हम ही ले आयेंगे।"

"नहीं, मेरा जाना ज़रूरी है।"

"क्यों?"

"क्योंकि वह मुझे बहुत प्यारा है।"

मेजर को कुछ सन्देह हुआ। उसने एक बार फिर विरसे को ग़ौर से देखा, "क्या कोई लड़की है?"

विरसा तनिक रुका, फिर बोला, "जी।"

"तुम्हारा उससे क्या रिश्ता है?"

"वह मेरी मँगेतर है।"

इस पर फिर थोड़ी देर तक ख़ामोशी रही। आख़िर मेजर ने कहा, "तुम यहाँ आ गये, और वह वहाँ कैसे रह गयी?"

"वह गाड़ी में माँ-बाप के साथ आ रही थी कि गाड़ी रास्ते में काट डाली गयी।"

"ओ हो—वह पहली गाड़ी जो उस कैम्प से रवाना हुई थी?"

"जी।"

"वे चारगाँव के ही रहनेवाले थे?"

"जी।"

"किसकी लड़की थी वह?"

"पेशौरासिंह की।"

"पेशौरासिंह की...हूँ।"

मेजर ने होंठों पर ज़बान फेरते हुए और चमकते हुए सूर्य की ओर देखते हुए कहा, "ठीक, याद आ गया। मुझे पेशौरासिंह की सूरत याद है। उसका एक अँगरेजी पढ़ा जवान लड़का भी था। वही न?"

"जी।"

"तो क्या वे सब मारे गये?"

"नहीं, पेशौरासिंह का एक बाज़ू कट गया, उसकी औरत को गहरे घाव लगे हैं। लड़का मा:मूली घायल हुआ है और लड़की छिन गयी।"

"तो क्या लड़की चारगाँववालों के पास है?"

"जी, वहाँ एक आदमी है करीमू। वही ले गया है उसे।"

"लड़की का नाम?"

"गोबिन्दी।"

"तो तुम्हारा ख़याल है कि वह अब तक जीवित होगी?"

"कह नहीं सकता।"

"तब फिर?"

"मैं जाकर मालूम करना चाहता हूँ।"

"यह ब़ात तो हम भी मालूम कर सकते हैं।"

"मैं वहाँ के लोगों के बारे में आपसे अधिक जानता हूँ।"

"यह ठीक है। लेकिन इस समय स्थिति साधारण तो नहीं है न।"

"मुझे इस बात की परवाह नहीं। मेरी आपसे यही विनती है कि आप मुझे अपने साथ वहाँ तक ले चलें।"

मेजर ने विरसे के और निकट खिसककर कहा, "देखो, बच्चों की-सी बातें मत करो। मैं तुमसे वायदा करता हूँ कि जो कुछ हो सकेगा वह मैं करूँगा। यही तो हमारी ड्यूटी है आजकल। इसलिए तुम आराम से यहीं पर रहो और अगर लड़की जीवित है तो हम उसे ले आयेंगे।"

"यह भी हो सकता है कि वे उसे कहीं छिपा दें। आप कहाँ-कहाँ खोजते फिरेंगे।"

"और तुम?"

"मैं वहाँ का कोना-कोना छान मारूँगा।"

"तुम फिकर न करो। हम भी कोना-कोना छान मारेंगे।"

"नहीं, मुझे ख़ुद जाये बिना तसल्ली नहीं होगी। उसके बिना इतने दिन मैंने न जाने कैसे काटे हैं। आप मेरी हालत का अनुमान नहीं कर सकते।"

"मैं समझता हूँ कि तुम फ़िज़ूल ज़िद कर रहे हो। तुम्हें मालूम होना चाहिए कि तुम्हारी जान बेहद ख़तरे में होगी।"

"लेकिन मेरी जान ख़तरे से बाहर कभी नहीं थी। मुझे मरना होता तो अब तक कभी का मर गया होता। मैं मौत से नहीं डरता।"

मेजर ने जवाब दिया, "जवान, मैं तुम्हारी बहादुरी की क़दर करता हूँ। लेकिन इसके बावजूद मैं तुम्हें वहाँ ले जाना ठीक नहीं समझता। इतना काम तो हम भी कर सकते हैं। हमारी ड्यूटी भी उधर लगी है। तुम साथ गये और जोश में आकर इधर-उधर चले गये तो तुम्हारी जान की ख़ैर नहीं। और फिर यह भी तो हो सकता है कि वह लड़की मर चुकी हो या उसकी इज़्ज़त...भला अब तक वह बची होगी...? मेरी बात का बुरा मत मानना क्योंकि ये सब बातें हो सकती हैं। तुम न जाने क्या हरकत कर बैठो वहाँ। नहीं, नहीं, मैं तुम्हें अपने साथ हरगिज़ नहीं ले जाऊँगा। तुम जवान हो, सुन्दर हो, तुम्हें लड़कियों की भला क्या कमी।"

विरसे ने स्वाभाविक साहस से काम लेकर मेजर का हाथ अपने मज़बूत हाथों में दबोच लिया और उसकी आँखों-में-आँखें डालकर बोला, "मेजर साहब! ऐसी बातें कहकर आप हमारे प्रेम का अपमान न कीजिये। अगर वह जीवित मिलेगी तो चाहे किसी भी हालत में होगी मैं उसे निकाल लाऊँगा और उसको अपनी पत्नी बनाऊँगा।"

"और अगर वह मर चुकी हो तो?"

अपने इस सवाल पर मेजर ने देखा कि क्षण-भर को विरसे के होंठ एक-दूसरे से चिपक गये और फिर खुल गये। पूर्वीय क्षितिज से ऊपर उठते हुए सूर्य की एक सुनहरी किरण उसकी भूरी पुतलियों पर नाचने लगी और वह निर्णयात्मक तथा दृढ़ स्वर में बोला, "तो फिर मैं वापस नहीं आऊँगा। मेरी ज़िन्दगी बेमानी होकर रह जायेगी; लेकिन मरने से पहले मुझे इतना सन्तोष ज़रूर होगा कि मैंने गोबिन्दी को बरबाद करनेवाले को ख़तम कर दिया है।"

यह कहकर उसने मेजर का हाथ छोड़ दिया।

मेजर मनमोहनसिंह को पहली बार अनुभव हुआ कि इस बेदर्द ज़माने में कोमल भावनाओं और आकांक्षाओं की कितनी ही करुण कहानियाँ ख़ून की सुर्ख़ी से लिखी जा रही हैं।

कुछ देर के लिए वह भी चुप हो गया। फिर एकदम उसने सिपाही को आवाज़ दी और विरसे की ओर संकेत कर कहा, "देखो, सरदार साहब को चाय-बिस्कुट दो। क्योंकि हम सब अभी शेखूपुर के इलाक़े की तरफ़ रवाना हो जायेंगे।"

## (२)

फ़ौजी ट्रक पर बैठते हुए मेजर मनमोहनसिंह ने कैप्टन मेहता से कहा, "मुझे इस आदमी से हमदर्दी है। बड़ा विचित्र और दिलचस्प कैरेक्टर है इसका। मैंने इसके बारे में बहुत-कुछ सुना है। इसे साथ ले जाने के लिए मुझे विशेष आज्ञा लेनी होगी। ख़ैर, इस सिलसिले में कठिनाई नहीं होगी। क्या राय है? है न देखने के योग्य जवान?"

वे दोनों अंग्रेज़ी में बातचीत कर रहे थे क्योंकि विरसा उनके ठीक पीछे ट्रक में बैठा हुआ था। मेहता ने अंग्रेज़ी में उत्तर दिया, "सचमुच इसे देखकर भूख मिटती है। अगर यह पढ़ा-लिखा होता तो फ़ौज के बड़े अफ़सर की हैसियत से क्या ख़ूब दिखायी पड़ता।"

"आप उस लड़की की ख़ूबसूरती का अनुमान नहीं कर सकते जिसके प्रेम में विवश होकर यह आदमी वहाँ जा रहा है। मैंने लड़की की एकाध झलक ही देखी है। बड़ी सुन्दर, बड़ी भोली। जो कुछ उस बेचारी पर बीती होगी उसकी कल्पना से ही हृदय काँप जाता है।"

"सचमुच सर। यह बड़ा गन्दा खेल खेला जा रहा है। इसकी जितनी भी निन्दा की जाये, थोड़ी है।"

इस प्रकार मेजर और कैप्टन आपस में बातें कर रहे थे, पर विरसा हिचकोले खाते हुए ट्रक में बिलकुल चुपचाप अपने विचारों में खोया बैठा रहा।

सीमा पर पहुँचकर ट्रक रुक गया। विरसे ने देखा मेजर और कैप्टन उतरकर परे चले गये। और कुछ दूसरे अफ़सरों से कानाफूसी में बातचीत करते रहे। एक-दो बार उन्होंने उसकी ओर संकेत भी किये। वह तनिक घबराया, एक तो इसलिए कि कहीं उसे साथ ले जाने में मेजर को कोई विशेष कठिनाई न हो, दूसरे उसने एक नाजायज़ देशी बना हुआ पिस्तौल तहमद के अन्दर छिपा रखा था। कहने को यह पिस्तौल था किन्तु उसमें बारह बोर का कारतूस ही चलता था। उसने बड़ी उदास दृष्टि से सीमा पार के इलाक़े को देखा जिसकी ओर रुख़ करने की बात कोई हिन्दू या सिक्ख स्वप्न में भी न सोच सकता था।

प्रतीक्षा की घड़ियाँ कट गयीं और विरसे ने वाह गुरु अकाल पुरुख को लाख-लाख धन्यवाद दिया जब बिना उससे कुछ कहे मेजर साहब कैप्टन साहब-सहित ट्रक में बैठे और आगे रवाना हो गये।

अब पाकिस्तान का इलाक़ा शुरू हो गया था।

मेजर ने पीछे घूमकर देखा और कहा, "विरसासिंह! रात तुम संयोग से मिल गये। अगर कल मुलाक़ात न होती तो फिर तुम्हारा चारगाँव जाना असम्भव था। उधर आज हमारी ड्यूटी थी। आज जाकर न जाने हम कब तक लौटते।"

कैप्टन बोला, "अब तक जो कुछ हुआ ठीक हुआ। पर अब तो भगवान् से यही प्रार्थना करनी चाहिए कि इस काम में सफलता मिल जाये।"

"हमारी तो पूरी कोशिश यही होगी। यही हमारी ड्यूटी भी है। दिल डरता है कि न जाने इस वक़्त तक उस भोली लड़की का क्या हाल हुआ हो!"

बातें करते हुए उनके ट्रक फ़र्राटे के साथ आगे बढ़ते जा रहे थे। विरसे ने बातचीत में बहुत कम भाग लिया। वह तो मानो दाँतो-तले जीभ दबाये पल-पल गिन रहा था। मन में एक ही लगन थी और आँखों में दृढ़ निश्चय की झलक! और उनमें कभी-कभी प्रतिहिंसा की दमक भी!

सीमा पार कर उन्होंने लाहौर पहुँचकर ही दम लिया। वहाँ स्टेशन के समीप भारतीय फ़ौज के कुछ अफ़सरों से मुलाक़ात हुई। कुछ देर वहाँ भी इधर-उधर की बातें होती रहीं और फिर फ़ौजी ट्रकों का यह क़ाफ़िला सर्कुलर रोड, गुरुद्वारा डेरा साहब, क़िला, समाधि महाराजा रंजीतसिंह के पास से होता हुआ रावी नदी की ओर घूम गया।

आती बार विरसा इस सारे इलाक़े को इस तरह खुले रूप में नहीं देख सका था। अब तो ऐसा लगता था मानो कोई बहुत बड़ा परिवर्तन हो गया हो। इन इलाक़ों में जहाँ हिन्दू-सिक्खों का मेला रहता था, अब उनमें किसी का नाम-निशान तक नहीं दिखायी देता था। लगता था मानो किसी जादूगर ने एक फूँक से उन्हें धूल की तरह उड़ाकर कहीं दूर, बहुत दूर, फेंक दिया हो।

रावी का पुल पार करके क़ाफ़िले ने शेख़ूपूरे का रुख़ किया। लगातार बिना किसी रुकावट के वे एक ही चाल से चले जा रहे थे। विरसे को इस सफ़र से कोई दिलचस्पी महसूस नहीं हो रही थी। उसकी चमकदार आँखों के सामने केवल मंज़िल का निशान था और बस!

शेख़ूपुरा के पास से गुज़रते समय विरसे के मन की दशा बदल गयी। पुराने दृश्य देख एक बार उसका दिल उछल पड़ा। अनेकों बार वह अपने मृत लँगोटिया यारों राजहंस, शुर्ली आदि के साथ यहाँ आ चुका था और वे लोग स्कूल से भागे हुए लड़कों की तरह यहाँ शरारतें किया करते और उधम मचाते थे...

वे गलियाँ, वे दुकानें, वे चौराहे, वे छोटे-छोटे पुल जहाँ आती-जाती उनकी अनेक प्रेमिकाएँ उनसे निडरता से आँखें लड़ाया करती थीं। जब दिमाग़ में शरारत, शरीर में शक्ति और हृदय में तड़प के सिवा कुछ नहीं था।

और अब...अब यहाँ अकेले दस क़दम चलना भी मानो संकट में प्राणों को डालना था। परन्तु यह धरती, यह आकाश, ये पेड़, सब-कुछ वही तो था।

ट्रक बिना रुके तेज़ी से आगे बढ़ गये और विरसे के विचार पीछे रह गये।

विरसे ने सिर दोनों हाथों में थाम लिया और आँखें बन्द कर लीं। न जाने कितनी देर तक वह इसी प्रकार बैठा रहा। या शायद वह ऊँघ गया था। किन्तु जब उसकी आँख खुली और उसने इधर-उधर निगाह दौड़ायी तो उसे अनुभव हुआ कि अब वे

मंज़िल के क़रीब पहुँच गये थे। उसने बाँहें फैलाकर जम्हाई ली और फिर 'वाह गुरु' 'वाह गुरु' का जाप करते हुए अपनी टाँगें अकड़ा दीं।

चन्द मिनट बाद वह कैम्प दिखायी पड़ने लगा जहाँ से वे चन्द हफ़्ते पहले विदा हुए थे।

कैम्प के निकट पहुँचकर ट्रक रुक गये। मेजर ने पीछे घूमकर देखा और इंजन की गड़गड़ाहट में उच्च स्वर में कहा, "तो विरसासिंह! तुम यहाँ उतर जाओ। हमें आगे जाना है।"

विरसा उतरकर सामने उनके पास पहुँच गया। मेजर ने मुस्कराकर कहा, "सुना तुमने? हम अभी आगे जायेंगे। उधर का काम ख़तम करके जल्दी लौट आयेंगे और मौक़ा लगा तो आज ही चारगाँव चलेंगे। नहीं तो कल सुबह हम ज़रूर चारगाँव ही जायेंगे। समझे न? देखो, कोई हरकत मत कर बैठना। बस यह समझो कि यह धरती जल रही है आजकल।"

मेजर का इशारा पाकर ट्रकों का काफ़िला फिर एक बार आगे रवाना हो गया और विरसा उन्हें गर्द के बादलों में विलीन होते देखता रहा।

इसके बाद उसने कैम्प की ओर देखा जहाँ सिवाय नरमुण्डों के कुछ और नहीं दिखायी पड़ता था।

वह कैम्प की ओर बढ़ा तो देखा कि दूर-दूर इलाक़ों के लोग वहाँ जमा हैं। पहली गाड़ी का जो हाल हुआ था उसके बारे में उन्हें ज्ञात हो चुका था। उनके चेहरों पर हवाइयाँ उड़ रही थीं और वे कुछ निर्णय नहीं कर सकते थे कि क्या करें और क्या न करें।

विरसा कैम्प में इधर-उधर बे-नकेल घूमता रहा। कुछ परिचित लोग भी मिल गये। उसे देखकर वे बहुत चकित हुए। बोले, "हम समझे थे कि तुम अमृतसर पहुँच गये होगे।"

विरसा अधिक सवालों से बचने के लिए सिर हिलाकर इन्कार कर देता।

"अच्छा, तो उस समय से अभी तक....।"

"हाँ, मैं अभी आवारागर्दी कर रहा हूँ।"

इस चलने-फिरने में उसने काफ़ी समय बिता दिया। उसने महसूस किया कि मेजर आज चारगाँव नहीं जा सकेगा क्योंकि तीसरा पहर हो चुका था और अभी तक वे लोग लौटे भी नहीं थे।

वह खड़ा हुआ सड़क की ओर बड़ी अधीरता से देख रहा था। एकाएक उसकी दृष्टि चारगाँव को जानेवाले पगडण्डी पर पड़ी और वहीं जमकर रह गयी। फिर उसके मन में न जाने क्या आयी कि वह क़दम बढ़ाकर पगडण्डी की ओर चल पड़ा।

वह कुछ दूर निकल गया तब कुछ लोगों ने आवाज़ें देकर उसे इधर-उधर जाने से मना किया, किन्तु उसने सुनी-अनसुनी कर दी।

(३)

जब वह कैम्प से दूर निकल आया तो उसके कानों में मेजर के शब्द गूँजने लगे कि यह धरती जल रही है आजकल!

वह इस इलाक़े के चप्पे-चप्पे से परिचित था। बड़ी सावधानी से इधर-उधर देखता हुआ वह आगे बढ़ रहा था।

दो-चार आदमियों की टोली दिखायी पड़ जाती तो वह तुरन्त किसी पेड़ की ओट में छिप जाता या गढ़े में घुस जाता। वह किसी से लड़ना नहीं चाहता था। अपने गिनती के कारतूस वह बचाकर रखना चाहता था जिसमें कि आवश्यकता के समय काम आयें।

वह साधारण मार्गों और बस्तियों से परे-परे हटता हुआ, बड़े-बड़े चक्कर काटता, कभी झुक-झुककर चलता और कभी खेतों में रेंगता हुआ आगे बढ़ता चला गया। दो-चार बार चरवाहे लड़कों ने उसे देखा तो 'सिक्ख, सिक्ख' के नारे लगाये, किन्तु इसके पहले कि कोई उनकी आवाज़ सुनकर वहाँ पहुँचे, वह तेज़ी से आगे बढ़ता हुआ उनकी दृष्टि से ओझल हो जाता। यद्यपि दो-चार आदमियों की वह कुछ हक़ीक़त नहीं समझता था, किन्तु सिवाय बिलकुल लाचारी के वह लड़ना नहीं चाहता था।

अब वह ऐसी जगह से निकल रहा था जहाँ आसपास न कोई बड़ा पेड़ था और न गड्ढे आदि थे। समतल खेत दूर तक फैले हुए थे। वह शीघ्र-से-शीघ्र उस स्थान से निकल जाना चाहता था, किन्तु सहसा उसके पाँव धरती में गड़ गये।

दूर कच्ची सड़क पर एकदम धूल का एक बहुत बड़ा बादल उठा और फिर हज़ारों आदमियों का एक समूह दिखायी पड़ा जो क्षण-प्रतिक्षण उसकी ओर बढ़ता आ रहा था। यह दृश्य देख एक बार तो विरसे के भी हाथ-पाँव फूल गये। उसे अपने प्राणों की उतनी चिन्ता नहीं थी जितनी गोबिन्दी की। वह शीघ्र-से-शीघ्र गोबिन्दी तक पहुँचना चाहता था। यदि वह अभागिनी जीवित है और वह वहाँ पहुँचने से पहले ही मारा गया तो उसे भी दुनिया की कोई ताक़त नहीं बचा सकेगी।

यद्यपि दिन काफ़ी ढल चुका था, किन्तु अभी दिन का प्रकाश बना था और विरसे को कोई शरणस्थान नहीं दिखायी पड़ रहा था। उसने बाज़ की-सी तेज़ी के साथ इधर-उधर दृष्टि दौड़ायी। पास ही एक छोटे-से सुए (नहर) की पटरी दिखायी पड़ी और उसके साथ ही उसे उसका नन्हा-सा पुल भी याद आ गया।

वह झुका-झुका बड़ी तेज़ी से उधर बढ़ा और सुए के छोटे-से पुल के अन्दर घुस गया। भीतर न जाने कब से मकड़ी ने जाले तान रखे थे। जाले उसकी दाढ़ी में उलझ गये और मकड़ियाँ अपनी लिजलिजी टाँगों से उसके चेहरे के आर-पार दौड़ने लगीं। पुल की ईंटों में से लटकी हुई गीली-गीली घास उसके नथुनों में घुसने लगी।

पलक झपकाते में वे लोग उसके सिर पर आ पहुँचे और फिर वहीं रुक गये।

स्त्रियों के रोने और चिल्लाने से प्रकट होता था कि समूह लूट-मार करके आ रहा था। क्षण-भर के लिए विरसे के मन में विचार उठा कि कहीं कैम्प पर छापा न मारा हो इन लोगों ने। किन्तु एक तो उस दिशा में कैम्प था नहीं, दूसरे कैम्प में फ़ौजी पहरा था, मशीनगन का प्रबन्ध था, इसलिए वहाँ यों खुलेआम छापा मारना असम्भव था।

प्रतिक्षण विरसे को यही खटका लगा रहा कि अभी किसी ने संयोगवश उसे देख लिया तो उसकी बोटी-बोटी उड़ा दी जायेगी।

अनुमान से लगता था कि उनकी आपस में छीना-झपटी हो रही है, स्त्रियों के साथ बलात्कार किया जा रहा है और न जाने क्या-क्या हो रहा है। सहसा पानी में कुछ शोर हुआ। विरसे ने झट उधर देखा...

अब इतनी तेज़ रोशनी नहीं रही थी। धुँधलके में कुछ घोड़े पानी पीने के लिए अपनी थुथनियाँ पानी में डाले थे। उनकी काठियों पर बैठे हुए सवारों के पाँव विरसे को साफ़ दिखायी पड़ रहे थे। विरसे को विश्वास हो चला था कि मौत उसके सिर पर मँडरा रही है। वह चाहे अपने अन्दर हाथी का-सा बल और शेर का-सा साहस भी उत्पन्न कर ले तो भी वह इस विशाल जन-समूह से लड़ तो नहीं सकता था।

ठीक उस समय जब विरसा अपने जीवन से बिलकुल निराश हो चुका था, घोड़ों के पाँव पीछे हट गये और थोड़ी देर बाद वे वहाँ से चल दिये।

विरसे को विश्वास नहीं आता था कि वह इतना भाग्यवान् है कि आया हुआ संकट इस आसानी से उसके सिर से टल जायेगा। उसने पुल के नीचे से थोड़ा-सा सिर बाहर निकाला। चारों ओर दृष्टि दौड़ायी, पर कोई दिखायी न पड़ा। वह सुए के अन्दर-अन्दर आगे बढ़ा। वह अधिक झुककर भी नहीं चलना चाहता था। इस तरह कारतूसों के भीग जाने का भय था। कुछ आगे जाकर वह बड़ी सावधानी से पटरी पर आ गया। उसने घूमकर पुल की ओर देखा। मन्द प्रकाश में उसे मानव-शरीरों के कुछ धब्बे दीख पड़े। न जाने वे जीवित थे या मृत। उसने तुरन्त आगे बढ़ जाना ही उचित समझा।

अन्धकार में चलना आसान हो गया था। फिर भी बहुधा अपरिचित स्वर सुनकर उसे छिपना पड़ता था। इस प्रकार लोमड़ी की-सी चाल के साथ चलते-चलते अन्त में उसको ऊँचे टीलों पर चारगाँव के मकान दिखायी पड़ने लगे और वह वहीं पर रुक गया।

क्या यह वास्तविकता नहीं कि चारगाँव के पास फले हुए खेतों की भुरभुरी धरती उसके पूर्वजों का न जाने कितना पसीना सोख चुकी थी? क्या यह ग़लत था कि जब से उसकी आँख खुली थी वह उसी जगह जीवन बिता रहा था? क्या यह सत्य नहीं था कि उन्हीं खेतों का अन्न खा-खाकर और उन्हीं मैदानों में खेल-कूदकर वह इतना बड़ा हुआ था? और क्या छिप-छिपकर उन्हीं पेड़ों के नीचे प्रेमिकाओं से मिलने की बातें केवल निराधार स्थान थे? नहीं, कदापि नहीं, लेकिन फिर अट्ठारह-बीस दिनों में यह स्थान इतना अपरिचित क्यों दीख पड़ने लगा था?

बुझे-बुझे आकाश की पृष्ठभूमि के आगे चारगाँव भयानक श्मशान के समान दिख रहा था।

कई क्षण तक विरसा एक विचित्र से कष्टप्रद भाव में डूबा रहा और फिर कुछ आहट पाकर वह बिजली की भाँति तेज़ी से घूमा...उसने देखा कि चार आदमी तेज़ धारवाले छुरे लिये उसकी ओर बढ़ते आ रहे हैं।

विरसे ने फुर्ती से जाँच लिया कि उन चारों के अतिरिक्त और वहाँ कोई आदमी नहीं है। वह असील मुर्ग़ की भाँति अपनी जगह पर तनकर खड़ा रहा।

धीरे-धीरे वे आगे बढ़ रहे थे। फिर वे एकदम रुक गये। उनकी आँखें खुली-की-खुली रह गयीं और फिर उनमें से एक के होंठों से अनायास निकला, "विरसा!"

वह चुप रहा।

"विरसे, तू कहाँ?" उन्होंने अत्यधिक आश्चर्य तथा भय-मिश्रित स्वर में पूछा।

किन्तु विरसा फिर भी चुप रहा। वह नहीं जानता था कि क्या कहे। वह केवल यह जानता था कि यदि उन्होंने उस पर आक्रमण किया तब वह उनको वहीं भून देगा।

पलक झपकाते में उनके पाँव उखड़ गये और वे चारगाँव की ओर बगटुट भागे।

विरसा उन्हें भागते हुए देखता रहा। यहाँ तक कि वे दृष्टि से ओझल हो गये।

चारगाँव-भर में शायद एक चप्पा-भर ज़मीन भी ऐसी न होगी जिससे विरसा परिचित न हो। अतएव उसने सोचा कि रात ज़रा भीग जाये तो वह आगे बढ़े। हो सकता है, ये लोग उसके आने की ख़बर गाँव में फैला दें। लेकिन फिर भी देखा जायेगा। सभी तो उसके शत्रु न बन गये होंगे।

एक ओर थोड़ा हटकर एक पेड़ की घनी छाया के नीचे वह सुस्ताने के लिए लेट गया जिससे कि पूर्ण अन्धकार में कोई उसे देख न सके और वह आनेवाले को देख ले।

घण्टा-भर सुस्ताने के बाद वह उठा और चारगाँव की ओर बढ़ा। उसने चारगाँव से इधरवाले दो ऊँचे टीलों के पास से होकर चलना उचित समझा।

अभी वह टीलों से कुछ दूर पर ही था कि चार उँगलियों से ज़बान दबाकर किसी ने मुँह से सीटी बजायी। वह चौकन्ना हो गया और फिर एकदम भागकर एक टीले की ओट में हो गया।

इस प्रकार खड़े हुए एक मिनट ही बीता होगा कि उसे अपने पीछे की ओर पाँव की कुछ आहट सुनायी पड़ी। उसने तुरन्त घूमकर देखा तो अँधेरे में कुछ दिखायी न पड़ा। वह अभी आँखें फाड़-फाड़कर उधर देख ही रहा था कि दूसरी ओर से भी आहट हुई। उसने तुरन्त भरा हुआ पिस्तौल निकाल लिया। भागने का मार्ग न पाकर वह टीले के ऊपर चढ़ गया। ठीक उसी समय किसी ने बर्छा तोलकर फेंका, परन्तु निशाना चूक गया और वह जल्दी से टीले के ऊपर उगी हुई दो झाड़ियों की ओट में छिप गया।

अब उसे टीलों के चारों ओर से आदमियों की आवाज़ें सुनायी देने लगीं। उसकी दशा उस जंगली बिल्ले-जैसी हो रही थी जिसे चारों ओर से ख़ूँखार साँहसियों ने घेर रखा हो। वह समझ गया कि अब उसका अन्तिम समय आ पहुँचा है।

इतने में अँधेरे में से एक घृणित स्वर गूँजा, "विरसे! तुम बिलकुल घिर गये हो। अब हाथ-पाँव मारना बेकार है। अच्छा यह है कि अपने-आपको हमारे हवाले कर दो।"

यह आवाज़ करीमू की थी।

विरसे के सामने एक रास्ता खुलने की आशा हो सकती थी। वह यह कि वह गोली चलाता हुआ उस घेरे को तोड़ने की चेष्टा करे और सफल होने पर उसकी जान बच सकती थी, किन्तु वह इस समय अपनी जान बचाने के लिए नहीं आया था।

किंचित् विलम्ब के बाद विरसे ने उच्च स्वर में कहा, "मैं तैयार हूँ। मुझे तुम्हारी बात मंजूर है।"

इसके बाद लोगों का घेरा तंग होता गया। विरसे ने अँगोछा तहमद में उड़ेसे हुए पिस्तौल के ऊपर ख़ूब कसकर बाँध लिया जिसमें कि किसी को उसका पता न चले।

पास पहुँचकर वे लोग रुक गये। विरसे के खाली हाथ देखकर उन्होंने तसल्ली कर ली कि उसके पास कोई हथियार नहीं है, और फिर झपटकर उसे जा दबोचा और ढकेलते हुए ले चले।

करीमू ने टीले पर चढ़ने का कष्ट उठाना पसन्द नहीं किया। विरसे के हर बाज़ू को तीन-तीन आदमियों ने जकड़ रखा था। नीचे पहुँचकर जब करीमू से सामना हुआ तो क्षण-भर के लिए दोनों की आँखें मिलीं। करीमू की आँखों में घृणा की चिनगारियाँ उड़ रही थीं। उसने ज़ोर से विरसे के मुँह पर थूका।

इस पर एक बार विरसे का सारा ख़ून खौल गया और तम्बाकूदार पान की दुर्गन्धित पीक से चेहरा लाल हो गया; परन्तु विरसे ने सिर झुका लिया और वे उसे ढकेलते हुए चारगाँव की ओर ले चले।

## (4)

वे लोग विरसे को खींच-खींचकर एक तबेले में ले घुसे, जहाँ एक आले में सरसों के तेल का मोटी बत्तीवाला दीया जल रहा था। पाँच-छह आदमियों ने मिलकर एकदम जो धक्का दिया तो विरसा लड़खड़ाकर बड़े शहतीर की भाँति गोबर के ढेर में जा गिरा। उसकी बाँहें और कपड़े पतले-पतले गोबर से सन गये। उसकी यह दशा देख सब लोग हँसने लगे।

विरसे ने उनकी ओर देखा। कुछ सूरतें जानी-पहचानी थीं और कुछ अपरिचित।

करीमू ने मूँछों पर हाथ रखकर कहा, "विरसू! याद है, मैंने तुझसे कहा था कि अपने दुश्मन को कभी-न-कभी मैं ज़रूर जा दबोचता हूँ। लेकिन तुझे मेरी बात का यक़ीन नहीं आया था।"

उसका संकेत पाकर कुछ लोगों ने विरसे को छप्पर के नीचे जमे हुए लकड़ी के बेडौल खम्भे से कसकर बाँध दिया।

फिर करीमू ने दो-चार सड़ी-गली गालियाँ देकर कहा, "अब एक बहुत मज़बूत और लम्बा-चौड़ा जूता दरकार है।"

जूता आ गया। करीमू ने एक जवान को सम्बोधित कर कहा, "ओय बुल्हड़ा! पकड़ तो यह जूता।"

बुल्हड़े ने आज्ञा का पालन किया और जूता हाथ में पकड़कर तैयार हो गया।

करीमू ने कहा, "विरसे! यह शुरुआत है। लेकिन कल सुबह तक तेरी लाश खेतों में सड़ती होगी। अच्छा बुल्हड़े ज़रा हो जाये; लेकिन ठहरो।"

यह कह करीमू घर में से एक स्त्री को ले आया, जिसने लम्बा घूँघट काढ़ रखा था। विरसे का हृदय धक-से होकर रह गया। उसकी आँखें स्त्री को पहचानने के लिए उबली पड़ती थीं।

करीमू ने एकदम घूँघट उठा दिया।

वह बेला थी।

चारों ओर सन्नाटा छाया था। करीमू ने फिर कहा, "तुम्हें यह जानकर ख़ुशी होगी विरसू, कि बेला ने मुझसे बाकायदा निकाह कर लिया।"

बेला ने निगाह उठाकर विरसे की ओर देखा तक नहीं।

"तुम इसी के लिए आये थे?" करीमू ने पूछा।

विरसे ने तनिक विलम्ब के बाद कहा, "नहीं, मैं गोबिन्दी की तलाश में आया हूँ।"

"गोबिन्दी?"

"हाँ।"

करीमू हँसा, "अब तक तो आवारा कुत्ते और चील-कौवे उसकी बोटियाँ तक आपस में बाँट चुके होंगे।"

यह कहकर करीमू परे चारपाई पर बैठ गया।

विरसे का दिमाग़ बिलकुल बेकार हो रहा था।

करीमू बोला, "बुल्हड़! उठाओ जूता। लेकिन ठहरो। भई, ज़रा सिर से पगड़ी तो उतार दो बेचारे की, ख़ाहमख़ाह मैली हो जायेगी।"

पगड़ी उतार दी गयी। बुल्हड़ ने जूता उठाया। पर दूसरे क्षण वही जूता करीमू के जबड़े पर धड़ से बोला।

सब लोग स्तब्ध रह गये। जब उनके होश ठिकाने पर आये तो देखा कि विरसे के पास बग्गू साँहसी खड़ा है। बुल्हड़ से छीनकर जूता फेंकनेवाला भी वही था।

नज़रें मिलते ही बग्गू ने करीमू से कहा, "पाजी कहीं के। इतना शानदार दुश्मन और तू...तू इसके क़ाबिल नहीं।"

इस पर करीमू की आँखों में ख़ून उतर आया और उसने अपनी छव्वी-चढ़ी लाठी उठा ली।

बग्गू ने खाली हाथ उठाकर कहा, ''देख करीमू! मैं ऐसी चहलों का आदी नहीं। तुझ-ऐसे कइयों का घूँट भर चुका हूँ।''

इतने में अल्लादित्ता अराईं आगे बढ़ा और उसने विरसे के गिर्द बँधी हुई रस्सियाँ काटते हुए कहा, ''करीमू! तूने अगर ज़रा-सी भी हरकत की तो अभी इसी जगह ज़िन्दा गाड़कर मकान में आग लगा दूँगा। बाहर मेरे आदमियों के अलावा मियाँ जी के हथियारबन्द आदमी भी खड़े हैं।''

देखते-देखते उन्होंने विरसे को आज़ाद किया और उसकी पगड़ी झाड़कर उसके सिर पर रख उसे लेकर चल दिये।''

बाहर आकर वे उससे गले लग-लगकर मिले और बोले, ''अब चलो मियाँ जी के पास, वे तुम्हें याद कर रहे हैं। वे ख़ुद आते लेकिन एक तो भारी-भरकम आदमी, दूसरे आजकल तबीयत और ज़्यादा ख़राब है उनकी।

गलियों में से होते हुए वे मियाँ जी के मकान की ओर बढ़ते गये।

रास्ते में अल्लादित्ता ने कहा, ''विरसू! गोबिन्दी ज़िन्दा है।''

विरसे के क़दम रुक गये, ''क्या...क्या...।'' शब्द उसके कण्ठ में अटकने लगे।

''हाँ, यह सच है कि वह ज़िन्दा है, जिस तरह हम-तुम ज़िन्दा हैं।''

''और करीमू जो कहता था?''

''कहता था।'' बग्गू उसे ढकेलते हुए बोला, ''बकता था बद का तुख़्म।''

अब विरसे की टाँगों में ग़ज़ब की तेज़ी उत्पन्न हो गयी और वह अपने दोस्तों से भी चार क़दम आगे-आगे चलने लगा।

## (5)

**मियाँ दिल मोहम्मद अपने** मकान की ड्योढ़ी के दरवाज़े में उनकी प्रतीक्षा कर रहे थे। उन्होंने एक क़दम आगे बढ़कर विरसे को गले से लगा लिया और बोले, ''बेटा! तुम बग़ैर इत्तला के चले आये यह बहुत बुरा किया। हमें ख़बर भेजी होती। हम ख़ुद तुम्हें ले आते। फिर करीमू के पंजे में न फँसते।''

''करीमू के पंजे में तो मैं जान-बूझकर फँसा था।''

''क्यों?''

''मुझे मालूम हुआ था कि गोबिन्दी को वही लाया था।''

''यह ठीक है। लेकिन गोबिन्दी को मैंने उससे छीन लिया था। आओ, अन्दर चलो।''

अन्दर की तरफ़ क़दम बढ़ाते हुए मियाँ दिल मोहम्मद ने अल्लादित्ता और बग्गू को सम्बोधित कर पूछा, "करीमू से कोई झगड़ा-वगड़ा तो नहीं करना पड़ा?"

बग्गू नथुने फुलाकर बोला, "अजी ख़ुदा का नाम लीजिये। भला उसकी इतनी मज़ाल?"

अन्दर पहुँचकर विरसे के लिए चारपाई बिछा दी गयी और उसे बड़े आदर से बैठाया गया। जल्दी-जल्दी से विरसा ने सारी बातें सुना डालीं।

दिल मोहम्मद ने कहा, "बेटा, हमारे गाँव में सिवाय उस हरामी करीमू के किसी ने कोई ऐसी-वैसी हरकत नहीं की। उसे हम अपने गाँववाला समझते ही नहीं। तुम्हें तो मालूम ही है, हमने उसे निकाल दिया था। लेकिन जब हिन्दू और सिक्ख भाई चले गये तो यह फिर आ धमका, और हमने इस बात को नज़रअन्दाज़ कर दिया।"

विरसा गोबिन्दी से मिलना चाहता था। उसने उसी की चर्चा छेड़ दी।

"अच्छा, तब फिर गोबिन्दी उसके और फिर आपके हाथ कैसे लगी?"

"बेटा, वह तो गाड़ी लूटनेवालों में शामिल था। उसने हमारा सिर नीचा कर दिया है। गोबिन्दी को वही लाया है। इधर मुझे जब इस बात की ख़बर मिली तो मैं गोबिन्दी को उससे छीन लाया। बस, उसी दिन से धमकियाँ दे रहा है, मुँह से झाग उड़ा रहा है। आज तुम्हारी ख़बर हमें अभी-अभी मिली कि करीमू ने तुम्हें पकड़ लिया है।"

विरसे ने फिर कहा, "गोबिन्दी वैसे तो हर तरह से ख़ैरियत से है न।"

इस पर दिल मोहम्मद हँसे और बोले, "आओ बेटा, पहले मैं तुम्हें गोबिन्दी बिटिया से मिला दूँ। इधर आओ, अभी उसे यह पता नहीं कि तुम आ गये हो।"

दरवाज़े के पास पहुँचकर मियाँ ने घर में आवाज़ दी जिसमें कि बाक़ी औरतें दूसरे कमरे में चली जायें।

विरसे ने दरवाज़े की ओर क़दम बढ़ाया ही था कि दिल मोहम्मद ने उसके कन्धे पर हाथ रख दिया और अपना भारी चेहरा उसके चेहरे के क़रीब ले गया और बोला, "पेशौरे ने मुझे बताया था कि वह तुम दोनों की शादी कर देगा और चूँकि गोबिन्दी बेटी तुम्हारी बीबी बननेवाली है इसलिए मैं तुमसे कुछ कहना चाहता हूँ।"

यह कहकर मियाँ चुप हो गये और विरसा उनकी बात पूरी हो जाने की अधीरता से प्रतीक्षा करने लगा।

आख़िर दिल मोहम्मद ने कहा, "गोबिन्दी की आबरू पर कोई आँच नहीं आयी। अगरचे यह एक मोजज़े (चमत्कार) से कम नहीं, लेकिन हक़ीक़त यही है। क्योंकि करीमू ने जब उसे गाड़ी से निकाला तो वह बेहोश हो गयी थी। वह उसे उसी हालत में चारगाँव ले आया और फिर बेहोशी की हालत में ही मैं उसे फ़ौरन अपने घर ले आया। मतलब यह कि ख़ुदा के फ़ज़्ल और रहम से उसकी इज़्ज़त बिलकुल महफ़ूज़ रही। जब उसे यहाँ होश आया तब वह बहुत घबरायी। मैंने उसे तसल्ली दी कि बेटी, जैसे पेशौरा तेरा बाप वैसे ही मैं भी तेरा बाप हूँ। तू समझ ले कि अपने बाप के घर बैठी

है। और अब जब तक मेरी जान-में-जान है तेरा कोई बाल-बाँका नहीं कर सकता। मैं जल्द तुझे तेरे घर पहुँचाने की कोशिश करूँगा। लेकिन अब तुम आ गये हो इसलिए मैं अपनी नन्हीं मासूम बेटी गोबिन्दी को तुम्हारे सिपुर्द करता हूँ।"

विरसे ने बड़े जोश में मियाँ जी का हाथ अपने हाथ में लेकर दबाया और कमरे में घुस गया।

...और आगे विरसे ने अपने जीवन का सबसे सुन्दर और आनन्ददायक दृश्य देखा अर्थात् सरसों की गन्दल की भाँति सही-सलामत पलँग पर गोबिन्दी बैठी थी।

जीवन के सबसे रोमांचक अवसर पर विरसे को अपनी टाँगों में ऐसी कमज़ोरी नहीं महसूस हुई थी जैसी कि उस समय महसूस हुई। कड़वे तेल के कम्पित प्रकाश में गोबिन्दी मोम की पुतली के समान दिख रही थी। कोमल अधर निश्चेष्ट थे और वह ख़ामोश बैठी थी।

न तो विरसे के क़दम आगे बढ़ सके और न भावावेश में उसके मुँह से कोई शब्द निकला। सहसा गोबिन्दी की निगाह विरसे पर पड़ी। उसे विरसे के आगमन के बारे में किसी ने कुछ नहीं बताया था अतएव विरसे को देखते ही एक बार तो उसकी आँखों की पुतली बिलकुल निश्चल हो गयीं, किन्तु फिर एकदम उनमें दीप जलने लगे और वह सुगन्धित लपट की भाँति उड़कर विरसे के गले का हार हो गयी।

बाद के कुछ क्षणों के बारे में स्वयं उन दोनों को पता नहीं चला कि वे कैसे बीते। यहाँ तक कि दिल मोहम्मद ने बाहर से खाँसकर मानो भीतर प्रवेश करने की सूचना दी।

वे दोनों अलग हो बैठे। दिल मोहम्मद ने मुस्कराते हुए भीतर प्रवेश किया। वह जानते थे कि दोनों एक-दूसरे को कितना चाहते थे। उन्होंने पहली मुलाक़ात के अवसर पर जान-बूझकर सबको हटा दिया था, क्योंकि परदे का तो कोई प्रश्न ही नहीं उठता था।

## (6)

**प्रोग्राम यह था कि** दिन-चढ़े उन दोनों को पूरी हिफ़ाज़त के साथ कैम्प पहुँचा दिया जाये। किन्तु दूसरे दिन पौ फटने से पहले मियाँ दिल मोहम्मद को ख़बर मिली कि करीमू, जो रात ही से ग़ायब हो गया था, एक बहुत बड़े मजमे के साथ चारगाँव से बाहर डेरा डाले बैठा था। उसने और उसके साथियों ने क़सम खायी थी कि विरसे और गोबिन्दी को गाँव से जीवित न जाने देंगे। इस पर मियाँ दिल मोहम्मद को ताव आ गया और वे बोले, "तो हम भी अहद (प्रतिज्ञा) करते हैं कि इन दोनों को यहाँ से सही-सलामत कैम्प तक पहुँचाकर ही दम लेंगे।"

सूर्योदय हुआ तो दिल मोहम्मद और उनके साथियों ने देखा कि चारगाँव के बाहर मजमा बराबर बढ़ता ही जा रहा है। उन सबने असल ख़तरे का अनुभव किया कि अगर

उनके निकल भागने की जल्द ही कोई तरकीब न सूझी तो चाहे वे सिर-धड़ की बाज़ी लगा दें पर उन्हें बचा न सकेंगे।

दिल मोहम्मद, विरसा, अल्लादित्ता और बग्गू साँहसी के दिलों पर निराशा के बादलों की छाया गहरी होती जा रही थी कि उन्होंने देखा, फ़ौजी ट्रक गाँव की ओर बढ़ रहा है।

सहसा विरसे के मन में आशा उदय हुई। उसने सोचा, हो सकता है वह मेजर मनमोहनसिंह हों...पर यह भी हो सकता था कि वे पाकिस्तान के बलूची सिपाही हों, जो हिन्दू-सिक्ख-दुश्मनी के लिए मशहूर थे।

लेकिन नहीं वह मेजर मनमोहनसिंह ही था।

ट्रक ठीक चारगाँव के बीच में आ खड़े हुए। दिल मोहम्मद की पार्टी ने ख़ुशी के नारे लगाये।

मेजर मनमोहनसिंह आकर्षक हँसी हँसता हुआ ट्रक से उतरा और विरसे को सम्बोधित कर बोला, "वाह गुरु की कृपा है कि तुम जीवित हो। तुम मेरे कहने पर भी नहीं माने न। अच्छा बताओ, क्या ख़बर है?"

विरसे ने मियाँ दिल मोहम्मद की ओर इशारा करते हुए कहा, "इनकी कृपा से गोबिन्दी का बाल तक बाँका नहीं हुआ।"

"गुड।" मेजर ने मियाँ दिल मोहम्मद से तपाक से हाथ मिलाया और फिर अल्लादित्ता अराईं और बग्गू साँहसी से भी हाथ मिलाया और बोला, "अच्छा अब देर न करो, चलो।"

विरसा ने एक दृष्टि गाँव के बाहर एकत्रित करीमू के साथियों की भीड़ की ओर डाली। वह कुछ कहना ही चाहता था कि मेजर बोला, "फिकर मत करो। उन्हें ख़बर भिजवा दो कि मेरे पास मशीनगनें हैं। अगर किसी ने ज़रा-सी भी कुछ गड़बड़ की तो ख़ैर नहीं सबकी।"

गोबिन्दी को तुरन्त लाकर ट्रक में बैठा दिया गया। विरसा ने सबसे हाथ मिलाने के बाद मियाँ दिल मोहम्मद का हाथ अपने हाथ में लेकर दबाया और कहा, "मियाँ जी! मैं अनपढ़ और गँवार इन्सान हूँ। मैं नहीं जानता कि आपका शुक्रिया किन शब्दों में अदा करूँ और आपका यह एहसान मैं ज़िन्दगी में कैसे उतार सकूँगा। गोबिन्दी की माँ के दिल से आपके लिए जो दुआएँ निकलेंगी उनका आप अन्दाज़ा नहीं कर सकते...और आपके दोस्त पेशौरासिंह जी..."

दिल मोहम्मद का लाल चेहरा दमक उठा। उन्होंने विरसे को अपनी ओर खींचते हुए रुँधे स्वर में कहा, "दोस्त? दोस्त नहीं, भाई कहो, भाई।"

इसके बाद विरसा भी ट्रक में बैठ गया और ट्रक चल पड़ा। वे दूर तक हाथ हिला-हिलाकर प्रसन्नता प्रकट करते रहे और करीमू की निहत्थी फ़ौज के बीच से बिना किसी दुर्घटना के निकलकर कुशलपूर्वक कैम्प के पास जा पहुँचे।

कैम्प से इधर ही मेजर मनमोहन सिंह ट्रक से उतर गया और विरसा भी नीचे उतर आया।

मेजर ने विरसा से हाथ मिलाकर कहा, "लो भाई, अब विदा! मैं अभी वापस नहीं जाऊँगा। हमारी यहीं पर ड्यूटी है। तुम दोनों इसी ट्रक में चुपचाप बैठे रहो। यह शाम तक यहाँ से चलेगा। और बेफिकर रहो, तुम लोगों को अब कोई ख़तरा नहीं है। याद रखो, ख़ास इजाज़त और इन्तज़ाम के बाद तुम्हें इस तरह भेज रहा हूँ। नहीं तो हमें आम हालत में ऐसा करने का अधिकार नहीं है।"

जवाब में विरसा उसका हाथ बड़े जोश से दबाकर रह गया।

फिर मेजर मनमोहनसिंह ने दूसरे ट्रक में बैठने के लिए उधर बढ़ते हुए अँगरेजी में अपने साथी कैप्टन मेहता से हँसकर कहा, "देखा, इस लड़की ने किस ग़ज़ब का हुस्न पाया है?"

कैप्टन मेहता ने बड़ी आकर्षक मुस्कान का प्रदर्शन करते हुए उत्तर में कहा, "यस सर! सच पूछिये तो यह जोड़ा ही बेमिसाल है।"

निश्चित कार्यक्रम के अनुसार तीसरे पहर ट्रक रवाना हुआ। गोबिन्दी जब से माता-पिता से छूटी थी, एक क्षण को भी न सो सकी थी। अब वह निश्चिन्त होकर ट्रक की सीट पर सो गयी तो विरसे ने धीरे-से उसका सिर अपनी गोद में रख लिया।

## (7)

गोबिन्दी कुछ इस प्रकार घोड़े बेचकर सोयी कि रास्ते में उसने करवट तक न बदली। अब उसे किसी बात की चिन्ता नहीं थी। वह जानती थी कि अब वह मरेगी भी तो विरसे के साथ मरेगी। और फिर उसने अनुभव किया कि कोई उसके कन्धे हिला रहा है। उसने आँखें खोलीं। देखा कि विरसे की गोद में उसका सिर है और वह उस पर झुका हुआ नर्मी से उसके कन्धे हिला रहा है।

उसने मुस्कराकर नींद की माती आवाज़ में पूछा, "क्या है जी?"

यह 'जी' शब्द विरसे को मज़ा दे गया। बोला, "उठिये जी!"

गोबिन्दी ट्रक से बाहर कूदी। आकाश पर तारे झिलमिला रहे थे और सामने दूर-दूर तक प्रकाश-बिन्दु चमक रहे थे।

गोबिन्दी ने अपनी कोमल उँगलियों से बोझिल बालों को चेहरे से हटाकर पूछा, "हम कहाँ हैं?"

विरसा ने अपने चौड़े-चकले हाथ से गोबिन्दी के कन्धे को जो धीरे-से दबाया तो गोबिन्दी का सारा शरीर आनन्द का अनुभव कर काँप गया। विरसे ने कुछ क्षणों तक मौन रहकर कहा, "यह गुरु की नगरी है। यह श्री अमृतसर का शहर है।"

फिर क्षण-भर में उसके मस्तिष्क में उसका वाक्य पूर्ण हुआ और वह बोला, "पर न जाने गुरु जी इस नगरी को अनाथ छोड़कर आप कहाँ चले गये हैं।"

"यह है श्री अमृतसर? पिता जी ने कई बार वायदा किया था कि वे हमको अमृतसर ले चलेंगे।"

अब वे बातें करते हुए नगर की ओर बढ़े। गोबिन्दी ने शेखूपुरे के अतिरिक्त न लाहौर देखा था न अमृतसर। वहाँ गोबिन्दी को सिवाय सिक्खों और हिन्दुओं के कोई मुसलमान न दिखायी पड़ा।

सारा कारोबार अस्त-व्यस्त होने पर भी शहर में बड़ी चहल-पहल हो रही थी। उस समय नौ बजे होंगे।

जब वे एक चौक में पहुँचे तो विरसे ने उँगली से गोबिन्दी की कमर टटोलकर कहा, "गोबिन्दी, दही-बड़े खाओगी?"

गोबिन्दी ने प्यारा-प्यारा मुखड़ा उठाकर विरसे की ओर ऐसे देखा मानो कह रही हो—"जो तुम्हारी मर्ज़ी प्रीतम।"

अतएव वे नन्हें बच्चों की तरह चाट खाने लगे। इतने में विरसे का कन्धा किसी ने दबाया। उसने घूमकर देखा तो सूरत को कहते पाया, "विरसे, तुम गये नहीं। हम बहुत चिन्तित थे।"

इसी बीच उसकी दृष्टि गोबिन्दी पर पड़ी। गोबिन्दी के हाथ से चाट का पत्ता छूट गया और भाई-बहन लिपट गये।

वहाँ से हँसते-बोलते वे सीधे घर पहुँचे।

गोबिन्दी को देखकर उसके माता-पिता का जो हाल हुआ उसका वर्णन करना बहुत कठिन है।

महेन्द्री रोती हुई जो एक बार गोबिन्दी के गले से मिली तो देर तक अलग न हो सकी।

पेशौरे ने सजल नेत्रों से विरसे की ओर देखा और बोला, "बेटा! तुमने मेरी सबसे बड़ी सम्पत्ति मुझे वापस ला दी है।"

गोबिन्दी की माँ चारपाई से हिलने में भी असमर्थ थी। उसने विरसे की ओर बाँहें फैला दीं। विरसा आगे बढ़ा तो उसने उसका माथा चूमकर बिना कुछ कहे-सुने फूट-फूटकर रोना शुरू कर दिया।

जब कुछ शान्ति हुई तब विरसा ने उन्हें भी अपनी यात्रा का सारा विवरण सुना दिया।

कुछ देर तक बातें करने के बाद विरसा सूरत को लेकर अन्दर चला गया और बोला, "सूरत! अब मुझे बहुत जल्दी जाना होगा।"

"कहाँ?"

"पटियाले।"

"क्यों?"

"मेरा दोस्त सिराज है वहाँ। न जाने बेचारे का क्या हाल हुआ होगा। पहले ही देर हो चुकी है। उन्हें वहाँ से बचाकर निकालना होगा।"

"अच्छा, तो एकदम जाना होगा।"

"हाँ।"

"लेकिन ज़रा बचकर काम करना। ऐसा न हो कि..."

इतने में महेन्द्री गोबिन्दी को लिये वहाँ आ पहुँची। गोबिन्दी ने महेन्द्र का हाथ दबाकर कहा, "पूछो, अब कहाँ भागने का इरादा है?"

सूरत और विरसे ने गोबिन्दी की बात सुन ली थी। इसके पहले कि महेन्द्री कुछ कहती, सूरत उसका हाथ पकड़कर अलग ले गया और गोबिन्दी तथा विरसा वहीं खड़े रह गये।

कुछ देर सन्नाटा छाया रहा। फिर विरसे ने देखा कि गोबिन्दी चुपके-चुपके रो रही है।

"अरे, पागल हुई हो?" विरसे ने उसके बाल सँवारते हुए कहा, "गोबिन्दी, मेरा एक दोस्त पटियाले के पास गाँव में रहता था। न जाने उसका क्या हाल हुआ है। उसके बारे में मैं बहुत चिन्तित हूँ।"

गोबिन्दी रोती रही।

"उसकी भी एक बहन है। नन्हीं-मुन्नी, पाक-पवित्र और भोली-भाली मासूम देवी। क्या तुम नहीं चाहतीं कि अगर अभी तक वे बच गये हों तो उन्हें इस जलती हुई धरती से निकाल दूँ?"

गोबिन्दी धीरे-धीरे सिसकती रही।

"बोलो, तुम ख़ुशी के साथ न जाने दोगी मुझे?"

गोबिन्दी ने आँसू टपकाते हुए स्वीकारात्मक ढंग से सिर हिलाया।

और फिर जब विरसा सबसे विदा हो रहा था तब सूरत, जो उसकी लूटमार की आदत के कारण उसे तनिक सन्देह की दृष्टि से देखता था, बोला, "विरसासिंह, तुम भले काम के लिए जा रहे हो, ज़रूर जाओ। पर याद रखो और मत भूलो..." यहाँ पर वह तनिक रुका और फिर गोबिन्दी की ओर इशारा करके कहा, "याद रखो कि इस देवी के माथे पर सतीत्व और पवित्रता की जो ज्योति देख रहे हो वह एक ऐसे मुसलमान के प्यार का निशान है जिसने इससे कहा था—बेटी! जैसे पेशौरा तेरा बाप था वैसे ही मुझे अपना बाप जान ले।"

फिर सूरत दरवाज़े तक छोड़ने आया और बड़े जोश से हाथ मिलाते हुए उसकी आँखों-में-आँख डालकर कहा, "विरसासिंह इन्सान फिर जागेगा, फिर ज़िन्दा होगा।"

विरसे ने परे टिमटिमाते हुए दीये के प्रकाश में गोबिन्दी की भीगी पलकों को देखा और अँगोछा कन्धे पर डालकर चल खड़ा हुआ।

●

# 20

विरसासिंह दो घड़ी के लिए घरवालों से मिलने गया। उन्हें गोबिन्दी के बारे में सुख-संवाद सुनाया, जिसे सुन सब बहुत प्रसन्न हुए। अब विरसा शीघ्र-से-शीघ्र पटियाले पहुँचना चाहता था।

उसने लारियों के अड्डे पर पता लगाया, किन्तु काम न बना। संयोगवश पश्चिमी पंजाब से शरणार्थियों की गाड़ी आयी जो अम्बाले के रास्ते दिल्ली जा रही थी। यद्यपि भीड़ काफ़ी थी, किन्तु कुछ आदमियों के अमृतसर उतर जाने के कारण उसने अन्दर घुसकर बैठने की जगह बना ली।

शरणार्थियों की उदास मुद्रा देख उसने एक सिक्ख से पूछा, ''कहो, कुशल तो रही?''

''बस कुछ न पूछो।''

''क्या हमला हुआ था?''

''हुआ था, लेकिन बाल-बाल बच गये। बस यह समझो कि मौत के मुँह में पहुँचकर बच निकले।''

''अच्छा?''

''और यह भी एक बार नहीं कई बार हुआ। हम तो ज़िन्दगी से हाथ धो बैठे थे। लेकिन वाह गुरु अकाल पुरुख ने हाथ देकर रख लिया।''

विरसे ने सहानुभूति प्रकट करते हुए कहा, ''यह तो तुम्हारी सूरतें देखने से मालूम हो जाता है।''

''सूरतों की भी भली कही। यहाँ आकर समझो, तीन दिन के बाद खाना और पानी मिला है। और फिर मौत का ख़ौफ़ अलग हर घड़ी लगा था।''

इसी बीच प्लैटफ़ार्म पर शरणार्थियों को मुफ़्त कचौरियाँ बाँटनेवाले उनके डिब्बे के आगे से निकले तो विरसे को याद आया कि उसने भोजन नहीं किया था। अतएव उसने भी हाथ बढ़ाकर कचौरियों का पुलन्दा ले लिया और अन्य लोगों से बातें करते हुए खाने लगा।

एक सुन्दर युवती कष्ट झेल-झेलकर निढाल हो गयी थी। कचौरियाँ, हलवा खा और पानी पीकर उसमें कुछ ताज़गी आ गयी तो उसने विरसे की ओर देखा तो एकदम उसके

होंठों पर मुस्कान उत्पन्न हुई। यह मुस्कान संकट टल जाने की ख़ुशी में उत्पन्न हुई थी। अब उसे सन्तोष हो गया था कि जिस वातावरण में वह साँस ले रही थी उसमें उसे कोई हानि नहीं पहुँच सकती थी। जब गाड़ी चली तो कुछ देर बाद वह युवती ऊँघने लगी। निश्चिन्तता की नींद में उसका सिर झूलने लगा। उसका गाल उसके घुटने से छूने लगा। जब विरसे ने स्त्री के गाल के मुलायम स्पर्श को अपने घुटने पर अनुभव किया तो सोचा कि युवती कुछ ऐसी बुरी तो नहीं है।

सहसा उसे ध्यान आया कि अब फिर उसका मन बदमाशी की ओर झुक रहा है। यह अनुभव कर वह चौंका और खाँसा तथा अपने भारी स्वर में 'वाह गुरु' का जाप करते हुए उसने पहलू बदला और मुँह फेरकर ऊँघने लगा। थोड़ी ही देर बाद वह खर्राटे लेने लगा।

सन्ध्या के झुटपुटे में गाड़ी अम्बाले पहुँची तो विरसा कन्धे पर अँगोछा डाल झटपट गाड़ी से उतरा और सीधा लारियों के अड्डे पर पहुँचा। परन्तु लारी का कोई प्रबन्ध न हो सका। अतएव उसे गाड़ी की प्रतीक्षा करनी पड़ी, जो काफ़ी देर के बाद और वह भी सीधे पटियाले जानेवाली नहीं थी। इन रुकावटों के कारण वह झुँझलाकर रह गया। परन्तु लाचार था।

अम्बाले से राजपुरा पहुँचकर वह टाँगे पर बैठ आगे रवाना हुआ। इसी हेर-फेर में अन्त में जब वह पटियाला और पटियाले से सिराज के गाँव की ओर बढ़ा तब दिन ढल चुका था। सूर्यदेव तेज़ी से पश्चिमी क्षितिज की ओर भाग रहे थे।

रास्ते में जो-जो बातें दंगे के बारे में सुनीं उन्होंने तो विरसे का दिल बिलकुल बैठा दिया। अतएव वह सिराज के घर से कुछ दूर पर ही था कि उसके पाँव रुक गये। सामने वह द्वार दीख रहा था जिससे उसका घनिष्ठ सम्बन्ध था। आँगन की दीवार के पास अरूढ़ियों के वे दो-चार ढेर थे, जहाँ दिन-भर मुर्ग़ियाँ गन्दगी कुरेद-कुरेदकर दाना-दुनका और कीड़े-मकोड़े खोज अपने बच्चों को खिलाया करती थीं। वह धीरे-धीरे आगे बढ़ने लगा। जब वह दरवाज़े के निकट पहुँचा तब उसे ऐसा अनुभव हुआ मानो अभी-अभी सिराज मुस्कराता हुआ दरवाज़े से निकलेगा और उसके गले से लिपट जायेगा। पर कोई व्यक्ति बाहर नहीं आया। शायद वह सोया पड़ा हो। वाह गुरु करे अन्दर सो ही रहा हो। इस प्रकार सोचता हुआ वह दरवाज़े के बिलकुल सामने जा पहुँचा। उसकी दृष्टि तुरन्त आँगन के उस कोने की ओर जा पहुँची जहाँ रेशमाँ बैठी बर्तन माँजा करती थी। उसे देख उसका चेहरा खिल जाता और वह 'मेरे चाचा' कहकर हाथ फैलाये उसकी ओर दौड़ पड़ती। परन्तु वहाँ...वहाँ...अधेड़ आयु का एक सिक्ख उलझी दाढ़ी लटकाये टूटी हुई चारपाई पर बैठा था।

विरसे के पाँव-तले से धरती खिसक गयी। वह आँगन में घुसा तो उस सिक्ख ने दाढ़ी खुजाते हुए सिर उठाया और सामने एक लम्बे-चौड़े सुन्दर सिक्ख जवान को खड़े पाया।

विरसे ने इधर-उधर जिज्ञासापूर्ण निगाह डाली और पूछा, "आप लोग रहते हैं यहाँ?"

"हाँ!...क्यों, किसी से मिलना है क्या?"

विरसा ने हिचकिचाते हुए पूछा, "हाँ, यहाँ तो एक मुसलमान रहता था।"

"रहता होगा...आओ बैठो...लेकिन भाई, हमें तो कुछ पता नहीं। हमें तो यहाँ आये मुश्किल से चार-पाँच दिन हुए होंगे।"

"तो यहाँ कोई मुसलमान कुटुम्ब नहीं रहता था?"

"नहीं। मकान का कुछ भाग जल गया था। हमने लीप-पोतकर और मरम्मत करके इसे रहने के काम का बनाया। हम न यहाँ के रहनेवाले हैं और न हमें इस घर के रहनेवालों का कुछ पता है।"

"तो क्या उनका पता किसी और ज़रिये से नहीं लग सकता?"

"मेरे ख़याल में इस समय तो रात हो गयी है इसलिए कल दिन-चढ़े इधर-उधर के लोगों से पूछने से सम्भव है उनका कुछ पता चल सके।"

विरसा कुछ देर तक चुपचाप बैठा रहा और उन दीवारों को देखता रहा, जिनसे इस समय उदासी और हसरत टपकती थी। फिर वह बूढ़ों की तरह घुटनों पर हाथ रखकर उठा। दरवाज़े से बाहर निकला तो हवा कुछ तेज़ चलने लगी। अरूढ़ियों के चारों ओर नन्हें-नन्हें बवण्डर घूमते दिखायी पड़ रहे थे। विरसे ने सामने फैले हुए खेतों पर निगाहें दौड़ायीं और फिर उसकी दृष्टि थककर लौट आयी। उसके मन में हूक-सी उठी और उसने मन में कहा—क्या मेरा यार सिराज अब इस संसार में नहीं है? क्या मेरी नन्हीं रेशमाँ अपने नन्हें हृदय में समस्त अबोध आकांक्षाएँ और मासूम तमन्नाएँ लेकर इस दुनिया से विदा हो चुकी है? सिरजिया! मुझे सचमुच यहाँ पहुँचने में देर हो गयी।

वह दोनों हाथ पीठ की ओर बाँधे निरुद्देश्य रहट की ओर धीरे-धीरे चलने लगा। भूसे की उन टूटी-फूटी धड़ों की ओर देखने लगा जिनमें एक बार उन्होंने चोरी का माल छिपाया था। जहाँ अनेक बार रेशमाँ और सुलतान के आनन्दपूर्ण ठहाके गूँजे थे। परन्तु अब हर तरफ़ सिवाय तबाही और बरबादी के कुछ दिखायी नहीं देता था। रहट के चरखड़े तक जला दिये गये थे। तबेले का छप्पर जल चुका था; उसकी टूटी-फूटी दीवारें काली पड़ चुकी थीं।

उसी तबेले में बैठकर उन्होंने कई जलसे किये थे। हँसे-खेले थे। किन्तु इस समय उधर झाँकने तक को जी न चाहता था। तबेले के भीतर क़ब्र का-सा अन्धकार दिखायी पड़ रहा था।

वह बोझिल मन से वापस जाने को लौटा ही था कि उसे तबेले के अन्दर सरसराहट की आवाज़ सुनायी पड़ी। उसने समझा कोई जंगली पशु दुबका हुआ है। उसने सावधान हो अपना देशी बनावट का, लम्बी नली का पिस्तौल निकाल लिया। उसने बड़े आश्चर्य से देखा कि तबेले के अन्धकार में से एक लम्बे-चौड़े मनुष्य की छाया-सी बाहर निकली। उसका रंग काला पड़ चुका था और गाल भीतर को धँसे हुए थे।

"कौन?"

छाया उसके और निकट आ गयी। एक चिरपरिचित स्वर सुनायी पड़ा—'विरसू! तूने मुझे पहचाना नहीं क्या?"

सूरत तो नहीं किन्तु उसने आवाज़ तुरन्त पहचान ली और दूसरे ही क्षण 'सिराजू' कहकर वह उसके गले से लिपट गया, "तुम ज़िन्दा हो सिराजू। मुझे बड़ी ख़ुशी हुई कि तुम अभी तक ज़िन्दा हो। मैं अपने को बार-बार धिक्कार रहा था कि पहले क्यों न पहुँच सका।"

फिर उसने सिराज के चेहरे की ओर दोबारा देखा। वह कितना बदल गया था! उसका रंग काला पड़ गया था। दाढ़ी और सिर के बाल बढ़ आये थे और वह कितना कमज़ोर दिखायी पड़ रहा था।

विरसे ने पूछा, "माँ, भाभी और मेरी रेशमाँ?"

यह प्रश्न करने के बाद विरसे का हृदय ज़ोर-ज़ोर से धड़कने लगा। सिराज तनिक विलम्ब के बाद बोला, "डरो मत, अभी तक वे सब ज़िन्दा हैं। ज़िन्दा हैं पर सिर्फ़ नाम को। क्योंकि मौत हर वक़्त हमारे सिर पर मँडराती रहती है।"

"नहीं दोस्त? ऐसा मत कहो। मुझे अम्माँ के पास ले चलो।"

वे तबेले के भीतर घुस गये। कभी किसी को सन्देह तक न हो सकता था कि इस तबाह हाल तबेले में खुदी हुई गहरी खाईं में कोई मनुष्य जीवित भी रह सकता है। खाईं का मुँह एक बड़े झाड़ से बन्द कर दिया जाता था। परन्तु इस गुप्त स्थान में भी उन्हें और अधिक समय तक छिपे रहने की आशा नहीं थी।

उस खाईं के अन्दर विरसे ने घर के शेष व्यक्तियों को और भी बुरे हाल में देखा। रेशमाँ उसे देखते ही रोती हुई उसकी ओर बढ़ी। उसने उसे गले से लगाकर कहा, "रेशमाँ, माफ़ करना। मैं तुम्हें ऐसी तंग जगह में उछाल नहीं सकता।"

यह दृश्य देख सबकी आँखों से आँसू बहने लगे।

विरसे को उन्होंने अपनी दुःखभरी कहानी सुनायी कि किस तरह पटियाले में बहुत बड़े पैमाने पर दंगे शुरू हो गये और किस तरह सिराज ने रातोरात यह गुप्त स्थान तैयार किया और उन सबने उसमें शरण ली। विरसे को यह भी बताया गया कि इसी खाईं में सिराज का दूध-पीता बच्चा भी सिसक-सिसककर अल्लाह को प्यारा हुआ।

बड़ी देर तक धीमे स्वर में वे उसे अपनी करुण कहानी सुनाते रहे और सब-कुछ बड़ी हमदर्दी से सुनकर विरसे ने उनको ढाढ़स दी और कहा कि वे लोग आराम करें। कल उनके यहाँ से निकलने का प्रबन्ध किया जायेगा।

उनसे विदा होकर विरसा खाई में से बाहर निकल तबेले से भी बाहर चला आया और धड़ों के पास मैदान में लेट रहा।

## (2)

दूसरे दिन जागकर विरसे ने पहले तो उनके लिए खाने-पीने का प्रबन्ध किया और फिर इधर-उधर भाग-दौड़कर यह मालूम करने की चेष्टा की कि उन्हें वहाँ से निकालने का सबसे अच्छा उपाय क्या हो सकता है।

वह बहुत घूमा-फिरा, परन्तु परिस्थिति इतनी बिगड़ चुकी थी कि कोई उपाय सूझ न पड़ता था। वे लोग निराश हो गये। कहने लगे कि इस सम्बन्ध में भाग-दौड़ करना व्यर्थ है और हमारा यहाँ से निकल भागना असम्भव है। परन्तु विरसा हिम्मत हारनेवाला आदमी नहीं था।

दूसरी रात भी बीत गयी तो विरसे ने यह तय किया कि उन लोगों को सिक्खों के भेस में रातोंरात लेकर वहाँ से चल दे। पहला प्रश्न तो यह था कि किसी-न-किसी तरह पटियाले से निकल जायें।

अतएव स्त्रियों के लिए सिक्ख स्त्रियों के लिबास जुटाये गये। विरसे ने सिराज के पगड़ी बाँधी। दाढ़ी कुछ-न-कुछ तो बढ़ ही आयी थी। फिर भी यह बहाना किया जा सकता था कि वह पाकिस्तान से आया हुआ सिक्ख है और मुसलमानों ने ज़बरदस्ती उसके बाल काट डाले थे।

रात हुई तो वे पाँचों व्यक्ति तबेले से निकलकर गाँव का दूर ही से चक्कर काटते हुए चल पड़े। रातोंरात वे पटियाले तक जा पहुँचे। परन्तु वे शहर में नहीं घुसे। बल्कि बाहर ही से चक्कर काटते महाराजा के क़िले के पास से होते हुए वे कुछ रात रहे एक छोटे-से गाँव में प्रविष्ट हो गये। यहाँ उनके पड़ाव का विरसे ने एक परिचित सिक्ख के यहाँ पहले ही से प्रबन्ध कर रखा था।

सफ़र के थके-हारे सिराज और स्त्रियाँ जल्दी ही सो गयीं। कुछ देर तक सोये रहने के बाद विरसा जागा तो कुछ खा-पीकर अगले पड़ाव का इन्तज़ाम करने के लिए और आगे बढ़ गया। शाम तक वह फिर लौट आया।

रात के भोजन के बाद थोड़ा सुस्ताकर वह अगली मंज़िल तय करने के लिए घर से निकल खड़े हुए।

जहाँ कहीं दो-चार आदमी उन्हें मिल जाते, वे उन्हें सन्देह की दृष्टि से देखने लगते। इधर इनके मन में चोर तो था ही, एक सन्दिग्ध दृष्टि की भी ताब न ला सकते थे। क्योंकि भेद खुल जाने पर उनकी इज़्ज़त, आबरू और जान कोई भी नहीं बच सकती थी।

अम्बाले पहुँचकर विरसे ने कहा कि वहाँ से करनाल तक लारी पर चलें। यदि किसी को सन्देह न हुआ तो सफ़र जल्दी ही कट जायेगा।

सिराज ने हिचकिचाते हुए विरसे का प्रस्ताव स्वीकार कर लिया। वे अड्डे से आगे आकर सड़क पर बैठ गये। विरसा अड्डे ही से लारी पर बैठ आया। उसने वहीं ड्राइवर से कह दिया कि उसके साथ बीवियाँ भी हैं अतएव उनके लिए जगह रख ली गयी। जब सिराज के पास आकर लारी रुकी तो उस समय वे नल की हत्थी हिला-हिलाकर पानी पी रहे थे।

विरसे की आवाज़ सुनकर उसने दबी नज़रों से लारी में बैठी सवारियों का निरीक्षण किया। संयोग से वे सब सिक्ख थे। उसकी इच्छा न होती थी कि वहाँ बैठे पर दूसरा कोई उपाय भी नहीं था।

लारी के अन्दर बैठे तो सवारियाँ सिराज के अतिरिक्त उसके साथ की स्त्रियों, विशेषकर रेशमाँ को बड़े ग़ौर से देखने लगीं। सिराज को यह बात बुरी लगी। लारी चल भी दी किन्तु वे बराबर उन्हें घूरे जाते थे।

एक भारी-भरकम सिक्ख, जिसकी दाढ़ी बये के घोंसले के समान थी, सिराज को सम्बोधित कर बोला, "तुम कौन हो?"

सिराज के दबे हुए गालों पर उसकी आँखों की पुतलियाँ नाचीं। वह सोच ही रहा था कि क्या जवाब दे कि विरसा बोला, "यह मेरा भाई है।"

'भाई?" सिक्ख ने दाढ़ी की ओर संकेत कर पूछा, "दाढ़ी सफ़ाचट!"

अब लारी में बैठे अन्य लोग भी गहरी दिलचस्पी लेने लगे।

विरसा बोला, "पाकिस्तान से आया है न। वहाँ मुसलमनटों ने ज़बरदस्ती..."

सिक्ख ने अपने लम्बे खूँट से दाढ़ी खुजाते हुए कहा, "पाकिस्तान से आ रहे हैं कि उधर को जा रहे हैं?"

"तुम्हारी अक़्ल घास खा गयी है।" विरसे ने जवाब उसके मुँह पर दे मारा।

इस पर वह सिक्ख चिल्ला-चिल्लाकर बातें करने लगा और लड़ने पर तैयार हो गया। विरसे ने उसके कुरते का गला झँझोड़कर कहा, "अबे जा भंभीरी भंभट! अभी रगें मलकर रख दूँगा।"

सिराज नहीं चाहता था कि लड़ाई हो। इस प्रकार उनका भेद खुल जाने का और अधिक डर था। अन्य लोगों ने भी विरसे का रुख़ देख मामला शान्त कर दिया।

करनाल पहुँचे तो उस सिक्ख ने अड्डे पर फिर शोर मचाना शुरू कर दिया। कुछ लोग उसके गिर्द इकट्ठे हो गये और वह चिल्लाकर परे जाते हुए उस गिरोह की ओर इशारे कर-करके कहने लगा, "देखो यारो! मुसलमान तो हमारी गाड़ियाँ काट-काटकर भेज रहे हैं और यहाँ..."

सिराज और बेचारी स्त्रियों ने समझा कि अब कुशल नहीं। वे जल्दी-जल्दी बढ़ जाना चाहते थे, किन्तु विरसा ने उन्हें मना किया। उसने कहा, "तुम जितना तेज़ भागोगे उतना ही उनका शक और बढ़ जायेगा।"

उन दिनों लोगों को लूट-मार और क़तल पर तैयार करने के लिए मामूली-सा बहाना काफ़ी था। शोर मचानेवाले सिक्ख के गिर्द जो लोग एकत्र हो गये थे उनमें से कुछ ने स्त्रियों को ललचायी दृष्टि से देखा, किन्तु उन सबके आगे विरसा-ऐसे मज़बूत जवान को खड़ा देख किसी को आगे बढ़ने का साहस न हुआ। यह बात तो बिलकुल समझ से बाहर थी कि इस अवसर पर कोई सिक्ख किसी मुसलमान परिवार को इस प्रकार भागने में मदद दे सकता है। सभी ने यह समझा कि अधिक-से-अधिक यह हुआ होगा कि उसने उन मुस्लिम औरतों को लूट-मार में उड़ाया होगा। अतएव उनमें से एक आदमी ने कहा, "यार छोड़ो, अपना सिक्ख भाई ही तो है। औरतें ले जा रहा है तो इसमें बुराई ही क्या है।"

यह संकट तो टल गया, पर औरतों ने किसी लारी में बैठने से तौबा कर ली।

दिन में किसी स्थान पर छिपा रहना और रातों को सफ़र करना यह उनका नित्य का कार्यक्रम बन गया था। अधिक-से-अधिक कभी किसी टाँगे का प्रबन्ध हो जाता था। इस पर भी कई बार उन्हें लोगों की सन्दिग्ध और हिंसक दृष्टि का सामना करना पड़ा। आख़िर वे किसी-न-किसी प्रकार जिला अमृतसर की सीमा में पहुँच गये।

उन्हें एक गाँव में किसी परिचित के यहाँ छोड़कर विरसा फिर चला गया।

एक सिक्ख का घर था। घर क्या, घर का एक भाग था जो साल-भर पहले उसने बनवाना शुरू किया था, पर पूरा न बनवा सका था। उसने यह भाग एक भड़भूँजे को दे दिया था। भड़भूँजा मुसलमान था और चार महीने पहले ही गड़बड़ के डर से पश्चिमी पंजाब को भाग गया था। अब वह हिस्सा बिलकुल वीरान पड़ा था।

उन्होंने वहीं पर डेरा डाल दिया।

एक तो उनके ख़तरनाक और कष्टप्रद सफ़र का बड़ा भाग कट चुका था; दूसरे उन्हें अपना मेज़बान बहुत भला आदमी लगा। अतएव उन्होंने अपना थोड़ा-बहुत सामान एक कोने में रखा और कच्चे फ़र्श को झाड़ से साफ़ करके आराम करने के लिए लेट गये। घण्टा-दो घण्टा आराम करने के बाद स्त्रियों ने भोजन बनाना शुरू किया। मेज़बान ने उन्हें आटा-दाल और आवश्यकता की अन्य चीज़ें दीं। बहुत दिन बाद आज उन्होंने इच्छानुकूल भोजन किया। वे जानते थे कि आज रात वे पाकिस्तान पहुँच जायेंगे। विरसे का ख़याल था कि वहाँ से सरहद तक किसी-न-किसी सवारी का प्रबन्ध हो जायेगा।

शाम तक वे अच्छी तरह आराम कर लेने के बाद उठे और तैयार होकर बैठ गये।

सूर्यास्त हो गया, किन्तु विरसा नहीं आया। रात का अँधेरा बढ़ता गया यहाँ तक कि उन्हें विश्वास हो गया कि आज वे नहीं जा सकेंगे। गयी-रात तक वे चुपचाप बैठे रहे। पिछले पहर उनकी आँख लगी। जागे तो धूप निकली हुई थी। परन्तु विरसे का कहीं पता नहीं था।

बूढ़ी माँ बोली, "सिराज बेटा! समझ में नहीं आता कि..."

सिराज की पत्नी ने एक नज़र सबकी ओर डाली और दबे स्वर में बोली, "कहीं वह हमें छोड़कर तो नहीं चला गया...।"

"बेवकूफ़!" सिराज ने आँखें निकालकर पत्नी की ओर देखा।

माँ ने बहू से कहा, "नहीं बहू, विरसा ऐसा नहीं कर सकता। मैं एक मौक़े पर सिराज की नीयत पर शक कर सकती हूँ पर विरसे पर नहीं।"

रेशमाँ को भाभी की बात इतनी बुरी लगी कि वह क़रीब-क़रीब उससे रूठ गयी।

सिराज की पत्नी बेचारी पछताने लगी कि उसने ऐसे शब्द मुँह से क्यों निकाले।

वह सारा दिन बूढ़ी अम्माँ ने नमाज़ पढ़ने में बिताया।

जब दूसरी रात भी विरसा नहीं आया तो वे बहुत चिन्तित हुए। उन्होंने उदास और निराश दृष्टि से इधर-उधर देखा। दीये के टिमटिमाते प्रकाश में हर चीज़ से उदासी टपकती थी।

इतने में उनका मेज़बान अन्दर आया। वह बहुत भला सिक्ख था। उसने उनके पास आकर पूछा, "आप लोगों को कोई तक़लीफ़ तो नहीं है?"

"नहीं जी, बड़ी मेहरबानी।" सिराज ने जवाब दिया।

इसके बाद मेज़बान तनिक रुका। मालूम होता था कि वह कुछ कहना चाहता है पर बात मुँह पर नहीं ला सकता।

मेहमानों के दिल धड़कने लगे। कैसा कठिन समय था। ज़रा-सी बात पर जी डूबने लगता था। उन्हें किसी बुरी, बहुत बुरी ख़बर सुनने की आशंका हो रही थी। सबसे अधिक चिन्ता विरसे की थी। वह लड़ाका और उजड्ड तो था ही। कहीं उसके प्राणों पर तो कुछ आँच नहीं आ गयी, पर उनमें से किसी की कुछ पूछने की हिम्मत नहीं हुई।

मेज़बान कुछ बेचैनी से इधर-उधर टहलते-टहलते सहसा रुका और उनकी ओर देखकर कुछ कहने लगा तो उनका दम घुटने लगा। बूढ़ी माँ मन में 'अल्लाह ख़ैर, अल्लाह ख़ैर' का जाप करने लगी।

"विरसासिंह आया नहीं अभी तक?"

वे सब चुप रहे। उन्हें थोड़ा सन्तोष हुआ कि मेज़बान को विरसे के बारे में किसी बुरी ख़बर का ज्ञान नहीं था।

"आपसे कब तक लौटने के लिए कह गया था?"

"शाम तक।" सिराज ने जवाब दिया।

मेज़बान फिर टहलने लगा।

सिराज ने साहस से काम लेकर पूछा, "आप कुछ परेशान-से दिखायी पड़ते हैं।"

"मैं आप लोगों के बारे में चिन्तित हूँ।"

"ख़ैर तो है? हो सकता है विरसे को किसी ख़ास वजह से रुकना पड़ा हो।"

"हो सकता है। लेकिन मैं सोचता हूँ कि आपको कब तक छिपाकर रखा जा सकता है। मैं नहीं चाहता कि आपको कोई तक़लीफ़ हो। आप उसकी अमानत हैं। लेकिन..."

"क्या कोई ख़ास बात हो गयी है?"

"अभी तक तो नहीं...।"

यह कहकर वह फिर चुप हो गया। और उन लोगों को अधिक चिन्तित देख कुछ देर बाद बोला, "बात यह है कि लोग पश्चिमी पंजाब से भी लाखों की तादाद में चले आ रहे हैं। आज एक आदमी कहने लगा कि तुम्हारे मकान का कुछ हिस्सा खाली है, वह हमें दे दो।"

"अच्छा? फिर?"

"मैंने अभी तो टाल दिया है कि उस जगह लकड़ियाँ, भूसा और उपले पड़े रहते हैं। उसने और लोगों से भी कहलवाया तो मैंने कह दिया कि जल्द ही उतना हिस्सा खाली कर दूँगा। ख़ैर, देखो, शायद विरसा कल तक आ जाये।"

मेज़बान तो चला गया पर मेहमान चिन्ता और दुःख में डूब गये।

रात बेचैनी से कटी और अगला सारा दिन भी इन्तज़ार में बीत गया, पर विरसा न आया।

शाम तक आशा थी, पर वह भी बीत गयी। अब उन्हें ऐसा प्रतीत होने लगा कि विरसा कभी नहीं आयेगा और इतना कष्ट सहने के बाद भी उनकी क़ब्रें उसी जगह बनेंगी।

रात भीग गयी तो एक विचित्र घटना घटी।

एकदम मेज़बान के घर में शोर मचा। वे सब घबरा गये। शायद गाँववालों को उनकी उपस्थिति का पता चल गया था और उन्होंने उस मकान पर हल्ला बोल दिया था।

स्त्रियाँ सहमी हुई चिड़ियों की भाँति एक अँधेरे कोने में दुबक गयीं। दीया बुझा दिया गया। सिराज ने छव्वी हाथ में पकड़ी और टूटे-फूटे दरवाज़े के पास जा खड़ा हुआ।

ग़ौर से सुनने के बाद मालूम हुआ कि कुछ शराबी वहाँ जमा हैं और शोर मचा रहे हैं। थोड़ी देर में उनकी बातें स्पष्ट रूप से सुनायी देने लगीं।

"ओय सरदारा! तू बड़ा चालाक निकला। भगत बना फिरता है।"

मेज़बान की मिस्कीन आवाज़ सुनायी पड़ी, "क्यों, आख़िर मैंने क्या किया है?"

"क्या किया है? हा-हा, हा-हा, ही-ही, ही-ही।"

दूसरी आवाज़ आयी, "ऐसे-ऐसे माल छिपा रखे हैं तूने।"

"कैसे माल?"

"क्यों बनता है?"

"मैं नहीं जानता, तुम क्या कहते हो। तुम्हारे होश ठिकाने पर नहीं हैं।"

"हमारे होश बिलकुल ठीक हैं। यह न समझो कि हम नशे में हैं।"

"अच्छा भाई, जाओ, मुझ पर दया करो।"

"तो तुम भी हम पर दया करो।"

"क्या?"

"वे औरतें हमारे हवाले कर दो।"

"यह नहीं हो सकता। मेरा एक दोस्त उन्हें यहाँ छोड़ गया है। मुझे उनसे कोई ग़रज़ नहीं है।"

"बस, जब तुम्हें ग़रज़ नहीं तो हमारे हवाले कर दो।"

"लेकिन तुम उस आदमी को नहीं जानते जो उन्हें यहाँ छोड़ गया है, अगर मैं ऐसी-वैसी कोई हरकत करूँगा तो मेरी ख़ैर नहीं।"

उनमें से एक ने शराबियों के ख़ास अन्दाज़ में कहा, "हाय यार! उस छोकरी की बात कुछ न पूछो। प्यारे, उसे तो मैं नहीं छोड़ूँगा। ऐसा पटाखा देखने में नहीं आया।"

दूसने ने कहा, "उस्ताद, होश की दवा करो। वह मेरी है। मैं ज़रा नर्मी से रखूँगा। साले, उसकी शक्ल से ज़ाहिर होता है कि अभी किसी मर्द से उसे वास्ता नहीं पड़ा।"

मेज़बान चिल्लाकर बोला, "देखो, बकवास बन्द करो। अगर तुमने कोई हरकत की तो याद रखो, जो उन्हें यहाँ छोड़ गया है वह तुम्हारी बहू-बेटियों की बीच बाज़ार में बेआबरूई करेगा। यह बताये देता हूँ। फिर न कहना।"

"कोई परवाह नहीं।"

मेज़बान की आवाज़ गूँजी—'सज्जनसिंह, तुम शेखूपुरे के इलाक़े में जाते रहते हो। तुमने उसका नाम ज़रूर सुना होगा।"

"कौन?"

"विरसा।"

किंचित् विलम्ब के बाद जवाब मिला, "हाँ, सुना है, तो क्या वह उन्हें यहाँ छोड़ गया?"

"हाँ।"

अब कुछ देर तक धीमे स्वर में बातें होती रहीं जो सिराज की समझ में नहीं आ रही थीं।

फिर शराबियों ने ऊँचे स्वर में कहा, "तो भाई, तुम उन्हें यहाँ से निकाल दो कल रात। अब लोगों को भी पता चल ही जायेगा। कहाँ तक छिपाओगे। तुम बाल-बच्चेदार भले आदमी हो। कहाँ उनके पीछे..."

"अच्छा। कल के दिन विरसे का इन्तज़ार कर लेने दो। फिर मैं उन्हें निकाल दूँगा।"

"हाथ लाओ...इसी बात पर। पक्का वायदा रहा। इस तरह तुम पर भी कोई दोष न आयेगा और हमारा काम भी बन जायेगा। अरे यार, वह कुलचा-सी लौंडिया मेरे हवाले कर दो और उलटा मुझी से कुछ रक़म ले लो।"

मेज़बान ने कहा, "अच्छा भई, इस वक़्त माफ़ी दो। पर उनके जाने से पहले किसी को उनके यहाँ होने का पता नहीं चलना चाहिए, समझे?"

"हाँ, यार। पक्का वायदा रहा।"

वे विदा हो गये तो मेज़बान घबराया हुआ सिराज के पास आया। औरतों के सहमे हुए चेहरे देख वह समझ गया। बोला, "मालूम होता है कि आपने सब-कुछ सुन लिया है।"

"हाँ।" सिराज ने कहा, "अब?"

"जैसा कहो।"

कुछ देर तक मौन रहा। फिर मेज़बान बोला, "इन सालों ने दरवाज़ों की दरार में से झाँककर न जाने किस वक़्त आप लोगों को देख लिया। शायद माई की 'या अल्लाह' सुनकर उन्हें अन्दर झाँकने की हिम्मत हुई। गली की तरफ़ से तो कोई रास्ता नहीं।

"अब!" सिराज ने अपना सवाल दोहराया।

मेज़बान ने कुछ सोचकर कहा, "देखो भाई सिराज! यह सिर्फ़ संयोग की बात है कि उन्हें पता चल गया। लेकिन फिर भी आजकल ऐसी बातें कब तक छिप सकती हैं। एकाध दिन की तो ख़ैर कोई बात नहीं। मैं ख़ुद तुम्हें यहाँ से नहीं निकालूँगा। पर मेरी सलाह यही है कि तुम लोग इसी समय यहाँ से चले जाओ। अगरचे यहाँ से निकलकर भी तुम्हें जान का बेहद डर रहेगा, लेकिन यहाँ अब बचाव की कोई सूरत ही नहीं है।"

सिराज ने मामले के हर रुख़ पर ग़ौर किया तो इसके सिवा कोई दूसरी सूरत समझ में न आयी। माँ से बोला, "अम्माँ! अब तो अल्लाह का नाम लेकर चल दें यहाँ से।"

माँ ने कुछ जवाब नहीं दिया।

आख़िर तीनों स्त्रियाँ सिराज के पीछे हो लीं।

## (3)

रात के अँधेरे और सन्नाटे में वे अल्लाह का नाम लेते हुए निकल खड़े हुए और यों ही अनुमान से पश्चिमी पंजाब की सीमा की ओर चल दिये।

ठोकरें खा-खाकर चलती हुई स्त्रियों का बुरा हाल हो गया। अभी एक पहर रात बाक़ी थी कि वे एक अन्धे कुएँ के पास पहुँचे। सिराज रुक गया। उसने सोचा कि दिन-चढ़े शायद छिपने की जगह न मिले। क्यों न वे वहीं पर रुक जायें।

उसने दो-चार ढेले कुएँ में फेंके तो मालूम हुआ कि कुआँ अधिक गहरा नहीं है। किन्तु रात को वहाँ साँप या अन्य कीड़े-मकोड़े का डर हो सकता था अतएव वे कुएँ के बाहर ही लेटे रहे। रेशमाँ की आँख लग गयी, किन्तु बाक़ी तीनों ने कुछ सो और जागकर रात काटी। अंगारे-सा सूर्य उदय हुआ तो ख़ूब देख-भालकर सिराज ने औरतों को कुएँ में उतार दिया। कुएँ के किनारे पर लम्बी-लम्बी घास और सरकण्डों के पौधे इस ढंग से उगे हुए थे कि उनसे कुआँ बिलकुल ढँक-सा गया था, और जब तक घास हटाकर न झाँका जाये अन्दर के अँधेरे में कुछ दिखायी नहीं पड़ता था।

औरतों को कुएँ में उतारकर सिराज ने उस वीराने में घूम-फिरकर यह अनुमान लगाने की चेष्टा की कि वे कहाँ पर हैं और उन्हें रात पड़ने पर किस ओर जाना होगा।

घूमता-घामता वह कुएँ से तीन-चार फर्लांग के फ़ासले पर निकल गया और फिर एकाएक उसने देखा कि एक ओर से धूल का बादल उठा। उसे यह जानने में तनिक भी देर न लगी कि वह लूट-मार करनेवालों का टोला था। सिराज ने चाहा कि भागकर कुएँ पर पहुँच जाये, किन्तु फिर डरा कि कहीं इस प्रकार वे उसे दौड़ते न देख लें। वह तुरन्त दुबककर पास की झाड़ी में छिप गया।

क्षण-प्रतिक्षण वे बढ़ते आ रहे थे। एक क्षण के लिए सिराज के मन में यह भी विचार उठा कि शायद वे मुसलमान हों, पर नहीं, मुसलमान कहाँ। उनकी लम्बी-लम्बी दाढ़ियाँ देख उसने दूर से ही पहचान लिया कि वे सिक्ख हैं।

जब उसने देखा कि पाँच-छह सौ सिक्खों का जत्था सीधा कुएँ की ओर बढ़ रहा है तो उसके प्राण सूख गये। उसने सोचा कि वे उधर से होकर आगे निकल जायेंगे, परन्तु सारा जत्था कुएँ के पास आकर रुक गया। तब सिराज के हाथ-पाँव सुन्न हो गये।

उन आदमियों में से कुछ घोड़ों और साँड़नियों पर सवार थे और शेष पैदल थे। उनमें से दो कुएँ की ओर बढ़े।

सिराज की आँखों तले अँधेरा छा गया। वे विचित्र-सा शोर मचा रहे थे। उनकी उड़ती हुई गर्द उसके पीसने से तर चेहरे पर पड़ रही थी।

साँस लेना कठिन हो रहा था। भला अब उनको कौन बचा सकता था!

जब वे दोनों आदमी कुएँ के पास पहुँचे तो न जाने पीछे से किसी ने क्या कहा कि वे कुएँ के किनारे पर खड़े सरकण्डों और पीली-पीली लम्बी घास को एक नज़र देख लौट पड़े और फिर घोड़ों पर सवार हो यह गिरोह आगे की ओर बढ़ गया।

सिराज को अपनी आँखों पर विश्वास न हुआ। किन्तु जब वे सचमुच उसकी दृष्टि से ओझल हो गये तब वह सिजदे में गिर पड़ा। उसने ख़ुदा की दरगाह में शुक्र अदा किया और फिर उठकर पूरी ताक़त से दौड़ता हुआ कुएँ तक पहुँचा। जब वह लम्बी घास को पकड़ कुएँ में घुसा तो माँ हाथ उठाये बेटे की सलामती की दुआएँ माँग रही थी।

वह माँ से लिपट गया। उसने न जाने कितने वर्ष बाद रेशमाँ को गले से भींच लिया और उसके माथे को कई बार चूम डाला।

"माँ! तुम लोगों को ख़ुदा ने बचा लिया। वह तुम्हारे सिर पर पहुँचकर लौट गये।"

"हाँ बेटा! बचानेवाला मारनेवाले से ज़्यादा ताक़तवर है।"

रात हुई तो वे कुएँ से निकले और फिर पश्चिम की ओर चल पड़े।

## (4)

**दो रातें और दो दिन** भटकने के बाद तीसरी रात भीगने पर चलते-चलते वे एक रहट पर पहुँचे जो बहुत समय से वीरान पड़ा था। उसकी मुँडेर जगह-जगह से गिर चुकी थी। दो कच्ची दीवारें इस बात की गवाह थीं कि कभी यहाँ भी रहट की 'रूँ-रूँ' सुनायी पड़ती होगी। शायद अलग़ोजों की तानें भी उड़ती होंगी और चंचल कुमारियों के रुपहले ठहाके भी वायुमण्डल में गूँजते होंगे।

यद्यपि सिराज असाधारण मज़बूत और शक्तिशाली जवान था, उसे अपने बाज़ुओं पर भरोसा भी था, किन्तु मुठभेड़ हो जाने पर सशस्त्र समूह का मुक़ाबला करना सचमुच असम्भव था। और फिर स्त्रियों का साथ।

पहले दिन तो साथ बँधी हुई कुछ बासी रोटियाँ काम आ गयी थीं, किन्तु अब खाने को भी कुछ नहीं था। सारे दिन भूखे रहना पड़ा। इस पर मौत के डर और चिन्ता के कारण वे सब अपने-आपको बिलकुल खोखला महसूस कर रहे थे।

दो रातें बीत चुकी थीं। यह तीसरी थी। चाँद निकला था, किन्तु आकाश पर छायी हुई धूल के कारण चाँदनी मद्धिम और उदास थी।

यह स्थान आम सतह से कुछ ऊँचा था। वह सिर उठाकर दूर-दूर तक निगाहें दौड़ा रहा था। यद्यपि वे अनुमान से पश्चिम की ओर बढ़ रहे थे, किन्तु उन्हें इस बात का ठीक पता नहीं था कि वे कहाँ हैं और पाकिस्तान की सीमा से कितनी दूर हैं। उस रात भी वे दो-तीन घण्टे तक चले होंगे। लेकिन अभी काली नागिन रात सिर पर सवार थी और फिर इस बात का कोई विश्वास नहीं था कि सुबह वे पाकिस्तान पहुँच जायेंगे। सुबह क्या, न जाने कब तक भटकना उनके भाग्य में लिखा था।

वे सब क़रीब-क़रीब निढाल और अत्यधिक निराश हो चुके थे। काश! विरसे का साथ न छूटता तो उस समय तक वे गन्तव्य स्थान तक पहुँच चुके होते।

बूढ़ी माँ के ढीले-ढाले चेहरे में से झाँकती हुई बेरौनक़ आँखों से आश्चर्य और थकान प्रकट होती थी। अपनी दीर्घ आयु में उसने इस प्रकार की घटनाएँ न देखी थीं न सुनी थीं। पत्नी भूख, लगातार परेशानी और इज़्ज़त-आबरू के डर से बिलकुल बदहवास हो गयी थी। उसका सिर ढलककर दीवार से टिक गया था। रेशमाँ उन सबकी अपेक्षा अधिक चुस्त थी, एक तो आयु भी कम थी, दूसरे शायद उसे ख़तरे का पूरा-पूरा अनुभव

भी नहीं था। उसके बोझिल बालों ने सदैव की भाँति ढलककर उसके आधे चेहरे को ढाँप रखा था। हाँ, उसके कोमल होंठ, सुन्दर सुडौल नाक और तनी हुई काली भवें साफ़ दिखायी पड़ रही थीं। फीकी चाँदनी ने उसकी मुद्रा को बिलकुल स्वप्निल बना दिया था। नन्हीं-मुन्नी, भोली-भाली फ़ाख़्ता-सी बहन कभी-कभार उचटती हुई दृष्टि से भाई को देख लेती और फिर आँखें झुका लेती। वह बचपन से ही भाई से बहुत डरती थी, किन्तु वह अक्खड़ भाई के स्वास्थ्य, समृद्धि और सलामती के प्यारे-प्यारे सोज़-भरे गीत गाया करती थी।

हवा चलने लगी। पीपल के पत्तों ने तालियाँ बजा-बजाकर सिराज को चौंका दिया। वह उठकर खड़ा हो गया और बोझिल स्वर में बोला, "अब हमें चलना चाहिए।"

औरतें थके हुए ढंग से घुटनों पर हाथ रखकर उठीं। उन्हें इस बात का भी तो निश्चित रूप से पता नहीं था कि उन्हें किधर जाना है? उनकी मंज़िल किधर है? वे सब मन-मन-भर के क़दम उठाते एक ओर को चल दिये।

धीरे-धीरे चलते हुए वे ढाई-तीन फर्लांग तक ही गये होंगे कि सिराज रुक गया। स्त्रियाँ भी रुक गयीं।

सिराज ने पीछे की ओर देखा। कुआँ फीकी चाँदनी में सुनसान मक़बरे की भाँति दिखायी पड़ रहा था। भूमि समतल थी। दूर-दूर तक कोई बस्ती नहीं दिख रही थी। और उन्हें बस्तियों से मतलब ही क्या था? हाँ, मटियाले क्षितिज में काले धुएँ के लहराते हुए खम्भे भूतों की भाँति दिखायी पड़ रहे थे। वे थककर चूर हो गये थे। शरीर का जोड़-जोड़ फोड़े की तरह दुख रहा था। भूख के मारे उन्हें ऐसा लग रहा था, मानो किसी ने आँतों को मनों बोझ-तले दबा दिया हो।

सिराज खोयी-खोयी नज़रों से चारों ओर देखने लगा। दाहिने हाथ पर दो फर्लांग पर ईंटों का कोई पुराना भट्टा दिखायी पड़ रहा था। वह भी सुनसान पड़ा था। जहाँ तक नज़र जाती थी, कोई प्राणी न दीख पड़ता था, कोई आवाज़ न सुनायी पड़ती थी। यह बात उनके हित में अच्छी ही थी, किन्तु कष्टजनक पहलू यह था कि उनकी मंज़िल का अभी तक कुछ पता नहीं था। कभी इस सारी धरती पर वे यों आज़ाद फिरते थे मानो बाग़ में सैर कर रहे हों। किन्तु अब अपने वतन का कुछ पता ही न चलता था। अभी उन्हें यही महसूस होता था कि मानो अनगिनत कोसों की दूरी तय करना बाक़ी था—अनगिनत कोस!!

उनके मन में उलझन पैदा होने लगी। सिराज ने घूमकर स्त्रियों की ओर देखा। उन्हें देख उसका हृदय भर आया। ये मासूम, बेगुनाह, भोली औरतें! मिट्टी की मूरतें!!

फिर उसने खेत की मेंड़ पर बैठते हुए कहा, "आओ, थोड़ी देर आराम कर लें।"

औरतें बेजान गुड़ियों की भाँति धम-से बैठ गयीं। उन्होंने इतना भी तो नहीं कहा कि अभी तो हम आध मील भी नहीं चले। आराम की क्या ज़रूरत है?

खेतों के सिलसिले फैलते हुए क्षितिज में विलीन हो रहे थे, जहाँ आकाश तपती हुई धरती के होंठ चूमता-सा दिखायी पड़ता था। उसने दूर-दूर तक बार-बार नज़र दौड़ायी और फिर बड़बड़ाया—'न जाने पाकिस्तान कहाँ है?'

बूढ़ी माँ ने आकाश की ओर दृष्टि उठाकर कहा, "अल्लाह! हमें मुसलमानों की सरज़मीन तक जल्द पहुँचा दे!"

वे सती-साध्वी स्त्रियाँ अपनी आबरू के लिए चिन्तित थीं। वे चाहती थीं कि एक बार इज़्ज़त-आबरू के साथ वहाँ से निकल जायें। इस समय केवल जान बचाने का ही सवाल नहीं था।

सिराज ने क्षितिज से निगाहें हटाकर दोनों हाथों में खेत की भुरभुरी मिट्टी को उठाया और उसे बड़ी तल्लीनता से देखता रहा। उसने दबाकर उसके स्पर्श का अनुभव किया। उसने हवा को सूँघा। लम्बी-चौड़ी जाल की भाँति फैली हुई मेंड़ों पर निगाह दौड़ायी जो एक-दूसरी को काटती-छाँटती धुँधले क्षितिज में खो गयी थीं; लेकिन सिराज की निगाहें पाकिस्तान की ज़मीन, पाकिस्तान की मिट्टी, पाकिस्तान के खेतों और पाकिस्तान की हवा को खोज रही थीं...पाकिस्तान कहाँ था?

वातावरण उदास था। किन्तु वहाँ इतनी शान्ति और अमन था कि एक बार तो उन स्त्रियों को भी विश्वास-सा होने लगा कि काली कमलीवाला ज़रूर उन्हें इज़्ज़त-आबरू के साथ...

सहसा एक झटके के साथ सिराज चौकन्ना हो गया। उसने अपनी मज़बूत भुजा रक्षात्मक ढंग से औरतों के आगे फैला दी। दूसरा हाथ पलक झपकाते में छव्वी तक पहुँच गया। उसकी बाँहों के पुट्ठे फड़क उठे। उसकी तीक्ष्ण दृष्टि भट्टे की ओर एक बिन्दु पर जम गयी।

"क्या है?" किन्तु यह सवाल भयभीत अबलाओं के होंठों पर जमकर रह गया।

अब सिराज विशालकाय गिद्ध के समान बाज़ू फैलाये क़दम ज़मीन में गाड़-गाड़कर आगे को बढ़ता हुआ धीरे से बोला, "इस भट्टे के पीछे ज़रूर आदमी छिपे बैठे हैं।"

औरतों ने समझ लिया कि अब इस मुसीबत से छुटकारा पाने का कोई उपाय नहीं है।

कुछ क्षणों के बाद टूटी-फूटी ईंटों और मिट्टी के ढेरों के पीछे से एक आदमी प्रकट हुआ। और फिर वह अकेला आगे बढ़ने लगा। वह भी सिराज की तरह लम्बा-तड़ंगा आदमी था। लक्षणों से भला आदमी नहीं दीख पड़ता था।...उसके पीछे...उसके पीछे...शायद कोई था...या शायद कोई नहीं था।

वह धीरे-धीरे पग उठाता आगे बढ़ रहा था। स्त्रियाँ चुपके-चुपके दुआएँ माँग रही थीं।

सिराज रुक गया। धुँधले प्रकाश में वह आकृति निकट-से-निकटतर आती गयी। यहाँ तक कि सिराज की इन्द्रियों का तनाव अपनी चरम सीमा पर पहुँचकर एकाएक बिलकुल नीचे आ गया।

शायद...शायद नहीं अवश्य ही नवागन्तुक विरसे के सिवा दूसरा कोई नहीं हो सकता।

फिर कुछ ऊँचे स्वर में उन्होंने एक-दूसरे का स्वागत किया। आते ही विरसे ने सबसे पहले औरतों को देखा। सबको सही-सलामत पाकर बोला, "शुक्र है वाह गुरु का।"

सिराज ने मुस्कराकर कहा, "सब सलामत हैं।"

माँ ने बढ़कर विरसे की बलाएँ लीं।

विरसे ने शिकायत की, "तुमने मेरा इन्तज़ार क्यों नहीं किया?"

सिराज ने सारी बात कह सुनायी।

विरसे ने तनिक बिगड़कर कहा, "भई, यह तो तुम्हें घर से निकालनेवाले की हिमाकत थी और तुम्हारी बेवकूफ़ी थी। भला वहाँ किसी की यह हिम्मत हो सकती थी कि तुम्हें हाथ लगाता।"

"भई, हम क्या करते। तुम जानो, हमारा दिल पहले ही छोटा हो रहा था। जब तुम्हारे आदमी ने जवाब दे दिया तब फिर हम भला क्या करते?"

"ओह! जब मैं वहाँ पहुँचा तो ज़मीन पाँव-तले से निकल गयी। उसी वक़्त से तुम्हारी तलाश में मारा-मारा फिर रहा हूँ। यही फिकर थी कि कहीं दंगाइयों के हत्थे न चढ़ जाओ।"

माँ बोली, "बेटा! हमें तो अल्लाह ने बाल-बाल बचा लिया। लेकिन हमारे यह दिन बड़ी परेशानी में कटे हैं। तुमसे दोबारा मिलने की तो हमारे दिल में कोई आस ही नहीं रही थी।"

विरसे ने शोर मचाकर कहा, "वाह जी वाह! आपके दिल में ऐसे ख़याल क्यों पैदा हुए? देखो न, आप लोगों के पाँव के निशान देखता हुआ यहाँ तक चला आया हूँ। मैं भी खोजी हूँ, पूरा खोजी।...आपने तो ख़ाहमख़ाह अपने को मुसीबत में डाला।"

"अबे वाह! ख़ुद तो हमें छोड़कर ऐसा ग़ायब हुआ जैसे गधे के सींग।"

"हट, बेबे (माँ) का बकरा बड़ंग। यों ही बातें बनाये जाता है। मैं बहुत ज़रूरी काम से चला गया था।"

"हमें बताकर जाता तो क्या हर्ज़ होता?"

"भई, यह लम्बी कहानी है। मुझे एक और क़ीमती जान बचानी थी। वह एक अमानत थी जिसे सँभालने की मेरी ही ज़िम्मेदारी थी।"

"ठीक है। पर यह तो ठीक नहीं कि किसी अमानत के पीछे पहली अमानत में ख़यानत हो जाये।"

"यार, अब क्या कहूँ। मुझे ख़ुद आशा नहीं थी कि मामला इतना तूल पकड़ जायेगा।"

वायुमण्डल में दोनों अभद्र पुरुषों की आवाज़ें गूँजने लगीं। उदास चाँदनी रात में चहल-पहल नज़र आने लगी। डूबते को तिनके का सहारा मिला। औरतों ने इतमीनान की साँस ली। मानो अब उनकी मदद पर पूरी फ़ौज पहुँच गयी हो।

विरसा, जो उस बूढ़ी के सामने पलकर जवान हुआ था, बच्चों की तरह बातें बनाये जाता था।

इधर-उधर की बातें हो चुकीं तो सिराज ने कहा, "यार, हम तो यों ही अटकलपच्चू चलते हुए न जाने कहाँ-से-कहाँ निकल आये हैं। कुछ पता नहीं चलता।"

यह कहकर वह स्वयं रुक गया और एक बार फिर मीलों दूर तक निगाहें दौड़ाने लगा कि शायद कहीं पाकिस्तान की धरती दिखायी दे जाये।

विरसे ने उसे मीलों दूर निगाहें दौड़ाते देख अपनी बाँहों में समेटने का यत्न करते हुए कहा, "सिराजू! तेरे-मेरे देस में इतनी दूरी नहीं है। तू नाहक इतनी दूर-दूर निगाहें दौड़ा रहा है। अब तो तुम पाकिस्तान पहुँच चुके थे। तुम क्या समझे बैठे थे कि पाकिस्तान पहुँचने के लिए नदी-पहाड़ फाँदने पड़ेंगे?"

सिराज ने हकलाकर कहा, "सच? कहाँ है पाकिस्तान?"

औरतों के होंठों पर मुस्कराहटों की लहरें दौड़ने लगीं। विरसे ने हाथ से कुछ परे इशारा करते हुए कहा, "देख, वहाँ दोनों देसों के खेत गले मिल रहे हैं।"

सब लोग विरसे के साथ तेज़-तेज़ क़दम उठाते हुए चलने लगे। मुश्किल से एक फर्लांग चलकर विरसा रुक गया और इशारा करके बोला, "लो, अब यहाँ से पाकिस्तान के खेत शुरू हो जाते हैं। तुम सीधे चलते जाओगे तो जल्द ही किसी गाँव या फ़ौज या पुलिस की चौकी तक पहुँच जाओगे। अब तुम हर तरह के ख़तरे से बाहर हो चुके हो।"

औरतें जंगली चकोरियों की तरह तेज़ी से छोटे-छोटे क़दम उठाती हुई आगे बढ़ गयीं।

सिराज दो खेत तो तीर की-सी तीव्रगति से यों आगे बढ़ा कि औरतों को भी पीछे छोड़ गया। वे हाँफती और लपकती हुई उसके पीछे-पीछे बढ़ी चली आ रही थीं।

सिराज की बाछों में से हँसी फूटी पड़ती थी। बोला, "अम्माँ! हम पाकिस्तान पहुँच गये हैं।"

भोली औरतें ने मन-ही-मन ख़ुदा का शुक्र अदा किया।

सिराज ने झुककर दोनों हाथों में खेत की भुरभुरी मिट्टी भर ली। उसे अपने चेहरे के पास ले आया। कई क्षणों तक वह उसे ग़ौर से देखता रहा, दबाकर उसने उसके स्पर्श को अनुभव किया। हवा को सूँघा, फिर लम्बे-चौड़े जाल की भाँति एक-दूसरी को काटती-छाँटती खेतों की मेंड़ों पर नज़रें दौड़ायीं। इसके बाद उसके बाज़ू लटक गये, मिट्टी उसके हाथ से छूटकर नीचे जा पड़ी और चेहरे पर गहरी गम्भीरता के चिह्न उत्पन्न हो गये।

सहसा उसे अनुभव हुआ कि विरसा उसके साथ नहीं है। उसने देखा कि वह वहीं-का-वहीं खड़ा है।

फिर उसकी बग़ल से निकलकर एक नवयुवक सिराज की ओर बढ़ा। वह सुलतान था! निकट आकर उसने कहा, "मेरा दुनिया में अब कोई नहीं रहा। विरसासिंह ने मुझे तुम्हारे पास अमानत के तौर पर भेजा है।"

सिराज ने सुलतान के सुन्दर मुखड़े को घड़ी-भर देखा और फिर उसे गले लगा लिया।

विशालकाय विरसासिंह अड़ियल टट्टू की भाँति ज़मीन में पाँव गाड़े खड़ा था। उसकी ढीली-ढाली पगड़ी के शमले हवा में लहरा रहे थे। उसकी लम्बी मज़बूत लाठी की पीतल की मूठ उसके कान की लव को चूम रही थी।

सुलतान को देख रेशमाँ का कोमल शरीर झनझना उठा। सजल नेत्रों से उसने विरसा चाचा की ओर देखा। वह अपनी हृदय की आँखों से विरसा चाचा के ओंठों पर फैलती हुई अर्थपूर्ण उदास मुस्कराहट को क्षण-प्रतिक्षण फैलते हुए देख सकती थी। उसका जी चाहा कि उड़कर विरसा चाचा के पास जा पहुँचे और वह उसे गुड़िया की भाँति हवा में उछाल दे।

बूढ़ी माँ ने पहले विरसे को देखा फिर निगाह तारों की नगरी की ओर उठाकर मन-ही-मन कहने लगी, "मैं पाँचों वक़्त की नमाज़ के बाद अल्लाह ताला से इस शख़्स के लिए दुआ माँगा करूँगी।"

सरल हृदय औरत भूल गयी कि एक व्यक्ति के लिए दुआ माँगने पर दयालु परमात्मा सारी जाति के गुनाह माफ़ कर देगा।

विदा कहने के लिए सिराज धीरे-धीरे क़दम उठाता दोस्त की ओर बढ़ा। उसके पाँव मन-मन-भर के हो रहे थे। वह जानता था कि विरसा वहाँ क्यों रुक गया था।

पास-पास खड़े हुए क़द और डील-डौल में दोनों बराबर दिखायी पड़ते थे। विरसे के सुन्दर चेहरे पर मुस्कराहट उत्पन्न हुई मानो पूछ रहा हो—"सिराजू! तुम मुझे मिलने के लिए पाकिस्तान की ज़मीन से लौटकर आये हो?"

सिराज ने अपने ऊँचे क़द को और भी ऊँचा किया और एक बार फिर अपने सामने खड़े हुए कड़ियल किसान से आँखें मिलायीं। उसकी घनी मूँछें फड़कीं। उसने विरसे का चौड़ा-चकला हाथ अपने हाथ में ले लिया और फिर मानो स्वीकारात्मक ढंग से सिर हिलाते हुए उसने भरपूर मर्दाने स्वर में जवाब दिया—'आहो विरसिया!'

●●●